STEVEN ERIKSON

Das Reich der Sieben Städte

Buch

Das malazanische Imperium ist bis ins Mark erschüttert, doch Imperatrix Laseen sucht ihre Macht mit einer Säuberungswelle im Adel zu stabilisieren. Da braut sich im Reich der Sieben Städte neues Unheil zusammen. Denn dort, in der Heiligen Wüste Raraku, sammelt die Seherin Sha'ik ein Heer der Unzufriedenen, die nur darauf warten, die verhassten malazanischen Eroberer endlich wieder aus ihrem Heimatland zu vertreiben.

Die Fortsetzung des neuen großen Fantasy-Zyklus – ein sinfonisches Epos ohnegleichen.

»Steven Erikson ist ein großartiger Autor. Ich habe DIE GÄRTEN DES MONDES mit allergrößtem Vergnügen gelesen. Meine Bitte an Steven Erikson: Schreib schneller!«
Stephen R. Donaldson

Autor

Steven Erikson wurde in Kanada geboren, lebt jedoch schon seit vielen Jahren mit seiner Familie in der Nähe von London. Der ausgebildete Anthropologe und Archäologe legte 1999 seinen weltweit beachteten Debütroman »Die Gärten des Mondes« vor.

Bereits erschienen:

DAS SPIEL DER GÖTTER 1. Die Gärten des Mondes (24932), 2. Das Reich der Sieben Städte (24941), Im Bann der Wüste (24940), 4. Die eisige Zeit (24997), 5. Der Tag des Sehers (24998), 6. Der Krieg der Schwestern (24271), 7. Das Haus der Lügen (24292), 8. Kinder des Schattens (24298), 9. Gezeiten der Nacht (24403)

In Kürze erscheint:

DAS SPIEL DER GÖTTER 10. Die Feuer der Rebellion (24469)

Steven Erikson

Das Reich der Sieben Städte

Das Spiel der Götter 2

Roman

Ins Deutsche übertragen
von Tim Straetmann

blanvalet

Die Originalausgabe erschien unter dem Titel
»Deadhouse Gates. A Tale of the Malazan Book of the Fallen«
(Books 1 + 2) bei Bantam Press, London

FSC
Mix
Produktgruppe aus vorbildlich
bewirtschafteten Wäldern und
anderen kontrollierten Herkünften

Zert.-Nr. SGS-COC-1940
www.fsc.org
© 1996 Forest Stewardship Council

Verlagsgruppe Random House FSC-DEU-0100
Das für dieses Buch verwendete FSC-zertifizierte Papier
München Super liefert Mochenwangen.

3. Auflage
Deutsche Erstveröffentlichung April 2001 bei
Blanvalet, einem Unternehmen der Verlagsgruppe
Random House GmbH, München.

Umschlaggestaltung: Design Team München
Umschlagmotiv: Raymond Swanland
Redaktion: Marie-Luise Bezzenberger
Herstellung: Peter Papenbrok
Satz: deutsch-türkischer fotosatz, Berlin
Druck und Einband: GGP Media GmbH, Pößneck
Printed in Germany
ISBN 978-3-442-24941-1

www.blanvalet.de

Dieses Buch ist zwei ganz besonderen Männern gewidmet: David Thomas jr., der mich in England willkommen geheißen und mit einem gewissen Agenten bekannt gemacht hat; und Patrick Walsh, jenem Agenten, mit dem er mich bekannt gemacht hat. Ihr habt mehrere Jahre viel Vertrauen bewiesen, und dafür danke ich euch beiden.

DIE KETTE der HUNDE
COLTAINES MARSCH Die erste Hälfte

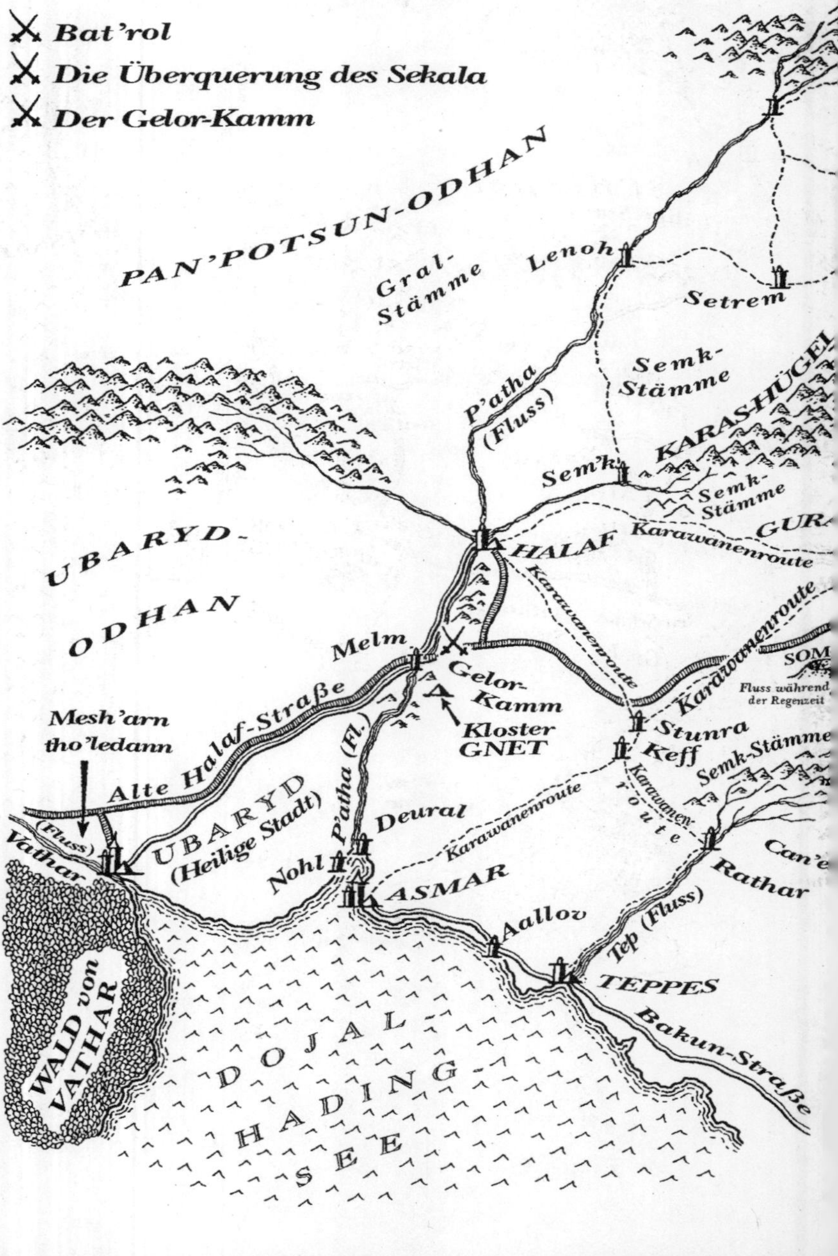

Langshan
T'nal
ara
Vrek
KARASCHIMESH
(Heilige Stadt)
KUNDESH
HÜGEL
Tapur-Straße
Uthor
Debrahl-
Stämme
HISSAR
SIALK
ODHAN
(Ebene)
Eb
T'ev-
Becken
Gryvar Pass
Bat'rol
N'TRMON
Narthi
ARAS
CA'MON
Oase
Gilar
T'ev
Nitral
SIALK
CARON
TEPASI
KALRMON
Bat'rol
Nuth-
Becken
Kloster
QUAL
Bakra
Vin'til-
Becken
SAHUL
SEE
EE
Manot
Solbha
Sekal
IRISHIMON
Dryj-Quelle
LADOR-
HÜGEL
LADORMON
hval
Furt über
den Sekala
Tithansi-
Stämme
Karawanenroute
Sekala
(Fluss)
Grube
Karawanenroute
Lod
KMON
CARON
GEBIRGE
Tithansi-
Stämme
(Feindliches
Gebiet)
WALD von
BAKUTALAR
mme
Bakun (Fluss)
Venj

DAS REICH DER SIEBEN STÄDTE

Das malazanische Imperium *etwa im Jahr 1160 von Brands Schlaf*

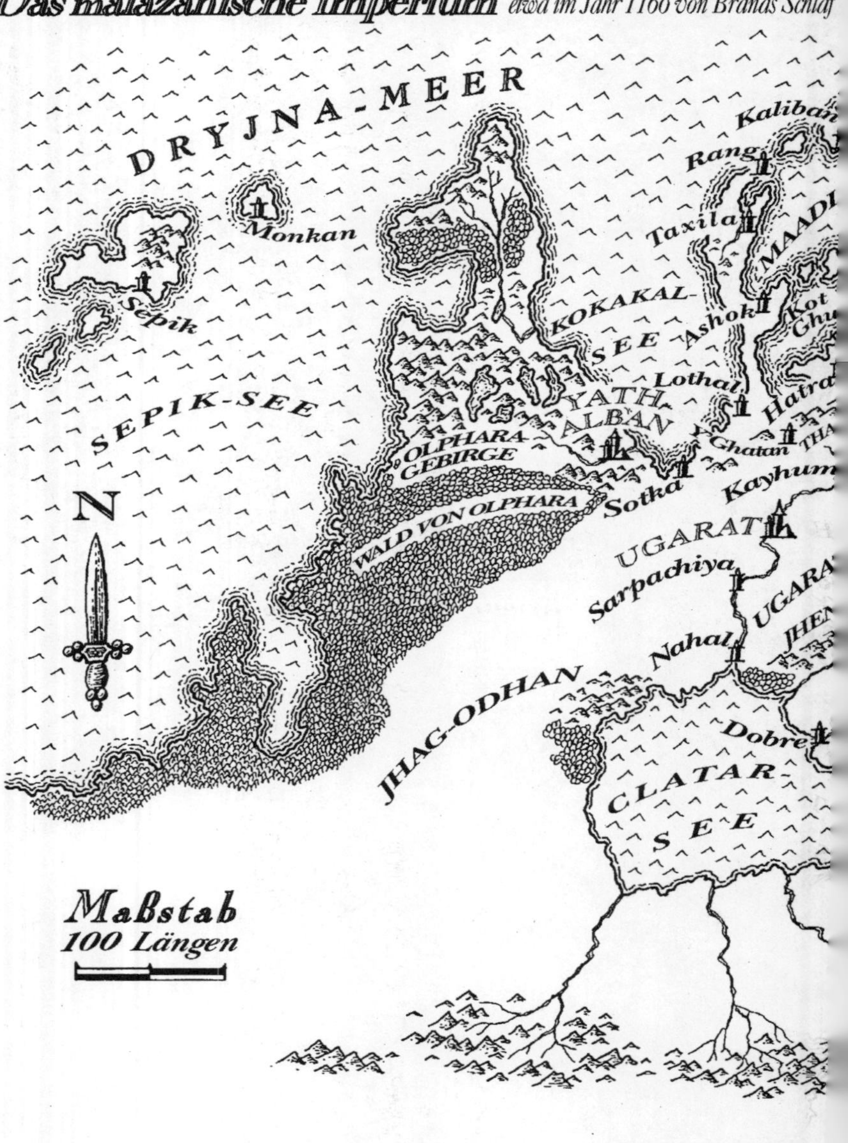

MEER von
KALTEPE-
KADESH
nhasan
Belbasi
Karokitch
EE
WÜSTE
BANDIKO
BANDIKO-
SEE
TALGAI-
SEE
KARAKARANG
Galladi
SEE
von
GALLADA
Rutu Jelba
OLEN BRAE
SKARA
BRAE
OLONEIZ
BRAE
OTATARAL
SEE
OTATARAL-
WÜSTE
Nevasa
Noh
Pur
Kansu
Atrii
Langshan
Enjo
Estarb
EHRLITAN
SEE
EHRLITAN
Ahol Tapur
RARAKU
Lato Revae
Pan'potsun
PATH'APUR-
BERGE
KARASHIMESH
SIALK-
ODHAN
Dosin Pali
Mersin
HAN
Hissar
Sialk
Omari
UBARYD-
ODHAN
RGE
Halaf
Caron Tepasi
Guran
SAHUL
SEE
Asmar
CARONGEBIRGE
WALD VON VATHAR
Teppes
UBARYD
Bylan
Bakun
Jamdat
DOJAL
HADING-
SEE
Geleen
SUCHERS
Tarxian
TIEFE
Dhebel
Sarsa
AREN
Nach Quon Tali
Zu den Falar Inseln

Prolog

Was siehst du am verwasch'nen Horizont,
das nicht von deiner Hand
ausgelöscht werden kann?

Die Brückenverbrenner
Toc der Jüngere

Das 1163ste Jahr von Brands Schlaf
Das neunte Jahr der Herrschaft von Imperatrix Laseen
Das Jahr der Säuberung

Er kam aus der Avenue der Seelen auf den Urteils-Ring gewatschelt, eine missgestaltete, von Fliegen bedeckte Gestalt. Die wimmelnde Masse krabbelte wirr und ziellos auf seinem Körper durcheinander, eine sich immerfort in Bewegung befindende schwarze, glänzende Kruste, von der gelegentlich rasende Klumpen herabfielen, die in wild davonschwirrende Einzelteile zerbarsten, sobald sie auf die Pflastersteine prallten.

Die Dürstende Stunde neigte sich ihrem Ende zu, und in ihrem Gefolge wankte der Priester dahin, blind, taub und stumm. Der Diener des Vermummten – des Lords des Todes – ehrte seinen Gott an diesem Tag auf besondere Weise: Wie seine Gefährten hatte er sich nackt ausgezogen und seinen Körper mit dem Blut hingerichteter Mörder beschmiert, mit jenem Blut, das in riesigen Amphoren aufbewahrt wurde, die die Wände des Tempelschiffs säumten. Dann waren die Brüder in einer Prozession hinaus auf die Straße von Unta gezogen, um die Schemen des Gottes willkommen zu heißen und Anweisungen für den Totentanz zu erteilen, der den letzten Tag der Zeit der Fäulnis kennzeichnete.

Die Wachen entlang des Ringes wichen zur Seite, um den Priester durchzulassen, machten dann noch mehr Platz für die wirbelnde, summende Wolke, die ihm folgte. Der Himmel über Unta war noch immer eher grau als blau, als die Fliegen, die mit der Dämmerung in die Hauptstadt des malazanischen Imperiums geschwärmt waren, jetzt aufstiegen und langsam hinaus über die Bucht flogen, den Salzmarschen und den versunkenen Inseln jenseits des Riffes entgegen. Mit der Zeit der Fäulnis kam die Pestilenz, und in den letzten zehn Jahren hatte es dreimal eine Zeit der Fäulnis gegeben – etwas, das zuvor noch nie da gewesen war.

Die Luft über dem Ring summte noch immer, war noch immer voller schwarzer Punkte, als würden unzählige Sandkörner durch die Luft schweben. Irgendwo in den umliegenden Straßen jaulte ein Hund – es klang, als wäre er dem Tode nahe, aber noch nicht nahe genug –, und direkt neben dem zentralen Springbrunnen des Rings zuckte das verlassene Maultier, das früher an diesem Tag zusammengebrochen war, noch immer kläglich mit den Beinen. Fliegen waren durch jede Körperöffnung in das Tier gekrochen, und jetzt war es aufgedunsen von Gasen. Es war ein typisches Maultier, von Natur aus störrisch, und sein Tod zog sich jetzt schon mehr als eine Stunde hin. Als der Priester, ohne etwas zu sehen, an ihm vorbeistolperte, erhoben sich Fliegen von dem Maultier wie ein im Wind wehender Vorhang und gesellten sich zu jenen, die ihn bereits umhüllten.

Von dem Punkt aus, wo Felisin mit den anderen wartete, war es für sie klar, dass der Priester des Vermummten schnurstracks auf sie zukam. Seine Augen waren zehntausend Augen, aber sie war sicher, dass jedes einzelne davon ganz allein auf sie gerichtet war. Doch selbst dieses allmählich aufkeimende Entsetzen reichte noch nicht aus, um die Betäubung zu durchdringen, die sich wie eine erstickende Decke über ihren Geist gelegt hatte; sie nahm wahr, wie dieses Entsetzen in ihrem Inneren erwachte, doch das Gefühl war eher die Erinnerung an Furcht als eine Furcht, die sie wirklich verspürte.

Sie konnte sich kaum an die erste Zeit der Fäulnis erinnern, die sie mitgemacht hatte, doch sie hatte ganz klare Erinnerungen an die zweite. Es war noch nicht einmal drei Jahre her, dass sie diesen Tag vom sicheren Besitz ihrer Familie aus verfolgt hatte, in einem guten, festen Haus mit geschlossenen Fensterläden, die zudem noch mit Stoffbahnen versiegelt worden waren; aus den Kohlepfannen vor den Türen und auf den hohen, mit Glasscherben bestückten Mauern des Hofes waren die stechenden Rauchschwaden schwelender Istaarl-Blätter aufgestiegen. Der letzte Tag dieser besonderen Jahreszeit und die Dürstende Stunde waren eine Zeit des vagen Abscheus für sie gewesen, irritierend und lästig, jedoch nicht mehr. Damals hatte sie kaum einen Gedanken an die unzähligen Bettler und die in der Stadt herumstreunenden Tiere verschwendet, die nicht den geringsten Schutz besaßen, genauso wenig wie an die ärmeren Einwohner, die noch Tage danach scharenweise zwangsverpflichtet worden waren, um die Straßen zu reinigen.

Es war die gleiche Stadt, doch eine völlig andere Welt.

Felisin fragte sich, ob die Wachen auf den Priester zugehen würden, während er sich den Opfern der Säuberung immer mehr näherte. Sie und die anderen in der Reihe waren jetzt die Schützlinge der Imperatrix – unterstanden der Verantwortung Laseens –, und der Weg des Priesters konnte als blind und zufällig betrachtet werden, der drohende Zusammenstoß eher ein Produkt des Zufalls denn der Absicht sein. Tief in ihrem Innern wusste Felisin jedoch, dass es anders war. Würden die behelmten Wachen vortreten und versuchen, den Priester zu einer Seite wegzuführen, ihn sicher über den Ring zu geleiten?

»Ich glaube nicht«, sagte der Mann, der zu ihrer Rechten hockte. In seinen tief in ihren Höhlen liegenden, halb geschlossenen Augen blitzte etwas auf, das Erheiterung sein mochte. »Ich habe gesehen, wie deine Blicke hin und her gehuscht sind – von den Wachen zu dem Priester, von dem Priester zu den Wachen.«

Der große, stumme Mann zu ihrer Linken stand langsam auf, zog die Kette dabei mit. Er verschränkte die Arme vor der nackten, narbenübersäten Brust, und Felisin zuckte zusammen, als die Fesseln schmerzhaft an ihr zerrten. Der Mann starrte den näher kommenden Priester an, sagte jedoch nichts.

»Was will er von mir?«, fragte Felisin flüsternd. »Was habe ich getan, dass ein Priester des Vermummten mir seine Aufmerksamkeit schenkt?«

Der hingekauerte Mann wiegte sich auf den Fersen, reckte dabei sein Gesicht der spätnachmittäglichen Sonne entgegen. »Oh, Königin der Träume, spricht hier etwa die ichbezogene Jugend aus den Worten, die über diese vollen, süßen Lippen kommen? Oder ist es nur die übliche Anmaßung des Adels, um den die ganze Welt sich dreht? Oh, ich bitte dich, antworte, wankelmütige Königin!«

Felisin machte ein finsteres Gesicht. »Ich habe mich besser gefühlt, als ich noch geglaubt habe, du würdest schlafen – oder du wärst tot.«

»Tote hocken nicht da, Mädel, sie liegen lang ausgestreckt auf dem Boden. Und der Priester des Vermummten kommt nicht deinetwegen. Er kommt meinetwegen.«

Sie starrte ihn an; die Kette zwischen ihnen rasselte. Er sah mehr wie eine Kröte mit tief in den Höhlen liegenden Augen denn wie ein Mann aus. Er war kahlköpfig, und sein Gesicht war von einer Tätowierung bedeckt, winzige schwarze rechteckige Symbole, die in einem alles überlagernden Muster verborgen waren, das seine Haut wie eine zerknitterte Schriftrolle überzog. Abgesehen von einem zerlumpten Lendenschurz, dessen ursprüngliche rote Farbe fast völlig verblasst war, war er nackt. Fliegen krabbelten überall auf ihm herum. Sie weigerten sich zu verschwinden, tanzten auf und ab – jedoch nicht, wie Felisin bemerkte, zur freudlosen Musik des Vermummten. Die Tätowierung bedeckte den Mann von Kopf bis Fuß – das Gesicht des Ebers überlagerte sein eigenes Antlitz, das komplizierte Geflecht eines aus unzähligen feinen Schriftzeichen bestehenden, lockigen Fells zog sich über seine Arme, seine bloßen Ober- und Unterschenkel, und in die Haut seiner Füße waren fein herausgearbeitete Hufe geritzt. Bisher war Felisin zu sehr mit sich selbst beschäftigt gewesen, noch zu sehr vom Schock betäubt, um die, die mit ihr angekettet waren, weiter zu beachten; dieser Mann war ein Priester von Fener, dem Eber des Sommers, und die Fliegen schienen das zu wissen, schienen es hinlänglich zu verstehen, um ihr hektisches Schwirren zu verändern. Mit morbider Faszination sah sie zu, wie die Tiere sich um die Stümpfe sammelten, in denen seine Arme direkt an den Handgelenken endeten; das alte Narbengewebe war das Einzige an ihm, das nicht von Fener beansprucht wurde, doch die Pfade, die die Schemen zu den Stümpfen nahmen, berührten nicht eine einzige Linie der Tätowierung. Die Fliegen tanzten einen Tanz des Vermeidens – doch sie waren trotz allem wild darauf, zu tanzen.

Der Fener-Priester war als letzter Mann der Reihe an seinen Fußknöcheln angekettet worden. Bei allen anderen lagen die engen eisernen Fesseln um die Handgelenke. Die Füße des Mannes waren blutig, und die Fliegen wogten über ihnen auf und ab, ließen sich jedoch nicht nieder. Sie sah, wie er die Augen aufriss, als plötzlich ein Schatten auf ihn fiel.

Der Priester des Vermummten war angekommen. Die Kette spannte sich, als der Mann zur Linken Felisins so weit zurückwich, wie es die Kette erlaubte. Die Mauer in ihrem Rücken war heiß, die mit festlichen Szenen aus dem Leben des Imperiums bemalten Ziegel fühlten sich durch das dünne Gewebe ihrer Sklaventunika glatt an. Felisin starrte die fliegenübersäte Gestalt an, die wortlos vor dem hingekauerten Priester Feners stand. Sie konnte nicht einmal das kleinste Stückchen bloße Haut sehen, konnte nichts von dem Mann selbst erkennen – die Fliegen bedeckten ihn absolut vollständig, und unter ihnen lebte der Mann in einer Dunkelheit, in der ihn nicht einmal die Wärme der Sonne erreichen konnte. Die Wolke um den Priester des Vermummten dehnte sich jetzt nach allen Seiten hin aus, und Felisin zuckte zurück, als unzählige kalte Insektenbeine ihre nackte Haut berührten, blitzschnell ihre Schenkel hinaufkrabbelten; sie zog den Saum der Tunika eng um sich herum, presste die Beine fest zusammen.

Der Fener-Priester begann zu sprechen. »Die Dürstende Stunde ist längst vorbei, Akolyth. Geh zurück in deinen Tempel.« Ein humorloses Grinsen glitt bei diesen Worten über sein Gesicht.

Der Diener des Vermummten gab keine Antwort, doch es schien, als würde sich die Tonhöhe des Summens ändern, bis die Musik unzähliger schwirrender Flügel Felisins Knochen vibrieren ließ.

Die tief liegenden Augen des Priesters verengten sich, und sein Tonfall veränderte sich ebenfalls. »Ach, nun gut. Ich war tatsächlich einmal ein Diener Feners, aber ich bin es nicht mehr, schon seit Jahren nicht mehr. Feners Berührung kann nicht von meiner Haut abgewaschen werden. Es scheint allerdings, als würde der Eber des Sommers mir zwar keine Liebe mehr entgegenbringen – Euch allerdings noch viel, viel weniger.«

Felisin erschauerte innerlich, als das Summen und Brummen sich schnell veränderte, Worte formte, die sie verstehen konnte. *»Geheimnis … zeigen … jetzt …«*

»Dann los«, knurrte der ehemalige Diener Feners, »zeig's mir.«

An den folgenden Augenblick sollte Felisin sich noch lang erinnern und oft darüber nachdenken. Vielleicht handelte Fener, schlug die Hand eines aufbrausenden Gottes zu, oder das Geheimnis war der Spott der Unsterblichen, ein Witz, der weit über ihr Begreifen hinausging, doch in jenem Augenblick brach sich das in ihr anschwellende Entsetzen Bahn, die Betäubung ihrer Seele wurde mit einem Schlag ausgebrannt, als die Fliegen explosionsartig auseinander barsten, in alle Richtungen davonschwirrten und dabei enthüllten … dass sich nichts unter ihnen befand.

Der ehemalige Fener-Priester zuckte zusammen, als hätte man ihn geschlagen; seine Augen waren weit aufgerissen. Von der anderen Seite des Rings klangen die Schreie eines halben Dutzends Wachen herüber, aber es waren nur unartikulierte Laute, die ihre Kehle verließen. Ketten schnappten, als andere in der Reihe an ihnen rissen, als ob sie fliehen wollten; die eisernen Ösen in der Mauer strafften sich, doch die Ösen hielten ebenso wie die Ketten. Die Wachen eilten auf sie zu, und die Reihe wich gehorsam wieder zurück.

»Also, das«, murmelte der tätowierte Mann erschüttert, »war wirklich unangebracht.«

Eine Stunde verstrich – eine Stunde, in der das Geheimnis, der Schrecken und das Entsetzen, die der Priester des Vermummten verbreitet hatte, tief in Felisin einsanken und zu einer weiteren Schicht wurden, wenn auch nicht zur letzten in einem anscheinend niemals endenden Albtraum, so doch zur zuletzt entstandenen. Ein Akolyth des Vermummten … der überhaupt nicht da war. Das Summen kleiner Flügel, aus dem sich Worte bildeten. *War das der Vermummte selbst gewesen? War der Lord des Todes gekommen, um unter den Sterblichen zu wandeln? Und warum war er vor einem ehemaligen Priester Feners stehen geblieben? Welche Botschaft lag in dieser Offenbarung?*

Doch allmählich verblassten die Fragen in ihrem Innern wieder; die Betäubung sickerte erneut in sie ein, die kalte Verzweiflung kehrte zurück. Die Imperatrix hatte den Adel einer Säuberung unterzogen, hatte den Häusern und Familien ihren Reichtum entrissen, hatte die Mitglieder dieser Häuser und Familien dann im Schnellverfahren des Verrats angeklagt, für schuldig befunden und schließlich in Ketten gelegt. Was den ehemaligen Priester zu ihrer Rechten und den großen, viehischen Mann zu ihrer Linken betraf, der alle Merkmale eines gemeinen Verbrechers aufwies – ganz sicher konnte keiner von ihnen behaupten, von adligem Blut zu sein.

Sie lachte leise, ein Laut, der beide Männer überraschte.

»Hat sich dir gerade das Geheimnis des Vermummten enthüllt, Mädel?«, fragte der ehemalige Priester.

»Nein.«

»Was findest du dann so erheiternd?«

Sie schüttelte den Kopf. *Ich hatte erwartet, mich in guter Gesellschaft wieder zu finden … Wie wäre es damit als typischem, hochnäsigem Gedanken? Das ist doch die Haltung, die die Bauern unbedingt niederreißen wollten, das ist das Öl, mit dem die Imperatrix die Flamme entfacht hat …*

»Kind!«

Die Stimme gehörte einer älteren Frau, sie klang noch immer hochmütig, doch es schwang auch eine verzweifelte Sehnsucht in ihr mit. Felisin schloss kurz die Augen, dann streckte sie sich und schaute an dem Schläger vorbei die hagere alte Frau an. Sie trug nur ein zerrissenes, blutverschmiertes Nachtgewand. *Und es ist zweifellos adliges Blut.* »Lady Gaesen.«

Die alte Frau streckte eine zitternde Hand aus. »Ja! Die Frau von Lord Hilrac! Ich bin Lady Gaesen …« Die Worte erweckten beinahe den Anschein, als hätte sie vergessen, wer sie war; doch jetzt runzelte sie unter dem abbröckelnden Make-up, das ihre Falten überdecken sollte, die Stirn und starrte Felisin aus blutunterlaufenen Augen an. »Ich kenne dich«, zischte sie. »Du bist vom Haus Paran, die jüngste Tochter … Felisin!«

Felisin wurde kalt. Sie drehte sich weg, blickte starr geradeaus, hinaus auf den Hof, wo die Wachen auf ihre Piken gelehnt herumstanden; sie verscheuchten die letzten Fliegen, während Feldflaschen mit Bier von einer Hand zur anderen wanderten. Ein Karren war angekommen, um das Maultier abzuholen. Vier ascheverschmierte Männer kletterten herunter, Seile und Haken in den Händen. Jenseits der Mauern, die den Ring umgaben, erhoben sich Untas bemalte Türme und Kuppeln. Sie sehnte sich nach den schattigen Straßen, die sich zwischen ihnen erstreckten, sehnte sich nach dem verwöhnten Leben, das sie noch eine Woche zuvor geführt hatte, nach Sebrys, der ihr raue Befehle zubrüllte, während sie ihre Lieblingsstute ritt. Und wenn sie aufblickte, während sie die Stute eine schwierige, exakte Wendung vollführen ließ, würde sie die Reihe grünblättriger Bleibäume sehen, die den Reitplatz von den Weinbergen der Familie trennte.

Der Schläger neben ihr stieß ein Grunzen aus. »Bei den Füßen des Vermummten, das Miststück hat ja so was wie Humor.«

Welches Miststück?, fragte sich Felisin, doch sie schaffte es, ihren kalten Gesichtsausdruck beizubehalten, auch als die Erinnerungen und mit ihnen der Trost, den sie boten, vergingen.

Der Ex-Priester regte sich. »Eine Art schwesterliche Kabbelei, was?« Er machte eine kurze Pause und fügte dann trocken hinzu: »Kommt mir aber ein bisschen übertrieben vor.«

Der Schläger grunzte erneut und beugte sich vor, sodass sein Schatten auf Felisin fiel. »Du bist ein ausgestoßener Priester, stimmt's? Das sieht mir aber gar nicht nach der Imperatrix aus, irgendwelchen Tempeln 'nen Gefallen zu tun.«

»Das hat sie auch nicht getan. Ich habe meine Frömmigkeit schon vor langer Zeit verloren. Ich bin mir sicher, der Imperatrix hätte es besser gefallen, wenn ich im Kloster geblieben wäre.«

»Als ob sie das irgendwie kümmern würde«, sagte der Schläger höhnisch, als er sich wieder zurücklehnte.

»Du musst mit *ihr* sprechen, Felisin!« Lady Gaesens Stimme war atemlos. »Einen Appell an sie richten! Ich habe reiche Freunde ...«

Das Grunzen des Schlägers wurde zu einem Bellen. »Deine reichen Freunde wirst du weiter vorne in der Reihe finden, alte Hexe!«

Felisin schüttelte nur den Kopf. *Es ist Monate her, dass wir miteinander gesprochen haben. Noch nicht einmal, als Vater gestorben ist ...*

Stille senkte sich herab, zog sich in die Länge, wurde fast schon wieder so lastend wie die Stille, die vor diesem Geschwätz geherrscht hatte. Doch dann räusperte sich der Ex-Priester und spuckte aus. »Es hat keinen Sinn, bei einer Frau nach Erlösung zu suchen, die nur Befehle befolgt, Lady. Da spielt es auch keine Rolle, dass sie die Schwester von diesem Mädchen hier ist«, murmelte er.

Felisin zuckte zusammen, warf dann dem Ex-Priester einen finsteren Blick zu. »Du wagst es ...«

»Er wagt gar nichts«, sagte der Schläger mit grollender Stimme. »Vergiss, was in deinem Blut ist oder was du glaubst, was drin ist. Dies ist das Werk der Imperatrix. Vielleicht glaubst du, dass dies etwas Persönliches ist, vielleicht musst du das auch glauben, so, wie du bist ...«

»Wie ich bin?« Felisin lachte rau. »Welchem Haus gehörst du an?«

Der Schläger grinste. »Dem Haus der Schande. Was ist dabei? Deines sieht mindestens genauso schäbig aus.«

»Genau, wie ich es mir gedacht habe«, sagte Felisin und ging mit einiger Mühe über die Wahrheit in seiner letzten Bemerkung hinweg. Sie schaute zu den Wachen hinüber. »Was ist los? Warum sitzen wir einfach nur hier herum?«

Der Ex-Priester spuckte noch einmal aus. »Die Dürstende Stunde ist vorüber. Der Mob da draußen muss neu organisiert werden.« Er warf ihr unter buschigen Brauen hervor einen Blick zu. »Die Bauern müssen aufgehetzt werden. Wir sind die Ersten, Mädchen, und wir werden als Beispiel dienen. Was hier in Unta geschieht, wird jeden Bürger adligen Blutes im gesamten Imperium aufschrecken.«

»Unsinn!«, schnappte Lady Gaesen. »Man wird uns gut behandeln. Die Imperatrix wird dafür sorgen, dass man uns gut behandelt ...«

Der Schläger grunzte ein drittes Mal. Felisin begriff, dass dies wohl seine Art zu lachen war. »Wenn Dummheit ein Verbrechen wäre, Lady, dann wärt Ihr schon vor Jahren verhaftet worden. Der Oger hat Recht. Nur die wenigsten von uns werden es zu den Sklavenschiffen schaffen. Wenn dieser Zug sich die Säulenavenue hinunterbewegt, wird das ein einziges Blutbad werden. Wohlgemerkt«, fügte er hinzu und musterte die Wachen aus zusammengekniffenen Augen, »der alte Baudin wird sich nicht von einem Bauernmob in Stücke reißen lassen ...«

Felisin spürte, wie Angst ihren Magen zusammenkrampfte. Sie unterdrückte einen Schauder. »Hast du etwas dagegen, wenn ich in deinem Schatten bleibe, Baudin?«

Der Mann schaute auf sie herunter. »Du bist für meinen Geschmack ein bisschen zu pummelig.« Er drehte sich um. »Aber du kannst tun, was dir beliebt«, fügte er dann hinzu.

Der ehemalige Priester beugte sich näher zu ihr. »Wenn ich es recht bedenke, Mädchen, dann scheint mir eure Rivalität doch weit über das übliche Gekeife und Gekratze hinauszugehen. Wahrscheinlich will deine Schwester sichergehen, dass du ...«

»Sie ist jetzt Mandata Tavore«, unterbrach ihn Felisin. »Sie ist nicht mehr meine Schwester. Sie hat sich von unserem Haus losgesagt, als sie dem Ruf der Imperatrix gefolgt ist.«

»Selbst wenn das so ist, habe ich doch den dumpfen Verdacht, dass es etwas Persönliches ist.«

Felisin starrte ihn finster an. »Woher solltest du irgendwas darüber wissen?«

Der Mann verbeugte sich leicht; es war eine ironische Geste. »Ich war früher einmal ein Dieb, dann ein Priester, und nun bin ich Historiker. Ich weiß sehr wohl um die angespannte Situation, in der sich der Adel befindet.«

Felisins Augen weiteten sich allmählich, und sie verfluchte sich für ihre Dummheit. Sogar Baudin – der keine Möglichkeit gehabt hatte, die Worte *nicht* zu hören – beugte sich vor und starrte den Ex-Priester forschend an. »Du bist Heboric«, sagte er. »Heboric Leichte Hand.«

Heboric hob die Arme. »So leicht wie immer.«

»Ihr habt dieses revidierte Geschichtswerk geschrieben«, sagte Felisin, »und Verrat begangen ...«

Heboric hob in gespieltem Erstaunen die borstigen Brauen. »Die Götter mögen mich bewahren! Eine in philosophischen Belangen abweichende Meinung, mehr war das nicht! Das waren Duikers eigene Worte vor Gericht – als er mich verteidigt hat, Fener möge ihn segnen.«

»Aber die Imperatrix hat nicht zugehört«, sagte Baudin grinsend. »Schließlich hast du sie eine Mörderin genannt – und dann hattest du die Frechheit zu behaupten, sie hätte den Mord auch noch verpfuscht!«

»Du hast wohl eine illegale Abschrift gefunden, was?«

Baudin blinzelte.

»Wie auch immer«, fuhr Heboric fort und wandte sich wieder Felisin zu, »ich habe die Vermutung, dass deine Schwester, die Mandata, vorhat, dich in einem Stück an Bord eines Sklavenschiffs zu bringen. Dass dein Bruder irgendwo in Genabackis verschwunden ist, hat deinem Vater den Lebensmut genommen ... zumindest habe ich das gehört«, fügte er grinsend hinzu. »Aber es war das Gerücht von Verrat, das deine Schwester so richtig angespornt hat, stimmt's? Es geht ihr darum, den Familiennamen rein zu waschen und all diese Dinge …«

»Wenn Ihr es sagt, klingt es vernünftig, Heboric«, sagte Felisin. Sie konnte selbst hören, wie verbittert ihre Stimme klang, aber es war ihr gleichgültig. »Tavore und ich, wir waren unterschiedlicher Meinung – und jetzt seht Ihr das Ergebnis.«

»Worüber sind eure Meinungen denn so sehr auseinander gegangen?«

Sie antwortete nicht.

Weiter vorn in der Reihe entstand plötzlich Bewegung. Die Wachen reckten sich und wandten sich dem Westtor des Rings zu. Felisin erbleichte. Da vorn ritt ihre Schwester – jetzt Mandata Tavore, die Nachfolgerin von Lorn, die in Darujhistan gefallen war – auf ihrem Hengst, der ohne Zweifel der edlen Zucht ihrer eigenen Familie entstammte. An ihrer Seite befand sich die allgegenwärtige T'amber, eine schöne junge Frau, deren lohfarbene Mähne nicht zu übersehen war. Niemand wusste, wo sie ursprünglich hergekommen war, doch jetzt war sie Tavores persönliche Adjutantin. Hinter den beiden Frauen ritten einige Offiziere und eine Kompanie schwerer Kavallerie. Die Soldaten sahen exotisch und fremd aus.

»Ein Hauch von Ironie«, murmelte Heboric, während er die Reiter musterte.

Baudin reckte den Kopf und spuckte aus. »Rote Klingen! Diese blutleeren Bastarde!«

Der Historiker warf dem großen Mann einen amüsierten Blick zu. »Du bist von Berufs wegen ziemlich weit herumgekommen, was, Baudin? Hast wohl die Mauern von Aren von der See her gesehen?«

Der Angesprochene verlagerte unbehaglich sein Gewicht, dann zuckte er die Schultern. »Ich bin früher auf dem einen oder anderen Deck gestanden, Oger … Außerdem«, fügte er hinzu, »geht schon eine gute Woche das Gerücht, dass sie hier sind.«

Es entstand Unruhe in der Truppe der Roten Klingen, und Felisin sah, wie sich gepanzerte Hände um Schwertgriffe legten und wie sich die spitzen Helme alle zugleich in einer einzigen Bewegung der

Mandata zuwandten. *Tavore, Schwester, hat das Verschwinden unseres Bruders dich so tief getroffen? Für wie groß musst du sein Versagen halten, wenn du es auf diese Weise wieder gutzumachen suchst … Und dann hast du, um deine absolute Loyalität zu beweisen, zwischen mir und Mutter für das symbolische Opfer gestimmt. Hast du gar nicht bemerkt, dass der Vermummte auf beiden Seiten stand? Zumindest ist Mutter jetzt bei ihrem geliebten Mann …* Sie schaute zu, wie Tavore den Blick über die Soldaten schweifen ließ und dann kurz etwas zu T'amber sagte, die daraufhin ihr Pferd in Richtung des Osttors lenkte.

Baudin grunzte erneut. »Aufgepasst, die endlose Stunde wird gleich beginnen.«

Die Imperatrix des Mordes zu bezichtigen war eine Sache, ihren nächsten Schritt vorherzusehen eine ganz andere. *Wenn sie bloß meine Warnung beachtet hätten.* Heboric zuckte zusammen, als die Angeketteten weiterschlurften; die Fesseln schnitten tief in seine Fußknöchel.

Zivilisierte Menschen gaben sich alle Mühe, die weichen Bäuche ihrer Psyche zur Schau zu stellen – kraftlos und empfindlich zu sein war das Markenzeichen edleren Blutes. Es war leicht für sie, sicher, und das war letztlich der entscheidende Punkt: eine Darstellung von verhätscheltem Überfluss, der in den Kehlen der Armen mehr brannte als jede noch so deutliche Zurschaustellung von Wohlstand.

Heboric hatte genau das in seiner Abhandlung gesagt, und er musste nun der Imperatrix und Mandata Tavore, die in dieser Angelegenheit Laseens Werkzeug war, bittere Bewunderung zollen. Die übertriebene Brutalität, mit der die mitternächtlichen Verhaftungen durchgeführt worden waren – Türen waren eingeschlagen und ganze Familien, von jammernden Bediensteten umgeben, aus ihren Betten gezerrt worden –, hatte für den ersten Schock gesorgt. Noch halb benommen vom Schlafmangel waren die Adligen verschnürt und gefesselt und dann gewaltsam einem betrunkenen Richter und einer Jury aus Bettlern vorgeführt worden, die man auf den Straßen zusammengesucht hatte. Es war eine bittere, offensichtliche Verspottung der Justiz gewesen, die auch noch die letzten möglicherweise verbliebenen Erwartungen im Hinblick auf zivilisiertes Verhalten hinweggefegt hatte – die die Zivilisation an sich hinweggefegt und nur das Chaos der Barbarei zurückgelassen hatte.

Schock war auf Schock gefolgt und hatte jene weichen Bäuche zerrissen. Tavore kannte ihresgleichen, kannte ihre Schwächen und nutzte sie skrupellos aus. Was konnte einen Menschen nur dazu bringen, so bösartig zu werden?

Die Armen hatten sich auf den Straßen zusammengerottet, als sie die Einzelheiten gehört hatten, und hatten mit lautem Geschrei zum Ausdruck gebracht, wie sehr sie die Imperatrix bewunderten. Sorgfältig inszenierte Aufstände, Plünderungen und Gemetzel folgten; eine Woge der Gewalt raste durch das Adelsviertel, der jene wenigen ausgesuchten Hochgeborenen zum Opfer fielen, die nicht verhaftet worden waren – genug, um den Blutdurst der tobenden Menge noch weiter anzuheizen, um ihr Gesichter zu geben, auf die sie ihren Hass und ihre Wut richten konnte. Dann folgte die Wiederherstellung der Ordnung, damit die Stadt nicht in Flammen aufging.

Die Imperatrix machte nur wenige Fehler. Sie hatte die Gelegenheit genutzt, die Unzufriedenen und die unangepassten Gelehrten zusammenzutrommeln, die eiserne Faust militärischer Präsenz um die Hauptstadt zu schließen und die Trommel dafür zu rühren, dass mehr Truppen benötigt wurden – mehr Rekruten, mehr Schutz gegen die verräterischen Ränke des Adels. Die beschlagnahmten Vermögen dienten dazu, diesen Ausbau des Militärs zu bezahlen. Ein genialer Schachzug, selbst wenn man vorgewarnt war, und einer, der sich mit der Macht eines Imperialen Dekrets im Imperium ausbreitete; die grausame Wut tobte jetzt in jeder Stadt.

Man konnte dies alles nur voller Bitterkeit bewundern. Heboric hätte immer noch am liebsten ausgespuckt, etwas, das er seit seinen Tagen als Taschendieb im Mausviertel von Malaz nicht mehr getan hatte. Wenn er die Reihe der Angeketteten entlangblickte, konnte er in den meisten Gesichtern den Schock sehen. Gesichter, deren Besitzer zumeist nur ihr Nachtgewand trugen, das jetzt dreckig und verschmiert von den Gruben war und seinen Trägern somit sogar den gesellschaftlichen Panzer angemessener Kleidung raubte. Wirr abstehendes Haar, wie betäubt wirkende Mienen, gebrochene Haltung – alles, was der Mob jenseits des Ringes sehen wollte, wonach er hungerte …

Willkommen auf der Straße, dachte Heboric, als die Wachen die Reihe der Angeketteten vorwärts stieß; hoch aufgerichtet in ihrem Sattel, schaute die Mandata zu. Ihr schmales Gesicht war dabei so angespannt, dass nur noch Linien übrig blieben – zu Schlitzen zusammengekniffene Augen, der gerade, fast lippenlose Mund kaum mehr als ein Strich –, *verdammt, aber sie hat von Geburt an wohl auch nicht gerade viel mitbekommen …* Das gute Aussehen war an ihre jüngere Schwester gegangen, an das Mädchen, das einen Schritt vor ihm dahinwankte.

Heboric fixierte Mandata Tavore. Neugierig, als würde sie irgendetwas suchen – etwas, das ihr einen kurzen Augenblick hämischer Befriedigung verschaffen würde, beispielsweise –, glitt ihr kalter Blick die Reihe entlang und blieb einen Herzschlag lang an ihrer Schwester hängen. Aber dieses kurze Verweilen war auch schon alles, lediglich das Eingeständnis, dass sie sie erkannt hatte, mehr nicht. Ihr Blick glitt weiter.

Zweihundert Schritte voraus, kurz vor dem Kopf der Schlange aus Aneinandergeketteten, öffneten die Wachen das Osttor. Ein Aufbrüllen flutete durch den alten Torbogen heran, eine Woge von Geschrei, die sowohl die Soldaten als auch die Gefangenen zusammenzucken ließ, während sie von den hohen Wällen abprallte und inmitten eines Durcheinanders aufgeschreckter Tauben von den oberen Dachgesimsen in die Höhe stieg. Das Geräusch schlagender Flügel klang herab wie höflicher Beifall, obwohl es Heboric so vorkam, als wäre er der Einzige, der diese Ironie der Götter zu würdigen wusste. Da ihm eine Geste keineswegs verboten war, verbeugte er sich leicht.

Soll der Vermummte seine verdammten Geheimnisse doch für sich behalten. Sieh her, Fener, du alter Eber, es ist die Narbe, an der ich mich nie kratzen konnte. Schau jetzt zu, schau genau zu, was aus deinem ungeratenen Sohn wird.

Ein Teil von Felisins Bewusstsein klammerte sich an ihren klaren Verstand, klammerte sich angesichts des Mahlstroms, der sich vor ihr auftat, regelrecht brutal daran fest. Drei Reihen tief waren die Soldaten links und rechts der Säulen-Avenue aufgereiht, doch wieder und wieder schien der Mob Schwachstellen in ihrer Aufstellung zu finden. Sie stellte fest, dass sie selbst dann noch nüchtern und kühl beobachtete, als Hände an ihr zerrten, Fäuste auf sie eindroschen, verschwommene Gesichter sich ihr entgegenstellten und sie anspien. Und genau wie ihre Zurechnungsfähigkeit in ihrem Innern standhielt, so hielten sie auch ein paar starke Arme umfangen – Arme, an denen sich keine Hände mehr befanden, sondern nur noch narbige, eiternde Stümpfe, Arme, die sie vorwärts stießen, immer nur vorwärts. Niemand berührte den Priester. Niemand wagte es. Und vor ihr war Baudin, noch erschreckender als der Mob selbst.

Er tötete mühelos. Voller Verachtung schleuderte er Körper beiseite, brüllte und gestikulierte dabei. Selbst die Soldaten starrten ihn unter ihren Helmen hervor an, ihre Köpfe drehten sich bei seinem Spott, ihre Hände schlossen sich fester um Pikenschäfte oder Schwertgriffe.

Baudin, der lachende Baudin, seine Nase war von einem gut gezielten Ziegel zerschmettert worden; Steine prallten von ihm ab, seine Sklaventunika hing ihm blut- und schleimverschmiert in Fetzen vom Leib. Er packte jeden, der in seine Reichweite geriet, drehte, bog und zerbrach ihn. Er verlangsamte seinen Schritt nur dann, wenn weiter vorne etwas geschah, wenn sich zwischen den Soldaten eine Lücke bildete – oder wenn Lady Gaesen strauchelte. Dann packte er sie nicht besonders sanft unter den Achseln und schob sie vorwärts, wobei er ohne Unterlass fluchte.

Eine Woge der Furcht eilte ihm voraus, und etwas von dem Entsetzen, das der Mob verbreitete, schwappte wieder in die Menge zurück. Die Zahl der Angreifer nahm ab, obwohl noch immer Ziegel flogen wie ein pausenloses Sperrfeuer, von denen einige trafen, die meisten jedoch fehlgingen.

Der Marsch durch die Stadt dauerte an. In Felisins Ohren dröhnte es schmerzhaft. Sie hörte alles nur durch einen alles überlagernden Lärmschleier hindurch, doch ihre Augen sahen klar – und viel zu oft sah sie Bilder, die sie niemals wieder vergessen würde.

Die Tore waren schon in Sicht, als sich die bisher größte Bresche in den Reihen der Soldaten auftat. Die Soldaten schienen förmlich wegzuschmelzen, und eine Woge schrecklicher Begierde schwappte über die Straße, hüllte die Gefangenen ein.

Felisin konnte Heborics geknurrte Worte kaum verstehen, obwohl er sich ganz dicht hinter ihr befand und sie immer weiterschob. »Jetzt ist es also so weit.«

Baudin brüllte auf. Körper drängten heran, Hände zerrten, Nägel fetzten. Die letzten kümmerlichen Reste ihrer Kleidung wurden Felisin heruntergerissen. Eine Hand schloss sich um eine Strähne ihres Haares, zerrte wild, riss ihr den Kopf herum, wollte ihr das Genick brechen. Sie hörte einen Aufschrei und begriff, dass sie selbst diejenige war, die da schrie. Ein tierisches Knurren ertönte hinter ihr, und sie spürte, wie die Hand wie in Krämpfen zuckte und dann losließ. Noch mehr Geschrei gellte in ihren Ohren.

Eine starke Bewegung erfasste die Gefangenen, zog an ihnen oder schob sie – sie konnte es nicht genau ausmachen –, und Heborics Gesicht geriet in ihr Blickfeld; er spuckte blutige Hautfetzen aus. Plötzlich war um Baudin herum viel Platz. Er stand zusammengeduckt da, und ein Strom von Hafenarbeiterflüchen sprudelte pausenlos von seinen blutig geschlagenen Lippen. Der Mob hatte ihm das rechte Ohr abgerissen, und zusammen mit der Ohrmuschel auch Haare und einen Fetzen Haut und Fleisch. Sein Schläfenknochen glänzte feucht. Rings um ihn lagen zerschmetterte Leiber, von denen sich nur noch wenige bewegten. Zu seinen Füßen hockte Lady Gaesen. Baudin hatte sie an den Haaren gepackt, zog sie ein Stück hoch, sodass man ihr Gesicht sehen konnte. Einen Augenblick lang schien alles zu erstarren, schien die ganze Welt nur noch aus dieser einzigen Szene zu bestehen.

Baudin bleckte die Zähne und lachte. »Ich bin kein winselnder Adliger«, grollte er und starrte dabei die Menge an. »Was wollt ihr? Wollt ihr das Blut einer Adligen?«

Der Mob kreischte auf, streckte gierig die Hände aus. Baudin lachte erneut. »Wir gehen da durch, hört ihr mich?« Er streckte sich, zog dabei Lady Gaesens Kopf in die Höhe.

Felisin vermochte nicht zu sagen, ob die alte Frau bei Bewusstsein war. Ihre Augen waren geschlossen, ihr Gesichtsausdruck friedlich, fast jugendlich, unter all dem Dreck und den Wunden. Vielleicht war sie tot. Felisin betete, dass dem wirklich so war. Gleich würde etwas geschehen, etwas, das diesen Albtraum zu einem einzigen Bild verdichten würde. Gespannte Erwartung lag in der Luft.

»Sie gehört euch!«, kreischte Baudin. Er griff mit der zweiten Hand nach dem Kinn der Lady, drehte ihren Kopf herum. Das Genick brach und der Körper sackte zuckend in sich zusammen. Baudin schlang die Kette einmal um ihren Hals. Er zog sie stramm, und dann begann er zu sägen. Blut spritzte auf, ließ die Kette wie einen zerfetzten Schal aussehen.

Felisin starrte entsetzt auf die Szene.

»Fener, erbarme dich«, keuchte Heboric.

Die Menge schwieg wie betäubt, wich trotz ihres Blutdurstes langsam zurück. Ein Soldat tauchte auf; er trug keinen Helm, und sein Gesicht war bleich. Die Augen fest auf Baudin gerichtet, blieb er dicht vor ihm stehen. Hinter ihm blitzten die glänzenden, spitzen Helme und die blankgezogenen Schwerter der Roten Klingen über der Menge auf, als die Reiter sich langsam einen Weg zu ihnen bahnten.

Nichts rührte sich, außer der sägenden Kette. Alles schien die Luft anzuhalten, nur Baudin keuchte schnaubend. Was für Unruhen auch immer noch irgendwo anders toben mochten, sie schienen Tausende von Längen entfernt.

Felisin sah, wie der Kopf der alten Frau vor und zurück zuckte, eine Parodie der Bewegungen eines lebenden Wesens. Sie erinnerte sich an Lady Gaesen, sie war arrogant und anmaßend gewesen, die Jahre ihrer Schönheit hatten längst hinter ihr gelegen, und sie hatte sich stattdessen um Format bemüht. Welche andere Wahl hätte sie auch sonst gehabt? Es hätte viele Möglichkeiten gegeben, doch das spielte jetzt keine Rolle mehr. Wäre sie eine höfliche, freundliche Großmutter gewesen, es hätte keine Rolle gespielt, es hätte das betäubende Entsetzen dieses Augenblicks nicht gemildert.

Mit einem schmatzenden Geräusch löste sich der Kopf vom Körper. Baudins Zähne glänzten, als er die Menge anstarrte. »Wir hatten eine Abmachung«, knirschte er. »Hier ist das, was ihr wollt, etwas, das euch immer an diesen Tag erinnern wird.« Er schleuderte Lady Gaesens Kopf mitten in die Menge, ein Wirbel aus Haaren und blutigen Fäden. Schreie ertönten von der Stelle, an der er gelandet war.

Mehr Soldaten erschienen, den Rücken von den Roten Klingen gedeckt. Sie bewegten sich langsam, schoben die immer noch schweigenden Zuschauer beiseite. Entlang der Reihe wurde wieder für Ruhe gesorgt – überall gewaltsam und ohne Pardon zu gewähren, außer hier. Als die ersten Menschen unter Schwerthieben fielen, begannen die Übrigen zu fliehen.

Als die Gefangenen die Arena verlassen hatten, waren sie etwa dreihundert gewesen. Als Felisin jetzt die Reihe entlangblickte, konnte sie zum ersten Mal sehen, wie viele davon übrig geblieben waren. In einigen Handschellen hingen nur noch Unterarme, andere waren völlig leer. Weniger als hundert Gefangene waren noch auf den Beinen. Viele lagen vor Schmerzen schreiend und sich windend auf den Pflastersteinen; die Übrigen rührten sich nicht.

Baudin starrte düster zu der am nächsten stehenden Gruppe von Soldaten hinüber. »Ihr habt den richtigen Zeitpunkt gewählt, Blechköpfe.«

Heboric spuckte herzhaft aus. Er verzog das Gesicht, als er den Schläger anstarrte. »Du hast gedacht, du könntest dir den Weg freikaufen, was, Baudin? Gib ihnen, was sie wollen. Aber es war sinnlos, stimmt's? Die Soldaten waren schon unterwegs. Sie hätte leben können –«

Baudin drehte sich langsam um. Sein Gesicht war eine blutige Maske. »Und wozu, Priester?«

»War das der Grund? Weil du dir sicher warst, dass sie im Frachtraum sowieso gestorben wäre?«

Baudin bleckte die Zähne und sagte langsam: »Ich hasse es einfach, mit Bastarden Abmachungen zu treffen.«

Felisin starrte das drei Fuß lange Stück Kette zwischen ihr und Baudin an. Tausend Gedanken hätten folgen können, Kettenglied um Kettenglied – was sie gewesen war, was sie jetzt war; das Gefängnis, das sie entdeckt hatte, drinnen und draußen, das in ihrer lebhaften Erinnerung miteinander verschmolz – doch alles, was sie dachte, alles, was sie sagen konnte, war ein einfacher Satz. »Triff keine weiteren Abmachungen mehr, Baudin.«

Er starrte sie aus zusammengekniffenen Augen an. Ihre Worte, ihr Tonfall, drangen irgendwie zu ihm durch.

Heboric streckte sich. In seinen Augen lag ein harter Glanz, als er sie musterte. Felisin wandte sich ab, halb aus Trotz, halb aus Scham.

Einen Augenblick später schoben die Soldaten – die mittlerweile die Toten beiseite geräumt hatten – die Gefangenen weiter, hinaus durch das Tor, die Oststraße entlang, dem Pier von Glücklos entgegen. Dorthin, wo Mandata Tavore und ihr Gefolge warteten – und die Sklavenschiffe aus Aren.

Grundbesitzer und Kleinbauern säumten die Straße, doch sie zeigten keine Anzeichen der Raserei, die ihre Vettern und Kusinen innerhalb der Stadt ergriffen hatte. Felisin sah in ihren Gesichtern einen teilnahmslosen Kummer, eine Leidenschaft, die von anderen Wunden herrührte. Sie hatte keine Ahnung, woher sie kam, und sie wusste, dass ihre Unwissenheit den Unterschied zwischen ihr und ihnen ausmachte. Und während sie von blauen Flecken und Kratzern übersät hilflos in ihrer Nacktheit dahintrottete, wusste sie außerdem, dass ihre Lektionen begonnen hatten.

Buch Eins

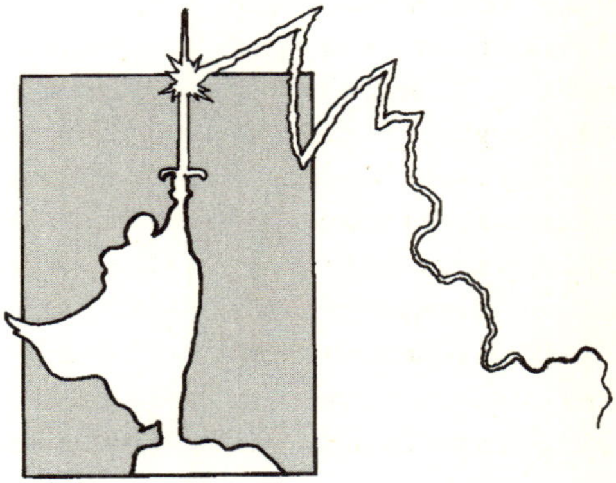

Raraku

Er schwamm zu meinen Füßen,
seine mächtigen Arme teilten
den Sand mit kräftigen Zügen.
So fragte ich diesen Mann,
welche Meere durchschwimmst du?
Und darauf antwortete er:
»Ich habe Muscheln und Ähnliches
in dieser Wüste gesehen,
so durchschwimme ich
die Erinnerung dieses Landes
und ehre so seine Vergangenheit.«
Ist die Reise weit?, fragte ich ihn.
»Das kann ich nicht sagen«, antwortete er,
»denn ich werde untergehen,
lange bevor ich sie beendet habe.«

Die Worte des Narren
Thenys Bule

Kapitel Eins

Und alle kamen,
um auf dem Pfad
ihr Zeichen zu hinterlassen,
und die trockenen Winde
mit ihrem widerlichen Anspruch
auf das Aufsteigen zu verpesten.

Der Pfad der Hände
Messremb

Das 1164ste Jahr von Brands Schlaf
Das zehnte Jahr der Herrschaft von Imperatrix Laseen
Das Sechste der Sieben Jahre von Dryjhna, der Apokalypse

Eine Korkenzieherschwade aus Staub huschte durch die Mulde, bewegte sich tiefer in die pfadlose Einöde der Pan'potsun-Odhan hinein. Obwohl sie kaum zweitausend Schritte entfernt war, schien die Schwade aus dem Nichts geboren.

Von seinem erhöhten Aussichtspunkt am windzerzausten Rand der Hochebene aus sah Mappo Runt ihr mit harten Augen nach, Augen, die die Farbe des Sandes hatten und tief in ihren Höhlen in einem blassen Gesicht mit ausgeprägten Wangenknochen lagen. In seiner Hand, deren Rücken mit dicken Borsten bewachsen war, hielt er ein Stück Emrag-Kaktus, und er scherte sich nicht um die giftigen Dornen, als er hineinbiss. Blauer Saft rann sein Kinn hinunter. Er kaute langsam und nachdenklich.

Neben ihm schnippte Icarium einen Kieselstein über den Rand

der Klippe, der klickend und klackernd den Hang hinunterhüpfte und erst an dessen geröllübersätem Fuß liegen blieb. Er trug die zerrissenen Gewänder eines Geistergängers, deren ehemals leuchtendes Orange von der Sonne zu einem staubigen Rostrot ausgeblichen war, und das, was von seiner grauen Haut zu sehen war, hatte mittlerweile einen dunklen olivgrünen Farbton angenommen, als ob das Blut seines Vaters dem Ruf dieses Ödlands geantwortet hätte. Schweißtropfen fielen aus seinen langen, zusammengeflochtenen schwarzen Haaren auf den gebleichten Felsen.

Mappo zupfte einen zermalmten Dorn zwischen seinen Vorderzähnen heraus. »Dein Färbemittel zerläuft«, stellte er fest, während er das Stück Kaktus einen Augenblick beäugte. Dann biss er wieder davon ab.

Icarium zuckte die Schultern. »Das spielt keine Rolle mehr. Zumindest nicht hier draußen.«

»Nicht einmal meine blinde Großmutter hätte dir deine Verkleidung abgekauft. In Ehrlitan sind uns pausenlos Blicke gefolgt. Ich habe sie Tag und Nacht über meinen Rücken kriechen gespürt. Schließlich sind Tannos meistens klein und o-beinig.« Mappo riss den Blick von der Staubwolke los und betrachtete seinen Freund. »Das nächste Mal suchst du dir bitte einen Stamm aus, dessen Mitglieder alle sieben Fuß groß werden«, knurrte er.

Über Icariums faltiges, wettergegerbtes Gesicht huschte etwas, das die Andeutung eines Lächelns gewesen sein mochte, dann nahm es wieder den gewohnten, selbstgefälligen Ausdruck an. »Jene im Reich der Sieben Städte, die etwas von uns wissen können, wissen jetzt sicherlich von uns. Jene, die keine Ahnung haben, wer wir sind, werden sich vielleicht über uns wundern; aber mehr werden sie auch nicht tun.« Im grellen Licht blinzelnd, nickte er in Richtung der Staubfahne. »Was siehst du, Mappo?«

»Einen flachen Kopf, einen langen Hals, und überall schwarz behaart. Wenn's nur das wäre, würde diese Beschreibung glatt auf einen meiner Onkel zutreffen.«

»Aber da ist noch was.«

»Ein Bein vorne und zwei hinten.«

Icarium rieb sich nachdenklich den Nasenrücken. »Also keiner von deinen Onkeln. Ein Aptorian?«

Mappo nickte langsam. »Es dauert noch Monate bis zur Konvergenz. Ich nehme an, Schattenthron hat irgendwie gerochen, was da kommt, und ein paar Kundschafter losgeschickt …«

»Und der da?«

Mappo grinste, entblößte dabei mächtige Eckzähne. »Der hat sich ein bisschen zu weit vorgewagt. Das ist jetzt Sha'iks Schoßtier.« Er war mit seinem Kaktus fertig und rieb sich die gewaltigen Hände, dann stand er auf. Als er den Rücken krümmte, zuckte er zusammen. Vergangene Nacht waren im Sand unter seiner Bettrolle unerklärlicherweise Unmengen von Wurzeln verborgen gewesen, und jetzt erinnerten ihn die Muskeln links und rechts seiner Wirbelsäule an jeden Knoten und jede Windung der baumlosen Knochen. Er rieb sich die Augen. Ein kurzer Blick an sich hinunter offenbarte ihm den zerrissenen und schmutzverkrusteten Zustand seiner Kleidung. Er seufzte. »Man sagt, dass irgendwo hier draußen eine Wasserstelle sein soll …«

»Um die herum Sha'iks Armee ihr Lager aufgeschlagen hat.«

Mappo grunzte.

Icarium streckte sich ebenfalls und musterte bei dieser Gelegenheit einmal mehr die mächtige Gestalt seines Gefährten; er war groß, selbst für einen Trell, mit breiten, schwarz behaarten Schultern, langen, mit kräftigen Muskelsträngen bepackten Armen und der Erfahrung von tausend Jahren, die gelegentlich wie ein ausgelassener Bock in Mappos Augen herumsprang. »Kannst du ihn verfolgen?«

»Wenn du willst.«

Icarium schnitt eine Grimasse. »Wie lange kennen wir uns jetzt schon, mein Freund?«

Mappo warf ihm einen kurzen, scharfen Blick zu, dann zuckte er die Schultern. »Sehr lange. Warum fragst du?«

»Ich kann den Widerwillen in deiner Stimme sehr wohl hören. Beunruhigt dich der Gedanke?«

»Jede Möglichkeit, mit einem Dämon aneinander geraten zu können, beunruhigt mich, Icarium. Mappo Trell ist scheu wie ein Hase.«

»Mich treibt die Neugier.«

»Ich weiß.«

Das ungleiche Paar drehte sich zu dem kleinen Lagerplatz um, der versteckt zwischen zwei hoch aufragenden Felsnadeln lag, die der Wind geformt hatte. Sie hatten keine Eile. Icarium setzte sich auf einen flachen Felsen und machte sich daran, seinen Langbogen einzuölen; er wollte verhindern, dass das Hornholz austrocknete. Nachdem er mit dem Zustand der Waffe zufrieden war, wandte er sich seinem einschneidigen Langschwert zu. Er zog die uralte Waffe aus ihrer mit Bronzebändern umwickelten Scheide aus bearbeitetem Leder und begann, mit einem eingeölten Wetzstein an der schartigen Klinge entlangzufahren.

Mappo brach das Fellzelt ab und faltete es willkürlich zusammen, dann stopfte er es in seinen großen Lederbeutel. Das Kochgeschirr folgte, ebenso wie die Decken. Er zog die Verschnürung zu und hängte sich den Beutel über eine Schulter, dann warf er einen Blick zu Icarium hinüber, der den Bogen bereits wieder eingewickelt und auf seinem Rücken befestigt hatte, und nun auf ihn wartete.

Icarium nickte, und die beiden Gefährten – der eine ein Jaghut-Halbblut, der andere ein reinrassiger Trell – begannen den Pfad hinabzusteigen, der sie hinunter ins Becken führen würde.

Am Himmel über ihnen leuchteten die Sterne. Ihr Licht reichte aus, um die Trockenpfanne des Beckens silbern zu färben. Die Blutfliegen waren zusammen mit der Tageshitze verschwunden und hatten die Nacht den gelegentlich auftretenden Schwärmen von Kapmotten überlassen, sowie den fledermausähnlichen Rhizan – geflügelten Echsen, die sich von ihnen ernährten.

Mappo und Icarium machten im Hof einer alten Ruine Rast, um sich etwas auszuruhen. Die Tonziegel-Wände waren fast völlig abgetragen worden; nur knapp schienbeinhohe Reste waren übrig geblieben, die sich in einem geometrischen Muster um eine alte, längst ausgetrocknete Quelle zogen. Der Wind hatte feinkörnigen Sand herbeigeweht, der nun die Pflastersteine des Hofs bedeckte, und Mappo hatte den Eindruck, als ginge ein leichtes Schimmern von ihm aus. Zerzaustes Gestrüpp klammerte sich mit knorrigen Wurzeln am Rand des Hofes fest.

Sowohl in der Pan'potsun-Odhan als auch in der Heiligen Wüste Raraku, die sich in Richtung Westen anschloss, gab es unzählige solcher Überbleibsel längst vergangener Zivilisationen. Mappo und Icarium hatten auf ihren Reisen hohe Tels gefunden – Hügel mit völlig ebener Kuppe, die aus Schicht um Schicht übereinander gebauter Städte bestanden; diese Tels zogen sich in einer annähernd geraden Linie fünfzig Längen weit zwischen den Hügeln und der Wüste dahin, ein eindeutiger Hinweis darauf, dass hier, wo sich jetzt ein trockenes, windgepeitschtes Ödland befand, einst eine reiche, blühende Zivilisation existiert hatte. In der Heiligen Wüste hatte die Legende von Dryjhna, der Apokalyptischen, ihren Ausgang genommen. Mappo fragte sich, ob das Unglück, das die Städte dieser Region mitsamt ihrer Bewohner befallen hatte, vielleicht in irgendeiner Weise zu dem Mythos einer Zeit der Verwüstung und des Todes beigetragen hatte. Denn mit Ausnahme der verlassenen Landsitze, auf die man gelegentlich stieß – auch dieser Ort, an dem sie sich gerade befanden, war einer davon –, zeigten viele Ruinen die Spuren gewaltsamer Zerstörung.

Mappo schnitt eine Grimasse, als seine Gedanken sich plötzlich in vertrauten Bahnen bewegten. *Nicht alles, was vergangen ist, kann zu unseren Füßen ausgebreitet werden, und wir sind hier und jetzt nicht näher dran, als wir es jemals an einem anderen Ort gewesen sind. Und ich habe nicht den geringsten Grund, meinen eigenen Worten nicht zu glauben.* Er wandte seine Gedanken anderen Dingen zu.

Fast in der Mitte des Hofes stand eine einzelne Säule aus rosa Marmor. Die eine Seite war pockennarbig und geriffelt; sie trug die Spuren der Winde, die unaufhörlich aus der Raraku in Richtung der Pan'potsun-Hügel wehten. Auf der windabgewandten Seite der Säule hatte sich noch immer das spiralförmige Muster erhalten, das längst verblichene Künstler in den Stein gemeißelt hatten.

Als sie den Hof betreten hatten, war Icarium unverzüglich zu der knapp sechs Fuß hohen Säule marschiert und hatte ihre Oberfläche untersucht. Sein Grunzen verriet Mappo, dass er gefunden hatte, wonach er Ausschau gehalten hatte.

»Und, was ist mit der hier?«, fragte der Trell, während er den Lederbeutel absetzte.

Icarium trat zu ihm, wischte sich dabei den Staub von den Händen. »Ziemlich weit unten, fast am Fuß, sind Spuren von kleinen Krallenhänden – die Sucher sind unterwegs.«

»Ratten? Mehr als eine Gruppe?«

»Vielwandler«, bestätigte Icarium mit einem Nicken.

»Nun, ich frage mich, wer das wohl sein könnte?«

»Gryllen, vermutlich.«

»Hm. Wie unerfreulich.«

Icarium musterte die völlig flache Ebene, die sich nach Westen hin erstreckte. »Es werden noch andere kommen. Sowohl Wechselgänger als auch Vielwandler. Diejenigen, die sich dem Aufsteigen schon ganz nah glauben, aber genauso auch die, die es nicht tun, und trotzdem den Pfad suchen.«

Mappo seufzte, musterte seinen alten Freund. Ein schwaches Gefühl der Furcht stieg in ihm auf. *Vielwandler und Wechselgänger, zwei Formen des Gestaltwandels, zwei Formen des Fluchs … das Fieber, für das es keine Heilung gibt. Und sie versammeln sich … hier, an diesem Ort.* »Ist das klug, Icarium?«, fragte er sanft. »Auf der Suche nach dem Ziel, dem du schon ewig nachjagst, sind wir drauf und dran, mitten in eine höchst unangenehme Konvergenz hineinzumarschieren. Wenn die Tore sich öffnen, werden wir uns mit einer Gruppe blutdürstiger, vor Gier verblendeter Individuen darum streiten müssen, hindurchzugehen, denn sie alle glauben daran, dass die Tore eine Möglichkeit zum Aufstieg bieten.«

»Wenn solch ein Weg wirklich existiert«, sagte Icarium, den Blick noch immer auf den Horizont geheftet, »dann werde ich dort vielleicht auch all die Antworten finden, nach denen ich suche.«

Antworten sind kein Segen, mein Freund. Bitte glaub mir. »Du hast mir immer noch nicht erklärt, was du zu tun gedenkst, wenn du sie erst einmal gefunden hast.«

Icarium drehte sich zu ihm um. Ein schwaches Lächeln lag auf seinem Gesicht. »Ich bin mein eigener Fluch, Mappo. Ich habe Jahrhunderte gelebt, doch was weiß ich von meiner Vergangenheit? Wo sind meine Erinnerungen? Wie kann ich mein Leben ohne dieses Wissen beurteilen?«

»Einige würden deinen Fluch für ein Geschenk halten«, sagte Mappo. Ein trauriger Ausdruck huschte kurz über sein Gesicht.

»Ich nicht. Ich betrachte diese Konvergenz als eine Gelegenheit. Sie mag mir sehr wohl Antworten gewähren. Ich hoffe, ich kann es vermeiden, meine Waffen zu ziehen, um diese Antworten zu erhalten, aber wenn es sein muss, werde ich auch das tun.«

Der Trell seufzte ein zweites Mal und richtete sich aus seiner geduckten Stellung auf. »Deine Entschlossenheit in dieser Angelegenheit könnte schon bald einer Prüfung unterzogen werden, mein Freund.« Er blickte nach Südwesten. »Sechs Wüstenwölfe sind auf unserer Spur.«

Icarium wickelte seinen Bogen aus und spannte ihn in einer einzigen fließenden Bewegung. »Wüstenwölfe jagen niemals Menschen.«

»Nein«, stimmte Mappo zu. Es würde noch eine Stunde dauern, bis der Mond aufging. Er sah zu, wie Icarium sechs lange, mit Steinspitzen versehene Pfeile bereitlegte, dann blinzelte er in die Dunkelheit hinaus. Kalte Furcht kroch ihm den Nacken hinauf. Die Wölfe waren noch nicht zu sehen, doch er konnte sie trotzdem spüren. »Sie sind zu sechst, aber sie sind nur einer. Vielwandler.« *Es wäre besser, wenn es ein Wechselgänger wäre. Sich in ein anderes Wesen zu verwandeln ist schon schlimm genug, aber gleich in mehrere …*

Icarium runzelte die Stirn. »Also ist es einer mit großer Macht, wenn er in Gestalt von sechs Wölfen aufzutreten vermag. Weißt du, wer es sein könnte?«

»Ich habe einen Verdacht«, sagte Mappo leise.

Dann schwiegen sie und warteten.

Ein halbes Dutzend lohfarbener Schatten tauchte weniger als dreißig Schritte entfernt aus einem Dunkel auf, das aus sich selbst heraus entstanden zu sein schien. Als sie noch zwanzig Schritte entfernt waren, schwärmten die Wölfe zu einem Halbkreis aus, in dessen Zentrum sich Mappo und Icarium befanden. Der würzige Geruch eines Vielwandlers erfüllte die stille Nachtluft. Eines der geschmeidigen Tiere schob sich vor, verharrte jedoch augenblicklich, als Icarium seinen Bogen hob.

»Nicht sechs, sondern einer«, murmelte Icarium.

»Ich kenne ihn«, erwiderte Mappo. »Es ist eine Schande, dass er von uns nicht das Gleiche sagen kann. Er ist unsicher, doch er hat eine Gestalt angenommen, die das Blutvergießen liebt. Heute Nacht jagt Ryllandaras in der Wüste. Ich frage mich nur: jagt er uns – oder irgendetwas anderes?«

Icarium zuckte die Schultern. »Wer von uns soll zuerst sprechen, Mappo?«

»Ich«, entgegnete der Trell und trat einen Schritt vor. Diese Situation erforderte ein listiges, gerissenes Verhalten. Jeder Fehler würde sich als tödlich erweisen. Er sprach leise und sarkastisch. »Du bist ziemlich weit weg von zu Hause, was? Dein Bruder Treach wollte dich töten. Wo war noch jene Kluft? In Dal Hon? Oder war es in Li Heng? Ich glaube mich zu erinnern, dass du damals Schakal warst.«

Ryllandaras' Stimme ertönte in ihren Köpfen, eine Stimme, die vom mangelnden Gebrauch brüchig und zögernd klang. *Ich bin versucht, meinen Geist mit deinem zu messen, N'Trell, bevor ich euch töte.*

»Es mag vielleicht nicht der Mühe wert sein«, erwiderte Mappo leichthin. »Dank der Gesellschaft, in der ich mich befinde, bin ich genauso aus der Übung wie du, Ryllandaras.«

Der Blick aus den klaren blauen Augen des Leitwolfs zuckte kurz zu Icarium hinüber.

»Ich besitze wenig Geist, mit dem zu messen sich lohnt«, sagte das Jaghut-Halbblut leise. Seine Stimme war kaum zu verstehen. »Und ich verliere langsam die Geduld.«

Das ist dumm. Höflichkeit ist das Einzige, was euch vielleicht retten kann. Sag mir, Bogenschütze, wirst du dein Leben von der Listigkeit deines Gefährten abhängig machen?

Icarium schüttelte den Kopf. »Natürlich nicht. Ich teile die Einschätzung, die er von sich selbst hat.«

Ryllandaras wirkte verwirrt. *Dann ist es also nur eine Sache der Zweckdienlichkeit, dass ihr beide zusammen reist. Ihr seid Gefährten ohne Glaube, ohne Vertrauen zueinander. Es muss viel auf dem Spiel stehen.*

»Ich fange an, mich zu langweilen, Mappo«, sagte Icarium.

Die sechs Wölfe erstarrten alle zugleich, wie ein einziges Wesen, und schienen leicht zurückzuzucken. *Mappo Runt und Icarium. Ah, wir verstehen. Ihr sollt wissen, dass wir keinen Streit mit euch haben.*

»So haben wir also den Geist gemessen«, sagte Mappo. Sein Grinsen wurde breiter, dann verschwand es abrupt. »Geh anderswo auf die Jagd, Ryllandaras, ehe Icarium Treach einen Gefallen tut.« *Bevor du all das entfesselst, was zu verhindern ich geschworen habe.* »Hast du mich verstanden?«

Unsere Wege ... kreuzen sich, sagte der Vielwandler, *auf der Fährte eines Dämons des Schattens.*

»Er gehört nicht mehr zum Schatten«, erwiderte Mappo, »sondern zu Sha'ik. Die Heilige Wüste schläft nicht mehr.«

So scheint es. Willst du uns die Jagd verbieten?

Mappo warf einen Blick zu Icarium hinüber, der seinen Bogen senkte und die Achseln zuckte. »Wenn du den Wunsch haben solltest, dich in einen Aptorian zu verbeißen, dann ist das deine Sache. Alles, was wir wollen, ist, weiterziehen zu können.«

Dann sollen sich in der Tat unsere Kiefer um den Hals des Dämons schließen.

»Du würdest dir Sha'ik zur Feindin machen?«, fragte Mappo neugierig.

Der Leitwolf neigte den Kopf zur Seite. *Der Name bedeutet mir nichts.*

Die beiden Reisenden sahen zu, wie die Wölfe davontrotteten und wieder in einem durch Zauberei erschaffenen Dunkel verschwanden. Mappo bleckte die Zähne und seufzte tief. Icarium nickte und fasste in Worte, was sie beide dachten: »Das wird sich schon bald ändern.«

Die wickanischen Reiter stießen wilde Jubelschreie aus, als sie ihre kräftigen Pferde über mehrere Planken vom Transportschiff herunterführten. Die Szene am Kai des Imperialen Hafens von Hissar war chaotisch, ein einziges Durcheinander aus unruhigen Stammesangehörigen – Männern und Frauen –, über deren schwarzen, geflochtenen Haaren und mit Eisendornen besetzten Kappen Lanzenspitzen im Sonnenlicht aufblitzten. Von seinem Aussichtspunkt auf der Brustwehr des Turms am Hafeneingang blickte Duiker mit mehr als nur ein bisschen Skepsis und wachsender Bestürzung auf die wilden, fremdartigen Krieger hinab.

Neben dem Imperialen Historiker stand Mallick Rel, der Bevollmächtigte der Hohefaust; seine Haut hatte die Farbe von geöltem Leder, er roch nach Parfüm aus Aren und hatte die fleischigen, weichen Hände gefaltet und auf seinem Wanst abgelegt. Mallick Rel sah ganz und gar nicht wie der oberste Ratgeber des Kommandanten der malazanischen Armeen im Reich der Sieben Städte aus. Er war ein Jhistal-Priester Maels, des Älteren Gottes der Meere, und er war hier, um der neuen Faust der Siebten Armee das Willkommen der Hohefaust zu übermitteln – eine Geste, die genau das war, was sie zu sein schien: eine sorgfältig berechnete Beleidigung. Obwohl, wie Duiker sich im Stillen eingestehen musste, der Mann, der hier neben ihm stand, innerhalb kürzester Zeit zu einer einflussreichen Position aufgestiegen war und nun zu den Mächtigen des Imperiums zählte, die auf diesem Kontinent ihre Spielchen spielten. Unter den Soldaten kursierten Tausende von Gerüchten über den glatten Priester mit der freundlichen Stimme – oder genauer, über das, was er gegen Hohefaust Pormqual in der Hand haben mochte –, doch es waren immer nur verstohlen geflüsterte Worte, denn die Geschichte von Mallick Rels Weg an die Seite Pormquals war eine Geschichte von geheimnisvollen Unglücksfällen, die über all jene hereingebrochen waren, die ihm im Weg gewesen waren – tödliche Unglücksfälle, wohlgemerkt.

Die politischen Verflechtungen zwischen den malazanischen Besatzern im Reich der Sieben Städte waren ebenso undurchschaubar wie gefährlich. Duiker hegte den Verdacht, dass die neue Faust kaum in der Lage sein würde, derart verschleierte Gesten der Verachtung als solche zu erkennen, schließlich entstammte der Mann einem Volk, dem die zivilisierten Feinheiten der gezähmteren Bürger des Imperiums fremd waren. Die Frage, die sich dem Historiker in diesem Zusammenhang stellte, war einzig und allein die, wie lange Coltaine vom Krähen-Clan in seiner neuen Stellung überleben würde.

Mallick Rel schürzte die vollen Lippen und atmete langsam aus. »Ich bin erfreut über Eure Anwesenheit, Historiker«, sagte er sanft. Sein besonders in den Zischlauten hörbarer Akzent verriet seine Herkunft aus Falar. »Und natürlich auch neugierig. Ihr seid jetzt weit weg vom Hof in Aren …« Er lächelte, ohne dabei seine grün gefärbten Zähne zu zeigen. »Eine Vorsichtsmaßnahme, die auf die Säuberungen im Kernland zurückzuführen ist?«

Worte, die wie Wellen dahinplätschern, das formlose Gehabe des Gottes Mael und seine hinterhältige Geduld. Und das ist meine vierte Unterhaltung mit Rel. Oh, wie ich diese Kreatur verabscheue! Duiker räusperte sich. »Die Imperatrix schenkt mir kaum Beachtung, Jhistal …«

Mallik Rels sanftes Lachen klang wie das Rasseln einer Klapperschlange. »Ein unbeachteter Historiker – oder der unachtsame Umgang mit der Geschichte? Ein Hauch von Bitterkeit auf Grund eines Ratschlags, der zurückgewiesen – oder, schlimmer noch – in den Wind geschlagen wurde. Seid beruhigt, von Untas Türmen werden keine Verbrechen abgeschossen.«

»Es freut mich, das zu hören«, murmelte Duiker und fragte sich, woher der Priester das wissen mochte. »Ich bleibe in Hissar, weil ich Forschungen betreibe«, fuhr er nach einer kurzen Pause erklärend fort. »Es hat bereits zurzeit des Imperators Präzedenzfälle gegeben, was die Verschiffung von Gefangenen in die Otataral-Minen auf der

Insel anbelangt, obwohl er dieses Schicksal gewöhnlich nur Magiern zugedacht hatte.«

»Magiern? Oh.«

Duiker nickte. »Eine effektive Lösung, ja, aber auch eine mit unvorhersehbaren Folgen. Die spezifischen Eigenschaften von Otataral als Magie absorbierendem Erz sind noch immer ein Geheimnis. So wie es aussieht, wurden die meisten dieser Zauberer vom Wahnsinn befallen, aber man weiß nicht, ob das an dem Erzstaub gelegen hat, dem sie ausgesetzt waren, oder daran, dass sie keinen Zugang mehr zu ihren Gewirren hatten.«

»Sind denn Magier bei der nächsten Ladung Sklaven?«

»Ein paar.«

»Dann wird die Frage schon bald beantwortet werden.«

»Das wird sie, ja«, stimmte Duiker zu.

Der T-förmige Kai war mittlerweile ein einziger Mahlstrom aus streitlustigen Wickanern, furchtsamen Dockarbeitern und reizbaren Streitrossen. Ein Kordon der Stadtwache von Hissar bildete den Pfropfen für den Flaschenhals am Ende des Docks, dort, wo es sich zu einem gepflasterten Halbkreis weitete. Die Wachen, allesamt Einheimische aus dem Reich der Sieben Städte, hatten ihre runden Schilde festgehakt und ihre Tulwars gezogen; sie schwangen jetzt drohend die breiten, gekrümmten Klingen – eine Geste, auf die die Wickaner mit lautstark gebrüllten Herausforderungen antworteten.

Zwei Männer erschienen auf der Brustwehr. Duiker nickte ihnen grüßend zu. Mallick Rel ließ sich nicht dazu herab, auch nur einen der beiden zu grüßen – weder den raubeinigen Hauptmann noch den einzigen noch lebenden Kadermagier der Siebten; beide Männer waren von ihrer Stellung her eindeutig zu gering, als dass der Priester mit ihnen Umgang gepflegt hätte.

»Nun, Kulp«, sagte Duiker zu dem untersetzten weißhaarigen Magier, »es könnte sein, dass Ihr gerade rechtzeitig gekommen seid.«

Kulp verzog das schmale, sonnenverbrannte Gesicht zu einer säuerlichen Grimasse. »Ich bin hier hochgekommen, weil ich dafür sorgen wollte, dass meine Knochen heil bleiben, Duiker. Ich habe kein

Interesse daran, Coltaine auf dem Weg zu seiner neuen Position als Teppich zu dienen. Außerdem sind es schließlich *seine* Leute. Dass er bis jetzt noch nicht einmal den kleinen Finger gerührt hat, um diesen brodelnden Beinahe-Aufstand im Keim zu ersticken, verspricht wenig Gutes, würde ich sagen.«

Der Hauptmann an seiner Seite ließ ein zustimmendes Grunzen hören. »Das Ganze ist ein Schlag ins Gesicht«, knurrte er. »Die Hälfte der Offiziere hier haben ihre ersten richtigen Schlachten gegen diesen Bastard Coltaine geschlagen, und jetzt ist er hier, um das Kommando zu übernehmen. Bei den Fingerknöcheln des Vermummten« – er spuckte aus –, »es würde nicht eine einzige Träne vergossen werden, wenn die Hissar-Garde Coltaine und seine verdammten wickanischen Wilden direkt hier am Kai niedermähen würde. Die Siebte braucht die da unten nicht.«

»Das ist angesichts der Gefahr von Aufständen nur zu wahr«, sagte Mallick Rel mit verschleierten Augen zu Duiker. »Dieser Kontinent ist ein Schlangennest, die Entscheidung für Coltaine eine merkwürdige Wahl …«

»So merkwürdig auch wieder nicht«, entgegnete Duiker schulterzuckend. Er richtete seine Aufmerksamkeit wieder auf das Szenario unten am Kai. Die Wickaner, die der Hissar-Garde am nächsten waren, hatten begonnen, direkt vor der vordersten Linie der Bewaffneten auf und ab zu stolzieren. Jeden Augenblick konnte ein blutiger Kampf ausbrechen – der Flaschenhals stand kurz davor, zu einem Schlachtfeld zu werden. Der Historiker spürte, wie sich in seinem Magen ein eiskalter Klumpen zusammenzog, als er sah, wie einige Wickaner die Sehnen ihrer Hornbögen einhängten. Eine weitere Kompanie der Wache erschien auf der Straße rechts der Haupt-Kolonnade, die Piken hoch erhoben.

»Könnt Ihr das näher erläutern?«, fragte Kulp.

Duiker drehte sich um und stellte überrascht fest, dass alle drei Männer ihn fragend anstarrten. Er rief sich kurz seinen letzten Kommentar ins Gedächtnis zurück, dann zuckte er noch einmal die Achseln. »Coltaine hat die wickanischen Clans unter seiner Führung vereint und einen Aufstand gegen das Imperium angezettelt. Der Imperator hatte ziemliche Mühe, ihn wieder zurechtzustutzen, was einige von euch noch aus eigener Erfahrung wissen müssten. Wie es typisch für ihn war, hat der Imperator sich Coltaines Loyalität gesichert und …«

»Wie?«, bellte Kulp.

»Das weiß niemand.« Duiker lächelte. »Der Imperator hat so gut wie nie erklärt, wie er zu seinen Erfolgen gekommen ist. Wie auch immer, da Imperatrix Laseen den von ihrem Vorgänger gewählten Kommandeuren keine besonders große Zuneigung entgegengebracht hat, sollte Coltaine eigentlich irgendwo in der tiefsten Provinz von Quon Tali verfaulen. Und dann hat sich die Situation plötzlich geändert. Mandata Lorn wird in Darujhistan getötet, Hohefaust Dujek wird zum Renegaten, und seine gesamte Armee folgt ihm, was praktisch den ganzen Genabackis-Feldzug zum Scheitern bringt – und hier, im Reich der Sieben Städte, naht das Jahr von Dryjhna, das in den Prophezeiungen als Jahr der Rebellion bezeichnet wird. Laseen braucht fähige Kommandeure, ehe ihr alles entgleitet. Die neue Mandata Tavore hat noch keinerlei Erfahrung. Also …«

»Coltaine«, nickte der Hauptmann. Sein Gesichtsausdruck wurde womöglich noch finsterer. »Deshalb wurde er hierher geschickt, um das Kommando über die Siebte zu übernehmen und die Rebellion niederzuschlagen …«

»Nun«, sagte Duiker trocken, »wer könnte letztendlich besser mit einem Aufstand umgehen als jemand, der selbst einen angezettelt hat?«

»Wenn es zu einer Meuterei kommt, dürften seine Chancen gering sein«, sagte Mallick Rel. Er hatte den Blick noch immer auf die Szene unter ihnen geheftet.

Duiker sah ein halbes Dutzend Tulwars aufblitzen, sah die Wickaner zurückweichen und dann ihre eigenen Langmesser ziehen. Es schien, als hätten sie einen Anführer gefunden, einen großen, wild aussehenden Krieger, in dessen lange Zöpfe Fetische eingeflochten waren; er feuerte die Umstehenden an und schwang dabei seine Waffe über dem Kopf. »Beim Vermummten!«, fluchte der Historiker. »Wo zur Hölle steckt Coltaine?«

Der Hauptmann lachte. »Aber er ist doch da … der Große mit dem Langmesser.«

Duikers Augen weiteten sich. *Das ist Coltaine? Dieser Verrückte ist die neue Faust der Siebten Armee?*

»Wie ich sehe, hat er sich überhaupt nicht verändert«, fuhr der Hauptmann fort. »Wenn du Anführer aller Clans sein und dabei deinen Kopf auf den Schultern behalten willst, dann solltest du schlimmer sein als alle anderen zusammen. Was glaubt Ihr denn, warum der alte Imperator ihn so gern gemocht hat?«

»Beru, schütze uns«, flüsterte Duiker entsetzt.

Im nächsten Augenblick stieß Coltaine einen lauten, heulenden Schrei aus, der die Wickaner augenblicklich zum Schweigen brachte. Waffen wurden wieder in die Scheiden geschoben, Bögen gesenkt, Pfeile zurück in die Köcher gesteckt. Selbst die bockenden, um sich schnappenden Pferde standen plötzlich still, die Köpfe erhoben, die Ohren gespitzt. Um Coltaine herum, der den Wachen den Rücken zudrehte, war auf einmal Platz. Der große Krieger gestikulierte, und die vier Männer auf der Brustwehr sahen schweigend zu, wie die Pferde mit größter Sorgfalt gesattelt wurden. Weniger als eine Minute später saßen die Reiter im Sattel und formierten sich zu einer eng geschlossenen Parade-Formation, wie sie auch die Elitetruppen des Imperiums nicht besser hinbekommen hätten.

»Das war ganz vorzüglich«, meinte Duiker.

Mallick Rel entschlüpfte ein leiser Seufzer. »Barbarisches Gespür für den richtigen Zeitpunkt, das Gespür eines Tiers für Herausforderung, dann Verachtung. Ein Exempel für die Garde. Auch eines für uns?«

»Coltaine ist eine Schlange«, sagte der Hauptmann, »wenn es das war, was Ihr wissen wolltet. Wenn das Oberkommando in Aren glaubt, ihn umgehen zu können, dann werden sie dort eine ziemlich unangenehme Überraschung erleben.«

»Ein hochherziger Ratschlag«, stimmte Mallick Rel zu.

Der Hauptmann sah aus, als hätte er gerade etwas furchtbar Scharfes hinuntergeschluckt, und Duiker wurde klar, dass der Mann gesprochen hatte, ohne daran zu denken, dass der Priester selbst zum Oberkommando gehörte.

Kulp räusperte sich. »Er hat sie eine Truppen-Formation bilden lassen – ich vermute, der Ritt zu den Unterkünften wird trotz allem friedlich verlaufen.«

»Ich muss gestehen«, sagte Duiker sarkastisch, »dass ich mich darauf freue, die neue Faust der Siebten Armee kennen zu lernen.«

Den Blick unter halb geschlossenen Lidern hervor immer noch auf den Kai gerichtet, nickte Rel zustimmend. »Ich bin ganz Eurer Meinung.«

Mit geblähtem, dreieckigem Segel glitt das Fischerboot auf einem genau nach Süden führenden Kurs in die Kansu-See hinaus und ließ die Skara-Inseln achtern zurück. Wenn die steife Brise anhielt, würden sie in vier Stunden die Küste von Ehrlitan erreichen. Fiedlers Gesichtsausdruck verfinsterte sich. *Die Küste von Ehrlitan im Reich der Sieben Städte. Ich hasse diesen ganzen verdammten Kontinent. Hab ihn schon beim ersten Mal gehasst und hasse ihn jetzt womöglich noch mehr.* Er beugte sich über die Bordwand und spuckte scharfe Galle in die warmen grünen Wogen.

»Fühlst du dich jetzt besser?«, fragte Crokus vom Bug her. Aufrichtiges Mitgefühl zeigte sich auf seinem sonnengebräunten jungen Gesicht.

Der alte Sappeur hätte am liebsten mitten in dieses Gesicht hineingeschlagen. Stattdessen stieß er nur ein Knurren aus und kauerte sich noch tiefer in den Rumpf des kleinen Bootes.

Von der Ruderpinne her erklang Kalams Lachen. »Fiedler und Wasser passen einfach nicht zusammen, mein Junge. Schau ihn dir doch nur an, er ist sogar noch grüner als dein verdammter geflügelter kleiner Affe.«

Ein freundliches Schnauben ertönte, und warmer Atem blies gegen Fiedlers Wange. Mühsam öffnete er ein blutunterlaufenes Auge und sah sich einem winzigen, verschrumpelten Gesicht gegenüber, aus dem ihn neugierige Augen anstarrten. »Geh weg, Moby«, krächzte Fiedler. Der Hausdämon, der einst der Diener von Crokus' Onkel Mammot gewesen war, schien den Sappeur adoptiert zu haben, so, wie es auch streunende Hunde oder Katzen oft taten. Kalam würde natürlich behaupten, dass es genau andersherum war. »Aber das ist eine Lüge«, flüsterte Fiedler. »Kalam ist gut in so was ...«, *genau wie darin, in der vagen Hoffnung, dass ein Skrae-Handelsschiff vorbeikommt, eine ganze verdammte Woche in Rutu Jelba rumzulungern. ›Wir buchen eine komfortable Überfahrt, was, Fiedler?‹ Nicht wie diese verdammte Ozean-Überquerung, oh, nein – wobei auch das angeblich eine komfortable Sache gewesen sein soll. Eine ganze Woche in Rutu Jelba, einer von Eidechsen verseuchten, aus orangefarbenen Ziegeln aufgemauerten Jauchegrube von einer Stadt – und wozu das alles? Acht Jakatas für dieses abgesägte Bierfass, dessen Löcher mit Lumpen gestopft sind?*

Die Stunden verstrichen. Das stete Auf und Ab lullte Fiedler ein. Seine Gedanken wanderten zurück zu der entsetzlich langen Reise, die sie hierher geführt hatte, und dann zu der entsetzlich langen Reise, die noch vor ihnen lag. *Wir können die Dinge anscheinend nie auf die einfache Weise erledigen, was?*

Ihm wäre am liebsten gewesen, wenn alle Meere ausgetrocknet wären. *Menschen haben Füße, keine Flossen. Aber egal, immerhin werden wir schon bald quer über Land marschieren – mitten durch eine fliegenverseuchte, wasserlose Ödnis, wo die Leute nur dann lächeln, wenn sie dir ankündigen wollen, dass sie dich gleich umbringen werden.*

Der Tag schleppte sich dahin, grün gefärbt und schaukelnd.

Er dachte an die Kameraden, die er in Genabackis zurückgelassen hatte, und er wünschte sich, er könnte an ihrer Seite marschieren. *Mitten hinein in einen Religionskrieg. Vergiss das nicht, Fiedler, Religionskriege sind kein Spaß.* Die Fähigkeit des logischen Denkens, die es normalerweise möglich machte, sich zu ergeben, kam bei derartigen Gelegenheiten nicht zur Anwendung. Und dennoch, seit Jahren hatte er nichts anderes gekannt als seinen Trupp. Ihm fehlte etwas Wichtiges, wenn er die anderen nicht um sich hatte. *Nur Kalam ist bei mir, und der nennt das Land, das da vor uns liegt, seine Heimat. Und er lächelt, bevor er einen umbringt. Was haben er und der Schnelle Ben bloß wieder ausgeheckt, wovon sie mir bis jetzt noch nichts gesagt haben?*

»Da sind noch mehr von diesen Fliegenden Fischen«, sagte Apsalar. Ihre Stimme verriet Fiedler, wem die weiche Hand gehörte, die sich eben auf seine Schulter gelegt hatte. »Hunderte von ihnen!«

»Sie werden gejagt, von etwas Großem aus dem tiefen Wasser«, sagte Kalam.

Ächzend mühte sich Fiedler in eine aufrechte Position. Moby nutzte die Gelegenheit und offenbarte, warum er den ganzen Tag so um Fiedler herumscharwenzelt war; er kroch auf den Schoß des Sappeurs, rollte sich dort zusammen und schloss die gelben Augen. Fiedler klammerte sich am Dollbord fest und und betrachtete genau wie seine drei Gefährten die Schule Fliegender Fische, die sich in gut hundert Schritt Entfernung auf der Steuerbordseite tummelte. Die milchweißen Fische, die etwa so lang waren wie ein Männerarm, sprangen aus den Wogen, segelten vielleicht dreißig Fuß und tauchten dann wieder zurück ins Wasser, verschwanden unter der Oberfläche. In der Kansu-See jagten die Fliegenden Fische wie Haie; ein Schwarm von ihnen konnte einen Walbullen binnen weniger Minuten bis auf die Knochen abnagen. Sie benutzten dabei ihre Fähigkeit zu fliegen, um sich auf den Rücken eines Wals zu werfen, wenn er zum Luftholen auftauchte. »Und was in Maels Namen jagt sie?«

Kalam runzelte die Stirn. »Hier in der Kansu-See dürfte es eigentlich gar nichts dergleichen geben. Draußen, in Suchers Tiefe, gibt es natürlich die Dhenrabi.«

»Die Dhenrabi! Oh, das beruhigt mich aber, Kalam. Das beruhigt mich wirklich außerordentlich!«

»Ist das so eine Art Seeschlange?«, wollte Crokus wissen.

»Stell dir einen gut achtzig Schritt langen Hundertfüßer vor«, erwiderte Fiedler. »Er wickelt sich um Wale oder um Schiffe, lässt alle

Luft unter seiner gepanzerten Haut entweichen und sinkt dann mitsamt seiner Beute wie ein Stein in die Tiefe.«

»Sie sind sehr selten«, sagte Kalam, »und ich habe noch nie einen im flachen Wasser gesehen.«

»Bis jetzt«, sagte Crokus mit vor Schreck lauter Stimme.

Der Dhenrabi brach inmitten der Fliegenden Fische durch die Wasseroberfläche, warf den Kopf von einer Seite zur anderen, und ein riesiges, rasiermessergleiches Maul verschlang seine Beute zu Dutzenden. Der Schädel der Kreatur war unglaublich breit, mindestens zehn Armspannen; ihr gegliederter, gepanzerter Körper war mit einer Kruste aus Entenmuscheln überzogen und dunkelgrün, wobei jedes Segment mit langen, ebenfalls chitingepanzerten Gliedmaßen versehen war.

»Achtzig Schritt lang?«, zischte Fiedler. »Aber erst, nachdem es in zwei Hälften zerteilt wurde.«

Kalam, der noch immer die Ruderpinne hielt, stand auf. »Kümmere dich um das Segel, Crokus. Wir machen uns davon. Richtung Westen.«

Fiedler schob einen kreischenden Moby von seinem Schoß und schnürte sein Bündel auf, begann dann ungeschickt, seine Armbrust auszuwickeln. »Wenn das Biest beschließen sollte, dass wir wie eine leckere Mahlzeit aussehen, Kalam, dann …«

»Ich weiß«, sagte der Assassine mit rauer Stimme.

Nachdem Fiedler die schwere eiserne Waffe rasch zusammengesetzt hatte, blickte er auf und schaute genau in Apsalars weit aufgerissene Augen. Sie war totenblass. Der Sappeur zwinkerte ihr zu. »Ich habe eine Überraschung für das Biest, wenn es uns zu nahe kommt, Mädchen.«

Sie nickte. »Ich erinnere mich …«

Der Dhenrabi hatte das Boot gesehen. Er hatte sich von dem Schwarm Fliegender Fische abgewandt und kam jetzt auf sie zu, jagte in schlängelnden Bewegungen durch die Wellen heran.

»Das ist kein gewöhnliches Tier«, murmelte Kalam. »Riechst du auch, was ich rieche, Fiedler?«

Es riecht würzig. Und bitter. »Beim Atem des Vermummten, das ist ein Wechselgänger!«

»Ein was?«, fragte Crokus.

»Ein Gestaltwandler«, erwiderte Kalam.

Eine rasselnde Stimme war plötzlich in Fiedlers Kopf – und ein Blick in die Gesichter seiner Gefährten verriet ihm, dass sie sie ebenfalls hörten –: *Welch ein Unglück für euch, Sterbliche, dass ihr Zeugen meines Vorbeiziehens geworden seid.*

Der Sappeur grunzte. Die Worte der Kreatur hatten alles andere als bedauernd geklungen.

Aus diesem Grunde müsst ihr alle sterben, fuhr der Wechselgänger fort, *aber ich werde euer Fleisch nicht dadurch entehren, dass ich euch esse.*

»Wie freundlich von dir«, murmelte Fiedler, während er einen schweren Bolzen in die Nut der Armbrust legte. Statt mit der üblichen eisernen Spitze war dieser Bolzen mit einer Tonkugel von der Größe einer Grapefruit versehen.

Und einmal mehr ist ein Fischerboot rätselhaft verschwunden, sann der Wechselgänger ironisch vor sich hin. *Wie traurig.*

Fiedler kroch zum Heck, kauerte sich dort neben Kalam auf die Planken. Der Assassine richtete sich auf, um den Dhenrabi anzusehen, behielt jedoch eine Hand an der Ruderpinne. »Wechselgänger! Zieh weiter deines Weges – dein Vorbeiziehen kümmert uns nicht!«

Ich werde barmherzig sein, wenn ich euch töte. Die Kreatur näherte sich dem Boot genau von achtern, schnitt durch das Wasser wie ein schlankes Schiff. Ihre Kiefer öffneten sich weit.

»Wir haben dich gewarnt«, sagte Fiedler, während er in einer einzigen fließenden Bewegung die Armbrust hob, zielte und schoss. Der Bolzen raste in das weit aufgerissene Maul des Ungeheuers. Blitzschnell schnappte der Dhenrabi nach dem Schaft, seine dünnen, gezackten Zähne zerrissen den Bolzen und zermalmten die Tonkugel, setzten das pulverige Gemisch in ihrem Innern der frischen Seeluft aus. Was nahezu augenblicklich eine gewaltige Explosion zur Folge hatte, die den Schädel des Wechselgängers zerfetzte.

Knochensplitter und graue Fleischfetzen regneten rund um das Boot ins Wasser. Das Brandpulver, und somit alle Teile, an denen es klebte, brannte immer noch weiter. Dampfwolken stiegen von der Wasseroberfläche auf. Der Schwung trug den kopflosen Kadaver bis auf vier Armspannen an das Heck des Bootes heran, ehe er unterging und langsam außer Sicht sank, während die letzten Echos der donnernden Explosion noch über die See rollten. Rauch trieb seitlich über den Wogen davon.

»Du hast dir die falschen Fischer ausgesucht«, sagte Fiedler und senkte die Armbrust.

Kalam setzte sich auf seinen Platz neben der Ruderpinne und brachte das Boot erneut auf Kurs Richtung Süden. Eine merkwürdige Stille hing in der Luft. Fiedler nahm seine Armbrust auseinander und wickelte sie wieder in ölgetränktes Leinen. Als er an seinen Platz mittschiffs zurückkehrte, kroch Moby wieder auf seinen Schoß. Seufzend kraulte er das kleine Wesen hinter dem Ohr. »Und, was meinst du, Kalam?«

»Ich bin mir nicht sicher«, gab der Assassine zu. »Was hat einen Wechselgänger hierher in die Kansu-See geführt? Und warum wollte er seine Reise geheim halten?«

»Wenn der Schnelle Ben hier wäre …«

»Aber er ist nicht hier, Fiedler. Wir werden mit diesem Geheimnis leben müssen, und mit etwas Glück wird es das einzige bleiben.«

»Glaubst du, es hat irgendetwas damit zu tun, dass …«

Kalam machte ein finsteres Gesicht. »Nein.«

»Womit?«, sagte Crokus forschend. »Über was redet ihr beide da eigentlich überhaupt?«

»Wir hängen nur unseren Gedanken nach«, meinte Fiedler. »Der Wechselgänger war in Richtung Süden unterwegs, genau wie wir.«

»Also?«

Fiedler zuckte die Schultern. »Also … nichts. Es war nur eine Feststellung.« Er spuckte über die Bordwand und sackte in sich zusammen. »Bei all der Aufregung habe ich meine Seekrankheit ganz vergessen. Jetzt geht's mir aber schon wieder schlecht, verdammt!«

Wieder schwiegen alle, doch die tiefen Falten auf Crokus' Stirn ließen in dem Sappeur die Gewissheit aufsteigen, dass der Junge die Sache nicht lange auf sich beruhen lassen würde.

Die Brise blieb kräftig und trug sie schnell gen Süden. Noch nicht einmal drei Stunden nach der Begegnung mit dem Wechselgänger verkündete Apsalar, dass sie Land sehen könne, und noch einmal vierzig Minuten später steuerte Kalam das Boot auf einen Kurs, der es eineinhalb Meilen vom Ufer entfernt parallel zur Küstenlinie von Ehrlitan dahingleiten ließ. Sie wandten sich westwärts, folgten der von Zedern bestandenen Küste, während der Tag sich seinem Ende zuzuneigen begann.

»Ich glaube, da drüben sind Reiter«, sagte Apsalar.

Fiedler hob den Kopf und musterte genau wie seine Gefährten eine Gruppe Berittener auf einem Küstenpfad, der sich den Grat entlangzog.

»Es müssten insgesamt sechs sein«, sagte Kalam. »Der Zweite …«

»… trägt 'nen Wimpel des Imperiums«, beendete Fiedler den Satz. Er verzog das Gesicht, als hätte er einen schlechten Geschmack im Mund. »Boten und Lanzengarde …«

»Auf dem Weg nach Ehrlitan«, fügte Kalam hinzu.

Fiedler drehte sich um und schaute in die dunklen Augen des Korporals. *Bedeutet das Ärger? Vielleicht.*

Ein stummer Gedankenaustausch, das Ergebnis vieler gemeinsamer Jahre, vieler Kämpfe Seite an Seite.

»Stimmt irgendwas nicht, Kalam? Fiedler?«, fragte Crokus.

Der Junge ist scharfsinnig. »Schwer zu sagen«, murmelte Fiedler. »Sie haben uns gesehen – aber was haben sie gesehen? Vier Fischer in einem Boot, eine Skrae-Familie, die unterwegs zum Hafen ist, um mal wieder ein bisschen Zivilisation zu schmecken.«

»Direkt südlich der Baumlinie befindet sich ein Dorf«, sagte Kalam. »Halte nach der Mündung eines kleinen Flusslaufs Ausschau, Crokus, und nach einem Strand ohne Treibholz. Die Häuser werden sich auf der Leeseite des Grats verbergen, das heißt dem Inland zu. Nun, wie ist mein Gedächtnis, Fiedler?«

»Ganz gut für einen Einheimischen, denn das bist du schließlich. Wie weit ist dieses Dorf von der Stadt entfernt?«

»Zehn Stunden zu Fuß.«

»So nah?«

»So nah.«

Fiedler verstummte. Der imperiale Bote und seine berittene Eskorte waren außer Sicht; sie hatten den Grat verlassen, als sie nach Süden, in Richtung Ehrlitan, abgebogen waren. Der Plan war eigentlich gewesen, mitten in den alten, überfüllten Hafen der Heiligen Stadt hineinzusegeln. Es war höchst wahrscheinlich, dass der Bote Nachrichten brachte, die nicht das Geringste mit ihnen zu tun hatten. Sie hatten sich nicht verraten, seit sie an Bord eines Handelsschiffs der Blauen Moranth im imperialen Hafen von Karakarang angekommen waren; bei der Überfahrt von Genabackis aus hatten sie sich als Mitglieder der Mannschaft verdingt. Die Reise über Land, von Karakarang aus durch die Talgai-Berge und hinunter nach Rutu Jelba, war der Straße gefolgt, die die Tanno-Pilger benutzten, und das war nun wirklich eine ganz gewöhnliche Reiseroute. Und in Rutu Jelba hatten sie sich die ganze Woche, die sie dort verbracht hatten, unauffällig verhalten und sich versteckt; nur Kalam hatte ein paar nächtliche Ausflüge zum Hafendistrikt unternommen, um sich nach einer Passage über die Otataral-See zum Kernland hinüber umzusehen.

Im schlimmsten Fall könnte irgendwo bei irgendeinem Offiziellen ein Bericht eingetrudelt sein, dass zwei Männer, die möglicherweise Deserteure waren, in Begleitung eines Genabackiers und einer Frau auf malazanischem Gebiet angekommen waren – und das war wohl kaum die Art von Neuigkeit, die das imperiale Wespennest bis hinunter nach Ehrlitan erschüttern würde. Also war Kalam wohl mal wieder so paranoid, wie er es eigentlich immer war.

»Ich kann die Mündung des Flüsschens sehen«, sagte Crokus und deutete mit der Hand auf einen Punkt am Ufer.

Fiedler warf Kalam einen Blick zu. *Es ist feindliches Gebiet – wie tief müssen wir uns ducken, wenn wir hier herumkrabbeln?*

So tief, dass wir zu den Grashüpfern hochschauen müssen, Fiedler. Beim Atem des Vermummten. Er schaute zum Ufer hinüber. »Ich hasse das ganze verdammte Reich der Sieben Städte«, flüsterte er. Moby rekelte sich in seinem Schoß und gähnte, enthüllte dabei ein Maul voller nadelspitzer Fänge. Fiedler erbleichte. »Kuschel dich ruhig an, wann immer du willst, mein Kleiner«, sagte er schaudernd.

Kalam legte die Ruderpinne um. Crokus kümmerte sich um das Segel; nach einer zweimonatigen Reise über Suchers Tiefe war er geschickt genug, das kleine Boot leicht in den Wind zu bringen, ohne zu luven. Apsalar rutschte ein wenig auf ihrem Platz hin und her, streckte die Arme und schenkte Fiedler ein kurzes Lächeln. Der Sappeur machte ein finsteres Gesicht und sah weg. *Brand soll mich schütteln, ich sollte endlich damit aufhören, jedes Mal, wenn sie das tut, die Kinnlade sonst wohin fallen zu lassen. Sie war mal eine andere Frau. Eine tödliche Frau, das Messer eines Gottes. Sie hat Dinge getan ... Außerdem ist sie schließlich mit Crokus zusammen. Der Junge hat wirklich Glück ... und all die Huren in Karakarang haben wie die pockennarbigen Schwestern einer einzigen riesigen pockennarbigen Familie ausgesehen, mit all diesen pockennarbigen Kindern auf den Hüften ...* Er schüttelte sich. *Oh, Fiedler, du bist zu lange auf See gewesen, viel zu lange.*

»Ich sehe keine Boote«, sagte Crokus.

»Die sind weiter flussaufwärts«, murmelte Fiedler. Er fuhr sich mit dem Fingernagel durch den Bart, auf der Jagd nach einer Nisse. Einen Augenblick später hatte er sie erwischt und schnippste sie über Bord. *Zehn Stunden Fußmarsch, dann sind wir in Ehrlitan, und dort gibt es ein Bad und eine Rasur und ein Kansu-Mädchen mit einem fein gezähnten Kamm, das den Rest der Nacht nichts vorhat.*

Crokus stieß ihn an. »Na, aufgeregt, Fiedler?«

»Du hast ja keine Ahnung.«

»Du warst während der Eroberung hier, oder? Damals, als Kalam noch für die andere Seite – für die Sieben Heiligen Falah'dan – gekämpft hat und die T'lan Imass für den Imperator marschiert sind und ...«

»Das reicht.« Fiedler wedelte mit der Hand. »Mich braucht man nicht daran zu erinnern, und Kalam erst recht nicht. Alle Kriege sind hässlich, aber der war noch um einiges hässlicher als die meisten anderen.«

»Stimmt es, dass du in der Kompanie warst, die den Schnellen Ben quer durch die Heilige Wüste Raraku gejagt hat, und dass Kalam euer Führer war, nur dass er und der Schnelle Ben vorhatten, euch reinzulegen, aber Elster hatte das schon geahnt und …«

Fiedler warf Kalam einen finsteren Blick zu. »Eine Nacht in Rutu Jelba mit einem Krug Rum aus Falar, und dieser Junge weiß mehr als jeder Historiker des Imperiums, der noch am Leben ist.« Er wandte sich wieder Crokus zu. »Hör zu, mein Sohn. Am besten vergisst du alles, was dir dieser betrunkene Flegel in jener Nacht erzählt hat. Die Vergangenheit sitzt uns auch so schon im Nacken – es gibt keinen Grund, es ihr noch leichter zu machen.«

Crokus fuhr sich mit einer Hand durch die langen schwarzen Haare. »Nun«, sagte er leise, »wenn es im Reich der Sieben Städte so gefährlich ist, warum sind wir dann nicht geradewegs nach Quon Tali gezogen – dorthin, wo Apsalar gelebt hat – und haben ihren Vater gesucht? Warum all dieses Herumschleichen – und noch dazu auf dem falschen Kontinent?«

»So einfach ist das nicht«, knurrte Kalam.

»Warum nicht? Ich habe gedacht, das wäre der Grund für diese ganze Reise.« Crokus griff nach Apsalars Hand und nahm sie fest in seine beiden Hände, während er gleichzeitig Fiedler und Kalam mit einem harten Gesichtsausdruck anblickte. »Ihr habt beide gesagt, ihr wärt es ihr schuldig. Es war nicht in Ordnung, und ihr wolltet es in Ordnung bringen. Aber jetzt glaube ich, das ist nur *ein* Grund, jetzt glaube ich, dass ihr beide etwas anderes geplant habt – dass Apsalar nach Hause zu bringen nur ein Vorwand, eine Entschuldigung war, ins Imperium zurückzukehren, obwohl ihr offiziell zu Gesetzlosen erklärt worden seid. Und was auch immer ihr plant, es bedeutet, hierher zu kommen, ins Reich der Sieben Städte, und es bedeutet auch, dass wir herumschleichen müssen, dass uns alles Mögliche erschreckt und wir jedes Mal entsetzt in die Höhe hüpfen, wenn wir einen Schatten sehen, als wäre uns die gesamte malazanische Armee auf den Fersen.« Er unterbrach sich kurz, holte tief Luft und fuhr dann fort: »Wir haben ein Recht darauf, die Wahrheit zu erfahren, denn ihr bringt uns in Gefahr – und wir wissen noch nicht einmal, in was für eine Gefahr oder warum sie uns droht oder sonst irgendwas. Also raus damit. Jetzt, sofort, auf der Stelle.«

Fiedler lehnte sich gegen die Bordwand. Er sah zu Kalam hinüber und zog eine Augenbraue in die Höhe. »Nun, Korporal? Da bist du wohl aufgerufen.«

»Mach mir eine Liste, Fiedler«, sagte Kalam.

»Die Imperatrix will Darujhistan.« Der Sappeur suchte Crokus' Blick. »Einverstanden?«

Der Junge zögerte einen Augenblick und nickte dann.

Fiedler fuhr fort: »Was sie will, bekommt sie normalerweise auch früher oder später. Nenn es Präzedenzfall. Nun, sie hat einmal versucht, sich deiner Stadt zu bemächtigen, stimmt's, Crokus? Und dabei hat sie Mandata Lorn, zwei imperiale Dämonen und die Loyalität von Hohefaust Dujek Einarm verloren, ganz zu schweigen von den Brückenverbrennern. Das würde jedem Menschen wehtun.«

»Schön und gut. Aber was hat das ...«

»Unterbrich mich nicht! Der Korporal hat gesagt: Mach eine Liste. Also mach ich eine Liste. Hast du mir bis jetzt folgen können? Gut. Darujhistan ist ihr einmal zwischen den Fingern durchgeschlüpft, aber sie wird dafür sorgen, dass das beim nächsten Mal nicht wieder passiert. Vorausgesetzt, es gibt ein nächstes Mal.«

»Nun«, sagte Crokus mit finsterem Blick, »warum sollte es das nicht geben? Du hast doch gesagt, normalerweise bekommt sie, was sie will.«

»Und du, bist du deiner Stadt gegenüber loyal, Crokus?«

»Natürlich ...«

»Also würdest du auch alles tun, um die Imperatrix daran zu hindern, deine Heimatstadt zu erobern?«

»Ja, aber ...«

»Korporal?« Fiedler drehte sich zu Kalam um.

Der stämmige schwarzhäutige Mann starrte hinaus auf die Wellen, dann seufzte er und nickte vor sich hin. Er schaute Crokus an. »Die Sache ist die, mein Junge: Die Zeit ist gekommen. Ich werde mich um sie kümmern.«

Der junge Daru machte ein verständnisloses Gesicht, doch Fiedler sah, wie sich Apsalars Augen weiteten, während die Farbe aus ihrem Gesicht wich. Sie lehnte sich zurück und verzog den Mund zu einem merkwürdig halben Lächeln – und Fiedler wurde kalt, als er das sah.

»Ich weiß nicht, was du meinst«, sagte Crokus. »Um wen willst du dich kümmern? Um die Imperatrix? Wie?«

»Er meint«, sagte Apsalar, und noch immer lag das Lächeln auf ihrem Gesicht, das früher einmal zu ihr gehört hatte, damals, als sie noch … *jemand anderes* gewesen war, »dass er versuchen wird, sie zu töten.«

»Was?« Crokus schoss so hastig in die Höhe, dass er beinahe über Bord gegangen wäre. »Du? Du und ein seekranker Sappeur mit einer kaputten Fiedel auf dem Rücken? Glaubt ihr etwa, wir würden euch dabei helfen, diesen wahnwitzigen, selbstmörderischen Plan …«

»Ich erinnere mich«, sagte Apsalar plötzlich. Sie starrte Kalam aus zusammengekniffenen Augen an.

»Was? Woran erinnerst du dich?«

»An Kalam. Er war der Dolch eines Falah'd, und die Klaue hat ihm den Befehl über eine Hand gegeben. Kalam ist ein Meister-Assassine, Crokus. Und der Schnelle Ben …«

»Ist dreitausend Längen weit weg!«, brüllte Crokus. »Und er ist ein Trupp-Magier, beim Vermummten! Ein dreckiger kleiner Trupp-Magier, das ist er!«

»Nicht ganz«, erwiderte Fiedler. »Und dass er so weit weg ist, hat überhaupt nichts zu bedeuten, mein Junge. Der Schnelle Ben ist unser rasierter Knöchel im Loch.«

»Euer was im was?«

»Unser rasierter Knöchel, wie beim Knöchelspiel – ein guter Spieler benutzt normalerweise einen rasierten Knöchel, wie beim Mogeln mit den Würfeln, wenn du verstehst, was ich meine. Und das ›Loch‹, das ist das Gewirr vom Schnellen Ben – das Gewirr, das ihn binnen eines Herzschlags an die Seite von Kalam bringen kann, ganz egal, wie weit weg er gerade ist. Also, Crokus, jetzt weißt du es: Kalam wird es versuchen, aber dazu bedarf es einer gewissen Planung und einiger Vorbereitungen. Und die fangen hier an, im Reich der Sieben Städte. Du willst, dass Darujhistan für immer frei bleibt? Dann muss Imperatrix Laseen sterben!«

Crokus setzte sich langsam. »Aber warum hier, im Reich der Sieben Städte? Ist die Imperatrix denn nicht in Quon Tali?«

»Weil«, sagte Kalam, während er das Fischerboot in die Flussmündung hineinsteuerte und die drückende Hitze des Landes sich auf sie legte, »weil das Reich der Sieben Städte kurz davor steht, sich zu erheben, mein Junge.«

»Was meinst du damit?«

Der Assassine bleckte die Zähne. »Rebellion.«

Fiedler drehte sich um und musterte das stinkende Unterholz, das entlang des Ufers wucherte. *Und das,* sagte er sich, und in seinem Magen schien plötzlich ein Klumpen aus Eis zu sitzen, *das ist der Teil des Plans, der mir am allerwenigsten gefällt. Einer verrückten Idee des Schnellen Ben nachzujagen, während rundherum das ganze Land in Flammen aufgeht.*

Eine Minute später umrundeten sie eine Biegung, und vor ihnen tauchte das Dorf auf, eine Ansammlung von Hütten aus mit Lehm beworfenem Flechtwerk, die einen unvollständigen Halbkreis bildeten. Vor ihnen war eine Reihe von Ruderbooten auf den Sandstrand gezogen worden. Kalam gab der Ruderpinne einen Stups, und das Fischerboot trieb auf den Strand zu. Als der Kiel über Kies schrammte, kletterte Fiedler über das Dollbord an Land. Moby war mittlerweile aufgewacht und klammerte sich mit allen vieren an der Tunika des Sappeurs fest. Fiedler achtete nicht auf die zeternde Kreatur und streckte sich langsam. »Und jetzt«, sagte er seufzend, während die ersten Dorfköter mit lautem Gebell ihre Ankunft verkündeten, »hat es angefangen.«

Kapitel Zwei

Bis zum heutigen Tag ist es leicht, die Tatsache zu ignorieren, dass im Kommandostab in Aren Verrat, Meinungsverschiedenheiten, Rivalitäten und Arglist weit verbreitet waren ... Die Behauptung, dass der Kommandostab keine Ahnung von den unterschwelligen Strömungen im Lande hatte, ist bestenfalls naiv, schlimmstenfalls überaus zynisch ...

Die Sha'ik-Rebellion
Cullaran

Der rötlich ockerbraune Abdruck einer Hand auf der Mauer löste sich allmählich im Regen auf, und die Farbe rann wie Wurzelstränge den Mörtel zwischen den gebrannten Lehmziegeln entlang. Zum Schutz vor dem für diese Jahreszeit ungewöhnlichen Niederschlag zusammengekauert, sah Duiker zu, wie der Abdruck langsam verschwand; er wünschte sich, dass es an diesem Tag nicht geregnet hätte, dass er über dieses Zeichen gestolpert wäre, bevor der Regen es verwischt hatte – denn dann hätte er vielleicht eine Vorstellung von der Hand gewonnen, deren Abdruck hier, auf der äußeren Mauer des alten Falah'd-Palastes im Herzen von Hissar, zurückgelassen worden war.

Die vielen Kulturen im Reich der Sieben Städte brodelten geradezu vor Symbolen, eine geheime Bildsprache voller versteckter Verweise, die unter den Einheimischen ungeheures Gewicht hatte. Mittels dieser Symbole wurde ein komplexer Dialog geführt, den kein Malazaner verstehen konnte. Duiker war im Verlauf der vielen Monate, die er sich jetzt schon hier aufhielt, allmählich an einen Punkt gelangt, an dem er zumindest die Gefahr erkennen konnte, die diese Ignoranz heraufbeschwor. Nun, da das Jahr von Dryjhna nahte, erlebten derartige Symbole eine kurze Blütezeit verschwenderischer Pracht; alle verfügbaren Wände sämtlicher Städte wurden zu Schriftrollen mit geheimen Botschaften. Wind, Sonne und Regen sorgten für Vergänglichkeit; sie wischten die Tafel sauber, um sie für den nächsten Austausch bereitzumachen.

Und es scheint, als gäbe es in diesen Tagen viel zu sagen.

Duiker schüttelte sich, versuchte, die verspannten Muskeln in seinem Nacken und in den Schultern zu lockern. Die Warnungen, die er dem Befehlsstab übermittelte, schienen auf taube Ohren zu stoßen. Diese Symbole folgten einem bestimmten Muster, doch es schien, als wäre er der einzige Malazaner, der auch nur das leiseste Interesse daran hatte, den Code zu knacken – oder der zumindest in der Lage war, zu erkennen, welche Risiken darin lagen, wenn man die Gleichgültigkeit eines Außenseiters beibehielt.

Er zog sich die Kapuze noch weiter in die Stirn, damit sein Gesicht nicht nass wurde, und spürte Wasser über seine Unterarme rinnen, als sich die weiten Ärmel seiner Telaba kurz öffneten und dem Regen Einlass gewährten. Der letzte Rest des Abdrucks war jetzt weggewaschen. Duiker setzte sich wieder in Bewegung, schritt seinem ursprünglichen Ziel entgegen.

Wasser lief in knöcheltiefen Strömen über die gepflasterten Schrägen unterhalb der Palastwände und stürzte dann die Abflussrinnen hinab, die jede Straße und jeden Weg innerhalb der Stadt in zwei Teile teilten. Gegenüber der gewaltigen Palastmauer hingen Markisen bedenklich schief über Läden, die kaum größer als ein Schrank waren. Aus dem kühlen Schatten der Löcher, die als Ladenfront durchgingen, beobachteten mürrisch dreinblickende Händler, wie Duiker vorbeischritt.

Außer einigen elenden Eseln und gelegentlich einem kreuzlahmen Pferd waren so gut wie keine Fußgänger auf der Straße zu sehen. Selbst mit der seltenen, launischen Brise von der Sahul-See war Hissar eine Stadt, die aus kontinentalen Trockensteppen und Wüsten geboren war. Obwohl es einen Hafen gab, der jetzt einer der zentralen Landepunkte des Imperiums war, lebten die Stadt und ihre Bewohner mit einer Gesinnung, als würden sie der See geistig den Rücken kehren.

Duiker hatte den ringförmigen Bezirk aus uralten Gebäuden und engen Straßen, der die Palastmauern umgab, hinter sich gelassen und gelangte nun zur Dryjhna-Kolonnade, die gerade wie ein Speerschaft quer durch das Zentrum von Hissar verlief. Die Kronen der Guldindha-Bäume, die die Fahrbahn der Kolonnade säumten, verschwammen zu verwischten Farbklecksen, als der Regen auf die ockerfarbenen Blätter niederprasselte. Die Gärten der Herrenhäuser – die meisten von ihnen nicht durch Mauern abgetrennt, sondern offen für die bewundernden Blicke der Öffentlichkeit – erstreckten sich in sattem Grün zu beiden Seiten. Der Niederschlag hatte die Büsche und Zwergbäume ihrer Blüten beraubt, die jetzt den Gehweg in ein Meer aus Weiß, Rot und Rosa verwandelten.

Der Historiker duckte sich, als eine heftige Böe seinen Mantel eng an seine rechte Seite presste. Das Wasser auf seinen Lippen schmeckte salzig, der einzige Hinweis auf die wütende See, die knapp tausend Schritt zu seiner Rechten lag. Dort, wo sich die Straße, die nach dem Sturm der Apokalypse benannt worden war, plötzlich verengte, wurde die Fahrbahn zu einem schlammigen Weg aus geborstenen Pflastersteinen und zerbrochenen Töpferwaren, und die großen Nussbäume, die einst dem König gehört hatten, machten Wüstengestrüpp Platz. Der Wechsel war so abrupt, dass Duiker bereits bis zu den Schienbeinen in einem Gemisch aus Mist und Wasser stand, als er bemerkte, dass er den Stadtrand erreicht hatte. Er schaute nach oben, blinzelte dabei gegen den Regen an.

Zu seiner Linken erhob sich die Mauer des imperialen Stützpunkts; sie war durch den immer noch niederprasselnden Regen nur verschwommen zu erkennen. Von irgendwo hinter den befestigten Wällen stieg Rauch in die Höhe. Rechts von Duiker und viel näher befand sich ein Durcheinander aus Fellzelten, Pferden, Kamelen und

Karren – das Lager einer Handelskarawane, die gerade erst aus der Sialk-Odhan angekommen war.

Duiker zog den Mantel enger um sich, um dem Wind so wenig Angriffsfläche wie möglich zu bieten, und wandte sich nach rechts, dem Lager zu. Der Regen war noch immer so stark, dass die Hunde, die zu der Karawane gehörten, seine Schritte nicht hören konnten, als er den schmalen, schlammigen Durchgang zwischen den Zelten betrat. An einer Kreuzung blieb Duiker stehen. Ihm gegenüber erhob sich ein großes, kupferfarbenes Zelt, dessen Seitenwände verschwenderisch mit aufgemalten Symbolen bedeckt waren. Durch die Zeltklappe am Eingang trieben Rauchschwaden. Er überquerte die Kreuzung und zögerte nur einen winzigen Moment, ehe er die Zeltklappe zur Seite zog und eintrat.

Lautes Geschrei wehte auf Wogen heißer, dampferfüllter Luft heran und schlug über dem Historiker zusammen, als er stehen blieb und das Wasser von seinem Mantel zu schütteln versuchte. Überall brüllten, lachten oder fluchten Menschen; die Luft war geschwängert vom Rauch der Durhang-Pfeifen und dem Geruch nach gebratenem Fleisch, saurem Wein und süßem Bier, und all diese Eindrücke stürmten gleichzeitig auf Duiker ein, während er sich umsah. Ein Stück weiter links, wo sich eine Gruppe von Spielern versammelt hatte, tanzten und klirrten Münzen in Töpfen. Vor ihm wand sich ein Tapu geschickt durch die Menge, in jeder Hand einen eisernen, vier Fuß langen Spieß mit gebratenem Fleisch und Früchten. Duiker rief den Tapu herbei, hob dabei eine Hand, um die Aufmerksamkeit des Mannes auf sich zu lenken. Der Händler kam schnell näher.

»Ziege, ich schwöre es!«, rief der Mann laut in dem Debrahl-Dialekt, der entlang der Küste gesprochen wurde. »Das ist Ziege, kein Hund, Dosii! Riecht selbst daran, und bedenkt, dass diese hervorragende Kost nur einen kleinen Schnipsel kostet! Würdet Ihr so etwas in Dosin Pali auch so günstig bekommen?«

Duiker war in den Ebenen von Dal Hon geboren worden, und seine Haut war genauso dunkel wie die der hier ansässigen Debrahl. Er trug eine Telaba, den See-Umhang der Händler aus der Inselstadt Dosin Pali, und er sprach die Sprache ohne die Spur eines Akzents. Duiker grinste angesichts der Behauptung des Tapu. »Hundefleisch schon, Tapuharal.« Er fischte zwei hiesige Halbmonde aus der Tasche – den Gegenwert eines Basis-Schnipsels der imperialen Silber-Jakata. »Und wenn du glaubst, dass die Mezla auf der Insel freigiebiger mit ihrem Silber umgehen, dann bist du ein Narr oder Schlimmeres!«

Nervös um sich blickend, ließ der Tapu eine Scheibe tropfendes Fleisch und zwei weiche, bernsteinfarbene, runde Früchte von einem der Spieße gleiten und wickelte sie in Blätter ein. »Hütet Euch vor den Spionen der Mezla, Dosii«, murmelte er. »Worte können verdreht werden.«

»Worte sind ihre einzige Sprache«, erwiderte Duiker in geringschätzigem Tonfall, als er das Essen entgegennahm. »Stimmt es tatsächlich, dass jetzt ein narbiger Barbar die Armee der Mezla kommandiert?«

»Ein Mann mit dem Gesicht eines Dämons, Dosii.« Der Tapu wiegte den Kopf. »Selbst die Mezla fürchten ihn.« Er schob seine Halbmonde in die Tasche und ging weiter, hob dabei die Spieße erneut hoch über den Kopf. »Ziege, kein Hund!«

Duiker fand ein Stück freie Zeltplane, gegen die er sich lehnen konnte, und beobachtete die Menge, während er rasch und hastig – ganz in der Art der Einheimischen – sein Mahl verzehrte. *Jede Mahlzeit ist deine letzte.* Mit diesem Ausspruch beschäftigt sich ein ganzer Zweig der Philosophie im Reich der Sieben Städte. Sein Gesicht war verschmiert, und von den Fingern tropfte das Fett, als der Historiker die Blätter vor sich auf den schmutzigen Fußboden fallen ließ und dann in einer rituellen – und mittlerweile für ungesetzlich erklärten – Geste der Dankbarkeit gegenüber einem Falah'd, dessen Knochen im Schlamm der Bucht von Hissar verrotteten, mit der Hand kurz seine Stirn berührte. Seine Augen richteten sich auf einen Kreis alter Männer hinter den Spielern, und während er sich die Hände an den Oberschenkeln abwischte, ging er zu ihnen hinüber.

Sie hatten sich um einen Kreis der Jahreszeiten versammelt, in dem zwei Seher einander gegenüberstanden und mittels eines komplizierten Gebärdentanzes in einer symbolischen Sprache der Weissagung sprachen. Als er sich in den Kreis der Zuschauer drängte, konnte Duiker die beiden Seher im Kreis besser erkennen, einen alten Schamanen, dessen silberner Bart und die Narben auf seinen Wangen deutlich machten, dass er zum Stamm der Semk gehörte und somit weit aus dem Landesinnern kam. Ihm gegenüber stand ein Junge von vielleicht fünfzehn Jahren. Wo sich die Augen des Jungen hätten befinden müssen, waren nur noch zwei leere Höhlen voll schlecht verheiltem Narbengewebe. Seine dünnen Arme und Beine und sein aufgeblähter Bauch deuteten auf Unterernährung im fortgeschrittenen Stadium hin. Duiker begriff instinktiv, dass der Junge während des Eroberungsfeldzugs der Malazaner seine Familie verloren hatte und jetzt in den Gassen und Straßen von Hissar lebte. Er war von den Organisatoren des Kreises entdeckt worden, denn es war allgemein bekannt, dass sich die Götter solcher leidender Seelen bedienten, wenn sie sprechen wollten.

Die gespannte Stille unter den Zuschauern verriet Duiker, dass in dieser Weissagung Macht lag. Obwohl er blind war, bewegte sich der Junge so, dass er dem Semk-Seher – der seinerseits, ohne einen Laut von sich zu geben, über einen mit weißem Sand bestreuten Boden tanzte – immer das Gesicht zuwandte. Sie hielten die Hände ausgestreckt und einander entgegengereckt und malten Muster in die Luft.

Duiker stieß den Mann neben sich an. »Was ist vorhergesagt worden?«, flüsterte er.

Der Mann, ein untersetzter Einheimischer, der auf den Wangen die Narben eines alten Hissar-Regiments trug, die jetzt hinter Brandwunden mehr schlecht als recht verborgen waren, zischte warnend durch die fleckigen Zähne. »Nichts Geringeres als der Geist von Dryjhna, dessen Umrisse sie mit ihren Händen nachgezeichnet haben – ein Geist, den alle hier gesehen haben, das schemenhafte Versprechen von Feuer.«

Duiker seufzte. »Ich wünschte, ich wäre Zeuge dieser Beschwörung gewesen ...«

»Du willst es sehen? Es kommt noch einmal.«

Der Historiker sah zu, wie die sich bewegenden Hände eine unsichtbare Gestalt zu berühren schienen, und überall dort, wo sie gewesen waren, einen schmierigen Schimmer flackernden rötlichen Lichts zurückließen. Der Lichtschein schien eine menschliche Gestalt zu umgeben, und diese Gestalt wurde allmählich deutlicher: eine Frau, deren Fleisch aus Feuer bestand. Sie hob die Arme, und an ihren Handgelenken schien Eisen aufzublitzen, und dann waren es plötzlich drei Tänzer, als sie herumwirbelte und sich zwischen den Sehern wiegte.

Plötzlich warf der Junge den Kopf in den Nacken. Worte drangen aus seinem Mund, und es klang, als würden tief in seiner Kehle Steine zermalmt. »Zwei Fontänen aus wütendem Blut. Auge in Auge. Das Blut ist das Gleiche, die beiden sind die Gleichen, und salzige Wogen werden über die Küsten der Raraku spülen. Die Heilige Wüste erinnert sich ihrer Vergangenheit!«

Die Erscheinung der Frau verschwand. Der Junge taumelte vorwärts, stürzte dann stocksteif in den Sand. Der Semk-Seher kauerte sich hin und legte ihm eine Hand auf den Kopf. »Er ist zu seiner Familie zurückgekehrt«, sagte der alte Schamane in die Stille des Kreises. »Diesem Kind ist das seltenste aller Geschenke zuteil geworden: die Gnade Dryjhnas.«

Hart gesottene Stammeskrieger begannen zu weinen, andere sanken auf die Knie. Erschüttert zog sich Duiker zurück, als der Ring langsam enger wurde. Er blinzelte sich den Schweiß aus den Augen, dabei spürte er, dass er von jemandem beobachtet wurde. Er sah sich um. Schräg gegenüber stand eine Gestalt, die in schwarze Felle gehüllt war. Sie trug einen Ziegenschädel und hatte die Kapuze hochgeschlagen, sodass das Gesicht im Dunkeln lag. Einen Augenblick später schaute die Gestalt woandershin. Duiker machte, dass er aus dem Blickfeld des Fremden kam.

Er schob sich auf die Zeltklappe zu.

Das Reich der Sieben Städte war eine alte Zivilisation, durchdrungen von der Macht der Vorzeit, in der einst die Aufgestiegenen jede Handelsroute, jeden Trampelpfad, jede längst verschwundene Straße zwischen seit langem vergessenen Orten entlanggeschritten waren. Man erzählte sich, dass der Sand in seinen raschelnden Strömungen Macht hortete, dass jeder Stein Zauberei wie Blut aufgesogen habe und dass unter jeder Stadt die Ruinen unzähliger anderer Städte lagen, älterer Städte, die Ruinen von Städten, die bis ins Erste Imperium zurückreichten. Man erzählte sich, dass sich jede Stadt auf dem Rücken von Geistern erhebe und die Substanz der Geister so dick wären wie Schichten zermalmter Knochen; dass jede Stadt unter den Straßen für immer weinte, für immer lachte, schrie, mit Waren hausieren ging und schacherte und betete und erste Atemzüge machte, die das Leben brachten, und letzte, die den Tod ankündigten. Unter den Straßen gab es Träume, Weisheit, Torheit, Angst, Wut, Kummer, Lust und Liebe und bitteren Hass.

Der Historiker trat hinaus in den Regen; tief sog er die saubere, kühle Luft in die Lungen, während er einmal mehr seinen Mantel eng um sich wickelte.

Eroberer konnten die Mauern einer Stadt erstürmen, konnten jede Menschenseele töten, die in ihr lebte, konnten jedes Stadtgut und jedes Haus und jeden Laden mit ihren eigenen Leuten bevölkern; und sie würden doch nichts anderes regieren als die dünne Oberfläche der Stadt, die Haut der Gegenwart, und eines Tages würden sie von den Geistern unter ihnen zu Fall gebracht werden, und dann würden sie selbst nur eine weitere flüchtige Schicht unter vielen anderen sein. *Dies ist ein Feind, den wir niemals besiegen können,* dessen war sich Duiker sicher. *Doch die Geschichte ist voll von den Erzählungen über jene, die diesen Feind wieder und wieder herausgefordert haben. Vielleicht kann man den Sieg nicht dadurch erringen, dass man diesen Feind überwindet, sondern dadurch, dass man sich mit ihm verbindet, eins mit ihm wird.*

Die Imperatrix hat eine neue Faust geschickt, um die unruhigen Jahrhunderte dieses Landes zu zerschlagen. Hat sie ihn einfach als Reserve bereitgehalten, wie eine Waffe, die nur für einen ganz bestimmten Zweck geschmiedet und geschliffen wurde?

Duiker verließ das Zeltlager, immer noch gebückt wegen des unaufhörlich niederprasselnden Regens. Ein Stück voraus ragten die Tore der imperialen Befestigung auf. Gut möglich, dass er innerhalb der nächsten Stunde ein paar Antworten auf seine Fragen erhalten würde, denn dann würde er Coltaine vom Krähen-Clan Auge in Auge gegenüberstehen.

Er überquerte den von tiefen Furchen durchzogenen Weg, platschte durch die matschigen Pfützen, die sich in den Spuren von Pferdehufen und Wagenrädern gebildet hatten, und stieg dann die schlammige Steigung zum Torhaus hinauf.

Zwei Wachen, die ihre Kapuzen hochgeschlagen hatten, kamen in Sicht, als er den schmalen Seiteneingang des Tores erreichte.

»Heute gibt's keine Petitionen, Dosii«, sagte einer der malazanischen Soldaten. »Versuch's morgen wieder.«

Duiker löste die Spange seines Mantels und öffnete ihn, um die imperiale Brosche an seiner Tunika vorzuzeigen. »Die Faust hat eine Besprechung einberufen, stimmt's?«

Die beiden Soldaten salutierten und traten einen Schritt zurück. Der, der eben gesprochen hatte, lächelte entschuldigend. »Ich wusste nicht, dass Ihr zu dem anderen gehört«, sagte er.

»Zu welchem anderen?«

»Er ist gerade vor ein paar Minuten hier durchgekommen, Historiker.«

»Ah, ja, natürlich.« Duiker nickte den beiden Männern zu und trat durch das Seitentor ein. Auf dem Steinfußboden des schmalen Durchgangs zeichneten sich schlammige Fußstapfen von einem Paar Mokassins ab. Stirnrunzelnd ging der Historiker weiter, bis er den innen liegenden Hof erreichte. Links von ihm verlief ein überdachter, erhöhter Fußweg an der Mauer entlang; wahrscheinlich führte er zum Seiteneingang des flachen, fantasielosen Gebäudes, das das Hauptquartier beherbergte. Da er ohnehin schon nass war, beschloss Duiker, den Weg zu ignorieren und stattdessen den Hof in Richtung des Haupteingangs zu überqueren. Während er dahinschritt, stellte er fest, dass der Mann, der kurz vor ihm gekommen war, das Gleiche getan hatte. Seine mittlerweile voll Wasser stehenden Fußspuren verrieten einen säbelbeinigen Gang. Das Stirnrunzeln des Historikers verstärkte sich.

Er erreichte den Eingang, in dem eine weitere Wache auftauchte, die Duiker den Weg zum Besprechungszimmer wies. Als er sich der doppelflügeligen Tür näherte, suchte der Historiker nach den Fußspuren des Mannes, doch hier gab es keine. Anscheinend hatte er einen anderen Raum in diesem Gebäude aufgesucht. Mit einem Achselzucken öffnete Duiker die Tür.

Das Ratszimmer hatte eine niedrige Decke, und die Wände waren unverputzt und mit weißer Farbe gestrichen. Der Raum wurde von einem langen Marmortisch beherrscht, der etwas merkwürdig Unfertiges hatte, was daran liegen mochte, dass es keine Stühle gab. Mallick Rel, Kulp, Coltaine und ein weiterer wickanischer Offizier waren bereits da. Alle drehten sich um, als der Historiker den Raum betrat. Rels Augenbrauen hoben sich in gelinder Überraschung. Anscheinend hatte er nicht gewusst, dass Coltaine Duiker eine Einladung zu dieser Besprechung geschickt hatte. War es die Absicht der neuen Faust gewesen, den Priester aus dem Gleichgewicht zu bringen, indem er ihn ganz bewusst in Unkenntnis gelassen hatte? Nach kurzem Zögern schob der Historiker diesen Gedanken beiseite. Es war weitaus wahrscheinlicher, dass der neue Kommandostab noch nicht voll durchorganisiert war.

Die Stühle waren ganz gezielt für diese Besprechung entfernt worden, wie man an den Spuren sehen konnte, die die Stuhlbeine im weißen Staub auf dem Fußboden hinterlassen hatten. Sowohl Mallick Rel als auch Kulp konnte man das Unbehagen anmerken, das daher rührte, dass sie nicht wussten, wo oder wie sie sich hinstellen sollten. Der Jhistal-Priester Maels verlagerte das Gewicht von einem Bein auf das andere; er hatte seine Hände in die Ärmel gesteckt, und auf seiner schweißbedeckten Stirn spiegelte sich der grelle Schein der Laternen, die auf dem Tisch standen. Kulp sah aus, als suchte er verzweifelt nach einer Wand, gegen die er sich lehnen konnte, doch er war ganz offensichtlich unsicher, wie die Wickaner auf eine solch lässige Pose reagieren würden.

Innerlich lächelnd zog Duiker seinen nassen Umhang aus und hängte ihn an einen alten Fackelhalter neben der Tür. Dann drehte er sich um und trat ein paar Schritte vor, um sich der neuen Faust vorzustellen; Coltaine stand an der ihm zugewandten Seite des Tisches, und zu seiner Linken befand sich ein Offizier – ein finster dreinblickender Veteran, dessen breites, flaches Gesicht sich in eine diagonale Narbe zu falten schien, die von der Kinnlinie rechts unten zur linken Augenbraue verlief.

»Ich bin Duiker«, sagte der Historiker. »Imperialer Historiker des Imperiums.« Er verbeugte sich halb. »Willkommen in Hissar, Faust!« Aus der Nähe konnte er erkennen, dass vierzig Jahre auf den nordwickanischen Ebenen von Quon Tali nicht spurlos am Kriegsführer des Krähen-Clans vorbeigegangen waren. Sein schmales, ausdrucksloses Gesicht war von Falten durchzogen, er hatte tiefe Kerben um den schmallippigen, breiten Mund, und häufiges Blinzeln hatte ein Netz von Fältchen um seine dunklen, tief in ihren Höhlen liegenden Augen herum entstehen lassen. Ölige Zöpfe, in die Krähenfedern-Fetische eingeflochten waren, hingen ihm über die Schultern. Er war groß und trug ein ziemlich mitgenommenes Kettenhemd über einem Fellwams; ein Umhang aus Krähenfedern, der ihm bis zu den Kniekehlen reichte, hing von seinen breiten Schultern. Er trug Reithosen, die an der Außenseite bis hinauf zur Hüfte geschnürt waren, und unter seinem linken Arm war der Horngriff eines Langmessers zu sehen.

Als Antwort auf Duikers Worte neigte er leicht den Kopf. »Als ich Euch das letzte Mal gesehen habe«, sagte er mit seinem rauen wickanischen Akzent, »habt Ihr fiebernd auf dem Feldbett des Imperators gelegen, und es hatte den Anschein, als würdet Ihr gleich aufstehen und das Tor des Vermummten durchschreiten.« Er machte eine kurze Pause. »Bult war der junge Krieger, dessen Lanze Euch die Seite aufgerissen hatte, und für diese Tat hat ein Soldat namens Dujek Bult sein Schwert schmecken lassen.« Coltaine drehte sich langsam zur Seite, um den narbigen Wickaner neben ihm anzulächeln.

Der finstere Gesichtsausdruck des grauhaarigen Reiterkriegers änderte sich nicht, als er Duiker anstarrte. Nach einem kurzen Augenblick schüttelte er den Kopf und holte tief Luft. »Ich erinnere mich an einen Mann ohne Rüstung. Da er keine Waffen in den Händen hielt, habe ich meine Lanze im letzten Moment zur Seite gelenkt. Ich erinnere mich an Dujeks Schwert, das mir meine Schönheit gestohlen hat, obwohl ihn im gleichen Augenblick mein Pferd in den Arm biss und den Knochen zermalmte. Ich erinnere mich, dass Dujek diesen Arm an die Feldscher verloren hat, da er vom Atem meines Pferdes faulig war. Unter uns gesagt habe ich den Schlagabtausch verloren, denn der Verlust eines Armes hat Dujeks glorreicher Karriere nicht geschadet, wohingegen der Verlust meiner Schönheit mich mit dem einen Weib sitzen ließ, das ich schon hatte.«

»War sie nicht deine Schwester, Bult?«

»Das war sie, Coltaine. Und blind.«

Beide Wickaner verstummten; der eine runzelte die Stirn, während der andere noch immer finster dreinblickte.

Von der Stelle, wo Kulp stand, kam so etwas wie ein ersticktes Grunzen. Duiker wölbte langsam eine Augenbraue. »Es tut mir Leid, Bult«, sagte er. »Obwohl ich damals auf dem Schlachtfeld war, habe ich weder Coltaine noch Euch gesehen. Wie auch immer, ich hatte nichts von einem irgendwie gearteten Verlust Eurer Schönheit bemerkt.«

Der Veteran nickte. »Man muss schon genau hinsehen, das stimmt.«

»Vielleicht«, sagte Mallick Rel, »wäre es jetzt an der Zeit, auf die Scherze zu verzichten, so unterhaltsam sie auch sein mögen, und mit der Besprechung zu beginnen.«

»Wenn ich so weit bin«, sagte Coltaine beiläufig; er musterte Duiker noch immer.

Bult brummte. »Sagt mir, Historiker, was hat Euch dazu gebracht, das Schlachtfeld ohne Waffen zu betreten?«

»Vielleicht hatte ich sie in dem Durcheinander verloren.«

»Nein, das hattet Ihr nicht. Ihr habt keinen Gürtel getragen, keine Schwertscheide, keinen Schild …«

Duiker zuckte die Schultern. »Wenn ich Ereignisse aufzeichnen will, die für das Imperium von Wichtigkeit sind, dann muss ich mittendrin sein, mein Herr.«

»Werdet Ihr einen genauso verwegenen Eifer an den Tag legen, um die Ereignisse unter Coltaines Kommando aufzuzeichnen?«

»Eifer? Oh, ja, mein Herr. Wie verwegen er allerdings sein wird …«, sagte Duiker seufzend, »nun, um meinen Mut ist es heutzutage leider nicht mehr so bestellt wie früher. Jetzt trage ich eine Rüstung, wenn ich in die Schlacht ziehe, und ein kurzes Schwert und einen Schild. Und einen Helm. Ich bin von Leibwächtern umgeben und mindestens eine Länge vom eigentlichen Kampfgeschehen entfernt.«

»Die Jahre haben Euch Weisheit geschenkt«, sagte Bult.

»Ich fürchte, in einigen Dingen noch nicht genug«, sagte Duiker langsam. Er blickte Coltaine an. »Ich wäre dreist genug, Euch in dieser Besprechung zu beraten, Faust.«

Während Coltaine antwortete, wanderte sein Blick zu Mallick Rel. »Und Ihr fürchtet, anmaßend zu sein, denn Ihr werdet Dinge sagen, die mir nicht gefallen werden. Vielleicht werde ich Bult den Auftrag erteilen, das zu Ende zu bringen, was er vor vielen Jahren begonnen hat, wenn ich höre, was Ihr mir erzählt. Das verrät mir viel«, schloss er, »über die Situation in Aren.«

»Davon weiß ich nicht allzu viel«, sagte Duiker. Er spürte, wie ihm am ganzen Körper der Schweiß ausbrach. »Aber von Euch weiß ich noch weniger, Faust.«

Coltaines Gesichtsausdruck veränderte sich nicht. Duiker fühlte sich unwillkürlich an eine Kobra erinnert, die sich mit kaltem, starrem Blick langsam vor ihm aufrichtete.

»Eine Frage«, erklang Mallick Rels Stimme. »Hat die Besprechung begonnen?«

»Noch nicht«, erwiderte Coltaine langsam. »Wir warten noch auf meinen Waerloga.«

Bei diesen Worten sog der Priester Maels scharf die Luft ein. Kulp trat einen Schritt vor.

Duiker hatte plötzlich eine furchtbar trockene Kehle. Er räusperte sich, dann sagte er: »Hat die Imperatrix in ihrem ersten Jahr auf dem Thron nicht befohlen, dass alle wickanischen Magier, äh ... ausgerottet werden sollten? Und hat es daraufhin nicht Massenhinrichtungen gegeben? Ich erinnere mich daran, die äußeren Wälle von Unta gesehen zu haben ...«

»Es hat mehrere Tage lang gedauert, bis sie gestorben sind«, sagte Bult. »Sie hingen von eisernen Dornen, bis die Krähen gekommen sind, um ihre Seelen einzusammeln. Wir haben unsere Kinder zur Stadtmauer gebracht, damit sie sich die Stammesälteren ansehen konnten, die auf Befehl der kurzhaarigen Frau ihr Leben lassen mussten. Wir haben ihnen Narben der Erinnerung gegeben, um die Wahrheit am Leben zu halten.«

»Nun, inzwischen dient Ihr der Imperatrix«, sagte Duiker und beobachtete Coltaines Gesicht.

»Die kurzhaarige Frau weiß nichts von den Gepflogenheiten der Wickaner«, sagte Bult. »Die Krähen, die in ihrem Inneren die Seelen der mächtigsten Waerlogas getragen hatten, sind zu unserem Volk zurückgekehrt und haben auf jede neue Geburt gewartet; so ist die Macht der Älteren zu uns zurückgekehrt.«

Ein Seiteneingang, den Duiker zuvor überhaupt nicht bemerkt hatte, öffnete sich. Eine große, krummbeinige Gestalt betrat den Raum; ihr Gesicht war im Schatten einer Ziegenkopf-Kapuze verborgen. Als sie sie jetzt zurückschlug, enthüllte sie das glatte Gesicht eines Jungen, der nicht mehr als zehn Jahre zählen konnte. Der Blick aus den dunklen Augen des Jungen kreuzte sich mit dem des Historikers.

»Dies ist Sormo E'nath«, sagte Coltaine.

»Sormo E'nath war ein alter Mann, und er ist vor Unta hingerichtet worden«, schnappte Kulp. »Er war der mächtigste Waerloga, und die Imperatrix hat ihm eine ganz besondere Behandlung zukommen lassen. Es heißt, dass er elf Tage an der Mauer gebraucht haben soll, um zu sterben. Das da ist nicht Sormo E'nath. Das ist ein Junge.«

»Elf Tage«, brummte Bult. »Eine Krähe allein konnte seine Seele nicht aufnehmen. Deshalb ist jeden Tag eine andere gekommen, bis nichts mehr da war. Elf Tage, elf Krähen. So groß war Sormos Macht, sein Lebenswille, und so groß war die Ehre, die ihm die schwarz gefiederten Geister erwiesen haben. Elf sind zu ihm gekommen. *Elf.*«

»Zauberei der Älteren«, flüsterte Mallick Rel. »Die ältesten Schriftrollen enthalten Hinweise auf solche Dinge. Dieser Junge wird Sormo E'nath genannt. Ist er wirklich der wieder geborene Waerloga?«

»Auch die Rhivi von Genabackis glauben an derartige Dinge«, sagte Duiker. »Ein Neugeborenes kann das Gefäß für eine Seele werden, die das Tor des Vermummten noch nicht passiert hat.«

Jetzt sprach der Junge. Seine Stimme war noch hell, doch sie kippte gelegentlich ab; dieser Junge würde schon bald ein Mann sein. »Ich bin Sormo E'nath, der in seinem Brustbein die Erinnerung an einen eisernen Dorn mit sich herumträgt. Elf Krähen waren bei meiner Geburt zugegen.« Er schob seinen Umhang über die Schultern zurück. »Heute war ich zufällig bei einem Ritual der Weissagung zugegen, und in der Menge habe ich den Historiker Duiker gesehen. Gemeinsam wurden wir Zeugen einer Vision, die von einem Geist mit großer Macht gesendet wurde, einem Geist, dessen Gesicht eines unter vielen ist. Dieser Geist hat Armageddon versprochen.«

»Ich habe das Gleiche gesehen wie er«, erklärte Duiker. »Eine Handelskarawane kampiert außerhalb der Stadt.«

»Und man hat Euch nicht als Malazaner erkannt?«, fragte Mallick Rel.

»Er spricht die Sprache der Stämme sehr gut«, sagte Sormo. »Und vollführt Gesten, die von seinem Hass auf das Imperium künden. Seine Haltung und sein Verhalten sind gut genug, die Einheimischen zu täuschen. Sagt mir, Historiker, habt Ihr solche Weissagungen schon zuvor gesehen?«

»Keine, die so ... offensichtlich war«, gab Duiker zu. »Aber ich habe genügend Anzeichen gesehen, um den wachsenden Druck zu spüren. Im neuen Jahr wird eine Rebellion ausbrechen.«

»Eine kühne Behauptung«, sagte Mallick Rel. Er seufzte. So lange zu stehen bereitete ihm sichtlich Unbehagen. »Die neue Faust würde gut daran tun, solche Aussagen mit Vorsicht zu betrachten. Es gibt unzählige Prophezeiungen in diesem Land, anscheinend so viele, wie es Menschen gibt. Doch je mehr es gibt, desto unwahrscheinlicher wird die Richtigkeit jeder einzelnen. Seit der Eroberung durch die Malazaner ist im Reich der Sieben Städte jedes Jahr eine Rebellion prophezeit worden. Und was ist geschehen? Nichts.«

»Der Priester hat verborgene Motive«, sagte Sormo.

Duiker hielt den Atem an.

Mallick Rels rundes, schweißglänzendes Gesicht wurde aschfahl.

»Alle Menschen haben verborgene Motive«, sagte Coltaine, als wollte er den Einwand seines Waerloga zurückweisen. »Ich höre eine Warnung, und ich höre einen Rat, Vorsicht walten zu lassen. Ein ausgewogenes Gleichgewicht. Und dies sind meine Worte. Der Magier, der sich so gerne gegen eine feste Mauer lehnen würde, betrachtet mich als eine Viper in seiner Schlafdecke. Seine Furcht vor mir gibt die allgemeine Stimmung in der Siebten Armee wieder.« Er spuckte auf den Fußboden, verzog das Gesicht. »Die Gefühle der Soldaten sind mir gleichgültig. Wenn sie meinen Befehlen gehorchen, werde ich im Gegenzug dafür ihnen dienen. Wenn sie nicht gehorchen, werde ich ihnen die Herzen aus der Brust reißen. Habt Ihr meine Worte gehört, Kader-Magier?«

Kulp machte ein finsteres Gesicht. »Ich habe sie gehört.«

Mallick Rel meldete sich wieder zu Wort. Seine Stimme hatte einen schrillen Beiklang. »Ich bin hier, um die Befehle von Hohefaust Pormqual zu überbringen …«

»Vor oder nach dem offiziellen Willkommensgruß der Hohefaust?« Noch während er die Worte aussprach, bedauerte Duiker sie bereits wieder, trotz Bults bellendem Lachen.

Als Antwort richtete Mallick Rel sich kerzengerade auf. »Hohefaust Pormqual heißt Faust Coltaine im Reich der Sieben Städte willkommen und wünscht ihm bei seinem neuen Kommando viel Glück. Die Siebte Armee ist eine der drei ursprünglichen Armeen des malazanischen Imperiums, und die Hohefaust vertraut darauf, dass

Faust Coltaine der lobenswerten Geschichte dieser Armee Ehre erweisen wird.«

»Ich kümmere mich nicht um den Ruf von irgendjemandem«, sagte Coltaine. »Sie werden nach ihren Taten beurteilt werden. Fahrt fort.«

Zitternd tat Rel wie ihm geheißen. »Hohefaust Pormqual hat mich gebeten, seine Anforderungen an Faust Coltaine zu übermitteln. Sobald die Schiffe von Admiral Nok wieder mit Vorräten ausgestattet sind, wird die Flotte den Hafen von Hissar verlassen und sich auf den Weg nach Aren machen. Faust Coltaine soll mit den Vorbereitungen für den Marsch der Siebten durchs Landesinnere beginnen ... nach Aren. Es ist der Wunsch der Hohefaust, die Siebte zu inspizieren, bevor sie endgültig stationiert wird.« Der Priester zog eine versiegelte Schriftrolle aus seinem Gewand und legte sie auf den Tisch. »So lauten die Befehle der Hohefaust.«

Ein Ausdruck des Abscheus verdunkelte Coltaines Gesichtszüge. Er verschränkte die Arme und drehte Mallick Rel demonstrativ den Rücken zu.

Bult lachte humorlos auf. »Die Hohefaust wünscht die Armee zu inspizieren. Vermutlich hat die Hohefaust einen Hohemagier in ihrem Gefolge, vielleicht auch eine Hand der Klaue? Wenn die Hohefaust wünscht, Coltaines Truppen zu inspizieren, dann kann sie mittels eines Gewirrs hierher kommen. Faust Coltaine hat nicht die Absicht, seine Armee für einen Marsch von vierhundert Längen auszurüsten, nur damit Pormqual angesichts des Staubs auf den Stiefeln der Männer die Stirn runzeln kann. Das würde die östlichen Provinzen des Reichs der Sieben Städte ohne eine malazanische Armee zurücklassen. In diesen unruhigen Zeiten könnte es als Rückzug betrachtet werden, vor allem, wenn gleichzeitig auch die Sahul-Flotte verlegt wird. Dieses Land kann nicht aus dem Schutz der Mauern von Aren heraus regiert werden.«

»Ihr widersetzt Euch den Befehlen der Hohefaust?«, fragte Rel flüsternd. Seine Augen glitzerten wie blutige Diamanten und waren unverwandt auf den breiten Rücken der Faust gerichtet.

Coltaine wirbelte herum. »Ich rate, über eine Änderung dieser Befehle nachzudenken«, sagte er, »und warte jetzt auf eine Antwort.«

»Diese Antwort werde ich Euch geben«, krächzte der Priester.

Coltaine schnaubte.

»Ihr?«, sagte Bult. »Ihr seid Priester, kein Soldat, kein Gouverneur. Ihr seid noch nicht einmal als Mitglied des Befehlsstabs anerkannt.«

Rels Blick huschte flackernd von Bult zur Faust und wieder zurück. »Das bin ich nicht? Tatsächlich ist …«

»Nicht von Imperatrix Laseen«, schnitt Bult ihm das Wort ab. »Sie weiß nichts von Euch, Priester, außer dem, was in den Berichten der Hohefaust steht. Ihr müsst wissen, dass die Imperatrix keine Macht auf Personen überträgt, die sie nicht kennt. Hohefaust Pormqual hat Euch als seinen Boten erwählt, und genau so wird die Faust Euch behandeln. Ihr befehlt niemandem. Nicht Coltaine, nicht mir, noch nicht einmal einem einfachen Koch aus dem Tross der Siebten.«

»Ich werde diese Worte und die ihnen innewohnende Haltung der Hohefaust übermitteln.«

»Ganz bestimmt. Ihr könnt jetzt gehen.«

Rel sackte der Unterkiefer nach unten. »Gehen?«

»Wir sind fertig mit Euch. Geht!«

Schweigend sahen sie zu, wie der Priester den Raum verließ. Sobald sich die Türen hinter ihm geschlossen hatten, wandte Duiker sich an Coltaine. »Das war möglicherweise nicht besonders klug, Faust.«

Coltaine schaute ihn aus schläfrigen Augen an. »Bult hat gesprochen, nicht ich.«

Duiker warf dem Veteranen einen Blick zu. Der narbengesichtige Wickaner grinste.

»Erzählt mir von Pormqual«, sagte Coltaine. »Ihr seid ihm persönlich begegnet?«

Der Historiker richtete seine Aufmerksamkeit wieder auf die Faust. »Das bin ich.«

»Und, regiert er gut?«

»Ich würde sagen, er regiert überhaupt nicht«, erwiderte Duiker. »Zumindest ist das der Eindruck, den ich hatte. Die meisten Edikte werden von dem Mann herausgegeben, den Ihr – das heißt Bult – gerade aus dieser Beratung hinausgeworfen habt. Es gibt da noch ein paar andere hinter den Kulissen, größtenteils reiche, adlige Kaufleute. Sie sind es, die in erster Linie für die Senkung der Pflichtsteuer auf eingeführte Waren verantwortlich sind, und für den damit zusammenhängenden Anstieg lokaler Steuern auf die Herstellung und die Ausfuhr von Waren – mit Ausnahme der Dinge natürlich, die sie selbst ausführen. Die imperiale Besatzungsmacht wird von Kaufleuten verwaltet, und an dieser Situation hat sich nichts geändert, seit Pormqual vor vier Jahren zur Hohefaust ernannt wurde.«

»Wer war vor ihm Hohefaust?«, wollte Bult wissen.

»Cartheron Crust. Er ist eines Nachts im Hafen von Aren ertrunken.«

Kulp schnaubte. »Crust konnte betrunken durch einen Wirbelsturm schwimmen, und dann geht er einfach hin und ertrinkt, genau wie sein Bruder Urko. Aber natürlich ist niemals eine Leiche gefunden worden.«

»Und das bedeutet?«

Kulp grinste Bult an, sagte jedoch nichts.

»Crust und Urko waren beide Gefolgsleute des Imperators«, erklärte Duiker. »Es scheint, als hätte sie das gleiche Schicksal ereilt wie die meisten von Kellanveds Gefährten, einschließlich Toc dem Älteren und Ameron. Doch auch ihre Leichen sind niemals gefunden worden.« Der Historiker zuckte die Schultern. »Aber das ist Geschichte. Verbotene Geschichte, genauer gesagt.«

»Ihr vermutet, dass sie auf Laseens Befehl hin ermordet wurden«, sagte Bult und fletschte seine schartigen Zähne. »Aber stellt Euch doch einmal Umstände vor, unter denen die fähigsten Kommandeure der Imperatrix einfach ... verschwinden. Sie einsam und allein zurücklassen, während sie verzweifelt nach fähigen Leuten sucht. Ihr vergesst, Historiker, dass Laseen, bevor sie Imperatrix wurde, eine enge Gefährtin von Crust, Urko, Ameron, Dassem und all den anderen war. Und dann stellt Euch vor, dass sie jetzt allein ist, dass sie immer noch verletzt ist, weil sie von allen verlassen wurde.«

»Und sie hatte sich vorher nicht vorstellen können, dass ihr Mord an Kellanved und Tanzer irgendwelche Auswirkungen auf ihre Freundschaft zu diesen Kommandeuren haben würde?« Duiker schüttelte den Kopf; er war sich der Bitterkeit in seiner Stimme wohl bewusst. *Sie waren auch meine Gefährten.*

»Es gibt Fehleinschätzungen, die sich nie mehr rückgängig machen lassen«, sagte Bult. »Der Imperator und Tanzer waren fähige Eroberer, aber waren sie auch fähige Herrscher?«

»Das werden wir niemals wissen«, schnappte Duiker.

Der Seufzer des Wickaners war fast schon ein Schnauben. »Nein. Aber wenn es eine Person gegeben hat, die dem Thron nahe und gleichzeitig in der Lage war, zu erkennen, was geschehen würde, dann war es Laseen.«

Coltaine spuckte erneut auf den Fußboden. »Das ist alles, was es in dieser Angelegenheit zu sagen gibt, Historiker. Schreibt die Worte auf, die hier gefallen sind, wenn sie nicht zu bitter für Euren Geschmack sind.« Er schaute zu dem schweigenden Sormo E'nath hinüber und runzelte die Stirn, während er seinen Waerloga musterte.

»Selbst wenn ich mich über den Worten erbrechen würde«, sagte Duiker, »würde ich sie aufschreiben. Ich könnte mich niemals Historiker nennen, wenn es anders wäre.«

»Nun gut.« Coltaines Blick war noch immer auf Sormo E'nath gerichtet. »Sagt mir, Historiker, womit hat Mallick Rel Pormqual in der Hand?«

»Ich wünschte, ich wüsste es, Faust.«

»Dann findet es heraus.«

»Ihr fordert mich auf, ein Spion zu werden.«

Coltaine wandte sich ihm zu. Ein dünnes Lächeln spielte um seine Lippen. »Und als was seid Ihr im Zelt dieser Händler gewesen, Duiker?«

Duiker zog eine Grimasse. »Ich werde nach Aren gehen müssen. Ich kann mir nicht vorstellen, dass Mallick Rel mich noch einmal bei irgendwelchen Besprechungen willkommen heißen wird. Nicht, nachdem ich hier Zeuge seiner Demütigung geworden bin. Ganz im Gegenteil, ich könnte schwören, dass er mich jetzt als seinen Feind betrachtet, und seine Feinde neigen dazu, spurlos zu verschwinden.«

»Ich werde nicht verschwinden«, sagte Coltaine. Er trat einen Schritt vor, streckte die Hand aus und packte den Historiker an der Schulter. »Wir werden Mallick Rel nicht weiter beachten. Ihr werdet in meinen Stab aufgenommen.«

»Wie Ihr befehlt, Faust«, sagte Duiker.

»Die Beratung ist zu Ende.« Coltaine drehte sich zu seinem Waerloga um. »Sormo, du wirst mir das Abenteuer von heute Morgen noch im Einzelnen erzählen ... aber später.«

Der Waerloga verbeugte sich.

Duiker griff nach seinem Umhang und verließ, gefolgt von Kulp, das Zimmer. Als die Türen sich hinter ihnen geschlossen hatten, packte der Historiker den Kader-Magier am Ärmel. »Auf ein Wort, Kulp. Unter vier Augen.«

»Ich hatte genau die gleiche Idee«, erwiderte Kulp.

Ein Stück weiter den Korridor hinunter fanden sie ein Zimmer, das zwar mit zerbrochenen Möbelstücken vollgestellt, ansonsten jedoch offensichtlich unbenutzt war. Kulp schloss und verriegelte die Tür hinter sich, dann blickte er Duiker an. In seinen Augen loderte ein wildes Feuer. »Das ist kein Mensch – das ist ein Tier, und er sieht die Dinge wie ein Tier. Und was Bult betrifft ... Bult liest im Fauchen und in den aufgestellten Nackenhaaren seines Herrn und fasst alles in Worte. Ich habe noch nie einen so geschwätzigen Wickaner erlebt wie diesen verstümmelten alten Mann.«

»Augenscheinlich hatte Coltaine viel zu sagen«, bemerkte Duiker trocken.

»Ich vermute, dass der Priester Maels schon dabei ist, seine Rache zu planen.«

»Hmm. Aber was mich am meisten erschüttert hat, war, wie Bult die Imperatrix verteidigt hat.«

»Was haltet Ihr von dem, was er vorgebracht hat?«

Duiker seufzte. »Dass die Imperatrix ihre Taten bedauert und nun in voller Härte die Einsamkeit der Macht spürt? Es könnte sein. Das ist zweifellos interessant, hat aber schon lange keine Bedeutung mehr.«

»Was glaubt Ihr – hat Laseen sich diesen wickanischen Wilden anvertraut?«

»Coltaine ist zu einer Audienz bei der Imperatrix zitiert worden, und ich vermute, dass Bult förmlich an der Seite seines Herrn angenäht ist – aber was in Laseens privaten Gemächern geschehen ist, weiß niemand.« Der Historiker zuckte die Schultern. »Sie waren auf Mallick Rel vorbereitet, das zumindest ist klar. Aber nun zu Euch, Kulp. Was ist mit diesem jungen Waerloga?«

»Jung habt Ihr gesagt?« Der Kader-Magier zog ein finsteres Gesicht. »Dieser *Junge* hat die Aura eines uralten Mannes. Ich konnte riechen, dass er das Ritual des Stutenblut-Trinkers durchgeführt hat, und dieses Ritual kennzeichnet die Zeit des Eisens im Leben eines Waerloga – die letzten Jahre seines Lebens, die Zeit, in der seine Macht in voller Blüte steht. Habt Ihr ihn beobachtet? Er hat einen Pfeil auf den Priester abgeschossen und dann schweigend dagestanden und abgewartet, was passieren würde.«

»Aber Ihr habt behauptet, dass das alles nur erlogen wäre.«

»Es besteht keine Notwendigkeit, Sormo wissen zu lassen, wie empfindlich meine Nase ist. Und ich werde ihn auch in Zukunft so behandeln, als wäre er ein Knabe, ein Hochstapler. Wenn ich Glück habe, wird er mir einfach keine Beachtung schenken.«

Duiker zögerte. Die Luft in dem Raum war abgestanden, und als er tief Atem holte, hatte er den Geschmack von Staub auf der Zunge. »Kulp«, sagte er schließlich.

»Also gut, Historiker, worum wollt Ihr mich bitten?«

»Es hat nichts mit Coltaine zu tun, auch nicht mit Mallick Rel oder Sormo E'nath. Ich brauche Eure Hilfe.«

»Wobei?«

»Ich möchte einen Gefangenen befreien.«

Der Kader-Magier hob die Brauen. »Einen, der im Gefängnis von

Hissar hockt? Ich habe keine Macht über die Stadtwache, Historiker.«

»Nein, er ist nicht im Stadtgefängnis. In diesem Fall handelt es sich um einen Gefangenen des Imperiums.«

»Und wo wird er gefangen gehalten?«

»Er wurde in die Sklaverei verkauft, Kulp. Er ist in den Otataral-Minen.«

Der Kader-Magier starrte ihn entgeistert an. »Beim Atem des Vermummten, Duiker, Ihr bittet einen *Magier* um Hilfe? Ihr glaubt wirklich, ich würde freiwillig auch nur in die Nähe der Otataral-Minen gehen? Otataral vernichtet Magie, treibt Magier in den Wahnsinn –«

»Ihr müsst nicht in die Minen, Kulp. Ihr müsst nur auf ein Boot vor der Küste der Insel, nicht weiter«, unterbrach ihn Duiker. »Das verspreche ich Euch.«

»Um den Gefangenen aufzulesen – und dann was zu tun? Von einer Kriegsgaleere der Dosii verfolgt wie ein Wahnsinniger zu rudern?«

Duiker grinste. »Irgendwas in dieser Richtung, ja.«

Kulp starrte auf die geschlossene Tür, dann schaute er sich die zertrümmerten Möbelstücke an, als würden sie ihm erst jetzt auffallen. »Wer hat dieses Zimmer früher benutzt?«

»Es war das Dienstzimmer von Faust Torlom«, antwortete Duiker. »Hier hat der Dryjhnii-Assassine sie in jener Nacht gefunden.«

Kulp nickte langsam. »Und war es Zufall, dass wir uns ausgerechnet dieses Zimmer ausgesucht haben?«

»Ich hoffe es.«

»Ich auch, Historiker.«

»Werdet Ihr mir helfen?«

»Dieser Gefangene – wer ist es?«

»Heboric Leichte Hand.«

Kulp nickte ein zweites Mal langsam. »Lasst mich darüber nachdenken, Duiker.«

»Darf ich fragen, was Euch zu denken gibt?«

Kulp machte ein finsteres Gesicht. »Der Gedanke, das dann noch ein verräterischer Historiker mehr in der Welt herumläuft, was sonst?«

Die Heilige Stadt Ehrlitan war eine Stadt aus weißen Steinen, die vom Hafen aus anstieg und einen großen Hügel mit flacher Kuppe umgab und einschloss, der als Jen'rahb bekannt war. Man glaubte, dass eine der ersten Städte der Welt unter Jen'rahb begraben lag und dass irgendwo in dem zusammengepressten Schutt der Thron der Sieben Beschützer wartete, der den Legenden nach gar kein Thron war, sondern ein Zimmer, in dem sich ein Kreis aus sieben erhöhten Podesten befand, die jeweils von einem der sieben Aufgestiegenen geweiht worden waren, die ausgezogen waren, das Reich der Sieben Städte zu gründen. Ehrlitan war tausend Jahre alt, doch man glaubte, dass Jen'rahb, die alte Stadt, die nun ein Hügel aus Schotter war, neunmal so alt sein sollte.

Ein früher Falah'd von Ehrlitan hatte damit begonnen, ausgedehnte, prachtvolle Bauwerke auf der flachen Kuppe von Jen'rahb zu errichten, um die Stadt zu ehren, die unter den Straßen begraben lag. Die Steinbrüche entlang der Nordküste waren ausgeplündert und ganze Hänge völlig abgetragen worden, zehn Tonnen schwere Blöcke aus weißem Marmor waren geglättet und mit dem Schiff nach Ehrlitan transportiert, dann durch die tiefer liegenden Viertel gezogen und zu den Rampen geschafft worden, die hinauf zur Hügelkuppe führten. Wie Edelsteine auf der Krone einer Jungfrau erhoben sich Tempel, Herrenhäuser, Gärten, Kuppeln, Türme und der Palast des Falah'd auf Jen'rahb.

Zehn Jahre, nachdem der letzte Block an seinen Platz gebracht worden war, hatte die uralte, begrabene Stadt … gezuckt. Unterirdische Bogengänge waren unter der gewaltigen Last der Falah'd-Krone zusammengebrochen, Mauern waren eingestürzt, Fundamente waren seitwärts in Straßen hineingerutscht, die völlig von Staub ausgefüllt gewesen waren. Unter der Oberfläche reagierte der Staub wie Wasser, raste durch Straßen und Gassen, in offene Torwege, unter

Fußböden – und all dies geschah ungesehen in der ewigen Dunkelheit von Jen'rahb. An einem hellen Morgen, an dem ein Jahrestag der Herrschaft des Falah'd gefeiert werden sollte, zeigte das Geschehen Auswirkungen an der Oberfläche: Die Krone sackte in sich zusammen, Türme stürzten um, Kuppeln zerbarsten zu Wolken aus weißem Marmorstaub, und der Palast sackte ungleichmäßig ab – an einigen Stellen nicht mehr als ein paar Fuß, an anderen mehr als zwanzig Armspannen in die unterirdisch dahingleitenden Flüsse aus Staub.

Beobachter in den tiefer gelegenen Vierteln der Stadt beschrieben das Ereignis. Es war, als ob eine unsichtbare, riesige Hand sich auf die Krone gelegt und um alle Gebäude zugleich geschlossen hätte, um sie zu zermalmen, während sie sie gleichzeitig in den Hügel rammte. Die Staubwolke, die an diesem Tag aufstieg, ließ die Sonne noch Tage später wie eine Kupferscheibe aussehen.

Mehr als dreißigtausend Menschen starben an jenem Tag, unter ihnen auch der Falah'd, und von den dreitausend, die in seinem Palast gelebt und gearbeitet hatten, überlebte nur ein Einziger: ein Küchenjunge, der davon überzeugt war, dass der Becher, den er einen Augenblick vor dem Erdbeben hatte auf den Boden fallen lassen, Schuld an der ganzen Katastrophe war. Die Schuldgefühle machten ihn wahnsinnig, und er rammte sich selbst einen Dolch ins Herz, während er in der Unterstadt auf dem Merykra-Ring stand; die Pflastersteine, auf denen Fiedler jetzt stand, waren von seinem Blut getränkt.

Der Sappeur hatte die blauen Augen zusammengekniffen und beobachtete eine berittene Schwadron Roter Klingen, die sich auf der anderen Seite des Rings rücksichtslos durch die auseinander spritzende Menge drängte.

In ein dünnes Gewand aus gebleichtem Leinen gehüllt, die Kapuze in der Art der Gral-Stammeskrieger über den Kopf gezogen, stand er reglos auf dem geweihten Pflasterstein mit seiner verblassten Gedenkschrift und fragte sich, ob das rasende Hämmern seines Herzens laut genug war, dass die Menge, die rings um ihn nervös herumwimmelte, es hören konnte. Zuerst verfluchte er sich selbst dafür, einen Spaziergang durch die alte Stadt zu riskieren, dann verfluchte er Kalam dafür, dass er ihre Abreise hinausgeschoben hatte, bis es ihm gelungen war, Kontakt mit einem seiner alten Agenten in der Stadt aufzunehmen.

»Mezla'ebdin!«, zischte eine Stimme nicht weit von ihm.

Malazanische Schoßhunde lautete die ausreichend genaue Übersetzung. Die Roten Klingen rekrutierten sich aus Einheimischen aus dem Reich der Sieben Städte, doch sie bekannten sich zu absoluter Loyalität gegenüber der Imperatrix. Sie waren Pragmatiker, eine Eigenschaft, die in diesem Land fanatischer Träumer nicht nur äußerst selten, sondern im Augenblick auch höchst unwillkommen war, und hatten in der für sie typischen Weise – das hieß mit Schwertklinge und Lanze – gerade damit begonnen, auf eigene Faust hart gegen die Anhänger Dryjhnas vorzugehen.

Ein halbes Dutzend Opfer lag reglos inmitten eines Durcheinanders aus zerbrochenen Körben, Kleiderbündeln und allen möglichen Lebensmitteln auf den ausgebleichten Steinen des Rings. In der Nähe des ausgetrockneten Brunnens kauerten zwei kleine Mädchen neben dem Leichnam einer Frau. Die umliegenden Mauern waren von Blutspritzern übersät. Einige Straßen entfernt erklangen die Alarmglocken der Stadtwache; Ehrlitans Faust war wohl gerade darüber informiert worden, dass die Roten Klingen sich einmal mehr über ihre ungeschickte Herrschaft hinweggesetzt hatten.

Die wilden Reiter setzten ihr improvisiertes, willkürliches Gemetzel auf einer Hauptstraße fort, die vom Ring wegführte, und waren schon bald außer Sicht. Noch während die ersten klagenden Stimmen ertönten, machten sich auch schon Bettler und Diebe über die reglos daliegenden Menschen her, die von den Roten Klingen gefällt worden waren. Ein buckliger Zuhälter packte die beiden Mädchen und verschwand humpelnd in einer Seitengasse.

Ein paar Minuten eher wäre Fiedler beinahe der Schädel gespalten worden, denn als er den Ring betreten hatte, war er einem der Berittenen genau in den Weg gelaufen. Die Erfahrung seines langen Soldatenlebens hatte ihn den Kurs des Pferdes kreuzen lassen, um den Krieger dadurch zu zwingen, sein Schwert zu seiner Schildseite hin zu schwingen, und ein letztes Wegducken unter dem heranzischenden Schwert hatte den Sappeur hinter den Angreifer und aus seiner Reichweite gebracht. Die Rote Klinge hatte sich nicht damit aufgehalten, ihn zu verfolgen, sondern sich stattdessen der nächsten unglücklichen Bürgerin zugewandt – einer Frau, die verzweifelt versuchte, zwei Kinder aus dem Weg des Pferdes zu zerren – und sie enthauptet.

Fiedler schüttelte sich und fluchte lautlos vor sich hin. Er schob sich durch die dicht gedrängte Menge auf die Gasse zu, in der der Zuhälter verschwunden war. Der enge Durchgang lag im Schatten der zu beiden Seiten aufragenden großen, sich nach vorn neigenden Gebäude. Verrottende Essensreste und etwas Totes, das verweste, sorgten für einen durchdringenden Gestank. Niemand war zu sehen, als Fiedler sich vorsichtig vorwärts tastete. Er kam an einen Seitengang zwischen zwei hohen Mauern, der kaum breit genug für ein Maultier war, und in dem kniehoch vertrocknete Palmblätter lagen. Auf der anderen Seite der hohen Mauern befand sich jeweils ein Garten, und die Wedel der mächtigen Palmen auf beiden Seiten hatten sich miteinander verflochten und bildeten so in vielleicht zwanzig Fuß Höhe ein Blätterdach. Dreißig Schritte weiter erwies sich der Durchgang als Sackgasse, und dort hockte der Zuhälter; mit dem einen Knie drückte er das jüngere der beiden Mädchen zu Boden, während er das andere gegen eine Wand drängte und an ihrer Hose herumfummelte.

Der Kopf des Zuhälters ruckte herum, als er die trockenen Blätter unter Fiedlers Schritten rascheln hörte. Er hatte die helle Haut eines Skrae und bleckte die schwarzen Zähne zu einem wissenden Grinsen. »Für 'nen halben Jakata kannst du deinen Spaß mit ihr haben, Gral, wenn ich sie erst mal ausgepackt habe. Die andere ist teurer, denn sie ist jünger.«

Fiedler trat auf den Mann zu. »Ich kaufe«, sagte er. »Die Frauen. Zwei Jakatas.«

Der Zuhälter schnaubte. »Ich würde in einer Woche das Doppelte machen. Sechzehn Jakatas.«

Fiedler zog das Langmesser der Gral, das er eine Stunde zuvor gekauft hatte, und hielt dem Zuhälter die Klinge an die Kehle. »Zwei Jakatas und meine Gnade, Simharal.«

»Abgemacht, Gral«, quetschte der Zuhälter mit weit aufgerissenen Augen heraus. »Abgemacht, beim Vermummten!«

Fiedler zog zwei Münzen aus seinem Gürtel und warf sie auf den Boden, mitten zwischen die Palmwedel. Dann trat er einen Schritt zurück. »Ich nehme sie gleich mit.«

Der Simharal ließ sich auf die Knie fallen, scharrte zwischen den trockenen Blättern herum. »Nimm sie, Gral, nimm sie.«

Fiedler grunzte, steckte das Messer wieder in die Scheide und klemmte sich die beiden Mädchen links und rechts unter die Arme. Er drehte dem Zuhälter den Rücken zu und ging durch das Gässchen zurück. Die Möglichkeit, dass der Mann irgendeinen Verrat versuchen würde, war so gering, dass sie praktisch nicht existierte. Gral-Stammeskrieger bettelten manchmal regelrecht um Beleidigungen, die ihnen einen Grund liefern würden, ihrer Lieblingsbeschäftigung nachzugehen: Blutrache zu üben. Und es war bekanntermaßen unmöglich, sich von hinten an einen Gral heranzuschleichen, deshalb versuchte es auch niemand. Dennoch war Fiedler dankbar für den dicken Teppich aus trockenen Blättern, der sich zwischen ihm und dem Zuhälter befand.

Er verließ die Gasse. Die Mädchen hingen wie viel zu große Puppen unter seinen Armen, noch immer betäubt vom Schock. Er schaute der Älteren ins Gesicht. Sie mochte vielleicht neun, zehn Jahre alt sein und starrte aus weit aufgerissenen dunklen Augen zu ihm empor. »Ihr seid jetzt in Sicherheit«, sagte er. »Könnt ihr laufen, wenn ich euch runterlasse? Könnt ihr mir zeigen, wo ihr wohnt?«

Nach einem langen Augenblick nickte sie.

Sie hatten eine der gewundenen Gassen erreicht, die in der Unterstadt als Straßen galten. Fiedler setzte das größere Mädchen ab, wiegte die Jüngere dabei in der Armbeuge. Sie schien eingeschlafen zu sein. Das ältere Mädchen packte sofort einen Zipfel von Fiedlers Gewand, um von der schubsenden, rempelnden Menge nicht abgedrängt zu werden, und zog ihn dann in eine bestimmte Richtung.

»Nach Hause?«, fragte Fiedler.

»Nach Hause«, erwiderte sie.

Zehn Minuten später hatten sie das Marktviertel hinter sich gelassen und gelangten in eine ruhigere Wohngegend; die Häuser waren bescheiden, aber sauber. Das Mädchen führte Fiedler in eine Seitenstraße. Kaum hatten sie sie erreicht, als wie aus dem Nichts eine Horde Kinder auftauchte und sie schreiend umringte. Einen Augenblick später stürmten drei bewaffnete Männer aus einem Gartentor. Sie stellten sich Fiedler mit erhobenen Tulwars entgegen, und die Kinderschar wieselte in alle Richtungen auseinander, war plötzlich still und aufmerksam.

»Nahal Gral«, knurrte Fiedler. »Die Frau wurde von einer Roten Klinge getötet. Ein Simharal hat diese beiden mitgenommen. Ich hab sie ihm abgekauft. Unversehrt. Drei Jakatas.«

»Zwei«, berichtigte ihn einer der Männer und spuckte vor Fiedlers Füßen auf die Pflastersteine. »Wir haben den Simharal gefunden.«

»Für zwei abgekauft. Einen mehr fürs Herbringen. Unversehrt. Also drei.« Fiedler schenkte den Männern ein hartes Lächeln. »Ein fairer Preis, nicht viel für die Ehre der Gral. Nicht viel für den Schutz der Gral.«

Hinter Fiedler erklang jetzt die Stimme eines vierten Mannes. »Bezahlt den Gral, ihr Narren. Selbst hundert Gold-Jakatas wären nicht zu viel. Die Amme und die Kinder waren euch anvertraut, aber ihr seid geflohen, als die Roten Klingen gekommen sind. Wenn dieser Gral nicht auf die Kinder gestoßen wäre und sie gekauft hätte, dann wären sie jetzt geschändet. Bezahlt den Gral und segnet ihn mit der Gunst der Königin der Träume, segnet ihn und seine Familie für alle Zeit.« Der Mann kam langsam um Fiedler herum. Er trug die Rüstung einer persönlichen Leibgarde mit den Abzeichen eines Hauptmanns. Sein schmales Gesicht wies Narben auf – das gekreuzte Symbol eines Veteranen von Y'ghatan –, und seine Handrücken trugen die Spuren von Brandwunden. Der Blick aus seinen harten Augen saugte sich an Fiedler fest. »Ich bitte Euch um Euren Händlernamen, Gral, damit wir Euch in unseren Gebeten ehren können.«

Fiedler zögerte kurz, dann nannte er dem Hauptmann seinen richtigen Namen – den, unter dem er vor vielen Jahren geboren worden war.

Der Mann runzelte die Stirn, als er den Namen hörte, sagte jedoch nichts.

Eine der Wachen kam näher, Münzen in der Hand. Fiedler reichte dem Hauptmann das schlafende Kind. »Es ist nicht richtig, dass sie schläft«, sagte er.

Der grauhaarige Veteran nahm das Kind mit sanfter Vorsicht entgegen. »Der Heiler des Hauses wird sich um sie kümmern.«

Fiedler schaute sich um. Die Kinder gehörten ganz eindeutig zu einer reichen, mächtigen Familie, doch die Gebäude in seinem Blickfeld waren alle ziemlich klein, die Häuser kleiner Händler und Handwerker.

»Wollt Ihr ein Mahl mit uns teilen, Gral?«, fragte der Hauptmann. »Der Großvater der Kinder wird sicher wünschen, Euch zu sehen.«

Neugierig geworden nickte Fiedler. Der Hauptmann führte ihn zu einem niedrigen Seitentor in einer Gartenmauer. Die drei Wachen gingen voraus, um das Tor zu öffnen. Das ältere Mädchen huschte als Erste hindurch.

Das Tor führte in einen überraschend großzügig angelegten Garten; hier war die Luft angenehm kühl und feucht vom Hauch eines unsichtbaren Wasserlaufs, der irgendwo durch das üppig wuchernde Unterholz plätscherte. Alte Obst- und Nussbäume beschatteten den von Steinen eingefassten Weg mit dem Baldachin ihrer Kronen. Auf der gegenüberliegenden Seite erhob sich eine hohe Mauer, die vollständig aus trübem Glas bestand. Regenbogenmuster glitzerten auf den Scheiben, auf denen Wassertröpfchen funkelten und die mit mineralischen Einschlüssen gesprenkelt waren. Fiedler hatte noch niemals zuvor so viel Glas an einem einzigen Ort gesehen. In der gläsernen Mauer befand sich eine einzige Tür – ein dünner eiserner Rahmen, der mit einem Stück gebleichtem Leinen bespannt war. Vor dieser Tür stand ein alter Mann in einem zerknitterten orangefarbenen Gewand. Seine Hautfarbe war ein tiefes, sattes Ockerbraun, von dem sich ein Schopf leuchtend weißen Haares deutlich abhob. Das Mädchen rannte los, um den Mann zu umarmen. Der Blick aus seinen bernsteinfarbenen Augen ließ Fiedler nicht einen einzigen Augenblick los.

Der Sappeur ließ sich auf ein Knie sinken. »Ich bitte um Euren Segen, Geistergänger«, sagte er mit seinem rauesten Gral-Akzent.

Der Tanno-Priester lachte; es klang, als würde Sand über die Ebene wehen. »Ich kann nicht segnen, was Ihr nicht seid, mein Herr«, sagte er leise. »Aber bitte, leistet mir und Hauptmann Turqa bei einer privaten Mahlzeit Gesellschaft. Ich vertraue darauf, dass diese Wachen wild darauf sind, ihren Mut wieder zu finden, indem sie sich hier, innerhalb der Grenzen des Gartens, um die Kinder kümmern.« Er legte eine wettergegerbte Hand auf die Stirn des schlafenden Kindes. »Selal schützt sich auf ihre eigene Weise. Hauptmann, sagt dem Heiler, sie muss freundlich auf diese Welt zurückgeholt werden.«

Der Hauptmann übergab das Mädchen einer der Wachen. »Du hast gehört, was der Meister gesagt hat. Geh jetzt, schnell.«

Beide Kinder wurden durch die Stofftür gebracht. Mit einer Geste führte der Tanno-Geistergänger Fiedler und den Hauptmann etwas gemessenerer Schrittes ebenfalls zu der Tür.

Im Innern des Zimmers mit der gläsernen Wand stand ein breiter, niedriger eiserner Tisch, um den herum schienbeinhohe, fellbezogene Stühle gruppiert waren. Auf dem Tisch standen Schalen voller Früchte und gekühltem, mit roten Gewürzen gefärbtem Fleisch. Eine Kristall-Karaffe mit blassgelbem Wein war entkorkt worden, damit der Wein atmen konnte. Am Boden der Karaffe befand sich ein zwei Finger hoher Satz aus Wüstenblumenknospen und den Kadavern weißer Honigbienen. Der kühle, süße Geruch des Weines erfüllte das Zimmer.

Die innere Tür war aus massivem Holz, sie befand sich in einer

Marmormauer. In kleinen Alkoven in jener Wand brannten Kerzen mit verschiedenfarbigen Flammen. Die Spiegelungen dieser Flammen tanzten auf der gegenüberliegenden Glaswand einen hypnotisierenden Tanz.

Der Priester setzte sich und wies auf die anderen Stühle. »Setzt Euch bitte. Ich bin überrascht, dass ein malazanischer Spion seine Tarnung gefährdet, indem er das Leben zweier Ehrlii-Kinder rettet. Wollt Ihr jetzt versuchen, verwertbare Informationen von einer Familie zu bekommen, die von Dankbarkeit überwältigt ist?«

Seufzend schlug Fiedler seine Kapuze zurück. »Ich bin Malazaner, das stimmt«, gab er zu, »aber ich bin kein Spion. Ich habe mich verkleidet, um nicht entdeckt zu werden … um nicht von Malazanern entdeckt zu werden.«

Der alte Priester schenkte den Wein ein und reichte dem Sappeur einen Kelch. »Ihr seid Soldat.«

»Das bin ich.«

»Ein Deserteur?«

Fiedler zuckte zusammen. »Nicht aus freien Stücken. Die Imperatrix hat es für angebracht gehalten, mein Regiment für gesetzlos zu erklären.« Er trank einen Schluck von dem blumigen, süßen Wein.

Hauptmann Turqa stieß zischend die Luft aus. »Ihr seid ein Brückenverbrenner. Ein Soldat aus Einarms Heer.«

»Ihr seid sehr gut informiert, mein Herr.«

Der Tanno-Geistergänger deutete auf die Schalen. »Bitte. Falls Ihr nach so vielen Jahren im Krieg einen Ort gesucht habt, an dem Ihr Frieden finden könnt, habt Ihr einen großen Fehler gemacht, Euch ausgerechnet das Reich der Sieben Städte auszusuchen.«

»Das habe ich auch schon gemerkt«, erwiderte Fiedler und nahm sich ein paar Früchte. »Deswegen hoffe ich, so bald wie möglich eine Überfahrt nach Quon Tali buchen zu können.«

»Die Kansu-Flotte hat Ehrlitan verlassen«, sagte der Hauptmann. »Und es gibt nur wenige Handelsschiffe, die dieser Tage den Ozean überqueren. Hohe Steuern …«

»Und die Aussichten auf Reichtümer, die bei einem Bürgerkrieg zu gewinnen sind«, ergriff Fiedler nickend das Wort. »Dann muss ich also über Land reisen, zumindest bis Aren.«

»Das ist nicht besonders klug«, sagte der alte Priester.

»Ich weiß.«

Doch der Tanno-Geistergänger schüttelte den Kopf. »Es ist nicht nur der drohende Krieg. Um nach Aren zu kommen, müsst Ihr die Pan'potsun-Odhan durchqueren, die an die Heilige Wüste Raraku grenzt. Doch aus der Raraku wird der Wirbelwind der Apokalypse losbrechen. Und außerdem wird es eine Konvergenz geben.«

Fiedler kniff die Augen zusammen. *Der Wechselgänger-Dhenrabi.* »Wie bei einem Zusammenziehen der Kräfte von Aufgestiegenen?«

»Genau so.«

»Was wird sie anziehen?«

»Ein Tor. Die Prophezeiung des Pfades der Hände ... Ein Tor, das ... etwas verspricht. Wechselgänger und Vielwandler werden davon angezogen wie Motten von einer Flamme.«

»Warum sollten Gestaltwandler Interesse an einem Tor zu einem Gewirr haben? Sie sind alles andere als eine Gemeinschaft, und sie benutzen auch keine Magie, zumindest nicht im eigentlichen Sinn.«

»Für einen Soldaten verfügt Ihr über ein bemerkenswert großes Wissen.«

Fiedler machte ein finsteres Gesicht. »Soldaten werden immer unterschätzt«, sagte er. »Ich habe nicht fünfzehn Jahre lang in unzähligen Kriegen für das Imperium gekämpft und dabei meine Augen zugemacht. Der Imperator ist bei Li Heng sowohl mit Treach wie auch mit Ryllandaras aneinander geraten. Ich war dabei.«

Der Tanno-Geistergänger senkte entschuldigend den Kopf. »Ich habe keine Antwort auf Eure Fragen«, sagte er leise. »Und ich glaube sogar, dass noch nicht einmal die Wechselgänger und Vielwandler wissen, was sie suchen. Wie Lachse, die in jenen Fluss zurückkehren, in dem sie geboren wurden, folgen sie ihrem Instinkt – einer tief aus dem Bauch kommenden Sehnsucht und einem Versprechen, das nur sie selbst fühlen können.« Er faltete die Hände. »Es gibt keine

Vereinigung unter den Gestaltwandlern. Jeder steht für sich allein. Der Pfad der Hände ...« – er zögerte, dann fuhr er fort – »... ist vielleicht ein Mittel, um aufzusteigen ... für den Sieger.«

Fiedler holte tief und etwas zittrig Luft. »Aufstieg bedeutet Macht. Macht bedeutet Kontrolle.« Er blickte dem Geistergänger in die lohfarbenen Augen. »Sollte es einem Gestaltwandler gelingen, aufzusteigen, dann ...«

»Dann wird er über seine eigene Art herrschen, ja. Solch ein Ereignis würde einigen ... Widerhall auslösen. Wie auch immer, mein Freund, man konnte die Ödlande noch nie als sicher bezeichnen, aber die kommenden Monate werden die Odhan in einen Ort voll schrecklicher Gräuel verwandeln, das zumindest weiß ich mit Gewissheit.«

»Ich danke Euch für die Warnung.«

»Aber sie wird Euch nicht von Eurem Vorhaben abbringen.«

»Ich fürchte nein.«

»Dann ist es an mir, Euch einen Schutz für Eure Reise anzubieten. Hauptmann, wenn Ihr so freundlich wärt.«

Der Veteran stand auf und verließ das Zimmer.

»Ein zum Gesetzlosen erklärter Soldat«, sagte der alte Priester nach einem Augenblick, »der sein Leben riskiert, um ins Herz des Imperiums zurückzukehren, das ihn zum Tode verurteilt hat. Eure Not muss wirklich sehr groß sein.«

Fiedler zuckte die Achseln.

»Hier, im Reich der Sieben Städte, erinnert man sich an die Brückenverbrenner. Ein Name, der gleichermaßen verflucht wie bewundert wird. Ihr wart ehrenvolle Soldaten, doch ihr habt in einem ehrlosen Krieg gekämpft. Man erzählt sich, dass die Hitze und die verbrannten Felsen der Heiligen Wüste Raraku dem Regiment bei der Verfolgung einer Gruppe von Magiern des Falah'd den letzten Schliff verliehen haben. Dies ist eine Geschichte, die ich eines Tages gerne einmal hören würde, sodass ich vielleicht ein Lied daraus formen kann.«

Fiedlers Augen weiteten sich. Die Zauberei eines Geistergängers wurde gesungen, andere Rituale waren dazu nicht erforderlich. Man sagte, dass die Macht in einem Tanno-Lied gewaltig sein sollte, obwohl es dem Frieden geweiht war. Der Sappeur fragte sich, wie sich ein solches Lied wohl auf die Brückenverbrenner auswirken mochte.

Der Tanno-Geistergänger schien sich über diese Frage im Klaren zu sein, denn er lächelte. »Solch ein Lied ist niemals zuvor versucht worden. In einem Tanno-Lied ist das Potenzial zum Aufstieg, aber kann ein ganzes Regiment aufsteigen? Das ist in der Tat eine Frage, die eine Antwort verdient hätte.«

Fiedler seufzte. »Wenn ich Zeit hätte, würde ich Euch die Geschichte erzählen.«

»Es würde nur einen kurzen Moment dauern.«

»Wie meint Ihr das?«

Der alte Priester hob eine runzlige, langfingrige Hand. »Wenn Ihr mir erlauben würdet, Euch zu berühren, würde ich Eure Geschichte kennen.«

Der Sappeur wich zurück.

»Oh«, seufzte der Tanno-Geistergänger, »Ihr fürchtet, ich könnte sorglos mit Euren Geheimnissen umgehen.«

»Ich fürchte, wenn Ihr meine Geheimnisse kennt, könnte Euch das in Gefahr bringen. Und außerdem sind nicht alle meine Erinnerungen ehrenvoll.«

Der alte Mann legte den Kopf in den Nacken und lachte laut auf. »Wenn sie alle ehrenvoll wären, mein Freund, würdet Ihr diese Robe mehr verdienen, als ich es tue. Vergebt mir also meinen dreisten Wunsch.«

Hauptmann Turqa kehrte zurück. In seinen Händen hielt er eine kleine Kiste aus verwittertem Holz, das die Farbe von Wüstensand hatte. Er setzte sie auf dem Tisch vor seinem Meister ab, der den Deckel hob und hineingriff. »Die Raraku war einst ein Meer«, sagte der Tanno-Geistergänger. Er zog eine ausgebleichte weiße Schneckenmuschel heraus. »Solche Überbleibsel kann man noch heute in der Heiligen Wüste finden, vorausgesetzt, man weiß, wo sich früher die

Ufer befunden haben. Zusätzlich zu dem Lied der Erinnerungen an jenes Binnenmeer, das dies hier enthält, ist es auch noch mit anderen Liedern ausgestattet.« Er schaute auf, begegnete Fiedlers Blick. »Mit meinen eigenen Liedern der Macht. Ich bitte Euch, nehmt dieses Geschenk von mir an, mit dem ich Euch meine Dankbarkeit dafür erweisen will, das Leben und die Ehre meiner Enkelinnen gerettet zu haben.«

Fiedler verbeugte sich, als der alte Priester ihm die Schneckenmuschel in die Hände legte. »Ich danke Euch, Tanno-Geistergänger. Euer Geschenk bietet mir also Schutz?«

»In gewisser Weise, ja«, erwiderte der Priester lächelnd. Einen Augenblick später erhob er sich von seinem Stuhl. »Wir werden Euch nicht länger aufhalten, Brückenverbrenner.«

Fiedler stand rasch auf.

»Hauptmann Turqa wird Euch hinausgeleiten.« Der alte Mann trat näher und legte Fiedler eine Hand auf die Schulter. »Kimloc Geistergänger dankt Euch.«

Die Schneckenmuschel immer noch in den Händen, wurde der Sappeur aus dem Zimmer geführt. Draußen im Garten zupfte die wassergekühlte Luft an den Schweißtropfen auf seiner Stirn. »Kimloc«, murmelte er leise.

Turqa, der neben ihm herging, während sie den Pfad zum hinteren Tor entlangschritten, stieß ein Brummen aus. »Ihr wart sein erster Gast seit elf Jahren. Versteht Ihr, welche Ehre Euch zuteil geworden ist, Brückenverbrenner?«

»Voll und ganz«, sagte Fiedler trocken. »Er schätzt seine Enkelinnen sehr. Elf Jahre, habt Ihr gesagt? Dann war sein letzter Gast …«

»Hohefaust Dujek Einarm vom malazanischen Imperium«, beendete Turqa den Satz.

»Der gekommen war, um über die friedliche Übergabe von Karakarang, der Heiligen Stadt des Tanno-Kults, zu verhandeln. Kimloc hatte behauptet, er könnte die malazanischen Armeen vernichten. Sie völlig auslöschen. Doch dann hat er kapituliert, und jetzt steht sein Name vor allem für leere Drohungen.«

Turqa schnaubte. »Er hat die Tore seiner Stadt öffnen lassen, weil er dem Leben den höchsten Wert von allem beimisst. Er hatte Euer Imperium beurteilt, und ihm war klar geworden, dass diesem Imperium der Tod von Tausenden von Menschen nichts bedeutete. Malaz würde bekommen, was es begehrte, und was es begehrte, war Karakarang.«

Fiedler zog eine Grimasse. Seine Stimme troff geradezu vor Sarkasmus, als er antwortete. »Und wenn das bedeutet hätte, die T'lan Imass in die Heilige Stadt zu bringen – um das zu tun, was sie in Aren getan hatten –, dann hätten wir auch genau das getan. Und Kimlocs Zauberei hätte wohl kaum ausgereicht, die T'lan Imass aufzuhalten.«

Sie hatten das Tor erreicht. Turqa stieß es schwungvoll auf. In seinen dunklen Augen stand ein alter, noch längst nicht vergessener Schmerz. »Genau das hat Kimloc auch gedacht«, sagte er. »Das Massaker in Aren hat gezeigt, was für ein Wahnsinn im Imperium herrscht ...«

»Was während der Rebellion in Aren geschehen ist, war ein Fehler«, schnappte Fiedler. »Die Logros T'lan Imass hatten niemals einen entsprechenden Befehl bekommen.«

Turqas einzige Antwort bestand aus einem säuerlichen, bitteren Grinsen, während er mit einer Geste auf die Straße wies. »Geht in Frieden, Brückenverbrenner.«

Gereizt schritt Fiedler davon.

Moby kreischte vor Begeisterung auf und schoss quer durch den engen Raum, um in einem wirren Durcheinander aus schlagenden Flügeln und zupackenden Gliedern auf Fiedlers Brust zu prallen. Fluchend trat der Sappeur über die Schwelle und versuchte den Hausdämon, der gerade zu einer kehlkopfzermalmenden Umarmung ansetzte, beiseite zu schieben. Er zog die Tür hinter sich zu.

»Ich hatte gerade angefangen, mir Sorgen zu machen«, erklang Kalams tiefe Stimme aus dem im Schatten liegenden hinteren Ende des Raums.

»Bin abgelenkt worden«, sagte Fiedler.

»Ärger?«

Der Sappeur zuckte die Schultern; er nahm den Umhang ab und enthüllte das Kettenhemd, das er darunter trug. »Wo sind die anderen?«

»Im Garten«, erwiderte Kalam leicht gequält.

Fiedler marschierte quer durch den Raum zu seinem Rucksack. Er bückte sich und packte die Schneckenmuschel, die er von dem Tanno-Geistergänger bekommen hatte, hinein, stopfte sie in ein zusammengewickeltes Ersatzhemd. Dann setzte er sich zu Kalam an den kleinen Tisch.

Der Assassine schenkte ihm einen Becher mit Wasser verdünnten Weins ein, bevor er auch seinen eigenen nachfüllte. »Und?«

»Eine Bombe in einer Eierschale«, sagte Fiedler und trank einen kräftigen Schluck, ehe er weitersprach. »Auf den Mauern sind überall Symbole. Ich würde sagen, es dauert keine Woche mehr, dann schwimmen die Straßen in Blut.«

»Wir haben Pferde, Maultiere und Vorräte. Eigentlich sollten wir bis dahin schon fast die Odhan erreicht haben. Da draußen ist es sicherer.«

Fiedler warf seinem Gefährten einen langen Blick zu. Kalams dunkles Gesicht glänzte im schwachen Tageslicht, das durch das mit einem Stück Stoff verhängte Fenster fiel. Ein Gurt mit Messern lag vor dem Assassinen auf dem zerkratzten Tisch, daneben ein Wetzstein. »Vielleicht, vielleicht auch nicht.«

»Du denkst an die Handabdrücke auf den Mauern?«

Fiedler gab ein Grunzen von sich. »Du hast sie bemerkt.«

»Unzählige Symbole des Aufruhrs, die Bekanntgabe von Versammlungsplätzen, die Ankündigung von Dryjhna-Ritualen – ich kann das alles genauso gut lesen wie jeder andere, der hier geboren wurde. Aber diese Abdrücke, die nicht von Menschenhänden stammen, sind etwas völlig anderes.« Kalam beugte sich vor, nahm in jede Hand ein Messer. Müßig kreuzte er die bläulich schimmernden Klingen. »Sie scheinen in eine Richtung zu weisen … nach Süden.«

»In die Pan'potsun-Odhan«, sagte Fiedler. »Es ist eine Konvergenz.«

Der Assassine erstarrte, die dunklen Augen unverwandt auf die gekreuzten Klingen in seinen Händen gerichtet. »Das ist ein Gerücht, von dem ich bisher noch nichts gehört habe.«

»Kimloc ist überzeugt davon.«

»Kimloc!« Kalam sprach den Namen aus, als wäre es ein Fluch. »Ist er in der Stadt?«

»So geht das Gerücht.« Fiedler trank noch einen Schluck Wein. Wenn er dem Assassinen von seinem Abenteuer – und seiner Begegnung mit dem Geistergänger – erzählte, würde Kalam schon aus der Tür sein, noch bevor er mit seiner Erzählung fertig wäre. *Und Kimloc unverzüglich zum Tor des Vermummten schicken. Kimloc, seine Familie, seine Wachen. Alle.* Der Mann, der ihm gegenübersaß, würde nichts riskieren. *Da wäre also noch ein weiteres Geschenk an Euch, Kimloc ... mein Schweigen.*

Vom hinteren Eingang her erklangen Schritte, und einen Augenblick später tauchte Crokus auf. »Hier drinnen ist es so dunkel wie in einer Höhle«, beklagte er sich.

»Wo ist Apsalar?«, wollte Fiedler wissen.

»Im Garten – wo soll sie sonst sein?«, gab der Dieb aus Darujhistan bissig zurück.

Der Sappeur ließ sich auf seinem Stuhl zurücksinken. Noch immer stiegen gelegentlich Reste seines alten Unbehagens in ihm auf. *Wenn sie nirgends zu sehen war, hat das immer Ärger bedeutet. Wenn sie nirgends zu sehen war, hast du gut daran getan, eine Mauer im Rücken zu haben.* Es war immer noch schwierig, sich daran zu gewöhnen, dass das Mädchen nicht mehr diejenige war, die sie gewesen war. *Andererseits ... Wenn der Schutzpatron der Assassinen noch einmal auf die Idee kommen sollte, von ihr Besitz zu ergreifen, wird die erste Warnung darin bestehen, dass sie uns die Kehlen durchschneidet.* Ächzend knetete er die verspannten Muskeln in seinem Nacken.

Crokus zog einen Stuhl an den Tisch, ließ sich darauf fallen und griff nach dem Wein. »Wir haben keine Lust mehr, noch länger zu warten«, verkündete er. »Wenn wir dieses verdammte Land wirklich durchqueren müssen, dann sollten wir uns endlich auf den Weg machen. Hinter der Gartenmauer liegt ein dampfender Haufen Abfall, der die Abwasserrinne verstopft. Da wimmelt es von Ratten. Die Luft ist heiß, und es fliegen so viele Fliegen rum, dass man kaum atmen kann. Wenn wir noch länger hier bleiben, werden wir uns noch eine Seuche einfangen.«

»Dann wollen wir hoffen, dass es die Blauzungen-Seuche sein wird«, sagte Kalam.

»Was ist das?«

»Deine Zunge schwillt an und wird blau«, erklärte Fiedler.

»Und was soll daran so toll sein?«

»Du kannst nicht mehr reden.«

Der Mond war noch nicht aufgegangen, und nur Sterne glitzerten am Himmel, als Kalam sich auf den Weg zum Jen'rahb machte. Die alten Rampen schwangen sich zur Kuppe des Hügels hinauf wie die Treppen eines Riesen; dort, wo die behauenen Steinblöcke entfernt worden waren, weil man sie in einem anderen Teil von Ehrlitan gebraucht hatte, klafften gewaltige Lücken. Verfilztes Buschwerk hatte sich in diesen Lücken breit gemacht, die langen, drahtigen Wurzeln tief im Boden des Abhangs vergraben.

Der Assassine huschte leichtfüßig über das Geröll, blieb jedoch tief geduckt, sodass sich seine Silhouette kaum gegen den Nachthimmel abzeichnen würde, falls jemand zufällig hier hochblicken sollte. Die Stadt war still, doch diese Stille hatte etwas Unnatürliches. Die wenigen malazanischen Patrouillen befanden sich mehr oder weniger allein auf den Straßen, als hätten sie den Auftrag, eine Totenstadt zu bewachen, in der sich nur noch Geister trafen. Das Unbehagen der Soldaten hatte dafür gesorgt, dass sie ziemlich laut gewesen waren, als sie durch die Straßen und Gassen marschiert waren, und Kalam hatte keine Mühe gehabt, ihnen aus dem Weg zu gehen.

Er erreichte den Gipfel des Hügels und schlüpfte zwischen zwei großen Kalksteinblöcken hindurch, die einst Teil des äußeren Walls auf der Hügelkuppe gewesen waren. Dann blieb er kurz stehen, sog tief die staubige Nachtluft ein und schaute hinab auf die Straßen von Ehrlitan. Die Festung der Faust, einst das Heim des Heiligen Falah'd der Stadt, erhob sich dunkel und missgestaltet über einem hell erleuchteten Hof, wie eine geballte Hand, die von einem Bett aus Kohlen nach oben griff. Doch im Innern des steinernen Bauwerks kauerte der Militärgouverneur des malazanischen Imperiums, verschloss seine Ohren vor den hitzigen Warnungen der Roten Klingen und all jener malazanischen Spione oder Sympathisanten, die noch nicht vertrieben oder ermordet worden waren. Das gesamte Regiment der Besatzungstruppen hatte sich in den Unterkünften der Feste verkrochen, nachdem es aus den entlang der Peripherie von Ehrlitan verteilten Garnisons-Forts zurückgerufen worden war. Die Feste konnte eine so große Zahl von Bewohnern nicht versorgen – das Wasser der Quelle war bereits faulig, und so mancher Soldat schlief unter freiem Himmel auf den Steinplatten der Außenmauer. Im Hafen waren zwei alte Triremen aus Falar an der malazanischen Mole vertäut, und eine einzige Kompanie Soldaten – die noch nicht einmal Sollstärke hatte – hielt die imperialen Docks. Die Malazaner befanden sich im Belagerungszustand, obwohl sich noch keine einzige Hand wirklich gegen sie erhoben hatte.

Kalam spürte zwei einander widerstrebende Loyalitäten in sich. Von Geburt her gehörte er zu den Unterdrückten, doch er hatte seine Wahl getroffen und unter dem Banner des Imperiums gekämpft. Er hatte für Imperator Kellanved gekämpft. *Und für Dassem Ultor, und Elster, und Dujek Einarm. Aber nicht für Laseen. Diese Bande sind schon vor langer Zeit durch Verrat zerschnitten worden.* Der Imperator hätte dieser Rebellion das Herz herausgerissen, kaum dass es zum ersten Mal geschlagen hätte. Ein kurzes, aber notwendiges Blutbad, gefolgt von einer langen Zeit des Friedens. Laseen hingegen hatte zugelassen, dass die alten Wunden weiterschwärten, und was jetzt kommen würde, würde selbst den Vermummten zum Schweigen bringen.

Kalam wandte sich vom Rand des Hügels ab. Das Gelände vor

ihm war ein verschlungenes Labyrinth aus zerschmetterten Kalksteinblöcken und Lehmziegeln, Dolinen und verfilzten Sträuchern. Insektenschwärme wogten über schwarzen Teichen auf und ab, und zwischen ihnen schossen Fledermäuse und Rhizan hin und her.

In der Nähe des Zentrums erhoben sich die ersten drei Stockwerke eines Turms; sie waren von Wurzelsträngen überwuchert, die sich von einem Baum auf seiner Spitze herunterschlängelten, der aus Wassermangel ganz krumm und verkrüppelt gewachsen war. Am Fuß des Turms klaffte die dunkle Öffnung eines torlosen Eingangs.

Kalam beobachtete ihn einige Zeit und näherte sich schließlich vorsichtig. Er war noch zehn Schritte von der Öffnung entfernt, als er innen ein Licht aufflackern sah. Der Assassine zog ein Messer, klopfte mit dem Knauf zweimal gegen einen Stein und ging dann zu dem Eingang hinüber. Eine Stimme aus der Dunkelheit ließ ihn innehalten.

»Komm nicht näher, Kalam Mekhar.«

Kalam spuckte laut aus. »Glaubst du, ich würde deine Stimme nicht erkennen, Mebra? Schmutzige Rhizan wie du entfernen sich niemals weit von ihrem Nest; das ist auch der Grund, warum du so leicht zu finden warst, und dir hierher zu folgen war sogar noch leichter.«

»Ich muss mich um wichtige Geschäfte kümmern«, knurrte Mebra. »Warum bist du zurückgekommen? Was willst du von mir? Ich war den Brückenverbrennern verpflichtet, aber die gibt es nicht mehr.«

»Du hattest mir gegenüber eine Verpflichtung«, sagte Kalam.

»Und wenn der nächste malazanische Hund mit dem Abzeichen einer brennenden Brücke mich findet, dann wird er die Verpflichtung genauso einfordern, was? Und dann der nächste und der übernächste? Oh, nein, Kal …«

Der Assassine hatte den Eingang erreicht, ehe Mebra es überhaupt bemerkte; er tauchte in die Dunkelheit, eine Hand nach vorn gestreckt, die den Spion mit untrüglicher Sicherheit an der Kehle packte. Der Mann kreischte auf; er wurde von den Füßen gerissen, als Kalam ihn hochhob und gegen eine Wand schleuderte. Hier hielt der Assassine ihn fest, ritzte ihm die Haut in der Kuhle über dem Brustbein mit der Spitze eines Messers. Etwas, das der Spion an seine Brust gedrückt gehabt hatte, rutschte nach unten und prallte mit einem dumpfen Geräusch zwischen ihren Füßen auf den Boden. Kalam verschwendete keinen Blick auf den Gegenstand; er starrte Mebra unverwandt in die Augen.

»Die Verpflichtung«, sagte er.

»Mebra ist ein ehrenvoller Mann«, keuchte der Spion. »Er bezahlt jede Schuld! Er bezahlt auch die Schuld dir gegenüber!«

Kalam grinste. »Die Hand, die du gerade eben an das Heft des Dolchs in deinem Gürtel gelegt hast, sollte am besten bleiben, wo sie ist, Mebra. Ich sehe alles, was du vorhast. Da, in deinen Augen. Jetzt schau in meine. Was siehst du darin?«

Mebra begann schneller zu atmen. Schweißperlen glitzerten auf seiner Stirn. »Gnade«, sagte er.

Kalam zog die Augenbrauen hoch. »Eine tödlich falsche Deutung …«

»Nein, nein! Ich bitte um Gnade, Kalam! In deinen Augen sehe ich nichts als den Tod! Meinen Tod! Ich werde die Schuld zurückzahlen, alter Freund. Ich weiß viel, ich weiß alles, was die Faust zu wissen wünscht! Ich kann ihr Ehrlitan ausliefern …«

»Daran besteht kein Zweifel«, sagte Kalam und lockerte den Griff um die Kehle des Mannes. Er trat einen Schritt zurück. Mebra rutschte an der Wand hinunter und kauerte sich kläglich auf dem Fußboden zusammen. »Aber überlass die Faust ihrem Schicksal.«

Der Spion blickte auf. Plötzlich lag ein verschlagener Ausdruck auf seinem Gesicht. »Du bist zum Gesetzlosen erklärt worden. Und du hast nicht den Wunsch, zur malazanischen Herde zurückzukehren. Du bist wieder einer von uns, einer aus dem Reich der Sieben Städte! Mögen die Sieben dich segnen, Kalam!«

»Ich brauche die Zeichen, Mebra. Eine sichere Reise durch die Odhan.«

»Du kennst sie …«

»Es sind mehr Symbole geworden. Ich kenne nur die *alten*, und wenn ich die verwende, wird mich schon der erste Stamm töten, der mich findet.«

»Für eine sichere Durchreise brauchst du nur ein einziges Symbol, Kalam. Und zwar überall im Reich der Sieben Städte, das schwöre ich.«

Der Assassine trat einen Schritt zurück. »Was ist das für ein Zeichen?«

»Du bist Dryjhnas Kind, ein Soldat der Apokalypse. Mach die Geste des Wirbelwinds – ich nehme an, du erinnerst dich noch an sie?«

Kalam nickte zögernd; Misstrauen sprach aus seinem Blick. »Aber ich habe noch viele andere gesehen, so viele neue Symbole. Was ist mit denen?«

»Inmitten der Heuschreckenwolke gibt es nur eine, die wirklich wichtig ist«, sagte Mebra. »Gibt es einen besseren Weg, die Roten Klingen in die Irre zu führen? Bitte, Kalam, du musst jetzt gehen. Ich habe die Schuld zurückgezahlt …«

»Wenn du mich betrogen hast, wird Adaephon Ben Delat davon erfahren. Sag mir, kannst du dem Schnellen Ben entkommen, wenn er seine Gewirre öffnet?«

Mebra schüttelte stumm den Kopf. Im Mondlicht wirkte sein Gesicht kalkweiß.

»Die Geste des Wirbelwinds.«

»Ja, ich schwöre es bei den Sieben.«

»Bleib ganz ruhig«, befahl Kalam. Eine Hand am Langmesser in seinem Gürtel, trat der Assassine vor, bückte sich und hob den Gegenstand auf, den Mebra vorhin hatte fallen lassen. Er hörte, wie der Spion scharf die Luft einsog, und lächelte. »Vielleicht sollte ich das hier mitnehmen, sozusagen als Pfand.«

»Bitte, Kalam …«

»Sei still!« Der Assassine stellte fest, dass er ein in Musselin eingewickeltes Buch in der Hand hielt. Er wickelte das verdreckte Stück Stoff ab. »Beim Atem des Vermummten!«, flüsterte er. »Aus den Gewölben der Hohefaust in Aren … in die Hände eines Spions der Ehrlii.« Er blickte auf und sah Mebra in die Augen. »Weiß Pormqual, dass ihm das, was die Apokalypse entfesseln wird, gestohlen wurde?«

Der kleine Mann grinste und zeigte dabei eine Reihe scharfer, silberüberzogener Zähne. »Diesem Narren könnte man sein Seidenkissen unter dem Kopf wegstehlen, und er würde es nicht merken. Dir ist doch wohl klar, Kalam, dass dich jeder Krieger der Apokalypse verfolgen wird, wenn du das da als Pfand mitnimmst. Das Heilige Buch Dryjhnas ist befreit worden und muss zur Raraku zurückkehren, wo die Seherin …«

»… den Wirbelwind entfesseln wird«, beendete Kalam den Satz. Der uralte Wälzer fühlte sich in seinen Händen so schwer an wie eine Granit-Tafel. Der Einband aus Bhederin-Leder war fleckig und zerkratzt, die Schafleder-Seiten darin rochen nach Wollfett und Blutbeeren-Tinte. Und auf den Seiten … *Worte des Wahnsinns; und in der Heiligen Wüste wartet Sha'ik, die Seherin, die verheißene Anführerin der Rebellion …* »Du wirst mir jetzt das letzte Geheimnis verraten, Mebra, das, das der Träger dieses Buches kennen muss.«

Die Augen des Spions weiteten sich erschrocken. »Das hier kann nicht dein Pfand sein, Kalam! Nimm stattdessen mich, ich bitte dich!«

»Ich werde es in die Heilige Wüste Raraku bringen«, sagte Kalam. »Ich werde es Sha'ik persönlich übergeben, und ich werde mir damit meine Durchreise erkaufen, Mebra. Und wenn ich irgendwelche Anzeichen von Verrat entdecke, wenn ich auch nur einen einzigen Soldaten der Apokalypse auf meiner Spur bemerke, werde ich es zerstören. Hast du mich verstanden?«

Mebra blinzelte, um den Schweiß aus den Augen zu bekommen, dann nickte er. »Du musst einen Hengst von der Farbe des Sandes reiten, euer Blut muss sich vermischen. Du musst eine rote Telaba tragen. Jeden Abend musst du dich auf den Knien deiner Fährte zuwenden, das Buch auswickeln und Dryjhna anrufen – nur das, nicht mehr, nicht ein einziges weiteres Wort, denn die Göttin des Wirbelwindes wird dich hören und gehorchen –, und alle Spuren, die du hinterlassen hast, werden verschwinden. Du musst eine Stunde schweigend warten und dann das Buch wieder einwickeln. Es darf niemals dem Sonnenlicht ausgesetzt werden, denn der Zeitpunkt, das Buch zu erwecken, liegt in den Händen Sha'iks. Ich werde diese Anweisungen jetzt wiederholen …«

»Das ist nicht nötig«, knurrte Kalam.

»Bist du jetzt wirklich ein Gesetzloser?«

»Ist das, was ich vorhabe, nicht Beweis genug?«

»Übergib Sha'ik das Buch von Dryjhna, und dein Name wird für alle Zeiten zu den Himmeln gesungen werden, Kalam. Betrüge uns, und dein Name wird in den Staub gespuckt werden.«

Der Assassine wickelte das Buch wieder in das Stück Musselin ein und verstaute es in den Falten seiner Tunika. »Wir sind fertig.«

»Der Segen der Sieben sei mit dir, Kalam Mekhar.«

Ein Grunzen war die einzige Antwort. Kalam glitt bereits auf die Türöffnung zu, zögerte dort kurz, um sich draußen umzuschauen. Als er nicht eine Menschenseele im Mondlicht entdecken konnte, huschte er durch die Öffnung.

Noch immer an die Wand gekauert, sah Mebra zu, wie der Assassine verschwand. Er strengte sich an, um irgendwelche Geräusche zu hören, die Kalam bei der Durchquerung des Durcheinanders aus Felsen, Ziegeln und Schutt verursachen musste, doch er hörte nichts. Der Spion wischte sich den Schweiß von der Stirn, ließ den Kopf nach hinten gegen den kühlen Stein sinken und schloss die Augen.

Wenige Minuten später hörte er vom Eingang her das Scheppern einer Rüstung. »Habt Ihr ihn gesehen?«, fragte Mebra, die Augen noch immer geschlossen.

Eine tiefe, brummige Stimme antwortete. »Lostara verfolgt ihn. Hat er das Buch?«

Mebras schmallippiger Mund verzog sich zu einem Lächeln. »Das war nun nicht gerade der Besucher, den ich erwartet hatte. Ich hätte mir nie und nimmer vorgestellt, dass ein solcher Gast zufällig vorbeikommt. Das war Kalam Mekhar.«

»Der Brückenverbrenner? Beim Kuss des Vermummten, Mebra, wenn ich das gewusst hätte … Wir hätten ihn niedergehauen, noch bevor er außerhalb dieses Turms einen Fuß auf den Boden gesetzt hätte.«

»Wenn Ihr das versucht hättet«, erwiderte Mebra, »dann würde Euer Blut – Eures und das von Aralt und Lostara – jetzt Jen'rahbs durstige Wurzeln tränken.«

Der große Krieger stieß ein bellendes Lachen aus und trat ins Innere des Turms. Wie der Spion schon vermutet hatte, tauchte hinter ihm Aralt Arpat auf und bewachte den Eingang; er war so groß und breit, dass kaum noch Mondlicht durch die Öffnung fiel.

Tene Baralta ließ seine gepanzerten Hände auf die Knäufe der Schwerter sinken, die er an den Hüften trug. »Was ist mit dem Mann, an den du als Erstes herangetreten bist?«

Mebra seufzte. »Wie ich Euch schon gesagt habe, hätten wir wahrscheinlich ein Dutzend Nächte wie diese gebraucht. Der Mann hat es mit der Angst zu tun bekommen und ist jetzt wahrscheinlich schon auf halbem Weg nach G'danisban. Er … hat nochmals nachgedacht, wie es jeder vernünftige Mann tun würde.« Der Spion stand auf und klopfte sich den Staub von seiner Telaba. »Ich kann unser Glück noch gar nicht fassen, Baralta –«

Tene Baraltas gepanzerte Hand zuckte blitzschnell vor und schlug Mebra ins Gesicht; die gespornten Kettenglieder rissen tiefe Furchen in die Haut des Spions. Blut spritzte an die Wand. Der Spion taumelte zurück, schlug die Hände vor das verletzte Gesicht.

»Du wirst zu vertraulich«, sagte Baralta ruhig. »Ich gehe davon aus, dass du Kalam … vorbereitet hast? Ihm die passenden … Anweisungen gegeben hast?«

Mebra spuckte Blut, dann nickte er. »Ihr solltet in der Lage sein, ihm unfehlbar zu folgen, Kommandant.«

»Den ganzen Weg, bis zu Sha'iks Lager?«

»Ja. Aber ich flehe Euch an, seid vorsichtig, Herr. Wenn Kalam merkt, dass er verfolgt wird, wird er das Buch zerstören. Bleibt mindestens einen Tag hinter ihm, am besten noch mehr.«

Tene Baralta zog ein Stück Bhederin-Leder aus einer Tasche an seinem Gürtel. »Das Kalb sehnt sich nach seiner Mutter«, sagte er.

»Und sucht sie ganz bestimmt«, beendete Mebra den Satz. »Ihr werdet eine Armee brauchen, um Sha'ik zu töten, Kommandant.«

Der Anführer der Roten Klingen lächelte. »Das lass mal unsere Sorge sein, Mebra.«

Mebra holte tief Luft. Nach einem kurzen Augenblick des Zögerns sagte er: »Da ist noch etwas, das ich von Euch will, Herr.«

»Etwas, das du willst?«

»Um das ich Euch bitte, Kommandant.«

»Und das wäre?«

»Dass Kalam am Leben bleibt.«

»Deine Wunden sind ungleichmäßig verteilt, Mebra. Erlaube mir, auch die andere Seite deines Gesichts zärtlich zu tätscheln.«

»Hört mich an, Kommandant! Der Brückenverbrenner ist ins Reich der Sieben Städte zurückgekehrt. Er behauptet von sich, ein Soldat der Apokalypse zu sein. Doch ist Kalam wirklich jemand, der zu Sha'iks Heereszug stoßen wird? Kann ein Mann, der geboren ist zu führen, sich damit zufrieden geben, jemand anderem zu folgen?«

»Worauf willst du hinaus?«

»Kalam ist aus einem anderen Grund hier, Kommandant. Er hat nur freies Geleit durch die Pan'potsun-Odhan gesucht. Er hat das Buch mitgenommen, weil es ihm diese sichere Durchreise gewähren wird. Der Assassine ist unterwegs nach Süden. Warum? Ich bin überzeugt, dass die Roten Klingen – und das Imperium – nur zu gern die Antwort auf diese Frage wüssten. Und diese Antwort kann man nur bekommen, solange er noch atmet.«

»Du vermutest doch etwas.«

»Er will nach Aren.«

Tene Baralta schnaubte. »Um Pormqual ein Messer zwischen die Rippen zu stoßen? Wenn er das tut, hätte er unser aller Segen, Mebra.«

»Die Hohefaust ist Kalam völlig gleichgültig.«

»Wenn das so ist, was sucht er dann in Aren?«

»Ich kann mir nur eines vorstellen, Kommandant: Ein Schiff, das ihn nach Malaz bringt.« Mebra kauerte noch immer an der Wand und beobachtete aus verschleierten Augen den Kommandanten der

Roten Klingen, der allmählich zu begreifen schien, worauf der Spion anspielte. Die Wunde in seinem Gesicht pochte schmerzhaft.

Nach einiger Zeit fragte Tene Baralta mit leiser Stimme: »Was hast du für einen Plan?«

Obwohl es ihm einige Mühe bereitete, begann Mebra zu lächeln.

Wie gewaltige, sich aneinander lehnende Kalkstein-Platten ragten die Klippen mitten in der Wüste gut vierhundert Armspannen hoch auf. Die verwitterte Oberfläche war von tiefen Spalten und Rissen durchzogen, und in die größte dieser Spalten duckte sich einhundertfünfzig Armspannen über dem Wüstensand ein Turm. Schwarz hob sich ein einziges Bogenfenster von den Lehmziegeln ab.

Mappo seufzte zittrig. »Ich kann nichts erkennen, das wie ein Zugang aussieht, aber irgendwo muss einer sein.« Er warf einen Blick zurück zu seinem Gefährten. »Du glaubst, dass er bewohnt ist.«

Icarium rieb sich das verkrustete Blut von der Stirn, dann nickte er. Er zog das Schwert halb aus der Scheide und runzelte die Stirn, als er die Hautfetzen sah, die noch immer an der gekerbten Klinge hingen.

Sie waren unachtsam gewesen, und der Vielwandler hatte sie überrascht – ein Dutzend Leoparden von der Farbe des Wüstensandes, die keine zehn Schritte zu ihrer Rechten aus dem ausgetrockneten Bett eines Rinnsals herausgeschnellt waren, als die beiden Reisenden gerade ihr Lager aufschlagen wollten. Eines der Tiere war auf Mappos Rücken gesprungen und hatte die Fänge um seinen Nacken geschlossen, während seine Krallen sich durch die derbe Haut des Trells gebohrt hatten. Der Leopard hatte ihn angegriffen, als wäre er eine Antilope, hatte versucht, ihm die Luftröhre zu zerreißen, während er ihn zu Boden drückte; doch Mappo war keine Antilope. Obwohl sich die Reißzähne tief in sein Fleisch gebohrt hatten, fanden sie nur Muskeln. Wütend hatte der Trell über seinen Kopf nach hinten gegriffen und sich das Tier von den Schultern gerissen. Dann hatte er den fauchenden Leoparden im Nacken und in Höhe der Hinterbeine am Fell gepackt, ihn mit aller Kraft gegen einen Felsblock geschleudert und ihm auf diese Weise den Schädel zerschmettert.

Die anderen elf waren auf Icarium losgegangen. Als Mappo den leblosen Leoparden beiseite warf und herumwirbelte, sah er vier der Tiere reglos um das Jaghut-Halbblut herumliegen. Sein Blick fiel auf Icarium, und den Trell ergriff plötzlich eisige Furcht. *Wie weit? Wie weit ist der Jhag gegangen? Beru segne uns, bitte.*

Eines der anderen Tiere hatte seine Fänge um Icariums linken Oberschenkel geschlossen, und Mappo sah zu, wie der Krieger mit seinem alten Schwert nach unten hackte und den Leoparden enthauptete. Die Fänge ließen nicht sofort los, und für einen kurzen Augenblick hing der Kopf wie eine Beule, aus der das Blut spritzte, am Bein des Kriegers.

Die überlebenden Katzen umkreisten sie.

Mappo machte einen Satz vorwärts, packte einen hin und her peitschenden Schwanz. Er brüllte laut, als er die kreischende Kreatur durch die Luft wirbelte. Sich krümmend und windend flog der Leopard sieben oder acht Schritt weit, bis er gegen eine Felsmauer krachte und sich das Rückgrat brach.

Es war zu spät für den Vielwandler, der jetzt seinen Irrtum erkannte und versuchte, sich zurückzuziehen. Doch Icarium war unerbittlich. Ein durchdringendes Summen ausstoßend, stürzte der Jhag sich mitten unter die fünf übrig gebliebenen Leoparden. Sie stoben auseinander, jedoch nicht schnell genug. Blut spritzte, Fell- und Fleischfetzen fielen in den Sand. Innerhalb weniger Augenblicke lagen fünf weitere Leiber reglos auf dem Boden.

Icarium wirbelte herum, suchte nach weiteren Opfern, und der Trell trat einen halben Schritt vor. Nach kurzer Zeit wurde das schrille Summen leiser, und langsam richtete Icarium sich aus seiner geduckten Haltung auf. Sein starrer Blick fiel auf den Trell, und er runzelte die Stirn.

Mappo sah die blutigen Tropfen in Icariums Gesicht. Das unheimliche Geräusch verstummte endgültig. *Er ist noch nicht zu weit gegangen. Noch ist es sicher. Ihr Götter in der Tiefe, dieser Pfad … Ich bin ein Narr, ihm zu folgen. Das war knapp, viel zu knapp.*

An diesem Tag war reichlich Vielwandler-Blut vergossen worden, und der Geruch dieses Blutes würde andere anlocken. Die beiden Wanderer hatten ihre Sachen schnell wieder zusammengepackt und waren in flottem Tempo losmarschiert. Ehe sie aufbrachen, zog Icarium einen einzelnen Pfeil aus seinem Köcher, den er so in den Sand steckte, dass er nicht zu übersehen war.

Sie zogen die ganze Nacht in einem leichten Trott dahin. Es war keineswegs die Angst vor dem Sterben, die sie vorantrieb; es war das Töten, das sie weitaus mehr fürchteten. Mappo betete, dass Icariums Pfeil sich als ausreichende Warnung erweisen mochte.

Im Morgengrauen erreichten sie den östlichen Steilabbruch. Jenseits der Klippen erhob sich der verwitterte Gebirgszug, der die Raraku von der Pan'potsun-Odhan trennte.

Irgendetwas hatte den Pfeil ignoriert und folgte ihnen, befand sich vielleicht eine Länge hinter ihnen. Der Trell hatte es bereits eine Stunde zuvor gespürt. Ein Wechselgänger – und die Gestalt, die er angenommen hatte, war sehr groß.

»Such uns eine Stelle, an der wir hinaufsteigen können«, sagte Icarium, während er die Sehne seines Bogens einhängte. Er legte die ihm verbliebenen Pfeile bereit und schaute dabei blinzelnd in die Richtung, aus der sie gekommen waren. Nach knapp einhundert Schritten bildete die flimmernde Luft eine Art Vorhang, der es unmöglich machte, irgendetwas dahinter zu entdecken. Wenn der Wechselgänger in Sicht kommen und angreifen sollte, hatte der Jhag genug Zeit, ein halbes Dutzend Pfeile abzuschießen. Die Gewirre, die in ihre Schäfte eingeritzt waren, konnten selbst einen Drachen zur Strecke bringen, doch Icariums Gesichtsausdruck zeigte deutlich, dass schon der Gedanke daran ihn krank machte.

Mappo betastete die Wunden, die die Reißzähne in seinem Nacken hinterlassen hatten. Das aufgerissene Fleisch war heiß, entzündet und wimmelte von Fliegen. Die Muskeln taten weh, es war ein dumpfer, pochender Schmerz. Er zog das Blatt eines Jegura-Kaktus aus seinem Bündel und presste es über den Wunden aus, sodass der Saft hineinfloss. Ein Gefühl der Betäubung breitete sich aus, das es ihm erlaubte, die Arme zu bewegen, ohne dass die stechenden

Schmerzen auftraten, die dafür verantwortlich waren, dass er seit einigen Stunden in Schweiß gebadet war. Der Trell erschauerte, als ihn plötzlich fröstelte. Der Kaktus-Saft war so stark, dass er nur einmal am Tag benutzt werden konnte, sonst würde sich der betäubende Effekt bis zum Herz und zu den Lungen ausbreiten. Und außerdem würde er die Fliegen noch durstiger machen.

Er näherte sich der Kluft in dem Felsblock. Die Trell bewohnten Grassteppen. Klettern gehörte daher nicht zu Mappos herausragenden Fähigkeiten, und er sah der vor ihm liegenden Aufgabe mit gemischten Gefühlen entgegen. Die Spalte war tief genug, um das frühmorgendliche Sonnenlicht zu verschlucken, und an ihrem Fuß recht schmal, kaum so breit wie seine Schultern. Er duckte sich und schlüpfte hinein; die kühle, nach Moschus riechende Luft jagte ihm erneut einen Schauer den Rücken hinunter. Als sich seine Augen an das Dämmerlicht gewöhnt hatten, konnte er die Rückwand der Spalte ausmachen, die ungefähr sechs Schritt von ihm entfernt war. Es gab weder Stufen noch Handgriffe. Er legte den Kopf in den Nacken und schaute nach oben. Die Spalte verbreiterte sich weiter oben, zog sich jedoch ohne jede Unterbrechung bis zu jener Stelle hin, die er für den Fuß des Turms hielt. Es gab nicht einmal etwas so Einfaches wie ein herunterhängendes, mit Knoten versehenes Seil. Enttäuscht vor sich hin grummelnd, trat Mappo wieder nach draußen, zurück ins Sonnenlicht.

Wo er Icarium fand, den Blick auf ihre Fährte gerichtet, einen Pfeil auf der Sehne und den Bogen erhoben. Dreißig Schritt von ihm entfernt stand ein massiger brauner Bär auf allen vieren; er wiegte sich vor und zurück und prüfte mit erhobener Nase den Wind. Der Wechselgänger war da.

Mappo trat zu seinem Gefährten. »Den da kenne ich«, sagte er leise.

Der Jhag senkte seine Waffe, entspannte auch die Bogensehne. »Er verwandelt sich«, sagte er.

Der Bär taumelte vorwärts.

Mappo blinzelte, als die Umrisse der Gestalt plötzlich verschwammen. Er schmeckte Kies. Seine Nasenflügel bebten, als er den kräftigen, würzigen Geruch wahrnahm, der mit dem Wandel der Gestalt einherging. Mappo verspürte eine instinktive Woge der Furcht, eine staubige Trockenheit, die es ihm schwer machte zu schlucken. Einen Augenblick später war die Verwandlung abgeschlossen. Ein Mann kam jetzt auf sie zu; er war nackt und wirkte im harten Sonnenlicht blass.

Mappo schüttelte langsam den Kopf. Wenn er in anderer Gestalt auftrat, war der Wechselgänger groß und mächtig, eine einzige Masse aus Muskeln – doch jetzt, in seiner menschlichen Gestalt, maß Messremb gerade mal fünf Fuß; er war fast kahl und so dünn, dass er beinahe ausgezehrt wirkte, und er hatte ein schmales Gesicht und ein Pferdegebiss. Seine kleinen granatroten Augen waren von einem Netz von Lachfältchen umgeben und funkelten fröhlich, und auch sein Mund war zu einem Lächeln verzogen.

»Mappo Trell, meine Nase hat mir schon gesagt, dass du hier bist!«

»Wir haben uns verdammt lange nicht gesehen, Messremb.«

Der Wechselgänger beäugte den Jhag. »Hm, es war nördlich von Nemil.«

»Jene unberührten Pinienwälder haben meiner Meinung nach besser zu dir gepasst«, sagte Mappo. Für einen kurzen Augenblick stiegen Erinnerungen in ihm auf – Erinnerungen an eine freiere Zeit der gewaltigen Trell-Karawanen und großen Reisen.

Das Grinsen des Mannes erstarb. »Das stimmt. Und Ihr, mein Herr, Ihr müsst Icarium sein, der Erbauer gewaltiger Mechanismen und jetzt der Fluch der Wechselgänger und Vielwandler. Ihr sollt wissen, dass ich im höchsten Maße erleichtert bin, dass Ihr Euren Bogen gesenkt habt – als ich gesehen habe, wie Ihr gezielt habt, ist es mir wie Donner durch die Brust gerast.«

Icarium runzelte die Stirn. »Wenn ich die Wahl hätte, wäre ich für nichts und niemanden ein Fluch«, sagte er. »Wir sind ohne jede Vorwarnung angegriffen worden«, fügte er hinzu, wobei seine Worte merkwürdig unsicher klangen.

»Das soll wohl bedeuten, dass Ihr keinerlei Gelegenheit hattet, die unglückliche Kreatur zu warnen. Bemitleidet die Stücke seiner Seele! Ich hingegen bin alles andere als vorschnell. Nur mit dem Fluch einer neugierigen Nase behaftet. Was für ein Geruch liegt da noch in der Luft, außer dem des Trell, habe ich mich gefragt – fast wie Jaghut-Blut, und doch anders. Nun, da ich die Antwort vor Augen hatte, kann ich den Pfad wieder aufnehmen.«

»Weißt du, wohin er dich führen wird?«, fragte Mappo.

Messremb versteifte sich. »Hast du die Tore gesehen?«

»Nein. Was glaubst du, was du dort finden wirst?«

»Antworten, alter Freund. Nun werde ich euch den Geruch meiner Verwandlung ersparen, indem ich ein bisschen mehr Abstand zwischen euch und mich lege. Wünschst du mir Glück, Mappo?«

»Das tue ich, Messremb. Und ich füge noch eine Warnung hinzu: Vor vier Nächten sind wir Ryllandaras in die Quere gekommen. Sei vorsichtig.«

In den Augen des Wechselgängers glitzerte etwas, das an den wilden Bären erinnerte, der er zuvor gewesen war. »Ich werde nach ihm Ausschau halten.«

Mappo und Icarium sahen zu, wie der Mann davonging und kurz darauf hinter ein paar Felsen verschwand. »In ihm lauert der Wahnsinn«, sagte Icarium.

Die Worte ließen den Trell zusammenzucken. »In ihnen allen lauert der Wahnsinn«, erwiderte er seufzend. »Nebenbei bemerkt, ich suche noch immer eine Stelle, an der man hinaufsteigen kann. Die Spalte bietet nicht den kleinsten Hinweis.«

Plötzlich drang Hufgetrappel an ihre Ohren, das langsame, schwerfällige Stapfen beschlagener Hufe. Auf einem Pfad, der sich parallel zur Klippe dahinzog, erschien ein Mann auf einem schwarzen Maultier. Er war in eine zerlumpte, verdreckte Telaba gehüllt und saß mit gekreuzten Beinen in einem hohen, hölzernen Sattel. Seine Hände, die auf dem reich verzierten Sattelhorn ruhten, hatten die Farbe von Rost. Eine Kapuze verbarg seine Gesichtszüge. Das Maultier war ein merkwürdiges Tier, mit schwarzer Schnauze, schwarzen Ohren und schwarzen Augen. Sein Fell war überall gleichmäßig ebenholzschwarz, und die einzigen Ausnahmen waren Stellen voller Staub und etwas, das wie getrocknete Blutspritzer aussah.

Im Sattel hin und her schaukelnd, kam der Mann allmählich näher. »Kein Weg hinein«, zischte er, »aber ein Weg hinaus. Es ist jetzt nicht die Stunde. Ein Leben gegeben für eines, das genommen, merkt euch diese Worte, merkt sie euch gut. Ihr seid verwundet. Ihr glüht vor Fieber. Mein Diener wird sich um euch kümmern. Ein fürsorglicher Mann mit salzigen Händen, die eine runzlig, die andere rosa – erkennt ihr die Bedeutung? Noch nicht. Noch nicht. So wenig … Gäste. Aber ich habe euch erwartet.«

Das Maultier blieb gegenüber der Spalte stehen und warf den beiden Wanderern einen traurigen Blick zu, während sein Reiter sich abmühte, seine überkreuzten Beine zu entwirren. Ein schmerzerfülltes Wimmern begleitete diese Anstrengungen, bis seine heftigen Versuche ihn schließlich aus dem Gleichgewicht brachten und er mit einem bestürzten Schrei aus seinem hohen Sitz fiel und im Staub landete.

Rote Flecken erschienen auf dem Stoff der Telaba. Mappo sah es und trat vor. »Ihr tragt Eure eigenen Wunden, mein Herr!«

Der Mann zappelte auf dem Boden herum wie eine auf dem Rücken liegende Schildkröte, seine Beine befanden sich noch immer in der überkreuzten Stellung. Die Kapuze fiel nach hinten und enthüllte eine große Adlernase, borstige graue Bartbüschel, einen tätowierten, kahlen Schädel und Haut von der Farbe dunklen Honigs. Inmitten des zu einer Grimasse verzogenen Gesichts blitzten makellos weiße Zähne auf.

Mappo kniete sich neben dem Mann hin. Blinzelnd versuchte er die Wunden zu entdecken, aus denen so viel Blut geflossen war. Der Geruch von Eisen stach dem Trell in die Nase. Nach kurzem Zögern griff er dem Mann unter den Umhang und zog eine Blase ohne Stöpsel hervor. Er grunzte, warf Icarium einen Blick zu. »Das ist kein Blut. Das ist Farbe. Rote Ockerfarbe.«

»Hilf mir, du Esel!«, schnappte der Mann. »Meine Beine!«

Amüsiert half Mappo dem Mann, seine Beine zu entknoten, wobei jede Bewegung Schmerzenslaute zur Folge hatte. Sobald das geschehen war, setzte sich der Mann auf und begann, auf seine Oberschenkel einzuschlagen. »Diener! Wein! Wein! Ah, verdammt sei dein verfaultes Gehirn!«

»Ich bin nicht Euer Diener«, sagte Mappo kühl und trat ein paar Schritte zurück. »Und ich habe auch keinen Wein bei mir, wenn ich eine Wüste durchquere.«

»Ich meine nicht Euch, Barbar!« Der Mann schaute sich finster um. »Wo ist er?«

»Wer?«

»Diener, wer sonst? Er glaubt, seine einzige Aufgabe sei, mich zu tragen ... ah, da ist er ja!«

Als er erkannte, wohin der Mann starrte, runzelte der Trell die Stirn. »Das ist ein Maultier, mein Herr. Ich bezweifle, dass es gut genug mit einem Weinschlauch umgehen kann, um einen Becher zu füllen.« Mappo grinste Icarium an, doch der Jhag kümmerte sich nicht um das, was um ihn herum geschah. Er hatte seinen Bogen entspannt und hockte jetzt auf einem Felsblock und reinigte sein Schwert.

Noch immer auf dem Boden sitzend, nahm der Mann eine Hand voll Sand und warf sie nach dem Maultier. Das Tier stieß einen schrillen, erschreckten Schrei aus, schoss in die Spalte und verschwand in der Höhlung. Vor sich hin brummend mühte sich der Mann auf die Beine und stand schließlich schwankend aufrecht; er hielt die Hände vor sich hin und zupfte ununterbrochen nervös mit der einen an der anderen herum. »Eine größtenteils ungehobelte Begrüßung von Gästen«, sagte er und versuchte zu lächeln. »Höchst ungehobelt. Eine *höchst* ungehobelte Begrüßung, das war gemeint. Sinnlose Entschuldigungen und freundliche Gesten sind sehr wichtig. Der zeitweilige Zusammenbruch der Gastfreundschaft tut mir Leid. Oh, ja, das tut es. Wäre ich nicht der Herr dieses Tempels, hätte ich wesentlich mehr Übung. Ein Akolyth ist gezwungen, herumzuscharwenzeln und sich anzubiedern. Und später zusammen mit seinen Kameraden über sein Elend zu murren und zu meckern. Ah, da kommt Diener.«

Ein breitschultriger, krummbeiniger Mann in schwarzen Gewändern war aus der Höhle aufgetaucht, ein Tablett in den Händen, auf dem ein Krug und Tonbecher standen. Er trug den Schleier eines Dieners vor dem Gesicht, der nur einen Schlitz für seine Augen freiließ, die von einem dunklen Braun waren.

»Du fauler Dummkopf! Hast du irgendwelche Spinnweben gesehen?«

»Nein, nicht eine einzige, Iskaral.« Mappo zuckte überrascht zusammen, als er Dieners Akzent hörte. Er war eindeutig malazanisch.

»Sprich mich gefälligst mit meinem Titel an!«

»Hohepriester …«

»Falsch!«

»Hohepriester Iskaral Pustl vom Tesem-Tempel Schatten …«

»Idiot! Du bist Diener, was mich zu was macht?«

»Zu meinem Meister.«

»In der Tat.« Iskaral drehte sich zu Mappo um. »Wir sprechen nur selten miteinander«, meinte er erklärend.

Icarium gesellte sich zu ihnen. »Dies hier ist also Tesem. Man hat mich veranlasst zu glauben, es wäre ein Kloster, das der Königin der Träume geweiht wäre …«

»Sie sind verschwunden«, schnappte Iskaral. »Haben ihre Lampen mitgenommen und nichts zurückgelassen außer …«

»Schatten.«

»Ihr seid klug, Jhag, aber man hat mich davor gewarnt, oh, ja, das hat man. Ihr beide seid so krank wie zu kurz gekochte Schweine. Diener hat eure Zimmer vorbereitet. Und eine Brühe aus heilenden Kräutern, Wurzeln, Arzneimitteln und Elixieren. Weißes Paralt, Emulor, Tralb …«

»Das sind Gifte«, warf Mappo ein.

»Ach, tatsächlich? Kein Wunder, dass das Schwein gestorben ist. Es ist gleich so weit. Wollen wir uns darauf vorbereiten, hinaufzusteigen?«

»Zeigt uns den Weg«, bat Icarium den Mann.

»Ein Leben gegeben für eines, das genommen. Folgt mir. Niemand kann Iskaral Pustl austricksen.« Der Hohepriester wandte sich mit einem grimmigen Blinzeln der Spalte zu.

Sie warteten. Mappo hatte keine Ahnung, worauf. Nach einigen Minuten räusperte sich der Trell. »Werden Eure Akolythen uns eine Leiter herunterlassen?«

»Akolythen? Ich habe keine Akolythen. Keine Gelegenheit zur Tyrannei. Das ist traurig, kein Gemurmel und Gemecker hinter meinem Rücken, kaum eine befriedigende Belohnung für diesen Hohepriester. Wenn es nicht um das Flüstern meines Gottes ginge, würde ich mir keine Sorgen machen, dessen seid versichert. Und ich vertraue darauf, dass Ihr das mit in Betracht ziehen werdet, wie alles, was ich getan habe, und alles, was ich noch tun werde.«

»Ich kann Bewegung in dem Riss erkennen«, sagte Icarium.

Iskaral grunzte. »Das sind Bhok'arala, sie nisten auf dieser Seite der Klippe. Widerlich quäkende Kreaturen, die mich immerfort belästigen; sie schnüffeln an diesem und jenem, pissen auf den Altar, hinterlassen ihren Kot auf meinem Kissen. Sie sind meine Plage, sie haben mich auserkoren, und warum? Ich habe keinen Einzigen von ihnen enthäutet, habe auch ihre Gehirne nicht gekocht, um sie als zivilisierte Mahlzeit aus ihren Schädeln zu löffeln. Keine Schlingen, keine Fallen, kein Gift. Und doch verfolgen sie mich pausenlos. Ich weiß keine Antwort mehr. Ich verzweifle.«

Als die Sonne tiefer sank, wurden die Bhok'arala mutiger, flatterten hoch oben an der Klippe von Sitzplatz zu Sitzplatz, tollten auf Händen und Füßen entlang der Risse in den Steinen und nahmen die Rhizan aufs Korn, als die kleinen fliegenden Eidechsen zu ihren nächtlichen Jagdflügen aufbrachen. Die Bhok'arala waren klein und affenartig und hatten Flügel wie Fledermäuse; sie besaßen keinen Schwanz, und ihr Fell war hell- und dunkelbraun gefleckt. Von den langen Reißzähnen abgesehen, wirkten ihre Gesichter erstaunlich menschlich.

Vom einzigen Fenster des Turmes fiel ein geknotetes Seil herunter. Ein kleiner, runder Kopf schob sich heraus, um auf sie herabzuspähen.

»Natürlich«, fügte Iskaral hinzu, »haben sich einige wenige von ihnen als nützlich erwiesen.«

Mappo seufzte. Er hatte gehofft, dass irgendein magisches Werkzeug erscheinen würde, mit dessen Hilfe sie hinaufkämen, etwas, das einem Hohepriester des Schattens würdig gewesen wäre. »Dann werden wir jetzt also klettern.«

»Ganz sicher nicht«, erwiderte Iskaral mit einigem Unwillen. »Diener klettert hoch, dann zieht er uns hinauf.«

»Er müsste schon ein Mann von gewaltiger Kraft sein, um das mit mir zu schaffen«, sagte der Trell. »Und mit Icarium.«

Diener setzte das Tablett ab, das er bisher gehalten hatte, spuckte in die Hände und ging zu dem Seil hinüber. Erstaunlich behände zog er sich hinauf. Iskaral hockte sich neben das Tablett und füllte drei Becher mit Wein.

»Diener ist ein halber Bhok'aral. Mit langen Armen. Muskeln wie Eisen. Er ist gut Freund mit ihnen, und das ist wahrscheinlich die Quelle all meines Übels.« Iskaral nahm sich selbst einen Becher und wies auf das Tablett, während er sich streckte. »Ein Glück für Diener, dass ich so ein liebenswerter und geduldiger Meister bin.« Er drehte sich um und schaute nach oben, um zu sehen, wie weit Diener schon gekommen war. »Beeil dich, du stummelschwänziger Hund!«

Diener hatte mittlerweile das Fenster erreicht, er kletterte hindurch und war damit außer Sicht.

»Er ist ein Geschenk von Ammanas. Diener, meine ich. Ein Leben gegeben für eines, das genommen. Eine Hand alt, eine Hand neu. Das ist wahre Reue. Ihr werdet sehen.«

Das Seil zuckte. Der Hohepriester stürzte den Rest seines Weines hinunter, warf den Becher weg und stolperte zu dem Seil hinüber. »Zu lange ungeschützt! Verwundbar. Schnell jetzt!« Er legte die Hände um einen Knoten, stellte die Füße auf einen anderen. »Zieh! Bist du taub? Zieh!«

Iskaral schoss nach oben.

»Ein Flaschenzug«, sagte Icarium. »Das war viel zu schnell, um etwas anderes zu sein.«

Mappo zuckte zusammen, als seine Schulter wieder zu schmerzen begann. Dann sagte er: »Ich nehme an, das hast du nicht erwartet.«

»Tesem«, erwiderte Icarium und sah zu, wie der Priester oben in der Fensteröffnung verschwand. »Ein Ort des Heilens. Ein Ort zum Nachdenken in der Einsamkeit. Eine Fundgrube für Schriftrollen und alte Wälzer und unersättliche Nonnen …«

»Unersättliche Nonnen?«

Der Jhag warf seinem Freund einen Blick zu. »In der Tat.«

»Oh, eine traurige Veränderung der Besitzverhältnisse.«

»Sehr traurig.«

»In diesem besonderen Fall«, sagte Mappo, als das Seil wieder herabfiel, »hat das Nachdenken in der Einsamkeit wohl ein Hirn verwirrt. Zumindest nehme ich das an. Sich mit Bhok'arala zu streiten und dem Flüstern eines Gottes zu lauschen, den die meisten für wahnsinnig halten …«

»Und doch gibt es hier Macht, Mappo«, sagte Icarium mit leiser Stimme.

»Hm«, stimmte der Trell zu, während er auf das Seil zutrat. »Als das Maultier in die Höhle gerannt ist, hat sich dort ein Gewirr geöffnet.«

»Warum benutzt es der Hohepriester dann nicht?«

»Ich befürchte, was Iskaral Pustl angeht, wird es nicht leicht sein, Antworten zu finden, mein Freund.«

»Dann halt dich am besten gut fest, Mappo.«

»Hm.«

Plötzlich streckte Icarium einen Arm aus, legte Mappo eine Hand auf die Schulter. »Mein Freund.«

»Ja?«

Der Jhag runzelte die Stirn. »Ich vermisse einen Pfeil, Mappo. Und außerdem – da ist Blut an meinem Schwert, und ich sehe, dass du scheußliche Wunden hast. Sag mir, haben wir gekämpft? Ich versuche mich zu erinnern, aber da ist … nichts.«

Der Trell schwieg mehrere Herzschläge lang. »Ich hatte Schwierigkeiten mit einem Leoparden, während du geschlafen hast«, sagte er dann. »Hab deine Waffen benutzt. Ich habe es nicht für wichtig genug gehalten, um es zu erwähnen.«

Die Falten auf Icariums Stirn wurden tiefer. »Einmal mehr«, flüsterte er gedehnt, »habe ich Zeit verloren.«

»Das ist nichts besonders Wertvolles, mein Freund.«

»Würdest du es mir denn sagen, wenn es anders wäre?« In den grauen Augen des Jhag lag ein verzweifeltes Flehen.

»Warum sollte ich das nicht tun, Icarium?«

Kapitel Drei

Zu dieser Zeit taten sich von allen pro-malazanischen Organisationen, die in den besetzten Gebieten entstanden, besonders die Roten Klingen hervor. Dieser quasimilitärische Kult, der sich selbst als fortschrittlich betrachtete, da er die Wertschätzung der imperialen Vereinheitlichung voll und ganz verinnerlichte, wurde sehr schnell für den brutalen Pragmatismus berüchtigt, mit dem seine Mitglieder Menschen ihres eigenen Volkes behandelten, die eine andere Meinung hatten.

Das Leben der Eroberten
Ilem Trauth

Felisin lag reglos unter Beneth, bis er, nach einem letzten Erschauern, endlich fertig war. Er richtete sich auf und packte eine Hand voll ihrer Haare. Unter der Schmutzschicht war sein Gesicht gerötet, und seine Augen glänzten im Lampenlicht. »Du wirst lernen, es zu mögen, Mädchen«, sagte er.

Jedes Mal, wenn er bei ihr gelegen hatte, stieg danach etwas Wildes in ihr auf, versuchte, an die Oberfläche zu kommen. Sie wusste, es würde vorbeigehen. »Das werde ich bestimmt«, sagte sie. »Kann er sich jetzt einen Tag lang ausruhen?«

Einen Augenblick wurde Beneths Griff fester, dann lockerte er ihn wieder. »Na gut.« Er schob sich ein Stück von ihr weg, begann seine Hose zuzuschnüren. »Obwohl ich nicht so recht weiß, was das eigentlich bringen soll. Der alte Mann wird den nächsten Monat sowieso nicht überleben.« Er machte eine Pause. Sein Atem ging schwer, während er sie musterte. »Beim Atem des Vermummten, Mädchen, du bist wirklich schön. Sei das nächste Mal ein bisschen lebhafter. Ich werde dich gut behandeln. Ich besorg dir Seife und 'nen neuen Kamm, 'nen Lausekamm. Du wirst hier in Krümmungen arbeiten, das verspreche ich dir. Zeig einfach, dass es dir Spaß macht, Mädchen, mehr verlange ich gar nicht.«

»Bald«, sagte sie. »Wenn es aufhört wehzutun.«

Die elfte Glocke des Tages war erklungen. Sie waren im dritten Abschnitt des längsten und tiefsten Schachts von Krümmungen. Der Abschnitt war von den Rotbeinen ausgehöhlt worden, und auf dem größten Stück seiner Ausdehnung von einer Viertellänge war er kaum hoch genug, um darin kriechen zu können. Die Luft war dumpf und stank nach Otataral-Staub und schwitzenden Felsen.

So ziemlich alle anderen würden inzwischen Nahlicht erreicht haben, doch Beneth stand in Hauptmann Sawarks Gunst und konnte tun und lassen, was immer ihm gefiel. Er hatte den verlassenen Abschnitt zu seinem persönlichen Reich erklärt. Dies war Felisins dritter Besuch bei ihm. Das erste Mal war es am schlimmsten gewesen. Beneth hatte sie binnen weniger Stunden nach ihrer Ankunft in Schädelmulde, dem Bergbau-Lager in der Dosin-Grube, ausgesucht. Er war ein großer Mann, größer noch als Baudin, und obwohl er selbst ein Sklave war, war er doch gleichzeitig auch Herr über alle anderen Sklaven, der verlängerte Arm der Wachen, grausam und gefährlich. Und außerdem sah er erstaunlich gut aus.

Felisin hatte auf dem Sklavenschiff schnell gelernt. Sie hatte nichts anderes zu verkaufen als ihren Körper, doch der hatte sich als überaus wertvolle Währung erwiesen. Indem sie sich den Schiffswachen hingegeben hatte, hatte sie mehr zu essen für sich und für Heboric und Baudin bekommen. Dadurch, dass sie für die richtigen Männer die Beine breit gemacht hatte, war es ihr gelungen, zusammen mit ihren beiden Gefährten an der Kielrampe angekettet zu werden, statt in dem verdreckten Wasser, das kniehoch unter dem Laufgang des Prachtraums hin und her schwappte. Ein paar andere waren in dem Wasser verfault. Ein paar waren auch ertrunken; sie hatten es – von

Hunger und Krankheit geschwächt – einfach nicht mehr geschafft, den Kopf über Wasser zu halten.

Anfangs war es schwierig gewesen, Heborics Kummer und seinen Zorn über den Preis, den sie zu zahlen hatte, zu ignorieren; ganz im Gegenteil, sie hatte sich sogar sehr geschämt. Doch sie hatte ihn bezahlt, damit sie am Leben blieben, und das war eine Tatsache, die nicht in Frage gestellt werden konnte. Baudin hatte sie einfach nur ausdruckslos angeblickt, und das war bis zum heutigen Tag seine einzige Reaktion geblieben. Er schaute sie genau so an, wie es ein Fremder tun würde, der nicht in der Lage war, festzustellen, wer oder was sie war. Aber er war an ihrer Seite geblieben, und nun war er auch an Beneths Seite. Sie hatten eine Art Abmachung getroffen. Wenn Beneth nicht da war, um sie zu beschützen, dann war es Baudin.

Auf dem Schiff hatte sie viel über die Neigungen der Männer gelernt, genau wie über die der wenigen weiblichen Wachen, die sie mit in ihre Kojen genommen hatten. Sie hatte gedacht, sie wäre auf Beneth vorbereitet gewesen, und im Großen und Ganzen war sie das auch. *Abgesehen von seiner Größe.*

Stöhnend zog Felisin ihre Sklaventunika an.

Beneth beobachtete sie. Hoch angesetzte, markant ausgeprägte Wangenknochen prägten sein Gesicht, und sein langes, lockiges schwarzes Haar glänzte von Walöl. »Wenn du willst, schicke ich den alten Mann nach Tieferd«, sagte er.

»Das würdest du tun?«

Er nickte. »Für dich werde ich einiges ändern. Ich werde mir keine andere Frau mehr nehmen. Ich bin der König von Schädelmulde, und du wirst meine Königin sein. Baudin wird dein Leibwächter – ihm traue ich.«

»Und Heboric?«

Beneth zuckte die Schultern. »Dem traue ich nicht. Und er ist kaum zu gebrauchen. Die Karren ziehen ist so ziemlich das Einzige, was er tun kann. Die Karren, oder einen Pflug in Tieferd.« Sein Blick huschte zu ihr hinüber. »Aber er ist dein Freund, also werde ich etwas für ihn finden.«

Felisin fuhr sich mit gespreizten Fingern durch die Haare. »Die Karren bringen ihn um. Wenn du dafür sorgst, dass er nach Tieferd gebracht wird, wo er stattdessen einen Pflug ziehen muss, dann ist das kein großer Gefallen …«

Der finstere Blick, den Beneth ihr zuwarf, ließ sie sich fragen, ob sie vielleicht zu weit gegangen war. »Du hast noch nie einen Karren voller Steine gezogen, Mädchen. Durch anderthalb Längen Tunnel immer nur bergauf. Und dann geht's wieder runter, um den Nächsten hochzuziehen, und das Ganze drei-, viermal am Tag. Das ist etwas völlig anderes, als einen Pflug durch weiche Erde zu ziehen. Verdammt noch mal, Mädchen, wenn ich ihn von den Karren weghole, muss ich das rechtfertigen. Hier in Schädelmulde muss jeder arbeiten.«

»Aber das ist doch nicht alles, oder?«

Zur Antwort drehte er ihr den Rücken zu und fing an, den Abschnitt hochzukriechen. »Ich habe kanesischen Wein für uns, und frisches Brot und Käse. Bula hat Eintopf für die Wachen gemacht, und wir haben beide eine Schüssel bekommen.«

Felisin kroch hinter ihm her. Der Gedanke an Essen ließ ihr das Wasser im Mund zusammenlaufen. Wenn genug Brot und Käse da war, konnte sie ein bisschen davon für Heboric beiseite schaffen, obwohl er darauf beharrte, dass er eigentlich Früchte und Fleisch brauchte. Doch diese Dinge waren ihr Gewicht in Gold wert, und in Schädelmulde auch genauso selten. Er würde mehr als dankbar für das sein, was sie ihm brachte, das wusste sie.

Es war klar, dass Sawark den Befehl erhalten hatte, dafür zu sorgen, dass der Historiker nicht lange überlebte. Wobei es nicht um etwas so Offensichtliches ging wie einen Mord – dafür waren die politischen Risiken zu groß –, sondern es war eher die Kombination von Unterernährung und mörderischer Anstrengung, die für einen langsamen, schleichenden Tod sorgen sollte. Dass Heboric keine Hände hatte, war für den Hauptmann Grund genug, ihn den Karren zuzuteilen. Täglich schuftete er in seinem Geschirr, zog Hunderte von Pfund Felsbrocken aus der Tiefen Mine hinauf zum Schacht

Nahlicht. In allen anderen Geschirren steckten Ochsen. Die Tiere zogen jeweils drei Karren, während Heboric nur einen ziehen musste; das war das einzige Zugeständnis, das die Wachen angesichts der Tatsache, dass er ein Mensch war, machten.

Felisin war sich sicher, dass Beneth über Sawarks Instruktionen Bescheid wusste. Die Macht des »Königs« von Schädelmulde hatte ihre Grenzen, was immer er auch behaupten mochte.

Sie hatten mittlerweile den Hauptschacht erreicht; von dort waren es noch vierhundert Schritt bis zum Nahlicht von Krümmungen. Im Gegensatz zur Tiefen Mine mit ihrer dicken, reichen und schnurgerade tief unter den Hügeln verlaufenden Otataral-Ader folgte Krümmungen einer sich windenden Ader durch den Kalkstein, die aufstieg und abtauchte, sich krümmte und drehte.

Anders als bei den Eisenminen im Kernland verliefen Otataral-Adern niemals in echtem Felsgestein. Sie wurden nur in Kalkstein gefunden, und sie erstreckten sich flach und weit, wie Flüsse aus Rost zwischen zusammengedrängten Betten voller versteinerter Pflanzen und Schalentiere.

Kalkstein besteht aus den Knochen von Dingen, die einst gelebt haben, hatte Heboric in ihrer zweiten Nacht in dem Schuppen am Rande der Spuckgasse gesagt, den sie in Beschlag genommen hatten. Das war, bevor Beneth sie in eine etwas bessere Nachbarschaft hinter Bulas Schänke umgesiedelt hatte. *Ich habe diese Theorie früher einmal gelesen, und ich bin jetzt davon überzeugt, dass sie stimmt. Genauso, wie ich zu der Überzeugung gekommen bin, dass Otataral kein natürliches Erz ist.*

Ist das denn wichtig?, hatte Baudin gefragt.

Wenn es nicht natürlich ist – was ist es dann?, hatte Heboric mit einem breiten Grinsen die Gegenfrage gestellt. *Otataral, der Fluch der Magie, wurde aus Magie geboren. Wenn ich ein Gelehrter mit weniger Skrupeln wäre, dann würde ich darüber eine Abhandlung schreiben.*

Wie meinst du das?, hatte Felisin gefragt.

Er meint, dass er Alchemisten und Magier auffordern würde zu experimentieren, um ihr eigenes Otataral herzustellen, hatte Baudin ihr geantwortet.

Und ist das ein Problem?

Diese Adern, in denen wir graben, hatte Heboric erklärt, *sind wie Schichten aus Fett, das einst geschmolzen war, ein tiefer Fluss aus diesem Fett, zwischen Schichten aus Kalkstein. Diese ganze Insel musste schmelzen, damit diese Adern entstehen konnten. Welche Zauberei auch immer Otataral geschaffen hat, sie hat sich als unkontrollierbar erwiesen. Ich möchte nur ungern dafür verantwortlich sein, dass ein solches Ereignis erneut ausgelöst wird.*

Am Tor von Nahlicht wartete ein einzelner malazanischer Wachposten. Hinter ihm erstreckte sich die erhöhte Straße, die in die Grubenstadt führte. An ihrem fernen Ende versank die Sonne gerade hinter der Kammlinie der Grube und hüllte Schädelmulde in frühe Schatten, eine Glocke aus Zwielicht, das nach der Hitze des Tages endlich willkommene Erleichterung versprach.

Der Wachmann war jung; er hatte die gepanzerten Unterarme auf die Parierstange seiner Pike gelegt.

Beneth grunzte. »Wo ist dein Kamerad, Pella?«

»Dieses Schwein von einem Dosii ist einfach davonmarschiert, Beneth. Vielleicht kannst du dir bei Sawark Gehör verschaffen – der Vermummte weiß, dass er uns nicht zuhört. Die Dosii haben jegliche Disziplin verloren. Sie kümmern sich nicht um die Dienstpläne, verbringen all ihre Zeit damit, bei Bula Münzen zu werfen. Es gibt hier fünfundsiebzig von uns und mehr als zweihundert von denen, Beneth, und dann all dieses Gerede von wegen Rebellion und so … erklär es Sawark …«

»Du kennst eure eigene Geschichte nicht«, sagte Beneth. »Die Dosii liegen nun seit mehr als dreihundert Jahren auf den Knien. Sie kennen überhaupt keine andere Art zu leben. Erst waren es Stämme vom Festland, dann Kolonisten aus Falar, und jetzt seid es ihr Malazaner. Beruhige dich, Junge, bevor du noch das Gesicht verlierst.«

»Geschichte ist etwas, das die Einfältigen beruhigt«, sagte der junge Malazaner.

Beneth stieß ein bellendes Lachen aus, als er das Tor erreichte. »Wer hat das gesagt, Pella? Das sind doch nie und nimmer deine Worte.«

Der Wachmann zog die Augenbrauen hoch, dann zuckte er die Schultern. »Manchmal vergesse ich, dass du aus Korel stammst, Beneth. Wer das gesagt hat? Das war Imperator Kellanved.« Pellas Blick wanderte zu Felisin, und seine Miene zeigte einen Anflug von Gerissenheit. »Es steht in Duikers *Feldzüge des Imperiums,* im ersten Band. Du bist Malazanerin, Felisin. Erinnerst du dich, was als Nächstes kommt?«

Sie schüttelte den Kopf, verwirrt von der Heftigkeit, die der Mann ausstrahlte, obwohl er es zu verbergen suchte. *Ich habe gelernt, in Gesichtern zu lesen – Beneth merkt nichts.* »Ich bin mit Duikers Werken nicht vertraut, Pella.«

»Sie sind es wert, gelesen zu werden«, meinte der Wächter lächelnd.

Sie spürte, dass Beneth, der noch immer am Tor wartete, allmählich ungeduldig wurde, und ging an Pella vorbei. »Ich bezweifle, dass es in Schädelmulde auch nur eine einzige Schriftrolle gibt«, sagte sie.

»Vielleicht stößt du ja mal auf jemanden, dessen Erinnerungen es wert wären, dass du nach ihnen suchst, hm?«

Felisin schaute sich mit einem Stirnrunzeln um.

»Schäkert der Junge mit dir?«, fragte Beneth von der Rampe her. »Sei freundlich, Mädchen.«

»Ich werde darüber nachdenken«, sagte Felisin leise zu Pella, dann ging sie weiter und trat durch das Tor von Krümmungen. Als sie Beneth auf der erhöhten Straße erreichte, lächelte sie ihn an. »Ich mag keine nervösen Typen.«

Er lachte. »Na, das beruhigt mich aber.«

Gesegnete Königin der Träume, mach, dass das wahr ist.

Geröllgefüllte Gräben säumten die erhöhte Straße, bis sie sich an der Kreuzung der drei Schicksale, einer breiten Gabelung, die von zwei wuchtigen Dosii-Wachhäusern flankiert wurde, mit den anderen beiden Straßen vereinte. Nördlich von ihnen – zu ihrer Rechten, als sie sich der Gabelung näherten – war die Straße der Tiefen Mine, südlich – und somit zu ihrer Linken – verlief die Schacht-Straße, die zu einer stillgelegten Mine führte; dorthin wurden jeden Abend diejenigen gebracht, die den Tag nicht überlebt hatten.

Der Leichenwagen war nirgends zu sehen, was bedeutete, dass er auf seinem Weg durch die Grubenstadt aufgehalten worden sein musste, weil mehr als die übliche Anzahl von Toten herausgebracht und auf seine Ladefläche geworfen worden war.

Sie überquerten die Gabelung und gingen weiter in Richtung Arbeitsstraße. Hinter dem nördlichen Dosii-Wachhaus lag der Abteufer-See, ein tiefer Teich aus türkisgrünem Wasser, der sich bis zum nördlichen Grubenwall erstreckte. Es ging das Gerücht, das Wasser wäre verflucht, und in den See hineinzutauchen hieße, für immer zu verschwinden. Einige glaubten, dass in den Tiefen des Sees ein Dämon lebte. Heboric behauptete, der fehlende Auftrieb wäre eine Eigenschaft des kalkgesättigten Wassers. Wie auch immer, die wenigsten Sklaven waren verrückt genug, in dieser Richtung die Flucht zu versuchen, denn der Grubenwall war an der Nordseite genauso steil wie an den anderen, und wie überall nässte er pausenlos; das Wasser lief über eine Kruste aus Ablagerungen, die wie feuchte, polierte Knochen aussahen.

Heboric hatte Felisin gebeten, für alle Fälle ein Auge auf den Wasserstand des Abteufer-Sees zu haben, jetzt, wo die trockene Jahreszeit gekommen war, und während sie auf der Arbeitsstraße dahinschritten, musterte sie das gegenüberliegende Ufer so eingehend, wie es ihr in dem dämmrigen Licht möglich war. Etwa eine Handspanne über dem Wasserspiegel war ein Rand, eine Art Kruste zu sehen. Diese Neuigkeiten würden ihm gefallen, wenn sie auch keine Ahnung hatte, wieso. Der Gedanke an Flucht war völlig absurd. Jenseits der Grube gab es nur unbelebte Wüste und trockene Felsen, und im Umkreis von mehreren Tagesreisen kein trinkbares Wasser. Die Sklaven, die es irgendwie zum Rand der Grube geschafft hatten und auch den Patrouillen auf der Käferstraße – jener Straße, die die Grube umrundete – entgangen waren, bleichten jetzt als Gerippe im roten Sand der Wüste. Nur die wenigsten kamen jedoch so weit, und die Reihe von Metalldornen mit der Bezeichnung Straße der Erlösung an der senkrechten Mauer des Turms an der Rostrampe sorgte dafür, dass ihr Scheitern für alle klar und deutlich zu erkennen war. Es verging keine Woche, ohne dass ein neues Opfer an der Wand des Turms erschienen wäre. Die meisten starben, noch ehe der erste Tag vorbei war, einige jedoch brauchten länger.

Die ausgetretenen Pflastersteine der Arbeitsstraße führten rechts an Bulas Schänke und dann links an einer Reihe von Bordellen vorbei, bevor die Straße in den Rattenloch-Ring mündete. Im Zentrum der Ringstraße erhob sich Sawarks Feste, ein sechseckiger, drei Stockwerke hoher Turm aus Kalksteinblöcken. Beneth war der einzige Sklave, der jemals in seinem Innern gewesen war.

Zwölftausend Sklaven lebten in Schädelmulde, der großen Berg-baugrube dreißig Längen nördlich von Dosin Pali, der einzigen Stadt an der Südküste. Zu ihnen und den dreihundert Wachen gesellten sich noch Einheimische: Huren für die Bordelle, Personal für Bulas Schänke und die Spielhallen, eine Kaste von Dienern, die ihr Leben und das ihrer Familien dem malazanischen Militär verpfändet hatten, Straßenhändler für den um seine Existenz kämpfenden Markt, der am Ruhetag auf dem Rattenloch-Ring stattfand, und ein paar Verbannte, Arme und Verlorene, die eine Grubenstadt den elenden Gassen von Dosin Pali vorzogen.

»Der Eintopf ist bestimmt kalt«, murmelte Beneth, als sie Bulas Spelunke fast erreicht hatten.

Felisin wischte sich den Schweiß von der Stirn. »Das wird eine Wohltat sein.«

»Du bist noch nicht an die Hitze gewöhnt. In ein oder zwei Monaten wirst du die Kühle der Nacht genauso spüren wie alle anderen.«

»In diesen frühen Abendstunden schwingt noch immer die Erinnerung an den Tag mit, Beneth. Ich spüre die Kühle um Mitternacht und in den Stunden danach.«

»Zieh zu mir, Mädchen. Ich werde dich schon warm halten.«

Er schien schon wieder kurz davor zu sein, in eine seiner plötzlichen düsteren Stimmungen zu verfallen. Sie sagte nichts, hoffte, dass er die Sache auf sich beruhen lassen würde.

»Sei vorsichtig mit dem, was du zurückweist«, brummte Beneth.

»Bula würde mich mit in ihr Bett nehmen«, sagte sie. »Du könntest zusehen, vielleicht auch mitmachen. Sie würde uns sicher was aufwärmen. Sogar noch eine zweite Portion.«

»Sie ist alt genug, um deine Mutter zu sein«, grollte Beneth.

Und du könntest mein Vater sein. Doch sie hörte, wie sich der Rhythmus seiner Atemzüge veränderte. »Sie ist rund und weich und warm, Beneth. Überleg es dir.«

Sie wusste, dass er das tun würde, und der Gedanke, dass sie bei ihm einziehen sollte, würde vergehen. *Zumindest für diese Nacht. Heboric hat Unrecht. Es hat keinen Sinn, an morgen zu denken. Nur an die nächste Stunde, jede Stunde. Bleib am Leben, Felisin, und lebe gut, wenn du kannst. Eines Tages wirst du deiner Schwester von Angesicht zu Angesicht gegenüberstehen, und das Meer aus Blut, das dann aus ihren Adern fließen wird, wird nicht genug sein – obwohl es ausreichen wird, wenn all ihr Blut geflossen ist. Bleib am Leben, Mädchen, das ist alles, woran du denken musst. Versuche, zu überleben – diese Stunde, die nächste Stunde …*

Sie schob ihre Hand in die von Beneth, als sie die Tür der Schänke erreichten, und spürte in seiner Handfläche den Schweiß, der von den Gedanken und Wünschen herrührte, die sie in ihm geweckt hatte.

Eines Tages, Schwester, von Angesicht zu Angesicht!

Heboric war noch wach; in Decken eingewickelt hockte er neben dem Herdfeuer. Er schaute auf, als Felisin in das Zimmer hochgestiegen kam und die Bodenluke schloss. Sie nahm ein Schaffell aus einer Kiste und legte es sich um die Schultern.

»Willst du mich glauben machen, du würdest an dem Leben, das du dir erwählt hast, allmählich Gefallen finden? In Nächten wie dieser frage ich mich das manchmal.«

»Ich habe gedacht, du wärst es langsam leid, Urteile zu fällen, Heboric«, sagte Felisin, während sie einen Weinschlauch von einem Haken nahm und auf der Suche nach einem sauberen Gefäß einen Stapel Flaschenkürbis-Schalen durchsuchte. »Ich nehme an, Baudin ist noch nicht zurück. Es scheint, als wäre selbst die kleine Aufgabe, unsere Tassen sauber zu machen, zu viel für ihn.« Sie fand schließlich eine Schale, die als sauber durchgehen konnte, wenn man nicht allzu genau hinschaute, drückte den Weinschlauch und füllte sie.

»Das wird dich austrocknen«, bemerkte Heboric. »Und es ist auch nicht die erste Schale Wein in dieser Nacht, da könnte ich wetten.«

»Hör auf damit, meinen Vater zu spielen, alter Mann.«

Der tätowierte Mann seufzte. »Der Vermummte soll deine Schwester holen«, murmelte er. »Sie hat nicht einfach nur gewollt, dass du stirbst. Sie hat lieber dafür gesorgt, dass ihre vierzehn Jahre alte Schwester zur Hure wird. Wenn Fener meine Gebete erhört, wird Tavores Schicksal weit schlimmer sein als ihre Verbrechen.«

Felisin leerte die Schale zur Hälfte, während sie Heboric aus verschleierten Augen musterte. »Ich bin letzten Monat fünfzehn geworden«, sagte sie.

Ihre Blicke kreuzten sich einen kurzen Moment lang, ehe er seine Aufmerksamkeit wieder dem Herdfeuer zuwandte; seine Augen wirkten auf einmal sehr alt.

Felisin füllte die Schale erneut, dann setzte sie sich zu Heboric an die rechteckige, erhöhte Feuerstelle. Der Dung in dem irdenen Becken brannte fast ohne Rauch. Das Podest, auf dem das Becken stand, war glasiert und mit Wasser gefüllt. Durch das Feuer warm gehalten, wurde das Wasser zum Waschen und Baden benutzt, während das Podest genügend Wärme ausstrahlte, um die Nachtkühle aus dem Zimmer zu vertreiben. Fetzen der bei den Dosii üblichen Spinnteppiche und Riedmatten bedeckten die Bodendielen. Das ganze Gebäude erhob sich auf Stelzen fünf Fuß hoch über dem Sand.

Felisin setzte sich auf einen niedrigen Holzstuhl und streckte ihre kalten Füße dem Podest entgegen. »Ich habe dich heute bei den Karren gesehen«, sagte sie. Ihre Aussprache war ein bisschen undeutlich. »Gunnip ist mit einer Rute neben dir hergelaufen.«

Heboric grunzte. »Darüber haben sie sich den ganzen Tag köstlich amüsiert. Gunnip hat den Wachen erzählt, er würde Fliegen totschlagen.«

»Haben seine Hiebe dir die Haut aufgerissen?«

»Hm. Aber du weißt, dass Feners Spuren mich schnell wieder heilen.«

»Die Wunden schon, aber nicht den Schmerz. Ich habe schließlich Augen im Kopf, Heboric.«

Der Blick, den er ihr zuwarf, passte zu seinen sarkastischen Worten. »Ich bin überrascht, dass du überhaupt etwas sehen kannst, Mädchen. Rieche ich da tatsächlich Durhang? Sei bloß vorsichtig damit, der Rauch wird dich in einen Abgrund ziehen, der tiefer und schwärzer ist als der tiefste Schacht der Tiefen Mine.«

Felisin streckte ihm einen kieselsteingroßen schwarzen Klumpen entgegen. »Ich kümmere mich um meine Schmerzen, du dich um deine.«

Er schüttelte den Kopf. »Ich weiß das Angebot zu würdigen, aber jetzt nicht. Was du da in der Hand hältst, entspricht dem Monatssold eines Dosii-Wächters. Ich rate dir, es zum Handeln zu benutzen.«

Sie zuckte die Schultern und steckte den Klumpen wieder in die Tasche an ihrem Gürtel. »Ich brauche nichts, was Beneth mir nicht schon gegeben hätte. Alles, was ich tun muss, ist, ihn danach fragen.«

»Und du bildest dir ein, dass er es dir unentgeltlich gibt.«

Sie trank. »So gut wie. Du wirst verlegt, Heboric. Nach Tieferd. Schon morgen. Jetzt ist Schluss mit Gunnip und seiner Rute.«

Er schloss die Augen. »Warum habe ich jedes Mal, wenn ich dir danke, hinterher so einen bitteren Nachgeschmack im Mund?«

»Mein weingetränktes Hirn flüstert was von *Heuchelei.*«

Sie sah, wie sämtliche Farbe aus seinem Gesicht wich. *Oh, Felisin, zu viel Durhang, zu viel Wein. Tue ich Heboric nur deshalb Gutes, damit ich besser Salz in seine Wunden streuen kann? Eigentlich will ich doch gar nicht so grausam sein.* Sie zog das Essen aus der Tasche, das sie für ihn beiseite geschafft hatte, beugte sich vor und legte ihm das kleine, eingewickelte Bündel in den Schoß. »Der Wasserspiegel des Abteufer-Sees ist wieder eine Handspanne gesunken.«

Er sagte nichts, hielt den Blick auf die Stümpfe gerichtet, in denen seine Arme endeten.

Felisin runzelte die Stirn. Da war noch etwas anderes gewesen, was sie ihm hatte erzählen wollen, doch ihr Gedächtnis ließ sie im Stich. Sie trank den Wein aus und streckte sich, fuhr sich mit beiden Händen durch die Haare. Ihre Kopfhaut fühlte sich an wie betäubt. Sie zögerte, sah, dass Heboric verstohlen auf ihre Brüste starrte, die sich voll und rund unter der gespannten Tunika abzeichneten. Sie behielt die Haltung einen Augenblick länger bei, als es notwendig gewesen wäre, dann senkte sie langsam die Arme. »Bula träumt von dir«, sagte sie langsam. »Die ... Möglichkeiten machen sie neugierig. Es würde dir gut tun, Heboric.«

Er wandte sich ab und sprang vom Stuhl auf; das unberührte Bündel mit dem Essen fiel zu Boden. »Beim Atem des Vermummten, Mädchen!«

Sie lachte, sah zu, wie er den Vorhang beiseite zog, der seine Koje vom Rest des Raumes abtrennte, und ihn dann unbeholfen wieder hinter sich zuzog. Einen Augenblick später erstarb ihr Lachen, und sie lauschte auf die Geräusche, die der alte Mann machte, als er in seine Koje kletterte. *Ich hatte gehofft, du würdest darüber lächeln, Heboric,* hätte sie ihm am liebsten erklärt. *Und ich wollte nicht, dass mein Lachen so ... hart klingt. Ich bin nicht das, wofür du mich hältst.*

Oder doch?

Sie hob das Bündel mit dem Essen auf und legte es auf das Bord über dem Feuerbecken.

Eine Stunde später, Felisin lag noch wach auf ihrem Bett, Heboric auf seinem, kehrte Baudin zurück. Er schürte das Feuer, wobei er sich sehr leise verhielt. Er war nicht betrunken. Sie fragte sich, wo er gewesen sein mochte. Sie fragte sich, wo er Nacht für Nacht hinging. Es hatte jedoch keinen Sinn, ihn zu fragen. Baudin hatte für kaum jemanden ein Wort übrig, und für sie schon gar nicht.

Kurze Zeit später gab es wieder etwas Neues, über das sie nachdenken musste, denn sie hörte, wie Baudin mit dem Finger gegen

Heborics Trennwand klopfte. Der Historiker antwortete sofort – seine Worte waren so leise, dass sie sie nicht verstehen konnte –, und Baudin flüsterte zurück. Das Zwiegespräch dauerte noch eine weitere Minute, dann stieß Baudin leise sein grunzendes Lachen aus und begab sich zu seinem eigenen Bett.

Die beiden planten etwas, doch viel mehr als die Tatsache an sich erschütterte sie, dass sie davon ausgeschlossen war. Ärger blitzte in ihr auf, als ihr dies richtig klar wurde. *Ich habe sie am Leben erhalten. Ich habe ihnen das Leben leichter gemacht, und zwar schon, seit wir an Bord des Transportschiffs waren. Bula hat Recht, jeder Mann ist ein Bastard – nur dazu gut, benutzt zu werden. Also schön, dann seht eben selbst zu, was Schädelmulde euch bieten kann; auf mein Wohlwollen könnt ihr jedenfalls nicht mehr zählen. Du wirst wieder die Karren ziehen, alter Mann, das schwöre ich.* Sie stellte fest, dass sie mit den Tränen kämpfte; sie wusste, dass sie nichts dergleichen tun würde. Sie brauchte Beneth, das war absolut richtig, und sie würde dafür bezahlen, ihn zu halten. Doch Heboric und Baudin brauchte sie ebenso sehr, und ein Teil von ihr klammerte sich an die beiden wie ein Kind an seine Eltern, leugnete die Härte, die alles andere in ihrer Welt bestimmte. Dies zu verlieren – die beiden zu verlieren – hieße, *alles* zu verlieren.

Heboric und Baudin wollten sie ganz offensichtlich nicht ins Vertrauen ziehen, weil sie glaubten, dass sie dieses Vertrauen genauso leichtfertig verkaufen würde wie ihren Körper – doch das stimmte nicht. *Ich schwöre, dass es nicht stimmt.*

Felisin starrte in die Dunkelheit, und ihre Augen füllten sich mit Tränen. *Ich bin allein. Jetzt gibt es nur noch Beneth. Beneth und seinen Wein und seinen Durhang und seinen Körper.* Sie verspürte immer noch Schmerzen zwischen den Beinen von dem, was geschehen war, als Beneth sich endlich zu Bula und ihr in das große Bett der Wirtin gelegt hatte.

Es war, redete sie sich ein, nur eine Frage des Willens, Schmerzen in Lust zu verwandeln.

Versuche, zu überleben, jede einzelne Stunde.

Der Markt am Kai hatte angefangen, die morgendlichen Besucherscharen anzuziehen, und damit die Illusion verstärkt, dass dies ein Tag war wie jeder andere. Fröstelnd vor Furcht, die auch die aufsteigende Sonne nicht vertreiben konnte, saß Duiker mit gekreuzten Beinen auf der Hafenmauer; sein Blick wanderte über die Bucht hinaus auf die Sahul-See, und er wünschte sich sehnlichst, Admiral Nok und seine Flotte würden zurückkehren.

Doch Nok hatte Anweisungen befolgt, die nicht einmal Coltaine rückgängig machen konnte. Der Wickaner hatte keine Autorität über die Kriegsschiffe der Malazaner, und Hohefaust Pormqual hatte die Sahul-Flotte zurückgerufen und so dafür gesorgt, dass die Schiffe am Morgen den Hafen von Hissar verlassen hatten, um die einen Monat dauernde Reise nach Aren anzutreten.

Auch wenn alles den Anschein von Normalität hatte, war die Abfahrt natürlich von den Bürgern Hissars bemerkt worden, und auf dem Morgenmarkt ging es zunehmend lebhafter zu; immer mehr Gelächter und aufgeregte Stimmen waren zu hören. Die Unterdrückten hatten ihren ersten Sieg errungen, und alles, was ihn von denen unterschied, die noch kommen würden, war die Tatsache, dass kein Blut vergossen worden war. Zumindest war dies das allgemein vorherrschende Gefühl.

Für Duiker gab es immerhin einen Trost: Zusammen mit der Flotte war auch der Jhistal-Hohepriester Mallick Rel verschwunden. Es war allerdings nicht schwer, sich den Bericht auszumalen, den Rel für Pormqual verfassen würde.

Der Blick des Historikers blieb an einem malazanischen Segel in der Meerenge hängen; ein kleines Transportschiff, das sich von Nordosten her näherte. *Vielleicht von der Insel, von Dosin Pali, oder von einer Stadt, die ein Stück weiter die Küste rauf liegt.* Es schien nicht angekündigt zu sein, und das machte Duiker neugierig.

Plötzlich spürte er, dass er nicht mehr allein war. Als er sich umdrehte, sah er Kulp, der auf die breite, niedrige Mauer geklettert war und jetzt seine Beine über das trübe Wasser zehn Schritt unter ihnen baumeln ließ. »Es ist geschehen«, sagte er, und es klang so, als würde diese Bemerkung auf das Eingeständnis eines abscheulichen Mordes hinauslaufen. »Eine Nachricht ist unterwegs. Falls Euer Freund noch am Leben ist, wird er seine Anweisungen erhalten.«

»Ich danke Euch, Kulp.«

Der Magier rückte unbehaglich hin und her. Er rieb sich das Gesicht und blinzelte zu dem Transportschiff hinüber, das gerade in den Hafen einlief. Ein Patrouillenboot näherte sich dem Neuankömmling, dessen Mannschaft das Segel einholte. Auf Deck standen zwei Männer in glänzender Rüstung und sahen zu, wie das Patrouillenboot längsseits ging.

Einer der Männer in der Rüstung lehnte sich über die Bordwand und rief dem Hafenbeamten etwas zu. Einen Augenblick später legten sich die Ruderer des Patrouillenbootes gewaltig in die Riemen, um das Boot in offensichtlicher Hast zu wenden.

Duiker grunzte. »Habt Ihr das gesehen?«

»Hm«, brummte Kulp.

Von einer Reihe von Rudern vorangetrieben, die knapp oberhalb der Wasserlinie erschienen waren, glitt das Transportschiff zum imperialen Pier. Einen Augenblick später wurden die Ruder auf der dem Pier zugewandten Seite wieder eingezogen. Dockarbeiter rannten durcheinander, um die Haltetaue zu erwischen und festzumachen. Ein breites Fallreep wurde bereitgemacht, und jetzt waren an Bord des Schiffes auch Pferde zu sehen.

»Rote Klingen«, sagte Duiker, als noch mehr Gerüstete an Deck erschienen und sich zu ihren Reittieren stellten.

»Aus Dosin Pali«, ergänzte Kulp. »Die beiden, die ganz vorne stehen, sind Baria Setral und sein Bruder Mesker. Es gibt noch einen dritten Bruder, Orto. Der kommandiert die Kompanie in Aren.«

»Die Roten Klingen«, sagte der Historiker nachdenklich. »Sie machen sich keinerlei Illusionen darüber, wie die Dinge stehen. Es geht das Gerücht, dass sie in einigen Städten bereits versuchen, die Kontrolle zu übernehmen. Jetzt werden wir Zeuge, wie sie ihre Präsenz in Hissar verdoppeln.«

»Ich frage mich, ob Coltaine Bescheid weiß.«

Auf dem Marktplatz herrschte plötzlich eine angespannte Atmosphäre; Köpfe hatten sich gedreht, und als Baria und Mesker jetzt ihre Truppen auf den Pier hinabführten, folgten ihnen die Blicke unzähliger Augen. Die Roten Klingen sahen aus, als wollten sie geradewegs in einen Krieg ziehen. Sie waren bis an die Zähne bewaffnet, trugen Kettengamaschen und hatten die geschlitzten Helmvisiere heruntergeklappt. Bögen wurden gespannt, Pfeile in den Köchern gelockert. Die Pferdeklingen wurden blankgezogen und ragten von den Vorderbeinen der Reittiere vor.

Kulp spuckte nervös aus. »Das gefällt mir nicht, das gefällt mir ganz und gar nicht«, murmelte er.

»Es sieht so aus, als …«

»Sie wollen den Markt angreifen«, sagte Kulp. »Das ist nicht nur einfach eine Parade für die Galerie, Duiker. Bei Feners Huf!«

Der Historiker schaute zu Kulp hinüber, sein Mund war plötzlich trocken. »Ihr habt Euer Gewirr geöffnet.«

Ohne zu antworten, rutschte der Magier von der Hafenmauer. Er hielt den Blick auf die Roten Klingen gerichtet, die nun aufgesessen waren und sich am Ende des Piers aufgestellt hatten, genau gegenüber von fünfhundert Bürgern, die plötzlich sehr still geworden waren und langsam zurückwichen, sich in die schmalen Gänge zwischen den Karren und Buden drängten. Das Gedränge von viel zu vielen Menschen auf engem Raum würde binnen kürzester Zeit zu einer Panik führen, und genau das hatten die Roten Klingen vor: Sie wollten eine Panik auslösen.

Die Krieger legten jetzt Pfeile auf die Sehnen, während Lanzen griffbereit in Rohhaut-Schlaufen von ihren Handgelenken hingen; die Pferde unter ihnen bebten, rührten sich ansonsten jedoch nicht.

An einigen Stellen schien die Menge zu erschauern, als würde sich der Boden unter ihr bewegen. Duiker sah, dass sich einige Gestalten nicht von der Linie der Krieger weg-, sondern auf sie zubewegten.

Kulp machte ein halbes Dutzend Schritte auf die Roten Klingen zu.

Die Gestalten schoben sich durch die letzten Ausläufer der Menge, zogen sich die Kapuzen vom Kopf, legten die Telaban ab und enthüllten lederne Rüstungen, auf die schwarze Eisenschuppen aufgenäht waren. Langmesser glänzten in ihren behandschuhten Händen. Die dunklen Augen in den sonnengebräunten, tätowierten wickanischen Gesichtern blickten kalt und waren unbeweglich auf Baria und Mesker Setral und ihre Krieger gerichtet.

Zehn Wickaner standen jetzt mehr als vierzig Roten Klingen gegenüber; die Menge hinter ihnen war so stumm und reglos wie Statuen.

»Geht beiseite!«, bellte Baria mit wutverzerrtem, dunkel angelaufenem Gesicht. »Oder sterbt!«

Die Wickaner lachten zur Antwort; es war ein gleichermaßen furchtloses wie spöttisches Lachen.

Duiker gab sich einen Ruck und folgte Kulp, der bereits hastig auf die Roten Klingen zuschritt.

Mesker stieß einen Fluch aus, als er Kulp näher kommen sah. Sein Bruder schaute dem Ankömmling finster entgegen.

»Seid kein Narr, Baria!«, zischte der Magier.

Die Augen des Anführers verengten sich. »Wenn Ihr mir Magie entgegenschleudert, schlage ich Euch nieder«, sagte er.

Duiker war jetzt nahe genug, um die Otataral-Glieder erkennen zu können, die in Barias Kettenpanzer eingewoben waren.

»Wir werden diese Hand voll Barbaren niederhauen«, sagte Mesker mit grollender Stimme, »und dann werden wir unsere Ankunft in Hissar gebührend verkünden ... mit dem Blut von Verrätern.«

»Und fünftausend Wickaner werden den Tod der ihrigen rächen«, sagte Kulp. »Aber nicht mit kurzen, schnellen Schwerthieben. Nein, sie werden euch lebendig auf die Dornen an der Hafenmauer aufspießen. Damit die Möwen was zum Spielen haben. Noch ist Coltaine nicht Euer Feind, Baria. Steckt Eure Waffen ein, und erstattet der neuen Faust Bericht, Kommandant. Wenn Ihr etwas anderes tut, opfert Ihr Euer Leben und das Eurer Soldaten.«

»Mir schenkt Ihr keine Beachtung«, sagte Mesker. »Baria ist nicht mein Hüter, Magier.«

Kulp grinste höhnisch. »Schweigt, Hündchen. Wohin Baria auch geht, Mesker wird ihm folgen – oder wollt Ihr jetzt etwa mit Eurem Bruder die Klinge kreuzen?«

»Das reicht, Mesker«, knurrte Baria.

Mesker riss seinen Tulwar aus der Scheide. »Du wagst es, mir Befehle zu geben?«

Aus der Reihe der Wickaner erschollen anfeuernde Rufe. Ein paar tapfere Seelen in der Menge hinter ihnen lachten.

Meskers Gesicht war wutverzerrt.

Baria seufzte. »Bruder, dies ist nicht der richtige Zeitpunkt.«

Eine berittene Abteilung der Hissar-Garde erschien hinter der Menge, drängte sich durch die Gänge zwischen den Marktständen. Von links erklang Hufgetrappel, und als Duiker und die anderen sich umdrehten, sahen sie ungefähr sechzig wickanische Bogenschützen, die gespannte Bögen auf die Roten Klingen gerichtet hatten.

Baria hob langsam seine linke Hand, machte eine drehende Bewegung. Seine Krieger senkten ihre Waffen.

Wütend und widerwillig schnaubend rammte Mesker seinen Tulwar wieder in die hölzerne Scheide.

»Eure Eskorte ist da«, sagte Kulp trocken. »Es sieht ganz so aus, als hätte die Faust Euch erwartet.«

Duiker stand neben Kulp und sah zu, wie Baria die Roten Klingen vorwärts führte, den Truppen aus Hissar entgegen. Der Historiker schüttelte sich. »Beim Atem des Vermummten, Kulp, das war ein ziemlich riskanter Schachzug!«

Der Magier gab ein Brummen von sich. »Auf Mesker Setral kann man immer zählen«, sagte er. »Er hat so wenig Hirn wie eine Katze und ist genauso leicht abzulenken. Einen Augenblick habe ich wirklich gehofft, Baria würde die Herausforderung annehmen – was auch immer dabei rauskommt, es gäbe dann einen Setral weniger. So gesehen war es eine verpasste Gelegenheit …«

»Diese verkleideten Wickaner haben nicht zu einem offiziellen Empfangskomitee gehört«, sagte Duiker. »Coltaine hatte den Markt mit seinen Leuten unterwandert.«

»Dieser Coltaine ist schon ein gerissener Hund.«

Duiker schüttelte den Kopf. »Aber jetzt haben sie sich enttarnt.«

»Stimmt, und gleichzeitig bewiesen, dass sie ihr Leben eingesetzt hätten, um die Bürger von Hissar zu beschützen.«

»Ich glaube nicht, dass Coltaine den Kriegern befohlen hätte vorzurücken, wenn er hier gewesen wäre. Diese Wickaner wollten einen Kampf. Das hatte nichts damit zu tun, die Menschen auf dem Markt zu verteidigen.«

Der Magier rieb sich das Gesicht. »Wir sollten lieber hoffen, dass die Hissari das anders gesehen haben.«

»Kommt, lasst uns irgendwo einen Wein trinken – ich kenne da eine Schänke am Platz des Imperiums ... Unterwegs könnt Ihr mir erzählen, wie viel Wärme die Siebte inzwischen ihrer neuen Faust entgegenbringt.«

Kulp ließ ein bellendes Gelächter hören, während sie losmarschierten. »Respekt vielleicht, aber keine Wärme. Coltaine hat den Übungsplan völlig geändert. Wir haben gerade mal eine einzige Übung in Schlachtformation gehabt, seit er angekommen ist, und das war gleich an dem Tag, an dem er das Kommando übernommen hat.«

Duiker runzelte die Stirn. »Ich habe gehört, dass er die Soldaten bis zur Erschöpfung treibt, dass er noch nicht einmal der Sperrstunde nachdrücklich Geltung verschaffen muss, weil ohnehin alle nur noch schlafen wollen, und dass es ab der achten Glocke in den Soldatenunterkünften so ruhig ist wie in einem Grab. Aber wenn er keine schnellen Schwenks, keine Schildkröten-Formationen und keine Schildwälle üben lässt, was macht er dann?«

»Es gibt da ein verfallenes Kloster auf dem Hügel südlich der Stadt – kennt Ihr es? Mit Ausnahme des Tempels im Zentrum sind nur Fundamente übrig geblieben, aber die brusthohen Mauern bedecken die ganze Hügelkuppe wie eine kleine Stadt. Die Sappeure haben sie wieder hochgezogen, einige davon auch überdacht. Am Anfang war es ein Labyrinth aus Gässchen und Sackgassen, aber Coltaine hat es von den Sappeuren in einen Albtraum verwandeln lassen. Ich würde wetten, dass noch immer ein paar Soldaten darin herumirren. Dorthin schickt uns der Wickaner jeden Nachmittag, und wir üben Scheingefechte, Straßenkontrolle, den Angriff auf Gebäude, Ausbruchstaktiken und die Rettung von Verwundeten. Coltaines Krieger spielen einen aufständigen Straßenmob und Plünderer, und ich kann Euch versichern, Historiker, sie sind wie geschaffen dazu.« Er machte eine kurze Pause, um tief Luft zu holen. »Jeden Tag … braten wir auf diesem knochentrockenen Hügel in der Sonne; wir sind in Einheiten von Truppstärke aufgeteilt, und jeder Trupp hat eine Aufgabe, die unmöglich zu erfüllen ist.« Er zog eine Grimasse. »Unter dieser neuen Faust ist inzwischen jeder Soldat der Siebten ein Dutzend Mal oder noch öfter in Scheingefechten gestorben. Korporal List ist bisher in jeder Übung getötet worden; der arme Junge ist schon vollkommen verwirrt, beim Vermummten! Und dazu noch das pausenlose Gejohle und Geheule dieser wickanischen Wilden.«

Duiker sagte nichts, während sie weiter auf den Platz zugingen. Als sie das malazanische Viertel betraten, ergriff der Historiker endlich das Wort. »Dann herrscht also so eine Art Rivalität zwischen der Siebten und dem wickanischen Regiment.«

»Oh, ja, diese Taktik macht es offensichtlich genug, aber ich glaube, dass es einfach zu weit geht. Wir werden es in ein paar Tagen merken, dann sollen wir Unterstützung durch wickanische Lanzenreiter erhalten. Sie werden ein doppeltes Spiel mit uns spielen, merkt Euch meine Worte.«

Sie traten auf den Platz hinaus. »Und was tut Ihr?«, fragte Duiker. »Welche Aufgabe hat Coltaine dem letzten Kader-Magier der Siebten gegeben?«

»Es ist vollkommen verrückt. Ich beschwöre den ganzen Tag Illusionen herauf, bis mein Schädel kurz davor ist, zu platzen.«

»Illusionen? In den Scheingefechten?«

»Ja, und genau das macht es den einzelnen Trupps praktisch unmöglich, die ihnen gestellten Aufgaben zu erfüllen. Glaubt mir, Duiker, man hat mir mehr als einmal Flüche hinterhergeschickt. Mehr als einmal.«

»Was beschwört Ihr denn herauf – Drachen?«

»Ich wollte, es wäre so. Ich erschaffe malazanische Flüchtlinge, Historiker. Zu Hunderten. Es reicht Coltaine nicht, die Soldaten tausend mit Gewichten beschwerte Vogelscheuchen herumschleppen zu lassen. Die, die ich für ihn erschaffen muss, fliehen in die falsche Richtung, oder sie weigern sich, ihre Häuser zu verlassen, oder schleppen Möbel und andere Besitztümer mit sich herum. Getreu Coltaines Anweisungen … meine Flüchtlinge erzeugen Chaos und haben bis jetzt mehr Menschenleben gekostet als jeder andere Teil der Übungen. Ich bin im Augenblick kein sonderlich beliebter Mann, Duiker.«

»Und was ist mit Sormo E'nath?«, fragte der Historiker, dessen Mund sich schon wieder trocken anfühlte.

»Der Waerloga? Der ist nirgends zu sehen.«

Duiker nickte versonnen. Das war genau die Antwort, mit der er gerechnet hatte. *Du bist damit beschäftigt, die Steine im Sand zu lesen, Sormo. Stimmt's? Während Coltaine aus der Siebten eine Truppe macht, die malazanische Flüchtlinge schützen kann.* »Magier«, sagte er.

»Hm?«

»Ein Dutzend Mal in Scheingefechten zu sterben bedeutet überhaupt nichts. Wenn es ernst wird, stirbt man nur ein einziges Mal. Setzt der Siebten zu, Kulp, auf jede Weise, die Euch möglich ist. Zeigt Coltaine, wozu die Siebte in der Lage ist – sprecht darüber mit den Truppführern, noch heute Nacht. Tretet morgen an, erfüllt eure Aufgaben, und ich werde mit Coltaine über einen Ruhetag sprechen. Zeigt es ihm, und er wird euch einen gewähren.«

»Wieso seid Ihr Euch so sicher?«

Weil die Zeit knapp wird und er euch braucht. Weil er euch sogar verzweifelt braucht. »Erfüllt eure Aufgaben. Überlasst die Faust mir.«

»Nun gut, ich werde sehen, was ich tun kann.«

Korporal List starb in den ersten paar Minuten des Scheingefechts. Bult selbst hatte einen heulenden Mob Wickaner kommandiert, die

die Hauptstraße des Ruinenfelds entlanggetobt waren, und dem glücklosen Malazaner einen Hieb seitlich gegen den Kopf versetzt, sodass der Junge wie ein nasser Sack umgefallen und bewusstlos im Staub liegen geblieben war. Dann hatte der alte Krieger sich List über eine Schulter geworfen und ihn vom Schlachtfeld getragen.

Grinsend trabte Bult den staubigen Pfad zu der kleinen Anhöhe hinauf, von der aus Coltaine und einige seiner Offiziere die Schlacht beobachteten, und ließ den Korporal zu Füßen der Faust in den Staub fallen. Duiker seufzte.

Coltaine schaute sich um. »Heiler! Kümmert Euch um den Jungen!«

Ein Feldscher der Siebten erschien, kauerte sich neben dem Korporal nieder.

Coltaines zusammengekniffene Augen richteten sich auf Duiker. »Ich kann nicht erkennen, dass heute im Schlachtverlauf irgendetwas anders ist, Historiker.«

»Es ist noch früh, Faust.«

Der Wickaner grunzte, richtete seine Aufmerksamkeit wieder auf die von Staubwolken umwaberten Ruinen. Soldaten tauchten aus dem Durcheinander auf, Kämpfer der Siebten ebenso wie Wickaner; sie taumelten und hatten leichtere Verletzungen wie Fleischwunden oder Knochenbrüche.

Bult machte seine Keule bereit, wobei er das Geschehen mit finsterem Gesicht beobachtete. »Du hast voreilig gesprochen, Coltaine«, sagte er schließlich. »Diesmal ist es anders.«

Duiker sah, dass sich unter den Opfern mehr Wickaner als Soldaten der Siebten befanden, und das Verhältnis verschlechterte sich mit jedem Augenblick, der verstrich. Irgendwo im Innern der wirbelnden Staubwolken hatte sich das Kriegsglück gewendet.

Coltaine ließ sich ein Pferd bringen. Er schwang sich in den Sattel und warf Bult einen düsteren Blick zu. »Bleib hier, Onkel. Wo sind meine Lanzenreiter?« Er wartete ungeduldig, während vierzig Reiter die Anhöhe heraufgetrabt kamen. Die Spitzen ihrer Lanzen waren mit Lederstreifen umwickelt, damit sie stumpf wurden. Doch

Duiker wusste, dass ein einigermaßen kräftiger Schlag mit solch einer Lanze dem Betroffenen die Knochen brechen würde.

Coltaine führte die Männer im leichten Galopp zu den Ruinen hinüber.

Bult spuckte Staub aus. »Wird auch Zeit«, sagte er.

»Was wird Zeit?«, wollte Duiker wissen.

»Die Siebte hat sich endlich Unterstützung durch Lanzenreiter verdient. Das war schon eine Woche überfällig, Historiker. Coltaine hatte erwartet, dass sie härter werden würden, aber sie haben einfach nur schlappgemacht. Wer hat ihnen jetzt dieses neue Rückgrat verpasst? Ihr etwa? Seid vorsichtig, sonst macht Coltaine Euch noch zum Hauptmann.«

»So gerne ich auch den Ruhm für mich in Anspruch nehmen würde«, sagte Duiker, »so muss ich doch zugeben, dass dies das Werk von Kulp und den Trupp-Sergeanten ist.«

»Dann macht Kulp ihnen also die Sache leichter? Kein Wunder, dass sich das Kriegsglück gewendet hat.«

Der Historiker schüttelte den Kopf. »Kulp hält sich an Coltaines Befehle, Bult. Wenn Ihr nach einem Grund dafür sucht, warum Eure Wickaner geschlagen wurden, dann müsst Ihr woanders suchen. Ihr könntet mit der Möglichkeit anfangen, dass die Siebte endlich ihr wahres Feuer gezeigt hat.«

»Vielleicht sollte ich das tun«, sagte der Veteran nachdenklich; seine kleinen dunklen Augen funkelten.

»Faust Coltaine hat Euch Onkel genannt.«

»Stimmt.«

»Und? Seid Ihr es?«

»Was soll ich sein?«

Duiker gab es auf. Ganz allmählich begann er, den wickanischen Humor zu begreifen. Zweifellos würde es noch mindestens ein halbes Dutzend Mal flott hin und her gehen, bis Bult sich schließlich zu einer Antwort erweichen lassen würde. *Ich könnte natürlich mitspielen. Oder ich könnte den Bastard auch einfach warten lassen … womöglich für immer.*

Aus den Staubwolken tauchte eine Gruppe Flüchtlinge auf; sie waberten seltsam, während sie dahinschritten, und jeder Einzelne von ihnen war mit den unmöglichsten Besitztümern beladen – schwere Anrichten, Kisten, mit Speisen gefüllte Truhen, Kerzenleuchter und alte Rüstungen. Um die Gruppe herum bildeten Soldaten der Siebten einen schützenden Kordon; sie lachten und riefen einander zu und schlugen mit ihren Schwertern auf die Schilde, während sie sich geordnet zurückzogen.

Bult ließ ein bellendes Lachen erklingen. »Übermittelt Kulp meine Glückwünsche, Historiker, wenn Ihr ihn seht.«

»Die Siebte hat sich einen Ruhetag verdient«, sagte Duiker.

Der Wickaner zog die haarlosen Augenbrauen hoch. »Für einen einzigen Sieg?«

»Sie müssen ihn auskosten können, Kommandant. Davon abgesehen, werden die Heiler genug zu tun haben, gebrochene Knochen zu flicken. Ihr wollt doch wohl nicht, dass ihre Gewirre zum falschen Zeitpunkt erschöpft sind.«

»Und dieser falsche Zeitpunkt ist wohl schon bald, was?«

»Ich bin mir ganz sicher«, sagte Duiker langsam, »dass Sormo E'nath mir zustimmen würde.«

Bult spuckte erneut aus. »Da kommt mein Neffe.«

Coltaine und seine Lanzenreiter tauchten aus dem Staub auf; sie deckten den Soldaten, von denen etliche Vogelscheuchen mitzerrten, die Flüchtlinge darstellen sollten, den Rücken. Allein ihre Anzahl zeigte, dass die Siebte einen vollkommenen Sieg errungen hatte.

»Ist das etwa ein Lächeln auf Coltaines Gesicht?«, fragte Duiker. »Einen ganz kurzen Augenblick lang habe ich gedacht, ich hätte dort ein Lächeln …«

»Ihr habt Euch zweifellos geirrt«, knurrte Bult, doch allmählich begann Duiker diese Wickaner immer besser zu verstehen, und er konnte in der Stimme des Veteranen einen fröhlichen Unterton ausmachen. Einen Augenblick später fuhr Bult fort: »Ihr könnt der Siebten die Nachricht überbringen, Historiker. Sie haben sich ihren Ruhetag verdient.«

Fiedler saß im Dunkeln. Der üppig wuchernde Garten reichte bis dicht an die Quelle und die halbmondförmige Steinbank heran. Über dem Sappeur war nur ein kleiner Flecken sternenbeglänzten Himmels zu sehen. Es gab keinen Mond. Fiedler legte den Kopf ein wenig schräg. »Du bewegst dich wirklich leise, mein Junge, das muss ich dir lassen.«

Crokus blieb einen Augenblick zögernd hinter Fiedler stehen, setzte sich dann zu ihm auf die Bank. »Ich nehme an, du hast nicht damit gerechnet, dass er seinen Rang einmal auf diese Weise herauskehren könnte«, sagte der junge Mann.

»Hat er das denn getan?«

»Es hat zumindest so ausgesehen.«

Fiedler gab keine Antwort. Ein vereinzelter Rhizan flatterte über die Lichtung; er war auf der Jagd nach den Kapmotten, die über der Quelle schwebten. Der Geruch von verfaulenden Abfällen wehte über die hintere Mauer heran und hing schwer in der kühlen Nachtluft.

»Sie ist aufgebracht«, sagte Crokus.

Der Sappeur schüttelte den Kopf. *Aufgebracht.* »Es war eine Meinungsverschiedenheit; wir haben keine Gefangenen gefoltert.«

»Apsalar kann sich an nichts von alledem erinnern.«

»Aber ich, mein Junge, und es sind verdammt unangenehme Erinnerungen.«

»Sie ist nur ein Fischermädchen.«

»Meistens«, erwiderte Fiedler. »Manchmal allerdings ...« Er schüttelte erneut den Kopf.

Crokus seufzte und wechselte das Thema. »Dann war es also ursprünglich nicht geplant, dass Kalam sich allein auf den Weg macht?«

»Das sind alte Blutsbande, mein Junge. Kalam ist hier im Reich der Sieben Städte geboren und aufgewachsen. Und außerdem will er diese Sha'ik treffen, diese Wüstenhexe, die Hand Dryjhnas.«

»Jetzt stellst du dich auf seine Seite«, sagte Crokus leise, doch seine Stimme klang entrüstet. »Vor zehn Minuten warst du noch kurz davor, ihn als Verräter zu bezeichnen ...«

Fiedler schnitt eine Grimasse. »Dies sind für uns alle verwirrende Zeiten. Wir sind von Laseen zu Gesetzlosen erklärt worden, aber sind wir deswegen auch keine Soldaten des Imperiums mehr? Malaz ist nicht die Imperatrix, und die Imperatrix ist nicht Malaz …«

»Eine ziemlich akademische Unterscheidung, würde ich sagen.«

Der Sappeur warf ihm einen Blick zu. »So, würdest du das? Frag das Mädchen, vielleicht erklärt sie es dir.«

»Aber ihr rechnet doch mit der Rebellion, tatsächlich zählt ihr sogar darauf …«

»Aber das heißt trotzdem nicht, dass wir diejenigen sein müssen, die den Wirbelwind entfesseln, oder? Kalam will im Zentrum des Geschehens sein. So war es schon immer. Und dieses Mal ist ihm die Gelegenheit, ganz nah dabei zu sein, im wahrsten Sinne des Wortes in den Schoß gefallen. Das Buch von Dryjhna enthält das Herz der Göttin des Wirbelwindes – um die Apokalypse beginnen zu lassen, muss es geöffnet werden, aber das darf einzig und allein die Seherin tun. Kalam weiß, dass es glatter Selbstmord sein könnte, aber er wird das Buch – das der Vermummte verfluchen möge – in die Hände Sha'iks legen und so dafür sorgen, dass Laseens Herrschaft, die ohnehin immer wackliger wird, einen weiteren Riss bekommt. Du kannst ihm hoch anrechnen, dass er darauf bestanden hat, dass sich der Rest von uns da raushalten soll.«

»Da haben wir es: Du verteidigst ihn schon wieder. Der Plan war doch, Laseen zu töten – und nicht, in diesen Aufstand verwickelt zu werden. Es ergibt noch immer überhaupt keinen Sinn, dass wir auf diesen Kontinent gekommen sind.«

Fiedler streckte sich, die Augen auf die am Himmel glitzernden Sterne gerichtet. Wüstensterne, scharfe Diamanten, die immer begierig darauf zu sein schienen, Blut zu vergießen. »Mehr als eine Straße führt nach Unta, mein Junge. Wir sind hier, um eine zu finden, die wahrscheinlich noch nie zuvor benutzt wurde, die sich vielleicht auch gar nicht benutzen lässt, aber wir werden auf alle Fälle nach ihr suchen, mit oder ohne Kalam. Der Vermummte mag's wissen, vielleicht hat Kalam den besseren Weg gewählt, über Land, hinunter nach Aren, und mit einem ganz normalen Schiff zurück nach Quon Tali. Vielleicht wird es sich auch als die klügste Entscheidung überhaupt herausstellen, dass wir uns getrennt haben, weil wir dadurch die Chance erhöht haben, dass es zumindest einer von uns schafft.«

»Na klar«, schnappte Crokus, »und wenn Kalam es nicht schafft, was dann? Wirst du dir Laseen dann selbst vornehmen? Du, ein ruhmreicher Graben-Buddler, und außerdem nicht mehr der Jüngste. Du flößt einem nicht allzu viel Vertrauen ein, Fiedler. Wir sollten vor allem Apsalar nach Hause bringen.«

Fiedlers Stimme war kalt. »Hör auf, mir zuzusetzen, Junge. Du hast ein paar Jahre auf den Straßen von Darujhistan die Geldbörsen anderer Leute stibitzt, nun gut – aber das gibt dir noch lange nicht das Recht, über mich zu urteilen.«

In dem Baum gegenüber von ihnen schwankten Äste, und dann tauchte Moby auf; er hing an einem Arm und hatte einen zappelnden Rhizan im Maul. Die Augen des Hausdämons glitzerten, als er krachend die Knochen der kleinen Echse zermalmte. Fiedler grunzte. »Wenn wir erst in Quon Tali sind«, sagte er langsam, »werden wir mehr Unterstützung finden, als du dir vorstellen kannst. Niemand ist unersetzlich, doch genauso sollte niemand als nutzlos fallen gelassen werden. Ob es dir gefällt oder nicht, mein Junge, aber du hast noch einiges vor dir, bis du wirklich erwachsen bist.«

»Du glaubst, ich bin dumm, aber das bin ich nicht. Du glaubst, ich kann nicht erkennen, dass du denkst, du hast noch einen anderen rasierten Knöchel im Loch – und damit meine ich nicht den Schnellen Ben. Kalam ist ein Assassine, der vielleicht gut genug ist, um an Laseen heranzukommen. Aber wenn er es nicht schafft, dann gibt es da noch eine andere, die vielleicht die Fähigkeiten eines Gottes in sich trägt – aber nicht die irgendeines alten Gottes, nein, die des *Patrons* der Assassinen, den ihr das Seil nennt. Deshalb stichelst du immer – du bringst sie nach Hause, weil sie nicht mehr diejenige ist, die sie einst war, aber in Wahrheit willst du, *dass sie wieder so ist wie früher.*«

Fiedler schwieg längere Zeit. Er schaute zu, wie Moby den Rhizan verspeiste. Als der kleine Hausdämon schließlich den letzten Bissen der geflügelten Eidechse hinunterschluckte, räusperte sich der Sappeur. »Ich denke nicht so kompliziert«, sagte er. »Ich folge meinen Instinkten.«

»Willst du damit etwa sagen, dass dir noch nie der Gedanke gekommen ist, Apsalar zu benutzen?«

»Mir noch nicht, aber …«

»Aber Kalam …«

Fiedler sträubte sich, dann zuckte er die Achseln. »Selbst wenn er nicht auf die Idee gekommen wäre, dann wäre es ganz bestimmt dem Schnellen Ben eingefallen.«

Crokus zischte triumphierend. »Ich hab's gewusst. Ich bin kein Idiot …«

»Oh, beim Atem des Vermummten, mein Junge, das bist du sicher nicht.«

»Ich werde das nicht zulassen, Fiedler.«

»Dieser Bhok'aral, der einmal deinem Onkel gehört hat«, sagte der Sappeur und wies mit einem Nicken auf Moby, »ist er wirklich ein Hausdämon, der Diener eines Zauberers? Aber warum ist er immer noch hier, wo Mammot doch tot ist? Ich bin kein Magier, aber ich habe immer gedacht, solche Hausgeister wären magisch an ihre Herren … gebunden.«

»Ich weiß es nicht«, bekannte Crokus. An seinem Tonfall erkannte Fiedler, dass der Junge nur zu genau wusste, was der Sappeur dachte. »Vielleicht ist er einfach nur ein Schoßtierchen. Du solltest lieber beten, dass es so ist. Ich habe gesagt, ich würde nicht zulassen, dass du Apsalar benutzt. Wenn Moby wirklich ein Hausdämon ist, dann musst du nicht nur mit mir fertig werden.«

»Ich habe nicht vor, irgendetwas zu versuchen, Crokus«, sagte Fiedler. »Aber ich bleibe dabei, dass du noch einiges vor dir hast, bis du wirklich erwachsen sein wirst. Früher oder später wird dir klar werden, dass du nicht für Apsalar sprechen kannst. Sie wird tun, wozu sie sich entschließt, ob dir das nun gefällt oder nicht. Sie mag zwar nicht mehr … besessen sein, aber die Fähigkeiten des Gottes stecken noch immer in ihren Knochen.« Er drehte sich langsam um und schaute dem Jungen ins Gesicht. »Was ist, wenn sie sich entschließt, diese Fähigkeiten zu nutzen?«

»Das wird sie nicht tun«, erwiderte Crokus. Doch die Sicherheit, die bisher in seiner Stimme mitgeschwungen hatte, war verschwunden. Er machte eine Geste, und Moby flatterte ungeschickt in seine Arme. »Wie hast du ihn genannt – einen Bhoka ...?«

»Er ist ein Bhok'aral. Sie stammen aus diesem Land.«

»Oh!«

»Schlaf ein bisschen, mein Junge, wir brechen morgen auf.«

»Genau wie Kalam.«

»Ja, aber wir werden nicht gemeinsam unterwegs sein, sondern uns auf parallelen Pfaden in Richtung Süden bewegen, zumindest am Anfang. Wir werden um die Raraku herumgehen, während Kalam mitten hineinreiten wird. Sei froh, dass es nicht andersrum ist.«

Er blickte Crokus nach, als der Junge wieder hineinging; Moby klammerte sich wie ein Kind an ihn. *Beim Atem des Vermummten, ich freue mich ganz und gar nicht auf diese Reise.*

Hundert Schritt vor dem Karawanen-Tor befand sich ein Platz, auf dem sich die über Land reisenden Händler versammelten, bevor sie Ehrlitan verließen. Die meisten würden gen Süden ziehen und auf der erhöhten Küstenstraße dem Ufer der Bucht folgen. Auf dieser Route gab es zahlreiche Dörfer und Außenposten, und die von den Malazanern erbaute Pflasterstraße wurde regelmäßig patrouilliert, oder besser, wäre regelmäßig patrouilliert worden, wenn die Faust nicht die Garnisonen zurückgerufen hätte.

Soweit Fiedler aus Gesprächen mit einer Reihe von Händlern und Karawanenwächtern erfahren konnte, hatten bisher nur wenige Banditen den Abzug der Soldaten genutzt, um sich einen Vorteil zu verschaffen; doch angesichts der großen Zahl von als Wachen angeheuerten Söldnern, die jede Karawane begleiteten, war ganz klar, dass die Händler kein Risiko eingehen wollten.

Für die drei Malazaner wäre es sinnlos gewesen, sich auf ihrer Reise nach Süden als Kaufleute zu verkleiden; sie besaßen weder das Geld noch die Ausrüstung für eine solche Maskerade. Da das Reisen zwischen den Städten in dieser Zeit so gefährlich war, hatten sie beschlossen, als Pilger verkleidet zu reisen. Für die meisten Gläubigen war der Pfad der Sieben – eine Pilgerreise in jede der sieben Heiligen Städte – ein allgemein respektiertes Zeichen der Frömmigkeit. Pilgerreisen waren in der Tradition dieses Landes fest verankert, sie waren somit geschützt vor Bedrohungen durch Banditen oder kriegerische Auseinandersetzungen.

Fiedler behielt seine Verkleidung als Gral bei. Er spielte die Rolle von Apsalars und Crokus' Wächter und Führer – zwei junge, frisch verheiratete Gläubige, die eine Reise unternahmen, welche ihre Gemeinschaft unter den Sieben Himmeln segnen würde. Alle drei waren beritten. Fiedler saß auf einem Gral-Wallach mit bösartigem Naturell, der die Hochstapelei des Sappeurs durchschaute und verachtete; Crokus und Apsalar ritten Pferde aus guter Zucht, die sie in einem der besseren Ställe am Rande von Ehrlitan gekauft hatten. Drei Ersatzpferde und vier Maultiere vervollständigten die kleine Gruppe.

Kalam war im Morgengrauen aufgebrochen, nachdem er Fiedler und den anderen nur kurz Lebewohl gesagt hatte. Die harten Worte, die in der Nacht zuvor gefallen waren, konnten nicht so leicht vergessen werden und machten einen herzlicheren Abschied unmöglich. Der Sappeur verstand Kalams brennenden Wunsch, Laseen durch die Rebellion und das damit verbundene Blutvergießen zu schwächen; doch der Schaden, der auf diese Weise dem Imperium – und der Person, die nach Laseens Sturz den Thron besteigen würde – möglicherweise zugefügt werden würde, stellte nach Fiedlers Ansicht ein viel zu großes Risiko dar. Sie waren in der Nacht heftig aneinander geraten, und der Sappeur hatte sich nach dem Streit ziemlich elend gefühlt.

Fiedler begriff zu spät, dass ein gewisses Pathos in dieser Trennung lag, es schien, als wäre die durch den jahrelangen gemeinsamen Dienst entstandene Freundschaft zwischen Kalam und ihm jetzt zerbrochen. Und zumindest im Augenblick hatte Fiedler nichts, was ihren Platz in seinem Innern hätte einnehmen können. Er blieb zurück und fühlte sich verloren, so einsam wie schon seit Jahren nicht mehr.

Sie würden eine der letzten Karawanen sein, die die Stadt durch das Karawanen-Tor verließen. Als Fiedler die Geschirre der Maultiere ein letztes Mal überprüfte, erregte lautes, schnell näher kommendes Hufgetrappel seine Aufmerksamkeit.

Eine Gruppe von sechs Roten Klingen kam herangaloppiert; sie zügelten ihre Reittiere, als sie den Platz erreichten. Fiedler warf einen kurzen Blick zur Seite, dorthin, wo Crokus und Apsalar neben ihren Pferden standen. Als er einen Blick des Jungen auffing, schüttelte er den Kopf und machte sich erneut daran, die Gurtgeschirre der Maultiere zu überprüfen.

Die Soldaten suchten nach jemandem. Die Gruppe teilte sich, und jeder Reiter ritt auf eine der übrig gebliebenen Karawanen zu. Fiedler hörte, wie hinter ihm Hufe über die Pflastersteine trommelten, und er zwang sich, ruhig zu bleiben.

»Gral!«

Fiedler spuckte aus, wie es ein Stammeskrieger getan hätte, wenn ihn ein Schoßhund der Malazaner angesprochen hätte; dann erst drehte er sich um.

Das dunkle Gesicht des Mannes war angespannt, eine Reaktion auf Fiedlers Geste. »Eines Tages werden die Roten Klingen die Hügel von den Gral säubern«, versprach er dem Sappeur. Sein Lächeln enthüllte stumpfe graue Zähne.

Fiedlers einzige Antwort war ein Schnauben. »Wenn du etwas Wichtiges zu sagen hast, Rote Klinge, dann sprich. Unsere Schatten sind schon viel zu kurz für die Strecke, die wir heute noch zurücklegen wollen.«

»Ein Zeichen deiner Unfähigkeit, Gral. Ich habe nur eine einzige Frage. Sag die Wahrheit, denn ich werde wissen, ob du lügst. Wir wollen wissen, ob heute Morgen ein Mann auf einem Rotschimmelhengst die Stadt durch das Karawanen-Tor verlassen hat …«

»Ich habe solch einen Mann nicht gesehen«, erwiderte Fiedler. »Aber jetzt wünsche ich ihm alles Gute. Mögen die Sieben Geister alle Tage seines Lebens über ihn wachen.«

Die Rote Klinge fletschte die Zähne. »Ich warne dich, Gral. Dein Blut bietet dir keinen Schutz vor mir. Du bist seit dem Morgengrauen hier?«

Fiedler wandte sich wieder seinen Maultieren zu. »Eine Frage«, knurrte er. »Jede weitere wirst du bezahlen müssen, Rote Klinge.«

Der Soldat spuckte Fiedler vor die Füße, riss sein Pferd herum und ritt zu seinen Kameraden zurück.

Im Schutz des Schleiers, der sein Gesicht verbarg, erlaubte sich Fiedler ein dünnes Lächeln. Crokus tauchte neben ihm auf.

»Was hat das denn zu bedeuten?«, zischte er.

Der Sappeur zuckte die Schultern. »Die Roten Klingen jagen jemanden. Hat nichts mit uns zu tun. Geh zurück zu deinem Pferd, Junge, wir brechen auf.«

»Kalam?«

Die Unterarme auf den Rücken des Maultiers gelegt, zögerte Fiedler kurz; er blinzelte gegen die Helligkeit der im Sonnenlicht glänzenden ausgebleichten Pflastersteine an. »Möglicherweise haben sie erfahren, dass das heilige Buch nicht mehr in Aren ist. Und irgendjemand muss es zu Sha'ik bringen. Niemand weiß, dass Kalam hier ist.«

Crokus schien nicht überzeugt. »Er hat sich letzte Nacht mit jemandem getroffen, Fiedler.«

»Ein alter Kontakt, der ihm noch etwas schuldig war.«

»Was ein Grund wäre, Kalam zu verraten. Niemand gefällt es, an alte Schulden erinnert zu werden.«

Fiedler sagte nichts. Nach einem kurzen Moment tätschelte er den Rücken des Maultiers – was eine kleine Staubwolke zum Vorschein brachte – und ging dann zu seinem Pferd. Der Wallach zeigte die Zähne, als er nach den Zügeln griff. Fiedler packte das Zaumzeug direkt unter dem Kinn des Tieres. Es versuchte, den Kopf herumzuwerfen, doch er hielt fest, beugte sich ganz nah heran. »Benimm dich anständig, du hässlicher Bastard, oder du wirst es bereuen, das verspreche ich dir.« Er nahm die Zügel und zog sich in den Sattel mit dem hohen Rückenteil.

Jenseits des Karawanen-Tors erstreckte sich die Küstenstraße in Richtung Süden, wobei sie – ganz im Gegensatz zum sanften Ansteigen und Abfallen der Sandstein-Klippen, die am Westufer über der Bucht aufragten – immer auf gleicher Höhe blieb. Zu ihrer Linken und eine Länge landeinwärts verliefen die Arifal-Hügel, deren zackige Silhouette sie den ganzen Weg bis zum Eb begleiten würde, einem Fluss sechsunddreißig Längen weiter im Süden. Kaum zivilisierte Stämme lebten in jenen Hügeln, und der Hervorstechendste davon waren die Gral. Fiedlers größte Sorge war, einem echten Gral-Stammeskrieger über den Weg zu laufen. Die Wahrscheinlichkeit war allerdings um diese Jahreszeit nicht sehr groß, denn die Gral waren jetzt dabei, ihre Ziegen tief in die Berge zu treiben, wo es sowohl Schatten als auch Wasser gab.

Sie trieben ihre Pferde zum Galopp an und überholten eine Handelskarawane, um nicht ständig durch Staubwolken reiten zu müssen; doch dann ließ Fiedler die Tiere wieder in einen langsamen Trab fallen, denn die Hitze des Tages machte sich bereits bemerkbar. Ihr Ziel war ein kleines Dorf namens Salik, etwas mehr als acht Längen entfernt, wo sie Halt machen würden, um ihr Mittagsmahl zu verzehren und abzuwarten, bis die heißesten Stunden vorbei waren und sie zu einem Fluss namens Trob weiterreiten konnten.

Wenn alles glatt ging, konnten sie binnen einer Woche in G'danisban sein. Fiedler vermutete, dass Kalam ihnen zu diesem Zeitpunkt zwei, vielleicht auch drei Tage voraus sein würde. Hinter G'danisban lag die Pan'potsun-Odhan, ein kaum bevölkertes Ödland aus ausgetrockneten Hügeln, den Ruinen längst vergessener Städte, Giftschlangen, beißenden Fliegen und – er erinnerte sich an die Worte Kimlocs, des Geistergängers – möglicherweise etwas weitaus Tödlicherem. *Eine Konvergenz. Bei Toggs Füßen, der Gedanke daran gefällt mir ganz und gar nicht.* Er dachte an die Schneckenmuschel in seinem ledernen Rucksack. Einen Gegenstand der Macht mit sich herumzutragen war noch nie besonders weise gewesen. *Das Ding wird wahrscheinlich mehr Ärger verursachen, als es wert ist. Was ist, wenn irgendein Wechselgänger es riechen kann und sich entschließt, es seiner Sammlung hinzuzufügen?* Er machte ein finsteres Gesicht. *Einer Sammlung, in die man nur zu gut eine Schneckenmuschel und drei glänzende Schädel einreihen kann.*

Je länger er darüber nachdachte, desto unbehaglicher fühlte er sich. *Besser, ich verkaufe es in G'danisban an irgendeinen Händler. Das zusätzliche Geld könnte sich noch als nützlich erweisen.* Der Gedanke beruhigte ihn. Er würde die Muschel verkaufen, sie loswerden. Wenn auch niemand leugnen würde, dass ein Geistergänger über viel Macht verfügte, so war es doch möglicherweise gefährlich, sich zu sehr auf sie zu verlassen. Häufig genug hatten Tanno-Priester im Namen des Friedens ihr Leben geopfert. *Oder noch Schlimmeres getan. Kimloc hat seine Ehre aufgegeben. Ich verlasse mich lieber auf die Moranth-Munition in meinem Gepäck als auf eine geheimnisvolle Muschelschale. Eine Brandbombe wird einen Wechselgänger genauso leicht verbrennen wie jeden anderen.*

Crokus lenkte sein Pferd an die Seite des Sappeurs. »Woran denkst du, Fiedler?«

»An nichts Bestimmtes. Wo ist denn dein Bhok'aral?«

Der junge Mann runzelte die Stirn. »Ich weiß es nicht. Ich nehme an, er war letztlich doch nur ein Schoßtier. Er ist letzte Nacht verschwunden und nicht mehr zurückgekommen.« Er wischte sich mit dem Handrücken übers Gesicht, und Fiedler sah Tränenspuren auf seinen Wangen. »Es war, als ob irgendwie noch etwas von Mammot bei mir gewesen wäre … ich meine, wenn Moby da war.«

»War dein Onkel ein guter Mann, ehe der Jaghut-Tyrann ihn überwältigt hat?«

Crokus nickte.

Fiedler grunzte. »Dann ist er immer noch bei dir. Moby hat wahrscheinlich die Witterung von Artgenossen aufgenommen. In der Stadt halten sich eine ganze Menge Hochgeborene Bhok'arala als Schoßtiere. Und er war dann eben auch nichts anderes …«

»Ich glaube, du hast Recht. Den größten Teil meines Lebens habe ich Mammot einfach nur für einen Gelehrten gehalten, einen alten Mann, der unentwegt Schriftrollen vollgekritzelt hat. Mein Onkel. Und dann habe ich herausgefunden, dass er ein Magier war, ein Hohepriester. Dass er ein bedeutender Mann war, der mächtige Freunde wie Baruk hatte. Aber noch bevor ich das alles einigermaßen verdauen konnte, ist er von deinem Trupp getötet worden …«

»Jetzt mach aber mal halblang, mein Junge. Das Wesen, das wir getötet haben, war nicht mehr dein Onkel. Es hat zwar noch wie dein Onkel ausgesehen, aber …«

»Ich weiß. Und dadurch, dass ihr ihn getötet habt, habt ihr Darujhistan gerettet. Ich weiß, Fiedler, ich weiß …«

»Es ist vorbei, Crokus. Und du solltest dir darüber klar werden, dass es viel wichtiger ist, einen Onkel gehabt zu haben, der sich um dich gekümmert und dich geliebt hat, als zu wissen, dass es ein Hohepriester war. Ich schätze, er hätte dir genau das Gleiche gesagt, wenn er Gelegenheit dazu gehabt hätte.«

»Aber kannst du das denn nicht verstehen? Er hatte *Macht*, Fiedler, und er hat verdammt noch mal überhaupt nichts damit angefangen! Er hat sich immer nur in seinem winzigen Zimmer in diesem halb zerfallenen Mietshaus versteckt. Er hätte in einem Herrenhaus leben können, hätte im Rat sitzen, etwas tun können …«

Fiedler war nicht bereit, darauf einzugehen. Er war noch niemals besonders gut darin gewesen, anderen Ratschläge zu erteilen. *Hab auch gar keine zu geben, die es wert gewesen wären.* »Hat sie dir einen Tritt verpasst, dass du so übel gelaunt bist, mein Junge?«

Crokus' Gesicht lief dunkel an. Wortlos trieb er sein Pferd vorwärts und setzte sich an die Spitze.

Seufzend wandte Fiedler sich im Sattel um und warf Apsalar, die ein paar Schritt hinter ihm ritt, einen Blick zu. »Eine Kabbelei zwischen Verliebten, was?«

Sie blinzelte ihn eulenhaft an.

Fiedler drehte sich wieder nach vorne und setzte sich in seinem Sattel zurecht. »Bei den Eiern des Vermummten«, murmelte er leise vor sich hin.

Iskaral Pustl schob den Besen ein Stück weiter den Schornstein hinauf und schrubbte wie ein Wahnsinniger. Schwarze Wolken sanken auf den Herd herab und legten sich auf das graue Gewand des Hohepriesters.

»Habt Ihr Holz?«, fragte Mappo, der auf der erhöhten steinernen Plattform hockte, die er als Bett benutzt hatte.

Iskaral hielt inne. »Holz? Ist Holz denn besser als ein Besen?«

»Für ein Feuer schon«, erklärte der Trell. »Um die Kühle aus den Zimmern zu vertreiben.«

»Ah, Holz! Nein, natürlich nicht. Aber Dung, oh, ja, viel, sehr viel Dung. Ein Feuer! Wunderbar! Verbrennt sie zu Asche. Sind Trell für ihre Gerissenheit bekannt? Ich kann mich nicht erinnern, etwas dergleichen gelesen zu haben, wenn hier und dort einmal Trell erwähnt wurden, was ohnehin nur selten der Fall war. Es ist sehr schwierig, Schriftstücke über ein unkultiviertes Volk zu finden. Hm.«

»Trell sind sehr kultiviert«, sagte Mappo. »Waren es zumindest für einige Zeit … So sieben, acht Jahrhunderte lang.«

»Ich muss meine Bibliothek auf den neuesten Stand bringen, ein teures Unterfangen. Schatten großziehen, um die großen Bibliotheken der Welt zu plündern.« Er hockte sich vor die Feuerstelle und runzelte die Stirn, die genau wie der Rest seines Gesichts mit einer Rußschicht bedeckt war.

Mappo räusperte sich. »Was zu Asche verbrennen, Hohepriester?«

»Spinnen natürlich. Dieser Tempel wimmelt nur so von Spinnen. Tötet sie, wann immer Ihr sie seht, Trell. Benutzt Eure dicksohligen Füße, Eure ledrigen Hände. Tötet sie alle, habt Ihr mich verstanden?«

Mappo nickte und zog dabei die Felldecke enger um sich; er zuckte nur ganz leicht zusammen, als das Fell die eitrigen Wunden in seinem Nacken streifte. Das Fieber war gebrochen, wobei er annahm, dass das mindestens ebenso sehr seinen eigenen Reserven zu verdanken war wie dem zweifelhaften Heilmittel, das Iskarals schweigsamer Diener aufgetragen hatte. Die Fänge und Klauen von Vielwandlern und Wechselgängern übertrugen eine ungemein ansteckende Krankheit, die oft zu Halluzinationen, bestialischem Wahnsinn und schließlich zum Tod führte. Viele, die überlebt hatten, litten noch immer unter Wahnanfällen, die regelmäßig neun- oder zehnmal im Jahr für ein, zwei Nächte wiederkehrten. Es war ein Wahnsinn, der die Befallenen oft zu Mördern werden ließ.

Iskaral Pustl glaubte, dass Mappo von diesem Schicksal verschont geblieben war – doch der Trell würde erst wirklich daran glauben, wenn mindestens zwei Mondzyklen verstrichen waren, ohne dass sich irgendwelche Symptome gezeigt hätten. Er wollte nicht darüber nachdenken, wozu er fähig wäre, wenn ihn eine mörderische Raserei erfassen sollte. Vor vielen Jahren, als er noch ein Mitglied jener kriegerischen Bande gewesen war, die die Jhag-Odhan verwüstet hatte, hatte er sich willentlich in einen solchen Zustand versetzt, wie es Krieger öfter taten, und die Erinnerung an jene, die er damals getötet hatte, war noch immer lebendig und würde es auch immer bleiben.

Wenn das Gift des Wechselgängers in ihm aktiv werden sollte, würde Mappo sich lieber selbst umbringen, als dem Willen des Gifts zu gehorchen.

Iskaral Pustl stieß den Besen in jede Ecke der kleinen Bettelmönch-Zelle, die dem Trell als Quartier diente, und wandte sich dann der Decke zu, um das Gleiche zu tun. »Töte, was beißt, töte, was sticht, dieser geheiligte Bezirk des Schattens muss unbefleckt bleiben! Töte alles, was gleitet, alles, was flitzt. Ihr seid auf Ungeziefer untersucht worden, alle beide, oh, ja. Es sind keine unwillkommenen Besucher erlaubt. Laugenbäder waren vorbereitet worden, aber ihr hattet beide nichts an euch. Ich bleibe natürlich trotzdem misstrauisch.«

»Residiert Ihr schon lange hier, Hohepriester?«

»Keine Ahnung. Ist nicht wichtig. Bedeutung kommt ausschließlich den Taten zu, die vollbracht werden, den Zielen, die erreicht werden. Zeit ist Vorbereitung, sonst nichts. Man bereitet sich so lange vor wie nötig. Dies zu tun heißt zu akzeptieren, dass die Planung bei der Geburt beginnt. Du wirst geboren, und vor allem anderen wirst du in den Schatten eingetaucht, wirst im Innern der heiligen Ambivalenz eingehüllt, um dich dort mit süßer Nahrung zu nähren. Ich lebe, um mich vorzubereiten, Trell, und die Vorbereitungen sind jetzt nahezu abgeschlossen.«

»Wo ist Icarium?«

»Ein Leben gegeben für eines, das genommen, sagt ihm das. In der Bibliothek. Die Nonnen haben nur eine Hand voll Bücher zurückgelassen. Bücher, die dazu bestimmt waren, ihnen Vergnügen zu bereiten. Ich finde, man sollte sie am besten im Bett lesen. Der Rest der Bestände gehört mir, eine dürftige Sammlung, schrecklich geringe Bestände, ich bin peinlich berührt. Seid Ihr hungrig?«

Mappo schüttelte sich. Das Gebrabbel des Hohepriesters hatte fast schon etwas Hypnotisches. Jede Frage, die der Trell stellte, wurde mit einem ausschweifenden, bizarren Monolog beantwortet, der ihn seines Willens zu berauben schien, etwas anderes zu tun, als die nächste Frage zu äußern. Iskaral Pustls Behauptungen hatten der Wahrheit entsprochen: Er konnte wirklich das Verstreichen der Zeit bedeutungslos machen. »Ob ich hungrig bin? Ja.«

»Diener bereitet etwas zu essen vor.«

»Kann er es in die Bibliothek bringen?«

Der Hohepriester machte ein finsteres Gesicht. »Der Zusammenbruch der Etikette! Aber wenn Ihr darauf besteht …«

Der Trell gab sich einen Ruck und stand auf. »Wo ist die Bibliothek?«

»Wendet Euch nach rechts, macht vierunddreißig Schritte, geht wieder nach rechts, zwölf Schritte, dann durch die Tür zur Rechten, fünfunddreißig Schritte, durch den Korridor zur Rechten, noch einmal elf Schritte, dann ein letztes Mal rechts, fünfzehn Schritte, und dann öffnet die Tür zu Eurer Rechten.«

Mappo starrte Iskaral Pustl an.

Der Hohepriester trat nervös von einem Bein aufs andere.

»Oder«, sagte der Trell mit zusammengekniffenen Augen, »wendet Euch nach links, neunzehn Schritte.«

»Stimmt«, murmelte Iskaral Pustl.

Mappo schritt zur Tür. »Dann werde ich den kurzen Weg nehmen.«

»Wenn Ihr wollt«, grollte der Hohepriester, während er sich vorbeugte, um das zerschlissene Ende des Besens einer genauen Untersuchung zu unterziehen.

Was Pustl mit der Verletzung der Etikette gemeint hatte, wurde klar, als Mappo die Bibliothek betrat und feststellte, dass der niedrige Raum auch als Küche diente. Icarium saß ein paar Schritte rechts von der Stelle, wo Mappo stand, an einem stabilen, mit schwarzen Flecken übersäten Tisch, während Diener sich einen Schritt links von ihm über einen Kessel beugte, der an einer Kette über dem Herd hing. Dieners Kopf war fast völlig in einer Dampfwolke verschwunden; er war nass vom Kondenswasser, und Tröpfchen fielen in den Kessel, während er den Inhalt des Kessels mit einem hölzernen Schöpflöffel in langsamen, bombastischen Kreisbewegungen umrührte.

»Ich glaube, die Suppe lasse ich lieber aus«, sagte Mappo zu dem Mann.

»Diese Bücher verfaulen«, sagte Icarium, der sich zurücklehnte und Mappo betrachtete. »Geht es dir wieder besser?«

»Es scheint so.«

Icarium runzelte die Stirn. Er war immer noch damit beschäftigt, den Trell eingehend zu mustern. »Was für eine Suppe? – Ach so«, sein Gesicht hellte sich auf, »das ist keine Suppe. Das ist Wäsche. Schmackhaftere Kost findest du auf dem Küchentisch da drüben.« Er deutete auf die Wand hinter Diener, dann wandte er sich wieder den vermoderten Seiten des alten Buchs zu, das geöffnet vor ihm lag. »Das hier ist erstaunlich, Mappo ...«

»Wenn man bedenkt, wie isoliert diese Nonnen gelebt haben«, sagte Mappo, während er auf den Tisch zuging, »bin ich überrascht über dein Erstaunen.«

»Ich spreche nicht von den Büchern der Nonnen, mein Freund. Es geht um Iskarals Bücher. Es gibt hier Werke, deren Existenz bisher nicht mehr als vage Gerüchte waren. Und es gibt einige … wie dieses hier – von denen ich noch nie zuvor gehört habe. *Eine Abhandlung über die Planung von Bewässerungsanlagen im fünften Jahrtausend vor Ararkal,* von nicht weniger als vier Autoren.«

Mappo kehrte mit einem hoch mit Brot und Käse beladenen Zinnteller in den Händen zum Bibliothekstisch zurück und beugte sich über die Schulter des Freundes, um zunächst die detaillierten Zeichnungen auf den Pergamentseiten des Buches zu betrachten, dann die fremdartige, in sich verflochtene Schrift. Der Trell grunzte. Sein Mund war plötzlich trocken, doch es gelang ihm, eine Frage zu stellen. »Was ist denn daran so erstaunlich?«

Icarium lehnte sich zurück. »Die reine … Leichtfertigkeit, Mappo. Das Material, aus dem dieser Band besteht, kostet so viel, wie ein Handwerker in einem ganzen Jahr verdient. Kein Gelehrter, der seine Sinne beisammen hat, würde derartige Materialien auf ein so sinnloses, banales Thema verschwenden – vom Zeitaufwand ganz zu schweigen. Und das ist nicht das einzige Beispiel. Schau her, *Saatstreumuster der Purille-Blume auf dem Skar-Archipel,* und hier, *Krankheiten der in der Lekoor-Bucht beheimateten Weißrand-Muscheln.* Und ich bin überzeugt, dass diese Werke Tausende von Jahren alt sind. Tausende!«

Und in einer Sprache verfasst, von der ich nicht geahnt habe, dass du sie erkennen könntest, geschweige denn verstehen. Er erinnerte sich, bei welcher Gelegenheit er diese Schrift zum letzten Mal gesehen hatte – unter einem Felldach auf einem Hügel, der den nördlichsten Punkt des Gebietes kennzeichnete, das sein Stamm für sich beanspruchte. Er war einer der Hand voll Wächter gewesen, die die Stammesältesten zu einem Treffen begleitet hatten, das sich als verhängnisvoll erweisen sollte.

Während der Herbstregen auf das Dach getrommelt hatte, hatten sie sich im Halbkreis hingekauert, die Gesichter nach Norden gewandt, und hatten zugesehen, wie sieben Gestalten in langen Gewändern und mit hochgeschlagenen Kapuzen näher gekommen waren. Jede der Gestalten hatte einen Stab in der Hand gehabt, und als sie unter das Felldach getreten waren und schweigend vor den Ältesten gestanden hatten, hatte Mappo schaudernd gesehen, wie diese Stäbe sich vor seinen Augen zu winden schienen; das Holz schien sich wie schlangengleiche Wurzeln zu bewegen, oder vielleicht wie jene Parasiten-Bäume, die die Kronen anderer Bäume umschlangen und ihnen das Leben aussaugten. Dann hatte er bemerkt, dass der verzerrte Wahnsinn in Wirklichkeit auf den Stäben eingeritzte Runen waren, die sich pausenlos veränderten, als würden unsichtbare Hände immer aufs Neue ohne Unterlass Worte in das Holz schnitzen.

Schließlich hatte eine der Gestalten ihre Kapuze zurückgeschlagen, und so hatte das begonnen, was Mappos zukünftiges Leben für immer verändern sollte. Er zuckte in Gedanken vor den Erinnerungen zurück.

Zitternd setzte sich der Trell, nachdem er ein bisschen Platz für seinen Teller geschaffen hatte. »Ist das denn so wichtig, Icarium?«

»Es ist bedeutend, Mappo. Die Zivilisation, die diese Werke hervorgebracht hat, muss erschreckend reich gewesen sein. Die Sprache weist ganz eindeutig Verbindung zu einigen modernen Dialekten aus dem Reich der Sieben Städte auf, ist allerdings in mancherlei Hinsicht noch verfeinerter. Und schau dir dieses Symbol hier an, auf dem Rücken von jedem einzelnen Band. Ein gewundener Stab. Ich habe dieses Symbol schon früher einmal gesehen, mein Freund. Ich bin mir ganz sicher.«

»Reich, hast du gesagt?« Der Trell bemühte sich verzweifelt, das Gespräch von dem Thema wegzubringen, das sich wie eine bedrohliche Klippe vor ihm abzeichnete. »Es scheint mir eher, als wären sie in Einzelheiten stecken geblieben. Das erklärt möglicherweise auch, warum diese Zivilisation inzwischen zu Staub und Asche zerfallen ist. Sie haben sich um Samen im Wind gestritten, während die Barbaren die Tore eingerissen haben. Trägheit kann viele Formen annehmen – doch sie kommt zu allen Zivilisationen, die länger existiert haben, als ihre Willenskraft reicht. Du weißt das genauso gut wie ich. In diesem Fall war es eine Trägheit, die durch die Jagd nach Wissen, durch die verbissene Suche nach Antworten auf alle möglichen Fragen gekennzeichnet war, wobei es keine Rolle gespielt hat, ob diese Antworten überhaupt irgendeinen Wert hatten. Eine Zivilisation kann genauso leicht durch das untergehen, was sie weiß, wie durch das, was sie nicht weiß. Denke doch nur einmal«, fuhr er fort, »an *Gothos' Narretei.* Gothos' Fluch war, dass er sich aller Dinge nur zu bewusst war. Jeder Veränderung, jeder Möglichkeit. Er war sich aller Dinge so sehr bewusst, dass jeder kritische Blick vergiftet war, den er auf die Welt geworfen hat. All sein Wissen hat ihm überhaupt nichts genützt, und, was noch schlimmer war, ihm war sogar das klar.«

»Du musst dich wieder besser fühlen«, sagte Icarium sarkastisch. »Dein Pessimismus ist wieder da. Wie auch immer, diese Werke bestärken meine Vermutung, dass die vielen Ruinen in der Raraku und der Pan'potsun-Odhan ein Beweis dafür sind, dass hier einst eine blühende Zivilisation existiert hat. Vielleicht sogar tatsächlich die erste echte menschliche Zivilisation, von der alle anderen abstammen.«

Gib diesen Gedankengang auf, Icarium. Gib ihn auf, jetzt gleich. »Und was nützt uns dieses Wissen in unserer derzeitigen Situation?«

Icariums Gesichtsausdruck wurde etwas säuerlich. »Es hat natürlich mit meiner Besessenheit, was Zeit angeht, zu tun. Schreiben ersetzt Erinnerungen, verstehst du, und aus diesen Gründen ändert sich die Sprache. Denk an meine mechanischen Gerätschaften, mit denen ich versucht habe, das Verstreichen von Stunden, Tagen, Jahren zu messen. Solche Messungen sind von Natur aus zyklisch, sie wiederholen sich. Worte und Sätze haben einst den gleichen Rhythmus besessen und konnten auf diese Weise in den Geist eingeschlossen und später mit absoluter Präzision wieder hervorgerufen werden. Vielleicht«, sagte er nach einem Moment nachdenklich, »wäre ich nicht so vergesslich, wenn ich weniger zivilisiert wäre.« Er seufzte, zwang sich zu einem Lächeln. »Außerdem habe ich nur die Zeit rumgebracht, Mappo.«

Der Trell tippte mit einem derben, runzligen Finger auf das offene Buch. »Ich könnte mir vorstellen, dass die Verfasser dieses Werks ihre Anstrengungen mit den gleichen Worten verteidigt haben. Mir geht es um eine dringendere Angelegenheit, mein Freund.«

Der Jhag schaute ihn kühl an, doch er konnte seine Erheiterung nicht vollständig verbergen. »Und um welche, mein Freund?«

Mappo fucheltete mit den Armen. »Es geht um diesen Ort hier. Der Kult des Schattens gehört nicht unbedingt zu meinen Lieblings-Kulten. Ein Nest von Asssassinen und Schlimmerem. Illusionen und Täuschung und Betrug. Iskaral Pustl täuscht eine harmlose Fassade vor, aber so leicht lasse ich mich nicht zum Narren halten. Er hat uns ganz eindeutig erwartet, und er hofft, dass wir Teil seiner Pläne werden – wie auch immer die aussehen mögen. Wir riskieren viel, wenn wir hier noch länger herumlungern.«

»Aber Mappo«, sagte Icarium langsam, »genau hier, an diesem Ort, werde ich mein Ziel erreichen.«

Der Trell zuckte zusammen. »Ich hatte befürchtet, dass du das sagen würdest. Aber das musst du mir doch noch etwas genauer erklären.«

»Das kann ich nicht, mein Freund. Noch nicht. Bis jetzt habe ich nur Vermutungen, weiter nichts. Wenn ich mir meiner Sache sicher bin, werde ich genügend Vertrauen haben, es dir zu erklären. Kannst du so viel Geduld mit mir haben?«

Vor seinem geistigen Auge sah Mappo ein anderes Gesicht, ein menschliches Gesicht, schmal und bleich; Regentropfen rannen die verdorrten Wangen hinab. Müde graue Augen richteten sich nach vorn, ihr Blick fiel auf Mappo, der hinter dem Kreis der Ältesten stand. »Kennt ihr uns?« Die Stimme klang wie das Rascheln von rauem Leder.

Einer der Ältesten hatte genickt. »Wir kennen euch als die Namenlosen.«

»Das ist gut«, hatte der Mann erwidert, und sein Blick hatte Mappo nicht losgelassen. »Die Namenlosen, die nicht in Jahren, sondern in Jahrhunderten denken. Erwählter Krieger«, fuhr er fort, und diesmal galten seine Worte Mappo, »was kannst du über Geduld lernen?«

Die Erinnerungen verschwanden wie Raben, die von einem Leichnam aufflatterten. Mappo starrte Icarium an. Es gelang ihm zu lächeln, wobei er seine glänzenden Eckzähne entblößte. »Ob ich so viel Geduld mit dir haben kann? Ich kann gar nicht anders, als Geduld mit dir zu haben. Aber ich bleibe dabei, ich traue Iskaral Pustl nicht.«

Diener fing an, triefende Kleidungsstücke und Bettwäsche aus dem Kessel zu holen; mit bloßen Händen wrang er die dampfenden Bündel aus. Der Trell beobachtete ihn stirnrunzelnd. Der eine von Dieners Armen war merkwürdig blassrosa, er trug keinerlei Spuren von Wind und Wetter, wirkte fast jugendlich. Der andere passte wesentlich besser zum offensichtlichen Alter des Mannes; er war muskulös, behaart und sonnengebräunt.

»Diener?«

Der Angesprochene reagierte nicht.

»Kannst du sprechen?«, versuchte Mappo es weiter.

»Es scheint, dass er uns gegenüber taub ist«, sagte Icarium, als Diener wieder keine Antwort gab. »Auf Befehl seines Meisters, könnte ich schwören. Wollen wir diesen Tempel erforschen, Mappo? Wobei wir immer daran denken sollten, dass wahrscheinlich jeder Schatten das Echo unserer Worte dem Hohepriester ins Ohr flüstern wird.«

»Nun«, knurrte der Trell, als er aufstand, »es macht mir nichts aus, dass Iskaral Pustl über mein Misstrauen Bescheid weiß.«

»Er weiß bestimmt mehr über uns als wir über ihn«, entgegnete Icarium, der sich ebenfalls erhob.

Als sie hinausgingen, war Diener immer noch dabei, die Wäsche auszuwringen. So etwas wie ein Ausdruck wilder Freude lag auf seinem Gesicht, und auf seinen kräftigen Unterarmen traten deutlich die Venen hervor.

Kapitel Vier

In einem Land, wo sieben Städte
sich in gold'nem Glanz erheben,
hat selbst der Staub Augen.

Sprichwort der Debrahl

Eine Gruppe verschwitzter, verdreckter Männer versammelte sich, als die letzten Leichen beiseite geschafft wurden. Noch immer hing die Staubwolke unbeweglich über dem Eingang zur Mine, so wie fast schon den ganzen Morgen, seit der Abschnitt am hinteren Ende der Tiefen Mine eingestürzt war. Von Beneth angetrieben, hatten die Sklaven wie die Verrückten geschuftet, um die gut dreißig Kameraden zu retten, die bei dem Einsturz verschüttet worden waren.

Kein Einziger hatte überlebt. Mit ausdruckslosem Gesicht sah Felisin zusammen mit einem Dutzend anderer Sklaven von der Ruherampe an der Mündung von Krümmungen aus zu, während sie darauf warteten, dass die frisch gefüllten Wasserflaschen kamen. Die Hitze hatte selbst die am tiefsten gelegenen Abschnitte der Minen in kochende, triefende Öfen verwandelt. Unter der Erde brachen die Sklaven stündlich zu Dutzenden zusammen.

Auf der anderen Seite der Grube pflügte Heboric die ausgetrocknete Erde von Tieferd. Er war jetzt schon mehr als eine Woche hier, und die bessere Luft sowie die leichtere Arbeit – schließlich brauchte er keine mit Steinen beladenen Karren mehr zu ziehen – hatten seiner Gesundheit gut getan. Genau wie die Ladung Limonen, die man ihm auf Beneths Geheiß gebracht hatte.

Hätte sie nicht für seine Verlegung gesorgt, wäre Heboric jetzt tot, sein Körper zermalmt unter Tonnen von Felsgestein. Er verdankte ihr sein Leben.

Diese Erkenntnis verschaffte Felisin nur wenig Befriedigung. Sie sprachen kaum noch miteinander. Den Kopf benebelt vom Durhang-Rauch, schaffte Felisin es gerade noch, sich jede Nacht von Bula nach Hause zu schleppen. Sie schlief viele Stunden, doch dieser Schlaf brachte keine Erholung. Die Tage in Krümmungen zogen wie unter einem langen, betäubenden Dunstschleier an ihr vorüber. Sogar Beneth hatte sich schon beklagt, dass sie so … apathisch geworden sei, wenn sie miteinander im Bett waren.

Das Poltern und Quietschen der Wasserkarren, die auf der unebenen Arbeitsstraße näher kamen, wurde lauter, doch Felisin konnte den Blick nicht von den Rettern abwenden, die die zerquetschten Leiber bereitlegten, damit der Leichenwagen sie abholen konnte. Dem, was sie von der Szene sehen konnte, schien ein Hauch des Jammers anzuhaften, doch selbst dieses bisschen Mitleid aufzubringen erschien ihr wie eine zu große Anstrengung.

Trotz ihres betäubten Zustands ging sie zu Beneth und wollte benutzt werden, öfter und immer öfter. Sie spürte ihn auf, wenn er betrunken und großzügig war und dahintorkelte, wenn er sie seinen Freunden oder Bula oder anderen Frauen anbot.

Du bist abgestumpft, Mädchen, hatte Heboric bei einem der wenigen Male gesagt, als er mit ihr gesprochen hatte. *Doch dein Hunger nach Gefühlen wird größer und größer, bis schließlich schon Schmerz genügen wird. Aber du suchst an den falschen Orten.*

An den falschen Orten. Was wusste er denn schon von falschen Orten? Der hintere Abschnitt der Tiefen Mine war ein falscher Ort. Der Schacht, in den die Leichen hineingeworfen wurden, das war ein falscher Ort. *Alle anderen Orte sind schon fast gut genug.*

Sie war jetzt bereit, zu Beneth zu ziehen und auf diese Weise die Wahl, die sie getroffen hatte, zu unterstreichen. Vielleicht schon in ein paar Tagen. Nächste Woche. Bald. Sie hatte immer so großes Aufhebens um ihre Unabhängigkeit gemacht, doch es zeigte sich, dass es gar nicht so schwer war, sie aufzugeben.

»He, Mädel!«

Blinzelnd schaute Felisin auf. Es war der junge malazanische Wächter, derjenige, der Beneth einst gewarnt hatte ... *vor langer, langer Zeit.*

Der Soldat grinste. »Hast du das Zitat schon gefunden?«

»Was?«

»Das Zitat aus dem Munde Kellanveds, Mädchen.« Der junge Soldat runzelte die Stirn. »Ich hatte dir vorgeschlagen, du solltest jemanden suchen, der den Rest der Stelle kennt, die ich zitiert habe.«

»Ich habe keine Ahnung, wovon du sprichst.«

Er griff ihr unters Kinn und hob ihr Gesicht an; sie konnte an ihrem Kinn und ihrer Wange die Schwielen an Zeigefinger und Daumen seiner Schwerthand spüren. Als er ihre Haare beiseite schob, zuckte sie in dem grellen Licht zusammen. »Durhang«, flüsterte er. »Beim Herzen der Königin, Mädchen, du siehst heute zehn Jahre älter aus als letztes Mal. Und es ist gerade mal zwei Wochen her, seit ich dich zuletzt gesehen habe.«

»Frag Beneth«, murmelte sie und entzog sich seinem Griff.

»Was soll ich ihn fragen?«

»Ob du mich in dein Bett kriegst. Er wird Ja sagen, aber nur, wenn er betrunken ist. Heute Abend wird er betrunken sein. Er trauert um die Toten, bei einem oder vielleicht auch bei zwei Krügen. Dann kannst du mich anfassen.«

Er richtete sich auf. »Wo ist Heboric?«

»Heboric? In Tieferd.« Sie dachte kurz daran, ihn zu fragen, warum er statt ihrer lieber den alten Mann wollte, doch der Gedanke trieb davon. Heute Nacht konnte er sie berühren. Sie hatte angefangen, Schwielen zu mögen.

Beneth wollte Hauptmann Sawark einen Besuch abstatten, und er hatte beschlossen, sie mitzunehmen. Er hatte vor, einen Handel abzuschließen, wie Felisin mit einiger Verzögerung bemerkte, und er würde sie dem Hauptmann als Prämie anbieten.

Sie näherten sich dem Rattenloch-Ring von der Arbeitsstraße aus, passierten dabei Bulas Schänke, wo ein halbes Dutzend Dosii-Wachen, die gerade dienstfrei hatten, vor der Eingangstür herumlungerten und mit gelangweilten Blicken hinter ihnen herstarrten.

»Lauf geradeaus, Schätzchen«, knurrte Beneth und packte sie am Arm. »Und hör auf zu schlurfen. Das gefällt dir doch, oder? Du willst immer mehr davon.«

Ein widerwilliger Ton schwang jetzt in seiner Stimme mit, wenn er mit ihr sprach. Er hatte aufgehört, ihr Versprechungen zu machen. *Ich werde dich zu der Meinen machen, Mädchen. Zieh bei mir ein. Wir brauchen niemanden sonst.* Diese barschen, geflüsterten Zusicherungen bekam sie nicht mehr zu hören. Es machte Felisin nichts aus. Sie hatte Beneth sowieso niemals wirklich geglaubt.

Direkt vor ihnen erhob sich Sawarks Feste breit und wuchtig im Zentrum des Rattenloch-Rings, die großen, grob behauenen Steinblöcke von dem fettigen Rauch verschmiert, der ständig über Schädelmulde schwebte. Ein einzelner Wachmann stand vor dem Eingang, eine Pike locker in der Hand. »Pech gehabt«, sagte er, als sie nahe genug heran waren.

»Wieso?«, wollte Beneth wissen.

Der Soldat zuckte die Schultern. »Der Einsturz heute Morgen, was sonst?«

»Wir hätten vielleicht ein paar von ihnen retten können«, sagte Beneth, »wenn Sawark uns Hilfe geschickt hätte.«

»Ihr hättet vielleicht ein paar retten können? Na und? Falls du hierher gekommen bist, um dich zu beklagen, so lass dir gesagt sein, dass Sawark nicht in der Stimmung ist, sich Klagen anzuhören.« Die trüben Augen ruhten einen kurzen Moment lang auf Felisin. »Wenn du allerdings ein Geschenk mitbringst, dann ist das natürlich etwas anderes.« Der Wächter öffnete die schwere Tür. »Er ist in seinem Dienstzimmer.«

Beneth grunzte. Er zerrte Felisin am Arm mit sich durch die Tür. Das Erdgeschoss war eine Waffenkammer; an den Wänden zogen sich Reihen um Reihen abgeschlossener Gestelle voller Waffen entlang. An einer Seite standen ein Tisch und drei Stühle. Die Reste, die noch vom Frühstück der Wachen stammten, passten kaum auf die kleine Tischplatte. Mitten im Raum führte eine eiserne Wendeltreppe nach oben.

Sie stiegen ein Stockwerk hinauf; hier befand sich Sawarks Dienstzimmer. Der Hauptmann saß hinter einem Tisch, der aussah, als wäre er aus Treibholz zusammengezimmert worden. Sein Stuhl war dick gepolstert und hatte eine hohe Rückenlehne. Ein großes, in Leder gebundenes Kontobuch lag aufgeschlagen vor ihm. Sawark legte seinen Federkiel beiseite und lehnte sich zurück.

Felisin konnte sich nicht erinnern, den Hauptmann jemals zuvor gesehen zu haben. Er legte Wert darauf, für sich zu bleiben, isoliert, hier in seinem Turm. Der Mann war dünn, ohne ein Gramm Fett; die Muskeln auf seinen bloßen Unterarmen wirkten unter der bleichen Haut wie Kabel. Im Gegensatz zur gegenwärtigen Mode trug er einen Bart, die drahtigen schwarzen Löckchen waren eingeölt und parfümiert. Sein Haar war kurz geschnitten. Wässrige, leicht schielende grüne Augen glitzerten über hohen Wangenknochen. Sein breiter Mund war von zwei tiefen, nach unten verlaufenden Kerben eingefasst. Er starrte Beneth unverwandt an, während er Felisin ignorierte, als ob sie gar nicht da wäre.

Beneth setzte sie auf einen Stuhl nahe der Wand links von Sawark, dann nahm er selbst auf dem einzelnen Stuhl Platz, der dem Hauptmann direkt gegenüberstand. »Schlimme Gerüchte, Sawark. Wollt Ihr sie hören?«

Die Stimme des Hauptmanns war sanft. »Was wird mich das kosten?«

»Nichts. Sie sind umsonst.«

»Dann lass hören.«

»Bei Bula unterhalten sich die Dosii ziemlich laut. Sie reden dauernd davon, dass der Wirbelwind kommt.«

Sawark machte ein finsteres Gesicht. »Noch mehr von diesem Unsinn. Kein Wunder, dass du mir diese Informationen umsonst gibst, Beneth. Sie sind wertlos.«

»Das habe ich anfangs auch gedacht, aber dann ...«

»Was hast du mir sonst noch zu sagen?«

Beneth senkte den Blick zu dem Hauptbuch auf dem Tisch. »Ihr habt die Toten von heute Morgen eingetragen? Habt Ihr den Namen gefunden, den Ihr gesucht habt?«

»Ich habe keinen bestimmten Namen gesucht, Beneth. Du denkst, du hättest etwas erraten, aber da gibt es nichts. Ich verliere allmählich die Geduld.«

»Unter den Opfern waren vier Magier ...«

»Das reicht! Warum bist du hier?«

Beneth zuckte die Schultern, als würde er jedweden Verdacht, den er noch haben mochte, abschütteln. »Ein Geschenk«, sagte er und deutete auf Felisin. »Sehr jung. Fügsam und gelehrig, aber niemals gierig. Leicht lenkbar – macht mit ihr, was Ihr wollt, Sawark.«

Der Gesichtsausdruck des Hauptmanns wurde noch finsterer.

»Als Gegenleistung«, fuhr Beneth fort, »möchte ich nur die Antwort auf eine einzige Frage: Heute Morgen ist der Sklave Baudin eingelocht worden – warum?«

Felisin blinzelte. Baudin? Sie schüttelte den Kopf, versuchte, den Nebel zu vertreiben, der ihre wachen Stunden prägte. War das hier wichtig?

»Er wurde nach Beginn der Sperrstunde in der Peitschengasse angetroffen. Er konnte zunächst entkommen, doch einer meiner Männer hat ihn erkannt, und so konnte er heute Morgen festgenommen werden.« Der Blick aus Sawarks wässrigen Augen wanderte endlich zu Felisin hinüber. »Sehr jung, hast du gesagt? Wie alt – achtzehn, neunzehn? Du wirst alt, Beneth, wenn du das sehr jung nennst.«

Sie spürte, wie seine Blicke sie abtasteten wie geisterhafte Hände. Dieses Mal war das Gefühl alles andere als angenehm. Sie unterdrückte einen Schauder.

»Sie ist fünfzehn, Sawark. Aber erfahren. Ist mit der vorletzten Schiffsladung angekommen.«

Die Augen des Hauptmanns richteten sich erneut auf sie, sein Blick wurde noch prüfender. Und dann sah sie verwundert, wie alles Blut aus seinem Gesicht wich.

Beneth sprang auf. »Ich werde eine andere schicken. Zwei junge Mädchen aus der letzten Ladung.« Er trat zu Felisin und zog sie hoch. »Ich garantiere, dass Ihr mehr als zufrieden sein werdet, Hauptmann. Sie werden innerhalb der nächsten Stunde hier ...«

»Beneth.« Sawarks Stimme war sanft. »Baudin arbeitet doch für dich, oder?«

»Er ist ein Bekannter, Sawark. Keiner meiner Vertrauten. Ich habe gefragt, weil er in der Mannschaft von meinem Abschnitt ist. Ein starker Mann weniger wird uns langsamer werden lassen, wenn Ihr ihn auch morgen noch festhaltet.«

»Damit musst du leben, Beneth.«

Keiner glaubt dem anderen. Der Gedanke war wie das Aufflackern eines lang vergessenen Bewusstseins in Felisin. Sie holte tief Luft. *Da passiert etwas. Ich muss darüber nachdenken. Ich muss zuhören. Jetzt zuhören.*

Zur Antwort auf Sawarks Vorschlag seufzte Beneth schwer. »Dann werde ich wohl genau das tun müssen. Bis später also, Hauptmann.«

Felisin leistete keinen Widerstand, als Beneth sie auf die Treppe zuschob. Er würdigte den Wächter der Feste keiner Antwort, als der Mann in höhnischem Tonfall etwas sagte, sondern zerrte sie über den Ring. Schwer atmend stieß er sie in den Schatten einer Seitengasse und riss sie herum.

Seine Stimme klang rau und krächzend. »Wer bist du, Mädchen, seine Tochter, die er vor langer Zeit verloren hat? Beim Atem des Vermummten! Komm zu dir! Erklär mir, was da gerade eben in diesem Zimmer passiert ist. Und was ist mit Baudin? Was für ein Verhältnis hast du zu Baudin? Los, antworte!«

»Er ... er ist nichts ...«

Sein Handrücken traf ihr Gesicht mit der Wucht eines Sacks voller Steine. Lichtblitze explodierten hinter Felisins Augen, als sie seitwärts hinfiel. Sie blieb reglos im verrottenden Abfall der Seitengasse liegen; Blut strömte aus ihrer Nase. Halb betäubt starrte sie den nur wenige Fingerbreit entfernten Erdboden an, sah zu, wie sich die rote Flüssigkeit im Staub verteilte.

Beneth riss sie hoch und stieß sie gegen eine holzverkleidete Mauer. »Dein vollständiger Name, Schätzchen! Na los, sag ihn mir!«

»Felisin«, murmelte sie, »nur Felisin …«

Mit einem wütenden Knurren hob er erneut die Hand.

Sie starrte auf die Spuren, die ihre Zähne knapp oberhalb der Knöchel zurückgelassen hatten. »Nein, bitte nicht! Ich schwöre es! Ich war ein Findelkind …«

Ein ungläubiger Ausdruck trat in seine Augen. »Du warst *was*?«

»Ich wurde vor dem Fener-Kloster auf Malaz gefunden – die Imperatrix hat Anklage erhoben – die Anhänger Feners … Heboric …«

»Das Schiff, das dich gebracht hat, ist aus Unta gekommen, Schätzchen. Wofür hältst du mich? Du bist eine Adlige …«

»Nein! Man hat einfach immer nur gut für mich gesorgt. Bitte, Beneth, ich lüge dich nicht an. Ich verstehe nicht, was mit Sawark los war. Vielleicht hat Baudin eine Geschichte erfunden, vielleicht hat er gelogen, um seine eigene Haut zu retten …«

»Das Schiff, das dich an Bord hatte, ist direkt aus Unta gekommen. Du bist noch nie auf der Insel Malaz gewesen. Dieses Kloster, bei welcher Stadt liegt es?«

»Bei Jakata. Es gibt nur zwei Städte auf der Insel. Die andere ist Malaz, die Stadt Malaz. Ich bin für einen Sommer dort hingeschickt worden. In die Schule. Ich sollte zur Priesterin ausgebildet werden. Frag doch Heboric, Beneth. Bitte.«

»Sag mir, wie das ärmste Viertel von Malaz heißt.«

»Das ärmste …?«

»Du sollst mir sagen, wie es heißt!«

»Ich weiß es nicht! Der Fener-Tempel ist im Hafenviertel! Ist das das ärmste? Vor der Stadt, entlang der Straße nach Jakata, war ein Elendsviertel. Ich war nur einen Sommer lang da, Beneth! Und ich habe kaum etwas von Jakata gesehen – es war uns nicht gestattet! Bitte, Beneth, ich verstehe überhaupt nicht, was hier vorgeht! Warum tust du mir weh? Ich habe alles getan, was du von mir verlangt hast – ich habe mit deinen Freunden geschlafen, ich habe mich von dir verschachern lassen, ich habe dafür gesorgt, dass ich *wertvoll* bin …«

Er schlug sie erneut. Er suchte nicht länger nach Antworten, nach einer bestimmten Erkenntnis in all ihren verzweifelten Lügen – ein neuer Grund war in seinen Augen erschienen, brachte einen flammenden Zorn hervor. Er verprügelte sie systematisch, in stummer, kalter Wut. Nach den ersten Schlägen krümmte Felisin sich eng um den Schmerz zusammen, und der kühle, im Schatten liegende Staub der Gasse war wie Balsam, wo ihr Körper mit ihm in Berührung kam. Sie konzentrierte sich verzweifelt auf ihren Atem, widmete sich nur dieser einen Aufgabe, sog die Luft ein, kämpfte gegen die Wogen des Schmerzes an, die diese Anstrengung begleiteten, und stieß sie dann langsam wieder aus, wie einen steten Strom, der den Schmerz mit sich forttrug.

Irgendwann bemerkte sie, dass Beneth aufgehört hatte, sie zu schlagen, dass er sie vielleicht überhaupt nur ein paar Mal geschlagen hatte und dass er fort war. Sie war allein in dem Gässchen. Der schmale Streifen Himmel über ihr wurde dunkler – die Dämmerung brach herein. Gelegentlich hörte sie Stimmen in der Straße weiter vorn, doch niemand näherte sich dem schmalen Durchgang, in dem sie zusammengekrümmt auf der Erde lag.

Später erwachte sie erneut. Anscheinend hatte sie das Bewusstsein verloren, während sie versucht hatte, auf die Mündung des Gässchens zuzukriechen. Die von Fackellicht erhellte Arbeitsstraße war nur ein Dutzend Schritte entfernt. Gestalten bewegten sich in ihrem Blickfeld. Durch das ununterbrochene Klingeln in ihren Ohren hörte sie Rufe und Schreie. Die Luft stank nach Rauch. Sie versuchte weiterzukrabbeln, doch dann verlor sie erneut das Bewusstsein.

Ein kühles Tuch strich über ihre Stirn. Felisin öffnete die Augen.

Heboric beugte sich über sie; er schien ihre Pupillen sorgfältig zu mustern, erst die eine, dann die andere. »Na, bist du wieder da, Schätzchen?«

Ihr Kiefer schmerzte, ihre Lippen waren von Schorf verkrustet und ließen sich nicht öffnen. Sie nickte und bemerkte erst jetzt, dass sie in ihrem Bett lag.

»Ich werde deine Lippen mit Öl einreiben, dann können wir zusehen, ob wir sie irgendwie aufbekommen, ohne dass es allzu wehtut. Du musst unbedingt etwas trinken.«

Sie nickte noch einmal und stählte sich gegen den Schmerz, den seine Bemühungen hervorriefen, als er mit einem ölgetränkten Tuch, das er sich um den Stumpf seines linken Arms gewickelt hatte, ihren Mund betupfte. Er sprach leise dabei. »Es war für uns alle eine aufregende Nacht. Baudin ist aus dem Gefängnis entkommen; er hat ein paar Gebäude in Brand gesteckt, um für Ablenkung zu sorgen. Er versteckt sich irgendwo hier in Schädelmulde. Er hat jedoch nicht versucht, über die Klippen oder durch den Abteufer-See zu entkommen – die Wächter, die rundum auf der Käferstraße aufgestellt sind, haben jedenfalls nichts davon berichtet, dass jemand versucht hätte durchzubrechen. Sawark hat eine Belohnung ausgesetzt – er will den Bastard lebendig, nicht zuletzt deswegen, weil Baudin drei seiner Männer umgebracht hat. Ich glaube, da steckt noch mehr dahinter, was meinst du? Dann hat Beneth gemeldet, dass du nicht bei den Arbeitsgruppen in Krümmungen bist, und da habe ich mich gewundert. Also habe ich während der Mittagspause mit ihm gesprochen. Er sagt, er hätte dich in der Nacht bei Bula zum letzten Mal gesehen und dass er fertig mit dir wäre, weil du völlig erledigt bist und mehr Rauch als Luft einatmest – als ob er nicht schuld an all dem wäre. Aber während er spricht, schaue ich mir die Schrammen auf seinen Knöcheln genauer an. Beneth hat letzte Nacht mit irgendjemandem gekämpft, aber alles, was zu sehen ist, sind die Spuren von Zähnen an seinen Knöcheln. Nun, irgendwann bin ich also mit Unkrautjäten fertig, und niemand achtet mehr auf mich. Also habe ich den Nachmittag damit verbracht, mich umzusehen, die Gässchen abzulaufen … Ich muss zugeben, dass ich das Schlimmste erwartet habe …«

Felisin stieß seinen Arm weg. Langsam öffnete sie den Mund. Sie zuckte vor Schmerzen zusammen, spürte das kühle Stechen neu aufgebrochenen Schorfs. »Beneth«, brachte sie heraus. Jeder Atemzug schmerzte in ihrer Brust.

Heborics Augen wurden hart. »Was ist mit ihm?«

»Sag ihm … sag ihm …, dass … dass es mir Leid tut.«

Der alte Mann lehnte sich langsam zurück.

»Ich will … dass er mich wieder zu sich nimmt. Sag es ihm. Bitte.«

Heboric stand auf. »Ruh dich aus.« Mit diesen Worten verschwand er aus ihrem Blickfeld; seine Stimme hatte merkwürdig flach geklungen.

»Wasser.«

»Kommt gleich, und dann wirst du schlafen.«

»Ich kann nicht«, sagte sie.

»Warum nicht?«

»Ohne … ohne eine Pfeife kann ich nicht schlafen … ich kann einfach nicht.«

Sie spürte, dass er sie anstarrte. »Deine Lunge ist verletzt. Du hast ein paar gebrochene Rippen. Wird vielleicht auch ein Tee reichen? Durhang-Tee?«

»Aber er muss stark sein.«

Sie hörte, wie er einen Becher mit Wasser füllte, und schloss die Augen.

»Eine schlaue Geschichte, Schätzchen«, sagte Heboric. »Ein Findelkind. Ein Glück für dich, dass ich geistig so beweglich bin. Ich würde sagen, es bestehen gute Chancen, dass Beneth dir jetzt glaubt.«

»Warum? Warum erzählst du mir das?«

»Um dich zu beruhigen. Ich nehme an, eigentlich wollte ich damit sagen« – er trat an ihr Bett, die Tasse mit dem Wasser zwischen den Unterarmen eingeklemmt – »dass er dich vielleicht wieder aufnimmt, Schätzchen.«

»Oh. Ich … ich verstehe dich nicht, Heboric.«

Er sah zu, wie sie die Tontasse an die Lippen führte. »Nein«, sagte er leise, »nein, das tust du nicht.«

Der Sandsturm kam wie eine gewaltige Mauer den westlichen Hang der Estara-Hügel herab und bewegte sich mit einem tödlichen Ächzen auf die Küstenstraße zu. Auch wenn solche eigentlich nur im Landesinnern anzutreffenden Stürme auf der Halbinsel nur selten vorkamen, war Kalam ihrem Wüten schon zuvor begegnet. Als Erstes musste er die Straße verlassen. Sie verlief an einigen Stellen zu nah an den Meeresklippen, und er wusste, dass diese Klippen einstürzen konnten.

Der Hengst beschwerte sich, als er ihn in das Geröllbett der Straße hinunterlenkte. Er war ein muskelbepacktes, bösartiges Tier, doch er hatte einen ausgeprägten Hang zur Bequemlichkeit. Der Sand war heiß, das Gelände trügerisch, voller verborgener Dolinen. Das Tier wölbte immer wieder den Nacken und warf ständig den Kopf hoch; doch Kalam kümmerte sich nicht darum, sondern lenkte den Hengst hinunter und hinaus in die Senke, gab ihm dann die Fersen und trieb ihn zum Galopp an.

Eineinhalb Längen voraus lag der Anlegeplatz Ladro, und dahinter, am Ufer eines Flusses, der nur zu bestimmten Jahreszeiten Wasser führte, die Festung Ladro. Kalam hatte nicht vor, dort zu bleiben, wenn es nicht unbedingt nötig war. Der Kommandant der Festung war ein Malazaner, genau wie seine Männer. Wenn es irgendwie möglich sein sollte, würde der Assassine einen Bogen um den schlimmsten Teil des Sturms schlagen, in der Hoffnung, jenseits der Festung wieder auf die Küstenstraße zurückkehren und seine Reise nach Süden zum Dorf Intesarm fortsetzen zu können.

Heulend ließ die gelbe Mauer links von Kalam den Horizont immer näher heranrücken. Die Hügel waren verschwunden. Der Himmel war von einer aufgeblähten Düsternis verhangen. Wild mit den Flügeln schlagend, flatterten fliehende Rhizan um ihn herum. Der Assassine zischte zwischen zusammengebissenen Zähnen einen Fluch hervor und trieb sein Pferd zum gestreckten Galopp.

Sosehr er auch Pferde grundsätzlich verabscheute, musste er doch zugeben, dass das Tier wunderbar war, wenn es sich in vollem Galopp befand; es schien förmlich über den Boden zu fliegen, mit einem Rhythmus, der Kalams geringen Fähigkeiten sehr entgegenkam. Er brachte dem Hengst schon beinahe so etwas wie Zuneigung entgegen.

Während er dahinpreschte, warf er einen Blick zur Seite und sah, dass die ersten Ausläufer des Sturms ihm bis auf weniger als hundert Schritt nahe gekommen waren. Er hatte keine Chance, ihm zu entkommen. Eine wirbelnde Woge aus aufgepeitschtem Sand kennzeichnete die Linie, an der der Wind auf den Boden traf. Kalam konnte faustgroße Felsbrocken in der dahinrollenden Brandung erkennen. Binnen weniger Minuten würde die Wand über ihm und dem Pferd zusammenschlagen. Die Luft war erfüllt vom Brüllen des Sturms.

Ein Stück voraus und auf einem Kurs, der sich mit seinem eigenen kreuzen würde, sah Kalam inmitten der ockerfarbenen Wolke einen grauen Fleck. Er warf sich im Sattel nach hinten, riss wild an den Zügeln. Der Hengst, plötzlich aus dem Rhythmus gebracht, wieherte schrill auf und trampelte unsicher mit den Hufen, während er mühsam zum Stehen kam.

»Wenn du auch nur ein bisschen Hirn hättest, würdest du mir danken«, zischte Kalam. Der graue Fleck war ein Schwarm Sandflöhe. Diese unersättlichen Insekten warteten auf Stürme wie diesen, um sich dann auf der Suche nach Beute von den Windböen tragen zu lassen. Das Schlimmste war, dass man sie von vorn nicht erkennen konnte; nur von der Seite waren sie sichtbar.

Gerade als der Schwarm vor ihnen vorbeizog, schlug der Sturm zu.

Der Hengst stolperte, als die Mauer über sie hinwegrollte. Die Welt um sie herum verschwand, verwandelte sich in einen kreischenden, wirbelnden ockergelben Schleier. Steine und Geröll prasselten auf sie herab, ließen den Hengst zusammenzucken und Kalam schmerzerfüllt ächzen. Der Assassine senkte den Kopf unter der Kapuze und lehnte sich gegen den Wind. Durch den Schlitz im Schleier seiner Telaba blinzelte er nach vorn, trieb sein Pferd an weiterzugehen. Er beugte sich über den Nacken des Tieres, streckte eine behandschuhte Hand aus und wölbte sie über dem linken Auge des Hengstes, um es vor Steinbrocken und Kieselsteinen zu schützen. Das war er dem Tier schuldig, schließlich hatte er es hierher und in diese Situation gebracht.

Sie tasteten sich vielleicht zehn Minuten lang weiter, ohne in der

Glocke aus aufgewirbeltem Sand etwas sehen zu können. Dann schnaubte der Hengst und bäumte sich auf. Unter ihnen erklangen knackende, knirschende Geräusche. Kalam blinzelte nach unten. Knochen. Überall lagen Knochen. Der Sturm hatte einen Friedhof freigelegt, etwas, das häufiger vorkam. Der Assassine brachte sein Pferd wieder unter Kontrolle und versuchte dann, in der ockergelben Düsternis etwas zu erkennen. Der Anlegeplatz Ladro musste ganz in der Nähe sein, doch er konnte nicht das Geringste sehen. Er trieb das Pferd vorwärts, und das Tier setzte vorsichtig Huf vor Huf, versuchte, nicht auf die Knochenhaufen zu treten.

Die Küstenstraße tauchte vor ihnen auf, und dazu die Wachhäuschen, die wahrscheinlich die Brücke flankierten. Das Dorf musste sich zu seiner Rechten befinden – *wenn der verdammte Sturm es nicht weggeblasen hat.* Hinter der Brücke lag die Festung Ladro.

Die beiden Wachhäuschen, die normalerweise je einem Wächter Schutz boten, gähnten leer, wie Augenhöhlen in einem riesigen Totenschädel.

Nachdem Kalam sein Pferd in den Stall gebracht und versorgt hatte, überquerte er den Hof; der Assassine musste sich gegen den Wind stemmen, und die Schmerzen in seinen Beinen ließen ihn bei jedem Schritt, den er dem Torhaus-Eingang der Festung näher kam, zusammenzucken. Er duckte sich in die Nische und war plötzlich zum ersten Mal seit Stunden nicht mehr mitten im Sturm. Vom Wind hereingewehte Häufchen aus feinem Sand lagen in den Ecken des Wachhauses, doch die stauberfüllte Luft war ruhig. Es war kein Wächter auf Posten; die einsame Steinbank war leer.

Kalam packte den schweren eisernen Ring an der Tür und hämmerte damit hart gegen das Holz. Er wartete. Schließlich hörte er, wie auf der anderen Seite die Riegel beiseite geschoben wurden. Knarrend schwang die Tür auf. Ein alter Küchendiener schaute ihn mit seinem einen gesunden Auge an.

»Kommt herein«, murmelte er. »Gesellt Euch zu den anderen.«

Kalam schob sich an dem alten Mann vorbei und stellte fest, dass er sich in einem großen Gemeinschaftsraum befand. Gesichter hatten sich ihm zugewandt, als er den Raum betreten hatte. Am hinteren Ende des großen Tisches, der sich über die ganze Länge des rechteckigen Zimmers hinzog, saßen vier Wächter, die zum hier stationierten Trupp gehörten. Es waren Malazaner, und sie sahen so aus, als hätten sie ziemlich üble Laune. Drei Krüge standen umgeben von Weinpfützen vor ihnen auf dem Tisch. Ihnen am nächsten war eine drahtige Frau mit tief in den Höhlen liegenden Augen, die neben den Wachen saß. Sie hatte ihr Gesicht in einer Weise bemalt, die eigentlich wesentlich jüngeren Mädchen vorbehalten bleiben sollte. Neben ihr saß ein Ehrlii, dem man sogleich den Kaufmann ansah und bei dem es sich höchstwahrscheinlich um ihren Ehemann handelte.

Kalam verbeugte sich vor den Anwesenden und trat an den Tisch heran. Ein anderer Diener, der nur wenige Jahre jünger sein konnte als der Türsteher, erschien mit einem neuen Krug und einem Glas; er wartete, bis sich der Assassine entschieden hatte, wo er sich hinsetzen wollte – gegenüber dem Händler-Pärchen. Er setzte das Glas ab und schenkte es Kalam halb voll, dann verschwand er wieder.

Der Händler lächelte Kalam als Willkommensgruß freundlich zu und entblößte dabei Zähne voller Durhang-Flecken. »Ihr kommt aus dem Norden?«

Der Wein war eine Art Kräutertrank, viel zu süß für dieses Klima. Kalam setzte das Glas mit finsterer Miene ab. »Gibt es hier kein Bier?«

Der Händler nickte heftig. »Doch, doch, und gut gekühlt, das muss man sagen. Aber leider ist nur der Wein umsonst, eine Liebenswürdigkeit unseres Gastgebers.«

»Kein Wunder, dass er umsonst ist«, murmelte der Assassine. Er winkte dem Diener. »Einen Krug Bier, wenn ich bitten darf.«

»Das kostet einen Splitter«, erwiderte der Diener.

»Das sind zwar die reinsten Wucherpreise, aber mein Durst ist zu groß.« Er fand einen abgeschnittenen Jakata in seiner Tasche und legte ihn auf den Tisch.

»Und, ist das Dorf ins Meer gefallen?«, fragte der Händler. »Wenn

Ihr von Ehrlitan heruntergekommen seid – wie steht's mit der Brücke?«

Kalam entdeckte auf dem Tisch vor der Frau des Kaufmanns einen kleinen Samtbeutel. Als er aufblickte, schaute er direkt in ihre tief liegenden Augen. Sie zwinkerte ihm auf schreckliche Weise zu.

»Er wird dir keine neuen Gerüchte erzählen, Berkru, mein Liebling. Er ist nur ein Fremder, der mitten aus dem Sturm gekommen ist; mehr wirst du von ihm nicht erfahren.«

Einer der Wächter hob den Kopf. »Ihr habt wohl etwas zu verbergen, was? Ihr reitet allein, bewacht keine Karawane? Seid Ihr vielleicht aus der Stadtgarde von Ehrlitan desertiert, oder verbreitet Ihr das Wort Dryjhnas, oder womöglich beides? Und dann kommt Ihr hierher, erwartet die Gastfreundschaft des Herrn – eines waschechten, gebürtigen Malazaners.«

Kalam betrachtete die Männer. Vier streitlustige Gesichter. Selbst wenn er versuchte, die Anschuldigungen des Sergeanten abzustreiten, würden sie ihm nicht glauben. Die Wächter hatten beschlossen, dass er ins Verlies gehörte – zumindest für diese Nacht; außerdem würde das die Langeweile vertreiben. Doch der Assassine war nicht daran interessiert, Blut zu vergießen. Er legte die Hände flach auf den Tisch und stand langsam auf. »Auf ein Wort, Sergeant«, sagte er. »Unter vier Augen.«

Das dunkle Gesicht des Mannes wurde zu einer hässlichen Grimasse. »Damit Ihr mir die Kehle durchschneiden könnt?«

»Glaubt Ihr denn, dass ich dazu in der Lage wäre?«, fragte Kalam scheinbar überrascht. »Ihr tragt ein Kettenhemd und ein Schwert an Eurem Gürtel. Ihr habt drei Kameraden, die ohne Zweifel nah genug bei Euch sein werden – und sei es nur, um zu versuchen, den Worten zu lauschen, die wir wechseln.«

Der Sergeant erhob sich. »Ich werde auch allein mit Euch fertig«, sagte er grollend. Er schritt zur rückwärtigen Wand des Raumes.

Kalam folgte ihm. Er zog einen kleinen Anhänger unter seiner Telaba hervor und hielt ihn hoch. »Erkennt Ihr das hier, Sergeant?«, fragte er sanft.

Vorsichtig beugte sich der Mann vor, um das Symbol zu betrachten, das in die flache Oberseite des Anhängers geprägt war. Als er es erkannte, wurde er blass. Seine Lippen formten unwillkürlich lautlos ein einziges Wort: »Meisterklaue.«

»Hört auf mit Euren Fragen und Anschuldigungen, Sergeant. Und verschweigt Euren Leuten, was Ihr gerade erfahren habt – zumindest so lange, bis ich wieder weg bin. Habt Ihr verstanden?«

Der Sergeant nickte. »Ich bitte um Vergebung, Herr«, flüsterte er.

Kalams Lippen kräuselten sich zu etwas, das einem Lächeln nahe kam. »Ihr habt allen Grund, Euch unbehaglich zu fühlen. Der Vermummte wird schon bald durch dieses Land schreiten, das wisst Ihr so gut wie ich. Heute habt Ihr Euch geirrt, aber bleibt weiter misstrauisch. Ist dem Kommandeur dieser Festung klar, was außerhalb seiner Mauern vorgeht?«

»Ja, das ist ihm klar.«

Der Assassine seufzte. »Dann gehört Ihr und Euer Trupp zu den Glücklicheren, Sergeant.«

»Ja.«

»Wollen wir uns jetzt wieder an den Tisch setzen?«

Der Sergeant beantwortete die fragenden Blicke seiner Männer mit einem stummen Kopfschütteln.

Als Kalam sich wieder zu seinem Bier setzte, griff die Frau des Händlers nach dem Samtbeutel. »Die Soldaten haben mich gebeten, einen Blick in ihre Zukunft zu werfen«, sagte sie und zog einen Satz Drachenkarten aus dem Beutel. Sie nahm den Stapel in beide Hände und starrte den Assassinen an, ohne zu blinzeln. »Was ist mit Euch, Fremder? Wollt Ihr auch wissen, was die Zukunft für Euch bereithält? Wollt Ihr wissen, welche Götter auf Euch herablächeln – und welche Euch mit einem Stirnrunzeln …«

»Die Götter haben wenig Zeit oder Neigung, uns zur Kenntnis zu nehmen«, sagte Kalam geringschätzig. »Lasst mich also mit Euren Spielchen in Ruhe, Weib.«

»Ihr habt also den Sergeanten eingeschüchtert«, sagte sie lächelnd, »und jetzt versucht Ihr, mich ebenfalls einzuschüchtern. Könnt Ihr die Furcht sehen, die Eure Worte in mir erweckt haben? Ich zittere vor Entsetzen.«

Mit einem angewiderten Schnauben wandte Kalam den Kopf ab.

Jemand hämmerte vehement gegen die Vordertür; das Geräusch dröhnte laut durch den Gemeinschaftsraum.

»Noch mehr geheimnisvolle Reisende!«, kicherte die Frau.

Alle Anwesenden schauten zu, wie der Türsteher aus einem Nebenzimmer auftauchte und zur Tür schlurfte. Wer auch immer dort draußen wartete – er oder sie war ungeduldig. Weitere donnernde Schläge hallten gebieterisch durch den Raum, als der alte Mann eben nach dem Riegel greifen wollte.

Kaum hatte er den Riegel zurückgezogen, wurde die Tür kraftvoll aufgestoßen. Der Türsteher stolperte ein paar Schritte zurück. Zwei gepanzerte Gestalten tauchten auf; die vordere war eine Frau. Metall klirrte und Stiefel dröhnten, als sie in die Mitte des Zimmers marschierte. Glanzlose Augen richteten sich zunächst auf die Wachen, dann auf die anderen Gäste. Ihr Blick blieb kurz an jeder der anwesenden Personen hängen, bevor er zur nächsten weiterwanderte. Kalam hatte nicht den Eindruck, dass sie besonderes Interesse an ihm gezeigt hätte.

Die Frau musste einmal einen militärischen Dienstgrad innegehabt haben; sie hatte ihn vielleicht immer noch, obwohl nichts an ihrer Ausrüstung oder Kleidung ihren gegenwärtigen Status verriet. Auch der Mann hinter ihr trug nichts, was einer Uniform gleichgekommen wäre.

Kalam sah Schwellungen in den Gesichtern der Neuankömmlinge und lächelte still in sich hinein. Sie waren in die Wolke aus Sandflöhen geraten, und sie sahen nicht so aus, als hätte es ihnen gefallen. Der Mann zuckte plötzlich zusammen, als ein Floh ihn irgendwo unter der Halsbeuge biss, und begann fluchend, die Schnallen seiner Rüstung zu öffnen.

»Nein«, schnappte die Frau.

Der Mann hielt inne.

Sie war eine Pardu, Mitglied eines Stammes von den Steppen im

Süden. Ihr Begleiter sah aus, als käme er von weiter aus dem Norden, möglicherweise war er ein Ehrlii. Seine Hautfarbe war ebenfalls dunkel, jedoch etwas heller als die der Frau, und er hatte keinerlei Stammestätowierungen.

»Beim Atem des Vermummten!«, knurrte der Sergeant die Frau an. »Keinen Schritt näher! Ihr wimmelt beide nur so von Sandflöhen! Setzt euch ans andere Ende des Tisches. Einer unserer Diener wird für euch ein Bad mit Zeder-Spänen zubereiten. Das wird euch allerdings eine Kleinigkeit kosten.«

Einen Augenblick lang schien es, als wollte die Frau sich den Anweisungen widersetzen – doch dann wies sie mit einer behandschuhten Hand auf das freie Ende des Tischs, und ihr Gefährte reagierte, indem er zwei Stühle dorthin zog; auf einem davon ließ er sich anschließend nieder. Die Pardu nahm den anderen. »Einen Krug Bier«, sagte sie.

»Der Herr des Hauses wird Euch dafür etwas berechnen«, sagte Kalam und lächelte die Pardu sarkastisch an.

»Beim Schicksal der Sieben! Dieser schäbige Bastard – he, du da ... Diener! Bring mir einen Krug, und ich werde prüfen, ob das Bier sein Geld wert ist. Los, mach schon!«

»Das Weib hält das hier wohl für ein Gasthaus«, sagte einer der Wächter.

»Ihr seid nur auf Grund des Wohlwollens des Kommandeurs dieser Festung hier«, ergriff jetzt der Sergeant das Wort. »Ihr werdet für das Bier bezahlen, Ihr werdet für das Bad bezahlen – und Ihr werdet dafür bezahlen, auf diesem Fußboden schlafen zu dürfen.«

»Und das soll Wohlwollen sein?«

Das Gesicht des Sergeanten lief dunkel an – er war Malazaner, und außerdem befand sich eine Meisterklaue im Raum. »Die vier Wände, das Dach, der Herd und die Benutzung des Stalls sind umsonst, Weib. Ihr beklagt Euch, als wärt Ihr eine jungfräuliche Prinzessin – akzeptiert die Gastfreundschaft, die Euch gewährt wird, oder verschwindet.«

Die Frau kniff die Augen zusammen, dann holte sie eine Hand

voll Jakatas aus einer Tasche an ihrem Gürtel und knallte sie auf den Tisch. »Ich vermute fast«, sagte sie sanft, »dass Euer großzügiger Herr sogar das Bier berechnet, das Ihr trinkt, Sergeant. So wie es aussieht, habe ich gar keine andere Wahl, als allen Anwesenden einen Krug Bier zu spendieren.«

»Das ist großzügig«, sagte der Sergeant und nickte steif.

»Und jetzt soll die Zukunft offenbart werden«, sagte die Frau des Händlers und legte dabei die Karten aus.

Kalam bemerkte, dass die Pardu zusammenzuckte, als sie die Karten sah.

»Verschont uns«, sagte der Assassine. »Es ist kein Gewinn, zu wissen, was kommt – wenn wir einmal davon ausgehen, dass Ihr überhaupt so etwas wie Talent besitzt, was ich doch stark bezweifeln möchte. Erspart uns also die Peinlichkeit, Eure Vorstellung mit ansehen zu müssen.«

Die alte Frau ignorierte ihn und setzte sich so hin, dass sie die Wächter anschaute. »Euer aller Schicksal beruht auf ... dem hier!« Sie legte die erste Karte aus.

Kalam ließ ein bellendes Lachen hören.

»Welche Karte ist es?«, wollte einer der Wächter wissen.

»Obelisk«, sagte Kalam. »Die Frau ist eine Schwindlerin. Jeder Seher, jede Seherin mit einem Hauch von Talent würde wissen, dass diese Karte im Reich der Sieben Städte unwirksam ist.«

»Ihr seid wohl ein Experte, was Vorhersagen betrifft, wie?«, giftete die alte Frau.

»Vor jeder größeren Reise über Land besuche ich einen angesehenen Seher«, erwiderte Kalam. »Es nicht zu tun wäre ziemlich dumm. Ich kenne die Drachenkarten, und ich habe gesehen, wann eine Deutung echt war, wann eine Macht ihre Hand gezeigt hat. Ohne Zweifel wolltet Ihr diesen Wächtern Geld abknöpfen – nach dem Lesen, nachdem Ihr ihnen erzählt hättet, wie reich sie werden würden, welch hohes Alter sie erreichen würden, was für Helden aus ihren Söhnen werden würden ...«

Ihr Gesichtsausdruck zeigte, dass die Scharade endgültig vorbei war, als die Frau voller Wut aufkreischte und Kalam den Kartenstapel entgegenschleuderte. Die Karten trafen ihn an der Brust, fielen dann auf die Tischplatte – und blieben dort in einem Muster liegen.

Die Pardu stieß zischend die Luft aus. Von diesem Geräusch einmal abgesehen, wurde es in dem Gemeinschaftsraum auf einmal sehr still.

Urplötzlich brach Kalam der Schweiß aus. Er schaute hinunter auf die Karten. Sechs von ihnen umgaben eine siebte, und diese einzelne siebte Karte war seine, das wusste er mit absoluter Sicherheit. *Das Seil, der Assassine des Schattens.* Die sechs Karten darum herum gehörten alle zum gleichen Haus. *König, Herold, Steinmetz, Weber, Ritter, Königin ... das Hohe Haus Tod, das Haus des Vermummten, alle aufgereiht ... um den Einen, der das Heilige Buch Dryjhnas mit sich führt.* »Tja, nun«, seufzte Kalam und warf der Pardu einen Blick zu, »ich nehme an, heute Nacht werde ich allein schlafen.«

Hauptmann Lostara Yl von den Roten Klingen und ihr Begleiter waren die Letzten, die die Feste Ladro verließen – mehr als eine Stunde, nachdem der Mann, hinter dem sie her waren, auf seinem Hengst aufgebrochen und durch die Staubschleier, die der Sandsturm hinter sich zurückgelassen hatte, nach Süden weitergeritten war.

Es war in Anbetracht der Umstände leider unvermeidbar gewesen, Kalam so nahe zu kommen, doch so gut er auch darin war, andere zu täuschen – Lostara war genauso gut. Prahlen konnte eine gute Tarnung sein, Arroganz eine Maske, hinter der sich eine weitaus tödlichere Selbstsicherheit verstecken ließ.

Die Art und Weise, wie die Drachenkarten sich auf der Tischplatte verteilt hatten, das Muster, das sie gebildet hatten, hatte Lostara einiges enthüllt – nicht nur über Kalam und seine Mission, sondern auch über seine Mitverschwörer. Über den Sergeanten der Wachtruppe etwa, den sein Gesichtsausdruck verraten hatte – ein weiterer malazanischer Soldat, der bereit war, seine Imperatrix zu hintergehen. Anscheinend hatte Kalam doch nicht so zufällig in der Festung Halt gemacht, wie es zunächst den Anschein gehabt hatte.

Lostara war gerade dabei, sich um die Pferde zu kümmern, als ihr Kamerad aus dem Innern der Festung auftauchte. Sie drehte sich zu ihm um. Der Mann grinste sie an. »Ihr wart gründlich, wie immer«, sagte er. »Aber der Kommandant hat mir eine lustige Jagd geliefert. Ich habe ihn unten im Gewölbe gefunden. Er war gerade dabei, in eine fünfzig Jahre alte Rüstung zu steigen. Es scheint, als wäre er in seiner Jugend sehr viel dünner gewesen.«

Lostara schwang sich in den Sattel. »Und es atmet wirklich keiner mehr? Du bist sicher, dass du alle genau untersucht hast? Was ist mit den Dienern im hinteren Korridor? Ich hatte es vielleicht ein wenig eilig.«

»Ihr habt niemanden zurückgelassen, dessen Herz noch schlagen würde, Hauptmann.«

»Sehr gut. Steig auf. Das Pferd dieses Assassinen wird die hier noch umbringen ... Wir sollten uns in Intesarm frische Pferde besorgen.«

»Falls es Baralta gelungen ist, alles vorzubereiten.«

Lostara musterte ihren Begleiter. »Du solltest Baralta vertrauen«, sagte sie kühl. »Und froh sein, dass ich dieses Mal deine Skepsis für mich behalten werde.«

Der Mann nickte mit zusammengepressten Lippen. »Ich danke Euch, Hauptmann.«

Dann ritten die beiden die Straße entlang, die von der Festung wegführte. Sobald sie die Küstenstraße erreichten, wandten sie sich nach Süden.

Das gesamte Hauptstockwerk des Klosters war kreisförmig um einen einzelnen Raum herum angelegt, in dem sich eine steinerne Wendeltreppe befand, die in die Dunkelheit hinabführte. Mappo kauerte sich an der Treppe hin.

»Ich nehme an, die hier führt ins Gewölbe.«

»Wenn ich mich richtig erinnere«, sagte Icarium, der noch in der Nähe des Eingangs stand, »ist es bei den Nonnen der Königin der Träume Brauch, die Leichen ihrer Mitschwestern einfach in Leintücher einzuwickeln und auf Gesimsen aufzubahren, die an den Wänden der Gruft ausgespart wurden. Hast du Interesse daran, Leichname zu untersuchen?«

»Nein, eigentlich nicht«, erwiderte der Trell. Er richtete sich mit einem leisen Ächzen auf. »Es ist nur so, dass die Stufen unterhalb des Bodenniveaus aus einem ganz anderen Gestein bestehen.«

Icarium zog eine Braue hoch. »Tatsächlich?«

»Das Stockwerk, in dem wir uns befinden, ist aus natürlichem Fels herausgehauen worden – aus dem Kalkstein der Klippen. Er ist ziemlich weich. Aber das da unten sind Granitblöcke. Ich glaube, dass die Gruft unter uns ein älteres Gewölbe ist. Oder aber die Nonnen und ihr Kult sind der Ansicht, dass die Wände einer Gruft und ihr Zugang geschmückt werden müssen, während das bei den Räumen, in denen man lebt, nicht der Fall ist.«

Der Jhag schüttelte den Kopf und trat näher. »Das würde mich überraschen. Die Königin der Träume ist dem Leben zugewandt. Nun gut, wollen wir das Gewölbe erforschen?«

Mappo stieg als Erster hinab. Keiner von ihnen benötigte künstliches Licht; die Dunkelheit unter ihnen war für sie kein Hindernis. Auf den Stufen der Wendeltreppe zeigten sich die Überreste von Marmorfliesen, doch die meisten waren von den vielen Füßen, die vor langer Zeit über sie hinweggeschritten waren, zerstört. Der harte Granit darunter hatte hingegen der Erosion widerstanden.

Die Stufen führten tiefer und tiefer hinab. Mit der siebzigsten endete die Treppe in der Mitte eines achteckigen Raums. Alle acht Wände waren mit Friesen geschmückt, deren unzählige Grauschattierungen auf ihre Farbenpracht hindeuteten. Außer an der Stelle, wo sich die Wendeltreppe befand, war der Fußboden förmlich durchlöchert mit rechteckigen Vertiefungen; die Fliesen waren zerschnitten und die darunter liegenden Granitblöcke entfernt worden. Diese Blöcke waren jetzt an einer Stelle aufgeschichtet, hinter der sich ganz offensichtlich ein Durchgang befand. In jeder Vertiefung lag ein verhüllter Leichnam.

Die Luft war trocken und roch nach nichts.

»Diese Bilder gehören nicht zum Kult der Königin«, sagte Mappo. Es war offensichtlich, denn die Szenen an den Wänden zeigten einen finsteren Mythos. Dicke, moosbewachsene Tannenstämme reckten sich an allen Seiten in die Höhe. Man hatte beinahe den Eindruck, man befände sich auf einer Lichtung mitten in einem alten Wald. Zwischen den Stämmen konnte man hier und da schemenhaft ungeschlachte, vierbeinige Tiere erkennen, deren Augen leuchteten, als würden sie das Mondlicht reflektieren.

Icarium hockte sich hin und strich mit einer Hand über einige der noch vorhandenen Fliesen. »Dieser Fußboden hat einst ein Muster aufgewiesen«, sagte er, »bevor die Arbeiter der Nonnen Gräber in ihn eingelassen haben. Schade.«

Mappo warf einen Blick zu dem blockierten Durchgang hinüber. »Wenn es hier unten Antworten auf diese Rätsel gibt, dann liegen sie hinter dieser Barrikade.«

»Hast du deine Kraft inzwischen wiedererlangt, mein Freund?«

»Es müsste genügen.« Der Trell ging zu der Barriere und packte den obersten Block. Als er ihn in seine Arme abkippen ließ, stieß er ein überraschtes Grunzen aus und begann zu schwanken. Icarium eilte zu ihm, um ihm zu helfen, den Granitblock auf dem Fußboden abzusetzen. »Beim Atem des Vermummten! Der ist viel schwerer, als ich gedacht hatte!«

»Das habe ich gemerkt. Sollen wir es zusammen angehen?«

Zwanzig Minuten später hatten sie genug Blöcke beiseite geräumt, um eine Öffnung zu schaffen, durch die sie in den hinter der Barriere liegenden Korridor gelangen konnten. Die letzten fünf Minuten hatten sie Publikum gehabt, denn eine Horde Bhok'arala war plötzlich auf der Wendeltreppe erschienen; die kleinen Wesen hatten sich ans Geländer geklammert und die Anstrengungen der beiden Gefährten stumm verfolgt. Doch als sich zunächst Mappo und dann Icarium durch die Öffnung zwängten, folgten die Bhok'arala ihnen nicht.

Vor ihnen erstreckte sich ein Korridor – eigentlich ein breiter Säulengang –, der von Zwillingssäulen gesäumt wurde, die nichts anderes waren als die Stümpfe von Zedern. Jeder Stamm maß mindestens eine Armspanne im Durchmesser. Sogar die zottige, gefurchte Rinde war noch zu sehen, auch wenn der größte Teil abgefallen war und nun auf dem Boden lag.

Mappo legte die Hand an eine der hölzernen Säulen. »Stell dir nur mal den Aufwand vor, die Stämme hier herunterzubringen.«

»Das ist mit Hilfe eines Gewirrs geschehen«, sagte Icarium schnüffelnd. »Die Rückstände sind noch immer hier, selbst nach all diesen Jahrhunderten.«

»Nach all diesen *Jahrhunderten*? Kannst du spüren, welches Gewirr es war, Icarium?«

»Ein Älteres Gewirr. Kurald Galain. Das Gewirr der Dunkelheit.«

»Das Gewirr der Tiste Andii? In der Geschichte des Reichs der Sieben Städte, zumindest soweit ich sie kenne, ist nirgends die Rede davon, dass es Tiste Andii auf diesem Kontinent gegeben haben soll. Genauso wenig wie in meiner Heimat, auf der anderen Seite der Jhag-Odhan. Bist du dir sicher? Das ergibt alles keinen rechten Sinn.«

»Ich bin mir *nicht* sicher, Mappo. Es *fühlt sich an* wie Kurald Galain, das ist alles. Das *Gefühl* von Dunkelheit. Es ist weder Omtose Phellack noch Tellann. Und auch nicht Starvald Demelain. Und ein anderes Älteres Gewirr kenne ich nicht.«

»Ich auch nicht.«

Ohne ein weiteres Wort gingen die beiden weiter.

Nach Mappos Zählung endete der Korridor sechshundertunddreißig Schritte später; er mündete in ein weiteres achteckiges Zimmer, doch lag bei diesem der Fußboden eine Handbreit höher als der des Korridors. Auch die Fliesen waren achteckig, und in jede einzelne Fliese waren einst Bilder eingraviert gewesen, die mit Kratzern und Scharten verunstaltet worden waren, die wie der Versuch wirkten, alles völlig willkürlich und in einem Ausbruch von Raserei zu vernichten.

Der Trell stand an der Schwelle zu dem Raum und spürte, wie sich seine Nackenhaare aufstellten. Icarium war dicht neben ihm.

»Ich schlage vor«, sagte der Jhag, »dieses Zimmer nicht zu betreten.«

Mappo grunzte zustimmend. Die Luft stank nach Zauberei, sie roch alt, abgestanden, feucht und nach gewaltiger Macht. Von den Bodenfliesen, den Bildern, die in sie eingeritzt waren, und den Wunden, die viele dieser Bilder jetzt trugen, flutete Magie wie Hitzewellen zu ihnen heran.

Icarium schüttelte nachdenklich den Kopf. »Wenn das Kurald Galain ist, dann ist sein Aroma mir unbekannt. Es ist ... verdorben worden.«

»Von den Kratzern?«

»Möglicherweise. Aber der Gestank, der von den Krallenspuren ausgeht, unterscheidet sich von dem, der von den Fliesen selbst aufsteigt. Ist er dir vertraut, Mappo? Bei Dessembraes sterblichen Tränen, das sollte er nämlich sein!«

Der Trell schielte auf die ihm am nächsten liegende zerkratzte Fliese. Seine Nasenflügel bebten. »Wechselgänger. Vielwandler. Das Aroma der Gestaltwandler. Natürlich.« Er stieß ein bellendes Lachen aus, das in dem Gemach widerhallte. »Der Pfad der Hände, Icarium. Das Tor – es ist hier!«

»Ich glaube, es ist mehr als nur ein Tor«, erwiderte Icarium. »Schau dir die Bilder an, die nicht beschädigt sind. Woran erinnern sie dich?«

Mappo hatte eine Antwort auf diese Frage. Er musterte den Raum mit wachsender Gewissheit, doch die Erkenntnis, die ihm der Anblick bot, beantwortete nichts, sondern führte nur zu weiteren Fragen. »Ich sehe die Ähnlichkeit, aber da ist auch eine ... eine Unähnlichkeit. Und was noch verwirrender ist, ich kann mir keine mögliche Verbindung vorstellen ...«

»Nein, solche Antworten gibt es hier nicht«, sagte Icarium. »Wir müssen zu jenem Ort gehen, den wir zuerst finden wollten, Mappo. Wir kommen der Erklärung näher – da bin ich mir ganz sicher.«

»Icarium, glaubst du, dass Iskaral Pustl sich auf weitere Besucher vorbereitet? Wechselgänger und Vielwandler – die bevorstehende

Öffnung des Tores. Ist er – und somit in letzter Konsequenz das Schattenreich – das eigentliche Zentrum dieser Konvergenz?«

»Ich weiß es nicht. Wir sollten ihn fragen.«

Sie traten von der Schwelle zurück.

»Wir kommen der Erklärung näher.« Fünf Worte, die in Mappo Entsetzen aufsteigen ließen. Er fühlte sich wie ein Hase im Schussfeld eines meisterhaften Bogenschützen, wo es so hoffnungslos war, in irgendeine Richtung zu fliehen, dass er wie versteinert auf der Stelle verharrte. Er stand an der Seite von Kräften, die seinen Verstand erschütterten, Kräften der Vergangenheit und Kräften der Gegenwart. *Die Namenlosen mit ihren Anweisungen und Andeutungen und Visionen, ihren verhüllten Absichten und verschleierten Wünschen. Kreaturen von ehrwürdigem Alter, wenn die Legenden der Trell auch nur einen Hauch Wahrheit enthalten. Und Icarium. Oh, teurer Freund, ich kann dir nichts erzählen. Mein Fluch ist es, auf jede deiner Fragen schweigen zu müssen, und meine Hand, die ich dir wie einem Bruder biete, wird dich nur noch tiefer in die Irre führen. All dies tue ich im Namen der Liebe auf meine eigenen Kosten … Und was für Kosten sind das!*

Die Bhok'arala warteten an der Treppe auf sie und folgten den beiden Männern in sicherem Abstand hinauf zur Hauptebene.

Sie fanden den Hohepriester in dem Vestibül, das er als Schlafzimmer benutzte. Er war gerade damit beschäftigt, einen geflochtenen Abfallbehälter mit verfaulten Früchten, toten Fledermäusen und zerstückelten Rhizan zu füllen, und murmelte dabei pausenlos vor sich hin. Als Mappo und Icarium im Eingang des Raumes stehen blieben, warf er ihnen über die Schulter hinweg einen finsteren Blick zu.

»Wenn diese verkommenen Affen euch folgen, sollen sie sich bloß vor meinem Zorn in Acht nehmen«, zischte Iskaral. »Ganz egal, welches Zimmer ich mir aussuche, sie bestehen darauf, es als Aufbewahrungsort für ihre widerlichen Hinterlassenschaften zu benutzen. Meine Geduld ist zu Ende! Sie machen sich auf eigene Gefahr über einen Hohepriester des Schattens lustig!«

»Wir haben das Tor gefunden«, sagte Mappo.

Iskaral hielt nicht einen Augenblick in seiner Tätigkeit inne. »Oh, habt ihr das wirklich? Narren! Nichts ist so, wie es scheint. Ein Leben gegeben für eines, das genommen. Ihr habt jeden Winkel, jede Ritze erforscht, was? Dummköpfe! Solch übertriebene Prahlerei ist nichts anderes als das Banner der Ignoranz. Ihr wedelt mit ihm herum und erwartet, dass ich mich vor Angst ducke? Hah! Ich habe meine Geheimnisse, meine Pläne, meine Absichten. Iskaral Pustls labyrinthischer Genius kann von euresgleichen nicht ergründet werden. Seht euch doch an. Zwei uralte Wanderer auf dieser sterblichen Erde. Warum seid ihr nicht aufgestiegen wie die anderen? Ich werde es euch sagen. Langlebigkeit verleiht nicht einfach so ohne weiteres Weisheit. O nein, ganz und gar nicht. Ich vertraue darauf, dass ihr jede Spinne tötet, die ihr entdeckt. Hoffentlich tut ihr es auch, denn das ist der Pfad zur Weisheit. O ja, in der Tat, das ist der Pfad!

Bhok'arala haben kleine Gehirne. Winzige Hirne in ihren winzigen runden Schädeln. Sie sind verschlagen wie Ratten, mit Augen wie glänzend schwarze Steine. Einmal habe ich vier Stunden lang in die Augen eines Bhok'aral gestarrt, und er in meine. Kein einziges Mal habe ich den Blick abgewendet, o nein, denn dies war ein Wettstreit, und zwar einer, den ich nicht verlieren würde. Vier Stunden lang, Auge in Auge, so nah, dass ich seinen fauligen Atem riechen konnte und er den meinen. Wer würde gewinnen? Die Antwort lag im Schoß der Götter.«

Mappo warf Icarium einen Blick zu und räusperte sich dann. »Und wer, Iskaral Pustl, hat schließlich diesen … diesen Kampf des Geistes gewonnen?«

Iskaral Pustl starrte Mappo anzüglich an. »Schaut euch denjenigen an, der in seiner Sache nicht schwankend wird, gleichgültig, wie abgeschmackt und irrelevant sie auch sein mag, und ihr werdet in ihm das Wesen der Dummheit finden. Der Bhok'aral hätte für immer und ewig in meine Augen starren können, denn hinter ihnen war keine Intelligenz. Hinter seinen Augen, meine ich. Es war der Beweis meiner Überlegenheit, dass ich woanders Ablenkung gefunden habe.«

»Habt Ihr vor, die Vielwandler und Wechselgänger zu dem Tor dort unten zu führen, Iskaral Pustl?«

»Ungehobelt sind die Trell, entschlossen, blindlings voranzustolpern, und ungestüm in ihrer stolpernden Entschlossenheit. Wie ich schon gesagt habe. Ihr wisst nichts von den Geheimnissen, die hiermit verwoben sind, nichts von den Plänen Schattenthrons, von den vielen Geheimnissen der Grauen Feste, jenes Verschleierten Hauses, in dem sich der Thron der Schatten befindet. Aber ich weiß davon. Mir ist als Einzigem unter allen Sterblichen die Wahrheit offenbart worden. Mein Gott ist großzügig, mein Gott ist weise, und so verschlagen wie eine Ratte. Spinnen müssen sterben. Die Bhok'arala haben meinen Besen gestohlen, und ich stelle euch beiden, meinen Gästen, eine Aufgabe. Icarium und Mappo Trell, berühmte Wanderer auf dieser Welt, ich betraue euch mit dieser gefährlichen Aufgabe: Findet meinen Besen!«

Als sie wieder draußen im Korridor standen, seufzte Mappo. »Nun, das war fruchtlos. Was sollen wir jetzt tun, mein Freund?«

Icarium schien überrascht. »Das sollte doch wohl offensichtlich sein, Mappo. Wir müssen uns dieser gefahrvollen Aufgabe stellen. Wir müssen Iskaral Pustls Besen suchen.«

»Wir haben dieses Kloster bereits erforscht, Icarium«, sagte der Trell müde. »Und ich habe dabei keinen Besen gesehen.«

Die Mundwinkel des Jhag zuckten leicht. »Erforscht? Jeden Winkel, jede Ritze? Nun, das glaube ich nicht. Zunächst einmal wird uns unser Weg jedoch in die Küche führen. Wir müssen uns für unsere bevorstehenden Untersuchungen rüsten.«

»Meinst du das wirklich ernst?«

»Aber natürlich.«

Die Fliegen stachen in der Hitze. Sie waren so übel gelaunt wie alle anderen Lebewesen unter der glühenden Sonne. Bis zum Mittag bevölkerten die Menschen Hissars Brunnen, drängten sich Schulter an Schulter in dem lauwarmen, trüben Wasser zusammen, ehe sie sich in den Schatten ihrer Häuser zurückzogen, wo es kühler war. Es war kein Tag, an dem man nach draußen ging, und Duiker starrte böse vor sich hin, während er eine weite, leicht gewobene Telaba überstreifte. Bult wartete an der Tür.

»Warum kann das hier nicht im Mondlicht stattfinden?«, murmelte der Historiker. »Kühle Nachtluft, Sterne am Himmel, und alle Geister schauen herab. *Das* würde den Erfolg sicherstellen.«

Bults sardonisches Grinsen machte die Sache auch nicht besser. Duiker zog den Gürtel seines Gewandes fest und drehte sich zu dem grauhaarigen Veteranen um. »Nun gut, dann weist mir den Weg, Onkel.«

Das Grinsen des Wickaners wurde noch breiter, die riesige Narbe wurde noch tiefer, bis es so aussah, als zeige sein Gesicht zwei Lächeln statt einem.

Draußen wartete Kulp mit den Pferden; er hockte auf seinem kleinen, robust aussehenden Reittier. Duiker empfand eine Art perverser Befriedigung, als er den verdrossenen Gesichtsausdruck des Kader-Magiers bemerkte.

Sie ritten durch fast völlig leere Straßen. Es war Marrok – früher Nachmittag, die Zeit, in der Menschen im Vollbesitz ihrer geistigen Kräfte sich in die Häuser zurückzogen und warteten, bis die schlimmste Sommerhitze vorbei war. Der Historiker hatte sich angewöhnt, während Marrok ein Nickerchen zu machen; er fühlte sich missmutig und viel zu verstimmt, um an Sormos Ritual teilzunehmen. Waerlogas waren dafür berüchtigt, sich unschicklich zu verhalten und den gesunden Menschenverstand absichtlich zu verwirren. *Allein weil es der Verteidigung des Anstands gedient hat, sollte man der Imperatrix die Hinrichtungen nicht so übel nehmen.* Duiker zog eine Grimasse – das war allerdings eine Meinung, die man in Hörweite eines Wickaners besser nicht in Worte fassen sollte.

Sie erreichten den Nordrand der Stadt und ritten ungefähr eineinhalb Längen auf einem Küstenpfad weiter, ehe sie landeinwärts abbogen, hinein in die unfruchtbaren Weiten der Odhan. Die Oase, der sie sich eine Stunde später näherten, war tot, die Quelle schon lange ausgetrocknet. Eine Reihe vertrockneter, knorriger Zedern, die sich aus einem Teppich umgestürzter Palmen erhoben, war alles, was von einem Ort übrig geblieben war, der einst ein üppiger, natürlicher Garten inmitten des Sandes gewesen war.

Sie lenkten ihre Pferde näher heran, und sogleich erwachte Duikers Neugier, denn in und auf vielen der Bäume waren fremdartige Gegenstände zu sehen.

»Sind das da oben in den Bäumen Hörner?«, fragte Kulp.

»Ich glaube, sie stammen von Bhederin«, erwiderte der Historiker. »Sie wurden in eine Astgabel gequetscht, und dann ist der Baum weitergewachsen, sodass sie tief im Holz eingeschlossen wurden. Diese Bäume waren wahrscheinlich schon tausend Jahre alt, als das Wasser verschwunden ist.«

Der Magier grunzte. »Die hätten eigentlich längst gefällt sein müssen, so nahe bei Hissar.«

»Die Hörner sind eine Warnung«, erklärte Bult. »Dies war heiliger Boden. Früher, vor langer Zeit. Und Erinnerungen sterben nicht.«

»Das sollten sie auch nicht tun«, murmelte Duiker. »Sormo sollte sich von dem heiligen Sand fern halten und ihn nicht eigens aufsuchen. Wenn dieser Ort über eine besondere Kraft verfügt, dann ist es wahrscheinlich eine, die einem wickanischen Waerloga feindlich gesonnen ist.«

»Ich habe schon vor langer Zeit gelernt, Sormo E'naths Urteil zu vertrauen, Historiker. Ihr tätet gut daran, es ebenfalls zu tun.«

»Wer jedermanns Urteil vertraut, ist ein armseliger Gelehrter«, erwiderte Duiker. »Sogar und vielleicht ganz besonders, wenn es das eigene Urteil ist.«

»›Ihr bewegt Euch auf unsicherem Grund‹«, sagte Bult seufzend und grinste den Historiker einen Augenblick später wieder breit an. »Das würden zumindest die Einheimischen sagen.«

»Und was würden die Wickaner sagen?«, fragte Kulp.

In Bults Augen glitzerte der Schalk. »Nichts. Weise Worte sind wie Pfeile, die auf deine Stirn zielen. Was würdest du tun? Dich ducken, natürlich, was sonst? Diese Wahrheit kennt ein Wickaner von dem Tag an, da er reiten lernt – lange bevor er laufen lernt.«

Sie entdeckten den Waerloga auf einer Lichtung. Der angewehte Sand war beiseite gefegt und dadurch ein unebener, verschlungener Backsteinboden freigelegt worden – das war alles, was von einem wie auch immer gearteten Bauwerk übrig geblieben war. In den Fugen zwischen den Steinen glitzerten Obsidian-Splitter.

Kulp stieg von seinem Pferd und musterte Sormo, der genau in der Mitte des Ziegelbodens stand, die Hände in den weiten Ärmeln seines Gewandes verborgen. Er verjagte eine Fliege. »Was soll das hier sein? Ein längst vergessener alter Tempel?«

Der junge Wickaner blinzelte träge. »Meine Helfer sind zu dem Schluss gekommen, dass es einst ein Stall war. Dann sind sie gegangen, ohne ihre Meinung weiter auszuführen.«

Kulp warf Duiker einen finsteren Blick zu. »Ich verabscheue diesen wickanischen Humor.«

Sormo winkte sie näher heran. »Ich habe die Absicht, mich dem geheiligten Aspekt dieses Kheror zu öffnen – so nennen wir Wickaner einen heiligen Ort, der zu den Himmeln hin offen ist …«

»Seid Ihr wahnsinnig?« Kulp war totenblass geworden. »Diese Geister werden Euch die Kehle herausreißen, mein Junge. Sie sind den Sieben …«

»Nein, das sind sie *nicht*«, unterbrach ihn der Waerloga. »Die Geister in diesem Kheror wurden in einer Zeit lange vor den Sieben beschworen. Sie sind ein Teil dieses Landes, und wenn Ihr sie mit irgendetwas Bekanntem in Verbindung bringen wollt, dann muss es Tellann sein.«

»Bei der Gnade des Vermummten«, stöhnte Duiker. »Wenn es sich tatsächlich um Tellann handelt, dann werdet Ihr es mit den T'lan Imass zu tun haben, Sormo. Und die untoten Krieger haben der Imperatrix und allem, was mit dem Imperium zu tun hat, seit der Ermordung des alten Imperators den Rücken gekehrt.«

Die Augen des Waerloga leuchteten. »Habt Ihr Euch eigentlich jemals gefragt, warum?«

Der Historiker klappte den Mund zu. Was diese Angelegenheit betraf, hatte er seine eigenen Theorien, doch sie laut auszusprechen – wem gegenüber auch immer – wäre Verrat gleichgekommen.

Kulps trockene, an Sormo gerichtete Frage riss Duiker aus seinen Gedanken. »Hat Imperatrix Laseen Euch mit dieser Aufgabe betraut? Seid Ihr hier, um einen Sinn in zukünftigen Ereignissen zu suchen, oder ist das nur eine Finte?«

Bult hatte ein paar Schritte von ihnen entfernt gestanden und bisher geschwiegen, doch jetzt zischte er: »Wir brauchen keinen Seher, um das herauszufinden, Magier.«

Der Waerloga breitete die Arme aus. »Bleibt dicht bei mir«, sagte er zu Kulp; dann richtete er den Blick auf den Historiker. »Und Ihr, seht zu und erinnert Euch an all das, dessen Ihr hier Zeuge werdet!«

»Genau das tue ich bereits, Waerloga.«

Sormo nickte, dann schloss er die Augen.

Seine Macht breitete sich wie eine kaum wahrnehmbare sanfte Welle aus, schwappte über Duiker und die anderen hinweg und hüllte schließlich die gesamte Lichtung ein. Abrupt verblasste das Tageslicht, wurde von einem sanften Dämmerschein abgelöst, und die trockene Luft war plötzlich feucht und roch nach Sumpfland.

Ein Ring aus Zypressen umgab die Lichtung, als würden sie sie bewachen. Moos hing wie Vorhänge von den Zweigen, hüllte alles, was jenseits der Bäume lag, in undurchdringliche Schatten.

Duiker konnte Sormo E'naths Magie wie einen warmen Mantel spüren; er hatte noch niemals zuvor eine ähnliche Macht verspürt – sie war ruhig und beschützend, stark und doch nachgiebig. Er fragte sich, was das Imperium durch die Ausrottung dieser Waerlogas verloren haben mochte. *Es war ein Irrtum, den sie ganz eindeutig korrigiert hat. Doch vielleicht war es auch schon zu spät. Wie viele Waerlogas sind wirklich für immer verloren?*

Sormo stieß einen heulenden Schrei aus, der widerhallte, als stünden sie in einem riesigen Gewölbe.

Im nächsten Augenblick erfüllten eisige Winde die Luft, die in wilden Böen aus verschiedenen Richtungen ankamen. Sormo schwankte. Seine Augen waren jetzt offen und vor Schreck weit aufgerissen. Er holte tief Luft und schauderte dann sichtlich, und Duiker konnte ihm deswegen keinen Vorwurf machen. Ein bestialischer Gestank kam mit dem Wind herangeweht und wurde mit jedem Augenblick schlimmer.

Etwas schien sich auf die Lichtung herabzusenken; Gewalt lag in der Luft, und das Gefühl wurde stärker, als plötzlich die moosbewachsenen Äste um sich zu schlagen begannen. Der Historiker sah, wie eine schwirrende Wolke von hinten auf Bult zuflog, und brüllte eine Warnung. Der Wickaner wirbelte herum, seine Langmesser in den Händen. Er schrie auf, als ihn die erste Wespe stach.

»Vielwandler!«, brüllte Kulp, während er mit einer Hand Duikers Telaba packte und ihn dorthin zog, wo Sormo wie betäubt stand.

Ratten hasteten über den weichen Boden, sie quiekten schrill, als sie ein durcheinander wimmelndes Bündel aus Schlangen angriffen.

Der Historiker spürte Hitze an seinen Beinen und sah nach unten. Feuerameisen schwärmten bis zur Höhe seiner Oberschenkel über ihn hinweg. Das Hitzegefühl wurde zu einem fürchterlichen Schmerz. Er schrie auf.

Fluchend öffnete Kulp sein Gewirr, und pulsierend brach die Macht daraus hervor. Verdorrte Ameisen fielen von den Beinen des Historikers, sanken wie Staub zu Boden. Der angreifende Schwarm zuckte zurück, der Vielwandler setzte zum Rückzug an.

Die Ratten hatten die Schlangen überrannt und gingen jetzt auf Sormo los. Der Wickaner starrte sie stirnrunzelnd an.

Dort, wo Bult kauerte und vergeblich auf die stechenden Wespen einschlug, explodierte plötzlich flüssiges Feuer auf einer Grasnarbe; die Flammen tanzten über den Veteranen hinweg.

Duiker versuchte zu ergründen, wo das Feuer seinen Ursprung hatte, und er entdeckte, dass ein gewaltiger Dämon die Lichtung betreten hatte. Er war doppelt so groß wie ein Mensch, seine Haut so dunkel wie der mitternächtliche Himmel. Das Wesen stieß einen brüllenden Wutschrei aus und griff mit wilder Wucht einen weiß bepelzten Bären an. Die Lichtung wimmelte förmlich von Wechselgängern und Vielwandlern, die Luft erbebte unter Schreien und Schnauben. Der Dämon landete auf dem Bären, rammte ihn mit voller Wucht in den Boden. Knirschende Geräusche verkündeten, dass Knochen brachen. Der Dämon ließ das zuckende Tier liegen und sprang mit einem riesigen Satz zur Seite; er brüllte ein zweites Mal auf. Und dieses Mal begriff Duiker, was das Gebrüll bedeutete.

»Er warnt uns!«, brüllte er Kulp zu.

Der Dämon schien die Vielwandler und Wechselgänger geradezu magnetisch anzuziehen. Sie gebärdeten sich wie wahnsinnig, gingen aufeinander los, um ihn angreifen zu können.

»Wir müssen hier raus!«, sagte Duiker. »Bringt uns hier raus, Kulp – und zwar sofort!«

Der Magier zischte vor Wut. »Wie denn? Das hier ist Sormos Ritual, verdammter Bücherwurm!«

Der Dämon verschwand unter einer Meute rasender Kreaturen, die wutentbrannt angriffen, stand jedoch eindeutig noch immer aufrecht; er wirkte wie eine massive steinerne Säule, als die Vielwandler und Wechselgänger an ihm hochzuklettern begannen. Mit schwarzer Haut bedeckte Arme erschienen, schleuderten tote und sterbende Kreaturen in alle Richtungen. Doch so konnte es nicht mehr lange weitergehen.

»Der Vermummte soll Euch holen, Kulp! Lasst Euch irgendwas einfallen!«

Das Gesicht des Magiers straffte sich. »Zieht Bult zu Sormo hinüber! Schnell! Überlasst mir den Waerloga.« Mit diesen Worten rannte Kulp auf Sormo zu; er schrie dabei laut, um den Jungen aus dem Bann zu reißen, der ihn anscheinend gefangen hielt. Duiker wirbelte herum und hetzte zu Bult, der fünf Schritte entfernt zusammengekrümmt dalag. Seine Beine fühlten sich unter dem prickelnden Schmerz der Ameisenbisse unglaublich schwer an, als er zu dem Wickaner hinüberstolperte.

Der Veteran war unzählige Male gestochen worden, überall begann die Haut unförmig anzuschwellen. Er war bewusstlos, möglicherweise sogar tot. Duiker packte den Wickaner an seinem Harnisch und zerrte ihn dorthin, wo Kulp noch immer damit beschäftigt war, auf Sormo E'nath einzureden.

Als der Historiker bei den beiden ankam, stieß der Dämon einen letzten schrillen Schrei aus, bevor er endgültig unter der Woge von Angreifern verschwand. Die Vielwandler und Wechselgänger wandten sich jetzt den vier Männern zu und strömten heran.

Sormo E'nath schien das alles gar nicht wahrzunehmen; seine Augen blickten glasig, er schien die Bemühungen des Magiers, ihn wieder ins Bewusstsein zurückzuholen, überhaupt nicht zu bemerken.

»Weckt ihn auf, oder wir sind alle tot!«, keuchte Duiker, während er sich schützend vor Bult aufbaute und den angreifenden Bestien mit nichts als einem kleinen Messer in der Hand entgegentrat.

Das Messer würde ihm wenig nützen, wie er feststellte, als er den Hornissenschwarm bemerkte, der sie fast schon erreicht hatte.

Alles um ihn herum wurde plötzlich von Erschütterungen erfasst, schien zu schwanken und zu zucken – und dann waren sie wieder in der längst toten Oase. Die Vielwandler und Wechselgänger waren verschwunden. Der Historiker wandte sich an den Magier. »Ihr habt es geschafft! Aber wie?«

Der Magier schaute auf den lang hingestreckten, stöhnenden Sormo E'nath hinunter. »Dafür werde ich bezahlen müssen«, murmelte er. Dann hob er den Kopf und blickte Duiker in die Augen. »Ich habe den Burschen geschlagen. Dabei hätte ich mir verdammt noch mal beinahe die Hand gebrochen. Es war *sein* Albtraum, oder?«

Der Historiker blinzelte, schüttelte sich und kauerte sich neben Bult nieder. »Das Gift wird ihn umbringen, bevor wir Hilfe holen können …«

Auch Kulp hockte sich hin, ließ seine unversehrte Hand über das verschwollene Gesicht des Veteranen gleiten. »Das ist kein Gift. Es ist eher wie ein verdorbenes Gewirr. Ich kann das in Ordnung bringen, Duiker. Genauso wie Eure Beine …« Er schloss die Augen, um sich zu konzentrieren.

Sormo E'nath kämpfte sich mühsam in eine sitzende Position

hoch. Er schaute sich um, dann betastete er vorsichtig seinen Kiefer, wo sich die Abdrücke von Kulps Knöcheln wie geschwollene Inseln in einem sich ausbreitenden rötlichen Fleck abzeichneten.

»Er hatte keine andere Wahl«, erklärte Duiker dem Waerloga.

Sormo nickte.

»Könnt Ihr sprechen? Sind irgendwelche Zähne locker?«

»Irgendwo«, sagte Sormo klar und deutlich, »flattert eine Krähe mit einer gebrochenen Schwinge über den Boden. Es sind nur noch zehn übrig geblieben.«

»Was ist da gerade geschehen, Waerloga?«

Sormo blinzelte nervös. »Etwas Unerwartetes, Historiker. Es wird zu einer Konvergenz kommen. Der Pfad der Hände. Das Tor der Wechselgänger und Vielwandler. Ein unglücklicher Zufall ...«

Duiker machte ein finsteres Gesicht. »Ihr habt gesagt, Tellann ...«

»Und das stimmt auch«, unterbrach ihn der Waerloga. »Vermischen sich Gestaltwandel und das Ältere Gewirr namens Tellann? Niemand weiß es. Vielleicht ziehen die Vielwandler und Wechselgänger einfach nur durch das Gewirr – weil sie glauben, dass es nicht mehr von den T'lan Imass besetzt und deshalb sicherer ist. In der Tat hat kein T'lan Imass daran Anstoß genommen, dass das Gewirr unbefugt betreten wurde; daher konnten die Gestaltwandler nur *gegeneinander* kämpfen.«

»Nur zu, sollen sie sich ruhig gegenseitig auslöschen«, knurrte der Historiker, während seine Beine allmählich unter ihm nachgaben, bis er neben Sormo auf dem Boden saß.

»Ich komme gleich zu Euch und helfe Euch«, rief Kulp herüber.

Duiker nickte, während er gleichzeitig einen Mistkäfer betrachtete, der sich heroisch abmühte, ein Stückchen Palmrinde beiseite zu schieben. Er spürte, dass in dem, was er da sah, etwas Bedeutungsvolles verborgen lag, doch er war zu müde, um den Gedanken weiterzuverfolgen.

Kapitel Fünf

Es hat den Anschein, als stammten die Bhok'arala ursprünglich aus den öden Weiten der Raraku. Doch es dauerte nicht lange, und diese geselligen Wesen verbreiteten sich und wurden schon bald überall im Reich der Sieben Städte gesehen. Da sie in menschlichen Siedlungen auf wirksame Weise die Rattenpopulation kontrollierten, wurden sie nicht nur toleriert, sondern häufig sogar willkommen geheißen. Und schon nach kurzer Zeit wurde der lebhafte Handel mit domestizierten Tieren zu einem wichtigen Export-Faktor ...

Besonders beliebt war und ist diese Spezies im Kreise der Magier und Alchemisten, eine Tatsache, deren Bedeutung in anderen, spezielleren Abhandlungen diskutiert wurde. So bietet etwa Baruks dreihunderteinundzwanzigste Abhandlung interessierten Gelehrten eine prägnante Analyse ...

Bewohner der Raraku
Imrygyn Tallobant

Im Großen und Ganzen war die Reise bis in Sichtweite von G'danisban für Fiedler, Crokus und Apsalar völlig ereignislos verlaufen. Abgesehen von dem Sandsturm natürlich, doch vor dem hatten sie sich in Trob verkrochen und gut geschützt abgewartet, bis er vorbeigezogen war. Und außerdem hatte es in der Festung Ladro anscheinend ein Massaker gegeben, zumindest hatte ihnen das der Vorreiter einer Karawane erzählt, die auf dem Weg nach Ehrlitan war.

Fiedler wusste um die Risiken, die nördlich von G'danisban in der Pan'potsun-Odhan auf sie warteten, und sie waren groß genug, um ihm Magenschmerzen zu bereiten. Er hatte eigentlich erwartet, dass ihnen das letzte Stück der Reise in die kleine Stadt noch einmal eine Atempause gewähren würde. Zumindest hatte er nicht erwartet, vor den Mauern G'danisbans auf das Zeltlager einer Armee aus zerlumpten Abtrünnigen zu stoßen.

Die Hauptstreitmacht der Armee lagerte entlang der Straße, war jedoch im Norden von einer schmalen Hügelkette geschützt. Die tief liegende Straße führte die drei arglosen Reisenden direkt in die äußeren Bereiche des Lagers. Es hatte nicht die geringste Warnung gegeben.

Eine Kompanie Fußsoldaten kontrollierte die Straße von den Hängen der Hügel aus und führte eine sorgfältige Befragung all derer durch, die in die Stadt hineinwollten. Die Kompanie wurde von einem Dutzend Arak-Stammeskrieger unterstützt, die ganz offensichtlich damit betraut waren, jeden Reisenden niederzureiten, der den Versuch machte, beim Anblick der behelfsmäßigen Barrikade zu fliehen.

Fiedler und seine Schützlinge würden weiterreiten und auf ihre Verkleidung vertrauen müssen. Der Sappeur war alles andere als zuversichtlich, was allerdings seinem schmalen Gesicht den finsteren Ausdruck verlieh, der für die Gral typisch war – und zumindest zwei der drei Männer, die vortraten, um sie an der Barrikade abzufangen, reagierten auf seine Miene mit angemessener Vorsicht.

»Die Stadt ist geschlossen«, sagte der unbeeindruckte Wächter, der ihnen am nächsten stand, und unterstrich seine Worte damit, dass er zwischen die Hufe von Fiedlers Reittier spuckte.

Später würde man sich erzählen, dass selbst ein Pferd der Gral eine Beleidigung als solche erkannte. Noch bevor Fiedler reagieren konnte, zuckte der Kopf des Tiers vor, riss dabei dem Sappeur die Zügel aus der Hand und biss dem Wächter ins Gesicht. Das Pferd hatte den Kopf gedreht, sodass sich seine Kiefer seitlich um das Gesicht des Mannes schlossen und seine Zähne sich tief in Wangen, Oberlippe und Nase seines Opfers gruben. Blut spritzte. Der Wächter sank wie ein mit Steinen gefüllter Sack in sich zusammen und stieß dabei einen durchdringenden, schrillen Schrei aus.

Da er nichts anderes zu fassen bekam, packte Fiedler die Ohren seines Pferdes und riss hart an ihnen, zerrte das Tier weg, als es gerade anfangen wollte, auf dem zu Boden gegangenen Mann herumzutrampeln. Der Sappeur verbarg seinen Schock hinter einem noch finstereren Gesichtsausdruck und überschüttete die beiden übrig gebliebenen Wachen, die in aller Eile ein paar Schritte zurückgewichen waren und ihre Piken gesenkt hatten, mit einem Schwall übelster Gral-Flüche. »Ihr verfaulter Rotz tollwütiger Hunde! Ihr Schorf am Arsch durchfallgeplagter Ziegen! Dass zwei Jungverheiratete Zeugen eines solchen Anblicks werden müssen! Soll ihre Verbindung noch nicht einmal zwei Wochen nach dem gesegneten Tag ihrer Hochzeit schon verflucht sein? Soll ich die Flöhe auf meinem Kopf ausschicken, damit sie euch euer wertloses Fleisch von euren weichen Knochen reißen?«

Während Fiedler jede Gral-Beleidigung herausbrüllte, an die er sich erinnern konnte, um die Wachen daran zu hindern, einen klaren Gedanken zu fassen, kam ein Trupp berittener Arak-Krieger in wilder Hast herangejagt.

»Gral! Zehn Jakatas für dein Pferd!«

»Zwölf, Gral, zwölf! Gib's mir!«

»Fünfzehn, und meine jüngste Tochter dazu!«

»Fünf Jakatas für drei Haare von seinem Schweif!«

Fiedler warf den Reitern den finstersten Blick zu, den er zu Stande bringen konnte. »Nicht einer von euch ist es wert, auch nur die Fürze meines Pferdes zu riechen!« Doch er grinste dabei und machte eine mit Bier gefüllte Blase vom Sattel los, die er mit einer Hand dem nächsten Arak zuwarf. »Aber lasst uns diese Nacht bei euren Trupps lagern, und für einen Splitter dürft ihr es anfassen und seine Hitze an euren Handflächen spüren. Aber nur einmal! Wenn ihr mehr wollt, müsst ihr bezahlen.«

Wild grinsend ließen die Arak-Krieger den Bierschlauch herumgehen, wobei jeder von ihnen ein paar große Schlucke nahm, um die Abmachung auf rituelle Weise zu besiegeln. Indem er mit ihnen sein Bier teilte, hatte Fiedler ihnen den Status von Gleichgestellten zugestanden, eine Geste, die der Bemerkung, die er ihnen entgegengeschleudert hatte, den Stachel nahm.

Fiedler warf einen Blick auf Crokus und Apsalar. Sie sahen angemessen erschüttert aus. Der Sappeur drängte seine eigene Übelkeit zurück und zwinkerte ihnen zu.

Die Wachen hatten sich von ihrem Schreck erholt, doch bevor sie an ihn herankommen konnten, trieben die Stammeskrieger ihre Pferde nach vorn, um ihn abzuschirmen.

»Reite mit uns!«, brüllte einer der Arak Fiedler zu. Dann wendete die Gruppe wie ein einziger Mann. Fiedler bekam die Zügel wieder zu fassen und trieb sein Pferd an, um ihnen zu folgen; er seufzte leise, als er dem Hufgetrappel hinter sich entnehmen konnte, dass ihm die frisch Vermählten dicht auf den Fersen waren.

Es würde ein Wettrennen zum Lager der Arak geben, und getreu seinem plötzlichen legendären Status war das Gral-Pferd entschlossen, jeden Muskel seines Körpers einzusetzen, um zu gewinnen. Fiedler hatte noch nie zuvor so ein Wildpferd geritten, und er stellte auf einmal fest, dass er gegen seinen Willen grinste, obwohl die Erinnerung an das zerfetzte Gesicht des Wächters noch immer einen eiskalten Knoten in seinem Magen heraufbeschwor.

Die Zelte der Arak säumten die windzerzauste Kuppe eines nahe gelegenen Hügels. Sie standen so weit voneinander entfernt, dass kein Zelt einen Schatten auf das Nachbarzelt werfen konnte, was einer Beleidigung gleichgekommen wäre. Frauen und Kinder traten an den Rand der Kuppe, um dem Rennen zuzusehen. Sie schrien auf, als Fiedlers Reittier durch die Reihe der Führenden brach und dabei leicht zur Seite schwenkte, um den schnellsten Konkurrenten mit der Schulter zu rammen. Das getroffene Pferd geriet ins Stolpern und hätte seinen Reiter beinahe aus dem hölzernen, filzbezogenen Sattel geworfen, fing sich dann jedoch wieder und wieherte gellend auf, wütend darüber, dass es aus dem Rennen geworfen worden war.

Ungehindert lehnte sich Fiedler nach vorn, als sein Pferd den Hügel erreichte und den grasbewachsenen Hang hinaufschoss. Die Reihe der Zuschauer teilte sich, als er die Kuppe erreichte und das Pferd inmitten der Zelte zügelte.

So wie auch alle anderen Stämme, die in der Ebene lebten, wählten die Arak lieber Hügelkuppen als Talgründe für ihr Lager. Der Wind sorgte dafür, dass es hier kaum Insekten gab – die Ränder der Zeltbahnen waren mit Felsbrocken beschwert, um zu verhindern, dass die Fellzelte einfach weggeblasen wurden –, und man konnte den Aufgang und den Untergang der Sonne beobachten, um die rituellen Dankgebete zu sprechen.

Die Anordnung der Zelte war Fiedler vertraut, schließlich war er schon während der Feldzüge des Imperators an der Seite wickanischer Späher durch dieses Land geritten. Den Mittelpunkt des Rings aus Zelten bildete eine mit Steinen eingefasste Feuerstelle. An einer Seite befanden sich zwischen zwei Zelten vier hölzerne Pfosten, die mit einem einzelnen Hanfseil verbunden waren; das war der Pferch für die Pferde. Ganz in der Nähe lagen zusammengerollte Filzbündel zum Trocknen, dazwischen standen Dreifüße, auf denen Felle und Fleischstreifen aufgespannt waren.

Ein Dutzend Lagerhunde umringte das um sich schnappende Pferd, während Fiedler noch einen Augenblick im Sattel sitzen blieb, um sich zu orientieren. Ihm wurde klar, dass die räudigen, jaulenden Köter ein Problem darstellen konnten, doch er hoffte, dass für sie alle Fremden – einschließlich der Gral – gleich verdächtig waren. Wenn dem nicht so war, würde seine Tarnung schon bald auffliegen.

Die Krieger kamen einen Augenblick später an; sie lachten und schrien wild durcheinander, während sie ihre Pferde zügelten und absprangen. Als Letzte erschienen Crokus und Apsalar auf der Hügelkuppe; beide machten nicht den Eindruck, als hätten sie Lust, sich auf die ausgelassene Stimmung einzulassen.

Als er ihre Gesichter sah, erinnerte sich Fiedler wieder an das zerfleischte Antlitz des Wächters unten auf der Straße. Er setzte erneut seine finstere Miene auf und rutschte aus dem Sattel. »Die Stadt ist also geschlossen?«, brüllte er. »Schon wieder so eine Mezla-Narretei!«

Der Arak, der schon vorher das Wort an ihn gerichtet hatte, trat zu ihm; ein verwegenes Grinsen lag auf seinem schmalen Gesicht. »Das hat nichts mit den Mezla zu tun! G'danisban ist befreit worden! Die Hasen aus dem Süden sind geflohen, nun, da der Wirbelwind nahe ist.«

»Und warum ist die Stadt dann für uns geschlossen? Sind wir etwa Mezla?«

»Eine Säuberung, Gral! Die Kaufleute und Adligen der Mezla haben G'danisban zu Grunde gerichtet. Gestern sind sie gefangen genommen worden, und heute werden sie hingerichtet. Morgen früh kannst du dein gesegnetes Paar in eine freie Stadt führen. Komm mit, heute Nacht wollen wir feiern!«

Fiedler hockte sich nach Art der Gral hin. »Dann hat Sha'ik den Wirbelwind beschworen?« Er warf einen Blick zu Crokus und Apsalar hinüber, als bedauere er plötzlich, die Verantwortung für die beiden übernommen zu haben. »Hat der Krieg schon begonnen, Arak?«

»Bald«, erwiderte der Angesprochene. »Wir waren von Ungeduld geplagt«, fügte er mit einem schmierigen Grinsen hinzu.

Crokus und Apsalar kamen näher. Der Arak verschwand, um bei den Vorbereitungen für die nächtliche Feier zu helfen. Münzen landeten vor den Hufen des Pferdes, und Hände wurden vorsichtig ausgestreckt, um sich leicht auf den Hals und die Flanken des Pferdes zu legen. Für einen kurzen Augenblick waren die drei Reisenden allein.

»Das war ein Anblick, den ich niemals vergessen werde«, sagte Crokus, »obwohl ich mir wünsche, ich könnte es, beim Vermummten. Wird der arme Mann überleben?«

Fiedler zuckte die Schultern. »Sofern er das überhaupt will.«

»Lagern wir heute Nacht hier?«, fragte Apsalar und schaute sich um.

»Wenn wir es nicht tun, beleidigen wir die Arak und riskieren, dass sie uns den Bauch aufschlitzen.«

»Viel länger werden wir sie nicht täuschen können«, sagte Apsalar. »Crokus spricht nicht ein einziges Wort der Sprache dieses Landes, und ich habe einen malazanischen Akzent.«

»Der Soldat da unten war ungefähr in meinem Alter«, murmelte der Dieb aus Darujhistan.

Stirnrunzelnd entgegnete der Sappeur: »Unsere einzige andere Möglichkeit wäre, nach G'danisban hineinzureiten, damit wir Zeugen der Rache des Wirbelwindes werden können.«

»Noch eine Feier für das, was kommen wird?«, wollte Crokus wissen. »Geht es um diese verdammte Apokalypse, von der ihr ständig gesprochen habt? Ich bekomme immer mehr das Gefühl, dass die Bewohner dieses Landes nichts anderes tun als reden.«

Fiedler räusperte sich. »Bei der Feier heute Nacht in G'danisban«, sagte er langsam, »wird man einigen Hundert Malazanern bei lebendigem Leib die Haut abziehen. Wenn wir so tun, als wären wir wild darauf, Zeuge dieses Ereignisses zu werden, fühlen sich die Arak vielleicht nicht beleidigt, wenn wir ihr Lager schon früh wieder verlassen.«

Apsalar drehte sich um und blickte einem halben Dutzend Stammeskriegern entgegen, die langsam näher kamen. »Versuch's, Fiedler«, sagte sie.

Der Sappeur hätte beinahe salutiert. Er zischte zwischen zusammengebissenen Zähnen einen Fluch hervor. »Du willst mir Befehle geben, Rekrutin?«

Sie blinzelte. »Ich glaube, ich habe … ich habe schon Befehle gegeben … als du noch am Rockzipfel deiner Mutter gehangen hast, Fiedler. Ich weiß es – derjenige, der mich besessen hat. Es sind *seine* Instinkte, die gerade jetzt wie Stahl auf Stein klingen. Tu, was ich dir gesagt habe.«

Er hatte keine Gelegenheit mehr, ihr eine passende Antwort zu geben, denn die Arak waren jetzt da. »Du bist gesegnet, Gral!«, sagte einer von ihnen.

»Ein Clan der Gral ist hierher unterwegs, um sich der Apokalypse anzuschließen. Wollen wir hoffen, dass sie – genau wie du – ihr eigenes Bier mitbringen.«

Fiedler machte eine Stammesgeste, dann schüttelte er traurig den Kopf. »Das geht nicht«, sagte er, während er innerlich den Atem anhielt. »Ich bin ein Ausgestoßener. Und außerdem ... außerdem bestehen diese frisch Vermählten darauf, dass wir in die Stadt reiten und uns die Hinrichtungen ansehen, auf dass sie weiteren Segen auf ihre Verbindung herabbringen. Ich bin ihr Begleiter und muss daher ihren Befehlen gehorchen.«

Apsalar trat einen Schritt vor und verbeugte sich. »Wir wollen euch nicht beleidigen.«

Es lief nicht so, wie sie es sich vorgestellt hatten. Die Gesichter der vor ihnen aufgereihten Arak verfinsterten sich. »Ein Ausgestoßener? Du hast keine Blutsverwandten, die deine Fährte ehren, Gral? Vielleicht sollten wir dich festhalten, bis deine Brüder hier sind. Dann können sie sich an dir rächen, und wir bekommen im Tausch für unsere Hilfe dein Pferd.«

In diesem Augenblick stampfte Apsalar wütend mit dem Fuß auf, als würde sich in der frisch vermählten Frau noch einmal die verhätschelte Tochter zeigen. »Ich trage ein Kind unter dem Herzen! Bietet mir die Stirn, und ich werde euch verfluchen! Wir gehen in die Stadt, und zwar jetzt gleich, auf der Stelle!«

»Dann heuert für den Rest der Reise einen von uns an, gesegnete Herrin! Kümmert Euch nicht um diesen nichtsnutzigen Gral! Er ist es nicht wert, Euch zu dienen!«

Zitternd machte sich Apsalar bereit, ihren Schleier zu heben, als Zeichen, dass sie gleich ihren Fluch aussprechen würde.

Die Arak-Krieger zuckten zurück.

»Ihr begehrt nur den Wallach! Das ist nichts als Gier! Ich werde euch jetzt alle verfluchen ...«

»Vergebt uns!« »Wir verneigen uns vor Euch, gesegnete Herrin!« »Bitte, lüftet Euren Schleier nicht!« »Reitet los! Reitet zur Stadt! Na los, reitet!«

Apsalar zögerte. Einen kurzen Augenblick lang glaubte Fiedler, sie würde die Arak dennoch verfluchen. Doch dann wirbelte sie herum. »Begleite uns also einmal mehr, Gral«, sagte sie.

Umgeben von besorgten, furchtsamen Gesichtern saßen die drei auf.

Einer der Arak-Krieger, der schon zuvor mit Fiedler gesprochen hatte, trat jetzt dicht an den Sappeur heran. »Bleib nur diese eine Nacht, Gral, und reite dann schnell weiter. Deine Verwandten werden dich verfolgen.«

»Sag ihnen«, erwiderte Fiedler, »dass ich das Pferd in einem ehrlichen Kampf gewonnen habe. Sag ihnen das.«

Der Arak runzelte die Stirn. »Werden sie die Geschichte kennen?«

»Von welchem Clan sind sie?«

»Sebark.«

Der Sappeur schüttelte den Kopf.

»Dann werden sie dich niederreiten, einfach weil es ihnen Spaß macht. Aber ich werde ihnen deine Worte trotzdem übermitteln. Und außerdem ist es dein Pferd tatsächlich wert, dafür zu töten.«

Fiedler dachte an den betrunkenen Gral, dem er den Wallach in Ehrlitan abgekauft hatte. Für drei Jakata. Die Stammeskrieger, die in die Städte kamen, verloren eine ganze Menge. »Werdet ihr heute Nacht mein Bier trinken, Arak?«

»Das werden wir. Bevor die Gral eintreffen. Und jetzt reitet los.«

Während sie die Straße entlangritten und sich dem Nordtor von G'danisban näherten, wandte Apsalar sich an Fiedler. »Jetzt sind wir in Schwierigkeiten, stimmt's?«

»Sagen dir das deine Instinkte, Mädchen?«

Sie zog eine Grimasse.

»Hm«, seufzte Fiedler. »Das sind wir wohl. Ich habe mit dieser Geschichte vom Ausgestoßenen einen Fehler gemacht. Wenn ich an deinen Auftritt eben denke, glaube ich, deine Drohung, sie zu verfluchen, hätte gereicht.«

»Wahrscheinlich.«

Crokus räusperte sich. »Werden wir uns tatsächlich diese Hinrichtungen ansehen, Fiedler?«

Der Sappeur schüttelte den Kopf. »Auf keinen Fall. Wir reiten geradewegs durch die Stadt, wenn wir können.« Er warf Apsalar einen Blick zu. »Sieh zu, dass du etwas weniger kühn wirkst, Schätzchen. Noch so ein Wutausbruch, und die Bürger schaffen dich auf dem schnellsten Weg auf einem Bett aus Gold durch das Südtor aus der Stadt.«

Ihre Antwort bestand aus einem gequälten Lächeln.

Pass bloß auf, dass du dich nicht in diese Frau verliebst, Fiedler, alter Freund. Sonst hörst du plötzlich auf, den Jungen zu beschützen, und sprichst von einem unglücklichen Zufall …

Die ausgetretenen Pflastersteine unter dem Nordtor waren mit Blutflecken übersät, und hölzernes Spielzeug lag zerbrochen und zerschmettert auf beiden Seiten des Weges. Von irgendwo ganz in der Nähe erklangen die Schreie sterbender Kinder.

»Das können wir nicht tun«, sagte Crokus. Aus seinem Gesicht war jegliche Farbe gewichen. Er ritt neben Fiedler, während Apsalar dicht hinter ihnen war. Ein Stück weiter vorn erschienen immer wieder Plünderer und Bewaffnete auf der Straße, doch der Weg in die Stadt schien merkwürdigerweise frei zu sein. Rauchschwaden hingen überall in der Luft, und die ausgebrannten Ruinen von Läden und Häusern, die einst Händlern gehört hatten, gähnten ihnen in stummer Verwüstung von allen Seiten entgegen.

Sie ritten durch ein Durcheinander aus versengten Möbeln, zerborstenen Tontöpfen und Keramikgefäßen, und verrenkten Leichnamen, denen man ansehen konnte, dass sie eines gewaltsamen Todes gestorben waren. Die Todesschreie der Kinder, die von rechts herübergeklungen waren, hatten gnädigerweise aufgehört; doch in etwas weiterer Entfernung, aus dem Herzen von G'danisban, stiegen neue, entsetzliche Schreie auf.

Sie erschraken, als eine Gestalt ihren Weg kreuzte, ein junges Mädchen, nackt und zerschunden. Sie rannte vorbei, als würde sie

sie gar nicht wahrnehmen, und kroch unter einen Karren mit zerbrochenen Rädern, der keine fünfzehn Schritt von Fiedler und seinen Begleitern entfernt war. Sie sahen zu, wie das Mädchen in Deckung kroch.

Sechs bewaffnete Männer tauchten aus einer Nebenstraße auf. Sie schwangen hastig zusammengesuchte Waffen, und keiner von ihnen trug eine Rüstung. Getrocknetes Blut hatte dunkle Flecken auf ihren zerrissenen Telaban hinterlassen. Einer von ihnen sprach die drei an. »Gral! Hast du ein Mädchen gesehen? Wir sind noch nicht fertig mit ihr.«

Noch während der Mann die Frage stellte, begann einer seiner Begleiter zu grinsen und deutete auf den Karren. Die Knie und Füße des Mädchens waren deutlich zu erkennen.

»Eine Mezla?«, fragte Fiedler.

Der Anführer zuckte die Schultern. »Ziemlich sicher. Keine Sorge, Gral, wir teilen sie mit dir.«

Der Sappeur hörte, wie Apsalar langsam die Luft einsog. Er lehnte sich im Sattel zurück.

Die Gruppe teilte sich und begann, um Fiedler, Apsalar und Crokus herumzugehen. Der Sappeur beugte sich beiläufig zu dem Mann hinunter, der ihm am nächsten war, und rammte ihm die Spitze seines Langmessers in den Schädel. Der Gral-Wallach drehte sich unter Fiedler, schlug mit beiden Hinterbeinen aus, zerschmetterte dadurch einem anderen Mann die Brust und schleuderte ihn lang ausgestreckt auf die Pflastersteine.

Fiedler versuchte, das Tier wieder unter Kontrolle zu bekommen, und drückte dem Wallach die Fersen in die Flanken. Sie schossen vorwärts, ritten in einem wilden Galopp den großzügigen Anführer der Gruppe nieder. Das Pferd stampfte auf ihm herum, und man konnte hören, wie Knochen brachen und sein Schädel mit einem Übelkeit erregenden Geräusch zermalmt wurde. Fiedler drehte sich im Sattel um und richtete seine Aufmerksamkeit auf die übrig gebliebenen drei Männer.

Zwei von ihnen wanden sich unter Schmerzen auf dem Boden, unweit von Apsalar, die ruhig im Sattel saß, in den behandschuhten Händen jeweils ein Kethra-Messer mit breiter Klinge.

Crokus war abgestiegen und hockte jetzt über dem letzten Mann; er zog ein Wurfmesser aus dessen blutiger Kehle.

Sie drehten sich alle drei um, als hinter ihnen Scherben knirschten, und sahen, wie sich das Mädchen unter dem Karren herauswühlte, taumelnd auf die Beine kam und dann davonrannte, um im Schatten einer Seitengasse zu verschwinden.

Vom Nordtor her ertönte lautes Hufgetrappel.

»Reitet!«, schnappte Fiedler.

Crokus sprang mit einem Satz auf den Rücken seines Pferdes. Apsalar steckte ihre Dolche ein und nickte dem Sappeur zu, als sie nach den Zügeln griff.

»Reitet einfach immer weiter – zum Südtor!«

Fiedler sah den beiden kurz nach, wie sie davongaloppierten, dann ließ er sich vom Rücken des Wallachs gleiten und trat zu den beiden Männern, die Apsalar verwundet hatte. »Ah«, keuchte er, als er nahe genug heran war und die Wunden im Schritt erkennen konnte, »genau so kenne ich unser Schätzchen.«

Ein Reitertrupp erschien auf der Bildfläche. Die Männer trugen ockergelbe Schärpen über ihren Kettenhemden. Ihr Anführer öffnete den Mund, um etwas zu sagen, doch Fiedler kam ihm zuvor.

»Ist denn in dieser siebenmal verfluchten Stadt keines Mannes Tochter mehr sicher? Sie war keine Mezla, bei meinen Vorfahren! Soll das eure Apokalypse sein? Dann bete ich, dass euch in den Sieben Höllen die Schlangengrube erwartet!«

Der Anführer runzelte die Stirn. »Willst du damit sagen, dass diese Männer Vergewaltiger waren, Gral?«

»Die Mezla-Schlampen sollen bekommen, was sie verdienen, aber dieses Mädchen war keine Mezla.«

»Und deshalb hast du diese Männer getötet – alle sechs?«

»Stimmt.«

»Wer waren die anderen beiden Reiter, die an deiner Seite waren?«

»Pilger. Ich habe geschworen, sie zu beschützen.«

»Und doch reiten sie jetzt ohne dich an ihrer Seite ins Innere der Stadt.«

Fiedler starrte ihn finster an.

Der Anführer ließ seine Blicke über die Opfer schweifen. »Zwei leben noch.«

»Sollen sie dazu verflucht sein, noch hunderttausend Atemzüge zu tun, bis der Vermummte sie endlich holt.«

Der Anführer lehnte sich nach vorn und stützte sich auf sein Sattelhorn. Er schwieg einen Moment. »Geh wieder zu deinen Pilgern, Gral. Sie brauchen deine Dienste.«

Vor sich hin grummelnd stieg Fiedler wieder in den Sattel. »Wer herrscht jetzt in G'danisban?«

»Niemand. Die Armee der Apokalypse hält nur zwei Stadtviertel. Aber die anderen werden uns ebenfalls gehören, wenn der neue Tag anbricht.«

Fiedler zog das Pferd herum und gab ihm die Fersen, trieb es zum Galopp. Die Berittenen folgten ihm nicht. Der Sappeur fluchte lautlos vor sich hin – der Anführer hatte Recht gehabt, er hätte Crokus und Apsalar nicht allein losschicken sollen. Er wusste, er hatte Glück gehabt; dass er bei den Vergewaltigern zurückgeblieben war, konnte zwar als typisches Verhalten eines Gral interpretiert werden – die Gelegenheit, den auftauchenden Reitern gegenüber zu prahlen, die Chance, Flüche auszustoßen sowie die unangreifbare Arroganz der Stammeskrieger zur Schau zu stellen –, doch dieses Verhalten barg auch das Risiko, dass es den Eindruck erweckte, als würde er seinen Schwur, seine Schützlinge zu beschützen, gering schätzen. Er hatte den Anflug von Abscheu in den Augen des Anführers gesehen. Alles in allem war er ein bisschen zu sehr in seiner Rolle als Gral-Stammeskrieger aufgegangen. Ohne Apsalars Furcht einflößende Fähigkeiten könnten die beiden jetzt in ernsthaften Schwierigkeiten sein.

Er ritt, so schnell er konnte, um die beiden einzuholen, und bemerkte mit einiger Verspätung, dass der Wallach auf jede seiner Berührungen reagierte. Das Pferd wusste, dass er kein Gral war, doch es war anscheinend zu dem Schluss gekommen, das er sich vernünftig genug verhielt, um ihm zumindest etwas Respekt zu zollen. Wenn er es genau überdachte, war das der einzige Sieg, den er an diesem Tag errungen hatte.

Der Platz im Zentrum von G'danisban trug noch die Spuren eines vorangegangenen Gemetzels. Fiedler holte seine beiden Gefährten ein, als sie gerade begannen, ihre Pferde durch die entsetzliche Szenerie zu lenken. Beide drehten sich um, als sie ihn hörten, und Fiedler konnte ihnen nur mit einem Nicken auf die Erleichterung antworten, die sich in ihren Gesichtern abzeichnete, als sie ihn erkannten.

Selbst der Gral-Wallach blieb einen Augenblick am Rand des Platzes stehen. Es mussten gut und gerne einige Hundert Leichen sein, die das Pflaster bedeckten, zum größten Teil alte Männer, alte Frauen und Kinder. Sie alle waren förmlich in Stücke gehackt, in einigen Fällen auch bei lebendigem Leibe verbrannt worden. Der Gestank nach Blut, Galle und versengtem Fleisch hing wie eine schwere Wolke über dem Platz.

Fiedler würgte seinen Abscheu hinunter und räusperte sich. »Jenseits dieses Platzes«, sagte er, »werden wir nicht mehr darauf vertrauen können, dass es noch so etwas wie Ordnung gibt.«

Crokus gestikulierte zittrig. »Sind die Toten hier Malazaner?«

»Ja, mein Junge.«

»Als die Malazaner dieses Land erobert haben … haben die malazanischen Soldaten da den Einheimischen das Gleiche angetan?«

»Du willst wissen, ob das hier eine Art Vergeltung ist?«

Apsalar meldete sich mit ungewöhnlichem Nachdruck zu Wort. »Der Imperator hat gegen Soldaten gekämpft, nicht gegen Zivilisten …«

»Wenn man von Aren absieht«, warf Fiedler boshaft ein, der sich an sein Gespräch mit dem Tanno-Geistergänger erinnerte. »Als die T'lan Imass in der Stadt auferstanden sind …«

»Aber das ist nicht auf Kellanveds Befehl hin geschehen«, gab sie zurück. »Wer hat den T'lan Imass befohlen, nach Aren zu gehen? Ich will es dir sagen: Es war Hadra, die Kommandantin der Klaue; Hadra, die einen neuen Namen angenommen hat …«

»Laseen.« Fiedler musterte die junge Frau. In seinen Augen stand ein seltsamer Ausdruck. »Diese Behauptung habe ich noch nie zuvor gehört, Apsalar. Es hat keinerlei schriftliche Befehle gegeben – zumindest sind niemals welche gefunden worden …«

»Ich hätte sie damals auf der Stelle töten sollen …«, murmelte Apsalar.

Fiedler warf Crokus einen erstaunten Blick zu. Der Daru schüttelte den Kopf.

»Apsalar«, sagte der Sappeur langsam, »als Aren rebelliert hat und dann durch die T'lan Imass gefallen ist, warst du noch ein Kind.«

»Das weiß ich«, antwortete sie. »Aber diese Erinnerungen … sie sind so deutlich. Ich wurde … nach Aren geschickt … um mir das Gemetzel anzusehen. Um herauszufinden, was passiert war. Ich … ich habe mich mit Hadra gestritten. Es war sonst niemand im Zimmer. Nur Hadra und … und ich.«

Mittlerweile hatten sie den gegenüberliegenden Rand des Platzes erreicht. Fiedler zügelte sein Pferd und betrachtete Apsalar längere Zeit.

»Sie war vom Seil besessen, vom Patron der Assassinen«, sagte Crokus. »Aber diese Erinnerungen …«

»… sind die von Tanzer.« Im selben Moment, als er es ausgesprochen hatte, wusste Fiedler, dass es wahr war. »Das Seil hat noch einen anderen Namen. Cotillion. Beim Atem des Vermummten, es ist so offensichtlich! Niemand hat jemals daran gezweifelt, dass sie ermordet wurden … dass alle beide, Tanzer und der Imperator, von Laseen und ihren auserwählten Meisterklauen ermordet wurden. Was hat Laseen mit den Leichen gemacht? Niemand weiß es.«

»Aber Tanzer hat überlebt«, sagte Crokus, und auf seiner Stirn bildete sich eine tiefe Falte. »Und er ist aufgestiegen. Er wurde Schutzpatron und Gott im Gewirr des Schattens.«

Apsalar sagte nichts; sie hörte einfach nur zu und sah ihre beiden

Begleiter mit sorgfältig beherrschtem, nichts sagendem Gesichtsausdruck an.

Fiedler verfluchte sich selbst, dass er so lange blind gewesen war. »Welches Haus ist wenig später in den Drachenkarten aufgetaucht? Schatten. Zwei neue Aufgestiegene. Cotillion ... und Schattenthron ...«

Crokus' Augen weiteten sich, als er plötzlich begriff. »Schattenthron ist Kellanved«, sagte er. »Sie wurden nicht ermordet – keiner von beiden. Sie sind geflohen, indem sie aufgestiegen sind.«

»Ins Reich der Schatten.« Fiedler lächelte gequält. »Um dort ihre Gedanken an Rache zu nähren, die schließlich dazu geführt haben, dass Cotillion von einem jungen Fischermädchen in Itko Kan Besitz ergriffen hat – der erste Schritt auf einem langen, gewundenen Weg, der letztlich zu Laseen führen sollte. Was allerdings schief gegangen ist. Nun, Apsalar?«

»Deine Worte sind wahr«, sagte sie mit seltsam tonloser Stimme.

»Aber warum«, wollte der Sappeur wissen, »hat Cotillion keinem von uns die Wahrheit gesagt? Elster oder Kalam. Oder Dujek. Verdammt, Tanzer hat uns alle gekannt – und wenn dieser Bastard überhaupt gewusst hat, was Freundschaft ist, dann waren die, die ich gerade erwähnt habe, seine Freunde ...«

Apsalar lachte auf, ein Laut, der die beiden Männer aus der Fassung brachte. »Ich könnte lügen und behaupten, er hätte versucht, euch alle zu schützen. Willst du die Wahrheit wirklich wissen, Brückenverbrenner?«

Fiedler spürte, wie ihm das Blut ins Gesicht schoss. »Ja, das will ich«, sagte er grollend.

»Tanzer hat nur zwei Männern vertraut. Einer der beiden war Kellanved. Der andere war Dassem Ultor, das Erste Schwert des Imperiums. Dassem ist tot. Es tut mir Leid, wenn dich das kränkt, Fiedler. Wenn ich darüber nachdenke, würde ich sagen, dass *Cotillion* niemandem traut. Noch nicht einmal Schattenthron. Imperator Kellanved ... na gut. Doch dem *Aufgestiegenen* Kellanved – Schattenthron –, ah, das ist etwas ganz anderes.«

»Er war ein Narr«, sagte Fiedler und griff nach seinen Zügeln.

Apsalars Lächeln wirkte merkwürdig wehmütig.

»Genug geschwatzt«, sagte Crokus. »Wir sollten machen, dass wir aus dieser verdammten Stadt rauskommen.«

»Stimmt.«

Die kurze Reise zum Südtor verlief überraschend ereignislos, ganz im Gegensatz zu den Warnungen des Kommandanten. Die Dämmerung begann die Straßen einzuhüllen, und der Rauch einer brennenden Mietskaserne sank als ätzender Nebel herab und machte das Atmen zur Qual. Sie ritten durch die schweigenden Nachwehen des Gemetzels, die einzusetzen pflegen, wenn die Wut verraucht ist und das Bewusstsein schockiert und voller Scham zurückkehrt.

Der Augenblick kam Fiedler vor wie ein Luftholen angesichts von etwas, das zu einem unaufhörlichen Feuer werden würde. Wären die malazanischen Legionen nicht aus dem nahe gelegenen Pan'potsun abgezogen worden, hätte die Chance bestanden, diesen ersten Funken unter den Stiefeln der Soldaten auszutreten, mit einer Brutalität, die der der Aufständischen gleichgekommen wäre. Wird ein Blutbad auf die gleiche Weise beantwortet, ist der Durst nach Blut meist schnell gestillt.

Der Imperator hätte rasch und entschlossen gehandelt. *Beim Atem des Vermummten, er hätte niemals zugelassen, dass es so weit kommt.*

Weniger als zehn Minuten, nachdem sie den Platz hinter sich gelassen hatten, ritten sie unter dem rauchgeschwärzten Bogen des unbewachten Südtors hindurch. Dahinter erstreckte sich die Pan'potsun-Odhan, im Westen von dem Höhenzug begrenzt, der die Odhan von der Heiligen Wüste Raraku trennte. Am Himmel flimmerten die ersten Sterne.

Fiedler brach das lange Schweigen, das zwischen ihnen geherrscht hatte. »Etwas mehr als zwei Längen im Süden gibt es ein kleines Dorf. Mit Glück gibt es dort kein Fressen für die Geier – zumindest noch nicht.«

Crokus räusperte sich. »Fiedler, wenn Kalam über Tanzer … ich meine, über Cotillion Bescheid gewusst hätte …«

Der Sappeur zog eine Grimasse und warf Apsalar einen raschen Blick zu. »Dann wäre sie jetzt mit ihm zusammen unterwegs.«

Was auch immer Crokus darauf antworten wollte, er kam nicht dazu, denn aus der Dunkelheit tauchte ein kreischendes, flatterndes Etwas auf, das dem jungen Dieb gegen den Rücken knallte. Crokus stieß einen entsetzten Schrei aus, als die Kreatur seine Haare packte und sich auf seinen Kopf zog.

»Es ist nur Moby«, sagte Fiedler und versuchte, den Schrecken abzuschütteln, den die Ankunft des Hausdämonen auch in ihm hervorgerufen hatte. Er blinzelte. »Sieht aus, als hätte er eine Prügelei hinter sich«, bemerkte er gedehnt.

Crokus zog Moby von seinem Kopf und nahm ihn in die Arme. »Er blutet ja überall!«

»Ich glaube nicht, dass es etwas Ernstes ist«, erwiderte Fiedler.

»Was lässt dich da so sicher sein?«

Der Sappeur grinste breit. »Hast du schon mal gesehen, wie die Bhok'arala sich paaren?«

»Fiedler.« Apsalars Stimme klang angespannt. »Wir werden verfolgt.«

Fiedler zügelte sein Pferd, stellte sich in den Steigbügeln auf und suchte den Horizont ab. Im fernen Dämmerlicht konnte er eine Staubwolke erkennen. Er zischte einen Fluch. »Der Gral-Clan.«

»Unsere Pferde sind erschöpft«, sagte Apsalar.

»Stimmt. Möge uns die Königin die Gunst gewähren, dass es in Neu-Velar frische Pferde zu kaufen gibt.«

Am Fuße dreier zusammenlaufender Schluchten verließ Kalam den falschen Pfad und führte sein Pferd vorsichtig durch einen engen Entwässerungskanal. Die alten Erinnerungen an die Wege in die Raraku steckten ihm schwer in den Knochen. *Alles ist verändert, aber nichts hat sich verändert.*

Von den zahllosen Pfaden, die sich durch die Hügel wanden, führten fast alle in den Tod. Die falschen Routen waren so angelegt, dass sie den wenigen Wasserlöchern und Quellen noch nicht einmal nahe kamen. Ohne Wasser war die Sonne der Raraku jedoch eine mörderische Begleitung. Kalam kannte die Heilige Wüste; die alte Karte, die er schon seit Jahrzehnten im Kopf hatte, brannte sich mit jedem Orientierungszeichen, das er erkannte, erneut ein. Felsnadeln, umgestürzte Felsen, der Verlauf eines Flutkanals – es kam ihm vor, als wäre er niemals fort gewesen, trotz all seiner neuen Loyalitäten, seiner einander widersprechenden Bindungen. *Und einmal mehr bin ich ein Kind dieser Wüste. Einmal mehr ein Diener ihrer geheiligten Not.*

So wie der Wind und die Hitze den Sand und die Steine formten, so formte die Raraku alle, die sie kennen gelernt hatten. Sie zu durchqueren hatte die Seelen der Männer jener drei Kompanien, die später Brückenverbrenner genannt werden sollten, für immer gezeichnet. *Wir hätten uns keinen anderen Namen vorstellen können. Die Raraku hat unsere Vergangenheit weggebrannt, hat alles, was vorher gewesen war, zu einem Pfad aus Asche gemacht.*

Er lenkte den Hengst eine Geröllhalde hinauf. Kieselsteine und Sand rutschten und purzelten durcheinander, als das Tier sich den Hang hinaufmühte, um wieder auf den richtigen Pfad entlang des Kamms zurückzukehren, der in sanfter Neigung westwärts in die Raraku hinabführen würde.

Am Himmel glitzerten die Sterne wie Messerspitzen. Die ausgebleichten Kalksteinklippen schimmerten silbern im fahlen Mondlicht, als würden sie Erinnerungen an den Tag widerspiegeln.

Der Assassine lenkte sein Pferd zwischen die zerbröckelten Fundamente zweier Wachtürme. Scherben und zerbrochene Ziegelsteine knirschten unter den Hufen seines Hengstes. Rhizan huschten flügelschlagend aus seinem Weg. Kalam spürte, dass er nach Hause zurückgekehrt war.

»Keinen Schritt weiter«, warnte ihn eine krächzende Stimme.

Lächelnd zügelte Kalam sein Pferd.

»Ein dreister Auftritt«, fuhr die Stimme fort. »Ein Hengst von der Farbe des Sandes, eine rote Telaba …«

»Ich verkünde, was ich bin«, erwiderte Kalam leichthin. Er hatte herausgefunden, von wo die Stimme erklang – dort, aus den tiefen

Schatten einer Doline, gleich hinter dem Wachturm zu seiner Linken. Eine Armbrust war auf ihn gerichtet, doch Kalam wusste, dass es ihm gelingen würde, sich unter dem Bolzen wegzuducken, den Hengst zwischen sich und den Fremden zu bringen und sich aus dem Sattel zu rollen. Zwei gut gezielte Messer in die noch etwas dunklere Gestalt inmitten der Schatten würden ihr Gespräch dann rasch beenden. Er fühlte sich entspannt.

»Entwaffne ihn«, sagte die Stimme gedehnt.

Zwei gewaltige Hände schlossen sich von hinten um seine Handgelenke und zerrten mit roher Kraft seine Arme nach hinten, bis er vor Wut fluchend über das Hinterteil des Hengstes gezogen wurde. Sobald er von dem Pferd freigekommen war, drehten die Hände ihn herum und warfen ihn mit dem Gesicht zuerst auf den geröllübersäten Boden. Der Aufprall trieb ihm die Luft aus den Lungen, und Kalam war hilflos.

Er hörte, wie sich der Mann, der gesprochen hatte, aus der Doline erhob und näher kam. Der Hengst schnappte nach ihm, doch auf ein leises, sanftes Wort des Fremden hin beruhigte sich das Tier sofort. Der Assassine hörte, wie die Satteltaschen von seinem Pferd gehoben und auf die Erde gelegt wurden. Eine Klappe wurde zurückgeschlagen. »Ah, er ist es also wirklich.«

Die Hände ließen Kalam los. Ächzend gelang es dem Assassinen, sich herumzurollen. Ein wahrer Riese von einem Mann stand über ihn gebeugt; sein Gesicht war so tätowiert, dass es wie zerborstenes Glas wirkte. Ein einzelner langer Zopf baumelte vor seiner linken Brust. Der Mann trug einen Umhang aus Bhederin-Fell über einem gepanzerten Gewand, das aus Venusmuschel-Schalen zu bestehen schien. Das hölzerne Heft und der steinerne Knauf irgendeiner Stichwaffe ragten unter seinem linken Arm hervor. Der breite Gürtel über dem Lendentuch des Mannes war auf seltsame Weise mit Dingen geschmückt, die für Kalam wie getrocknete Pilzhüte unterschiedlicher Größe aussahen. Der Fremde war mehr als sieben Fuß groß, jedoch so muskulös, dass er auch breit wirkte, und sein flaches, rundes Gesicht musterte Kalam ausdruckslos.

Der Assassine kam allmählich wieder zu Atem und setzte sich auf. »Eine magische Stille«, murmelte er, in erster Linie zu sich selbst.

Der Mann, der jetzt das Buch der Apokalypse in den Händen hielt, hörte das schroffe Flüstern und schnaubte. »Du bildest dir ein, dass kein Sterblicher so nahe an dich herankommen könnte, ohne dass du ihn hören würdest. Du bist davon überzeugt, dass Magie im Spiel gewesen sein muss. Du täuschst dich. Mein Gefährte ist ein Toblakai, ein entflohener Sklave aus Genabackis, vom Laederon-Plateau. Er hat siebzehn Sommer gesehen und eigenhändig einundvierzig Feinde getötet. Das da an seinem Gürtel sind ihre Ohren.« Der Mann stand auf und streckte Kalam die Hand entgegen. »Du bist in der Raraku höchst willkommen, Überbringer. Unsere lange Wache ist zu Ende.«

Kalam verzog das Gesicht zu einer Grimasse, während er die Hand des Mannes ergriff und sich ohne große Anstrengung auf die Beine gezogen fühlte. Der Assassine klopfte den Staub von seinem Gewand. »Dann seid ihr also keine Banditen.«

Der Fremde stieß ein bellendes Lachen aus. »Nein, das sind wir nicht. Ich bin Leoman, der Hauptmann von Sha'iks Leibwache. Mein Gefährte weigert sich, Fremden seinen Namen zu nennen, und dabei wollen wir es belassen. Wir sind die beiden, die sie erwählt hat.«

»Ich muss das Buch in Sha'iks Hände legen, Leoman, nicht in deine«, sagte Kalam.

Der untersetzte Krieger – nach seiner Hautfarbe und seiner Kleidung zu schließen ein Kind dieser Wüste – streckte Kalam das Buch entgegen. »Das musst du, unbedingt.«

Vorsichtig nahm der Assassine den schweren, mitgenommenen Band wieder entgegen.

Hinter ihm erklang eine Frauenstimme. »Du darfst es mir jetzt geben, Überbringer!«

Kalam schloss langsam die Augen; er versuchte, seine ausgefransten Nervenenden wieder zu glätten. Dann drehte er sich um.

Es konnte nicht den geringsten Zweifel geben. Von der kleinen Frau mit der honigfarbenen Haut, die vor ihm stand, gingen wahre

Wogen der Macht aus, der Geruch von windgepeitschtem Sand und Staub, der Geschmack von Salz und Blut. Ihr eher reizloses Gesicht war von tiefen Falten durchzogen, was sie so aussehen ließ, als wäre sie etwa vierzig Jahre alt, obwohl Kalam vermutete, dass sie deutlich jünger war. Die Raraku war eine grausame Heimat.

Unwillkürlich sank Kalam auf ein Knie. Er streckte ihr das Buch entgegen. »Ich überbringe Euch, Sha'ik, die Apokalypse.« *Und gleichzeitig ein Meer aus Blut. Wie viele Unschuldige werden ihr Leben lassen müssen, um Laseen zu stürzen? Der Vermummte soll mich holen – was habe ich getan?*

Das Gewicht des Buches verschwand, als sie es ihm aus den Händen nahm. »Es ist beschädigt.«

Der Assassine blickte auf, erhob sich dann langsam.

Sha'ik runzelte die Stirn; sie fuhr mit einem Finger über die abgerissene Ecke des Lederumschlags. »Nun, das ist eigentlich nicht überraschend, wenn man bedenkt, dass es tausend Jahre alt ist. Ich danke dir, Überbringer. Wirst du dich meinen Soldaten anschließen? Ich spüre große Fähigkeiten in dir.«

Kalam verbeugte sich. »Das kann ich nicht. Meine Bestimmung liegt anderswo.« *Flieh, Kalam, bevor du die Fähigkeiten dieser Leibwächter auf die Probe stellst. Flieh, bevor die Unsicherheit dich tötet.*

Ihre dunklen Augen verengten sich, als sie ihn forschend anblickte, dann weiteten sie sich plötzlich. »Ich spüre etwas von dem Wunsch, den du in dir trägst, obwohl du ihn gut abschirmst. Dann reite also, der Weg nach Süden steht dir offen. Mehr noch, du sollst eine Eskorte bekommen ...«

»Ich brauche keine Eskorte, Seherin ...«

»Und wirst dennoch eine bekommen.« Sie gestikulierte mit den Händen, und eine massige, plumpe Gestalt tauchte aus dem Zwielicht auf.

»Heilige ...«, zischte Leoman warnend.

»Du stellst meine Entscheidungen in Frage?«, schnappte Sha'ik.

»Der Toblakai ist so viel wert wie eine ganze Armee, und auch mir mangelt es nicht an Fähigkeiten, Heilige, aber ...«

»Seit ich ein Kind war«, unterbrach ihn Sha'ik mit gereizter Stimme, »hat vor allem eine Vision immer wieder von mir Besitz ergriffen. Ich habe diesen Augenblick tausendmal gesehen, Leoman. In der Morgendämmerung werde ich das Buch öffnen, und der Wirbelwind wird sich erheben, und ich werde daraus … erneuert hervorgehen. ›Klingen in den Händen, und handlos in Weisheit‹, das sind die Worte des Windes. Jung und doch alt. Das eine Leben unversehrt, das andere unvollendet. Ich *habe gesehen*, Leoman!« Sie unterbrach sich, holte tief Luft. »Ich kann keine andere Zukunft außer dieser einen sehen. Wir sind in Sicherheit.« Sha'ik wandte sich wieder Kalam zu. »Ich habe vor kurzem ein … ein Schoßtier erworben, das ich dir jetzt mitgeben werde, Überbringer, denn ich spüre, dass du … Möglichkeiten in dir trägst.« Sie winkte erneut.

Die große, plumpe Gestalt kam näher, und unwillkürlich trat Kalam einen Schritt zurück. Sein Hengst stieß ein leises Wiehern aus und begann am ganzen Leib zu zittern.

Leoman ergriff das Wort. »Ein Aptorian, Überbringer, aus dem Reich des Schattens. Er ist von Schattenthron in die Raraku geschickt worden, um … zu spionieren. Jetzt gehört er Sha'ik.«

Die Kreatur war ein Gestalt gewordener Albtraum. Sie hockte auf zwei dünnen Hinterbeinen und war fast neun Fuß groß. Ein einzelnes Vorderbein, lang und vielgelenkig, ragte aus einer merkwürdig gegabelten Brust. Aus einem hochgezogenen, eckigen Schulterblatt wuchs der schlangengleiche Hals des Dämons und wurde dann zu einem flachen, länglichen Kopf. Nadelspitze Fänge furchten seine Kieferlinie, die geschwungen war und ihn grinsen ließ wie einen Delfin. Kopf, Hals und Gliedmaßen waren schwarz, während der Torso von dunkelgrauer Farbe war. Ein einzelnes flaches schwarzes Auge, in dem ein beängstigendes Bewusstsein zu erkennen war, blickte Kalam entgegen.

Der Assassine sah kaum verheilte Narben auf dem Körper des Dämons. »Er hat mit irgendetwas gekämpft.«

Sha'ik machte ein finsteres Gesicht. »Mit einem Vielwandler. Wüstenwölfe. Er hat sie vertrieben …«

»Es war eher eine Art taktischer Rückzug«, fügte Leoman trocken hinzu. »Soweit wir wissen, isst und trinkt die Kreatur nicht. Und auch wenn die Heilige anderer Ansicht ist – das Wesen scheint über keinerlei Gehirn zu verfügen; der Ausdruck in seinem Auge ist wahrscheinlich eine Maske, hinter der sich so gut wie nichts verbirgt.«

»Leoman plagt mich mit Zweifeln«, sagte Sha'ik. »Es ist seine erwählte Aufgabe, und ich werde ihrer mehr und mehr überdrüssig.«

»Zweifel sind gesund«, sagte Kalam, dann schloss er den Mund, als hätte er zu viel gesagt.

Die Heilige lächelte. »Ich habe schon gespürt, dass ihr beide euch sehr ähnlich seid. Dann geh also. Die Sieben Heiligen wissen, dass ein Leoman mehr als genug ist.«

Mit einem letzten Blick auf den jungen Toblakai schwang sich der Assassine wieder in den Sattel, lenkte den Hengst auf den nach Süden führenden Pfad und ließ ihn in einen leichten Trab fallen.

Der Aptorian legte anscheinend Wert auf eine gewisse Distanz zwischen ihnen; er bewegte sich mehr als zwanzig Schritt von Kalam entfernt parallel zum Assassinen, ein dunklerer Fleck in der Nacht, der unbeholfen, aber lautlos auf drei Beinen dahintrottete.

Nachdem sie zehn Minuten in schnellem Trab geritten waren, zügelte Kalam den Hengst und ließ ihn in eine langsamere Gangart verfallen. Er hatte das Buch übergeben, hatte persönlich dafür gesorgt, dass sich der Wirbelwind erheben konnte. Er hatte dem Ruf des Blutes gehorcht, auch wenn seine Motivation nicht rein gewesen sein mochte.

Vor ihm lagen die Anforderungen, die sein anderes Leben an ihn stellte. Er würde die Imperatrix töten, um das Imperium zu retten. Wenn er Erfolg hatte, würde Sha'iks Rebellion zum Untergang verdammt sein. Die Kontrolle würde wiederhergestellt werden. *Und wenn ich scheitere, werden sie sich gegenseitig ausbluten, Sha'ik und Laseen, zwei Frauen von der gleichen Art – beim Vermummten, sie sehen sich sogar ähnlich.* Es war für Kalam nicht weit hergeholt, als Folge seiner Taten Hunderttausende von Toten vor sich zu sehen.

Und er fragte sich, ob jetzt womöglich überall im Reich der Sieben Städte diejenigen, die mit den Drachenkarten umgingen, einen neu erwachten Herold des Todes in ihren zitternden Händen hielten.

Bei der Gnade der Königin, es ist vollbracht.

Wenige Minuten vor Anbruch der Morgendämmerung saß Sha'ik mit überkreuzten Beinen vor dem Buch der Apokalypse. Ihre beiden Leibwächter flankierten sie, jeder in der Ruine eines Wachturms. Der junge Toblakai stützte sich auf sein zweihändiges Eisenholzschwert. Auf seinem Kopf saß ein verbeulter Bronzehelm ohne Wangenschutz, und seine Augen lagen im Schatten des geschlitzten Halbvisiers. Sein Gefährte hatte die Arme verschränkt. Eine Armbrust lehnte an einem von einer Lederhose bedeckten Bein. In seinem breiten ledernen Gürtel steckten zwei einhändig zu schwingende Morgensterne. Er hatte einen farblosen Telaba-Schal um den mit einer Spitze versehenen eisernen Helm geschlungen. Das glatt rasierte Gesicht darunter trug die Spuren eines Lebens, das dreißig Jahre lang von Sonne und Wind geprägt worden war. Leomans hellblaue Augen zuckten hierhin und dorthin.

Die ersten Sonnenstrahlen glitten über Sha'ik hinweg. Die Heilige beugte sich vor und öffnete das Buch.

Der Armbrustbolzen traf ihre Stirn knapp einen Zoll über dem linken Auge. Die eiserne Spitze zerschmetterte den Knochen, bohrte sich ein Stück weit in ihren Schädel, ehe die Widerhaken sich wie eine tödliche Blume in ihrem Hirn öffneten. Danach prallte die Spitze des Bolzens gegen die Innenseite ihres Hinterkopfes, trat explosionsartig wieder aus.

Sha'ik brach zusammen.

Tene Baralta stieß ein lautes Gebrüll aus und schaute voller Befriedigung zu, wie Aralt Arpat und Lostara Yil die zwölf Roten Klingen zur Attacke auf die beiden unglücklichen Leibwächter anführten.

Der Wüstenkrieger hatte sich nur einen Herzschlag nach Sha'iks Tod geduckt und zur Seite gerollt. Die Armbrust, die er jetzt in den

Händen hielt, zuckte. Man konnte sehen, wie sich Aralt Arpats Brust nach innen wölbte, als der Bolzen sein Brustbein zerschmetterte. Der große Sergeant wurde nach hinten geschleudert, landete mit ausgestreckten Gliedern im Staub.

Der Kommandant brüllte verärgert auf, zog seine Tulwars und schloss sich dem Angriff an. Lostaras Trupp schleuderte kurz nacheinander seine Lanzen, als er kaum noch fünfzehn Schritt von dem Toblakai entfernt war.

Tene Baraltas Augen weiteten sich vor Staunen, als nicht eine einzige der sechs Lanzen traf. Mit einer für ein Wesen von solcher Größe unglaublichen Geschmeidigkeit schien der Toblakai ihnen ohne jede Mühe auszuweichen; er verlagerte sein Gewicht und senkte eine Schulter, bevor er einen Satz auf die Angreifer zu machte und sein archaisches hölzernes Schwert in großem Bogen schwang. Er traf die Knie der vordersten Roten Klinge. Der Mann ging in einer Staubwolke zu Boden, beide Beine zerschmettert.

Dann war der Toblakai mitten unter den Männern. Als Tene Baralta losrannte, um sie zu erreichen, sah er Lostara Yil zurücktaumeln; Blut strömte ihr über den Kopf, während ihr Helm davonflog und über die Tonscherben hüpfte. Ein zweiter Soldat fiel; ein Hieb des hölzernen Schwerts hatte ihm die Kehle zerschmettert.

Arpats Trupp griff den Wüstenkrieger an. Ketten klirrten, als der Mann mit den Morgensternen zuschlug und mit tödlicher Genauigkeit traf. Es gab keine Waffe, die schwerer zu parieren war als ein Morgenstern – die Kette überwand jede Deckung, ließ die eiserne Kugel ungehindert weiter auf ihr Ziel zufliegen. Der größte Nachteil der Waffe war, dass sie nur langsam wieder zurückgeholt werden konnte; doch in diesem kurzen Augenblick, da Tene Baralta hinüberschaute, um den Kampf einzuschätzen, sah er, dass der Wüstenkrieger mit beiden Händen gleich gut kämpfte und seine Attacken genau aufeinander abstimmte, was seine Hiebe in steter Folge auf seine Gegner einprasseln ließ, sodass sich für die Soldaten keinerlei Lücke bot. Noch während der Kommandeur zusah, wurde sein Helm von einer eisernen Kugel zerschmettert.

Innerhalb eines Atemzugs änderte Tene Baralta seine Taktik. Sha'ik war tot. Die Mission war ein Erfolg – es würde keinen Wirbelwind geben. Es war völlig sinnlos, im Kampf mit diesen beiden beängstigend fähigen Schlächtern – die trotzdem bei der Aufgabe, Sha'ik zu schützen, versagt hatten und jetzt nichts als Rache suchten – noch weitere Leben zu opfern. Er bellte den Befehl zum Rückzug und sah zu, wie seine Soldaten versuchten, sich von den beiden Kämpfern abzusetzen. Sie mussten diesen Versuch teuer bezahlen, denn drei weitere Soldaten fielen, bis die übrig gebliebenen Kämpfer so viel Abstand zwischen sich und ihre Gegner gebracht hatten, dass sie sich umdrehen und davonrennen konnten.

Zwei von Lostara Yils Soldaten waren loyal genug, ihre betäubte Anführerin beim Rückzug mitzuschleppen.

Tene Baralta kochte vor Wut; es war alles andere als leicht, mit anzusehen, wie seine Roten Klingen vernichtend geschlagen wurden. Er schluckte eine Reihe bitterer Flüche hinunter. Mit ausgestreckten Tulwars schirmte er die sich zurückziehenden Soldaten ab; seine Nerven prickelten bei dem Gedanken, dass einer der beiden Leibwächter die Herausforderung annehmen könnte.

Doch die beiden Männer schienen keinerlei Interesse an einer Verfolgung zu haben, sondern blieben bei den beiden Wachtürmen. Der Wüstenkrieger hockte sich hin, um seine Armbrust wieder zu laden.

Das war das Letzte, was Tene Baralta von den beiden Kriegern sah; einen Augenblick später duckte sich der Anführer der Roten Klingen, geriet dadurch außer Sichtweite und rannte mit seinen Soldaten zurück zu der kleinen Schlucht, wo sie ihre Pferde angebunden hatten.

Als sie in dem von hohen Wänden umgebenen Trockental angekommen waren, stationierten die Roten Klingen ihren letzten Armbrustschützen auf dem Kamm in Richtung Süden und machten dann eine Pause, um ihre Wunden zu versorgen und wieder zu Atem zu kommen. Der Blutgeruch ließ die Pferde hinter ihnen scheuen. Ein Soldat beträufelte Lostaras rot verschmiertes Gesicht mit Wasser. Sie blinzelte, und allmählich klärte sich ihr Blick.

Tene Baralta starrte mit finsterem Gesichtsausdruck auf sie hinab. »Zeit, dass du wieder gesund wirst, Sergeant«, sagte er knurrend. »Du wirst dich wieder auf Kalams Fährte setzen – in sicherem Abstand.«

Sie nickte, hob dann eine Hand, um die klaffende Wunde auf ihrer Stirn zu betasten. »Das Schwert war aus *Holz.*«

»Und so hart wie Stahl, stimmt. Der Vermummte soll den Toblakai holen – und den anderen gleich mit dazu. Wir werden sie sich selbst überlassen.«

Lostara warf ihm einen sarkastischen Blick zu, nickte jedoch nur stumm.

Tene streckte eine gepanzerte Hand aus und zog seinen Sergeanten auf die Beine. »Ein guter Schuss, Lostara Yil. Du hast die gottverfluchte Hexe getötet – und damit alles, wofür sie gestanden hat. Die Imperatrix wird zufrieden sein, sogar mehr als zufrieden.«

Leicht taumelnd ging Lostara Yil zu ihrem Pferd, schwang sich in den Sattel.

»Wir reiten nach Pan'potsun«, erklärte ihr Tene Baralta. »Um die Nachricht zu verkünden«, fügte er mit einem düsteren Grinsen hinzu. »Verlier Kalam nicht, Sergeant.«

»Das wird mir ganz sicher nicht passieren«, erwiderte sie.

Du weißt, dass ich dich für diese Verluste verantwortlich mache, was? Verdammt schlau, Schätzchen.

Er blickte ihr hinterher, wie sie davonritt, und richtete dann den Blick auf die ihm verbliebenen Soldaten. »Feiglinge! Ein Glück für euch, dass ich euren Rückzug gedeckt habe. Aufsitzen.«

Leoman breitete die Decke zwischen den Fundamenten der beiden Wachtürme aus und rollte dann Sha'iks in Leinwand gehüllten Leichnam darauf. Er kniete sich für einen kurzen Augenblick daneben, wischte sich den schmierigen Schweiß von der Stirn.

Der Toblakai stand ganz in der Nähe. »Sie ist tot.«

»Das sehe ich«, sagte Leoman trocken, während er die Hand ausstreckte, um nach dem blutbefleckten Buch zu greifen. Mit langsamen Bewegungen wickelte er es wieder ein.

»Und was machen wir jetzt?«

»Sie hat das Buch geöffnet. In der Morgendämmerung.«

»Es ist nichts passiert – außer dass ein Armbrustbolzen ihren Schädel durchschlagen hat.«

»Verdammt, das weiß ich selbst!«

Der Toblakai verschränkte die gewaltigen Arme, stand einfach nur stumm da.

»Die Prophezeiung war eindeutig«, sagte Leoman nach ein paar Minuten. Er stand auf, zuckte zusammen, als er seine vom Kampf steifen Muskeln spürte.

»Und was machen wir jetzt?«, fragte der junge Riese ein zweites Mal.

»Sie hat gesagt, sie würde … erneuert werden …« Er seufzte. Das Buch lag schwer in seiner Hand. »Wir warten.«

Der Toblakai hob den Kopf, schnüffelte. »Da braut sich was zusammen …«

Buch Zwei

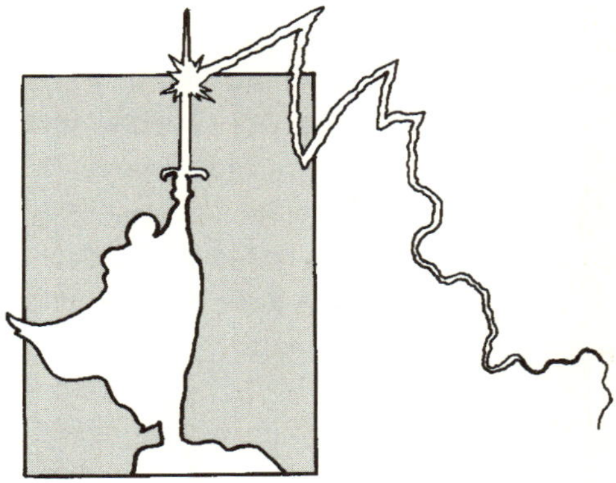

Wirbelwind

Ich bin an diesem Tag
über alte Straßen gewandert,
die mit Einbruch der Nacht
zu Geistern wurden
und in der Morgendämmerung
verschwunden waren.
So war meine Reise
durch die Jahrhunderte
in einem Aufblitzen der Sonne.

Epitaph der Pardu

Kapitel Sechs

Schon früh während der Herrschaft Kellanveds entwickelten sich Kulte in den imperialen Armeen, besonders bei den Seesoldaten. Man sollte dabei bedenken, dass dies auch die Zeit von Dassem Ultor war, dem Ersten Schwert des Imperiums und oberstem Befehlshaber aller malazanischen Truppen ... einem Mann, der dem Vermummten verschworen war ...

Malazanische Feldzüge, Bd. II
Duiker

Beneth saß an seinem Tisch in Bulas Schänke und reinigte sich mit einem Dolch die Fingernägel. Sie waren makellos sauber, was das Ganze ziemlich affektiert erscheinen ließ. Felisin kannte seine Posen mittlerweile, und sie wusste auch, was für Stimmungen sie verbargen. Beneth war wütend, doch er hatte auch Angst. Plötzlich waren Unsicherheiten in seinem Leben aufgetaucht, und wie die Larven der Blutfliegen krabbelten sie unter seiner Haut und wurden immer größer, während sie an ihm nagten.

Sein Gesicht, aber auch seine kräftigen, narbenbedeckten Handgelenke glänzten vor Schweiß. Der Zinnkrug mit gekühltem saltoanischem Wein stand unberührt auf der zerkratzten Tischplatte, und eine Reihe von Fliegen marschierte in endlosem Gleichschritt wieder und wieder um den Rand des Kruges herum.

Felisin starrte die winzigen schwarzen Insekten an, und die Erinnerungen an das Entsetzen kehrten zurück. Der Akolyth des Vermummten, der überhaupt nicht da gewesen war. Ein Schwarm aus den Schemen des Todes, der menschliche Gestalt angenommen hatte. Das Surren kleiner Flügel, aus dem sich Worte formten …

»In deinen Augen ist schon wieder dieses Licht, Schätzchen«, sagte Beneth. »Es sagt mir, dass du begreifst, was aus dir geworden ist. Ein hässliches Licht.« Er schob einen kleinen Lederbeutel über den Tisch zu ihr hinüber. »Lass es verschwinden.«

Ihre Hand zitterte, als sie nach dem Beutel griff, die Schnüre öffnete und den Klumpen Durhang herauszog. Er sah ihr zu, wie sie die feuchten Pollen in den Kopf ihrer Pfeife stopfte.

Sechs Tage waren vergangen, und Baudin war noch immer verschwunden. Hauptmann Sawark hatte Beneth mehrere Male zu sich gerufen. Schädelmulde war im Verlauf der Suche praktisch auseinander genommen worden, die Patrouillen auf der Käferstraße oben auf dem Kamm waren verdoppelt worden – *Runde um Runde* –, und der Abteufer-See war mit dem Schleppnetz durchsucht worden. Es schien, als wäre Baudin vom Erdboden verschluckt worden.

Beneth nahm es persönlich. Er fühlte sich bloßgestellt – schließlich hatte er geglaubt, die Kontrolle über Schädelmulde zu haben. Er hatte sie zurück an seine Seite gerufen, jedoch nicht etwa aus Leidenschaft, sondern weil er ihr nicht mehr traute. Sie wusste etwas – etwas über Baudin –, und, was noch schlimmer war, er wusste, dass sie mehr war, als sie zu sein vorgab.

Beneth und Sawark haben miteinander gesprochen, hatte Heboric an dem Tag gesagt, als sie weggegangen war – als ihre Verfassung es ihr dank seiner Bemühungen erlaubt hatte, zumindest so zu tun, als ginge es ihr wieder gut genug, um ihn zu verlassen. *Sei vorsichtig, Mädchen. Beneth nimmt dich zurück, aber nur, damit er höchstpersönlich deine endgültige Vernichtung beaufsichtigen kann. Was bisher willkürlich war, das ist jetzt wohl überlegt und präzise. Er hat Richtlinien bekommen.*

Wie kommt es, dass du etwas darüber weißt?

Um die Wahrheit zu sagen – ich weiß es nicht, ich stelle nur Vermutungen an. Aber Baudins Flucht hat Beneth ein Druckmittel gegenüber Sawark in die Hand gegeben, und es ist ziemlich wahrschein-

lich, dass er es benutzt hat, um deine wahre Geschichte zu erfahren. Sawark hat ihm mehr Kontrolle gewährt; es wird keinen zweiten Fall Baudin geben – keiner der beiden kann sich das erlauben. Sawark hat keine andere Wahl, als Beneth mehr Macht zu geben … mehr Wissen …

Der Durhang-Tee hatte ihr Erleichterung verschafft, hatte die Schmerzen betäubt, die die gebrochenen Rippen und der geschwollene Kiefer verursacht hatten, doch er war nicht stark genug gewesen, um ihre Gedanken zu betäuben. Sie hatte gespürt, wie die Verzweiflung von Minute zu Minute mehr Besitz von ihr ergriffen hatte. Heboric zu verlassen war eine Flucht gewesen, zu Beneth zurückzukehren eine von Panik diktierte Notwendigkeit.

Er lächelte, als sie den Klumpen Durhang anzündete.

»Baudin war nicht einfach nur ein Schläger aus dem Hafenviertel, oder?«

Durch Rauchschwaden hindurch starrte sie ihn mit gerunzelter Stirn an.

Beneth legte den Dolch auf den Tisch und versetzte ihn in rotierende Bewegung. Gemeinsam betrachteten sie, wie die Klinge herumwirbelte und dabei immer wieder aufblitzte. Als sie zum Stillstand kam, zeigte die Spitze auf Beneth. Er zog ein finsteres Gesicht, drehte den Dolch ein zweites Mal. Als die Drehung langsamer wurde und es den Anschein hatte, als würde die Spitze erneut auf ihn zeigen, nahm er den Dolch und steckte ihn zurück in die Scheide an seinem Gürtel. Dann griff er nach dem Zinnkrug.

»Ich weiß überhaupt nichts über Baudin«, sagte Felisin.

Er musterte sie mit einem langen Blick aus seinen tief in ihren Höhlen liegenden Augen. »Du hast nicht das Geringste über irgendwen rausgekriegt, stimmt's? Was bedeutet, dass du entweder ziemlich dumm bist … oder dich ganz bewusst um nichts kümmerst.«

Sie erwiderte nichts. In ihr breitete sich ein Gefühl von Taubheit aus.

»War ich es, Schätzchen? Hast du dich so sehr überwinden müssen, um mit mir zusammen zu sein? Ich hab dich begehrt, Felisin. Du warst schön. Und klug. Das hab ich in deinen Augen sehen können. Bin ich jetzt schuld, dass du so geworden bist?«

Er bemerkte, dass sie den Lederbeutel auf dem Tisch anstarrte, und schenkte ihr ein schiefes Lächeln. »Anweisungen sind Anweisungen. Und außerdem – du hättest Nein sagen können.«

»Jederzeit«, sagte sie und schaute weg.

»Ah, dann ist es also nicht meine Schuld.«

»Nein«, erwiderte sie. »Es ist alles meine Schuld, Beneth.«

Er stand abrupt auf. »Heute Nacht hat die Luft nichts Angenehmes. Der She'gai hat angefangen, der heiße Wind ... alles, was du bis jetzt erlitten hast, ist nichts weiter als ein Vorspiel gewesen, Schätzchen. Wenn der She'gai weht, beginnt der Sommer. Aber heute Nacht ...« Er starrte auf sie hinunter, ohne den Satz zu beenden. Stattdessen packte er sie einfach am Arm und zog sie hoch. »Geh mit mir spazieren.«

Beneth war das Recht gewährt worden, eine Art Bürgerwehr aufzustellen, die aus seinen auserwählten Sklaven bestand, von denen jeder mit einem Knüppel bewaffnet war. Während der Nacht patrouillierten sie durch die behelfsmäßigen Straßen von Schädelmulde. Jeder, der sich nicht an die Ausgangssperre hielt und nach Einbruch der Dunkelheit draußen erwischt wurde, würde jetzt zuerst verprügelt und dann hingerichtet werden. Die Hinrichtung war Sache der Wachen – Beneths Bürgerwehr hatte ihren Spaß daran, die Opfer zu verprügeln.

Sie gesellten sich zu der Patrouille. Felisin kannte das halbe Dutzend Männer ziemlich gut, schließlich gehörten sie zu denen, deren Loyalität Beneth sich mit ihrem Körper erkauft hatte. »Wenn es eine ruhige Nacht wird«, versprach er ihnen, »werden wir Zeit haben, uns ein bisschen zu entspannen, wenn es hell wird.« Die Männer grinsten bei diesen Worten.

Sie gingen die sandigen Wege entlang und blickten sich dabei aufmerksam um, konnten jedoch niemanden entdecken. Als sie gegenüber einer Spielhölle ankamen, die »Bei Suruk« genannt wurde, sahen sie eine Gruppe von Dosii-Wächtern, bei denen sich auch Gunnip befand, der Hauptmann der einheimischen Truppen. Sie marschierten weiter und spürten dabei die Blicke der Dosii, die ihnen beharrlich folgten.

Beneth zögerte kurz, als erwöge er, mit Gunnip zu sprechen, doch schließlich schnaubte er nur laut durch die Nase und ging weiter. Er legte eine Hand auf den Knauf seines Messers.

Dumpf wurde sich Felisin der Tatsache bewusst, dass etwas in der Luft lag. Es war, als trüge der heiße Wind eine neue Drohung durch die Nacht. Sie bemerkte, dass das Geplapper der Patrouille verstummt war, und sie konnte deutlich Anzeichen von Nervosität erkennen. Sie zog einen weiteren Klumpen Durhang aus ihrem Beutel und steckte ihn sich in den Mund, wo er kühl und süß zwischen Wange und Zahnfleisch hockte.

»Wenn ich dir dabei so zusehe, muss ich an Sawark denken«, murmelte Beneth.

Sie blinzelte. »Sawark?«

»Hm. Je schlechter die Dinge laufen, desto mehr verschließt er die Augen.«

»Und was für Dinge laufen schlechter?«, fragte sie undeutlich.

Wie zur Antwort auf ihre Frage erklang hinter ihnen ein Schrei, gefolgt von lautem Gelächter; es kam von der Vorderseite von Suruks Spielhölle. Beneth brachte seine Männer mit einer knappen Geste zum Stehen und ging dann zurück zu der Kreuzung, an der sie gerade vorbeigekommen waren. Von dort aus konnte er Suruks Spelunke sehen – und auch Gunnips Soldaten.

Seine Haltung veränderte sich, zeigte wachsende Anzeichen von Anspannung; es war, als würde langsam ein Geist in Beneth hineinkriechen und ihn durchdringen. Während sie zusah, begannen ganz weit hinten in Felisins Hinterkopf Alarmglocken leise zu schrillen. Sie zögerte kurz, wandte sich dann an die Männer der Bürgerwehr. »Es ist etwas geschehen. Geht zu ihm.«

Auch die Männer blickten zurück. Einer von ihnen machte ein finsteres Gesicht, während er die Hand nervös über den Gürtel hin zu seinem Knüppel gleiten ließ. »Er hat uns keine Anweisungen gegeben«, knurrte er. Die anderen nickten; sie wirkten merkwürdig zappelig, wie sie dort wartend in den Schatten standen.

»Er ist ganz allein«, sagte sie. »Auf freiem Gelände. Ich glaube, dass Pfeile auf ihn gerichtet sind …«

»Halt's Maul, Mädchen«, schnappte einer der Männer. »Wir gehen da nicht hin …«

Beneth schien einen Schritt zurückzuweichen, ehe er sich deutlich sichtbar straffte.

»Sie kommen, um ihn zu holen«, zischte Felisin.

Gunnip und seine Dosii tauchten in ihrem Blickfeld auf, bildeten einen Halbkreis um Beneth herum. Gespannte Armbrüste waren auf ihn gerichtet.

Felisin wirbelte herum. »Na los, geht hin und helft ihm, verdammt noch mal!«

»Der Vermummte soll dich holen!«, fauchte einer der Männer zurück. Die Patrouille löste sich auf, die Männer glitten zurück in die Schatten, und dann in die dunklen Mündungen der Gässchen dahinter.

»Na, bist du ganz allein da draußen, Schätzchen?«, rief Hauptmann Gunnip. Seine Soldaten lachten. »Komm hierher, zu Beneth. Wir wollen ihm nur ein bisschen was erzählen, das ist alles. Mach dir keine Sorgen, Schätzchen.«

Beneth drehte sich um, als wollte er ihr etwas sagen. Ein Dosii-Wächter trat dicht an ihn heran und schlug ihm mit der behandschuhten Faust ins Gesicht. Beneth taumelte ein paar Schritte zurück; er fluchte, als er die Hände hob und seine gebrochene Nase betastete.

Felisin machte ein paar stolpernde Schritte rückwärts, dann drehte sie sich um und rannte los; im gleichen Augenblick hörte sie das Geräusch abgefeuerter Armbrüste. Bolzen zischten links und rechts von ihr durch die Luft, als sie sich in die Mündung einer Gasse warf. Hinter ihr ertönte lautes Lachen.

Sie rannte weiter. Das Gässchen verlief parallel zur Rostrampe. Knapp hundert Schritt voraus warteten Dunkelhalle und die Soldatenunterkünfte. Sie war völlig außer Atem, als sie die freie Fläche betrat, die die beiden malazanischen Gebäude umgab, ihr Herz hämmerte in ihrer Brust, als wäre sie fünfzig und nicht fünfzehn Jahre alt. Ganz langsam holte der Schock sie ein – der Schock, gesehen zu haben, wie Beneth niedergeschlagen wurde.

Hinter den Soldatenunterkünften erklangen laute Rufe und Hufgetrappel. Rund zwanzig Sklaven tauchten auf; sie wurden von gut fünfzig Dosii-Wächtern in die Richtung getrieben, wo Felisin stand. Lanzen trafen einige der Männer in den Rücken, ließen sie in den Staub sinken. Die unbewaffneten Sklaven versuchten zu fliehen, doch die Dosii hatten sie umzingelt. Etwas verspätet begriff Felisin, dass auch ihr die Flucht jetzt unmöglich gemacht worden war.

Ich habe Beneth bluten gesehen. Dem Gedanken folgte sofort ein anderer. *Jetzt werden wir sterben.*

Die Pferde der Dosii trampelten über Männer und Frauen hinweg. Tulwars fuhren herab. Die Sklaven starben stumm, hoffnungslos. Zwei Reiter kamen auf Felisin zu. Sie betrachtete die beiden, fragte sich, wer von ihnen sie wohl zuerst erreichen würde. Der eine hielt eine Lanze, die Spitze leicht gesenkt, sodass er sie in die Brust treffen würde. Der andere hatte sein breitklingiges Schwert hoch erhoben, bereit, nach unten zuzuschlagen. Die Gesichter der Männer waren vor Freude gerötet, und Felisin war überrascht über ihren unmenschlichen Gesichtsausdruck.

Als beide nur noch einen Herzschlag entfernt waren, bohrten sich Armbrustbolzen in die Körper der Reiter. Taumelnd stürzten sie aus den Sätteln. Felisin drehte sich um und sah eine Truppe von malazanischen Armbrustschützen in Formation vorrücken; die vorderste Reihe hatte sich hingekniet, um ihre Waffen erneut zu laden, während die zweite Reihe sich ein paar Schritte an ihnen vorbeischob, zielte und dann gleichzeitig die Bolzen in das Gewühl der Dosii-Reiter abfeuerte. Tiere und Menschen schrien vor Schmerzen auf.

Eine dritte Salve brach den Ansturm der Dosii, trieb sie zurück in die Dunkelheit hinter den Soldatenunterkünften.

Eine Hand voll Sklaven lebte noch. Ein Sergeant bellte einen Befehl, und ein Dutzend Soldaten bewegte sich vorwärts; sie untersuchten die Körper, die überall herumlagen, und drängten die Überlebenden schließlich dorthin, wo ihre Kameraden noch immer warteten.

»Komm mit«, zischte eine Stimme neben Felisin.

Sie blinzelte. Es dauerte eine ganze Weile, bis sie Pellas Gesicht erkannte. »Was?«

»Wir bringen die Sklaven in den Ställen unter – das heißt, die anderen, dich nicht.« Er nahm sanft ihren Arm. »Wir sind zahlenmäßig deutlich unterlegen. Ich fürchte, die Sklaven zu verteidigen gehört nicht zu den wirklich wichtigen Dingen. Sawark will, dass diese Meuterei noch heute Nacht niedergeschlagen wird ...«

Sie musterte sein Gesicht. »Was sagst du?«

Der Sergeant hatte seine Männer in die Mündung einer Gasse zurückgezogen, eine Position, die sich etwas besser verteidigen ließ. Die zwölf abkommandierten Soldaten trieben die Sklaven die Nebenstraße entlang, die zu den Ställen führte. Pella führte Felisin in die gleiche Richtung. Sobald sie sich außer Sichtweite des Sergeanten befanden, sprach er die Soldaten an. »Drei von euch kommen mit mir.«

»Hat Oponn dein Hirn durcheinander gebracht, Pella?«, erwiderte einer der Angesprochenen. »Ich fühle mich so schon nicht sicher, und jetzt willst du den Trupp auch noch aufteilen?«

Ein Zweiter mischte sich ein. »Wir sollten zusehen, dass wir diese verdammten Sklaven loswerden, und dann machen, dass wir zurückkommen, bevor der Sergeant losmarschiert und sich wieder dem Hauptmann anschließt.«

»Das hier ist das Mädchen von Beneth«, sagte Pella.

»Ich glaube nicht, dass Beneth noch lebt«, sagte Felisin dumpf.

»Vor fünf Minuten hat er das aber noch getan, Mädchen«, sagte Pella stirnrunzelnd. »Er war ein bisschen blutverschmiert, aber sonst war nichts. Er sammelt gerade seine Schlägertruppe.« Er drehte sich zu den anderen um. »Wir werden Beneth brauchen, Reborid, ganz egal, was Sawark für große Töne spuckt. Also, drei von euch – wir müssen nicht weit gehen.«

Der Mann namens Reborid machte ein finsteres Gesicht, winkte dann jedoch zwei andere mit sich.

In Schädelmuldes westlichem Arm war ein Feuer ausgebrochen, irgendwo auf der Spuckgasse. Es breitete sich schnell und ungehindert aus, verlieh den Rauchwolken einen gespenstischen orangefarbenen Schimmer.

Während Pella Felisin mit sich zog, redete Reborid unaufhörlich. »Im Namen des Vermummten, wo bleibt die Garnison von Be'thra? Glaubst du, die können die Flammen nicht sehen? Und oben, auf der Käferstraße, haben malazanische Trupps patrouilliert – ein Reiter muss zu ihnen geschickt worden sein –, die müssten verdammt noch mal schon längst hier sein.«

Überall auf der Straße lagen Menschen, hingekauerte, reglose Gestalten. Die kleine Gruppe stapfte um sie herum, ohne ein einziges Mal innezuhalten.

»Der Vermummte mag wissen, was Gunnip sich dabei denkt«, fuhr der Soldat fort. »Sawark wird dafür sorgen, dass im Umkreis von fünfzig Längen jeder verdammte Dosii ausgeweidet und in der Sonne liegen gelassen wird.«

»Hier ist die Stelle«, sagte Pella und hielt Felisin fest, damit sie stehen blieb. »Verteidigungsstellung«, wies er die anderen an. »Es wird nur einen Moment dauern.«

Sie waren vor Heborics Haus. Nicht der kleinste Lichtschein drang durch die Ritzen der Fensterläden. Die Tür war verriegelt. Mit widerwilligem Schnauben trat Pella die dürftige Barriere ein. Er packte Felisin im Genick und schob sie ins Innere und damit in die Dunkelheit, dann folgte er ihr.

»Es ist niemand hier«, sagte Felisin.

Pella antwortete nicht, schob sie immer nur weiter vorwärts, bis sie zu dem Stück Stoff kamen, das den Schlafraum des ehemaligen Priesters vom Rest des Raumes trennte. »Zieh ihn zur Seite, Felisin.«

Sie tat, wie ihr geheißen, und trat dann in die kleine Kammer. Pella folgte ihr.

Heboric hockte auf seiner Koje, starrte sie schweigend an.

»Ich war mir nicht sicher«, sagte Pella mit leiser Stimme, »ob Ihr sie immer noch dabeihaben wollt.«

Der Ex-Priester grunzte. »Was ist mit dir, Pella? Wir könnten immer noch ...«

»Nein. Nehmt sie stattdessen mit. Ich muss wieder zurück zum Hauptmann. Wir werden diese Meuterei niederschlagen – aber für euch kommt sie gerade recht.«

Heboric seufzte. »Hm, hm, das stimmt schon. Bei Feners Grunzen, komm aus dem Schatten, Baudin. Dieser Junge hier ist keine Gefahr für uns.«

Pella zuckte zusammen, als eine massige Gestalt sich aus den Schatten hinter dem Stück Stoff löste. Baudins eng beieinander stehende Augen glitzerten im Dämmerlicht. Er sagte nichts.

Pella schüttelte sich und trat dann zurück zum Eingang. Er packte den schmierigen Stoff mit einer Hand. »Fener möge Euch beschützen, Heboric!«

»Ich danke dir, mein Junge. Für alles.«

Pella antwortete mit einem kurzen Nicken, dann war er verschwunden.

Felisin starrte Baudin stirnrunzelnd an. »Du bist nass.«

Heboric erhob sich. »Ist alles bereit?«, fragte er Baudin.

Der große Mann nickte.

»Fliehen wir?«, wollte Felisin wissen.

»Hm.«

»Und wie?«

Heboric starrte sie finster an. »Das wirst du noch früh genug erfahren.«

Baudin hob zwei große Lederpacken auf, die hinter ihm lagen, und warf einen davon anscheinend ohne Anstrengung Heboric zu, der ihn geschickt mit den Unterarmen auffing. Das Geräusch, das der Packen von sich gab, als der ehemalige Priester ihn auffing, war für Felisin der Beweis, dass es sich dabei um eine versiegelte, mit Luft gefüllte Blase handelte. »Wir werden durch den Abteufer-See schwimmen«, sagte sie. »Warum? Auf der anderen Seite ist nichts als eine nackte Klippe.«

»Es gibt Höhlen«, erwiderte Heboric. »Wenn der Wasserstand niedrig ist, kommt man leicht hinein ... Frag Baudin, er versteckt sich schon seit einer Woche in einer.«

»Wir müssen Beneth mitnehmen«, sagte Felisin.

»Nun, Mädchen ...«

»Nein, du schuldest mir etwas – alle beide schuldet ihr mir etwas! Du wärst nicht mehr am Leben und könntest das hier gar nicht mehr tun, Heboric, wenn ich nicht gewesen wäre. Und Beneth. Ich werde ihn suchen, und dann treffen wir uns am Ufer ...«

»Nein, du wirst ihn nicht suchen«, sagte Baudin. »Ich werde ihn suchen.« Er gab Felisin die Blase.

Sie sah zu, wie er durch eine Hintertür hinausschlüpfte, von der sie nicht einmal gewusst hatte, dass sie da war. Dann drehte sie sich langsam um und schaute Heboric an. Er hatte sich hingehockt und untersuchte das lockere Netz, das um die Packen gewickelt war. »Ich habe nicht zu eurem Fluchtplan gehört, stimmt's, Heboric?«

Er blickte auf, zog die Brauen hoch. »Bis heute Nacht hat es so ausgesehen, als ob du Schädelmulde zu deinem Paradies gemacht hättest. Ich hatte nicht den Eindruck, dass du Interesse daran gehabt hättest, von hier zu verschwinden.«

»Mein *Paradies*?« Aus irgendeinem Grund erschütterte sie das Wort. Sie setzte sich auf die Koje.

Er betrachtete sie, zuckte schließlich die Schultern. »Beneth hat dich mit allem versorgt.«

Sie starrte ihm in die Augen, bis er schließlich, nach einem langen Moment, den Blick abwandte. Er stand auf und hob mit einem Grunzen den Packen hoch. »Wir sollten sehen, dass wir wegkommen«, sagte er schroff.

»In deinen Augen bin ich nicht mehr viel wert, was, Heboric? War ich es denn jemals?« *Felisin aus dem Haus Paran. Ihre Schwester ist Mandata Tavore, ihr Bruder ist mit Mandata Lorn geritten. Eine Adlige, ein verzogenes kleines Mädchen. Eine Hure.*

Er antwortete nicht, sondern trat auf die Öffnung in der hinteren Wand zu.

Die westliche Hälfte von Schädelmulde stand in Flammen, beleuchtete den ganzen Talkessel mit einem verschwommenen, flackernden roten Licht. Felisin und Heboric sahen Anzeichen von Handgemengen, als sie die Arbeitsstraße entlang auf den See zueilten – hingestreckte Pferde, tote Malazaner und Dosii. Bulas Schänke war verbarrikadiert worden, und dann waren die Barrieren niedergerissen worden. Aus der Dunkelheit hinter der Türöffnung kam ein leises Stöhnen, als sie vorbeigingen.

Felisin zögerte, doch Heboric hakte sich bei ihr unter. »Du solltest da besser nicht reingehen, Mädchen«, sagte er. »Gunnips Männer haben sich diesen Ort schon früh vorgenommen – und sie waren verdammt gründlich.«

Jenseits der Stadtgrenze erstreckte sich die Arbeitsstraße leer und dunkel bis zur Kreuzung der drei Schicksale. Durch die Binsen zu ihrer Linken schimmerte die ruhige Oberfläche des Abteufer-Sees.

Der Ex-Priester führte sie hinunter ins Gras, hieß sie sich hinkauern und tat dann das Gleiche. »Wir warten hier«, sagte er und wischte sich den Schweiß von der breiten tätowierten Stirn.

Der Schlamm unter ihren Knien war feucht und angenehm kühl. »Wir werden also zu dieser Höhle schwimmen … und was dann?«

»Es ist der Schacht einer alten Mine, und er führt jenseits des Grats, weit hinter der Käferstraße, nach oben. Am anderen Ende sind Vorräte für uns bereitgelegt. Und von da aus geht es hinaus in die Wüste.«

»Nach Dosin Pali?«

Er schüttelte den Kopf. »Nach Westen. Zur Küste, die dem Festland gegenüberliegt. Neun, vielleicht auch zehn Tage. Es gibt verborgene Quellen – Baudin hat sich ihre Lage gemerkt. Wir werden von einem Boot aufgenommen und hinüber zum Festland gebracht werden.«

»Wie? Wer hat das arrangiert?«

Der Ex-Priester schnitt eine Grimasse. »Ein alter Freund, der mehr Loyalität besitzt, als wahrscheinlich gut für ihn ist. Aber der Vermummte weiß, ich will mich nicht beklagen.«

»Und Pella hat den Kontakt hergestellt?«

»Ja. Es gibt da eine obskure Verbindung; hat etwas mit den Freunden von Vätern und Onkeln und den Freunden von Freunden zu tun, so was in der Art. Er hat sich zuerst an dich gewandt, wie du weißt, aber du hast es nicht kapiert. Also hat er mich persönlich gesucht – und gefunden.«

»Ich kann mich an nichts erinnern.«

»Ein Zitat, das Kellanved zugeschrieben wird und das von dem Mann niedergeschrieben wurde, der unsere Flucht arrangiert hat – Duiker.«

»Ein vertrauter Name ...«

»Der imperiale Historiker. Er hat bei der Verhandlung zu meinen Gunsten ausgesagt. Danach hat er dann dafür gesorgt, dass er nach Hissar geschickt wurde, durch ein Gewirr.« Er verstummte, schüttelte langsam den Kopf. »Und das alles, um einen verbitterten alten Mann zu retten, der mehr als einmal seine Geschichtsschreibung öffentlich als Lüge angeprangert hat. Wenn ich das alles überleben und Duiker eines Tages wieder von Angesicht zu Angesicht gegenüberstehen sollte, werde ich mich wohl bei ihm entschuldigen müssen.«

Plötzlich war ein summender, aufgeregter Laut zu hören; er kam aus der rauchgeschwängerten Luft über der Stadt. Das Geräusch wurde lauter. Die ruhige Wasserfläche des Abteufer-Sees verschwand hinter etwas, das wie ein Nebel aus Hagelkörnern aussah.

Felisin kauerte sich furchtsam noch tiefer zusammen. »Was ist das? Was ist da los?«

Heboric schwieg einen Moment lang; plötzlich zischte er: »Blutfliegen! Das Feuer hat sie zuerst angezogen und dann verjagt. Schnell, Mädchen, nimm den Schlamm – schmier dich damit ein. Und dann mich. Beeil dich!«

Glitzernde Wolken aus Insekten kamen in Sicht, rasten wie Nebelböen dahin.

Hektisch grub Felisin ihre Finger in den kühlen Schlamm zwischen den Riedstängeln, klatschte sich dann eine Hand voll nach der anderen auf den Hals, die Arme, das Gesicht. Noch während sie damit beschäftigt war, kroch sie langsam auf den Knien vorwärts, bis sie am Ufer im Wasser saß. Dann drehte sie sich zu Heboric um. »Komm näher heran!«

Er kroch hastig an ihre Seite. »Sie tauchen durchs Wasser, Mädchen. Du musst hier weg – schmier deine Beine mit Schlamm ein!«

»Wenn ich mit dir fertig bin«, sagte sie.

Aber es war schon zu spät. Schlagartig hüllte eine Wolke sie ein, sodass sie kaum noch atmen konnten. Blutfliegen schossen wie Pfeile ins Wasser. Stechende Schmerzen zuckten durch ihre Schenkel.

Heboric stieß ihre Hände zur Seite, duckte sich. »Kümmere dich um dich selbst, Mädchen!«

Der Befehl war unnötig, da jeder Gedanke, Heboric zu helfen, schon mit dem ersten grausamen Stich verschwunden war. Felisin sprang aus dem Wasser, grub mit den Händen im Schlamm und klatschte ihn auf ihre blutverschmierten Schenkel. Schnell machte sie weiter, schmierte Schlamm auf ihre Waden, ihre Knöchel, ihre Füße. Insekten krabbelten in ihren Haaren. Wimmernd versuchte sie sie abzustreifen, schaufelte sich wie rasend Schlamm auf den Kopf. Sie holte Luft – und dann waren die Blutfliegen in ihrem Mund, stachen zu, noch während sie würgte und spuckte. Sie spürte, wie sie sie zerbiss, zermalmte, und der bittere Saft brannte wie Säure. Sie waren überall, sammelten sich in wimmelnden Klumpen um ihre Augen, blendeten sie. Schreiend kratzte sie sie weg, griff nach unten, holte mehr Schlamm, immer mehr Schlamm. Kühlende Dunkelheit, doch ihr Schreien hörte nicht auf, würde nicht aufhören. Die Insekten waren an ihren Ohren. Sie stopfte Schlamm hinein. Endlich war es still.

»Es ist alles in Ordnung, Mädchen – alles in Ordnung.« Heborics Stimme schien von weit her zu kommen, doch er saß ganz nah bei ihr, die handlosen Arme eng um sie geschlungen. »Du kannst jetzt aufhören zu schreien, Felisin. Du kannst jetzt aufhören.«

Sie hatte sich inmitten des Schilfs zu einem Ball zusammengerollt. Der Schmerz, den die Stiche verursachten, verwandelte sich allmählich in ein Taubheitsgefühl – an den Beinen, um ihre Augen und Ohren, in ihrem Mund. Kühle, sanfte Taubheit. Sie hörte, wie sie verstummte.

»Der Schwarm zieht vorbei«, sagte Heboric. »Die Berührung von etwas, das Feners Gnade erfahren hat, ist ihnen wohl zu heftig. Es ist alles in Ordnung, Mädchen. Wisch dir die Augen sauber und sieh selbst.«

Sie rührte sich nicht. Es war leicht, einfach nur still dazuliegen, während sich das Taubheitsgefühl in ihrem Innern ausbreitete.

»Wach endlich auf!«, schnappte Heboric. »In jedem Stich ist ein Ei, und jedes dieser Eier sondert ein Gift ab, ein betäubendes Gift, das dein Fleisch verwandelt. In etwas Weiches, etwas Totes. Als Nahrung für die Larven in den Eiern. Verstehst du mich, Mädchen? Wir müssen diese Eier töten – ich habe eine Tinktur in der Tasche an meinem Gürtel –, aber du musst sie selbst auftragen, hast du verstanden? Ein alter Mann ohne Hände kann das nicht für dich tun …«

Sie stöhnte.

»Wach auf, verdammt noch mal!«

Er schüttelte sie, stieß sie an, trat sie. Fluchend setzte Felisin sich auf. »Hör auf damit! Ich bin wach!« Die Worte klangen undeutlich; ihr betäubter Mund konnte sie nur mit Mühe formen. »Wo ist der Beutel?«

»Hier. Mach die Augen auf!«

Sie konnte durch die geschwollenen Lider kaum etwas sehen, doch ein seltsamer blauer Schimmer, der von Heborics Tätowierungen aufstieg, beleuchtete die Szene. Er war nicht gestochen worden. *Die Berührung von etwas, das Feners Gnade erfahren hat, ist ihnen wohl zu heftig.*

Er deutete auf die Tasche an seinem Gürtel. »Schnell. Die Larven sind kurz vor dem Ausschlüpfen, und dann werden sie anfangen, dich von innen heraus aufzufressen. Mach den Beutel auf. Da, das schwarze Fläschchen, das kleine da. Mach es auf!«

Sie entfernte den Stöpsel. Ein bitterer Geruch ließ sie zurückzucken.

»Einen Tropfen auf die Fingerspitze, und dann drück den Tropfen auf die Wunde, drück ihn richtig in die Wunde. Und dann den nächsten und den nächsten …«

»Ich … ich kann die um meine Augen herum nicht fühlen …«

»Ich werde dich führen, Mädchen. Und jetzt beeil dich!«

Der Schrecken schien kein Ende zu nehmen. Die Tinktur, ein übel riechender dunkelbrauner Saft, tötete die ausgeschlüpften Larven nicht, sondern trieb sie heraus. Heboric gab ihr erneut Anweisungen, wohin sie zu greifen hatte, als die Larven um ihre Augen und Ohren träge ins Freie krochen, und sie zupfte sie aus den Löchern, die die Stiche hinterlassen hatten. Jede Larve war ungefähr so lang wie ein abgeschnittener Fingernagel und von der einschläfernden Wirkung der Tinktur ganz benommen. Die Stiche, die sie sehen konnte, gaben ihr eine Vorstellung davon, wie es um ihre Augen und Ohren herum aussah. In ihrem Mund überlagerte die Bitterkeit der Tinktur den Geschmack des Giftes der Blutfliegen-Larven; in ihrem Kopf begann sich alles zu drehen, und ihr Herz schlug beängstigend schnell. Die Larven fielen wie Reiskörner auf ihre Zunge. Sie spuckte sie aus.

»Es tut mir Leid, Felisin«, sagte Heboric, nachdem sie fertig waren. Er untersuchte die Stiche rund um ihre Augen, und auf seinem Gesicht lag ein mitfühlender Ausdruck.

Ein Schauer durchlief sie. »Was ist los? Werde ich blind? Oder taub? Sag schon, was ist, Heboric?«

Er schüttelte den Kopf, setzte sich langsam hin. »Blutfliegen-Stiche … das Gift tötet das Fleisch. Es wird heilen, aber es werden Pockennarben zurückbleiben. Es tut mir so Leid, Mädchen. Um deine Augen herum sieht es schlimm aus, es sieht sehr schlimm aus …«

Sie hätte beinahe laut losgelacht; in ihrem Kopf drehte es sich noch immer. Ein neuer Schauer schüttelte sie, und sie schlang die Arme um ihren Körper. »Ich habe solche Menschen gesehen. Einheimische. Hier und da …«

»Hm. Normalerweise treten Blutfliegen nicht in Schwärmen auf. Es müssen die Flammen gewesen sein. Hör zu, ein guter Heiler – einer, der sich des Denul-Gewirrs zu bedienen weiß – kann die Narben beseitigen. Wir werden so einen Heiler finden, Felisin, das schwöre ich bei Feners Hauern … ich schwöre es!«

»Mir ist schlecht.«

»Das kommt von der Tinktur. Herzrasen, Frösteln, Übelkeit. Es ist der Saft einer Pflanze aus dem Reich der Sieben Städte. Wenn du den Rest, der jetzt noch in dem Fläschchen ist, trinken würdest, wärst du innerhalb weniger Minuten tot.«

Dieses Mal lachte sie laut auf, das Geräusch klang zittrig und brüchig. »Vielleicht würde ich das Tor des Vermummten freudig begrüßen, Heboric.« Sie warf einen Blick zu ihm hinüber. Der blaue Schimmer verblasste allmählich. »Fener muss sehr viel verzeihen.«

Bei diesen Worten runzelte er die Stirn. »Um ehrlich zu sein, ich kann mir keinen Reim auf das machen, was da geschehen ist. Mir fällt mehr als ein Hohepriester Feners ein, dem das Kotzen käme, wenn man zu ihm sagen würde, der Eber-Gott wäre … nachsichtig.« Er seufzte. »Aber es hat den Anschein, als hättest du Recht.«

»Willst du ihm vielleicht deinen Dank erweisen? Ein Opfer darbringen?«

»Vielleicht«, grollte er und sah dabei weg.

»Es muss ein schwerwiegender Verstoß gewesen sein, der dich von deinem Gott weggetrieben hat, Heboric.«

Er antwortete nicht. Einen Augenblick später stand er auf, die Augen auf die immer noch in Flammen stehende Stadt gerichtet. »Da kommen Reiter.«

Sie setzte sich ein bisschen aufrechter hin; um aufzustehen, fühlte sie sich noch zu benommen. »Beneth?«

Er schüttelte den Kopf.

Wenige Augenblicke später kam eine Gruppe Malazaner herangeritten. Sie machten genau gegenüber von Heboric und Felisin Halt. An der Spitze der Reiter war Hauptmann Sawark. Eine Dosii-Klinge hatte ihm eine Wange aufgeschlitzt. Seine Uniform war voller dunkler Blutflecken. Unwillkürlich zuckte Felisin zurück, als der Blick seiner kalten Eidechsenaugen auf ihr verweilte.

»Wenn ihr oben auf dem Kamm seid – schaut nach Süden«, sagte der Hauptmann schließlich.

Heboric entschlüpfte vor Überraschung ein leiser Fluch. »Ihr lasst uns gehen? Ich danke Euch, Hauptmann.«

Das Gesicht des Hauptmanns verdunkelte sich. »Es geschieht nicht um deinetwillen, alter Mann. Schließlich sind aufrührerische Bastarde wie du schuld an all dem, was hier gerade passiert. Ich würde dich am liebsten hier und jetzt auf einen Speer aufspießen.« Es sah so aus, als wollte er noch mehr sagen, und der Blick seiner Echsenaugen wanderte erneut zu Felisin, doch schließlich zog er einfach nur sein Pferd herum.

Die beiden Flüchtlinge sahen zu, wie die Truppen zurück nach Schädelmulde ritten. Sie waren unterwegs zu einer Schlacht, wie Felisin instinktiv begriff. Eine andere, gleichsam aus dem Nichts kommende Gewissheit flüsterte ihr zu, dass sie alle sterben würden. Hauptmann Sawark. Pella. Jeder einzelne Malazaner. Sie blickte hinüber zu Heboric. Der alte Mann sah nachdenklich aus, während er den Soldaten nachblickte, bis sie den Stadtrand erreichten und in den Rauchschwaden verschwanden.

Einen Augenblick später erhob sich Baudin inmitten der Schilfbüschel ganz in der Nähe.

Felisin mühte sich auf die Beine und ging zu ihm. »Wo ist Beneth?«

»Tot, Mädchen.«

»Du … du …« Ihre Worte wurden von einer Woge aus Schmerz ertränkt, die über sie hinwegbrandete; es war ein Schmerz, der sie mehr erschütterte als alles, was sie bisher hatte durchmachen müssen. Sie taumelte einen Schritt zurück.

Baudins kleine, matte Augen blieben unverwandt auf sie gerichtet.

Heboric räusperte sich. »Wir sollten uns lieber beeilen, es wird bald hell. Ich kann mir zwar nicht vorstellen, dass jemand es bemerkt, wenn wir den See überqueren – aber es wäre trotzdem dumm, unsere Absichten allzu deutlich zu machen. Schließlich sind wir immer noch Malazaner.« Er ging dorthin, wo die Blasen lagen und auf ihren Einsatz warteten. »Der Plan ist, am anderen Ende des Minenschachts den kommenden Tag abzuwarten und nach Sonnenuntergang loszumarschieren. Das macht es weniger wahrscheinlich, dass irgendwelche umherstreunenden Dosii-Banden uns zu Gesicht bekommen.«

Noch immer betäubt, folgte Felisin den beiden Männern zum Seeufer. Baudin befestigte einen der Packen an Heborics Brust. Felisin wurde klar, dass sie sich die andere Blase mit Baudin würde teilen müssen. Sie musterte den großen Mann, der das Netzgeflecht um die Blasen ein letztes Mal überprüfte.

Beneth ist tot. Sagt er zumindest. Wahrscheinlich hat er noch nicht einmal richtig nach ihm gesucht. Beneth lebt. Es kann gar nicht anders sein. Er hatte nur ein blutiges Gesicht, das war alles. Baudin lügt.

Das Wasser des Abteufer-Sees spülte die letzten Reste des Schlamms und der Tinktur von Felisins Haut. Es war noch nicht einmal annähernd genug.

Das Geräusch ihrer angestrengten Atemzüge hallte von der Klippe wider. Frierend und mit dem Gefühl, dass das Wasser sie unablässig nach unten zu ziehen versuchte, packte Felisin das Netz um die Blase fester. »Ich kann keine Höhle sehen«, sagte sie zwischen zwei keuchenden Atemzügen.

Baudin grunzte. »Ich bin überrascht, dass du überhaupt etwas sehen kannst.«

Sie antwortete nicht. Der Bereich um ihre Augen herum war so angeschwollen, dass schließlich nur noch schmale Schlitze übrig geblieben waren. Ihre Ohren fühlten sich wie Fleischfetzen an, groß und schwer, und das Fleisch in ihrem Mund hatte sich um ihre Zähne geschlossen. Sie hatte Schwierigkeiten beim Atmen, musste sich andauernd räuspern, ohne dass das irgendeine Wirkung gehabt hätte. Die Beschwerden sorgten dafür, dass sie sich völlig verwirrt fühlte; es schien, als wäre keine Eitelkeit mehr übrig, die hätte gekränkt werden können, was eine beinahe amüsierte Erleichterung mit sich brachte.

Überleben – das ist das Einzige, was zählt. Ich werde Tavore all die Narben zeigen, für die sie verantwortlich ist, wenn wir uns eines Tages von Angesicht zu Angesicht gegenüberstehen. Und ich werde dann nichts mehr zu sagen brauchen, um meine Rache zu rechtfertigen.

»Die Öffnung ist unter der Wasseroberfläche«, sagte Heboric. »Wir müssen ein Loch in diese Blasen stechen und tauchen. Baudin geht als Erster. Er wird ein Seil um seine Brust binden. Halt dich an dem Seil fest, Mädchen, sonst wirst du auf den Grund hinabgezogen.«

Baudin gab ihr einen Dolch, legte dann das Seil über den auf und ab tanzenden Packen. Einen Augenblick später warf er sich in Richtung der Klippe und verschwand unter der Wasseroberfläche.

Felisin packte das Seil, hielt es fest, als sie sah, wie sich die Schlaufen abspulten. »Wie tief geht's nach unten?«

»Sieben oder acht Fuß«, sagte Heboric. »Und danach noch mal fünfzehn Fuß durch die Höhle, bis du das nächste Mal Luft holen kannst. Wirst du das schaffen, Mädchen?«

Ich werde es schaffen müssen.

Schwach drangen Schreie über den See; die letzten, Mitleid heischenden Schreie der brennenden Stadt. Es war so schnell geschehen, fast schon unauffällig – in einer einzigen Nacht hatte Schädelmulde ein blutiges Ende gefunden. Es wirkte alles so unecht.

Sie spürte einen Ruck am Seil.

»Du bist dran«, sagte Heboric. »Schlitz die Blase auf, lass sie sinken, und dann folge dem Seil.«

Sie nahm den Dolch anders in die Hand und stach zu. Luft zischte aus dem Schlitz, und die Blase begann, in sich zusammenzusinken. Das Wasser schien sie nach unten zu ziehen, als hätte es Hände. Sie holte noch einmal hektisch Luft, bevor sie untertauchte. Schon einen Augenblick später führte das Seil nicht mehr nach unten, sondern nach oben. Sie prallte gegen die glitschige Klippe. Der Dolch rutschte ihr aus den Fingern, als sie mit beiden Händen zupackte und sich am Seil entlangzog.

Die Höhle war ein Fleck aus pechschwarzer Dunkelheit, das Wasser bitterkalt. Schon jetzt schrien ihre Lungen nach Luft. Sie war kurz davor, das Bewusstsein zu verlieren, kämpfte jedoch wild gegen das Gefühl an. Plötzlich war über ihr ein Schimmer reflektierten Lichts zu sehen. Ihr Mund füllte sich mit Wasser, und sie trat wild um sich, zog sich auf den Lichtschimmer zu.

Hände griffen nach unten, packten den umsäumten Kragen ihrer Tunika und zogen sie scheinbar ohne Anstrengung nach oben, in die Luft, ins Licht. Sie lag hustend auf harten, kalten Steinen. Eine Öldocht-Lampe glomm neben ihrem Kopf. Dahinter lehnten zwei mit Holzrahmen versehene Reiserucksäcke und mit Wasser gefüllte Blasen an der Wand.

»Du hast mein verdammtes Messer verloren, was?«

»Der Vermummte soll dich holen, Baudin!«

Er stieß sein grunzendes Lachen aus und richtete dann seine Aufmerksamkeit wieder darauf, das Seil einzuholen. Einen Augenblick später brach Heborics Kopf durch die schwarze Wasseroberfläche. Baudin zog den ehemaligen Priester auf das felsige Ufer.

»Oben muss es Ärger gegeben haben«, sagte der große Mann. »Unsere Vorräte sind hier runtergebracht worden.«

»Das sehe ich«, erwiderte Heboric, während er sich aufsetzte und keuchend wieder zu Atem zu kommen suchte.

»Am besten bleibt ihr beide hier, während ich mich mal umsehe«, sagte Baudin.

»In Ordnung. Dann los mit dir.«

Als Baudin schachtaufwärts verschwand, setzte Felisin sich auf. »Was für Ärger?«

Heboric zuckte die Achseln.

»Nein, nein, so einfach geht das nicht«, sagte sie. »Du hast doch einen Verdacht, oder?«

Er schnitt eine Grimasse. »Sawark hat gesagt: ›Schaut nach Süden.‹«

»Ja, und?«

»Ja und nichts weiter, Mädchen. Wollen wir nicht einfach warten, bis Baudin wiederkommt?«

»Ich friere.«

»Wir haben keine weitere Kleidung mitgenommen. Nahrungsmittel und Wasser, ein paar Waffen, etwas zum Feueranmachen. Wir haben Decken, aber es ist besser, wenn die trocken bleiben.«

»Sie werden schnell genug wieder trocken sein«, schnappte sie und krabbelte zu einem der Bündel.

Wenige Minuten später kehrte Baudin zurück. Er hockte sich neben Heboric. Zitternd unter einer Decke liegend, beobachtete Felisin die beiden Männer. »Nein, Baudin«, sagte sie, als er dem früheren Priester etwas zuflüstern wollte, »sag es so laut, dass wir alle es hören können.«

Der große Mann warf Heboric einen Blick zu, doch dieser zuckte die Schultern.

»Dosin Pali ist dreißig Längen entfernt«, sagte Baudin, »und doch kann man einen Lichtschein sehen.«

Heboric runzelte die Stirn. »Aus dieser Entfernung könnte man noch nicht einmal einen Feuersturm sehen, Baudin.«

»Stimmt. Es ist auch kein Feuersturm. Es ist Zauberei, alter Mann. Ein Kampf zwischen Magiern.«

»Beim Atem des Vermummten«, murmelte Heboric. »Was muss das für ein Kampf sein!«

»Es ist so weit«, sagte Baudin mit grollender Stimme.

»Was ist so weit?«, wollte Felisin wissen.

»Das Reich der Sieben Städte hat sich erhoben. Dryjhna – der Wirbelwind ist gekommen.«

Das Boot war ungefähr dreizehn Fuß lang. Duiker zögerte lange, ehe er hinunterkletterte. Sechs Zoll Wasser schwappten unter den beiden flachen Brettern, die das Deck bildeten. Die Löcher in der Bordwand waren mit Lumpen zugestopft worden, allerdings mit sehr unterschiedlichem Erfolg. Der Geruch nach verfaultem Fisch war überwältigend.

Kulp stand in seinen Regenumhang gewickelt auf dem Kai; er hatte sich die ganze Zeit nicht von der Stelle gerührt. »Und wie viel«, fragte er mit tonloser Stimme, »habt Ihr für dieses ... dieses Boot bezahlt?«

Der Historiker seufzte. Er warf dem Magier einen Blick zu. »Könnt Ihr es nicht reparieren? Was war noch mal die Spezialität Eures Gewirrs, Kulp?«

»Bootsreparaturen«, erwiderte der Angesprochene.

»Nun denn«, sagte Duiker und kletterte wieder auf den Kai. »Ich verstehe, was Ihr meint. Um die Meerenge zu überqueren, braucht Ihr ein Schiff, das ein bisschen seetüchtiger ist als das hier. Der Mann, der es mir verkauft hat, hat anscheinend leicht übertrieben, was den Zustand seines Bootes anging.«

»Das Vorrecht eines Haral. Es wäre besser gewesen, Ihr hättet ein Schiff gemietet.«

Duiker grunzte. »Wem hätte ich denn trauen können?«

»Und was jetzt?«

Der Historiker zuckte die Schultern. »Zurück zum Gasthof. So, wie es aussieht, müssen wir alles noch einmal neu planen.«

Sie gingen den baufälligen Kai entlang und betraten den schmutzigen Weg, der als Hauptverkehrsstraße des Dorfes diente. Die Fischerhütten auf beiden Seiten offenbarten einen Mangel an Stolz, wie er häufig in kleinen Gemeinden zu finden war, die sich im Schatten einer großen Stadt befanden. Die Abenddämmerung war hereingebrochen, und abgesehen von drei dürren Hunden, die sich um den Kadaver eines Fischs balgten, der bereits seit längerer Zeit tot sein musste, war niemand zu sehen. Schwere Vorhänge ließen kaum etwas von dem Licht in den Fischerhütten nach draußen schimmern. Die Luft war heiß, ein ablandiger Wind hielt die Meeresbrise draußen über der Bucht auf.

Das örtliche Gasthaus, ein breites, einstöckiges Gebäude, stand auf Stelzen. Es bestand aus einem Rahmen aus ausgebleichtem Holz, der mit Sackleinen bespannt war; das Dach war mit Binsen gedeckt. Krabben flitzten im Sand darunter hin und her. Das Gebäude gegenüber dem Gasthaus war aus Stein; es beherbergte eine Abteilung des malazanischen Küstentrupps – vier Seeleute aus Cawn und zwei Soldaten, deren Aussehen nicht das Geringste über ihre Herkunft verriet. Für sie hatten die alten an ihr Geburtsland gebundenen Loyalitäten keinerlei Bedeutung mehr. *Die neue Generation des Imperiums,* dachte Duiker, als er und Kulp das Gasthaus betraten und an den Tisch zurückkehrten, an dem sie schon zuvor gesessen hatten. Die malazanischen Soldaten saßen um einen anderen Tisch, der sich näher an der Rückwand befand; das Sackleinen war an dieser Stelle zur Seite geschlagen worden und gewährte den Blick auf ein ruhiges Bild aus vertrocknetem Gras, weißem Sand und der glitzernden See. Duiker beneidete die Soldaten um die frische Luft, die ohne Zweifel dort, wo sie saßen, hereinwehte.

Sie waren noch nicht an sie herangetreten, doch der Historiker wusste, dass dies nur eine Frage der Zeit war. In diesem Dorf tauchten sicher nur selten Reisende auf, und solche, die den Regenumhang eines Soldaten trugen, noch seltener. Bis jetzt hatten die Soldaten allerdings die Anstrengung gescheut, der Neugier irgendwelche Taten folgen zu lassen.

Kulp winkte dem Mann hinter der Theke, einen Krug Bier zu bringen, dann beugte er sich zu Duiker hinüber. »Man wird uns Fragen stellen. Schon bald. Das ist das eine Problem. Wir haben kein Boot. Das ist das zweite. Und ich bin ein verdammt schlechter Seemann, das ist das dritte …«

»Schon gut, schon gut«, zischte der Historiker. »Beim Atem des Vermummten, lasst mich in Ruhe nachdenken!«

Mit einem säuerlichen Gesichtsausdruck lehnte Kulp sich wieder zurück.

Motten tanzten schwerfällig zwischen den zischenden Laternen im Raum. Es waren keine Dorfbewohner hier, und die Aufmerksamkeit des Mannes hinter der Theke war mit einer Intensität auf die Malazaner gerichtet, die schon fast an Besessenheit grenzte; er wandte seine schmalen, dunklen Augen nicht einmal von ihnen ab, als er den Bierkrug vor Kulp abstellte.

Der Magier blickte dem Mann nach und sagte leise: »Diese Nacht ist irgendwie seltsam, Duiker.«

»Stimmt.« *Wo sind die bloß alle?*

Das Geräusch eines Stuhls, der zurückgeschoben wurde, lenkte ihre Aufmerksamkeit auf den rangältesten Malazaner, nach der Brosche auf seinem Überrock zu urteilen ein Korporal, der aufgestanden war und auf sie zukam. Unter der matten Zinn-Brosche war ein etwas größerer Fleck, wo die Farbe des Überrocks noch nicht so stark ausgeblichen war – dieser Mann war einst Sergeant gewesen.

Das Gesicht des Korporals passte zu seiner Figur, es war breit, mit wenig ausgeprägten Wangenknochen, was darauf hindeutete, dass es in seiner Ahnenreihe jemanden mit nordkanesischem Blut gegeben hatte. Sein Schädel war rasiert und zeigte entsprechende Spuren – feine Schnittwunden, die teilweise noch voller geronnenem Blut waren. Sein Blick war unverwandt auf Kulp gerichtet.

Der Magier sprach als Erster. »Hüte deine Zunge, wenn du nicht noch weiter rückwärts gehen willst.«

Der Soldat blinzelte. »Rückwärts?«

»Erst Sergeant, dann Korporal – willst du jetzt auch noch ein einfacher Soldat werden? Ich habe dich gewarnt!«

Der Mann schien völlig ungerührt. »Ich sehe keinerlei Rangabzeichen«, knurrte er.

»Aber nur, weil du nicht weißt, wonach du Ausschau halten sollst. Geh zurück an deinen Tisch, Korporal, und lass uns in Ruhe.«

»Ihr gehört zur Siebten Armee.« Der Korporal hatte ganz eindeutig nicht die Absicht, an seinen Tisch zurückzukehren. »Und seid wahrscheinlich ein Deserteur.«

Kulps borstige Augenbrauen wanderten in die Höhe. »Korporal, du stehst gerade dem gesamten Magier-Kader der Siebten gegenüber. Und jetzt geh mir aus den Augen, bevor ich dein Gesicht mit Kiemen und Schuppen verschönere.«

Der Blick des Korporals huschte kurz zu Duiker, dann wieder zurück zu Kulp.

»Falsch.« Der Magier seufzte. »*Ich* bin der gesamte Kader. Dieser Mann ist mein Gast.«

»Kiemen und Schuppen, was?« Der Korporal stützte sich mit seinen großen Händen auf die Tischplatte und beugte sich ganz nahe an Kulp heran. »Wenn ich auch nur rieche, dass Ihr ein Gewirr öffnet, schneide ich Euch auf der Stelle die Kehle durch. Dies hier ist *mein* Posten, Zauberlehrling, und alles, was Ihr hier zu tun habt, geht *mich* etwas an. Also, fangt an, Euch zu erklären, *mein Herr*, bevor ich Euch Eure großen Ohren abschneide und sie zu den anderen an meinen Gürtel hänge.«

Duiker räusperte sich »Bevor das hier endgültig aus dem Ruder ...«

»Haltet den Mund!«, schnappte der Korporal, ohne den Blick von Kulp abzuwenden.

Von irgendwoher aus der Ferne erklangen Schreie. »Wahr!«, brüllte der Korporal. »Geh und schau nach, was da draußen los ist.«

Ein junger cawnesischer Seemann sprang auf; während er quer durch den Raum auf die Tür zuging, überprüfte er ein neu aussehendes Kurzschwert, das in einer Scheide an seiner Hüfte hing.

»Wir sind hier«, erklärte Duiker dem Korporal, »um ein Boot zu kaufen ...«

Ein überraschter Fluch erklang von draußen vor der Tür, gefolgt von hastigem Stiefelgepolter auf den wackligen Stufen, die zum Gasthaus hinaufführten. Der Rekrut namens Wahr kam hereingestolpert, sein Gesicht war totenblass. Eine eindrucksvolle Litanei von Flüchen, die im Hafenviertel von Cawn gebräuchlich waren, kam über seine Lippen, bis er schließlich erklärte: »... wir haben da draußen einen Haufen bewaffnetes Gesindel, Korporal, und sie haben keine Lust zu reden. Hab gesehen, wie sie sich aufgeteilt haben. So um die zehn sind in Richtung der *Ripath* losgezogen.«

Die anderen Seeleute waren bereits auf den Beinen. Einer von ihnen wandte sich an den Korporal. »Sie werden sie anzünden, Gesler, und dann sitzen wir auf diesem stinkenden Uferstreifen fest ...«

»Nehmt die Waffen und formiert euch«, knurrte Gesler. Er richtete sich auf, drehte sich zu dem anderen Soldaten um. »Geh zur Vordertür, Stürmisch. Sieh nach, wer die Männer da draußen anführt, und jag ihm einen Bolzen zwischen die Augen.«

»Wir müssen das Boot retten!«, sagte der Sprecher der Seeleute.

Gesler nickte. »Das werden wir auch, Vered.«

Der Seesoldat namens Stürmisch bezog Position an der Vordertür; von irgendwoher hatte er plötzlich eine gespannte Armbrust in der Hand. Das Geschrei von draußen war lauter geworden, und es klang jetzt auch näher. Der Pöbel brachte sich in die Stimmung, die er brauchte, um das Gasthaus zu stürmen. Der junge Wahr stand mitten im Raum, das kurze Schwert zuckte in seiner Hand, und sein Gesicht war rot vor Wut.

»Beruhige dich, mein Junge«, sagte Gesler. Sein Blick fiel auf Kulp. »Wenn Ihr jetzt Euer Gewirr öffnet, werde ich Euch wahrscheinlich nicht die Ohren abschneiden, Magier.«

»Ihr habt Euch in diesem Dorf Feinde gemacht, Korporal?«, fragte Duiker.

Gesler grinste. »Das hat sich schon einige Zeit abgezeichnet. Die *Ripath* ist voll verproviantiert. Vielleicht ... könnten wir Euch nach Hissar bringen, aber zuerst müssen wir hier rauskommen. Könnt Ihr mit einer Armbrust umgehen?«

Der Historiker seufzte, nickte dann jedoch.

»Stellt euch darauf ein, dass ein paar Pfeile durch die Wände kommen«, sagte Stürmisch, der noch immer an der Vordertür kauerte.

»Hast du ihren Anführer schon entdeckt?«

»Ja, und er achtet darauf, dass er uns nicht zu nahe kommt.«

»Wir können nicht warten – alle Mann zum Hinterausgang!«

Der Wirt, der sich hinter einer kleinen Theke an einer Seite des Raums versteckt gehalten hatte, trat nun vor. Er bewegte sich seitwärts wie eine Krabbe; anscheinend rechnete er damit, dass jeden Augenblick Pfeile durch die Wand aus Sackleinen geflogen kommen würden. »Die Zeche, Mezla ... es sind jetzt viele Wochen. Zweiundsiebzig Jakatas ...«

»Was ist dir dein Leben wert?«, fragte ihn Gesler und winkte dabei gleichzeitig Wahr, sich den Seeleuten anzuschließen, die durch die Öffnung in der hinteren Wand hinausschlüpften.

Der Mann riss die Augen weit auf, dann zog er den Kopf ein. »Vielleicht ... zweiundsiebzig Jakatas, Mezla?«

»Klingt gut«, sagte der Korporal mit einem Nicken.

Kühle, feuchte Luft, die nach Moos und feuchten Steinen roch, erfüllte plötzlich den Raum. Duiker warf Kulp einen Blick zu, doch der schüttelte nur stumm den Kopf. Der Historiker erhob sich. »Die haben einen Magier da draußen, Korporal …«

Draußen auf der Straße erklang ein Tosen und krachte wie eine Woge gegen die Vorderseite des Gasthauses. Der hölzerne Rahmen neigte sich, das Sackleinen blähte sich nach innen. Kulp stieß einen Warnschrei aus, warf sich aus seinem Stuhl und rollte über den Fußboden. Holz splitterte, Stoff zerriss.

Stürmisch zog sich von der Vordertür zurück, und wie auf ein geheimes Kommando rannten alle, die noch im Raum waren, gleichzeitig auf den Hinterausgang zu. Plötzlich hob sich der Fußboden unter ihnen, als die Stelzen an der Vorderseite ihren Halt verloren, und stieß alle auf die Rückwand zu. Tische und Stühle fielen um, bewegten sich ebenso blindlings in die gleiche Richtung wie die Männer. Kreischend verschwand der Wirt unter einem Regal mit Weinkrügen.

Duiker taumelte durch die Öffnung, fiel in die Dunkelheit und landete auf einem Haufen getrockneten Tangs. Kulp landete auf ihm – der Mann hatte fürchterlich harte Knie und Ellenbogen –, und der Aufprall trieb dem Historiker die Luft aus den Lungen.

Die Vorderseite des Gasthauses hob sich noch immer, als die von Zaubererhänden geschaffene Woge sich an allem festhielt, was sie berührte, und *schob*.

»Tut doch irgendwas, Kulp!«, keuchte der Historiker.

Zur Antwort zog der Magier Duiker hoch, drehte ihn um und gab ihm einen kräftigen Stoß. »Rennt! Denn genau das werden wir alle tun!«

Schlagartig erstarb die magische Woge, die das Innere des Gasthauses verwüstete. Das Gebäude, das immer noch auf den Stelzen an der Rückseite balancierte, fiel wieder zurück. Kreuzbalken barsten. Die Decke stürzte ein, prallte in einer Wolke aus Sand und Staub auf den Fußboden.

Während sie in Richtung des Strandes rannten, schloss Stürmisch stolpernd zu Duiker auf und meinte: »Da hat wohl gerade der Vermummte die Zeche bezahlt, was?« Der Soldat machte eine Geste mit der Armbrust, die er noch immer in den Händen hielt. »Ich bin hier, um auf euch aufzupassen. Der Korporal ist schon vorausgegangen. Wir rechnen damit, dass es an dem Kai, an dem die *Ripath* liegt, zu einem Handgemenge kommen wird.«

»Wo ist Kulp?«, wollte Duiker wissen. Es war alles so verdammt schnell gegangen, dass er noch immer völlig verwirrt war. »Er war hier – direkt neben mir ...«

»Wahrscheinlich ist er losgegangen, um nach dem Sprüchemacher zu suchen. Nehme ich zumindest an. Wer weiß schon, was so ein Magier denkt? Es sei denn, er wäre weggelaufen. Der Vermummte weiß – allzu viel hat er bis jetzt noch nicht gezeigt, was?«

Sie erreichten den Strand. Dreißig Schritt zu ihrer Linken gingen Gesler und die Seeleute auf ein Dutzend Einheimische los, die kurz vor einem nahe gelegenen Kai in Stellung gegangen waren. Ein niedriges, schlankes einmastiges Patrouillenboot war dort festgemacht. Zur Rechten schwang sich der Strand in einem sanften Bogen südwärts, auf das entfernte Hissar zu – eine Stadt, die in Flammen stand. Duiker kam stolpernd zum Stehen und starrte auf den rötlich gefärbten Himmel über Hissar.

»Bei Toggs Zitzen!«, zischte Stürmisch, der dem Blick des Historikers gefolgt war. »Dryjhna ist gekommen. Schätze, wir werden Euch wohl doch nicht zur Stadt bringen, wenn ich mir das so anschaue.«

»Falsch«, erwiderte Duiker. »Ich muss zurück zu Coltaine. Mein Pferd ist in den Ställen – das verdammte Boot ist mir egal!«

»Ich wette, dass sie das Tier jetzt schon in die Flanken zwicken. In dieser Gegend reiten die Menschen Kamele und essen Pferde. Schlagt es Euch aus dem Kopf.« Er streckte eine Hand aus, doch der Historiker schüttelte sie ab und begann, den Strand entlangzurennen, weg von der *Ripath* und dem Handgemenge, das mittlerweile dort begonnen hatte.

Stürmisch zögerte kurz, dann brummte er einen Fluch und rannte hinter Duiker her.

Ein magischer Blitz entflammte die Luft über der Straße, die am Strand entlangführte, und nur Augenblicke später erklang ein schmerzgepeinigter Schrei.

Kulp, dachte Duiker. *Entweder hat er zugeschlagen – oder er stirbt.* Er blieb auf dem Strand, stürmte parallel zum Dorf über den Sand, bis er das Gefühl hatte, sich auf der Höhe der Ställe zu befinden; dann wandte er sich landeinwärts, mühte sich durch das Unkraut an der Flutlinie. Stürmisch tauchte neben dem Historiker auf.

»Ich will nur sehen, dass Ihr gut wegkommt, in Ordnung?«

»Meinen herzlichsten Dank«, flüsterte Duiker.

»Wer seid Ihr überhaupt?«

»Ein Historiker des Imperiums. Und wer bist du, Stürmisch?«

Der Mann grunzte. »Niemand. Absolut niemand.«

Sie wurden langsamer, als sie zwischen die erste Reihe der Hütten glitten, wobei sie versuchten, sich im Schatten zu halten. Ein paar Schritte von der Straße entfernt flimmerte die Luft vor ihnen – und dann erschien Kulp. Sein Umhang war versengt, sein Gesicht von dem Feuerblitz gerötet.

»Im Namen des Vermummten, was macht ihr beide hier?«, zischte er sie an. »Da draußen treibt sich ein Hohemagier herum – der Vermummte mag wissen, warum er überhaupt hier ist. Aber er weiß, dass *ich* hier bin, und das macht mich im Augenblick zu ziemlich schlechter Gesellschaft – ich habe seine letzte Attacke kaum abwehren können …«

»Dann war das Euer Schrei, den wir gehört haben?«, fragte Duiker.

»Hat man jemals einen Spruch auf Euch geschleudert? Meine Knochen sind so durchgeschüttelt worden, dass sie schier aus den Gelenken gesprungen sind. Und außerdem habe ich mir in die Hosen geschissen. Aber ich bin am Leben.«

»Noch«, sagte Stürmisch mit einem breiten Grinsen.

»Vielen Dank für die guten Wünsche«, murmelte Kulp.

Duiker holte Luft. »Wir müssen …«

Um sie herum erblühte die Nacht in einer hell strahlenden, von Flammen beleuchteten Explosion, die alle drei Männer von den Beinen riss. Der Schmerzensschrei des Historikers vermischte sich mit denen seiner Begleiter, als Magie sich in sein Fleisch zu krallen schien, sich eisig kalt um seine Knochen schloss und Blitze aus wahren Höllenqualen durch seine Glieder schickte. Sein Schrei wurde schriller, als der unbarmherzige Schmerz sein Gehirn erreichte und die Welt in einem blutigen Nebel verschwand, der hinter seinen Augen wild durcheinander zu wirbeln schien. Duiker warf sich hin und her, rollte sich über die Erde, doch es gab kein Entkommen. Diese magische Woge würde ihn töten; es war ein schrecklicher, direkter Angriff, der auch noch in den allerletzten Winkel seines Seins drang.

Und dann war es vorbei. Er lag flach auf der Erde, eine Wange gegen den kühlen, staubigen Boden gepresst; sein Körper zuckte unkontrollierbar. Er hatte sich besudelt. Er hatte in die Hosen gepisst. Sein Schweiß stank bitter.

Eine Hand legte sich auf den Kragen seiner Telaba. Er spürte Kulps Atem heiß an seinem Ohr, als der Magier flüsterte: »Ich hab zurückgeschlagen. Genug, um ihm wehzutun. Wir müssen zum Boot … Gesler …«

»Geht mit Stürmisch«, keuchte Duiker. »Ich nehme die Pferde.«

»Seid Ihr verrückt?«

Der Historiker mühte sich auf die Beine, unterdrückte dabei einen Schmerzensschrei. Er begann zu taumeln, als der Nachhall des Schmerzes durch seine Glieder rieselte. »Geht mit Stürmisch, verdammt noch mal – nun geht schon!«

Kulp starrte sein Gegenüber aus zusammengekniffenen Augen an. »Hm, Ihr wollt als Dosii reiten … es könnte klappen …«

Stürmisch, dessen Gesicht totenblass war, packte den Magier am Ärmel. »Gesler wird nicht ewig warten …«

»In Ordnung.« Nachdem er Duiker noch ein letztes Mal zugenickt hatte, wandte Kulp sich dem Soldaten zu. Gemeinsam rannten sie, so schnell sie konnten, den Strand entlang.

Gesler und die Seeleute waren in Schwierigkeiten. Leichen lagen in dem aufgewühlten Sand rund um den Kai, ein Dutzend Einheimische und zwei der Seeleute aus Cawn. Gesler, Wahr und ein anderer Seemann kämpften Seite an Seite; sie versuchten, einen neu angekommenen Haufen Dorfbewohner auf Distanz zu halten, was sich als schier unmöglich erwies, da die Neuankömmlinge – Männer wie Frauen – sich in rasender Wut vorwärts warfen und dabei Harpunen, Schlaghölzer, Hackmesser und manchmal auch die bloßen Hände benutzten. Die anderen beiden Seeleute befanden sich schon an Bord der *Ripath*. Sie waren beide verwundet und fieberhaft damit beschäftigt, die Leinen zu lösen.

Stürmisch führte Kulp bis auf vielleicht ein Dutzend Schritte an den Pöbel heran, dann kauerte der Soldat sich hin, zielte und feuerte einen Armbrustbolzen mitten ins Gewühl. Irgendjemand schrie auf. Stürmisch schlang sich die Armbrust über eine Schulter und zog ein Kurzschwert und einen Dolch. »Habt Ihr was, was uns in so 'ner Situation hilft, Magier?«, wollte er wissen, doch ohne die Antwort abzuwarten, stürmte er los, griff den Mob von der Seite her an. Dorfbewohner taumelten rückwärts; niemand wurde getötet, doch viele wurden schrecklich verstümmelt, als der Soldat sich dem dicksten Gewühl zuwandte – die Toten waren keine Belastung, die Verwundeten schon.

Gesler verteidigte den Kai jetzt allein, während Wahr seinen zu Boden gegangenen Kameraden zum Schiff zurückschleifte. Einer der verwundeten Seeleute auf dem Deck der *Ripath* hatte aufgehört, sich zu bewegen.

Kulp zögerte. Er wusste, dass jede Art von Magie, die er entfesseln würde, unverzüglich die Aufmerksamkeit des Hohemagiers auf sie lenken würde. Der Kader-Magier konnte sich kaum vorstellen, dass er noch eine weitere Attacke überleben könnte. An all seinen Gelenken hatte er innere Blutungen, und es bildeten sich Schwellungen. Morgen früh würde er kaum in der Lage sein, sich zu bewegen. *Wenn ich diese Nacht überlebe.* Wie auch immer, er hatte noch ein paar besondere Tricks auf Lager.

Kulp hob die Arme, stieß einen schrillen Schrei aus. Vor ihm fauchte eine Feuerwalze in die Höhe, die taumelnd und immer größer werdend auf die Dorfbewohner zurollte. Der Angriff geriet ins Stocken, dann rannten die Einheimischen davon. Kulp schickte die Feuerwalze strandaufwärts hinter ihnen her. Als sie die grasbewachsene Böschung erreichten, fielen die Flammen in sich zusammen.

Stürmisch wirbelte zu ihm herum. »Wenn Ihr so etwas tun könnt …«

»Es war nichts«, sagte Kulp und trat zu seinen neuen Begleitern.

»Eine Feuerwalze, die …«

»Ich habe gesagt, es war nichts – und ich meine *nichts*! Beim Vermummten, es war eine Illusion, du Narr! Und jetzt sollten wir machen, dass wir wegkommen!«

Vered starb zwanzig Armspannen vom Ufer entfernt; eine Harpunenspitze, die sich tief in seine Brust gebohrt hatte, sorgte dafür, dass sein letztes Blut auf das schlüpfrige Deck rann. Gesler rollte den Leichnam ohne viel Aufhebens einfach über Bord. Außer dem Korporal waren nur noch der junge Wahr, Stürmisch und Kulp auf den Beinen. Ein weiterer Seemann verlor langsam, aber sicher den Kampf mit einer durchtrennten Arterie in seinem linken Oberschenkel und war nur noch wenige Minuten vom Tor des Vermummten entfernt.

»Alle sollen sich still verhalten«, flüsterte Kulp. »Kein Licht – der Hohemagier ist am Strand.«

Die Männer hielten den Atem an, und ohne Mitleid presste jemand dem sterbenden Seemann eine Hand auf den Mund, bis sein Stöhnen verstummte.

Nur unter dem Sturmsegel, glitt die *Ripath* langsam aus der schmalen Bucht; ihr Kiel teilte das Wasser mit einem sanften Flüstern.

Doch es war laut genug, wie Kulp wusste. Er öffnete sein Gewirr, schleuderte Geräusche willkürlich in diese und jene Richtung – hier eine gedämpfte Stimme, dort das Knirschen von Holz. Er legte eine Hülle aus Düsterkeit über das Gebiet, hielt die Macht seines Gewirrs zurück, ließ sie nur herauströpfeln. Er wollte seinen Gegner täuschen, nicht herausfordern.

Magisches Feuer blitzte sechzig Spannen links von ihnen auf, genarrt von einem hingeworfenen Geräusch. Die Düsternis verschluckte das magische Licht.

Die Nacht wurde wieder still. Gesler und die anderen schienen begriffen zu haben, was Kulp tat. Ihre Blicke hingen an ihm, hoffnungsvoll, doch auch voller Furcht, die sie kaum noch unter Kontrolle halten konnten. Wahr hielt die Ruderpinne, bewegungslos; er wagte nicht, etwas anderes zu tun, als mit der sanften Brise davonzusegeln.

Es schien, als würden sie kaum über das Wasser kriechen. Von Kulps Stirn troff der Schweiß, er war klatschnass von der Anstrengung, den forschenden Sinnen des Hohemagiers zu entgehen. Er konnte die tödlichen Sondierungen spüren – und bemerkte erst jetzt, dass er es nicht mit einem Mann, sondern mit einer Frau zu tun hatte.

Weit im Süden war Hissars Hafen eine glühende Wand aus schwarz geränderten Flammen. Niemand unternahm etwas, um Kurs auf die Stadt zu nehmen, und Kulp wusste genauso gut wie die anderen, dass sie dort keine Hilfe finden würden. Das Reich der Sieben Städte befand sich im Aufstand.

Und wir sind auf See. Gibt es irgendwo noch einen sicheren Hafen für uns? Gesler hat gesagt, dieses Boot sei voll verproviantiert – ist das genug, um uns bis nach Aren zu bringen? Durch feindliche Gewässer heißt das … Falar wäre eine bessere Möglichkeit, doch das war mehr als siebzig Längen südlich von Dosin Pali.

Und dann, als die suchenden, forschenden Berührungen der Hohemagierin immer schwächer wurden und schließlich ganz aufhörten, kam ihm ein neuer Gedanke. *Heboric Leichte Hand – der arme Kerl ist unterwegs zu dem Treffen, als ob alles wie geplant abgelaufen wäre. Durchquert eine Wüste, um an einer Küste ohne Leben anzukommen.* »Ihr könnt jetzt wieder normal atmen«, sagte der Magier. »Sie hat die Jagd aufgegeben.«

»Sind wir außer Reichweite?«, fragte Wahr.

»Nein. Sie hat einfach nur das Interesse verloren. Ich nehme an, es gibt mehr als genug wichtigere Dinge, um die sie sich kümmern muss, mein Junge. Korporal Gesler.«

»Ja?«

»Wir müssen die Meerenge überqueren. Zur Küste von Otataral.«

»Und warum im Namen des Vermummten sollten wir das tun, Magier?«

»Tut mir Leid, aber dieses Mal muss ich von meinem höheren Dienstgrad Gebrauch machen. Tu einfach, was ich dir befehle.«

»Und was ist, wenn wir Euch einfach über Bord werfen?«, fragte Gesler ganz ruhig. »Hier draußen gibt's Dhenrabi; sie jagen entlang der Kante des Sahul-Riffs. Ihr wärt ganz bestimmt ein schmackhafter Bissen für sie ...«

Kulp seufzte. »Wir müssen einen Hohepriester Feners an Bord nehmen, Korporal. Verfüttert mich an die Dhenrabi, und niemand wird den Verlust beklagen. Wenn ihr jedoch einen Hohepriester ärgert – nun, dann kann es schon sein, dass sein übellauniger Gott ein rotes Auge in eure Richtung wendet. Seid ihr auf dieses Risiko vorbereitet?«

Der Korporal lehnte sich zurück und stieß ein bellendes Lachen aus. Auch Stürmisch und Wahr grinsten breit.

Kulp starrte die drei Männer finster an. »Was ist daran so komisch?«

Stürmisch lehnte sich über die Bordwand und spuckte ins Wasser. Er wischte sich den Mund mit dem Handrücken ab, ehe er sagte: »Es sieht so aus, als ob Feners Auge sowieso schon in unsere Richtung blickt, Magier. Wir gehören zur Eber-Kompanie der aufgelösten Ersten Armee. Bevor Laseen den Kult zerschmettert hat, heißt das. Jetzt sind wir nur noch Seesoldaten, die einem elenden Küstentrupp zugeteilt wurden.«

»Aber das hat uns nicht daran gehindert, weiter Feners Gefolgsleute zu bleiben, Magier«, sagte Gesler. »Ganz im Gegenteil, wir haben sogar neue Gefolgsleute für den Eber-Kult rekrutiert«, fügte er mit einem Nicken in Wahrs Richtung hinzu. »Zeigt uns also einfach den Weg – zur Küste von Otataral habt Ihr gesagt. Richte ihren Bug richtig nach Osten, mein Junge, und dann lasst uns das Segel setzen und den Spinnaker für die Morgenbrise bereitmachen.«

Langsam setzte Kulp sich hin. »Muss sonst noch irgendjemand seine Hosen auswaschen?«, fragte er.

In seine Telaba gehüllt, hockte Duiker auf seinem Pferd und ließ das Dorf hinter sich. Auf beiden Seiten der Küstenstraße waren Gestalten zu sehen, doch im fahlen Mondlicht waren ihre Umrisse kaum zu erkennen. Die kühle Wüstenluft schien die Reste eines Sandsturms mit sich zu tragen, einen feinen, trockenen Schleier, der die Kehle austrocknen ließ. Als er die Kreuzung erreichte, zügelte der Historiker sein Pferd. In Richtung Süden führte die Küstenstraße weiter bis nach Hissar. Eine Karawanenroute führte nach Westen, landeinwärts. Und an dieser Karawanenroute hatte eine Armee eine Viertellänge von der Kreuzung entfernt ihr Lager aufgeschlagen.

Auf den ersten Blick wirkte es nicht besonders ordentlich. Tausende von Zelten waren willkürlich um ein großes eingezäuntes Gatter gruppiert, das von Staubwolken eingehüllt wurde, die im Feuerschein hell leuchteten. Stammesgesänge wehten über den Sand heran. Entlang des Pfades, nicht mehr als fünfzig Schritt von Duikers Position entfernt, machte ein Trupp unglücklicher malazanischer Soldaten Bekanntschaft mit dem, was hier zu Lande Gleitbetten genannt wurde: jeweils vier große Speere wurden aufrecht mit dem hinteren Ende in den Sand gerammt, und das Opfer wurde so auf die Speere gelegt, dass Schultern und Oberschenkel auf den Spitzen zu liegen kamen. Abhängig von seinem Gewicht und seiner Willensstärke, bewegungslos zu verharren, konnte das Aufspießen und langsame Zum-Boden-Hinunterrutschen Stunden dauern. Wenn der Vermummte seinen Segen dazu gab, würde die Morgensonne den Vorgang beschleunigen. Der Historiker spürte, wie sich die Wut in seinem Innern wie ein eisiger Mantel um sein Herz legte.

Duiker wusste, dass er den Gefangenen nicht helfen konnte. Es war schon Herausforderung genug, in einem Land, in dem die Lust zu töten das alles beherrschende Gefühl war, einfach nur am Leben zu bleiben. Doch die Zeit der Vergeltung würde kommen. *Wenn es die Götter wollen.*

Über Hissar tanzten gewaltige magische Feuer, ein beeindruckendes und – aus dieser Entfernung – geräuschloses Schauspiel. War Coltaine noch am Leben? Und Bult? Die Siebte Armee? Hatte Sormo rechtzeitig vorausgesagt, was geschehen würde?

Duiker drückte seinem Pferd die Fersen in die Flanken und ritt weiter die Küstenstraße entlang. Das Auftauchen der Rebellenarmee hatte ihm einen Schock versetzt. Sie war wie aus dem Nichts erschienen, und so unordentlich die Ansammlung der Zelte auch aussehen mochte – es gab dort Kommandeure, die von blutdürstigen Absichten erfüllt und auch in der Lage waren, ihre Pläne in die Tat umzusetzen. Dies war keine planlose Revolte. *Kulp hat etwas von einem Hohemagier gesagt. Wer ist noch da draußen? Sha'ik hatte viele Jahre lang Zeit, ihre Armee der Apokalypse aufzubauen, ihre Agenten auszuschicken, diese Nacht – und alles, was noch kommen wird – zu planen. Wir haben gewusst, dass es passieren würde. Laseen hätte Pormquals Kopf schon vor langer Zeit auf einen eisernen Dorn aufspießen sollen. Eine fähige Hohefaust hätte all dem frühzeitig ein Ende bereitet.*

»Dosii kim'aral!«

Drei in Umhänge gehüllte Gestalten erhoben sich aus dem Flutgraben, der auf der Landseite neben dem Graben verlief. »Eine Nacht des Ruhms!«, erwiderte Duiker, ohne langsamer zu werden.

»Warte, Dosii! Warte! Die Apokalypse wartet darauf, dich zu umarmen!« Eine der Gestalten deutete gestikulierend auf das Armeelager.

»Ich habe Verwandte im Hafen von Hissar«, erwiderte der Historiker. »Ich reite, um am Reichtum der Befreiung teilzuhaben!« Plötzlich zügelte Duiker sein Pferd und riss es hart herum. »Es sei denn, die Siebte Armee hat die Stadt zurückerobert – sind das etwa die Neuigkeiten, die ihr für mich habt?«

Der Sprecher lachte. »Sie sind zermalmt. In ihren Betten ausgelöscht, Dosii! Hissar ist vom Fluch der Mezla befreit!«

»Dann reite ich weiter!« Duiker trieb das Pferd wieder an. Er hielt den Atem an, während er weiterritt, doch die Stammeskrieger riefen ihm nichts mehr nach. *Die Siebte ist vernichtet? Liegt auch Coltaine auf einem Gleitbett – womöglich gerade jetzt, in diesem Augenblick?* Es war schwer zu glauben, aber es mochte sehr wohl der Wahrheit entsprechen. Der Angriff war offensichtlich ganz plötzlich erfolgt, und er war durch Magie unterstützt worden – *und ausgerechnet in dieser Nacht der Nächte habe ich Kulp mit mir weggezerrt! Der Vermummte soll meine Knochen verfluchen!* Trotz all der Leben, die er in seinem Innern beherbergte, war Sormo immer noch ein Knabe, war sein Körper wohl kaum auf eine solche Herausforderung vorbereitet. Es war ihm wahrscheinlich gelungen, einigen der gegnerischen Magier blutige Nasen zu verpassen, doch auf mehr zu hoffen wäre einfach unfair. Sie hatten bestimmt alle tapfer gekämpft; der Preis, den die Rebellen für die Eroberung Hissars bezahlt hatten, war sicher hoch gewesen.

Nichtsdestotrotz würde Duiker sich mit eigenen Augen überzeugen müssen. Der imperiale Historiker konnte einfach nicht anders. Und außerdem – er würde sich unter die Feinde mischen, an ihrer Seite reiten können, und das war eine ganz außergewöhnliche Gelegenheit. *Kümmere dich nicht um die Risiken.* Er würde alle Informationen sammeln, die er bekommen konnte, schließlich würde er vielleicht in die Reihen einer malazanischen Strafexpedition zurückkehren können, und dann wäre sein Wissen eine tödliche Waffe. *Mit anderen Worten – ich bin ein Spion. So viel zur Objektivität, Duiker.* Doch es genügte schon, sich in Gedanken das Bild der malazanischen Soldaten vorzustellen, die entlang der Karawanenroute langsam auf ihren Gleitbetten starben, um jegliche Unvoreingenommenheit auszulöschen.

Magie flackerte in dem Fischerdorf auf, das eine halbe Länge hinter ihm lag. Duiker zögerte kurz, ritt dann jedoch weiter. Kulp war ein Mann, der schon immer zu den Überlebenden gezählt hatte, und er hatte diese Soldaten an seiner Seite, die wie erfahrene Veteranen ausgesehen hatten. Der Magier hatte sich schon früher machtvoller

Zauberei gegenübergesehen – und was er nicht besiegen konnte, dem konnte er entkommen. Die Zeiten, in denen Duiker Soldat gewesen war, waren schon lange vorbei, seine Anwesenheit wäre für die anderen eher eine Behinderung als ein Vorteil gewesen – sie waren ohne ihn besser dran.

Doch was würde Kulp jetzt tun? Falls es irgendwelche Überlebende der Siebten Armee gab, war der Platz des Kader-Magiers an ihrer Seite. Was würde dann mit Heboric geschehen? *Nun, ich habe wirklich alles getan, was ich für den handlosen alten Bastard tun konnte. Fener möge über dich wachen, alter Mann!*

Es gab keine Flüchtlinge auf der Straße. Es schien, als hätte der fanatische Ruf zu den Waffen sein Ziel erreicht. Alle hatten sich zu Dryjhnas Soldaten erklärt. Alte Weiber, Fischerfrauen, Kinder und fromme Großväter. Trotzdem – Duiker hatte erwartet, auf Malazaner zu stoßen, oder zumindest auf Anzeichen dafür, dass sie hier vorbeigezogen waren, oder auf Orte, an denen all ihre Anstrengungen ein schreckliches Ende gefunden hatten. Stattdessen erstreckte sich die erhöhte Militärstraße leer und geisterhaft vor ihm im silbernen Mondlicht.

Kapmotten flogen kreuz und quer die Straße entlang, gegen den Lichtschein des entfernten Hissar wirkten die Wüsten-Insekten wie von einer riesigen Hand verstreute Ascheflocken, die vor dem Historiker auf und ab tanzten. Kapmotten waren Aasfresser, sie waren in die gleiche Richtung unterwegs wie Duiker, und ihre Zahl wurde immer größer.

Innerhalb weniger Minuten wimmelte die Nachtluft von schweigenden, geisterhaften Insekten, die auf allen Seiten um den Historiker herumwirbelten. Duiker kämpfte gegen das Unbehagen an, das in ihm aufstieg und ihn frösteln ließ. *»Es gibt viele verschiedene Vorboten des Todes.«* Er runzelte die Stirn, versuchte sich zu erinnern, wo er diese Worte schon einmal gehört hatte. *Wahrscheinlich in einem der unzähligen Klagelieder, die die Priester des Vermummten während der Zeit der Fäulnis in Unta pausenlos singen.*

Das erste, noch außerhalb der eigentlichen Stadtgrenzen gelegene

Elendsviertel erschien in dem fahlen Schimmer ein Stück voraus, ein auf engstem Raum zusammengedrängter Haufen von Hütten, die sich an die Felsplatte oberhalb des Strandes klammerten. Rauch lag jetzt in der Luft, es roch nach verbranntem, bemaltem Holz und angesengtem Stoff. Der Geruch einer zerstörten Stadt, der Geruch von Wut und blindem Hass. Duiker kannte diesen Geruch nur zu gut, und er fühlte sich plötzlich alt.

Zwei Kinder rannten über die Straße, duckten sich zwischen die Hütten. Eines der Kinder lachte, doch in dem Laut schwang der Wahnsinn mit; das Lachen klang viel zu wissend, um von einem so jungen Menschen zu kommen. Der Historiker ritt vorbei. Er hatte eine Gänsehaut und war erstaunt, dass er plötzlich Furcht verspürte … *Du hast Angst vor Kindern? Alter Mann, du gehörst nicht hierher.*

Über der Straße zu seiner Linken wurde der Himmel heller. Die Kapmotten stürzten sich in die Stadt vor ihm, verschwanden in den wirbelnden Rauchwolken. Duiker zügelte sein Pferd. Vor ihm teilte sich die Küstenstraße; geradeaus führte sie direkt weiter in die Stadt, wurde dort zu einer der Hauptdurchgangsstraßen. Eine zweite Straße ging nach rechts ab. Sie zog sich an der Stadt entlang und führte zu dem Komplex, in dem sich die Unterkünfte der malazanischen Soldaten befanden. Der Historiker folgte dem Verlauf dieser Straße mit seinen Blicken. Er blinzelte. Eine halbe Meile von ihm entfernt – direkt über den Soldatenquartieren – erhoben sich schwarze Rauchsäulen; sie stiegen zunächst senkrecht auf, krümmten sich jedoch in großer Höhe, wo sie vom Wüstenwind gepackt und seewärts getrieben wurden.

In ihren Betten abgeschlachtet? Schlagartig hatte diese Möglichkeit etwas sehr Reales. Er ritt auf die Unterkünfte zu. Und während die aufgehende Sonne die ersten Schatten warf, brannte Hissar zu seiner Rechten noch immer. Tragbalken gaben nach, Lehmziegelwände stürzten ein, Steine barsten mit lautem Knall in der glühenden Hitze. Rauch bedeckte die Szenerie wie ein tödliches, bitteres Tuch. Dann und wann ertönte irgendwo weit entfernt, im Herzen der Stadt, ein Schrei. Es war klar, dass sich die zerstörerische Wildheit des Aufstands mittlerweile gegen sich selbst richtete. Die Rebellen hatten die Freiheit errungen, doch sie hatten einen hohen Preis dafür bezahlt.

Festgetrampelte Erde zeigte ihm, dass er die Stelle erreicht hatte, wo das Händler-Lager gewesen war – der Ort, an dem er und Sormo, der Hexenmeister, Zeugen der Weissagung geworden waren. Das Lager war in größter Eile aufgegeben worden, möglicherweise erst vor wenigen Stunden. Eine Meute von Hunden aus der Stadt wühlte in den Abfällen, die zurückgelassen worden waren.

Gegenüber, auf der anderen Seite der Falad'han-Straße, erhob sich die befestigte Mauer des malazanischen Lagers. Duiker zügelte sein Pferd, ließ es zunächst im Schritt weitergehen, bis er es schließlich zum Halten brachte. Auf den Teilstücken der Mauer, die noch aufrecht standen, waren die gekalkten Steine mit schwarzen Streifen verschmiert. Zauberei hatte die Mauer an vier Stellen innerhalb seines Blickfelds zerschmettert, wobei jede der Breschen so breit war, dass eine Phalanx hätte hindurchmarschieren können. In den Breschen lagen Leichen zwischen den eingestürzten Felsblöcken. Nicht eine einzige trug eine vollständige Rüstung, und die Waffen, die Duiker überall herumliegen sah, reichten von alten Piken bis zu den Hackmessern eines Schlachters.

Die Siebte hatte tapfer gekämpft, sich in jeder Bresche den Angreifern entgegengestellt und sie – trotz der magischen Gewalten, die auf sie niedergeprasselt waren – zu Dutzenden niedergehauen. Niemand war nachts im Schlaf überrascht worden. Der Historiker konnte spüren, wie sich in seinem Innern ein erstes zartes Hoffnungsfünkchen regte.

Er schaute die Straße entlang, dorthin, wo die Nussbäume die gepflasterte Straße säumten. Nahe beim inneren Stadt-Tor des malazanischen Lagers musste es eine Art Kavallerie-Ausfall gegeben haben. Zwischen Dutzenden von Hissari-Leichen lagen zwei tote Pferde, doch er konnte nirgendwo Wickaner sehen. Entweder hatten sie das Glück gehabt, bei ihrem Ausfall keinen einzigen Mann zu verlieren, oder sie hatten genug Zeit gehabt, ihre gefallenen und verwundeten

Kameraden zu bergen. Hier war eine ordnende Hand am Werk gewesen, eine starke ordnende Hand. *Coltaine? Oder Bult?*

Nirgendwo auf der Straße konnte er eine lebende Seele entdecken. Wenn noch irgendwo gekämpft wurde, dann hatte sich das Schlachtfeld woandershin verlagert. Duiker stieg von seinem Pferd und trat an eine der Breschen in den Wällen heran. Er kletterte über die Trümmer, wich dabei den blutverschmierten Steinen aus. Er sah, dass die meisten Angreifer durch Armbrustbolzen getötet worden waren. Einige Leichen strotzten so vor kurzen Pfeilen, dass sie wie Nadelkissen wirkten. Die Entfernung war schrecklich gewesen, die Wirkung verheerend. Der rasende, unorganisierte Ansturm eines Mobs von schlecht ausgerüsteten Hissari hatte gegen solch ein konzentriertes Feuer nicht die geringste Chance gehabt. Jenseits der Barriere aus übereinander gestürzten Steinen konnte Duiker keine Leichen sehen.

Der Übungsplatz des Lagers war leer. Da und dort waren Bollwerke errichtet worden, um die Angreifer in ein mörderisches Kreuzfeuer zu nehmen, sollte die Verteidigung der Breschen scheitern – doch es gab kein Anzeichen dafür, dass das passiert war.

Er stieg wieder von der Barriere aus zerschmetterten Steinen herunter. Das malazanische Hauptquartier und die Unterkünfte der Soldaten waren in Brand gesteckt worden. Duiker fragte sich mittlerweile, ob die malazanischen Streitkräfte das nicht womöglich selbst getan hatten. *Und damit allen angekündigt hatten, dass Coltaine nicht die Absicht hatte, sich hinter Mauern zu verstecken; gleichzeitig waren die Siebte und die Wickaner in geordneter Formation aus dem Lager marschiert. Wie ist es ihnen wohl ergangen?*

Er kehrte zu seinem wartenden Pferd zurück. Als er wieder im Sattel saß, konnte er noch mehr Rauch sehen, der in dicken Wolken über jenem Viertel aufstieg, in dem sich die Herrenhäuser der Malazaner befanden. Die Morgendämmerung hatte auch eine merkwürdige Ruhe mitgebracht. Die Stadt so bar allen Lebens zu sehen ließ alles irgendwie unwirklich erscheinen, als wären die Leichen, die überall in den Straßen herumlagen, nichts anderes als Vogelscheuchen, die von irgendeinem Erntedankfest übrig geblieben waren. Die

Kapmotten hatten sie allerdings gefunden; sie bedeckten die Leichen vollständig, und ihre großen Flügel fächerten langsam, während sie ihr Festmahl hielten.

Als er dorthin ritt, wo sich die malazanischen Herrenhäuser befanden, konnte er gelegentlich einen Ruf oder einen dünnen Schrei irgendwo in der Ferne hören, ebenso wie Hundegebell und schreiende Maultiere. Das Fauchen der Feuersbrünste schwoll an und wurde wieder leiser – es klang fast wie Wellen, die an eine Klippe brandeten –, und im gleichen Rhythmus wogten Hitzeböen die Straße entlang und zerrten an dem herumliegenden Plunder.

Fünfzig Schritte von den Herrenhäusern entfernt fand Duiker die ersten Überreste eines wirklichen Gemetzels. Die aufständischen Hissari hatten das malazanische Viertel überraschend und mit großer Wildheit angegriffen, wahrscheinlich um die gleiche Zeit, da eine andere Gruppe die Siebte in ihrem Lager eingeschlossen hatte. Die Adligen und Kaufleute hatten ihre eigenen Wachen zur Verteidigung vorgeschickt; doch es waren viel zu wenige gewesen, und da ihnen der Zusammenhalt gefehlt hatte, waren sie schnell niedergemacht worden. Der Mob war dann in das Viertel geströmt, hatte die Tore der Häuser eingeschlagen und die malazanischen Familien hinaus auf die Straße gezerrt.

Und dann war wirklich der Wahnsinn ausgebrochen, wie Duiker erkennen konnte, während sich sein Pferd vorsichtig seinen Weg durch die Leichen suchte. Männer waren aufgeschlitzt und regelrecht ausgeweidet worden, ihre Eingeweide waren um die Frauen – Ehefrauen, Mütter, Tanten und Schwestern – gewickelt worden, die geschändet worden waren, bevor man sie mit den Gedärmen erwürgt hatte. Der Historiker sah Kinder, deren Schädel zerschmettert worden waren, Säuglinge, die auf den Spießen von Tapus aufgespießt waren. Indes hatten die Angreifer, als sie tiefer in das Viertel vorgedrungen waren, viele junge Töchter mitgenommen. Ihr Schicksal war wahrscheinlich noch weitaus schrecklicher als das, was ihre Verwandten erlitten hatten.

Duiker sah sich all das an, während in seinem Innern ein Gefühl der Betäubung immer stärker wurde. Die entsetzliche Agonie, die hier freigesetzt worden war, schien zusammengekauert in der Luft zu schweben, vergiftet und bereit, an seinem Verstand zu zehren. Zur Verteidigung zog er sich innerlich zurück, immer tiefer und tiefer. Seine Fähigkeit zu beobachten blieb davon unberührt – nur war sie völlig von seinen Gefühlen losgelöst; diese Gefühle würden später kommen, wie der Historiker nur allzu gut wusste: Sie würden ihm zitternde Glieder, Albträume und weitere Risse in seinem Glauben bescheren.

In der Erwartung, noch mehr derartige Bilder zu sehen, ritt Duiker auf den ersten Platz im malazanischen Viertel zu. Was er stattdessen zu sehen bekam, erschütterte ihn zutiefst. Die aufständischen Hissari waren auf dem Platz in einen Hinterhalt gelockt und zu Dutzenden niedergemacht worden. Man hatte Pfeile benutzt und sie dann wieder eingesammelt, doch einige zerschmetterte Schäfte waren übrig geblieben. Der Historiker stieg ab, um einen davon aufzuheben. *Ein wickanischer Pfeil.* Er glaubte, dass er jetzt zusammensetzen konnte, was hier geschehen war.

Das Fort der Soldaten war belagert worden. Wer auch immer die Hissari kommandiert hatte, hatte vorgehabt, Coltaine daran zu hindern, seine Soldaten in die Stadt zu schicken, und hatte – wenn der Grad der Magie, der eingesetzt worden war, irgendein Maßstab war – zudem versucht, die gesamte malazanische Armee auszulöschen. Mit dieser Absicht war der Kommandeur ganz eindeutig gescheitert. Die Wickaner hatten einen Ausfall gemacht, den Ring der Belagerer durchbrochen, und dann waren sie direkt ins malazanische Viertel geritten, wo, wie sie sicher geahnt hatten, das geplante Gemetzel bereits begonnen hatte. Sie waren zu spät gekommen, um die erste Angriffswelle an den Toren des Viertels aufzuhalten; daraufhin hatten sie die Richtung geändert, den Mob umgangen und auf dem Platz einen Hinterhalt gelegt. Die Hissari, die nach noch mehr Blut gedürstet hatten, waren einfach vorwärts gestürmt, hatten die freie Fläche überqueren wollen, ohne das Terrain zuvor auszukundschaften.

Die Wickaner hatten sie alle getötet. Das Risiko von Vergeltungsmaßnahmen war anscheinend viel zu gering gewesen, um sie daran zu hindern, sich ihre Pfeile zurückzuholen. Das Blutbad musste erbarmungslos gewesen sein; zuerst war jede Flucht unmöglich gemacht worden, und dann war mit großer Sorgfalt jeder einzelne Hissari umgebracht worden, der sich auf dem Platz befunden hatte.

Duiker hörte hinter sich das Geräusch nahender Schritte und drehte sich um. Eine Gruppe von Aufständischen näherte sich ihm von den Toren hinter ihm. Sie waren gut bewaffnet, hielten Piken in den Händen und hatten Tulwars an den Hüften hängen. Unter ihren roten Telaban glitzerten Kettenhemden. Auf den Köpfen trugen sie die spitzen Bronzehelme der Stadtwache.

»Welch schreckliches Gemetzel!«, jammerte Duiker. Sein Dosii-Akzent war nicht zu überhören. »Das schreit nach Rache!«

Der Sergeant, der den Trupp anführte, musterte den Historiker argwöhnisch. »Du trägst den Staub der Wüste an deinen Kleidern«, sagte er.

»O ja, ich bin von den Truppen des Hohemagiers im Norden hierher gekommen. Ich habe einen Neffen, der im Hafenviertel gewohnt hat. Ich wollte mich mit ihm treffen …«

»Wenn er noch lebt, alter Mann, wirst du ihn bei Reloes Trupp finden.«

»Wir haben die Mezla aus der Stadt gejagt«, sagte ein anderer Soldat. »Sie sind zahlenmäßig weit unterlegen, bereits schwer angeschlagen und mit zehntausend Flüchtlingen belastet …«

»Sei still, Geburah!«, schnappte der Sergeant. Er starrte Duiker aus zusammengekniffenen Augen an. »Wir gehen jetzt zu Reloe. Komm mit uns. Alle Hissari sollen gesegnet werden, indem sie an dem letzten Blutbad teilnehmen, mit dem wir die Mezla endgültig auslöschen werden.«

Aha, Zwangsverpflichtungen. Kein Wunder, dass nirgends jemand zu sehen ist. Sie sind in der heiligen Armee, egal, ob es ihnen gefällt oder nicht. Der Historiker nickte. »Das werde ich tun. Ich habe geschworen, das Leben meines Neffen zu schützen, müsst ihr wissen …«

»Der Eid, das Reich der Sieben Städte von der Geißel der Mezla zu befreien, ist wichtiger«, grollte der Sergeant. »Dryjhna fordert deine Seele, Dosii. Die Apokalypse ist gekommen – überall im Land sammeln sich die Armeen, und alle müssen dem Ruf gehorchen.«

»Letzte Nacht habe ich daran teilgenommen, das Blut von ein paar Männern des Küstentrupps der Mezla zu vergießen – meine Seele wurde schon da in ihre Obhut gegeben, Hissari.« Duikers Tonfall enthielt eine Warnung an den jungen Sergeanten. *Erweise den Älteren deines Volkes Respekt, mein Junge.*

Der Sergeant antwortete dem Historiker mit einem beifälligen Nicken.

Sein Pferd an den Zügeln führend, begleitete Duiker den Trupp, als die Männer durch das Viertel der Herrenhäuser marschierten. Der Sergeant erklärte, dass Kamist Reloes Armee sich auf der Ebene im Südwesten der Stadt sammelte. Drei Stämme aus der Odhan hielten Kontakt mit den verhassten Mezla, setzten dem Zug der Flüchtlinge und den viel zu wenigen Soldaten zu, die versuchten, sie zu schützen. Die Mezla versuchten Sialk zu erreichen, eine Stadt an der Küste, zwanzig Längen südlich von Hissar. Was die Narren jedoch nicht wussten, fügte der Mann mit einem finsteren Grinsen hinzu, war, dass Sialk ebenfalls gefallen war und dass gerade jetzt Tausende von adligen Mezla mitsamt ihren Familien die Nordstraße entlanggetrieben wurden. Der Kommandant der Mezla würde sich schon bald einer doppelt so großen Zahl von Bürgern gegenübersehen, die zu schützen er geschworen hatte.

Dann würde Kamist Reloe den Feind umzingeln – seine Truppen waren dem Gegner in einem Verhältnis von sieben zu eins überlegen – und das Gemetzel vollenden. Die Schlacht sollte von heute an gerechnet in drei Tagen stattfinden.

Duiker gab während der Ausführungen des Sergeanten immer wieder zustimmende Geräusche von sich, doch seine Gedanken rasten. Kamist Reloe war ein Hohemagier, von dem man geglaubt hatte, dass er vor zehn Jahren in der Raraku getötet worden war, als er sich angeblich mit Sha'ik darüber gestritten haben sollte, wer vom

Schicksal dazu bestimmt wäre, die Apokalypse anzuführen. Nun war es offensichtlich, dass Sha'ik ihren Rivalen keineswegs getötet, sondern stattdessen seine Loyalität gewonnen hatte. Der Hinweis auf mörderische Rivalitäten, Streitereien und persönliche Auseinandersetzungen hatte Sha'ik ganz sicher geholfen, die Malazaner zu der Überzeugung gelangen zu lassen, dass ihre Sache von inneren Schwächen heimgesucht wurde. *Alles Lügen. Wir sind getäuscht worden, und jetzt müssen wir dafür bezahlen.*

»Die Armee der Mezla ist wie ein großes Tier«, sagte der Sergeant, als sie sich dem Stadtrand näherten, »von unzähligen Hieben verwundet und mit blutigen Flanken. Das Tier stolpert vorwärts, blind vor Schmerzen. In drei Tagen wird es fallen, Dosii.«

Der Historiker nickte gedankenverloren. Er musste an die Eberjagden denken, die zu bestimmten Jahreszeiten in den Wäldern des nördlichen Quon Tali stattfanden . Ein Spurenleser hatte ihm einmal erzählt, dass die meisten Jäger, die bei solchen Jagden getötet wurden, von ihrem Schicksal ereilt worden waren, *nachdem* der Eber eine tödliche Wunde erhalten hatte. Ein unerwartetes letztes Vorwärtsstürmen, ein mörderischer Satz, der zu ignorieren schien, dass sich das Tier bereits im Griff des Vermummten befand. Den Sieg ganz nah vor Augen, vergaßen die Jäger ihre übliche Vorsicht. Etwas von diesem übersteigerten Selbstvertrauen hörte Duiker auch in den Worten des Aufständischen. Das Tier blutete, doch es war noch längst nicht tot.

Während die Sonne am Himmel langsam höher stieg, marschierten sie in Richtung Süden.

Der Fußboden des Zimmers hing durch wie eine Schüssel und war über und über mit dicken, wie Filz wirkenden Staubflocken bedeckt. Fast eine ganze Meile tief im Innern des steinernen Herzens des Hügels waren die roh behauenen Wände wie Glas gesprungen, zogen sich Risse vom gewölbten Dach bis zum Fußboden herunter. In der Mitte des Raums lag ein Fischerboot auf der Seite; das Segel hing wie verrottetes Gewebe vom einzigen Mast. Die heiße, trockene Luft hatte die Holzdübel aus den Verbindungsstellen getrieben, und die Planken hatten sich zusammengezogen und unter dem Gewicht des Bootes verbogen.

»Dies ist keine Überraschung«, sagte Mappo, der im Eingang stehen geblieben war.

Icariums Lippen zuckten leicht, dann ging er an dem Trell vorbei und trat an das Boot heran. »Fünf Jahre? Länger dürfte es noch nicht hier sein – ich kann immer noch das Meer riechen. Kannst du die Bauart erkennen?«

»Ich verfluche mich selbst dafür, dass ich an solchen Dingen niemals Interesse gehabt habe«, seufzte Mappo. »Dabei hätte ich doch wirklich damit rechnen können, dass so etwas einmal geschehen könnte – was habe ich mir nur gedacht?«

»Ich glaube«, sagte Icarium langsam, während er eine Hand auf den Bug des Bootes legte, »Iskaral Pustl hat *gewollt,* dass wir das hier finden.«

»Ich dachte, unsere Suche hätte einem Besen gegolten«, murmelte der Trell.

»Sein Besen wird ohne Zweifel von ganz allein wieder auftauchen. Nicht das Ziel der Suche war wichtig, sondern die Reise an sich.«

Mappo kniff die Augen zusammen und starrte den Freund misstrauisch an, dann grinste er zustimmend und zeigte dabei seine gewaltigen Eckzähne. »So ist es immer, nicht wahr?« Er folgte dem Jhag in das Zimmer. Seine Nasenflügel blähten sich. »Ich kann kein Meer riechen.«

»Nun, vielleicht habe ich ein bisschen übertrieben.«

»Ich gebe zu, dass es nicht so aussieht, als würde es schon seit Jahrhunderten hier liegen. Was hat das zu bedeuten, Icarium? Ein Fischerboot in einem Raum, der sich tief im Innern einer Klippe befindet, in einer Wüste, die dreißig Längen von allem entfernt ist, was größer als eine Quelle ist. Der Hohepriester hat uns ein Geheimnis vor die Nase gesetzt.«

»In der Tat.«

»Kannst *du* denn die Bauart erkennen?«

»Ach, leider bin ich, was Wasserfahrzeuge angeht – und andere Dinge, die mit dem Meer zu tun haben –, genauso unwissend wie du, Mappo. Ich fürchte, in dieser Hinsicht haben wir die Erwartungen Iskaral Pustls nicht erfüllt.«

Der Trell grunzte, während er zusah, wie Icarium damit begann, das Boot genauer zu untersuchen.

»Hier sind Netze, geschickt geknüpfte Netze. Und ein paar verdorrte Dinger, die vielleicht irgendwann einmal Fische gewesen sind ... Aha!« Der Jhag griff nach unten. Holz klapperte. Er richtete sich wieder auf und sah Mappo an; in seinen Händen hielt er Iskaral Pustls Besen.

»Fegen wir jetzt das Zimmer?«

»Ich nehme an, unsere Aufgabe besteht darin, das Ding hier seinem rechtmäßigen Eigentümer zurückzugeben.«

»Das Boot oder den Besen?«

Icarium zog die Brauen hoch. »Nun, das ist eine interessante Frage, mein Freund.«

Mappo runzelte die Stirn, zuckte dann die Achseln. Wenn seine Frage wirklich besonders klug gewesen war, dann war das reiner Zufall. Er war frustriert. Sie waren schon zu lange unter der Erde, zu lange untätig und den wunderlichen Einfällen eines Verrückten ausgeliefert. Es bedeutete eine echte Anstrengung für ihn, sich auf dieses Geheimnis zu konzentrieren, und tatsächlich ärgerte er sich über die Vermutung, dass es das überhaupt wert war. Nach einiger Zeit des Schweigens seufzte er. »Schatten ist über dieses Boot und seinen Besitzer gekommen, hat sie mitgenommen und hierher gebracht. War dies einmal Pustls Boot? Er kommt mir nicht so vor, als hätte er Menschen unter seinen Ahnen, in deren Adern das Blut von Fischern geflossen ist. Ich habe bisher noch keinen einzigen Hafenfluch über seine Lippen kommen gehört, keine salzigen Metaphern, keine spitzfindigen Fragen.«

»Dann ist es also nicht Iskaral Pustls Boot.«

»Nein. Was bedeutet, dass es jemand anderem gehören muss ...«

»Nun, entweder dem Maultier oder Diener.«

Mappo nickte. Er rieb sich das stoppelige Kinn. »Ich gebe zu, dass ein Maultier, das in einem Boot hockt, Netze auswirft und Fische fängt, interessant genug sein könnte, um die Aufmerksamkeit eines Gottes zu erregen – vielleicht ja sogar so interessant, dass er beide hierher gebracht hat, um sie für die Nachwelt zu erhalten.«

»Ah, aber was hätte das für einen Sinn, wenn es weder einen Teich, geschweige denn einen See gibt, um das Bild zu vervollständigen? Nein, ich glaube, das Maultier können wir ausschließen. Das Boot gehört Diener. Erinnere dich doch nur an seine überragenden Kletterfähigkeiten …«

»Erinnere dich an diese schreckliche Suppe …«

»Das war Wäsche, Mappo.«

»Aber genau das habe ich doch gemeint. Du hast Recht. Einst ist Diener mit diesem Boot übers Meer gefahren.«

»Dann sind wir also einer Meinung?«

»Ja. – Nun, das ist wohl kaum ein Aufstieg für den armen Mann.«

Icarium schüttelte sich. Er hob den Besen wie eine Standarte. »Noch mehr Fragen an Iskaral Pustl. Sollen wir den Rückweg antreten, Mappo?«

Drei Stunden später fanden die beiden müden Gefährten den Hohepriester des Schattens am Tisch in der Bibliothek. Iskaral Pustl hockte auf einem Stuhl und war über einen Stapel Drachenkarten gebeugt. »Ihr seid spät dran«, schnappte er, ohne aufzuschauen. »Die Drachenkarten wehklagen vor wilder Energie. Die Welt draußen ist in Bewegung – eure Vorliebe für Ignoranz ist in diesen hektischen Zeiten nicht angebracht. Achtet auf dieses Feld, Reisende, oder bleibt auf eigene Gefahr verloren.«

Mappo gab seinem Widerwillen mit einem Schnauben Ausdruck, während er zu dem Regal ging, auf dem die Weinkrüge warteten. Selbst Icarium ärgerte sich anscheinend über die Worte des Hohepriesters, denn er ließ den Besen klappernd auf den Boden fallen und setzte sich gegenüber Iskaral Pustl auf einen freien Stuhl. So gereizt, wie der Jhag wirkte, schien ein Nachmittag voller ruhiger Konversation nicht besonders wahrscheinlich. Mappo füllte zwei Becher mit Wein und kehrte dann an den Tisch zurück.

Der Hohepriester nahm den Kartenstapel in beide Hände, schloss die Augen und richtete ein stummes Gebet an Schattenthron. Dann legte er ein spiralförmiges Feld aus, wobei er mit der mittleren Karte begann.

»Obelisk!«, kreischte Iskaral und rutschte nervös auf seinem Stuhl hin und her. »Ich hab's gewusst! Vergangenheit, Gegenwart, Zukunft ... das Hier, das Jetzt, das Dann, das Wann ...«

»Beim Atem des Vermummten!«, keuchte Mappo.

Die zweite Karte fiel, ihre obere linke Ecke überlappte Obelisks untere rechte. »Das Seil – der schattenhafte Patron der Assassinen, ha!« Weitere Karten folgten dicht aufeinander; Iskaral Pustl verkündete jeweils laut, was sie zeigten, als wäre sein Publikum unwissend oder gar blind. »Oponn, der männliche Zwilling oben, das Glück, das stößt, Unglück, schreckliches Missgeschick, Kalkulationsfehler, widrige Umstände ... Szepter ... Thron ... die Königin des Hohen Hauses Leben ... der Weber des Hohen Hauses Tod ... der Soldat des Hohen Hauses Licht ... der Ritter des Hohen Hauses Leben ... der Steinmetz des Hohen Hauses Dunkel ...« Ein Dutzend weitere Karten folgten, dann lehnte der Priester sich zurück; seine Augen waren zu Schlitzen zusammengekniffen, sein Mund stand offen. »Erneuerung ... eine Erlösung, ohne durch das Tor des Vermummten zu gehen. Erneuerung ...« Er schaute auf, begegnete Icariums Blick. »Ihr müsst eine Reise beginnen. Schon bald.«

»Eine weitere Suche?«, fragte der Jhag so leise, dass Mappos Nackenhärchen sich aufstellten.

»Natürlich! Erkennt Ihr es denn nicht, Narr?«

»Was denn?«, flüsterte Icarium.

Iskaral Pustl, der offenbar nicht die geringste Ahnung hatte, dass sein Leben an einem seidenen Faden hing, erhob sich und gestikulierte über den ausgelegten Drachenkarten wild mit den Armen. »Es ist hier, genau vor Eurer Nase, Idiot! So klar und deutlich, wie mein Lord des Schattens es nur machen konnte! Wie konntet Ihr eigentlich so lange überleben?« Vor lauter Aufregung packte der Hohepriester die wenigen Haarsträhnen, die ihm noch verblieben waren, zerrte die Büschel hierhin und dorthin. Er hüpfte regelrecht auf der Stelle. »Obelisk! Könnt Ihr es denn nicht sehen? Steinmetz, Weber, Zepter, Königinnen und Ritter, Könige und Narren!«

Icarium bewegte sich schnell wie ein Blitz, schoss über den Tisch, legte beide Hände um den Hals des Hohepriesters, riss ihn von den Beinen und zerrte ihn über die Tischplatte. Iskaral Pustl gurgelte; seine Augen traten aus den Höhlen, während er wild um sich trat.

»Mein Freund«, sagte Mappo mit einem warnenden Unterton in der Stimme. Er fürchtete schon, er würde dazwischengehen und Icariums Hände vom Hals seines Opfers lösen müssen, damit dem Hohepriester nicht noch dauerhafter Schaden zugefügt werden würde.

Der Jhag schleuderte den Mann zurück, erschüttert von seinem eigenen Wutausbruch. Er holte tief Luft. »Sprecht einfach und verständlich, Priester«, sagte er ruhig.

Iskaral Pustl zappelte noch einen Augenblick länger auf der Tischplatte herum, verstreute dabei die hölzernen Karten auf dem Fußboden und blieb schließlich still liegen. Er schaute aus großen, tränenerfüllten Augen zu Icarium auf. »Ihr müsst euch nach draußen wagen«, sagte er mit zittriger Stimme. »In die Heilige Wüste.«

»Warum?«

»Warum? Warum? – Weil Sha'ik tot ist!«

»Wir müssen davon ausgehen«, sagte Mappo langsam, »dass die Angewohnheit, auf eine Frage niemals direkt zu antworten, eine angeborene Charaktereigenschaft dieses Mannes ist. Das ist für ihn so natürlich wie das Atmen.«

Sie saßen in dem Vestibül, das dem Trell als Quartier zugewiesen worden war. Iskaral Pustl war nur wenige Minuten, nachdem er seine Worte verkündet hatte, verschwunden, und von Diener hatten sie noch nichts gesehen, seit sie aus der Höhle zurückgekommen waren, in der sich das Fischerboot befand.

Icarium nickte. »Er hat von Erlösung gesprochen. Man muss das zumindest in Erwägung ziehen, denn der plötzliche Tod von Sha'ik scheint jeder Prophezeiung zu widersprechen – außer, wenn diese ›Erneuerung‹ in der Tat eine Rückkehr vom Tor des Vermummten bedeutet.«

»Und Iskaral Pustl erwartet von uns, dass wir dieser Wiedergeburt beiwohnen? Mit welcher Leichtigkeit es ihm gelungen ist, uns in sein Netz des Wahnsinns zu verstricken. Ich für meinen Teil bin froh, dass die Hexe tot ist, und ich hoffe, dass sie es bleibt. Jede Rebellion ist blutig. Wenn ihr Tod dafür sorgt, dass dieses Land vom Rande des Abgrunds zurückgerissen wird, dann würden wir uns in große Gefahr begeben, wenn wir uns einmischen.«

»Fürchtest du den Zorn der Götter?«

»Ich fürchte, unwissentlich von ihnen oder ihren Dienern benutzt zu werden, Icarium. Blut und Chaos sind der Wein und die Nahrung der Götter – zumindest der meisten von ihnen. Vor allem derjenigen, die besonders begierig sind, sich in die Angelegenheiten der Sterblichen einzumischen. Und ich werde nichts tun, das ihnen dazu verhilft, ihre Wünsche in die Tat umzusetzen.«

»Genauso wenig wie ich, mein Freund«, sagte der Jhag und stand seufzend von seinem Stuhl auf. »Trotzdem würde ich gerne Zeuge einer solchen Erlösung werden. Welche Art von Täuschung hat die Macht, dem Griff des Vermummten eine Seele zu entringen? Jedes Ritual der Erlösung, von dem ich jemals gehört habe, hat unvermeidlich zu einem Preis geführt, der weit über jede Berechnung hinausging. Selbst wenn er auf eine Seele verzichtet, sorgt der Vermummte dafür, dass er im Austausch letztlich gewinnt.«

Mappo schloss die Augen, massierte sich die breite, narbige Stirn. *Was tun wir hier, mein Freund? Ich kann deine Verzweiflung erkennen, und ich sehe, wie du in der Hoffnung auf Offenbarung jeden nur denkbaren Pfad beschreitest. Wenn ich offen zu dir sein könnte, würde ich dich vor der Wahrheit warnen.* »Dies ist ein altes Land«, sagte er sanft. »Wir können nicht erahnen, mit welchen Kräften die Steine, der Sand und die Erde ausgestattet wurden – Generation um Generation.« Er blickte auf, fühlte sich plötzlich müde. »Als wir am

Rande der Raraku entlanggewandert sind, Icarium, habe ich mich immer gefühlt, als würden wir den schmalsten Strang in einem Netz entlanggehen, das sich zu allen Horizonten erstreckt. Die alte Welt schläft nur, und ich kann spüren, wie sie sich unruhig regt – und jetzt mehr als jemals zuvor.« *Wecke diesen Ort nicht auf, mein Freund, und lass erst recht nicht zu, dass er dich aufweckt.*

»Nun«, sagte Icarium, nachdem er längere Zeit gedankenverloren geschwiegen hatte, »ich werde mich auf alle Fälle hinauswagen. Wirst du mich begleiten, Mappo Trell?«

Den Blick auf den Fußboden mit seinen ungleichmäßigen Pflastersteinen gerichtet, nickte Mappo langsam.

Nahtlos wuchs die Wand aus Sand in die ockerfarbene Kuppel des Himmels hinauf. Irgendwo in diesem wilden, wirbelnden Wahnsinn lag die Heilige Wüste Raraku. Fiedler, Crokus und Apsalar saßen am Anfang eines Pfades, der zunächst die Hänge der Hügel hinunter- und dann hinaus in das öde Wüstenland führte, auf ihren schweißgebadeten Pferden. Tausend Schritt entfernt in der Raraku verschwand ganz einfach die Welt.

Ein schwaches, zischendes Tosen erreichte sie.

»Ich nehme einmal an«, sagte Crokus leise, »dass das kein ganz normaler Sturm ist.«

Fiedler schüttelte den Kopf.

»Als ich das erste Mal etwas vom Wirbelwind gehört habe«, fuhr der Dieb aus Darujhistan nach einem Augenblick fort, »habe ich geglaubt, es wäre ... nun, ja ... eine symbolische Bezeichnung. So eine Art Zustand des Seins. Sag mir also, sehen wir jetzt den *wahren* Wirbelwind? Den Zorn einer Göttin?«

»Wie kann mitten in ... in so etwas eine Rebellion entstehen?«, fragte Apsalar verwundert. »Es wäre schon eine Herausforderung, in diesem Sturm einfach nur die Augen zu öffnen; wie soll man da einen Aufstand organisieren, der einen ganzen Kontinent umfasst? Außer, es ist einfach nur eine Barriere, und dahinter herrscht Ruhe.«

»Das scheint mir sehr gut möglich«, stimmte Crokus ihr zu.

Fiedler grunzte. »Dann haben wir keine andere Wahl. Wir reiten hindurch.«

Die Gral, die sie jagten, waren kaum mehr als zehn Minuten hinter ihnen, und ihre Pferde waren genauso erschöpft. Es waren mindestens zwanzig Mann, und selbst in Anbetracht von Apsalars gottgegebenen Fähigkeiten und des Sortiments Moranth-Munition in Fiedlers Rucksack war die Aussicht, sich den Kriegern zu stellen, alles andere als verlockend.

Der Sappeur schaute den Jungen und das Mädchen an. Sonne und Wind hatten ihre Gesichter dunkel gebrannt und nur kleine weiße Fältchen in den Augenwinkeln übrig gelassen. Die rissigen, aufgesprungenen Lippen waren nur noch zwei schmale Striche, die von tiefer eingegrabenen Linien eingefasst wurden. Hungrig, durstig, vor Erschöpfung im Sattel schwankend – er selbst war in genau dem gleichen ziemlich schlechten Zustand, wie er sehr wohl wusste. Nein, eigentlich war sein Zustand sogar noch schlimmer, weil er nicht mehr über die Reserven der Jugend verfügte. *Wohlgemerkt, die Raraku hat mich schon einmal gezeichnet. Vor langer Zeit. Ich weiß, was da draußen ist.*

Die anderen beiden schienen Fiedlers Zögern instinktiv zu verstehen, denn sie warteten in gewisser Weise sogar respektvoll, selbst als donnerndes Hufgetrappel von dem Pfad in ihrem Rücken zu ihnen drang.

Schließlich ergriff Apsalar das Wort. »Ich möchte mehr ... über diese Wüste erfahren ... und über ihre Macht ...«

»Das wirst du auch«, knurrte Fiedler. »Verhüllt eure Gesichter. Wir ziehen los, um dem Wirbelwind unsere Aufwartung zu machen!«

Der Sturm schloss sich um sie wie eine Schwinge, die in einer Umarmung über sie hinwegstrich. Der wirbelnde Sand schien eine Art merkwürdiges Bewusstsein zu besitzen; er tastete unablässig in den Falten ihrer Telaban herum, tausend reibende Finger, die sich einen Pfad über ihre Haut bahnten. Lose Enden von Gewändern und Seilen wiesen steil nach oben, peitschten in einem drängenden Rhythmus. Das Tosen erfüllte die Luft, erfüllte ihre Schädel.

Die Raraku war erwacht. Alles, was Fiedler gespürt hatte, als er das letzte Mal durch dieses Ödland geritten war – das geisterhafte Versprechen von Albträumen dicht unter der Oberfläche, das er als unterschwellige Ruhelosigkeit gespürt hatte –, war jetzt entfesselt und jubelte über seine Freiheit.

Mit gesenkten Köpfen trotteten die Pferde vorwärts, hin und her gestoßen von unberechenbaren Böen sandgeschwängerter Luft. Der Boden unter ihren Füßen war eine Mischung aus festem, dicht zusammengepresstem Lehm und Geröll; der dicke Mantel aus feinem weißen Sand war vom Boden gehoben worden und sang jetzt in der Luft, und mit dem Sand waren auch die geduldigen, alles überdeckenden Jahrhunderte verschwunden.

Sie stiegen ab, verhüllten die Köpfe der Pferde, und führten sie weiter.

Knochen knackten unter ihren Füßen. Rostende Rüstungsteile, Streitwagenräder, Reste von Pferde- und Kamelgeschirren, Lederstücke, die krummen Fundamente längst verfallener Wände – was einst eine nichts sagende Wüste gewesen war, zeigte jetzt ihre Gebeine, und sie bedeckten den Boden in solcher Fülle, dass Fiedler von Ehrfurcht ergriffen wurde. Er konnte nicht einen einzigen Schritt machen, ohne etwas unter seinen Stiefeln zu zermalmen.

Eine hohe, von Steinen eingefasste Böschung versperrte ihnen plötzlich den Weg. Sie war abgeschrägt und deutlich mehr als mannshoch. Fiedler überlegte eine ganze Weile, dann packte er die Zügel seines Reittiers fester und führte es die Schräge hinauf. Halb kriechend, halb stolpernd mühten sie sich hangauf, erreichten schließlich das obere Ende und fanden sich auf einer Straße wieder.

Die Pflastersteine waren sorgfältig bearbeitet und exakt eingepasst, sodass nur eine hauchdünne Fuge zwischen den einzelnen Steinen blieb. Nachdenklich kauerte Fiedler sich hin, versuchte, sich auf einen Punkt zu konzentrieren, während er die Oberfläche der Straße musterte – eine Aufgabe, die von den Sandfahnen, die der Wind beständig heranwehte, nicht leichter gemacht wurde. Er konnte nicht sagen, wie alt die Straße war. Er hatte geglaubt, dass sie Zeichen von Abnutzung aufweisen musste, selbst wenn sie lange unter dem Sand verborgen gewesen war – doch er konnte keine finden. Darüber hinaus wies die ganze Konstruktion auf Fähigkeiten hin, die weit über das hinausgingen, was er bis jetzt im Reich der Sieben Städte an Steinmetzarbeiten jemals gesehen hatte.

Zu seiner Rechten und zu seiner Linken verlief die Straße kerzengerade wie ein Speerschaft, so weit der Blick aus seinen blinzelnden Augen reichte. Sie stand da wie ein riesiger Wellenbrecher, den selbst dieser magische Sturm nicht durchbrechen konnte.

Crokus beugte sich dicht zu ihm. »Ich dachte, es gibt keine Straßen in der Raraku?«, schrie er über das schrille Heulen des Sturms hinweg.

Der Sappeur schüttelte den Kopf; er konnte es sich selbst nicht erklären.

»Sollen wir ihr folgen?«, fragte Crokus. »Hier oben ist der Wind nicht ganz so schlimm ...«

Soweit Fiedler das beurteilen konnte, führte die Straße in Richtung Südwesten, tief ins Herz der Raraku. Richtung Nordosten würde sie nach ungefähr zehn Längen die Pan'potsun-Hügel erreichen – in dieser Richtung würden sie vielleicht fünf Längen weiter südlich wieder in den Hügeln ankommen, die sie zuvor verlassen hatten. Das schien nicht allzu viel Sinn zu haben. Er starrte erneut die Straße zu seiner Rechten entlang. *Das Herz der Raraku. Man sagt, dass es dort eine Oase geben soll, wo auch Sha'ik und ihre Abtrünnigen lagern. Wie weit ist es bis zu dieser Oase? Werden wir irgendwo zwischen hier und dort Wasser finden?* Ganz sicher würde eine Straße, die dazu gedacht war, eine Wüste zu durchqueren, an Wasserstellen vorbeiführen. Es wäre Wahnsinn, etwas anderes anzunehmen, und die Erbauer dieser Straße hatten sich als viel zu geschickt erwiesen, um Narren zu sein. *Tremorlor ... Wenn die Götter wollen, wird diese Straße uns zu dem legendären Tor führen. Die Raraku hat ein Herz, hat der Schnelle Ben gesagt – Tremorlor, ein Azath-Haus.*

Fiedler stieg wieder in den Sattel des Gral-Wallach. »Wir folgen der Straße«, schrie er seinen Gefährten zu und deutete in Richtung Südwesten.

Sie beklagten sich nicht, sondern wandten sich ihren Pferden zu. Sie hatten sich ihm untergeordnet, wie Fiedler plötzlich bewusst wurde, weil sie sich beide in diesem Land verloren fühlten. Sie verließen sich vollständig auf ihn. *Beim Atem des Vermummten, sie glauben, ich weiß, was ich tue. Soll ich ihnen jetzt etwa erzählen, dass der Plan, Tremorlor zu finden, einzig und allein auf der Überzeugung basiert, dass dieser sagenhafte Ort tatsächlich existiert? Und dass Bens Mutmaßungen so gut wie immer richtig sind, auch wenn er nicht gewillt ist, die Quelle zu nennen, auf der sich seine Überzeugung gründet? Soll ich ihnen erzählen, dass wir höchstwahrscheinlich hier draußen sterben werden? Wenn wir nicht vorher verdursten, werden vermutlich Sha'iks fanatische Gefolgsleute dafür sorgen.*

»Fiedler!«, schrie Crokus und deutete auf die Straße. Der Sappeur wirbelte herum und sah nicht einmal fünfzig Schritt entfernt eine Hand voll Gral-Krieger die Böschung heraufkommen. Ihre Jäger hatten sich in kleinere Gruppen aufgeteilt, und sie hatten sich aus dem magischen Sturm genauso wenig gemacht wie Fiedlers Gruppe. Einen Augenblick später sahen die Krieger ihre Beute. Sie stießen kaum zu vernehmende Kriegsschreie aus, als sie ihre Pferde auf die Straße zogen.

»Hauen wir ab?«, fragte Apsalar.

Die Gral waren wieder aufgestiegen und lösten jetzt ihre Lanzen.

»Es sieht nicht so aus, als ob sie an einer Unterhaltung interessiert wären«, murmelte der Sappeur. Etwas lauter fügte er hinzu: »Überlasst sie mir! Ihr beide reitet weiter!«

»Was, schon wieder?« Crokus ließ sich von seinem Pferd gleiten. »Und was soll das für einen Sinn haben?«

Apsalar folgte seinem Beispiel. Sie trat nahe an Fiedler heran, schaute ihm in die Augen. »Wie groß sind unsere Chancen, in dieser Wüste zu überleben, wenn du tot bist?«

Sie sind genauso elendig klein wie dann, wenn ich euch führe. Er unterdrückte die Versuchung, diesen Gedanken laut auszusprechen, sondern zuckte zur Antwort nur die Schultern, während er seine Armbrust bereitmachte. »Ich habe vor, es kurz zu machen«, sagte er und legte einen Explosions-Bolzen in die Nut der Waffe.

Die Gral hatten sich mitsamt ihren Reittieren auf der Straße aufgestellt. Die Lanzen gesenkt, trieben sie ihre Pferde vorwärts.

Fiedler brach es fast das Herz, als er die Gral-Pferde heranstürmen sah, während er zielte und schoss. Drei Schritt vor den angreifenden Stammeskriegern traf der Bolzen die Straße. Die Detonation war ohrenbetäubend, die Explosion ein verformter, flammenspeiender Ball, der den in der Luft herumwirbelnden Sand und den Wind selbst zurücktrieb und die Angreifer mitsamt ihren Pferden wie die Hand Gottes rückwärts auf die Straße und seitlich die Böschungen hinunterwarf. Blutfontänen schossen in die Höhe, verwandelten den Sand in Hagel. Binnen eines Augenblicks löschte der Wind die Flammen und verjagte den Rauch, sodass nichts außer zuckenden Leibern übrig blieb.

Eine sinnlose Verfolgungsjagd, und jetzt ein sinnloser Tod. Ich bin kein Gral. Wie kann das Verbrechen, als falscher Gral aufzutreten, so eine unbarmherzige Jagd auslösen? Ich wünschte, ich hätte euch fragen können, Krieger!

»Auch wenn sie uns schon zweimal gerettet hat«, sagte Crokus, »so kann ich nur sagen: Diese Moranth-Munition ist schrecklich, Fiedler.«

Schweigend legte der Sappeur einen neuen Bolzen in die Nut, schlang einen Lederriemen um den Abzug, um ihn zu blockieren, und hängte sich die schwere Waffe wieder über die Schulter. Dann stieg er wieder in den Sattel, nahm die Zügel in eine Hand und blickte seine Gefährten an. »Bleibt wachsam«, sagte er. »Es könnte sein, dass wir ohne Vorwarnung in eine andere Gruppe hineinreiten. Falls das geschieht, versucht durchzubrechen.«

Er gab seinem Pferd die Fersen.

Der Wind klang in seinen Ohren wie ein Lachen; es hörte sich an, als hätte er Gefallen an sinnloser Gewalt gefunden. Und wäre begierig auf mehr. *Der Wirbelwind ist erwacht – diese Göttin ist verrückt, von Wahnsinn zerfressen – wer kann sie aufhalten?* Fiedler kniff die Augen zu schmalen Schlitzen zusammen und starrte die Straße entlang; die eintönigen Reihen von Steinen führten weiter und immer weiter in einen ockergelben, wirbelnden Rachen. Ins Nichts.

Der Sappeur knurrte einen Fluch; er schob das Gefühl der Sinnlosigkeit beiseite, das sich in seine Gedanken schlich und sie zu vergiften drohte. Sie mussten Tremorlor finden, ehe der Wirbelwind sie gänzlich verzehrte.

Der Aptorian war ein etwas dunklerer Schatten dreißig Schritt zu Kalams Linker, der mit unbarmherziger Leichtigkeit durch den sandgeschwängerten Wind schritt. Der Assassine stellte fest, dass er dankbar für den Sturm war – jedes Mal, wenn er seinen ungewollten Begleiter klar und deutlich sehen konnte, hatte er das Gefühl, seine Nerven würden bloßliegen. Er hatte schon früher mit Dämonen zu tun gehabt, auf Schlachtfeldern ebenso wie auf vom Krieg verwüsteten Straßen. Oft waren sie von malazanischen Magiern ins Gefecht geschickt worden und somit in gewisser Weise Verbündete gewesen – auch wenn sie den Willen ihrer Herren mit großer Genauigkeit ausführten und anscheinend allem anderen gegenüber gleichgültig waren. Die Gelegenheiten, bei denen er einem Dämon, den ein Feind entfesselt hatte, von Angesicht zu Angesicht gegenübergestanden hatte, waren dankenswerterweise seltener gewesen. In einem solchen Fall war immer nur eines für ihn von Bedeutung gewesen: zu überleben. Und das hieß zu fliehen. Natürlich bestanden auch Dämonen aus Fleisch und Blut, das war sicher – er hatte einmal genug vom Innenleben eines Dämons gesehen, der von einem von Igels Explosions-Bolzen in die Luft gejagt worden war, um die unwillkommene Vertrautheit der Erinnerung im Gedächtnis zu behalten –, doch nur Narren würden es wagen, sich einem Dämon entgegenzustellen, der mit kalter Wut und unerbittlicher Zielstrebigkeit danach trachtete, seinen Auftrag zu erfüllen.

Nur zwei Arten von Menschen sterben im Kampf, hatte Fiedler einmal gesagt, *Narren und Glücklose.* Mit einem Dämon zu kämpfen war sowohl glücklos als auch närrisch.

Trotzdem hatte Kalam beim Anblick des Aptorian das gleiche Gefühl wie beim Geräusch einer eisernen Klinge, die Granit zu schneiden versucht. Es genügte schon, das Biest einfach nur zu lange anzuschauen, und schon stieg eine Woge der Übelkeit in ihm auf.

Sha'iks Geschenk war wirklich nichts, das man willkommen heißen konnte. *Ihr Geschenk … oder ihr Spion. Sie hat den Wirbelwind entfesselt, und jetzt handelt die Göttin durch sie – genauso, als wäre sie besessen. Das kann den Docht der Großzügigkeit kurz halten. Außerdem würde noch nicht einmal Dryjhna so bereitwillig einen Aptorian-Dämon für etwas so Gewöhnliches wie eine Eskorte verschwenden. Daher, Freund Apt, kann ich dir leider nicht trauen.*

Während der vergangenen Tage hatte er versucht, das Biest loszuwerden, etwa indem er sein Lager leise eine Stunde vor der Morgendämmerung abbrach oder sich im wirbelnden Wind dorthin wandte, wo es am schlimmsten war. Der Kreatur davonzureiten war ein hoffnungsloses Unterfangen – sie war jedem normalen Tier an Geschwindigkeit und Ausdauer weit überlegen, und trotz all seiner Anstrengungen klebte Apt an ihm wie ein besonders treuer Hund, wenn auch glücklicherweise in einer gewissen Entfernung.

Der Wind fegte mit unersättlicher Wildheit über die felsschorfigen Hügel, fuhr in die Spalten und Risse, als hungere er danach, auch noch die letzten Sandstäubchen mitzureißen. Die sanften, gewölbten Kuppeln aus gebleichtem Kalkstein, die die Kämme zu beiden Seiten des engen Tales säumten, das er entlangritt, schienen vor seinen Augen zu altern und zahllose Furchen und Narben zu enthüllen.

Er hatte die Pan'potsun-Hügel vor sechs Tagen hinter sich gelassen und die Grenze zu dem gezackten Grat einer sich nahtlos anschließenden Hügelgruppe überquert, die den Namen Anibaj trug. Das Gelände so weit südlich der Raraku war ihm weniger vertraut. Er war ihm nur gelegentlich nahe gekommen, wenn er den häufig bereisten Handelsrouten gefolgt war, die am östlichen Rand der Hügelkette entlangführten. In den Anibaj-Hügeln lebten keine Nomadenstämme, obwohl das Gerücht ging, dass es hier versteckte Klöster geben sollte.

In der Nacht zuvor war der Wirbelwind aus der Raraku gekommen, eine die Sterne verhüllende Flutwelle aus Magie, und obwohl er mit ihrer Ankunft gerechnet hatte, fühlte sich Kalam bis in seine Grundfesten erschüttert. Dryjhna war erwacht, und ihr Hunger war so groß, dass der Assassine entsetzt war. Er fürchtete allmählich, der Zeitpunkt könnte kommen, da er seine Rolle bedauern würde, und jedes Mal, wenn er Apt sah, verstärkte sich diese Furcht.

Die Anibaj-Hügel erschienen Kalam leblos. Er hatte keinerlei Spuren von Siedlungen gesehen, weder getarnt noch offen. Gelegentlich fand er die Ruine einer Festung, die an belebtere Zeiten erinnerte, doch das war auch schon alles. Falls sich asketische Mönche und Nonnen in dieser Ödnis verbargen, wurden sie durch die Gnade ihrer Götter den Augen der Sterblichen entzogen.

Und doch, als er im Sattel zusammengekauert weiterritt, während der Wind auf seinen Rücken eindrosch, konnte Kalam das Gefühl nicht abschütteln, dass ihn etwas verfolgte. Das Gefühl war in den vergangenen sechs Stunden in ihm aufgestiegen. Dort draußen, außerhalb seiner Sichtweite, war etwas – ein Mensch oder ein Tier, das seiner Spur folgte, regelrecht an ihr klebte. Er wusste, dass sein Geruch und der seines Pferdes ihnen nur vorauseilten, dass er vom Wind nach Süden getrieben und ohne Zweifel noch nicht einmal zehn Schritte entfernt in kleine Stückchen zerrissen wurde. Und auch die Spuren, die sein Pferd hinterließ, blieben nur für wenige Sekunden sichtbar. Wenn der Jäger nicht wesentlich weiter sehen konnte als der Assassine – was er für nicht besonders wahrscheinlich hielt –, sodass er in der Lage war, immer gerade außerhalb von Kalams Sichtweite zu bleiben, blieb nur noch eine einzige Erklärung übrig. *Höllengeborene Zauberei. So ziemlich das Letzte, was ich jetzt brauche …*

Er starrte erneut nach links und konnte verschwommen Apts große Gestalt ausmachen, seine merkwürdig mechanischen Bewegungen, während der Dämon mit ihm Schritt hielt. Das Wesen schien nicht besonders aufgeregt zu sein – *sag bloß, und wie kann man das erkennen?* –, doch anstatt aus dieser Tatsache Zuversicht zu schöpfen, spürte er, wie sich in seinem Innern ein Unbehagen regte und wuchs; irgendwie hatte er den Verdacht, dass der Dämon nicht länger die Aufgabe hatte, ihn zu beschützen.

Schlagartig hörte der Wind auf. Das Tosen wurde zu dem Zischen zu Boden sinkenden Sandes. Vor Überraschung grunzend zügelte Kalam sein Pferd und blickte über die Schulter. Der Rand des Sturms war ein taumelnder, jedoch immer an der gleichen Stelle verharrender Wall fünf Schritte hinter ihm. Sand rann an ihm herab, formte dabei bogenförmige Dünen entlang einer leicht geschwungenen Kante, die nach Westen und Osten bis zum Horizont reichte. Der Himmel direkt über ihm hatte sich aufgehellt und sah jetzt wie leicht poliertes Kupfer aus. Die Sonne, die noch eine Stunde vom westlichen Horizont entfernt war, hatte die Farbe von gehämmertem Gold.

Der Assassine trieb sein Pferd ein weiteres Dutzend Schritte weiter, ehe er zum zweiten Mal Halt machte. Apt war noch nicht aus dem Sturm aufgetaucht. Ein Gefühl der Unruhe durchlief Kalam, und er griff nach der Armbrust, die an ihren Riemen am Sattelhorn hing.

Urplötzlich wurde sein Pferd von Panik gepackt, scheute und wich seitwärts zurück, den Kopf hoch erhoben, die Ohren angelegt. Ein kräftiger, würziger Geruch lag in der Luft. Kalam rollte sich im gleichen Augenblick aus dem Sattel, als irgendetwas pfeilschnell die Luft über ihm zerteilte. Der Assassine ließ seine ungeladene Armbrust los und zog zwei Langmesser aus den Scheiden, noch während seine rechte Schulter den Sand berührte und er den Schwung nutzte, um sich abzurollen, sodass er tief in die Hocke geduckt wieder auf die Beine kam. Der Angreifer – ein Wüstenwolf von erstaunlicher Größe – war bei dem Versuch gescheitert, über das zur Seite ausbrechende Pferd zu springen, und kämpfte jetzt, die bernsteinfarbenen Augen fest auf Kalam gerichtet, schräg im Sattel um einen Halt.

Der Assassine warf sich nach vorn, stieß mit der schmalen Klinge in seiner rechten Hand zu. Ein zweiter Wolf griff ihn von links an, eine sich windende Masse aus kräftigen Muskeln und schnappenden

Kiefern, die ihn zu Boden drückte. Das Gewicht des Tieres hinderte ihn daran, den linken Arm zu bewegen. Lange Eckzähne bohrten sich in die Kettenglieder, die seine Schulter bedeckten. Ringe platzten auf und zersprangen, die Zähne brachen durch und drückten hart gegen sein Fleisch.

Kalam holte aus und rammte die Spitze seines rechten Langmessers hoch oben in die Flanke des Tieres; die Klinge glitt kurz vor den Hinterbeinen des Wolfs unter die Wirbelsäule. Die Kiefer ließen los und gaben seine Schulter frei. Zurückschnellend trat das Tier um sich, um sich von ihm zu lösen. Als der Assassine sich mühte, seine Klinge freizubekommen, spürte er, dass er auf Knochen stieß. Der Aren-Stahl bog sich und brach.

Vor Schmerz aufheulend sprang der Wolf mit gekrümmtem Rücken davon. Er wirbelte herum, versuchte, seine Kiefer um das noch in seinem Körper steckende Stück Messerklinge zu schließen; es sah aus, als würde er seinen Schwanz jagen.

Kalam rollte sich auf die Beine und spuckte Sand aus. Der erste Wolf war von dem wild bockenden und ausschlagenden Pferd aus dem Sattel geworfen worden und hatte dann einen kräftigen Tritt gegen den Kopf abbekommen. Benommen stand das Tier vielleicht ein Dutzend Schritte entfernt. Blut rann aus seiner Nase.

Es gab noch andere, irgendwo jenseits der Mauer aus Sturm, ihr Grollen, Heulen und Knurren wurde vom Wind fast völlig übertönt. Es war offensichtlich, dass sie gegen irgendetwas kämpften. Kalam erinnerte sich an die Bemerkung von Sha'ik, dass ein Vielwandler den Aptorian einige Wochen zuvor erfolglos angegriffen haben sollte. Es schien, als hätte der Gestaltwandler einen neuen Versuch unternommen.

Der Assassine sah, wie sein Pferd den Pfad in Richtung Süden entlangrannte, wobei es immer wieder bockte. Er drehte sich wieder zu den beiden Wölfen um, doch sie waren verschwunden; zwei Blutspuren führten zurück in den Sturm. Doch aus dem Innern des Wirbelwinds waren keinerlei Geräusche mehr zu hören, die auf einen Kampf hingedeutet hätten.

Einen Augenblick später trottete Apt in sein Blickfeld. Dunkles Blut floss von seinen Flanken und tropfte von seinen nadelspitzen Fängen, ließ sein dauerndes Grinsen noch viel schrecklicher erscheinen. Der Dämon schwang seinen länglichen Kopf herum und betrachtete Kalam mit seinem schwarzen, wissenden Auge.

Der Assassine machte ein finsteres Gesicht. »Ich riskiere schon genug ohne deine verdammte Fehde, Apt.«

Der Dämon klapperte mit dem Kiefer; eine schlangenähnliche Zunge schoss heraus und begann, das Blut von den Zähnen zu lecken. Kalam sah, dass Apt zitterte – einige der Wunden an seinem Hals sahen ziemlich tief aus.

Seufzend sagte der Assassine: »Bevor ich mich um dich kümmern kann, muss ich erst mein Pferd finden.« Er griff nach der kleinen Feldflasche an seinem Gürtel. »Aber zumindest kann ich deine Wunden säubern.« Er trat einen Schritt vor.

Der Dämon zuckte zurück, senkte drohend den Kopf.

Kalam blieb stehen. »Na, dann eben nicht.« Er runzelte die Stirn. Irgendetwas war merkwürdig an diesem Dämon, wie er da, den Kopf zur Seite gedreht, auf einem kleinen Haufen ausgebleichten Gerölls stand und mit flatternden geschlitzten Nasenflügeln die Luft prüfte. Das Stirnrunzeln des Assassinen vertiefte sich. *Etwas …* Nach einem langen Augenblick seufzte er, starrte dann hinunter auf den Griff des abgebrochenen Langmessers in seiner rechten Hand. Er hatte dies absolut identische Paar Messer die meiste Zeit seines Erwachsenenlebens mit sich herumgetragen, fast so, als wäre es ein Spiegel der beiden Loyalitäten in seinem Innern. *Welche von den beiden habe ich jetzt verloren?*

Er klopfte sich den Staub von seiner Telaba, hob seine Armbrust auf, warf sie sich über eine Schulter und begann dann den Pfad entlang in Richtung Süden zu gehen, auf die weit vor ihm liegende Senke zu. An seiner Seite – diesmal näher als zuvor – trappelte Apt, den Kopf tief gesenkt; das einzelne Vorderbein wirbelte Staubwölkchen auf, die im verblassenden Licht der Sonne rosafarben leuchteten.

Kapitel Sieben

Der Tod soll meine Brücke sein.

Sprichwort der Toblakai

Ausgebrannte Wagen, die Kadaver von Pferden, Ochsen und Maultieren, die Leichen von Männern, Frauen und Kindern, Möbelstücke, Kleidung und andere Haushaltsgegenstände lagen auf der Ebene im Süden von Hissar verstreut, so weit Duiker sehen konnte. Hier und dort, an Stellen, an denen ein paar Krieger eine letzte gemeinsame Verteidigungs-Stellung bezogen hatten, erhoben sich Hügel aus Leichnamen wie nicht mit Erde bedeckte Hügelgräber. Gefangene waren nicht gemacht worden, es hatte keine Gnade gegeben.

Der Sergeant stand ein paar Schritte von dem Historiker entfernt; er war ebenso still wie seine Männer, als er den Anblick des Vin'til-Beckens auf sich wirken ließ, die Überreste jener Schlacht, die dereinst nach dem nur eine Meile entfernt gelegenen Dorf benannt werden würde: Bat'rol.

Duiker beugte sich im Sattel zur Seite und spuckte aus. »Das verwundete Tier hat Fänge«, sagte er in säuerlichem Tonfall. *Gut gemacht, Coltaine. Sie werden nicht so bald wieder versuchen, sich auf euch zu stürzen.* Die Leichen waren Hissari – sogar Kinder waren in die Schlacht geworfen worden. Schwarze, verbrannte Narben verliefen kreuz und quer über das Schlachtfeld, als ob die Klauen eines Gottes vom Himmel herabgefahren wären, um sich an dem Gemetzel zu beteiligen. Bis zur Unkenntlichkeit verbrannte Körper lagen als verkohlte Klumpen in den geschwärzten Streifen; es war unmöglich, festzustellen, ob es sich dabei um Menschen oder Tiere handelte.

Kapmotten flatterten wie ein stummer Schleier aus Wahnsinn über der Szene. Die Luft stank nach Zauberei; das Aufeinanderprallen der Gewirre hatte alles mit einer schmierigen Ascheschicht überzogen. Der Historiker konnte kein Entsetzen mehr empfinden. Sein Herz war bereits so abgehärtet, dass er nur noch Erleichterung verspürte.

Irgendwo im Südwesten waren die Siebte Armee, Reste der loyalen Hissari-Hilfstruppen und die Wickaner. *Und Zehntausende von malazanischen Flüchtlingen, ihrer Besitztümer beraubt ... aber am Leben.* Die Gefahr blieb bestehen. Schon hatte die Armee der Apokalypse begonnen, sich neu zu formieren – versprengte Überlebende zogen sich einzeln und in kleinen Gruppen zur Oase Meila zurück, wo die Verstärkung aus Sialk sowie später eintreffende Wüstenstämme sie bereits erwarteten. Wenn sie die Verfolgung wieder aufnahmen, würden sie Coltaines angeschlagener Armee zahlenmäßig noch immer weit überlegen sein.

Einer der Männer des Sergeanten kehrte von einem Kundschafterritt gen Westen zurück. »Kamist Reloe lebt«, verkündete er. »Ein anderer Hohemagier führt eine neue Armee aus dem Norden heran. Das nächste Mal werden sie keine Fehler machen.«

Einen Tag zuvor hätten diese Worte noch eine weitaus beruhigendere Wirkung auf die anderen gehabt. Der Mund des Sergeanten war zu einer dünnen Linie zusammengepresst, als er nickte. »Dann werden wir bei Meila zu den anderen stoßen.«

»Ich nicht«, knurrte Duiker.

Zu Schlitzen zusammengekniffene Augen wandten sich ihm zu.

»Noch nicht«, fügte der Historiker hinzu und ließ den Blick über das Schlachtfeld gleiten. »Mein Herz sagt mir, dass ich irgendwo da draußen ... die Leiche meines Neffen finden werde.«

»Sieh doch zuerst bei den Überlebenden nach«, sagte einer der Soldaten.

»Nein. In meinem Herzen ist keine Furcht, nur Gewissheit. Zieht weiter. Ich werde wieder bei euch sein, noch ehe die Abenddämmerung hereinbricht.« Er warf dem Sergeanten einen harten, herausfordernden Blick zu. »Und nun geht!«

Der Mann machte eine stumme Geste.

Duiker sah ihnen nach, als sie in Richtung Westen davonzogen. Er wusste, wenn er sie noch einmal sehen würde, würde er sich innerhalb der Reihen der malazanischen Armee befinden. Und irgendwie würden sie dann weniger menschlich sein. *Das Spiel, das der Verstand spielen muss, um die Vernichtung zu entfesseln.* Er hatte mehr als einmal inmitten einer malazanischen Armee gestanden und gespürt, wie die Soldaten an seiner Seite einen ganz bestimmten Ort in ihrem Geist gesucht – und gefunden – hatten, einen kalten, stillen Ort, einen Ort, an dem Männer, Väter, Frauen und Mütter zu Mördern wurden. Die Übung machte es von Mal zu Mal leichter. *Bis man diesen Ort nie wieder verlässt.*

Der Historiker ritt auf das Schlachtfeld hinaus, nur beherrscht von dem fast schon verzweifelten Wunsch, endlich die Armee einzuholen. Es war nicht der richtige Zeitpunkt, um allein zu sein, inmitten des Gemetzels, wo jedes Trümmerstück, jeder verbrannte, in Stücke gerissene Leichnam angesichts all dieser Gräuel stumm aufzuschreien schien. Schlachtfelder hielten den Wahnsinn fest, als ob das Blut, das die Erde getränkt hatte, sich an die Schmerzen und das Entsetzen erinnerte und in seinem Innern die Erinnerung an unzählige Todesschreie beherbergte.

Es gab keine Plünderer, nichts als Fliegen, Kapmotten, Rhizan und Wespen – die Myriaden Schemen des Vermummten, die Duiker mit schwirrenden Flügeln umsummten, während er weiterritt. Eine halbe Länge voraus galoppierten zwei Reiter in Richtung Westen über den südlichen Kamm, ihre Telaban flatterten wild hinter ihnen her.

Als Duiker den niedrigen Kamm erreichte, waren die beiden Reiter schon außer Sichtweite. Die staubige Erde vor ihm war aufgewühlt und mit Furchen übersät. Die Kolonne, die das Schlachtfeld verlassen hatte, hatte dies in ordentlicher Aufstellung getan, obwohl die Breite der Spuren darauf hindeutete, dass der Tross sehr groß war. *Neun, zehn Wagen nebeneinander. Vieh. Ersatzpferde … Bei der Königin der Träume! Wie kann Coltaine hoffen, das alles zu verteidigen? Vierzigtausend Flüchtlinge, vielleicht sogar noch mehr, die alle einen Wall aus Soldaten fordern, der ihr kostbares Leben schützen soll – selbst Dassem Ultor wäre vor einer solchen Aufgabe zurückgeschreckt.*

Weit im Südwesten zeigte der Himmel einen rötlich braunen, schmierigen Schimmer. Wie Hissar stand auch Sialk in Flammen. Doch in jener Stadt hatte es nur eine kleine malazanische Garnison gegeben, eine Feste und ein Lager unten am Hafen, mit einer eigenen Landungsbrücke und drei Patrouillenbooten. Mit Oponns Glück auf ihrer Seite hatten die dort stationierten Truppen sich zurückziehen können. Obwohl Duiker in Wahrheit wenig Hoffnung hatte. Viel wahrscheinlicher war, dass sie versucht hatten, die malazanischen Bürger zu schützen – *und sich zu den Leichenbergen gesellt haben.*

Es war leicht, der Spur zu folgen, die Coltaines Armee und die Flüchtlinge hinterlassen hatten. Sie führte nach Südwesten, landeinwärts, in die Sialk-Odhan. Die nächste Stadt, in der sie vielleicht Hilfe finden konnten – Caron Tepasi – war sechzig Längen entfernt, und die Steppen, die sie auf dem Weg dorthin durchqueren mussten, waren von feindseligen Tithansi-Clans bevölkert. *Und außerdem ist ihnen Kamist Reloes Apokalypse auf den Fersen.* Duiker wusste, dass er die Armee zwar sehr wohl einholen mochte – dann jedoch mit den Soldaten sterben würde.

Nichtsdestotrotz konnte die Rebellion an anderen Orten bereits niedergeschlagen sein. Es gab eine Faust in Caron Tepasi, und eine andere in Guran. Wenn es einer davon – oder gar beiden – gelungen war, den Aufstand in ihrer Stadt zu unterdrücken, dann hatte Coltaine ein Ziel, das zu erreichen durchaus möglich war. Ein Zug quer durch die Odhan würde allerdings Monate dauern. Zwar gab es genug Grasland für das Vieh, doch es gab nur wenige Wasserstellen, und die Trockenzeit hatte gerade begonnen. *Nein, selbst eine solche Reise nur in Erwägung zu ziehen hat schon nichts mehr mit Verzweiflung zu tun. Es ist der nackte Wahnsinn.*

Damit blieb nur noch … ein Gegenangriff. Ein schneller, tödlicher Schlag, um Hissar wieder einzunehmen. Oder Sialk. Selbst eine zerstörte Stadt bot mehr Möglichkeiten zur Verteidigung als die offene Steppe. Überdies konnte die malazanische Flotte sie dann unterstützen. *Pormqual mag ein Narr sein, aber Admiral Nok ist ganz eindeutig keiner.* Die Siebte Armee konnte nicht einfach aufgegeben werden, denn ohne sie war jede Hoffnung, die Rebellion vielleicht doch noch schnell niederzuschlagen, dahin.

Im Augenblick allerdings war klar, dass Coltaine den Treck nach Dryj-Quelle führte, und trotz ihres Vorsprungs ging Duiker davon aus, dass er sie noch vorher einholen würde. Das, was die Malazaner jetzt am dringendsten brauchten, war Wasser. Kamist Reloe würde das genauso gut wissen. Er hatte Coltaine in eine Position gebracht, in der jeder Zug vorhersehbar war – und das war etwas, das kein Kommandeur sich wünschte. Je weniger Möglichkeiten der Faust blieben, desto schlimmer war die Situation.

Duiker ritt weiter. Die Sonne wanderte langsam westwärts, während er der schuttübersäten Spur folgte. Bei dem seelenlosen Anblick fühlte Duiker sich unbedeutend; all seine Hoffnungen und Befürchtungen schienen ihm plötzlich sinnlos. Gelegentlich lag die Leiche eines Soldaten oder eines Flüchtlings am Straßenrand – Männer und Frauen, die an ihren Wunden gestorben und ohne große Zeremonie einfach liegen gelassen worden waren. Die Sonne hatte die Leichname anschwellen lassen, und ihre Haut hatte sich tiefrot und schwarz verfärbt. Diese Toten einfach zurückzulassen, ohne sie zu begraben, war ganz sicher nicht leicht gewesen. Duiker spürte etwas von der Verzweiflung, die in dem von Feinden umgebenen Treck herrschen musste.

Eine Stunde vor der Abenddämmerung erschien eine halbe Länge landeinwärts eine Staubwolke. Der Historiker vermutete, dass sie von berittenen Tithan-Kriegern stammte, die unterwegs nach Dryj-Quelle waren. Für Coltaine und seine Leute würde es keine Ruhe geben. Duiker ahnte, was ihnen bevorstand: blitzschnelle Überfälle von berittenen Gruppen, um die Wachposten des Lagers immer aufs Neue aufzuschrecken; plötzliche Treibjagden, um das Vieh davonzutreiben; Brandpfeile, um die Wagen der Flüchtlinge in Brand zu stecken … Es würde eine Nacht des unaufhörlichen Schreckens werden.

Er sah die Tithansi langsam weiterziehen und erwog kurz, sein müdes Reittier zum Galopp anzutreiben. Die Stammeskrieger hatten allerdings ohne Zweifel Ersatzpferde dabei, und der Historiker würde bei dem Versuch, Coltaine vor ihnen zu erreichen, sein Pferd zu Tode schinden müssen. Und dann würde er nichts anderes tun können, als vor dem Unausweichlichen zu warnen. *Außerdem müsste Coltaine eigentlich wissen, was geschehen wird. Er weiß es, weil er früher selbst der Anführer eines Trupps von Renegaten gewesen ist und einer sich auf dem Rückzug befindlichen imperialen Armee auf den wickanischen Ebenen Nadelstich um Nadelstich versetzt hat.*

Er ritt in gleichmäßigem Trab weiter, dachte über die Herausforderung nach, die diese Nacht bereithalten würde: der Ritt durch die feindlichen Linien, die unangekündigte Annäherung an die höchst nervösen Außenposten der Siebten. Je mehr er darüber nachdachte, desto geringer erschienen ihm seine Chancen, diese Nacht zu überleben und morgen früh die Sonne aufgehen zu sehen.

Der rote Himmel wurde so unvermittelt dunkler, wie es typisch für die Wüste war, übergoss alles mit der Farbe von geronnenem Blut. Wenige Augenblicke, bevor die letzten Lichtstrahlen verblassten, schaute Duiker sich zufällig um. Er sah eine feinkörnige Wolke, die sich sichtlich ausdehnte, während sie gen Süden flog. Sie schien die letzten Lichtstrahlen hunderttausendfach zu reflektieren, als würde der Wind die Bäume am Rande eines gewaltigen Waldes bewegen und die Birken die helle Unterseite ihrer Blätter zeigen. Kapmotten. Es mussten Millionen sein. Sie hatten Hissar hinter sich gelassen, folgten dem Blutgeruch.

Er redete sich ein, dass es ein geistloser Hunger war, der sie antrieb. Er sagte sich, dass die Kleckse und Flecken in der sich blähenden, den Himmel füllenden Wolke nur durch Zufall eine Art Gesicht formten. Schließlich bestand für den Vermummten keine Notwendigkeit, sich hier zu manifestieren. Und der Vermummte war auch nicht als besonders melodramatischer Gott bekannt – wenn überhaupt, galt der Lord des Todes ironischerweise als bescheiden. Was Duiker zu erkennen glaubte, war das Ergebnis seiner Furcht, des nur allzu menschlichen Bedürfnisses, in sinnlosen Ereignissen eine symbolische Bedeutung zu sehen. *Und nichts weiter.*

Duiker gab seinem Pferd die Fersen und trieb es zum Galopp, die Augen fest auf die sich vertiefende Dunkelheit vor ihm gerichtet.

Von der Kuppe des niedrigen Hügels aus betrachtete Felisin den kochenden Boden der Senke. Es war, als wäre der Wahnsinn aus den Städten, aus den Gehirnen von Männern und Frauen herausgeströmt, um die Welt zu beflecken. Kurz vor Einbruch der Abenddämmerung, als sie und ihre beiden Gefährten sich angeschickt hatten, das Lager abzubrechen und sich für den Nachtmarsch bereitzumachen, hatte der Sand in der Senke begonnen, sich zu kräuseln, so wie Regentropfen die Oberfläche eines Sees kräuseln. Käfer waren aufgetaucht, schwarz und so groß wie Baudins Daumen, und in einer glitzernden Woge durcheinander gekrabbelt, die schon bald den gesamten Wüstenstreifen vor ihnen füllte. Zu Tausenden, zu Hunderttausenden, und doch bewegten sie sich wie ein einziger Körper, mit einem einzigen Ziel. Heboric, der auch hier den Gelehrten nicht verleugnen konnte, war losgegangen, um herauszufinden, wohin die Käfer unterwegs waren. Sie hatte ihn beobachtet, wie er am jenseitigen Rand der Insektenarmee entlanggegangen und dann hinter dem nächsten Hügelkamm verschwunden war.

Zwanzig Minuten waren seither vergangen.

Neben ihr kauerte Baudin. Seine Unterarme ruhten auf dem großen Rucksack, während er blinzelte, um das immer düsterer werdende Zwielicht mit seinen Blicken zu durchdringen. Sie spürte sein wachsendes Unbehagen, hatte sich jedoch entschlossen, nicht diejenige zu sein, die ihre gemeinsamen Befürchtungen laut aussprach. Es gab Zeiten, da wunderte sie sich schon über Heborics Ansichten darüber, was wichtig war und was nicht. Und sie fragte sich, ob der alte Mann nicht vielleicht tatsächlich eine Last für sie und Baudin war.

Die Schwellungen waren zurückgegangen, zumindest so weit,

dass sie hören und sehen konnte; doch der Schmerz tiefer in ihrem Innern blieb, als ob die Blutfliegen-Larven etwas unter ihrer Haut zurückgelassen hätten – eine Fäulnis, die nicht nur ihr Äußeres verunstaltet, sondern auch ihre Seele befleckt hatte. In ihr war ein Gift. Wenn sie schlief, hatte sie unaufhörlich Visionen von Blut, von einem scharlachroten Fluss, der sie wie Treibgut vom Sonnenaufgang zum Sonnenuntergang trug. Sechs Tage waren vergangen, seit sie aus Schädelmulde geflohen waren, und ein Teil von ihr freute sich darauf, das nächste Mal zu schlafen.

Baudin gab ein Knurren von sich.

Heboric war wieder aufgetaucht. Er rannte in gleichmäßigem Tempo am Rande der Senke entlang auf sie zu. Er wirkte breit und bucklig und erinnerte sie einmal mehr an einen Oger, der einer Gutenacht-Geschichte für Kinder entsprungen war. Wo seine Hände sein sollten, waren nur Stümpfe, die er gleich erheben würde, um zahnstarrende Mäuler zu enthüllen. *Geschichten, mit denen man Kinder erschreckt. Ich könnte welche schreiben. Ich brauche noch nicht einmal Fantasie, ich brauche nur das zu verwenden, was ich rund um mich herum sehen kann. Heboric, mein Oger mit der Eber-Tätowierung. Baudin mit einer roten Narbe, wo früher einmal ein Ohr gewesen ist, und mit Haaren, die verfilzt und tierisch aus seiner runzligen Haut wachsen. Diese beiden sind wirklich ein Paar, das Entsetzen verbreiten kann.*

Der alte Mann erreichte sie und kniete sich hin, um seine Arme durch die Tragschlaufen seines Rucksacks zu schieben. »Außergewöhnlich«, murmelte er.

Baudin grunzte erneut. »Aber können wir sie umgehen, Heboric? Ich habe keine Lust, durch sie durchzuwaten.«

»Oh, ja, natürlich, das ist ganz einfach. Sie sind nur auf der Wanderschaft zur nächsten Senke.«

Felisin schnaubte. »Und das findest du außergewöhnlich?«

»Genau, das tue ich«, erklärte er, während er wartete, bis Baudin die Tragriemen seines Rucksacks festgezurrt hatte. »In der kommenden Nacht werden sie zum nächsten Flecken mit tiefem Sand marschieren. Verstehst du? Genau wie wir bewegen sie sich in Richtung Westen, und genau wie wir werden sie das Meer erreichen.«

»Und was dann?«, fragte Baudin. »Schwimmen sie dann?«

»Ich habe keine Ahnung. Aber wahrscheinlich drehen sie einfach um und marschieren in Richtung Osten, zur anderen Küste.«

Baudin schulterte seinen eigenen Rucksack und zurrte ihn fest. »Wie ein Käfer, der am Rand eines Bechers entlangkrabbelt«, sagte er dann.

Felisin warf ihm einen schnellen Blick zu. Schlagartig erinnerte sie sich an ihren letzten Abend mit Beneth. Er hatte in Bulas Schänke an seinem Tisch gesessen und Fliegen zugesehen, die am Rand seines Kruges entlanggetrippelt waren. Es war eine der wenigen Erinnerungen, die sie heraufbeschwören konnte. *Beneth, mein Geliebter, der Fliegenkönig, der Schädelmulde umkreist. Baudin hat ihn zurückgelassen, damit er verrottet; deshalb kann er mir nicht in die Augen sehen. Schläger sind nie besonders gut im Lügen. Er wird dafür bezahlen … eines Tages wird er dafür bezahlen …*

»Folgt mir«, sagte Heboric und setzte sich in Bewegung. Seine Füße versanken im Sand, sodass es aussah, als liefe er auf Stümpfen, passend zu denen am Ende seiner Arme. Er begann immer frisch und munter, zeigte eine Energie, die Felisin aufgesetzt vorkam; es schien, als würde er versuchen, die Tatsache zu widerlegen, dass er alt war, dass er der Schwächste von ihnen war. Im letzten Drittel der Nacht pflegte er dann eine Viertelmeile hinter ihnen zu sein, den Kopf gesenkt, schlurfend und unter dem Gewicht des Rucksacks schwankend, gegen den er beinahe wie ein Zwerg wirkte.

Baudin schien eine Landkarte in seinem Kopf zu haben. Bisher waren alle Informationen überaus exakt und zutreffend gewesen. Auch wenn die Wüste auf den ersten Blick bar allen Lebens schien, so konnte man doch Wasser finden. Von Quellen gespeiste Teiche in anstehendem Felsgestein, Schlammpfützen, umgeben von den Spuren von Tieren, die sie niemals zu Gesicht bekamen, wo man eine Armlänge – oder manchmal auch weniger – tief graben musste, um das lebensspendende Wasser zu finden.

Sie hatten genug Nahrungsmittel für zwölf Tage mitgenommen, also für zwei mehr, als die Reise zur Küste dauern sollte. Das gab ihnen nicht besonders viel Spielraum, doch es musste reichen. Trotz allem wurden sie schwächer. Jede Nacht war die Entfernung, die sie zwischen Sonnenuntergang und Sonnenaufgang zurücklegten, ein bisschen kürzer als in der Nacht zuvor. Die Monate in Schädelmulde, die anstrengende Arbeit in den unbelüfteten Schächten hatten ihre Reserven schon zuvor angegriffen.

Sie wussten es alle, aber niemand sprach es aus. Die Zeit saß ihnen jetzt im Nacken, die geduldigste Dienerin des Vermummten, und jede Nacht blieben sie ein bisschen weiter hinter ihrer Vorgabe zurück, näherten sie sich mehr jenem Ort, an dem der Wille weiterzuleben vor dem vollkommenen Frieden kapitulierte. *Es liegt ein süßes Versprechen in der Vorstellung, einfach aufzugeben – aber das zu begreifen, dazu bedarf es einer Reise. Einer Reise des Geistes. Man kann nicht einfach zum Tor des Vermummten gehen – man steht plötzlich vor ihm, wenn der Nebel sich verzieht.*

»Woran denkst du, Mädchen?«, fragte Heboric. Sie hatten zwei Reihen hügelähnlicher Erhebungen überquert und waren jetzt am Rand einer ausgedörrten Trockenpfanne angekommen. Die Sterne über ihnen glitzerten wie die Spitzen scharfer Klingen, der Mond war noch nicht aufgegangen.

»Wir leben in einer Wolke«, antwortete sie. »Unser ganzes Leben lang.«

Baudin grunzte. »Das ist das Geschwätz einer Durhang-Süchtigen.«

»Hab gar nicht gewusst, dass du so witzig sein kannst«, sagte Heboric zu dem Hünen.

Baudin schwieg. Felisin grinste in sich hinein. Der Schläger würde für den Rest der Nacht nicht mehr allzu viel sagen. Er konnte nicht gut damit umgehen, wenn man ihn verspottete. *Das muss ich mir merken, falls er wieder einmal zurechtgestutzt werden muss.*

»Ich entschuldige mich, Baudin«, sagte Heboric wenige Augenblicke später. »Ich war von dem, was Felisin gesagt hat, gereizt, und ich habe es an dir ausgelassen. Mehr noch, ich habe an dem Scherz Gefallen gefunden, auch wenn er nicht beabsichtigt war.«

»Gib's auf«, sagte Felisin seufzend. »Manchmal kann ein Maultier seine schlechte Laune abschütteln, aber man kann es nicht erzwingen.«

»Dann ist also die Schwellung deiner Zunge verschwunden, das Gift jedoch geblieben«, meinte Heboric.

Sie zuckte zusammen. *Wenn du wüsstest, wie Recht du damit hast.*

Rhizan flatterten über die rissige Oberfläche der Trockenpfanne; die geflügelten Echsen waren jetzt, da sie die hirnlosen Käfer hinter sich gelassen hatten, ihre einzigen Gefährten. Seit der Nacht, als die Dosii rebelliert und sie den Abteufer-See durchschwommen hatten, hatten sie niemanden mehr gesehen. Statt lautem Alarmgeschrei und wilder Verfolgung hatte ihre Flucht überhaupt keine Folgen gehabt. Für Felisin machte es das Drama jener Nacht im Rückblick auf eine gewisse Weise erbärmlich. Bei all ihrer Wichtigtuerei waren sie doch nichts als Sandkörner in einem Sturm, der ihr Begriffsvermögen bei weitem überstieg. Der Gedanke gefiel ihr.

Andererseits gab es allerdings auch Grund zur Sorge. Wenn der Aufstand auf das Festland übergegriffen hatte, war es gut möglich, dass sie zwar die Küste erreichen, dort jedoch sterben würden, während sie auf ein Boot warteten, das niemals kommen würde.

Sie gelangten an einen niedrigen, gezackten Grat aus Felsgestein, der im Licht der Sterne silbrig schimmerte und wie die Rückenwirbel einer gigantischen Schlange aussah. Dahinter erstreckte sich eine wellenförmige Sandfläche. Vielleicht fünfzig Fuß voraus erhob sich etwas aus den Dünen, abgewinkelt wie ein gekippter Baum oder eine Marmorsäule, doch als sie näher herankamen, konnten sie sehen, dass das Ding stumpf und gekrümmt war.

Ein Wind, der aus keiner bestimmten Richtung kam, ließ die Sandkörner rascheln; er wand sich hierhin und dorthin, als befände er sich im Gefolge eines von einer Spinne gebissenen Tänzers. Sandwirbel streichelten ihre Schienbeine, als sie weitergingen. Es zeigte sich, dass die gebeugte Säule – oder was auch immer es sein mochte – weiter weg war, als Felisin zuerst angenommen hatte. Als sie begriff, wie groß sie tatsächlich war, stieß sie zischend die Luft zwischen den zusammengebissenen Zähnen aus.

»Stimmt«, flüsterte Heboric zur Antwort.

Das Ding war keineswegs fünfzig Schritt entfernt. Eher schon fünfhundert. Das vom Wind unscharf gemachte Gelände hatte sie getäuscht. Die Senke war nicht einfach ein flaches Stück Land, sondern ein riesiges, sanft abfallendes Gebiet, wobei das Gelände um das Objekt herum wieder anstieg. Eine Woge der Benommenheit folgte dieser Feststellung.

Als sie den Monolithen schließlich erreichten, war über dem südlichen Horizont bereits die Sichel des Mondes zu sehen. In unausgesprochener Übereinstimmung ließen Baudin und Heboric ihre Rucksäcke fallen. Der Schläger hockte sich hin und lehnte sich gegen den Packen, den er die ganze Nacht getragen hatte; ihn schien das stumme Bauwerk, das sich über ihm auftürmte, nicht weiter zu kümmern.

Heboric holte die Laterne und das Feuerkästchen aus seinem Rucksack. Er blies auf die gehorteten Kohlen, zündete dann eine Wachskerze an, die er wiederum dazu benutzte, den dicken Docht der Laterne in Brand zu setzen. Felisin unternahm keinen Versuch, ihm zu helfen, sondern sah stattdessen fasziniert zu, wie er diese Aufgabe mit einer Gewandtheit erledigte, die die scheinbare Unbeholfenheit der vernarbten Stümpfe an seinen Handgelenken Lügen strafte.

Schließlich schob er einen Unterarm unter den Griff der Laterne, stand auf und trat näher an den dunklen Monolithen heran.

Fünfzig Mann, die sich an den Händen hielten, hätten seine Basis nicht umspannen können. Die Krümmung befand sich sieben, vielleicht auch acht Mannshöhen über ihnen, ungefähr bei drei Fünfteln der Gesamthöhe. Der Stein sah gleichermaßen zerknittert und poliert aus und wirkte im farblosen Mondlicht dunkelgrau.

Als Heboric schließlich direkt vor dem Monolithen stand, erwies sich der Stein im Licht der Laterne als grün. Felisin schaute zu, wie er den Kopf in den Nacken legte, um nach oben zu blicken. Dann trat er vor und presste einen Armstumpf gegen die Oberfläche. Einen Augenblick später trat er wieder einen Schritt zurück.

Neben ihr gluckerte es, als Baudin aus einem Wasserschlauch trank. Sie streckte die Hand aus, und nach kurzem Zögern gab er ihn ihr. Der Sand flüsterte, als Heboric zurückkehrte. Der ehemalige Priester hockte sich hin.

Felisin bot ihm das Wasser an. Er schüttelte den Kopf. Sein Krötengesicht zeigte ein verwirrtes Stirnrunzeln.

»Ist das die größte Säule, die du jemals gesehen hast, Heboric?«, fragte Felisin. »In Aren soll's eine geben … das habe ich zumindest gehört … die zwanzig Mannshöhen hoch sein soll und die von der Spitze bis zum Fuß wie eine Spirale geformt ist. Beneth hat sie mir mal beschrieben.«

»Hab sie gesehen«, knurrte Baudin. »Die ist vielleicht höher, aber nicht so dick. Woraus ist die hier, Priester?«

»Aus Jade.«

Baudin stieß ein phlegmatisches Brummen aus, doch Felisin sah, wie sich seine Augen für einen kurzen Moment weiteten. »Nun ja, ich hab schon Größere gesehen. Hab auch schon Dickere gesehen …«

»Sei still, Baudin«, schnappte Heboric und schlang die Arme um seinen Oberkörper. Er starrte den Schläger unter seinen buschigen Brauen hervor an. »Das da drüben ist keine Säule«, sagte er mit krächzender Stimme. »Es ist ein Finger.«

Verstohlen kroch das erste Licht der Dämmerung über den Himmel, warf zaghafte Schatten in die Landschaft um sie herum. Langsam wurden die Einzelheiten des Jadefingers dem Zwielicht entrissen. Feine eingravierte Linien, sanfte Wölbungen und angedeutete Falten, die die Struktur der Haut darstellen sollten, wurden sichtbar. Genau wie eine kleine, längliche Erhebung im Sand direkt unter dem Monolithen – ein weiterer Finger.

Finger, die zu einer Hand gehören. Einer Hand, die zu einem Arm gehört. Einem Arm, der zu einem Körper gehört … So logisch diese Reihenfolge auch sein mochte – es war absolut unmöglich, dachte Felisin. So ein Ding konnte einfach nicht hergestellt werden; so ein Ding konnte unmöglich aufrecht dastehen oder in einem Stück bleiben. Vielleicht eine Hand, ja – aber kein Arm, kein Körper.

Heboric sagte nichts. Er saß einfach nur reglos da, die Arme noch immer um den Oberkörper geschlungen, während die Dunkelheit der Nacht verschwand. Das Handgelenk, mit dem er das Bauwerk berührt hatte, hielt er an die Brust gepresst, als ob die Erinnerung an die Berührung Schmerzen auslöste. Felisin, die ihn im heller werdenden Morgenlicht anstarrte, war einmal mehr von seinen Tätowierungen fasziniert. Sie schienen irgendwie intensiver geworden zu sein, schienen schärfer hervorzutreten.

Baudin stand schließlich auf und fing an, dicht an der Basis des Fingers – dort, wo am längsten Schatten herrschen würde – die beiden kleinen Zelte aufzuschlagen. Er ignorierte den sich auftürmenden Monolithen, als wäre er nichts anderes als die Krone eines Baums, und machte sich daran, die langen, dünnen Heringe durch die mit Bronze eingefassten Ecken des ersten Zelts in den Sand zu treiben.

Die Sonne stieg allmählich höher, und der Himmel verfärbte sich zu einem satten Orange. Zwar hatte Felisin einen solchen Himmel auch schon zuvor auf der Insel gesehen, doch noch niemals hatte er so gesättigt gewirkt. Sie konnte ihn beinahe schmecken, bitter wie Eisen.

Als Baudin sich dem zweiten Zelt zuwandte, erhob sich Heboric schließlich; er reckte den Kopf in die Höhe, sog prüfend die Luft ein und blinzelte dann nach oben. »Beim Atem des Vermummten!«, knurrte er. »Reicht das denn alles noch nicht?«

»Was ist?«, wollte Felisin wissen. »Ist irgendwas nicht in Ordnung?«

»Es hat einen Sturm gegeben«, sagte der Ex-Priester. »Das da ist Otataral-Staub.«

Baudin hielt mit seiner Arbeit an den Zelten inne. Er strich sich mit einer Hand über die Schulter, dann starrte er mit gerunzelter Stirn seine Handfläche an. »Er sinkt herab«, sagte er.

»Wir sollten besser irgendwo Schutz suchen …«

Felisin schnaubte. »Als ob das irgendwas nützen würde. Wir haben das Zeug abgebaut – nur für den Fall, dass ihr das vergessen haben solltet! Was auch immer es für einen Effekt auf uns gehabt haben mag, so ist der schon vor langer Zeit eingetreten.«

»In Schädelmulde konnten wir uns aber am Ende eines Tages waschen«, sagte Heboric, während er einen Arm unter die Verschnürung des Packens mit den Nahrungsmittelvorräten schob und ihn zu den Zelten zog.

Sie sah, dass er den anderen Stumpf – den, mit dem er den Monolithen berührt hatte – noch immer gegen die Magengrube gepresst hielt.

»Und du glaubst, das macht irgendeinen Unterschied?«, fragte sie. »Wenn das stimmt, warum ist dann jeder Magier, der dort gearbeitet hat, gestorben oder wahnsinnig geworden? Du denkst gerade nicht besonders logisch, Heboric …«

»Setz dich da hin«, schnappte der alte Mann und duckte sich unter der Zeltklappe des ersten Zelts hindurch, wobei er das Paket mit den Nahrungsmitteln mitzog.

Felisin warf einen Blick auf Baudin. Der Schläger zuckte die Schultern und beendete ohne besondere Hast seine Arbeit am zweiten Zelt.

Sie seufzte. Sie war erschöpft, jedoch nicht schläfrig. Wenn sie ins Zelt kroch, würde sie aller Wahrscheinlichkeit nach einfach nur mit offenen Augen daliegen und das Webmuster der Zeltplane vor ihrer Nase studieren.

»Am besten, du gehst rein«, sagte Baudin.

»Ich bin nicht müde.«

Er trat näher an sie heran, seine Bewegungen waren so geschmeidig wie die einer Katze. »Es ist mir verdammt noch mal egal, ob du müde bist oder nicht. Aber wenn du draußen in der Sonne hocken bleibst, wird dich das austrocknen, was bedeutet, dass du mehr Wasser trinken wirst, was bedeutet, dass für uns weniger bleibt, was bedeutet – mach, dass du in das verdammte Zelt kommst, Schätzchen, bevor ich dir den Hintern versohle.«

»Wenn Beneth hier wäre, würdest du nicht …«

»Der verdammte Bastard ist tot!«, knurrte er wütend. »Und der Vermummte soll seine verfaulte Seele in den tiefsten Abgrund mitnehmen!«

Sie grinste höhnisch. »Ah, *jetzt* bist du tapfer. Aber du hättest es niemals gewagt, dich ihm entgegenzustellen.«

Er musterte sie, wie er eine Blutfliege mustern würde, die in einem Spinnennetz gefangen war. »Vielleicht habe ich es ja getan«, sagte er, und im letzten Augenblick, bevor er sich umdrehte, huschte ein verschlagenes Grinsen über seine Gesichtszüge.

Felisin schaute ihm nach, wie er zu dem anderen Zelt ging, sich hinkauerte und hineinkroch. Ihr war plötzlich kalt. *Du kannst mich nicht zum Narren halten, Baudin. Du warst ein Köter, der sich in kleinen Gässchen rumgedrückt hat, und das Einzige, was sich geändert hat, ist, dass du die Gässchen hinter dir gelassen hast. Wenn Beneth hier wäre, würdest du dich zu seinen Füßen im Sand winden.* Sie wartete aus Trotz noch eine weitere Minute, ehe sie in ihr eigenes Zelt kroch.

Sie breitete ihre Decken aus und legte sich hin. Ihre Begierde zu schlafen war so groß, dass sie sie am Einschlafen hinderte. Sie starrte nach oben auf die dunklen Webfehler in der Zeltleinwand und wünschte sich, sie hätte ein bisschen Durhang oder einen Krug Wein. Der scharlachrote Fluss ihrer Träume war zu einer Art Umarmung geworden, einer Umarmung, die sich beschützend um sie legte und sie willkommen hieß. Aus ihrer Erinnerung beschwor Felisin ein Echo dieses Bildes und all der Gefühle herauf, die es begleiteten. Der Fluss strömte mit einer ganz bestimmten Absicht dahin, gemessen und unerbittlich; wenn sie sich in den warmen Strömungen befand, fühlte sie sich, als wäre sie kurz davor, diese Absicht zu verstehen. Sie wusste, sie würde sie schon bald entdecken, und mit dem neuen Wissen würde sich ihre Welt verändern – und vor allem auch sie selbst. Dann würde sie endlich mehr sein als einfach nur ein pummeliges Mädchen in schlechter Verfassung, das missbraucht worden und dessen Vision seiner Zukunft auf Tage reduziert war, wo sie doch eigentlich in Dekaden gemessen werden sollte – ein Mädchen, das sich selbst nur mit höhnischer Ironie als jung bezeichnen konnte.

Doch bei all dem, was der Traum versprach, hatte auch die Selbstachtung einen Wert, bildete einen Kontrapunkt zwischen den Stunden, in denen sie wach war, und denen, in denen sie schlief, zwischen dem, was gewesen war, und dem, was vielleicht sein würde. Eine Spannung zwischen Realität und Einbildung – so etwa hätte Heboric es aus der Sicht seines alles durchschauenden kritischen Auges dargestellt. Der Gelehrte in Sachen menschlicher Natur hatte eine schlechte Meinung von eben dieser Natur. Er würde über ihre Vorstellung von Schicksal lachen, und ihre Überzeugung, dass der Traum sehr wohl etwas Greifbares bot, würde ihm nur einen Anlass geben, seine Verachtung zu äußern. *Nicht, dass er wirklich einen Anlass brauchen würde. Ich hasse mich, aber er hasst alle anderen. Wer von uns beiden hat wohl mehr verloren?*

Als sie aufwachte, fühlte sie sich wie zerschlagen, ihr Mund war völlig ausgedörrt, und sie hatte den Geschmack von Rost auf der Zunge. Die Luft war schlierig, und ein düsteres graues Licht sickerte durch die Zeltleinwand. Sie hörte Geräusche von draußen – ein kurzes Murmeln von Heboric, Baudins gegrunzte Antwort, das Rascheln von Stoff. Ihre Gefährten packten zusammen. Felisin schloss die Augen, versuchte, den gleichmäßig dahinfließenden Fluss wieder zurückzuholen, der sie durch den Schlaf getragen hatte, doch er war fort.

Sie setzte sich auf, stöhnte, als jedes Gelenk protestierte. Sie wusste, dass es ihren beiden Begleitern genauso ging. Heboric vermutete irgendeinen Ernährungsmangel als Ursache, aber er konnte nicht sagen, was genau ihnen fehlte. Sie hatten getrocknete Früchte, in Streifen geschnittenes geräuchertes Maultierfleisch und eine Art Dosii-Brot, dunkel und so hart wie Backstein.

Mit schmerzenden Muskeln kroch sie aus dem Zelt in die kühle Abendluft. Die beiden Männer saßen da und aßen, die Packen mit den

Rationen lagen um sie herum. Es war nicht mehr viel übrig, mit Ausnahme des Brotes, das salzig war und furchtbar durstig machte. Heboric hatte versucht, darauf zu bestehen, dass sie das Brot als Erstes aßen, während der ersten paar Tage, solange sie noch kräftig und noch nicht ausgetrocknet waren; doch weder sie noch Baudin hatten auf ihn gehört, und aus irgendeinem Grund hatte er die Idee bei der nächsten Mahlzeit aufgegeben. Felisin erinnerte sich, dass sie ihn damit aufgezogen hatte. *Du hast wohl keine Lust, deine eigenen Ratschläge zu befolgen, was, alter Mann?* Doch der Rat war gut gewesen. Sollten sie die von Salzwasser umspülte tödliche Küste erreichen, würden sie nichts anderes mehr zu essen haben als womöglich noch salzigeres Brot – und nur noch wenig Wasser, um ihren Durst zu stillen.

Vielleicht haben wir deshalb nicht zugehört, weil keiner von uns beiden daran geglaubt hat, dass wir jemals die Küste erreichen würden. Vielleicht ist Heboric nach der ersten Mahlzeit zu dem gleichen Schluss gekommen. Allerdings – ich habe zugegebenermaßen nicht so weit vorausgedacht. Es war nicht das weise Hinnehmen der Sinnlosigkeit all unserer Bemühungen. Ich habe mich einzig und allein aus Gehässigkeit über den Ratschlag lustig gemacht und ihn ignoriert. Was Baudin anging, nun, Verbrecher mit Verstand waren ungewöhnlich, und er war alles andere als ungewöhnlich.

Sie gesellte sich zu ihren Gefährten, um zu frühstücken, ignorierte ihre Blicke, als sie einen zusätzlichen Schluck von dem lauwarmen Wasser nahm, um das geräucherte Fleisch hinunterzuspülen.

Als sie fertig war, packte Baudin die Nahrungsmittel um.

Heboric seufzte. »Was sind wir nur für ein Trio!«, sagte er.

»Du meinst die Abneigung, die wir einander entgegenbringen?«, fragte Felisin und zog eine Augenbraue in die Höhe. »Das sollte dich eigentlich nicht überraschen, alter Mann«, fuhr sie dann fort. »Falls du es noch nicht bemerkt haben solltest – wir sind alle drei auf eine gewisse Weise gebrochen. Stimmt's etwa nicht? Die Götter wissen, dass du dich oft genug über die Tatsache, dass ich in Ungnade gefallen bin, ausgelassen hast. Und Baudin ist nichts anderes als ein Mörder – er kommt ohne jeden Gedanken an Brüderlichkeit aus, und außerdem ist er ein Maulheld, was bedeutet, dass er tief in seinem Inneren ein Feigling ist …« Sie warf ihm einen Blick zu; er hockte bei den Rucksäcken und blickte sie ausdruckslos an. Felisin schenkte ihm ein zuckersüßes Lächeln. »Stimmt's nicht, Baudin?«

Er sagte nichts, doch während er sie musterte, glaubte sie die Andeutung eines Stirnrunzelns zu erkennen.

Felisin wandte ihre Aufmerksamkeit wieder Heboric zu. »Deine Fehler sind offensichtlich genug – so offensichtlich, dass man sie nicht einmal mehr erwähnen muss.«

»Spar dir deinen Atem, Schätzchen«, murmelte der ehemalige Priester. »Ich brauche kein fünfzehnjähriges Mädchen, das mir meine Fehler vorhält.«

»Warum hast du die Priesterschaft verlassen, Heboric? Ich vermute, du hast Wertgegenstände mitgehen lassen. Deshalb haben sie dir die Hände abgehackt und dich anschließend auf den Abfallhaufen hinter dem Tempel geworfen. Das genügt ganz sicher, um sich danach die Geschichtsschreibung als neuen Beruf auszusuchen.«

»Es ist Zeit zu gehen«, sagte Baudin.

»Aber er hat meine Frage noch nicht beantwortet …«

»Ich würde sagen, er hat, Mädchen. Und jetzt halt die Klappe. Heute wird nicht der alte Mann den zweiten Rucksack tragen, sondern du.«

»Ein vernünftiger Vorschlag, aber nein, danke!«

Baudin schoss das Blut ins Gesicht, und er stand auf.

»Hört schon auf«, sagte Heboric. Er ging zu den Rucksäcken hinüber und schlang sich die Riemen um die Arme. Im herrschenden Zwielicht sah Felisin zum ersten Mal den Stumpf, mit dem er den Jadefinger berührt hatte. Er war geschwollen und rot, die faltige Haut gespannt. Tätowierungen sammelten sich am Rande des Handgelenks, ließen es beinahe schwarz erscheinen. Jetzt erst bemerkte sie, dass sämtliche Zeichnungen auf seinem Körper kräftiger geworden waren, dass sie zügellos wie Weinreben gewachsen waren.

»Was ist denn mit dir passiert?«

Er schaute an sich hinunter. »Ich wollte, ich wüsste es.«

»Du hast dir an dieser Statue das Handgelenk verbrannt.«

»Nicht verbrannt«, sagte der alte Mann. »Obwohl es schmerzt wie der Kuss des Vermummten. Kann vergraben im Otataral-Sand Magie gedeihen? Kann Otataral Magie hervorbringen? Auf keine von diesen Fragen habe ich eine Antwort, Schätzchen.«

»Nun«, murmelte sie, »es war auch eine ziemlich dumme Idee – ich meine, das verdammte Ding zu berühren. Geschieht dir recht.«

Baudin setzte sich ohne jede weitere Bemerkung in Bewegung. Felisin beachtete Heboric nicht weiter, sondern folgte dem Schläger. »Kommen wir heute Nacht an ein Wasserloch?«, fragte sie.

Der große Mann gab ein Grunzen von sich. »Diese Frage hättest du dir stellen sollen, bevor du mehr getrunken hast, als dir zusteht.«

»Nun, ich hab's halt nicht getan. Also, gibt es ein Wasserloch?«

»Wir haben gestern eine halbe Nacht verloren.«

»Und das bedeutet?«

»Das bedeutet, es gibt kein Wasser bis morgen Nacht.« Er drehte sich zu ihr um, während er weiter dahinschritt. »Du wirst dir noch wünschen, du hättest dir den Schluck aufgehoben.«

Sie antwortete nicht. Sie hatte nicht die Absicht, ehrenhaft zu sein, wenn sie das nächste Mal etwas trinken konnte. *Ehrenhaft zu sein ist eine Eigenschaft für Narren. Ehrenhaft zu sein ist ein tödlicher Fehler. Ich werde nicht wegen einer Ehrensache sterben, Baudin. Heboric wird wahrscheinlich sowieso draufgehen. Ihm das Wasser zu geben wäre Verschwendung.*

Der Priester stapfte mühsam hinter ihnen her, das Geräusch seiner Schritte wurde schwächer, als er weiter und weiter zurückfiel, während Stunde um Stunde verstrich. Sie war zu dem Schluss gekommen, dass am Ende sie und Baudin – nur sie beide – an der Westküste dieser elenden Insel stehen und hinaus aufs Meer blicken würden. Die Schwachen bleiben immer auf der Strecke. Das war das erste Gesetz von Schädelmulde gewesen; tatsächlich war es die erste Lektion, die sie gelernt hatte – noch in den Straßen von Unta, auf dem Weg zu den Sklavenschiffen.

Damals hatte sie in ihrer Naivität den Mord an Lady Gaesen als eine entsetzliche Tat betrachtet, hatte Baudin dafür im Stillen verflucht. Wenn er heute das Gleiche täte – *Heboric aus seinem Elend erlösen* –, würde sie noch nicht einmal blinzeln. *Dies ist eine ziemlich lange Reise. Wo wird sie wohl enden?* Sie dachte an den Fluss aus Blut, und dieser Gedanke wärmte sie.

Wie Baudin vorausgesagt hatte, fanden sie bis zum Ende dieses Nachtmarschs keine Wasserstelle. Als Lagerplatz wählte er eine sandige Stelle im Schutz einiger Kalkstein-Vorsprünge, die der Wind zu bizarren Skulpturen geformt hatte. Gebleichte menschliche Knochen lagen an der Stelle herum, doch Baudin warf sie einfach beiseite und begann, die Zelte aufzuschlagen.

Felisin setzte sich hin, den Rücken an einen Felsen gelehnt, und schaute zurück zum fernen Ende der flachen Ebene, die sie gerade durchquert hatten; dort musste Heboric irgendwann auftauchen. Er war noch nie zuvor so weit zurückgeblieben – die Ebene war mehr als eine Meile breit –, und als die Morgendämmerung den Horizont vor ihr mit einem rötlichen Schimmer übergoss, begann sie sich zu fragen, ob nicht irgendwo da draußen sein lebloser Körper lag.

Baudin kauerte sich neben ihr hin. »Ich hab dir doch gesagt, du solltest den Rucksack mit unseren Vorräten nehmen«, sagte er und blinzelte gen Osten.

Dann hatte es also nichts damit zu tun, dass du den alten Mann besonders nett findest. »Du wirst eben losgehen und die Sachen suchen müssen, oder?«

Baudin streckte sich, starrte einen langen Augenblick zum östlichen Horizont. Fliegen schwirrten in der immer noch kühlen Luft um ihn herum.

Sie sah zu, wie er sich in Bewegung setzte, und sie keuchte auf, als er in einen gleichmäßigen Laufschritt verfiel, sowie er die Felsen hinter sich hatte. Zum ersten Mal jagte Baudin ihr richtig Angst ein. *Er hat Essen beiseite geschafft – er hat einen versteckten Schlauch voller Wasser – sonst könnte er unmöglich noch solche Reserven haben.* Sie mühte sich auf die Beine und huschte hinüber zum anderen Rucksack.

Die Zelte waren aufgeschlagen, die Decken in ihrem Innern ausgerollt. Der Rucksack selbst lag als leeres Bündel daneben. In ihm befand sich noch ein verschlossener Beutel, von dem sie wusste, dass er ihre Erste-Hilfe-Ausrüstung enthielt; außerdem eine zerschrammte Büchse mit Feuerstein und Zunder, die sie noch nie zuvor gesehen hatte – *sie muss Baudin gehören* –, und, unter einer Klappe, die an einer Seite am Boden des Rucksacks angenäht war, ein kleines, flaches Päckchen aus Hirschfell.

Kein Schlauch mit Wasser, keine verborgenen Taschen mit Nahrungsmitteln. Unerklärlicherweise ließ das ihre Furcht nur noch größer werden.

Felisin hockte sich neben dem Rucksack in den nachgiebigen Sand. Sie zögerte einen Augenblick, dann griff sie nach dem Hirschfellbündel, löste die Schnüre und wickelte es aus. Es enthielt einen Satz hervorragend gearbeiteter Diebeswerkzeuge – eine Sammlung von Dietrichen, winzigen Sägen und Feilen, und Wachsklumpen, außerdem ein kleines Säckchen mit feinem Staub und zwei auseinander genommene Stilette. Letztere besaßen tief gebläute nadelspitze Klingen, die einen bitteren, beißenden Geruch verströmten, polierte und mit dunklen Flecken übersäte Griffe aus Knochen, aus zwei miteinander verbundenen Stücken bestehende, wie ein X geformte Parierstangen und mit einem Bleikern beschwerte Knäufe aus Eisen. *Wurfmesser. Die Waffen eines Assassinen.* Der letzte Gegenstand in dem Päckchen war in eine Lederschlinge gewickelt: die Kralle einer großen Raubkatze, bernsteinfarben und glatt. Sie fragte sich, ob sie womöglich vergiftet war, ob unsichtbar auf der Oberfläche ein Gift aufgetragen worden war. Der Gegenstand wirkte gleichermaßen bedrohlich und geheimnisvoll.

Felisin wickelte alles wieder ein und packte es zurück in den Rucksack. Sie hörte schwere Schritte aus östlicher Richtung näher kommen und stand auf.

Baudin tauchte zwischen den Kalkstein-Vorsprüngen auf, den Rucksack auf dem Rücken und Heboric in den Armen.

Der Schläger schien noch nicht einmal außer Atem zu sein.

»Er braucht Wasser«, sagte Baudin, als er den Lagerplatz erreichte und den Bewusstlosen in den weichen Sand gleiten ließ. »Es ist in diesem Packen, Mädchen. Mach schnell …«

Felisin rührte sich nicht. »Warum? Wir brauchen es dringender, Baudin.«

Der Hüne verharrte einen Herzschlag, dann zog er die Arme aus den Tragschlaufen und zerrte den Rucksack herum. »Würdest du wollen, dass er dasselbe sagt, wenn du da liegen würdest? Sobald wir von dieser Insel verschwunden sind, können wir alle unserer Wege gehen. Aber im Augenblick brauchen wir einander, Mädchen.«

»Er stirbt. Gib's doch endlich zu.«

»Wir sterben alle.« Er zog den Stöpsel aus der Blase und schob Heboric die Trinköffnung zwischen die aufgesprungenen Lippen. »Trink, alter Mann. Schluck's runter.«

»Dann sind das deine Rationen, die du ihm da gibst, Baudin«, sagte Felisin. »Nicht meine.«

»Nun«, sagte er mit einem kalten Grinsen, »niemand wird dich für etwas anderes als eine Adlige halten. Erinnere dich nur an Schädelmulde. Für jeden die Beine breit zu machen war wohl Beweis genug, würde ich sagen.«

»Ich habe dafür gesorgt, dass wir alle am Leben geblieben sind, du verdammter Bastard.«

»Du hast dafür gesorgt, dass du rund und faul geblieben bist, wolltest du wohl sagen. Das meiste von dem, was Heboric und ich gegessen haben, haben wir für die Gefälligkeiten bekommen, die ich den Dosii-Wachen erwiesen habe. Beneth hat uns den Bodensatz gegeben, damit du weiter schön nett zu ihm warst. Er hat gewusst, dass wir dir nichts davon sagen würden. Und er hat sich über deine edlen Absichten köstlich amüsiert.«

»Du lügst.«

»Ganz wie du meinst«, erwiderte er, noch immer grinsend.

Heboric hustete, öffnete die Augen. Er blinzelte im Licht der Dämmerung.

»Du solltest dich mal sehen«, sagte Baudin zu ihm. »Aus fünf Fuß

Entfernung bist du eine einzige Tätowierung, so dunkel wie ein Magier aus Dal Hon. Aus dieser Nähe kann ich jede einzelne Linie erkennen, jedes Haar vom Pelz des Ebers. Es bedeckt auch deinen Stumpf … nicht den, der geschwollen ist, sondern den anderen. Hier, trink noch was …«

»Bastard!«, schnappte Felisin. Sie sah zu, wie der letzte Rest ihrer Wasservorräte in den Mund des alten Mannes rann. *Er hat Beneth einfach liegen gelassen, damit er stirbt. Und jetzt versucht er auch noch, die Erinnerung an ihn zu vergiften. Es wird nicht klappen. Was ich getan habe, habe ich getan, um die beiden am Leben zu erhalten, und sie hassen diese Tatsache – alle beide. Sie fühlen sich schuldig angesichts des Preises, den ich bezahlt habe. Und diese Schuldgefühle fressen sie auf. Genau das versucht Baudin jetzt zu leugnen. Er befreit sich von seinem Gewissen, damit er nichts spürt, wenn er mich mit einem von diesen Messern durchbohrt. Nur eine weitere tote Adlige. Eine weitere Lady Gaesen.*

Sie blickte Heboric in die Augen, als sie wieder sprach. »Ich träume jede Nacht von einem Fluss aus Blut. Ich schwimme darin. Am Anfang seid ihr beide auch da, aber nur am Anfang. Denn ihr werdet beide in dem Fluss ertrinken. Glaubt, was ihr wollt. Ich bin diejenige, die das alles überleben wird. Ich. Ich ganz allein.«

Sie drehte sich um, kehrte den beiden Männern den Rücken zu und ging zu ihrem Zelt.

In der nächsten Nacht fanden sie die Quelle eine Stunde, bevor der Mond aufging. Sie verbarg sich am Grund einer felsigen Senke und wurde wohl von unten durch einen unsichtbaren Riss im Felsgestein gespeist. Die Oberfläche bestand aus grauem Schlamm. Baudin kauerte sich an den Rand, machte jedoch keinerlei Anstalten, ein Loch zu graben und das Wasser zu trinken, das sich darin sammeln würde. Um Felisin drehte sich alles vor Schwäche, und nach einem Augenblick ließ sie ihr Bündel fallen und kniete sich neben ihn.

Das Grau leuchtete schwach und kam von einer Schicht ertrunkener Kapmotten; sie hatten die Flügel ausgebreitet, die sich gegenseitig überlappten und so die ganze Oberfläche bedeckten. Felisin streckte einen Arm aus, um den schwimmenden Teppich beiseite zu wischen, doch Baudins Hand zuckte vor, schloss sich um ihr Handgelenk.

»Es ist verseucht«, sagte er. »Voller Kapmotten-Larven, die die Leichen ihrer Eltern fressen.«

Beim Atem des Vermummten, nicht noch mehr Larven! »Dann seihen wir das Wasser durch ein Stück Stoff«, sagte Felisin.

Er schüttelte den Kopf. »Die Larven pissen Gift, reichern das Wasser damit an. Das schaltet die Rivalen aus. Es wird einen Monat dauern, bis sich das Wasser wieder trinken lässt.«

»Wir brauchen es, Baudin.«

»Es wird dich umbringen.«

Sie starrte hinunter auf den grauen Schlamm; der verzweifelte Wunsch zu trinken beherrschte sie, ein schmerzhaftes Brennen in ihrer Kehle, in ihren Gedanken. *Das kann einfach nicht sein. Ohne dieses Wasser werden wir sterben.*

Baudin wandte sich ab. Heboric war angekommen. Er winkte, während er den felsigen Abhang heruntergestolpert kam. Seine Haut war so schwarz wie die Nacht, schimmerte jedoch silbern, da das eingravierte Eberfell das Licht der Sterne über ihren Köpfen reflektierte. Die Infektion – oder was auch immer es gewesen war – des Stumpfes an seinem rechten Handgelenk war mittlerweile wieder zurückgegangen und hatte ein eiterndes, zerrissenes Geflecht aus tief eingerissener Haut zurückgelassen. Es verströmte einen merkwürdigen Geruch nach pulverisiertem Stein.

Er hatte etwas Gespenstisches an sich, und angesichts seiner albtraumhaften Erscheinung begann Felisin zu lachen. Sie war kurz davor, hysterisch zu werden. »Erinnerst du dich an den Ring, Heboric? In Unta? Der Akolyth des Vermummten, der Priester, der über und über von Fliegen bedeckt war … der nur aus Fliegen bestanden hat. Er hatte eine Botschaft für dich. Und, was sehe ich jetzt? Wer stolpert in mein Blickfeld? Ein Mann, der aus einem Schwarm besteht. Kein Fliegenschwarm, sondern einer aus Tätowierungen. Es sind verschiedene Götter, aber es ist die gleiche Botschaft, so sehe ich das. Lass Fener durch deine rissigen Lippen sprechen, alter Mann! Wird die Botschaft deines Gottes so klingen wie die des Vermummten? Besteht die Welt tatsächlich aus unzähligen Dingen, die sich im Gleichgewicht befinden? Das unendliche Auf und Ab von Schicksal und Bestimmung. Eber des Sommers, der du den Krieg säst – was sagst du?«

Der alte Mann starrte sie an. Er öffnete den Mund, doch kein Wort drang über seine Lippen.

»Was war das?« Felisin legte eine Hand ans Ohr. »Das Surren von Flügeln? Bestimmt nicht!«

»Närrin«, murmelte Baudin. »Wir sollten uns einen Lagerplatz suchen. Aber nicht hier.«

»Schlechte Vorzeichen, Mörder? Ich hätte nie gedacht, dass dir so was etwas bedeutet.«

»Spar dir deinen Atem, Mädchen«, sagte Baudin, während er den felsigen Abhang musterte.

»Es macht keinen Unterschied«, erwiderte sie. »Nicht jetzt. Wir tanzen noch immer im Augenwinkel eines Gottes, aber es ist nur zur Schau. Wir sind tot, egal, wie viel wir auch herumzucken mögen. Wie sieht das Symbol des Vermummten im Reich der Sieben Städte aus? Na los, sag schon, Baudin, du warst doch in Aren; was für Gravuren gibt es in den Tempeln, die dem Lord des Todes geweiht sind?«

»Ich vermute, du weißt es bereits«, sagte Baudin.

»Kapmotten, die Vorboten, die sich von Aas ernähren. Für sie ist es der Nektar des Verfalls, die Rose, die in der Sonne erblüht. Der Vermummte hat uns auf dem Ring in Unta ein Versprechen gegeben, und es wird sich bald erfüllen.«

Baudin kletterte zum Rand der Senke empor. Ihre Worte folgten ihm. Er drehte sich um und schaute zu ihr hinunter; die aufgehende Sonne hüllte ihn in einen orangefarbenen Schimmer. »So viel zu deinem Fluss aus Blut«, sagte er leise in belustigtem Tonfall.

Ein Schwindelgefühl stieg in ihr auf. Ihre Beine gaben nach, und sie setzte sich abrupt hin, stieß sich den Hüftknochen an einer harten Felskante. Sie schaute sich um und sah Heboric eine Armspanne entfernt zusammengekauert am Boden liegen. Die Sohlen seiner Mokassins waren durchgelaufen und enthüllten wunde, glänzende Fußsohlen. War er schon tot? *So gut wie.* »Tu irgendwas, Baudin.«

Er gab keine Antwort.

»Wie weit ist es noch bis zur Küste?«, fragte sie.

»Ich bezweifle, dass das noch irgendeine Rolle spielt«, sagte er nach einem kurzen Augenblick. »Das Boot sollte drei Nächte lang oder so ähnlich das Ufer abfahren, nicht länger. Wir sind noch mindestens vier Tage von der Küste entfernt, und wir werden von Minute zu Minute schwächer.«

»Und wo ist die nächste Wasserstelle?«

»Einen Marsch von sieben Stunden entfernt. Aber in unserer jetzigen Verfassung werden wir eher vierzehn Stunden brauchen.«

»Letzte Nacht warst du aber ziemlich lebhaft!«, fuhr sie ihn an. »Bist losgerannt, um Heboric einzusammeln. Außerdem wirkst du längst nicht so ausgedörrt wie wir …«

»Ich trinke meine Pisse.«

»Du tust was?«

Er grunzte. »Du hast mich schon richtig verstanden.«

»Das war keine besonders gute Antwort«, entschied sie nach kurzem Überlegen. »Und erzähl mir bloß nicht, dass du auch noch deine eigene Scheiße frisst. Es würde immer noch nicht alles erklären. Hast du einen Pakt mit irgendeinem Gott geschlossen, Baudin?«

»Glaubst du etwa, es ist leicht, so etwas zu tun? He, Königin der Träume, rette mich, dann diene ich dir. Sag mir doch, wie viele von deinen Gebeten erhört worden sind. Außerdem vertraue ich auf nichts und niemanden, außer auf mich selbst.«

»Dann hast du also noch nicht aufgegeben?«

Sie dachte, er würde nicht antworten, doch nach einer langen Minute, in der sie sich immer weiter in sich selbst zurückgezogen hatte, riss er sie mit einem barschen *Nein*! aus ihren Tagträumen.

Er verlagerte das Gewicht seines Rucksacks und kam dann den Hang heruntergeschlittert. Etwas in seinen beherrschten, sparsamen Bewegungen jagte ihr plötzlich Angst ein. *Er bezeichnet mich als mollig, schaut mich an wie ein Stück Fleisch – nicht so, wie Beneth mich angeschaut hat, eher wie jemand, der seine nächste Mahlzeit betrachtet.* Mit klopfendem Herzen hielt sie nach den ersten Anzeichen Ausschau, nach dem Aufblitzen von Hunger in seinen kleinen brutalen Augen.

Doch er kauerte sich nur neben Heboric auf den Boden und drehte den Bewusstlosen auf den Rücken. Er beugte sich über ihn, um festzustellen, ob der ehemalige Priester noch atmete, und lehnte sich dann seufzend zurück.

»Ist er tot?«, fragte Felisin. »Du musst ihm die Haut abziehen. Egal, wie hungrig ich auch bin – ich werde auf gar keinen Fall tätowiertes Fleisch essen.«

Baudin starrte sie einen Augenblick an, sagte jedoch nichts, sondern wandte sich wieder Heboric zu, um ihn weiter zu untersuchen.

»Sag mir, was du da eigentlich tust«, sagte sie schließlich.

»Er lebt, und das allein kann uns vielleicht retten.« Er machte eine kurze Pause. »Wie tief du fällst, bedeutet mir nichts, Mädchen. Aber tu mir einen Gefallen, und behalte deine Gedanken für dich.«

Sie sah zu, wie er Heboric die verrotteten Kleider auszog und dabei das erstaunliche Geflecht von Tätowierungen darunter enthüllte. Dann setzte er sich auf die andere Seite, damit sein Schatten hinter ihm blieb, ehe er sich vorbeugte und das dunkle Muster auf der Brust des Priesters studierte. Anscheinend suchte er nach etwas Bestimmtem.

»Ein erhobener Nacken«, sagte sie dumpf, »die Enden sind heruntergezogen und berühren sich fast, bilden beinahe einen Kreis. Das Ganze umgibt ein Paar Hauer.«

Er starrte sie aus zusammengekniffenen Augen an.

»Das ist Feners Zeichen, das, das heilig ist«, sagte sie. »Danach suchst du doch, oder nicht? Er ist zwar exkommuniziert, aber Fener ist noch immer in ihm. Das zumindest wird durch diese lebenden Tätowierungen deutlich.«

»Und was ist mit dem Zeichen?«, fragte er kühl. »Wie kommt es, dass du über solche Dinge Bescheid weißt?«

»Ich habe Beneth eine Lügengeschichte erzählt«, erklärte sie, während Baudin sich wieder den Tätowierungen des Priesters zuwandte. »Ich habe Heboric gebraucht, um mir dabei zu helfen. Ich habe Einzelheiten aus dem Kult gebraucht. Er hat mir einiges erzählt. Du hast vor, den Gott anzurufen.«

»Ich hab's gefunden«, sagte er.

»Und was jetzt? Wie erreichst du den Gott eines anderen Mannes, Baudin? Dies Zeichen ist kein Schlüsselloch, kein heiliges Schloss, das du knacken kannst.«

Bei diesen Worten zuckte er zusammen; seine Augen glitzerten, als sein Blick sich in die ihren bohrte.

Sie blinzelte nicht, verriet nichts.

»Was glaubst du, wie er seine Hände verloren hat?«, fragte Felisin unschuldig.

»Er war früher ein Dieb.«

»Stimmt. Aber die Hände hat er durch die Exkommunizierung verloren. Du musst wissen, es hat tatsächlich einen Schlüssel gegeben. Als Hohepriester konnte er ein Gewirr benutzen, das ihm Zugang zu seinem Gott gewährt hat. Es war in die Handfläche seiner rechten Hand tätowiert. Es musste gegen das heilige Zeichen gehalten werden – das heißt ganz einfach, Hand an die Brust, so einfach wie ein Gruß. Es hat Tage gedauert, bis ich mich wieder erholt habe, nachdem Beneth mich verprügelt hatte. Und Heboric hat geredet. Hat mir viele Dinge erzählt. Eigentlich hätte ich sie alle wieder vergessen müssen, musst du wissen. Schließlich habe ich Unmengen Durhang-Tee getrunken. Aber das Gebräu hat nur die Oberfläche zerstört, den Filter, der einem sagt, was Bedeutung hat und was nicht. Seine Worte sind ungehindert hindurchgetröpfelt und geblieben. Du kannst es nicht tun, Baudin.«

Der Schläger hob Heborics rechten Unterarm, musterte den glänzenden, geröteten Stumpf im heller werdenden Licht.

»Er kann niemals zurückkehren«, sagte Felisin. »Dafür hat die Priesterschaft gesorgt. Er ist nicht mehr das, was er einst gewesen ist – und das war's.«

Mit einem leisen Schnauben drehte Baudin Heborics Unterarm um und presste den Stumpf gegen das heilige Zeichen.

Die Luft schrie gellend auf. Das Geräusch schlug auf sie ein, schleuderte sie zu Boden, ließ sie beide scharren, kratzen, versuchen, sich wie irrsinnig in den nackten Fels zu graben – *nur weg … weg von dem Schmerz! Weg!* In dem Kreischen lag eine solche Agonie, dass sie wie Feuer herabgestiegen kam, den Himmel über ihnen verdunkelte, feine Risse und Spalten im Felsgestein verursachte, wobei diese Risse von einer Stelle unter Heborics reglosem Körper ausgingen und sich wie blutige Rinnsale ausbreiteten.

Blut strömte Felisin aus den Ohren. Sie versuchte wegzukriechen, den vibrierenden Hang hinaufzukriechen. Die Spalten – Heborics Tätowierungen waren über seinen Körper hinausgewachsen, hatten die unergründliche Distanz zwischen Haut und Stein überwunden – zuckten unter ihr hin und her, verwandelten den Felsen unter ihren Händen in etwas Glattes, Schmieriges.

Alles hatte zu beben begonnen. Selbst der Himmel schien sich zu winden, schien hierhin und dorthin gerissen zu werden, als hätte ein Dutzend unsichtbarer Hände durch unsichtbare Öffnungen gegriffen und mit kalter, zerstörerischer Wut das Gewebe der Welt gepackt.

Der Schrei nahm kein Ende. Wut und unerträglicher Schmerz verschmolzen miteinander wie zwei Stränge in einem Seil, das immer mehr gespannt wird. Das Geräusch legte sich wie eine Schlinge um ihren Hals, blockierte die äußere Welt, die Luft, das Licht.

Irgendetwas prallte auf den Boden. Das Felsgestein unter ihr erzitterte, schleuderte sie in die Höhe. Sie landete hart auf einem Ellbogen. Die Knochen ihres Arms vibrierten wie eine Schwertklinge. Der Glanz der Sonne wurde schwächer, während Felisin verzweifelt nach Luft schnappte. Ihre weit aufgerissenen Augen erhaschten einen kurzen Blick auf etwas jenseits der Senke, das sich in einer wogenden Staubwolke schwerfällig von der Ebene erhob. Ein zweizehiger, mit verfilztem Fell bedeckter Huf, der viel zu groß war, um ihn wirklich zu erfassen, stieg in die Höhe, wurde himmelwärts in eine mitternächtliche Düsternis gezogen.

Die Tätowierungen waren von den Steinen in die Luft gesprungen, ein blaufleckiges Netz, das in verrückten, zuckenden Klecksen wuchs, sich in alle Richtungen ausbreitete.

Sie konnte nicht atmen. Ihre Lungen brannten. Sie starb, wurde, ohne Luft zu bekommen, in die Leere gesogen, die der Schrei eines Gottes war.

Plötzlich herrschte Stille – draußen, jenseits der klingenden Echos in ihrem Schädel. Luft umfächelte sie, kalt und bitter und doch süßer als alles, was sie bisher gekannt hatte. Hustend und Galle spuckend rappelte Felisin sich auf, stützte sich auf Hände und Knie, hob zitternd den Kopf.

Der Huf war verschwunden. Die Tätowierung hing wie ein Nachbild vor dem Himmel, verblasste langsam, noch während sie zusah. Eine Bewegung erweckte ihre Aufmerksamkeit, und sie senkte den Blick, schaute Baudin an. Er hatte auf den Knien gelegen, die Hände schützend seitlich an den Kopf gepresst. Jetzt richtete er sich langsam auf; blutige Tränen rannen ihm übers Gesicht.

Felisin mühte sich wacklig auf die Beine. Der Boden unter ihren Füßen fühlte sich merkwürdig flüssig an. Sie blickte nach unten, blinzelte stumm das Kalkstein-Mosaik an. Das wirbelnde Muster der Tätowierung zitterte noch immer, ging von ihren Mokassins aus, während sie sich bemühte, das Gleichgewicht zu halten. *Die Risse, die Tätowierungen … sie gehen tiefer und tiefer, ganz tief hinunter. Als ob ich auf einem Bett aus meilenhohen Nägeln stünde, und jeder Nagel wird nur von denen, die ihn umgeben, aufrecht gehalten. Bist du aus dem Abgrund gekommen, Fener? Man sagt, dass dein geheiligtes Gewirr ans Chaos grenzt. Fener? Bist du jetzt unter uns?* Sie drehte sich um und sah Baudin in die Augen. Sie waren stumpf – eine Reaktion auf den Schock –, doch sie konnte auch den ersten Schimmer von Furcht in ihnen aufschimmern sehen.

»Wir wollten die Aufmerksamkeit des Gottes«, sagte sie, »nicht den Gott höchstpersönlich!« Ein Zittern durchlief ihren Körper. Sie umschlang ihren Oberkörper mit den Armen, zwang sich dazu, weiterzusprechen. »Und er *wollte auch nicht kommen*!«

Er zuckte kurz zusammen, dann rollte er die Schultern – es hätte jedoch auch ein Achselzucken sein können. »Aber jetzt ist er wieder weg, oder?«

»Bist du dir da so sicher?«

Er ließ die Frage unbeantwortet, sah stattdessen Heboric an. Nachdem er den vormaligen Priester einen Augenblick gemustert hatte, sagte er: »Er atmet jetzt gleichmäßiger. Und er sieht nicht mehr so verrunzelt und ausgedörrt aus. Irgendetwas ist mit ihm geschehen.«

Sie schnaubte. »Die Belohnung dafür, dass wir um Haaresbreite alle in den Boden gestampft worden wären.«

Baudin grunzte; seine Aufmerksamkeit war plötzlich auf etwas anderes gerichtet.

Sie folgte seinem Blick. Die Wasserpfütze war verschwunden, ausgetrocknet. Nur der Teppich aus Kapmotten-Kadavern war noch übrig. Felisin stieß ein bellendes Lachen aus. »Na, das war ja eine tolle Rettung.«

Heboric rollte sich langsam zu einem Ball zusammen. »Er ist hier«, flüsterte er.

»Wir wissen es«, sagte Baudin.

»Im Reich der Sterblichen …«, fuhr der Ex-Priester nach einem Augenblick fort, »… ist er verwundbar.«

»Du betrachtest es von der falschen Seite«, mischte Felisin sich ein. »Der Gott, den du nicht länger verehrst, hat dir deine Hände genommen. Und jetzt hast du ihn auf unsere Ebene heruntergezogen. Leg dich nicht mit Sterblichen an.«

Irgendetwas – war es ihr kalter Tonfall oder ihre brutalen Worte? – drang zu Heboric durch. Er streckte vorsichtig die Glieder, hob den Kopf, setzte sich schließlich auf. Sein Blick heftete sich auf Felisin. »Kindermund tut Wahrheit kund«, sagte er mit einem Grinsen, das bar jeden Humors war.

»Dann ist er also hier«, sagte Baudin und schaute sich um. »Wie kann sich ein Gott verstecken?«

Heboric stand auf. »Ich würde den Rest eines Armes dafür geben, wenn ich jetzt die Drachenkarten studieren könnte. Stellt euch das Durcheinander unter den Aufgestiegenen vor. Das hier ist kein Mückenschiss, kein Zupfen, kein Klimpern auf den Strängen der Macht.« Er hob die Arme, starrte seine Stümpfe an. »Es ist Jahre her, aber jetzt sind die Geister zurückgekehrt.«

Die Verwirrung zu sehen, die sich auf Baudins Gesicht abzeichnete, war schon eine Anstrengung an sich. »Was für Geister?«

»Die Hände, die nicht mehr da sind«, erklärte Heboric. »Echos. Genug, um einen Mann in den Wahnsinn zu treiben.« Er schüttelte sich, blinzelte zur Sonne empor. »Ich fühle mich besser.«

»Du siehst auch so aus«, sagte Baudin.

Es wurde allmählich heißer. In einer Stunde würde es unerträglich sein.

Felisin machte ein finsteres Gesicht. »Von dem Gott geheilt, den er zurückgewiesen hat. Aber es spielt keine Rolle. Wenn wir den ganzen Tag in unseren Zelten bleiben, werden wir heute Abend zu schwach sein, um noch irgendwohin zu gehen. Wir müssen jetzt gehen. Zum nächsten Wasserloch. Wenn wir es nicht tun, sind wir bald tot.« *Aber ich werde dich überleben, Baudin. Ich werde lange genug leben, um dir den Dolch in die Brust zu rammen.*

Baudin schulterte seinen Rucksack. Grinsend schob Heboric die Arme unter die Tragriemen des Rucksacks, den sie getragen hatte. Er stand mit Leichtigkeit auf, wenn er auch einen Schritt zur Seite machen musste, um nicht das Gleichgewicht zu verlieren, als er aufrecht stand.

Baudin ging voran. Felisin trottete hinter ihm her. *Ein Gott wandelt im Reich der Sterblichen, aber er fürchtet sich. Er besitzt unvorstellbare Macht, aber er versteckt sich.* Und irgendwie hatte Heboric die Stärke gefunden, all das zu ertragen, was geschehen war. *Und die Tatsache, dass er dafür verantwortlich ist. Das hätte ihn eigentlich zerbrechen, seine Seele in Stücke zerfallen lassen müssen. Stattdessen unterwirft er sich. Kann seine Mauer aus Zynismus einer solchen Belagerung lange widerstehen? Was hat er eigentlich wirklich getan, um seine Hände zu verlieren?*

Sie musste ihren inneren Aufruhr unter Kontrolle bekommen. Ihre Gedanken plünderten jedes Zimmer in ihrem Kopf. Sie dachte noch immer an Mord, doch gleichzeitig spürte sie eine vage spöttische Welle von kameradschaftlicher Zuneigung für ihre beiden Gefährten. Sie wollte weglaufen, vor ihnen davonlaufen, weil sie spürte, dass ihre Gegenwart ein Mahlstrom war, der sie in den Wahnsinn und den Tod zog, doch sie wusste, dass sie andererseits auch von ihnen abhängig war.

Hinter ihr erklang Heborics Stimme. »Wir werden es bis zur Küste schaffen. Ich rieche Wasser. Ganz nah. Erst zur Küste, und wenn wir dann dort sind, wirst du feststellen, dass sich nichts geändert hat, Felisin. Überhaupt nichts. Verstehst du, was ich meine?«

Sie spürte, dass seine Worte unzählige Bedeutungen hatten, doch sie verstand nicht eine einzige davon.

Ein Stück voraus stieß Baudin einen überraschten Schrei aus.

Mappo Trells Gedanken reisten beinahe achthundert Längen nach Westen, zu einer Abenddämmerung, die der jetzt herrschenden nicht unähnlich war, jedoch zweihundert Jahre in der Vergangenheit lag. Er sah sich selbst, wie er eine mit brusthohem Gras bestandene Ebene überquerte, doch das Gras war niedergedrückt, war mit etwas beschmiert, das wie Wollfett aussah, und während er dahinschritt, veränderte und bewegte sich die Erde unter seinen Fellschuhen. Er hatte bereits Jahrhunderte erlebt, in einen Krieg verstrickt, der zu einem sich ständig aufs Neue wiederholenden Kreislauf aus Überfällen, Kämpfen und blutigen Opfern vor dem Gott der Ehre geworden war. Spiele der Jugend, und er war ihrer schon lange müde. Doch er blieb, an einen einzigen Baum festgenagelt, aber nur, weil er sich an die Szenerie darum herum gewöhnt hatte. Es war erstaunlich, was man aushalten konnte, wenn man sich im Griff der Trägheit befand. Er hatte einen Punkt erreicht, an dem alles, was fremd, was unvertraut war, einen Grund zur Furcht darstellte. Doch im Gegensatz zu seinen Brüdern und Schwestern konnte Mappo sich nicht sein ganzes Leben lang von dieser Furcht tragen lassen. Dennoch hatte es jenes Entsetzens bedurft, dem er sich jetzt näherte, um ihn von dem Baum loszureißen.

Er war jung gewesen, als er die Handelsstadt verlassen hatte, die sein Heim gewesen war. Wie so viele in seinem Alter war er damals in einer fieberhaften, rückwärts gewandten Bewegung gefangen gewesen, die die verrottende Unbeweglichkeit der Trell-Städte und der älteren Krieger ablehnte, welche Händler geworden waren und mit Bhederin, Ziegen und Schafen handelten – und nun in den zahllosen Tavernen und Schänken in Gedanken noch einmal auf ihren kriegerischen Pfaden wandelten. Er sehnte sich nach dem Nomadenleben von früher und unterzog sich willentlich dem Aufnahmeritual in einem Hinterland-Clan, der die Bräuche beibehalten hatte.

Die Ketten seiner Überzeugung hatten Hunderte von Jahren gehalten, und als sie schließlich brachen, geschah dies in einer Art und Weise, die er niemals hätte vorhersehen können.

Seine Erinnerungen waren noch immer klar und deutlich, und so schritt er im Geiste einmal mehr über die Ebene. Jetzt kamen die Ruinen der Handelsstadt, in der er geboren worden war, in Sicht. Ein Monat war seit der Zerstörung der Stadt vergangen. Die Aasfresser der Ebene hatten die Leichen der Fünfzehntausend, die hier getötet worden waren – und die nicht in den wütenden Feuern verbrannt waren –, schon längst sauber abgenagt. Er kehrte nach Hause zurück, zu gebleichten Knochen, Kleidungsfetzen und in der Hitze geborstenen Ziegeln.

Die alten Schulterfrauen des Clans, der ihn adoptiert hatte, hatten die Geschichte aus den flachen Knochen geweissagt, die sie verbrannt hatten, genau wie es die Namenlosen bereits Monate zuvor prophezeit hatten. Auch wenn die Trells in den Städten für sie alle zu Fremden geworden waren, so waren sie doch auch Verwandte, waren vom gleichen Blut. Bei dem Auftrag, der erledigt werden musste, ging es allerdings nicht um Rache. Diese Ankündigung ließ die vielen Gefährten verstummen, die wie Mappo in der zerstörten Stadt geboren worden waren. Ganz im Gegenteil, derjenige, der für die vor ihm liegende Aufgabe auserwählt wurde, musste von allen Gedanken an Rache geläutert sein. So lauteten die Worte der Namenlosen, die diesen Augenblick vorhergesehen hatten.

Mappo verstand noch immer nicht, warum ausgerechnet er ausgewählt worden war. Er glaubte, er wäre nicht anders als die anderen Krieger um ihn herum. Rache war Nahrung, mehr als Fleisch und Wasser; tatsächlich war sie der Grund zu essen und zu trinken. Das Ritual, das ihn reinigen würde, würde gleichzeitig alles zerstören, was er war. *Du wirst ein unbemaltes Fell sein, Mappo. Die Zukunft wird ihren eigenen Text mit sich bringen, wird deine Geschichte neu schreiben und formen. Was der Stadt deiner Verwandten zugestoßen ist, darf niemals wieder geschehen. Du wirst dafür Sorge tragen. Verstehst du das?*

Äußerungen von entsetzlicher Notwendigkeit. Doch wenn die schreckliche Zerstörung seiner Geburtsstadt nicht gewesen wäre, hätte Mappo sich über sie alle hinweggesetzt. Er war die Hauptstraße mit ihrem zügellos wuchernden Teppich aus Unkraut und Wurzeln entlanggegangen und hatte von der Sonne gebleichte Knochen zu seinen Füßen schimmern sehen.

In der Nähe des runden Marktplatzes entdeckte er eine Namenlose, die ihn erwartete; sie stand in der Mitte der freien Fläche, ihre ausgeblichenen grauen Gewänder bauschten sich im Wind, die Kapuze war zurückgeschlagen und enthüllte das strenge Gesicht einer Frau. Helle Augen richteten sich auf ihn, als er näher kam. Der Stab, den sie in einer Hand hielt, schien sich in ihrem Griff zu winden.

»Wir betrachten die Dinge nicht in Jahren«, zischte sie.

»Sondern in Jahrhunderten«, erwiderte Mappo.

»Es ist gut. Und nun, Krieger, musst du lernen, das Gleiche zu tun. Die Ältesten deines Volkes werden es so verfügen.«

Der Trell blickte sich langsam um, blinzelte zu den Ruinen hinüber. »Es sieht mehr nach einer Armee von Räubern aus – man erzählt sich, dass es südlich von Nemil welche geben soll …«

Ihr Schnauben überraschte ihn; es zeugte von unverhohlener Verachtung. »Eines Tages wird er nach Hause zurückkehren, genau wie du es hier und jetzt getan hast. Bis dahin musst du ihn begleiten …«

»Warum ich, verdammt noch mal?«

Ihre Antwort bestand aus einem kaum merklichen Schulterzucken.

»Und wenn ich mich widersetze?«

»Selbst dazu, Krieger, ist Geduld vonnöten.« Sie hob den Stab, und die Geste zog seinen Blick an. Das sich windende, ausschlagende Holz schien sich hungrig nach dem Trell zu strecken, es wuchs, füllte seine Welt aus, bis er in dem gequälten Labyrinth versank.

»Es ist schon merkwürdig, wie ein Land, das man noch nie bereist hat, so vertraut wirken kann.«

Mappo blinzelte, als die Erinnerungen beim Klang der vertrauten Stimme zerstoben. Er blickte zu Icarium auf. »Und es ist noch merkwürdiger, dass das geistige Auge so weit und so schnell reisen und doch binnen eines Augenblicks zurückkehren kann.«

Der Jhag lächelte. »Mit jenem Auge könnte man die ganze Welt erforschen.«

»Mit jenem Auge könnte man ihr entfliehen.«

Icarium kniff die Lider zusammen, als er den geröllübersäten Wüstenstreifen unter ihnen musterte. Sie waren einen Hügel hinaufgestiegen, um den Weg besser sehen zu können, der vor ihnen lag. »Deine Erinnerungen faszinieren mich jedes Mal aufs Neue, da ich anscheinend so wenig eigene besitze, und umso mehr, da du bisher immer so zögerlich gewesen bist, sie mit mir zu teilen.«

»Ich habe an meinen Clan gedacht«, sagte Mappo achselzuckend. »Es ist erstaunlich, was für einfache Dinge man irgendwann zu vermissen beginnt. Die Zeit, wenn die Herden Junge haben, die Art und Weise, wie wir die Schwachen in einer unausgesprochenen Übereinkunft mit den Wölfen der Ebene losgeworden sind.« Er lächelte. »Der Ruhm, den ich mir erworben habe, als ich in das Lager einer Gruppe von Banditen geschlichen bin und von jeder Messerklinge die Spitze abgebrochen habe und dann wieder hinausgehuscht bin, ohne dass einer wach geworden wäre.« Er seufzte. »Ich habe die Spitzen jahrelang in einem Beutel an meinem Kriegsgürtel getragen.«

»Was ist mit ihnen geschehen?«

»Eine Frau, die noch klüger war als ich, hat sie mir ihrerseits gestohlen.« Mappos Grinsen wurde breiter. »Stell dir nur einmal vor, wie viel Ruhm *sie* sich dadurch erworben hat.«

»War das alles, was sie gestohlen hat?«

»Ach, lass mir doch ein paar Geheimnisse, mein Freund.« Der Trell stand auf und klopfte sich Sand und Staub von seinen ledernen Hosen. »Wenn überhaupt irgendwas«, sagte er nach einer Pause, »dann ist dieser Sandsturm um ein Drittel größer geworden, seit wir angehalten haben.«

Die Hände in die Hüften gestemmt, musterte Icarium die dunkle Mauer, die die Ebene in zwei Teile teilte. »Ich glaube, er ist auch näher herangekommen«, sagte er. »Er ist aus Zauberei geboren, ist vielleicht der Atem der Göttin selbst, und seine Kraft nimmt immer noch zu. Ich kann spüren, wie er sich nach uns ausstreckt.«

»Stimmt.« Mappo nickte, unterdrückte dabei ein Schaudern. »Das ist überraschend, wenn man davon ausgeht, dass Sha'ik tatsächlich tot ist.«

»Vielleicht war ihr Tod notwendig«, erwiderte Icarium. »Schließlich ist es fraglich, ob sterbliches Fleisch eine solche Macht überhaupt beherrschen kann. Kann ein lebendes Wesen überdauern, wenn es die Verbindung zwischen Dryjhna und dieser Sphäre darstellt?«

»Du glaubst, sie könnte zu einer Aufgestiegenen geworden sein? Und dabei hat sie Fleisch und Blut, hat sie ihren Körper zurückgelassen?«

»Es wäre möglich.«

Mappo verfiel in Schweigen. Die Zahl der Möglichkeiten nahm von Tag zu Tag zu, wenn sie über Sha'ik, den Wirbelwind und die Prophezeiungen diskutierten. Gemeinsam säten er und Icarium ihre eigene Verwirrung. *Und wem soll das nützen?* Iskaral Pustls grinsendes Gesicht tauchte vor Mappos innerem Auge auf. Er stieß zischend die Luft aus. »Wir werden manipuliert«, grollte er. »Ich kann es spüren. Und riechen.«

»Ich habe bemerkt, dass sich die Härchen in deinem Nacken aufgestellt haben«, sagte Icarium mit grimmigem Lächeln. »Was mich angeht, so lässt mich dieser Gedanke kalt – ich habe mich mein ganzes Leben lang manipuliert gefühlt.«

Der Trell schüttelte sich, um sein Zusammenzucken zu überspielen. »Und wer«, fragte er sanft, »sollte so etwas tun?«

Der Jhag zuckte die Schultern, starrte mit hochgezogenen Augenbrauen zu Boden. »Ich habe schon vor langer Zeit aufgehört, mich das zu fragen, mein Freund. Wollen wir etwas essen? Die Lektion, die wir jetzt brauchen, heißt: Der Geschmack von Hammelfleisch-Eintopf ist dem der süßen Neugier weit überlegen.«

Mappo starrte Icariums Rücken an, als der Krieger zu ihrem Lagerplatz hinabschritt. *Aber was ist mit süßer Rache, mein Freund?*

Gepeinigt von heulenden, sandgeschwängerten Windböen ritten sie die alte Straße entlang. Selbst der Gral-Wallach stolperte inzwischen vor Erschöpfung, doch Fiedler wusste nicht, was er sonst noch tun sollte. Er hatte keine Antworten mehr, falls irgendetwas passieren würde.

Irgendwo in den wirbelnden, undurchdringlichen Sandmassen zu ihrer Rechten war ein Kampf im Gange. Es war ganz nah – es *klang* ganz nah, doch sie konnten von den Kämpfern nicht das Geringste sehen, und Fiedler war keineswegs in der Stimmung, hinzureiten und die Angelegenheit genauer zu untersuchen. In seiner Furcht und seiner Erschöpfung war er zu der fiebrigen, panischen Überzeugung gekommen, dass ihre einzige Chance zu überleben darin bestand, auf der Straße zu bleiben. Wenn sie sie verließen, würden sie in Stücke gerissen werden.

Die Kampfgeräusche waren kein Waffengeklirr, und es waren auch nicht die Todesschreie von Männern. Die Laute stammten von Tieren – Gebrüll, Schnappen, Zischen, schrille Schreie voller Entsetzen und Schmerz und wilder Wut. Nichts Menschliches. Möglicherweise waren Wölfe an dem unsichtbaren Kampf beteiligt, doch andere, vollkommen unterschiedliche Kehlen verkündeten ihre Teilnahme mit ihrem eigenen rasenden Gebrüll. Das nasale Brummen von Bären, das Fauchen großer Katzen und andere Geräusche – von Reptilien, Vögeln, Affen. *Und Dämonen. Ich darf dieses dämonische Gebell nicht vergessen – die Albträume des Vermummten höchstpersönlich können nicht schlimmer sein.*

Er ritt, ohne die Zügel festzuhalten. Stattdessen umklammerte er mit beiden Händen den sandzerfressenen Schaft seiner Armbrust. Sie war gespannt, ein Sprengbolzen eingelegt, und das schon, seit die Kämpfe begonnen hatten – *seit zehn Stunden.* Die aus Därmen geflochtene Sehne war jetzt überdehnt, wie er nur zu gut wusste. Das sagte ihm die Tatsache, dass die Stahlrippen weiter als gewöhnlich gespreizt waren. Der Bolzen würde nicht weit fliegen, und er würde langsam fliegen. Doch er brauchte weder Reichweite noch Zielgenauigkeit, um den Bolzen effektiv einsetzen zu können. Er wusste, er und sein Pferd würden von einem wütenden Feuer verzehrt werden, sollte er die Waffe fallen lassen, und dieses Wissen erinnerte ihn immer wieder an die Effektivität der Moranth-Munition, wenn ihm die Waffe ganz leicht durch die schmerzenden, schweißnassen Hände zu rutschen begann.

Er konnte nicht mehr lange so weitermachen. Ein kurzer Blick zurück über die Schulter zeigte ihm, dass Crokus und Apsalar noch immer bei ihm waren. Ihre Pferde waren über den Punkt hinaus, an dem sie sich noch einmal erholen würden; von jetzt an würden sie weiterlaufen, bis sie tot umfielen. Was nicht mehr lange dauern würde.

Der Gral-Wallach schrie auf und schwenkte zur Seite. Von irgendwoher schwappte heiße Flüssigkeit über Fiedler hinweg. Fluchend blinzelte er sie sich aus den Augen. Blut. *Eine fenergeborene Fontäne aus Blut, die der Vermummte verdammen soll!* Sie war aus dem undurchdringlichen Sandwirbel herausgeschossen. *Irgendetwas ist uns sehr nah gekommen. Irgendetwas anderes hat es daran gehindert, uns noch näher zu kommen. Bei der Gnade der Königin, was im tiefsten Abgrund geht da vor?*

Crokus stieß einen Schrei aus. Fiedler schaute sich gerade noch rechtzeitig um, um den Jungen von seinem zusammenbrechenden Pferd springen zu sehen. Die Vorderbeine des Tiers knickten unter ihm ein. Er sah zu, wie das Kinn des Pferdes hart auf den Pflastersteinen aufschlug und einen schmierigen Fleck aus Blut und Schaum zurückließ. In einer letzten, verzweifelten Anstrengung weiterzugehen riss das Pferd den Kopf hoch und rollte dann zur Seite. Die Hufe traten noch einige Male ins Leere, ehe sie herabsanken und schließlich still liegen blieben.

Der Sappeur löste eine Hand von der Armbrust, packte die Zügel und ließ seinen Wallach anhalten. Er wendete das stolpernde Tier. »Schmeiß die Zelte weg!«, brüllte er Crokus zu, der mittlerweile wieder auf den Beinen war. »Das ist das frischeste von den Ersatzpferden. Verdammt, mach schnell!«

Apsalar ritt nahe an ihn heran; sie war völlig in ihrem Sattel zusammengesunken. »Es hat keinen Sinn«, sagte sie mit rissigen Lippen. »Wir müssen anhalten.«

Schnaubend starrte Fiedler hinaus in die beißenden Schleier aus Sand. Der Kampf rückte immer näher. Was auch immer die anderen zurückhielt, es verlor an Boden. Kurz sah er eine massige Gestalt auftauchen und genauso schnell wieder verschwinden. Es schien, als hätten Leoparden auf ihren Schultern gekauert. Zu einer Seite erschienen vier ungeschlachte Silhouetten; sie duckten sich dicht über dem Boden und bewegten sich schwarz und schweigend vorwärts.

Fiedler riss die Armbrust herum und feuerte. Der Bolzen traf die Erde ein halbes Dutzend Schritt vor den vier Bestien. Flammenzungen leckten über sie hinweg. Die Kreaturen kreischten schrill.

Er vergeudete keine Zeit damit, zuzusehen, sondern zog blindlings einen weiteren Bolzen aus dem festen Kästchen, das an seinem Sattel festgebunden war. Er hatte nur ein Dutzend Bolzen gehabt, die mit Moranth-Munition präpariert waren. Jetzt waren es noch neun, und davon war nur noch einer ein richtiger Knaller. Er warf einen Blick nach unten, als er den Bolzen in die Nut legte – ein Brandbolzen –, dann machte er sich wieder daran, die Wand aus wirbelndem Sand zu beobachten. Seine Hände wussten aus Erfahrung, was sie tun mussten.

Gestalten zeigten sich, blitzten auf wie verschwommene Geister.

Zwanzig Fuß seitlich von ihnen gerieten vielleicht ein Dutzend hundegroßer Reptilien ins Blickfeld, kamen auf einer Säule aus Luft herangeschwebt. *Esanthan'el – beim Atem des Vermummten, da draußen sind Vielgänger und Wechselwandler!* Etwas Großes, das wie ein Käfig geformt war, stülpte sich über die Esanthan'el und verschlang sie.

Crokus suchte in seinem Packen hektisch nach dem Kurzschwert, das er in Ehrlitan gekauft hatte. Apsalar kauerte neben ihm; die Dolche glänzten in ihren Händen, während sie die Straße entlangschaute.

Fiedler wollte ihr gerade zurufen, dass der Feind sich zu ihrer Linken befand, als er sah, was sie gesehen hatte. Drei Gral-Reiter kamen Schulter an Schulter in vollem Galopp herangeprescht, waren nicht einmal mehr ein Dutzend Pferdelängen von ihrer Position entfernt. Sie hatten die Lanzen gesenkt.

Die Entfernung war zu gering für einen sicheren Schuss. Der Sappeur konnte nur zusehen, wie die Krieger immer näher kamen. Die Zeit schien sich zu verlangsamen, während Fiedler den Angreifern entgegenstarrte; er konnte keinen Muskel rühren, um etwas zu tun. Ein gewaltiger Bär tauchte an der Seite der Straße auf, rammte den Gral, der auf der linken Seite ritt. Der Wechselgänger war so groß wie das Pferd, das er zu Fall brachte. Seine Fänge schlossen sich seitlich zwischen Rippen und Hüften um die Mitte des Kriegers, die Reißzähne traten beinahe auf der gegenüberliegenden Seite wieder aus. Es kostete ihn anscheinend keine besondere Anstrengung, fest zuzubeißen. Der Krieger spuckte Galle und Blut.

Apsalar sprang den anderen beiden Männern entgegen, huschte zwischen den Lanzenspitzen hindurch; die Klingen ihrer Messer wiesen nach außen und oben, als sie zwischen die beiden Pferde glitt. Keiner der beiden Gral hatte Zeit zu parieren. Als wäre die eine das Spiegelbild der anderen, verschwanden beide Klingen nach einer Aufwärtsbewegung unter den Rippenbogen. Der linke Dolch traf das Herz, der rechte durchstieß die Lunge.

Dann war sie hinter den beiden Männern, ließ die Messer, wo sie waren. Sie tauchte weg und rollte sich über die Schulter ab, was sie außer Reichweite der Lanze eines vierten Reiters brachte, den Fiedler bisher nicht gesehen hatte. In einer einzigen fließenden Bewegung war Apsalar wieder auf den Beinen und sprang; die Weite des Sprungs zeigte, wie viel Kraft dahinter steckte. Dann hockte sie plötzlich hinter dem Gral, ihr rechter Arm legte sich um seinen Hals, ihr linker glitt über den Schädel des Mannes nach unten, zwei Finger bohrten sich tief in seine Augen und rissen den Kopf des Reiters nach hinten; mit einem kleinen Messer, das plötzlich in ihrer rechten Hand auftauchte, schnitt sie ihm blitzschnell die Kehle durch.

Fiedlers entzückte Aufmerksamkeit wurde jäh von etwas Großem, Schuppigem gestört, das über sein Gesicht fegte und ihn aus dem Sattel warf. Dabei rutschte ihm die Armbrust aus den Händen. Er landete schmerzhaft auf den Pflastersteinen. Rippen brachen, und als er sich auf den Bauch rollte, explodierte der Schmerz förmlich in seinem Brustkorb. Jeder Gedanke an den Versuch, wieder aufzustehen, war schnell dahin, als direkt über ihm ein wilder Kampf ausbrach. Die Hände hinter dem Kopf, rollte Fiedler sich ganz klein zusammen, wünschte sich mit aller Macht, noch kleiner zu werden. Knöcherne Hufe traten auf ihn ein, mit Klauen versehene Füße fetzten an seinem Kettenhemd, rissen lange Wunden in seine Schenkel. Etwas Schweres zertrümmerte plötzlich seinen linken Knöchel, drehte sich auf seinem malträtierten Gelenk, bevor es wieder abhob.

Er hörte sein Pferd wiehern – nicht vor Schmerzen, sondern vor Entsetzen und Wut. Das Geräusch, mit dem die Hufe des Wallachs auf etwas Festes prallten, verschaffte Fiedler einen Moment der Befriedigung, trotz der Schmerzen, die in ihm tobten.

Ein großer Körper plumpste neben dem Sappeur auf den Boden, rollte sich zur Seite und presste eine geschuppte Flanke gegen ihn. Er konnte spüren, wie die Muskeln zuckten, was mitfühlende Schauer durch seinen eigenen zerschlagenen Leib schickte.

Die Kampfgeräusche hatten nachgelassen und schließlich aufgehört. Nur das Heulen des Windes und das Rascheln des Sandes waren noch zu hören. Er versuchte, sich aufzusetzen, und stellte fest, dass er kaum den Kopf heben konnte. Doch es reichte, um das Blutbad um ihn herum sehen zu können. Direkt vor ihm, weniger als eine Armeslänge entfernt, standen die vier zitternden Beine seines Wallachs. Ein Stück daneben lag seine Armbrust; der Brandpfeil war weg. Die Waffe musste losgegangen sein und das tödliche Geschoss in den Sturm hineingefeuert haben, als sie auf dem Boden aufgeschlagen war. Direkt dahinter lag der Gral-Krieger mit dem Stich in der Lunge und hustete Blut. Apsalar stand über ihn gebeugt; sie sah nachdenklich aus und hielt ihren Dolch locker in der Hand. Ein Dutzend Schritt hinter ihr war der ungeschlachte braune Rücken des Wechselgänger-Bären zu sehen; die Muskeln wölbten sich, als er an dem Kadaver des Pferdes riss, das er angefallen hatte. Crokus erschien in Fiedlers Blickfeld – er hatte sein Kurzschwert gefunden, doch es steckte noch immer in der Scheide. In dem Sappeur stieg eine Woge von Mitleid auf, als er den Gesichtsausdruck des jungen Burschen sah.

Fiedler langte mit einem Arm hinter sich, eine Anstrengung, die ihn aufstöhnen ließ. Seine Hand berührte geschuppte Haut. Das Muskelzucken hatte aufgehört.

Unvermittelt stieß der Bär ein lautes Gebrüll aus. Als Fiedler sich umdrehte, konnte er das Tier gerade noch davonschießen sehen. *Oh, beim Vermummten, wenn der abhaut …*

Die Beine des Wallachs begannen stärker zu zittern, so stark, dass sie fast vor Fiedlers Augen verschwammen. Doch das Tier rannte nicht davon, es machte nur ein paar Schritte, um sich zwischen den Sappeur und das, was auch immer da kam, zu stellen. Die Geste zerriss Fiedler fast das Herz. »Verdammt noch mal, du blödes Biest«, krächzte er, »mach, dass du hier wegkommst!«

Apsalar zog sich langsam zu ihm zurück. Crokus stand einfach nur reglos da, das Schwert fiel ihm unbeachtet aus der Hand.

Endlich konnte Fiedler den Neuankömmling sehen. *Die Neuankömmlinge.* Wie ein brodelnder, klumpiger Teppich wogte der Vielwandler über die Pflastersteine heran. *Ratten, Hunderte von Ratten. Und doch nur ein Wesen. Hunderte? Tausende. Beim Vermummten, von dem hier hab ich gehört!* »Apsalar!«

Sie sah zu ihm herüber, ihr Gesicht war ausdruckslos.

»In meiner Satteltasche«, sagte der Sappeur, »ist eine Brandbombe …«

»Eine reicht nicht«, erwiderte sie kühl. »Und außerdem ist es sowieso zu spät.«

»Nicht für die da. Für uns.«

Ihre einzige Reaktion war ein langsames Blinzeln, dann trat sie zu dem Wallach.

Der wimmernde Wind trug eine Stimme heran – die Stimme eines Fremden. »Gryllen!«

Ja, das ist der Name des Vielwandlers. Gryllen, auch als die Woge des Wahnsinns bekannt. Der von dem Feuer aus Y'ghatan vertrieben wurde. Oh, der Kreis schließt sich.

»Gryllen!«, erklang die Stimme aufs Neue. »Verschwinde von hier, Vielwandler!«

Lederbekleidete Beine traten in Fiedlers Blickfeld. Er blickte auf und sah einen außergewöhnlich großen, schlanken Mann, der eine verblichene Tanno-Telaba trug. Seine Hautfarbe lag irgendwo zwischen Grau und Grün, und in seinen langfingrigen Händen hielt er einen doppelt geschwungenen Bogen, auf dessen Sehne ein mit Runen bemalter Pfeil lag. Sein langes graues Haar zeigte Reste eines schwarzen Färbemittels, sodass seine Mähne fleckig aussah. Der Sappeur sah die zackigen Spitzen gewaltiger Eckzähne, die die dünne Linie seiner Unterlippe ausbeulten. *Ein Jhag. Hab gar nicht gewusst, dass die so weit nach Osten kommen. Beim Vermummten, warum das irgendeine Rolle spielen sollte, weiß ich selbst nicht.*

Der Jhag machte einen weiteren Schritt auf die wogende Masse aus Ratten zu, die mittlerweile das bedeckte, was noch von dem Pferd und dem Reiter übrig war, die der Bär getötet hatte, und legte eine Hand auf die Schulter des Wallachs. Das Zittern hörte auf. Apsalar trat einen Schritt zurück; sie betrachtete den Fremden argwöhnisch.

Gryllen zögerte – Fiedler traute seinen Augen nicht. Er warf erneut einen Blick auf den Jhag. Eine weitere Gestalt hatte sich zu dem großen Bogenschützen gesellt. Kurz gewachsen und breit wie eine Belagerungsmaschine, mit tiefbrauner Hautfarbe, das schwarze Haar zu Zöpfen geflochten und mit Fetischen verziert. Seine Eckzähne waren womöglich noch größer als die seines Gefährten, und sie sahen viel schärfer aus. *Ein Trell. Ein Jhag und ein Trell. Das lässt einen ganzen Glockenturm erklingen, wenn ich bloß die verdammten Schmerzen beiseite schieben und zwei Minuten nachdenken könnte.*

»Deine Beute ist geflohen«, sagte der Jhag zu Gryllen. »Diese Menschen hier jagen nicht dem Pfad der Hände nach. Und außerdem stehen sie jetzt unter meinem Schutz.«

Die Ratten zischten und quiekten ohrenbetäubend und drängten sich höher auf die Straße. Staubgraue Augen glitzerten in einem brodelnden Sturm.

»Du solltest meine Geduld besser nicht auf die Probe stellen«, sagte der Jhag langsam.

Tausend Körper zuckten zusammen. Dann zogen sie sich langsam zurück, eine Woge aus schmierigem Pelz. Einen Augenblick später waren sie verschwunden.

Der Trell hockte sich neben Fiedler. »Du wirst es überleben, Soldat?«

»Sieht so aus, als müsste ich«, erwiderte der Sappeur. »Und wenn auch nur, um mir auf das, was da gerade passiert ist, einen Reim zu machen. Ich müsste euch beide eigentlich kennen, stimmt's?«

Der Trell zuckte die Schultern. »Kannst du aufstehen?«

»Mal sehen.« Fiedler schob einen Arm unter sich, stemmte sich einen Zoll hoch – und dann erinnerte er sich an nichts mehr.

Kapitel Acht

Man erzählt sich, dass in der Nacht, da Kellanved und Tanzer zurückkehrten, die Stadt Malaz ein einziger Mahlstrom aus Zauberei und schrecklichen Heimsuchungen war. Daher ist es nicht allzu gewagt, zu behaupten, dass die Morde eine blutige, verwirrende Angelegenheit waren und dass es eine Frage der Perspektive ist, die Aktion als Erfolg oder Misserfolg zu bewerten …

Verschwörungen im Imperium
Heboric

Coltaine hatte sie alle überrascht. Er hatte die Fußsoldaten der Siebten zurückgelassen, um das Wasserfassen bei Dryj-Quelle zu überwachen, und seine Wickaner hinaus in die Odhan geführt. Zwei Stunden nach Sonnenuntergang fanden sich die Tithansi-Stammeskrieger, die ihren Pferden etwas Ruhe gönnten, indem sie mehr als eine Länge von der Oase entfernt zu Fuß gingen und ihre Reittiere am Zügel führten, plötzlich im Zentrum einer hufeisenförmig geführten Attacke wieder. Die wenigsten hatten genug Zeit, auch nur wieder aufzusitzen, geschweige denn sich zu formieren, um dem Angriff wirksam zu begegnen. Obwohl sie den Wickanern im Verhältnis sieben zu eins überlegen waren, wurden sie überrannt, und für jeden wickanischen Clankrieger, der starb, fielen hundert Mann von ihnen. Binnen zwei Stunden war das Gemetzel zu Ende.

Duiker, der auf der Südstraße in Richtung der Oase unterwegs war, hatte den Feuerschein der brennenden Wagen der Tithansi weit entfernt zu seiner Rechten erblickt. Es dauerte eine lange Minute, ehe er begriff, was er da sah. Die Frage, zu jener Feuersbrunst zu reiten, stellte sich nicht. Die Wickaner waren im Blutrausch – sie würden nicht erst nachdenken, sondern ihn sofort töten. Stattdessen lenkte er sein Pferd in Richtung Nordwesten und ritt im Galopp, bis er dem ersten fliehenden Tithansi begegnete, von dem er die Geschichte zu hören bekam.

Die Wickaner waren Dämonen. Sie spien Feuer. Ihre Pfeile vervielfachten sich auf magische Weise in der Luft. Ihre Pferde kämpften mit unheimlicher Intelligenz. Ein Aufgestiegener – ein Mezla – war heraufbeschworen und ins Reich der Sieben Städte geschickt worden, der sich jetzt der Göttin des Wirbelwinds entgegenstellte. Die Wickaner konnten nicht getötet werden. Es würde niemals mehr ein neuer Tag anbrechen.

Duiker überließ den Mann seinem Schicksal, wie auch immer es aussehen mochte, und kehrte zur Straße zurück, um sich wieder auf den Weg zur Oase zu machen. Er hatte zwar zwei Stunden verloren, doch dafür hatte er dem von Entsetzen gezeichneten Gestammel des Tithansi überaus wertvolle Informationen entnehmen können.

Während der Historiker weiterritt, wurde ihm klar, dass dieser Angriff mehr war als nur das Umsichschlagen eines verwundeten, gequälten Tiers. Coltaine sah die Sachlage ganz offensichtlich nicht so. Vielleicht würde er das niemals tun. Die Faust war auf einem Feldzug. Das Ganze war ein Krieg, keine panikerfüllte Flucht. *Die Anführer der Apokalypse sollten ihre Überlegungen lieber noch einmal neu ordnen, wenn sie nicht die Hoffnung aufgeben wollen, dieser Schlange die Zähne zu ziehen. Und, was noch viel wichtiger wäre, sie sollten schnellstens die Gerüchte zum Schweigen bringen, dass die Wickaner mehr als Menschen sind – das ist allerdings leichter gesagt als getan.*

Kamist Reloe verfügte immer noch über die deutlich größere Anzahl von Kriegern, doch allmählich begann sich die Qualität der Trupps auszuwirken; Coltaines Wickaner waren auch dann diszipliniert, wenn sie ein Blutbad anrichteten, und die Siebte war eine Veteranen-Armee, die von der neuen Faust mit viel Mühe auf diese

Art von Krieg vorbereitet worden war. Natürlich bestand noch immer die Möglichkeit, dass die malazanischen Truppen schließlich doch vernichtet werden würden – wenn die Dinge überall so schlecht standen, gab es wenig Hoffnung für die gestrandete Armee und die Abertausend Flüchtlinge, die mit ihr zogen. *Selbst all diese kleinen Siege werden nicht ausreichen, den Krieg zu gewinnen. Reloe kann auf Hunderttausende von potenziellen Rekruten zurückgreifen, und wenn man davon ausgeht, dass Sha'ik die Bedrohung erkennt, die Coltaine darstellt, und sie zur Jagd auf die Faust losschickt …*

Mittlerweile war die kleine Oase, die Dryj-Quelle umgab, in Sicht gekommen, und Duiker war zutiefst schockiert, als er sah, dass fast jede Palme gefällt worden war. Der Baumbestand war verschwunden, nur Stümpfe und niedrig wachsende Pflanzen waren noch übrig. Rauch trieb geisterhaft am bleichen Himmel über dem Gelände dahin. Duiker richtete sich in den Steigbügeln auf, ließ auf der Suche nach Lagerfeuern, Posten oder Zelten den Blick schweifen. *Nichts … vielleicht auf der anderen Seite der Quelle …*

Der Rauch wurde dichter, als er in die Oase hineinritt. Vorsichtig suchte sich sein Reittier einen Weg zwischen den Baumstümpfen hindurch. Überall waren Spuren zu sehen – zuerst die Gruben, die von den vorgeschobenen Wachposten in den Sand gegraben worden waren, dann tiefe Furchen, die verrieten, wo die Wagen in einer Verteidigungsposition aufgestellt worden waren. In den Feuerstellen schwelte nur noch glimmende Asche vor sich hin.

Sprachlos und plötzlich erschöpft hockte Duiker im Sattel, während sein Pferd durch das verlassene Lager trottete. Das tiefe Loch ein Stück weiter weg war die Quelle; sie war im wahrsten Sinne des Wortes geleert worden und fing gerade wieder an, sich neu zu füllen – ein kleiner, bräunlicher Teppich, umgeben von schlammbedeckten Fetzen von Palmrinde und verfaulenden Wedeln. Sogar die Fische waren mitgenommen worden.

Während die wickanischen Reiter sich aufgemacht hatten, die Tithansi aus dem Hinterhalt zu überfallen, hatten die Siebte und die

Flüchtlinge die Oase bereits wieder verlassen. Der Historiker bemühte sich, diese Tatsache zu verstehen. Er stellte sich die Szenerie beim Aufbruch vor: die stolpernden Flüchtlinge mit geröteten Augen, Kinder, die auf Wagen zusammengepfercht waren, die betroffenen Blicke der Veteranen, die den Aufbruch bewachten. Coltaine gönnte ihnen keine Ruhe, keine Pause, um den Schock zu verdauen, mit all dem fertig zu werden, was ihnen geschehen war, *was ihnen immer noch geschah.* Sie waren angekommen, hatten die Oase ihres Wassers beraubt und auch alles andere mitgenommen, was sich als nützlich erweisen mochte – und dann waren sie weitergezogen.

Wohin?

Duiker trieb sein Pferd an. Er erreichte den südwestlichen Rand der Oase, und seine Blicke folgten der breiten Spur, die die Wagen, das Vieh und die Pferde hinterlassen hatten. Im Südosten erhoben sich die verwitterten Höhenzüge der Lador-Hügel. Im Westen erstreckte sich die Tithansi-Steppe. *In dieser Richtung gibt es bis zum Sekala nichts mehr – und der Fluss ist selbst für Coltaine zu weit weg, als dass er ihn als Ziel in Erwägung ziehen könnte. Richtung Nordwesten gibt es das Dorf Manot, und dahinter, am Ufer der Karas-See, liegt Caron Tepasi. Aber bis zu der Stadt ist es fast genauso weit wie zum Sekala.* Die Spur führte genau nach Westen, in die Steppe. *Beim Atem des Vermummten, da draußen gibt es doch nichts!*

Es hatte keinen Sinn. Er konnte die Pläne der wickanischen Faust nicht voraussehen. Der Historiker machte kehrt und ritt zurück zur Quelle, wo er steifbeinig abstieg. Er stöhnte leise auf. Seine Hüften und Schenkel schmerzten, und in seinem verlängerten Rücken spürte er ein dumpfes Pochen. Er konnte nicht mehr weiter, und auch sein Pferd konnte nicht mehr. Sie brauchten dringend eine Pause – und sie brauchten das trübe Wasser, das sich ganz unten in dem Teich gesammelt hatte.

Er griff nach seiner Schlafdecke, die hinter dem Sattel festgeschnallt war, und warf sie zwischen die Palmwedel in den Sand. Dann machte er den Sattelgurt los und hob den verzierten Sattel vom schweißbedeckten Rücken seiner Stute. Anschließlich nahm er die Zügel und führte das Tier hinunter zum Wasser.

Die Quelle war mit Steinen verstopft worden, was erklärte, warum sie sich nur so langsam wieder füllte. Duiker nahm seinen Schal ab und seihte das Wasser durch den Stoff in seinen Helm. Er ließ zuerst das Pferd trinken, dann wiederholte er den Filterprozess und stillte seinen eigenen Durst. Schließlich füllte er noch seine Wasserflasche.

Er fütterte das Tier aus dem Beutel mit Getreide, der am Sattel festgemacht war, und rieb es trocken. Danach begann er, sich sein eigenes behelfsmäßiges Lager herzurichten. Er fragte sich, ob er Coltaine und die Siebte wohl jemals einholen würde oder ob er womöglich in einem Albtraum gefangen war und Geistern hinterherjagte. *Wer weiß, vielleicht sind sie ja doch Dämonen.* Seine Müdigkeit gewann allmählich die Oberhand.

Duiker breitete seine Decke aus und benutzte seine Telaba, um ein Sonnensegel aufzuspannen. Ohne den Schutz der Bäume würde die Sonne diese Oase ausdörren. Sie würde Jahre brauchen, um sich zu erholen, wenn sie es denn überhaupt jemals tun würde. Ehe der Schlaf ihn übermannte, dachte er noch lange über den bevorstehenden Krieg nach. Städte waren längst nicht so bedeutend wie Wasservorräte. Armeen würden Oasen besetzen müssen, die so wichtig werden würden wie Inseln in einem unermesslichen Meer. Coltaine würde immer im Nachteil sein – jedes seiner möglichen Ziele war bekannt, egal, wohin er sich auch wenden würde, man konnte sich darauf vorbereiten … *vorausgesetzt, dass Kamist Reloe als Erster dort ist. Aber warum sollte ihm das nicht gelingen? Er muss nicht Tausende von Flüchtlingen eskortieren.* Trotz all der Überraschungen, die Coltaine noch einfallen mochten, waren die taktischen Möglichkeiten, die der Faust zur Verfügung standen, doch begrenzt.

Die Frage, die der Historiker sich stellte, bevor er schließlich einschlief, hatte etwas schonungslos Endgültiges: Wie lange konnte Coltaine das Unausweichliche hinauszögern?

Duiker erwachte, als die Abenddämmerung hereinbrach. Zwanzig Minuten später war er wieder unterwegs; ein einsamer Reiter, über dem ein gewaltiger Mantel aus Kapmotten schwebte, der so dicht war, dass die Sterne hinter ihm verschwanden.

Brecher rollten über ein Riff, das eine Viertelmeile vor der Küste lag, ein phosphoreszierendes Band unter einem wolkenverhangenen Himmel. In einer Stunde würde die Sonne aufgehen. Felisin stand auf einer grasbewachsenen Felsplatte, die Ausblick auf einen breiten Strand mit weißem Sand gewährte. Ihr war schwindlig, und sie schwankte leicht im Wind. Minuten verstrichen.

Nirgends war ein Boot zu sehen, und es gab auch keinerlei Anzeichen dafür, dass irgendwann schon einmal jemand seinen Fuß auf diesen Küstenstrich gesetzt hatte. Entlang der Flutlinie lagen Treibholz und haufenweise angeschwemmter Seetang. Überall, wo sie hinschaute, krabbelten Sandkrabben herum.

»Nun«, sagte Heboric neben ihr, »zumindest haben wir etwas zu essen. Das heißt natürlich, falls diese Dinger essbar sind. Es gibt nur eine einzige Möglichkeit, das herauszufinden.«

Sie sah zu, wie er ein Stück Sackleinen aus seinem Packen zog und sich dann auf den Weg hinunter zum Strand machte. »Pass auf die Klauen auf«, sagte sie. »Wir wollen doch nicht riskieren, einen Finger zu verlieren, oder?«

Der ehemalige Priester lachte und ging weiter. Sie konnte ihn nur sehen, weil er bekleidet war. Seine Haut war mittlerweile vollständig schwarz, die Tätowierungen selbst aus nächster Nähe und bei Tageslicht kaum noch zu sehen. Doch außer den sichtbaren Veränderungen gab es auch noch andere, weniger offensichtliche.

»Du kannst ihn nicht mehr verletzen«, sagte Baudin, der über den anderen Rucksack gebeugt dahockte. »Egal, was du sagst.«

»Dann habe ich ja keinen Grund mehr, nichts zu sagen«, erwiderte sie.

Sie hatten genügend Wasser, um einen weiteren Tag – oder vielleicht auch zwei – zu überstehen. Die Wolken über der Meerenge versprachen Regen, doch Felisin wusste, dass jedes Versprechen eine Lüge war – Erlösung wurde anderen zuteil. Sie blickte sich erneut um. *Hier werden unsere Knochen ruhen, wie kleine Hügel im Sand. Und eines Tages werden selbst diese Spuren verschwunden sein. Wir haben die Küste erreicht, doch hier erwartet uns nur der Vermummte und sonst niemand. Es war nicht nur eine Reise des Körpers, sondern auch eine des Geistes. Ich bin froh, dass beide vorbei sind.*

Baudin hatte die Zelte aufgeschlagen und sammelte jetzt Holz für ein Feuer. Heboric kehrte zurück, das Sackleinen zwischen seine Armstümpfe geklemmt. Hier und da ragten die Spitzen von Scheren aus dem groben Gewebe des Beutels. »Die werden uns entweder umbringen oder furchtbar durstig machen. Ich bin mir noch nicht ganz sicher, was schlimmer ist.«

Die letzte Wasserstelle lag elf Stunden hinter ihnen, ein feuchter Fleck in einer kleinen Senke. Sie hatten eine Armspanne tief graben müssen, um es zu finden; es war brackig gewesen, hatte nach Eisen geschmeckt, und sie hatten es kaum bei sich behalten können. »Glaubst du wirklich, Duiker ist immer noch da draußen und segelt seit – wie vielen, fünf? – Tagen auf und ab?«

Heboric kauerte sich hin, stellte den Sack ab. »Er hat seit Jahren nichts mehr veröffentlicht – was sollte er sonst mit seiner Zeit anfangen?«

»Glaubst du, Leichtfertigkeit ist der richtige Weg, sich auf die Begegnung mit dem Vermummten vorzubereiten?«

»Ich hab gar nicht gewusst, dass es da einen richtigen Weg gibt, Schätzchen. Und selbst wenn ich sicher wäre, dass der Tod kommt – was ich nicht bin, zumindest, was die nahe Zukunft angeht –, nun, jeder von uns muss auf seine eigene Weise damit umgehen. Außerdem streiten sich selbst die Priester des Vermummten über die bevorzugte Art und Weise, wie man am Ende ihrem Gott entgegentreten soll.«

»Wenn ich gewusst hätte, dass jetzt ein Vortrag folgt, hätte ich den Mund gehalten.«

»Mir scheint, du wirst allmählich erwachsen.«

Ihr finsteres Gesicht ließ ihn erfreut auflachen.

Heborics Lieblingswitze sind die, die nicht beabsichtigt sind. Spott ist nur die Patina des Hasses, und jedes Lachen ist gemein. Sie hatte nicht die Kraft, den verbalen Schlagabtausch fortzusetzen. *Du wirst nicht derjenige sein, der zuletzt lacht, Heboric. Das wirst du noch früh genug merken. Du und Baudin, ihr alle beide!*

Sie kochten die Krabben in einem Kohlebett, wobei sie Stöcke benötigten, um die Tiere in die sengende Hitze zurückzustoßen, bis sie aufhörten zu zappeln. Das weiße Fleisch schmeckte hervorragend, war aber salzig. Ein reichliches Festmahl und ein unerschöpflicher Vorrat, der sich als tödlich erweisen konnte.

Nachdem sie gegessen hatten, sammelte Baudin noch mehr Treibholz; er hatte vor, in der kommenden Nacht ein Leuchtfeuer zu entfachen. In der Zwischenzeit, während die Sonne sich über den östlichen Horizont schob, legte er feuchten Tang aufs Feuer und betrachtete mit zufriedenem Gesichtsausdruck die Rauchsäule, die zum Himmel aufstieg.

»Hast du vor, das den ganzen Tag zu tun?«, fragte Felisin. *Wie sieht's mit Schlafen aus? Du musst schlafen, damit ich meine Pläne in die Tat umsetzen kann, Baudin.*

»Immer mal wieder, dann und wann«, erwiderte er.

»Ich sehe keinen Sinn darin, wenn diese Wolken hierher kommen.«

»Aber noch sind sie ja nicht hier, oder? Außerdem ziehen sie eher in Richtung Festland.«

Sie schaute ihm zu, während er am Feuer hantierte, und stellte dabei fest, dass seine Bewegungen längst nicht mehr so kontrolliert und sparsam waren. Sie zeigten jetzt eine Nachlässigkeit, die deutlich machte, wie ungeheuer erschöpft er sein musste. Wahrscheinlich war die Schwäche genau in dem Moment über ihn gekommen, als sie die Küste erreicht hatten, denn jetzt hatten sie jegliche Kontrolle über ihr Schicksal verloren. *Baudin hat an Baudin geglaubt und an sonst niemanden. Und jetzt ist er genauso wie wir von jemand anderem abhängig. Und vielleicht war alles umsonst. Vielleicht hätten wir nach Dosin Pali gehen und dort unser Glück versuchen sollen.*

Das Krabbenfleisch begann, seinen Tribut zu fordern. Schrecklicher Durst überfiel Felisin in wahren Wogen, gefolgt von heftigen Krämpfen; ihr Magen rebellierte, weil er es nicht mehr gewohnt war, voll zu sein.

Heboric verschwand in seinem Zelt. Er litt augenscheinlich an den gleichen Symptomen.

Die nächsten zwanzig Minuten tat Felisin so gut wie nichts; sie kämpfte einfach nur gegen die Schmerzen an und beobachtete Baudin, dem sie die gleichen Beschwerden wünschte. Doch falls er gleichermaßen darunter litt, ließ er es sich zumindest nicht anmerken. Ihre Furcht vor ihm wuchs.

Die Krämpfe vergingen, doch der Durst blieb. Die Wolken über der Meerenge zogen davon, die Hitze nahm zu.

Baudin warf einen letzten Haufen Tang ins Feuer, dann schickte er sich an, sich ins Zelt zurückzuziehen.

»Nimm meins«, sagte Felisin.

Sein Kopf ruckte herum, er blickte sie aus zusammengekniffenen Augen an.

»Ich komme gleich nach.«

Er starrte sie immer noch an.

»Warum denn nicht?«, fragte sie hitzig. »Was für eine andere Möglichkeit zu flüchten haben wir denn hier? Außer, du hast irgendwelche Eide abgelegt ...«

Er zuckte kaum merklich zusammen.

Felisin fuhr fort: »– oder zu irgendeinem Aufgestiegenen geschworen, der körperliche Liebe verabscheut. Aber wer sollte das sein? Der Vermummte? Was für eine Überraschung! Na ja, schließlich ist Liebe machen wie ein kleiner Tod ...«

»So nennst du das also«, murmelte Baudin, »Liebe machen ...«

Sie zuckte die Schultern.

»Ich bin keinem Gott verschworen.«

»Das hast du schon mal gesagt. Aber du hast es noch nie mit mir versucht, Baudin. Magst du lieber Männer? Oder Jungen? Dreh mich auf den Bauch, und du wirst den Unterschied nicht merken.«

Er richtete sich auf, starrte sie immer noch an. Sein Gesichtsausdruck war nicht zu deuten. Dann ging er hinüber zum Zelt. Zu Felisins Zelt.

Sie grinste in sich hinein, wartete eine Minute und folgte ihm dann.

Seine Hände bewegten sich ungeschickt über ihren Körper, als versuchte er zärtlich zu sein, ohne zu wissen, wie. Es hatte nur wenige Augenblicke gedauert, sich die Reste ihrer in Fetzen hängenden Kleidung abzustreifen. Baudin zog sie hinunter, bis sie auf dem Rücken lag und zu seinem derben, bärtigen Gesicht aufblickte; seine Augen waren noch immer kalt und unergründlich, als seine großen Hände sich um ihre Brüste schlossen und sie zusammendrückten.

Sobald er in ihr war, fielen seine Hemmungen von ihm ab. Er wurde zu etwas anderem als einem Menschen, war plötzlich nur noch ein Tier. Er war grob, jedoch nicht so grob, wie Beneth es gewesen war, oder eine große Anzahl seiner Gefolgsleute.

Er war schnell fertig, ließ sein beträchtliches Gewicht auf sie herabsinken; sein Atem drang schwer und rau an ihr Ohr. Sie bewegte sich nicht. All ihre Sinne waren auf sein Atmen gerichtet, auf das Zucken seiner Muskeln, als der Schlaf ihn übermannte. Sie hatte nicht damit gerechnet, dass er sich so leicht ergeben würde, hatte seine Hilflosigkeit nicht erwartet.

Felisins Hand glitt verstohlen in den Sand neben dem Lager, suchte, bis sie den Griff des Dolchs gefunden hatte. Sie zwang sich dazu, ruhig zu atmen, doch sie konnte nichts tun, um ihr hämmerndes Herz langsamer schlagen zu lassen. Er schlief. Er rührte sich nicht.

Sie zog die Klinge aus dem Sand, fasste den Griff anders, um besser zustoßen zu können. Sie holte tief Luft, hielt dann den Atem an.

Seine Hand packte ihr Handgelenk im gleichen Augenblick, als sie zustoßen wollte. Er erhob sich in einer fließenden Bewegung, verdrehte ihren Arm und drückte, bis sie unter ihm auf den Bauch rollte. Sein Gewicht presste sie zu Boden.

Baudin drückte ihr Handgelenk, bis sie den Dolch losließ. »Hast du wirklich gedacht, ich würde meine Ausrüstung nicht überprüfen, Schätzchen?«, flüsterte er. »Glaubst du etwa, ich durchschaue dich nicht? Wer außer dir würde einen meiner Dolche stehlen?«

»Du hast Beneth zum Sterben zurückgelassen.« Sie konnte sein Gesicht nicht sehen, doch als er antwortete, war sie beinahe dankbar dafür.

»Nein, Schätzchen. Ich habe den Bastard persönlich umgebracht. Hab ihm das Genick gebrochen wie ein Schilfrohr. Er hätte es verdient gehabt, mehr zu leiden, einen langsameren Tod zu sterben, aber dafür war keine Zeit. Er hatte kein Erbarmen verdient, aber es wurde ihm gewährt.«

»Wer *bist* du?«

»Ich habe es noch nie mit einem Mann oder einem Jungen gemacht. Aber ich kann so tun als ob. Ich bin gut darin, so zu tun als ob.«

»Ich werde schreien ...«

»Wenn Heboric schläft, kann ihn nichts aufwecken. Er träumt. Er schlägt um sich. Ich habe ihm eine Ohrfeige verpasst, und er hat sich nicht gerührt. Also schrei ruhig. Außerdem – was sind schon Schreie? Du gibst deiner Schmach Ausdruck. Ich hätte nicht gedacht, dass du überhaupt noch fähig bist, Schmach zu empfinden, Felisin.«

Ein Gefühl der Hoffnungslosigkeit durchströmte sie. *Eigentlich ist es fast das Gleiche. Ich kann es überleben, es kann mir sogar gefallen. Wenn ich es versuche.*

Baudin erhob sich. Sie drehte sich auf den Rücken, starrte zu ihm empor. Er hatte den Dolch eingesteckt und sich zum Eingang zurückgezogen. Er lächelte. »Tut mir Leid, wenn ich dich enttäuscht habe, aber ich war nicht in der richtigen Stimmung.«

»Aber warum ...«

»Um festzustellen, ob du noch immer die bist, die du warst.« Er musste nicht aussprechen, zu welchem Schluss er gekommen war. »Versuch zu schlafen, Schätzchen.«

Als sie allein war, rollte Felisin sich auf ihrem Lager zusammen. Ein Gefühl der Taubheit breitete sich in ihr aus. *Um festzustellen, ob du noch immer ... ja, du bist es noch immer. Baudin hat es schon vorher gewusst. Er wollte es dir nur selbst vor Augen führen, Mädchen.*

Du hast gedacht, du würdest ihn benutzen, doch in Wirklichkeit hat er dich benutzt. Er hat gewusst, was du geplant hast. Denk darüber nach. Denk sehr lange und sehr gut darüber nach.

Er kam aus den Wellen geschritten, der Vermummte, der Schnitter der zerrissenen Seelen. Er hatte lange genug gewartet, und allmählich verlor er den Geschmack daran, sich an ihren Leiden zu belustigen. Es war Zeit für das Tor.

Felisin hockte am Ufer und starrte auf die Meerenge hinaus; sie fühlte sich ebenso gebleicht und ausgedörrt wie das angeschwemmte Treibholz um sie herum. Wolken flackerten über den Himmel, Blitze tanzten zum grollenden Rhythmus des Donners. Längs des Riffs spritzte die Gischt in die Höhe, schleuderte blauweiße Explosionen in die Dunkelheit.

Eine Stunde zuvor waren Baudin und Heboric von ihrem Marsch zurückgekehrt, der sie den Strand entlanggeführt hatte. Sie hatten den Bug eines zerschellten Bootes mit sich geschleppt. Es war alt, doch sie hatten davon gesprochen, ein Floß zu bauen. Die Diskussion hatte den Klang sinnloser Träumereien – keiner von ihnen hatte noch die Kraft für ein solches Vorhaben. Wenn die Morgendämmerung kam, würden sie anfangen zu sterben, und sie alle wussten es.

Felisin wurde klar, dass Baudin als Letzter sterben würde. Es sei denn, Heborics Gott kehrte zurück, um seinen ungeratenen Sohn zu sich zu nehmen. Felisin begann allmählich zu glauben, dass sie die Erste sein würde. Ohne Rache genommen zu haben. Weder an Baudin noch an ihrer Schwester Tavore, ganz zu schweigen vom ganzen malazanischen Imperium, das der Vermummte holen sollte.

Jenseits der Brecher, die auf das Riff einhämmerten, zuckte eine merkwürdige Woge von Blitzen in die Höhe. Sie spielte tanzend und flackernd hin und her, als wäre sie um ein unsichtbares Stück Holz von mehreren Meilen Länge und dreißig Fuß Dicke gewickelt. Die krachenden Lichtspeere fuhren mit einem sengenden Zischen in die Gischtfahnen. Donner dröhnte laut genug über den Strand, um den Sand erzittern zu lassen. Der Blitz rollte weiter, genau auf sie zu.

Plötzlich war Heboric an ihrer Seite; sein Froschgesicht war zu einer Grimasse der Furcht verzogen. »Das ist Zauberei, Mädchen! Lauf weg!«

Ihr Lachen klang eher wie ein raues Bellen. Sie rührte sich nicht. »Es wird schnell gehen, alter Mann!«

Der Wind heulte.

Heboric wirbelte herum, um die näher kommende Woge anzusehen. Er zischte einen Fluch, der in dem immer mehr anschwellenden Lärm unterging, und stellte sich zwischen Felisin und die magische Kraft. Baudin kauerte sich neben ihr hin, sein Gesicht wurde von einem blauen Schimmer beleuchtet, der stärker wurde, als der Blitz das Ufer erreichte und weiter auf sie zurollte.

Er barst um Heboric, als wäre der ehemalige Priester eine Felsnadel. Der alte Mann taumelte, seine Tätowierungen wurden für einen Augenblick zu Zeichnungen aus Feuer, die hell schimmerten und dann nicht mehr zu erkennen waren.

Die Magie war verschwunden. Gerade eben war sie noch eine Bedrohung gewesen, jetzt starb sie sanft strandaufwärts und strandabwärts.

Heboric sank in sich zusammen, ließ sich im Sand auf die Knie fallen. »Das war nicht ich«, sagte er in die plötzliche Stille. »Das war Otataral. Natürlich. Wir hatten nichts zu befürchten. Überhaupt nichts.«

»Da!«, schrie Baudin.

Ein Boot hatte irgendwie das Riff überwunden und raste jetzt auf sie zu. Sein einziges Segel stand in Flammen. Lanzen aus magischer Energie stießen zuckend wie Vipern von allen Seiten nach dem Boot, doch der Spuk wurde schwächer, je mehr es sich dem Ufer näherte. Einen Herzschlag später lief es knirschend auf Grund und kam zum Stillstand, neigte sich dabei nach einer Seite. Im gleichen Augenblick stürzten sich zwei Gestalten auf die Leinen, kappten das brennende Segel. Die Leinwand sank herunter wie eine Schwinge aus Flammen, die sofort erlosch, als sie das Wasser berührte. Zwei weitere Männer sprangen von Bord und wateten ans Ufer.

»Welcher von denen ist Duiker?«, fragte Felisin.

Heboric schüttelte den Kopf. »Keiner, aber der Linke ist ein Magier.«

»Woher weißt du das?«

Er gab keine Antwort.

Die beiden Männer kamen rasch näher, beide taumelten vor Erschöpfung. Der Magier, ein kleiner rotgesichtiger Mann, der einen versengten Umhang trug, sprach als Erster – und er sprach malazanisch. »Den Göttern sei Dank! Wir brauchen Eure Hilfe!«

Irgendwo jenseits des Riffs wartete ein unbekannter Magier – ein Mann, der nichts mit der Rebellion zu tun hatte, ein Fremder, der in seinen eigenen Albträumen gefangen war. Er war wie der Wirbel eines wilden Sturms aus der Tiefe aufgetaucht, als sie den zweiten Tag auf See gewesen waren. Kulp hatte noch nie zuvor eine derart ungehemmte Macht gespürt. Doch die Wildheit dieser Kraft hatte sie schließlich gerettet, als der Wahnsinn, der den Zauberer in den Klauen hatte, dessen Gewirr in Fetzen gerissen hatte. Es gab keine Kontrolle mehr, Magie strömte aus den Wunden des Gewirrs, und in das Heulen der Winde mischten sich die Schreie des Magiers.

Die *Ripath* war wie ein Stück Rinde in einem zu Tal stürzenden Gebirgsbach hin und her geworfen worden. Am Anfang hatte Kulp sich mit Illusionen gewehrt, denn er hatte geglaubt, dass der Zorn des Magiers ihm und seinen Gefährten galt; doch es war sehr schnell deutlich geworden, dass der Verrückte, der da mit seiner Magie um sich schlug, sie überhaupt nicht beachtete, sondern einen ganz anderen Krieg führte. Kulp zog sein eigenes Gewirr zu einer schützenden Schale um die *Ripath* zusammen, und während Gesler und seine Männer all ihr Können aufboten, um zu verhindern, dass das Schiff kenterte, kauerte er sich mittschiffs an einer geschützten Stelle auf das Deck, um dem magischen Ansturm zu widerstehen.

Die entfesselte Magie jagte sie rein instinktiv, und keine Illusion konnte etwas so durch und durch Geistloses täuschen. Sie wurden zu einer Art Magnet für die Magie. Die Angriffe erfolgten ohne Pause, mal heftiger, mal weniger stark; zwei Tage und Nächte schlugen sie erbarmungslos auf Kulp ein.

Sie wurden westwärts getrieben, der Küste der Otataral-Insel entgegen. Die Kräfte des Magiers attackierten die Küstenlinie, wenn auch mit geringem Effekt, und Kulp konnte sich endlich einen Reim auf die ganze Sache machen. Der Verstand des Magiers musste von Otataral zerstört worden sein. Und jetzt erging es ihm wie einem entflohenen Bergmann, einem Kriegsgefangenen, der die Mauern erklettert hatte, nur um herauszufinden, dass er sein Gefängnis mitgenommen hatte. Und als er die Kontrolle über sein Gewirr verloren hatte, hatte das Gewirr angefangen, *ihn* zu beherrschen. Es brodelte mit einer Macht, die weit über das hinausging, was der Magier selbst jemals daraus gezogen hatte.

Diese Feststellung ließ Kulp entsetzt erschauern. Der Sturm drohte, sie am Ufer der Küste zerschellen zu lassen. Wartete auf ihn womöglich das gleiche Schicksal?

Dem Geschick Geslers und seiner Mannschaft war es zu verdanken, dass die *Ripath* nicht auf das Riff lief. Elf Stunden lang schafften sie es, parallel zu den rasiermesserscharfen Felsen dahinzusegeln, die sich unter den Brechern verbargen.

In der dritten Nacht spürte Kulp eine Veränderung. Die Küste zu ihrer Rechten, die er als einen undurchdringlichen, ablehnenden Wall wahrgenommen hatte – was auf die kalte Präsenz von Otataral zurückzuführen war –, wurde plötzlich … *weicher.* Es gab dort eine Macht, die der Kraft des magietötenden Erzes widerstand, sie innerhalb eines bestimmten Bereichs zurückdrängte.

In dem Riff war eine Lücke. Es war, wie Kulp entschied, ihre einzige Chance. Er stand auf und rief Gesler. Der Korporal begriff sofort, was er wollte, und seine Miene verriet gleichermaßen Verzweiflung und Erleichterung. Sie waren dabei, den Kampf gegen die Erschöpfung zu verlieren, gegen die überwältigende Belastung, Zauberei auf sich zujagen zu sehen, die dann über Kulps schützender Magie abfloss – ein Schutz, der unübersehbar von Mal zu Mal schwächer wurde.

Ein weiterer Angriff kam, als sie schon mitten zwischen den tobenden Brechern waren, und durchbrach Kulps Verteidigung. Flammen tanzten über den Sturmklüver, die Leinen, das Segel. Wären die Männer trocken gewesen, so wären sie zu lebenden Fackeln geworden. So wogte die Zauberei nur in einer Woge aus zischendem Dampf über sie hinweg, raste weiter, krachte ans Ufer und rollte über den Strand, bis sie verpuffte.

Kulp hatte halbwegs erwartet, dass der merkwürdig gedämpfte Effekt an diesem Teil der Küste irgendwie etwas mit dem Mann zu tun haben könnte, den zu finden er ausgeschickt worden war. Daher war er nicht überrascht, hinter dem Strand drei Gestalten aus dem Dämmerlicht auftauchen zu sehen. So müde er auch war, ließ doch etwas in der Art und Weise, wie die drei beieinander standen, in seinem Kopf Alarmglocken ertönen. Die Umstände hatten sie zusammengeführt, und es gab keine freundschaftlichen Bande, auf die der Eigennutz hätte Rücksicht nehmen müssen. Doch da war noch mehr.

Der feste Boden unter seinen Füßen machte Kulp schwindlig. Als sein müder Blick auf den handlosen Priester fiel, durchströmte ihn eine Woge der Erleichterung, und sein Hilferuf war keineswegs ironisch gemeint.

Der ehemalige Priester antwortete mit einem krächzenden Lachen.

»Sorg dafür, dass sie Wasser bekommen«, sagte der Magier zu Gesler. Der Korporal riss den Blick von Heboric los, was ihm nicht leicht zu fallen schien, nickte und drehte sich um. Wahr hatte sich ins Wasser geschwungen, um den Rumpf der *Ripath* auf Schäden zu untersuchen, während Stürmisch im Bug hockte und seine Armbrust wie ein Kind in den Armen wiegte. Der Korporal brüllte nach einem der Wasserfässer. Wahr kletterte zurück ins Boot, um es zu holen.

»Wo ist Duiker?«, fragte Heboric.

Kulp runzelte die Stirn. »Ich weiß es nicht. Unsere Wege haben sich in einem Dorf nördlich von Hissar getrennt. Die Apokalypse ...«

»Wir wissen Bescheid. In der Nacht, in der wir der Grube entkommen sind, hat Dosin Pali in Flammen gestanden.«

»Oh, ja.« Kulp musterte die beiden anderen. Der große Mann, dem ein Ohr fehlte, erwiderte kalt seinen Blick. Obwohl man ihm die Entbehrungen der letzten Wochen ansehen konnte, zeigte er ein Maß an Selbstkontrolle, das in dem Magier ein unbehagliches Gefühl aufsteigen ließ. Er war eindeutig mehr als nur der narbenübersäte Schläger aus irgendeinem Hafenviertel, für den Kulp ihn zuerst gehalten hatte.

Von dem jungen Mädchen ging etwas nicht minder Verstörendes aus, wenn Kulp auch unmöglich hätte definieren können, was es war. Er seufzte. *Mach dir darüber später Gedanken. Mach dir über alles später Gedanken.*

Wahr kam mit dem Wasserfass, dicht gefolgt von Gesler.

Als der junge Soldat das Fass aufmachte und den Zinnbecher, der daran festgebunden war, voll Wasser laufen ließ, wurde er augenblicklich von den drei Flüchtlingen umringt.

»Geht vorsichtig damit um«, sagte Kulp. »Nehmt nur kleine Schlückchen, keine großen Schlucke.«

Während er ihnen beim Trinken zusah, tastete der Magier nach seinem Gewirr. Es fühlte sich schlüpfrig an und war schwer zu fassen, doch schließlich war er in der Lage, es festzuhalten und ihm Macht zu entziehen, um seine Sinne zu schärfen. Als er dann Heboric erneut ansah, hätte er beinahe vor Überraschung laut aufgeschrien. Die Tätowierungen des Priesters waren von einem eigenen Leben erfüllt. Flackernde Wolken der Macht rasten über seinen Körper und woben eine geisterhafte Hand an den Stumpf seines linken Arms. Diese Geisterhand griff in ein Gewirr, und sie war zur Faust geballt, als hielte sie sich an einem Halteseil fest. Um den rechten Stumpf pulsierte eine gänzlich andere Macht. Grüne und rote Fäden wirbelten umeinander, als würden sich zwei Schlangen im tödlichen Zweikampf winden. Der dämpfende Effekt kam ausschließlich von den grünen Streifen, die ihm willentlich nach außen abstrahlten, als hätten sie ein eigenes Bewusstsein. Es war geradezu erstaunlich, dass es stark genug war, die Wirkung des Otataral zurückzudrängen.

Heiler, die auf das Denul-Gewirr zurückgriffen, beschrieben

Krankheiten oft als Krieg; der Körper war das Schlachtfeld, und ihr Gewirr verlieh ihnen die Fähigkeit, ihn als solches zu erkennen. Kulp fragte sich, ob er hier nicht gerade etwas Ähnliches zu sehen bekam. *Aber es ist keine Krankheit. Ein Krieg der Gewirre – da ist zum einen Feners eigenes, durch eine geisterhafte Hand mit dem alten Mann verbunden, das andere umgarnt von Otataral, doch nichtsdestotrotz wachsend – ein Gewirr, das ich nicht erkennen kann, eine Macht, die jedem meiner Sinne völlig fremd ist.* Er blinzelte. Heboric starrte ihn an; um seinen breiten Mund spielte ein dünnes Lächeln.

»Im Namen des Vermummten, was ist mit Euch geschehen?«, fragte Kulp.

Der ehemalige Priester zuckte die Schultern. »Ich wollte, ich wüsste es.«

Die drei Soldaten näherten sich jetzt Heboric. »Ich bin Gesler«, sagte der Korporal in barscher Ehrerbietung. »Wir sind alles, was vom Eber-Kult noch übrig ist.«

Das Lächeln des alten Mannes erlosch. »Das wären dann immer noch drei zu viel.« Er drehte sich um und ging davon, um einen der beiden Rucksäcke zu holen.

Gesler starrte ihm ausdruckslos nach.

Dieser Mann erholt sich verdammt schnell. Der junge Wahr keuchte auf, als er die harschen Worte des Mannes hörte, den er für einen Priester seines Gottes gehalten hatte. Kulp konnte in den hellblauen Augen des jungen Burschen sehen, wie in seinem Innern etwas in Trümmer fiel. Stürmisch machte jenes düstere Gesicht, dem er wahrscheinlich seinen Namen verdankte; doch er legte Wahr kurz eine Hand auf die Schulter, bevor er sich dem einohrigen Mann zuwandte.

»Wenn du deine Hände nicht schleunigst ein bisschen weiter von deinen versteckten Dolchen weghältst, werd ich irgendwann nervös«, knurrte er leise und packte seine Armbrust etwas fester.

»Das ist Baudin«, sagte die junge Frau. »Er bringt Leute um. Alte Frauen, Rivalen. Was immer ihr wollt – er hat ihr Blut an den Händen. Stimmt doch, oder, Baudin?« Ohne eine Antwort abzuwarten, fuhr sie fort: »Ich bin Felisin vom Haus Paran. Die Jüngste dieser Linie. Aber lasst euch davon nicht täuschen.«

Sie erläuterte diese Bemerkung nicht näher.

Heboric kehrte zurück, einen Rucksack an jedem Unterarm. Er setzte sie ab und trat dann ganz nahe an Kulp heran. »Wir sind nicht gerade in der Verfassung, Euch zu helfen – aber wenn man diese verdammte Wüste durchquert hat, dann hat der Tod durch Ertrinken etwas seltsam Anziehendes.« Er starrte hinaus auf die hochgehenden Wellen. »Was ist da draußen?«

»Stellt Euch ein Kind vor, das eine Leine hält, und am anderen Ende dieser Leine ist ein Schattenhund. Das Kind ist der Magier, der Hund sein Gewirr. Ich vermute, er war schon zu lange in den Minen, bis es ihm endlich gelungen ist, zu fliehen. Wir müssen uns ausruhen, dann können wir noch einmal versuchen, es mit diesem Sturm aufzunehmen.«

»Und wie schlecht stehen die Dinge auf dem Festland?«

Kulp zuckte die Schultern. »Ich weiß es nicht. Hissar hat gebrannt, das haben wir gesehen. Duiker ist losgezogen, um zu Coltaine und zur Siebten zurückzukehren – der alte Mann hat einen Hang zum Optimismus, der ihn eines Tages noch auf einem Gleitbett enden lassen wird. Ich würde sagen, die Siebte ist Geschichte, genau wie Coltaine und seine Wickaner.«

»Ach, *der* Coltaine. Als ich am Fuß des Spalts hinter Laseens Palast angekettet war, habe ich mehr oder weniger erwartet, dass er bald mein Nachbar sein würde. Der Vermummte weiß, dass es da unten reichlich angemessene Gesellschaft gegeben hat.« Nach einem Augenblick schüttelte er den Kopf. »Coltaine ist noch am Leben, Magier. Männer wie er sind nicht so leicht zu töten.«

»Wenn das stimmt, dann muss ich zu ihm zurückkehren.«

Heboric nickte.

»Er wurde exkommuniziert«, sagte Felisin laut.

Heboric und Kulp drehten sich um und sahen, dass Gesler das Mädchen anstarrte. Sie fuhr fort: »Mehr noch, er ist der Fluch seines eigenen Gottes. Eures Gottes, wie ich vermute. Hütet euch vor verschmähten Priestern. Ihr werdet Fener eure eigenen Gebete darbieten müssen, Jungen, und ich gebe euch den guten Rat: Betet! Betet viel!«

Der Priester drehte sich mit einem Seufzer wieder zu Kulp um. »Ihr habt Euer Gewirr geöffnet, um einen Blick auf mich zu werfen. Was habt Ihr gesehen?«

Kulp machte ein finsteres Gesicht. »Wie waren noch die Worte, die Ihr vorhin gebraucht habt? Ich wollte, ich wüsste es?« Er zögerte. »Ich habe ...«, sagte er nach einer kurzen Pause, »... ein Kind gesehen, das einen Hund hinter sich hergezogen hat, mit einer Hand, und, beim Vermummten, der Hund war so groß wie ein verdammter Berg.«

Heborics Gesicht nahm einen gespannten Ausdruck an. »Und was ist mit der anderen Hand?«

»Tut mir Leid«, erwiderte Kulp, »aber darauf gibt es keine einfache Antwort.«

»Ich würde loslassen ...«

»Wenn Ihr könntet.«

Heboric nickte.

Kulp senkte die Stimme. »Wenn Gesler merkt ...«

»Würde er mich losschneiden.«

»Was eine ziemlich blutige Sache werden würde.«

»Ich nehme an, wir haben uns verstanden«, sagte Heboric mit einem dünnen Lächeln.

»Nicht so richtig, aber ich will es zunächst einmal auf sich beruhen lassen.«

Der frühere Priester dankte ihm mit einem anerkennenden Nicken.

»Habt Ihr Euch Eure Gefährten hier selbst ausgesucht, Heboric?«, wollte Kulp wissen, während er Felisin und Baudin einen Blick zuwarf.

»Ja, das habe ich. Mehr oder weniger. Kaum zu glauben, was?«

»Geht mit mir ein Stück am Strand entlang«, sagte der Magier und marschierte los. Der tätowierte Priester folgte ihm. »Erzählt mir etwas von den beiden«, forderte Kulp ihn auf, nachdem sie etwas weiter entfernt waren.

Heboric seufzte. »Man muss Kompromisse schließen, wenn man in den Minen überleben will«, sagte er. »Und das, was dem einen Menschen wertvoll erscheint, verkauft ein anderer gleich als Erstes. Und billig. Nun, so sind sie zumindest jetzt. Wie sie vorher waren …?« Er zuckte die Schultern.

»Traut Ihr ihnen?«

Auf Heborics breitem Gesicht erschien ein Grinsen. »Traut Ihr denn *mir,* Kulp? Ich weiß, es ist noch zu früh für eine Antwort. Eure Frage lässt sich nicht so leicht beantworten. Ich vertraue darauf, dass Baudin mit uns an einem Strang ziehen wird, solange es in seinem Interesse liegt, das zu tun.«

»Und was ist mit dem Mädchen?«

Es dauerte einige Zeit, bis der alte Mann endlich antwortete. »Ihr traue ich nicht.«

Das läuft nicht so, wie ich es erwartet hatte. Dies hier hätte eigentlich der leichtere Teil sein sollen. »In Ordnung«, sagte er.

»Und was ist mit Euren Begleitern? Diesen albernen Männern mit ihrem albernen Kult?«

»Das sind harte Worte für einen Fener-Priester …«

»Einen exkommunizierten Priester. Das Mädchen hat die Wahrheit gesagt. Meine Seele gehört nicht mehr Fener, sondern mir. Ich habe sie mir zurückgeholt.«

»Ich habe nicht gewusst, dass so etwas möglich ist.«

»Vielleicht ist es das auch gar nicht. Bitte … ich kann nicht mehr weitergehen, Magier. Unsere Reise war ziemlich … schwierig.«

Das geht nicht nur Euch so, alter Mann.

Ohne ein weiteres Wort zu wechseln, kehrten sie zu den anderen zurück. Trotz der chaotischen Überfahrt hatte Kulp erwartet, dass dieser Teil des Plans ziemlich unkompliziert sein würde. Sie würden zur Küste kommen. Sie würden Duikers Freund dort wartend vorfinden – oder auch nicht. Er hatte seine Zweifel unterdrückt, als der Historiker zu ihm gekommen war und ihn um Hilfe gebeten hatte.

Idiot. Nun, er würde sie von dieser verdammten Insel herunterholen, auf dem Festland absetzen, und das wär's dann gewesen. Das war alles, worum man ihn gebeten hatte.

Die Sonne ging auf; der magische Sturm zog sich ein Stück vom Ufer zurück und tobte jetzt schwarz und fleckig weiter draußen über dem Meer.

Irgendwer hatte Nahrungsmittel aus der *Ripath* herangeschafft. Heboric setzte sich zu seinen beiden Gefährten und verzehrte zusammen mit ihnen in angespanntem Schweigen sein Mahl. Kulp schlenderte dorthin, wo Gesler über seine beiden schlafenden Soldaten wachte; alle drei hockten unter einem Stück Segeltuch, das auf vier Stangen aufgespannt war.

Das narbenbedeckte Gesicht des Korporals verzog sich zu einem ironischen Grinsen. »Der da ist einer von Feners Witzen.«

Kulp hockte sich neben den Korporal. »Ich bin froh, dass er dir gefällt.«

»Der Humor des Ebergottes ist nicht von der Art, über die man zu lachen pflegt, Magier. Doch was merkwürdig ist ... ich könnte schwören, dass der Herr des Sommers *hier* war ... Wie eine Krähe, die auf der Schulter dieses ... Priesters hockt.«

»Hast du Feners Berührung schon jemals zuvor gespürt, Gesler?«

Der Korporal schüttelte den Kopf. »Mir fallen keine Geschenke in den Schoß. Haben sie noch nie getan. Es war einfach nur ein Gefühl, das ist alles.«

»Und du hast dieses Gefühl noch immer?«

»Ich glaube nicht ... Ich weiß es nicht. Aber das spielt auch keine Rolle.«

»Wie geht's Wahr?«

»Es hat ihn schwer getroffen, einen Fener-Priester zu finden, der sich dann einfach umdreht und uns abweist. Aber er wird schon damit klarkommen – ich und Stürmisch, wir passen auf ihn auf. Doch jetzt seid Ihr an der Reihe, mir ein paar Fragen zu beantworten. Wie kommen wir zum Festland zurück? Der verdammte Magier ist immer noch da draußen, stimmt's?«

»Der Priester wird uns helfen.«

»Und wie soll das gehen?«

»Das zu erklären würde ziemlich lange dauern, Korporal, und im Moment kann ich nur an eines denken, nämlich ans Schlafen. Ich werde die nächste Wache übernehmen.« Er stand auf und suchte sich ein eigenes schattiges Plätzchen.

Hellwach, die Arme um den Oberkörper geschlungen, beobachtete Felisin den Magier dabei, wie er ein Sonnensegel aufspannte und dann darunter glitt, um zu schlafen. Sie warf einen Blick auf die beiden Soldaten, spürte eine Woge schadenfroher Verachtung in sich aufsteigen. *Gefolgsleute von Fener, das ist wirklich ein Witz. Der Ebergott, der nichts zwischen seinen Ohren hat. He, ihr Narren, Fener ist irgendwo hier, er versteckt sich im Reich der Sterblichen. Reif für jeden Jäger mit einem scharfen Speer. Wir haben seinen Huf gesehen. Ihr könnt dem alten Mann dafür danken. Dankt ihm, auf welche Weise auch immer!*

Baudin war nach unten ans Wasser gegangen, um sich zu waschen. Jetzt kehrte er zurück. Wasser tropfte aus seinem Bart.

»Na, hast du jetzt Angst, Baudin?«, fragte Felisin. »Schau dir den Soldaten da drüben an, den, der wach ist. Der ist viel zu hart für dich. Und der da mit der Armbrust – hat nicht lange gedauert, bis er dich durchschaut hatte, was? Das sind harte Männer, weitaus härter als du …«

»Ach, du warst also schon mit ihnen im Bett?«, sagte Baudin gedehnt.

»Du hast mich benutzt …«

»Na und? Du hast es zu deinem Lebenszweck gemacht, benutzt zu werden, Mädchen.«

»Der Vermummte soll dich holen, du verdammter Bastard!«

Er stand leicht über sie gebeugt vor ihr und stieß ein knurrendes Lachen aus. »Du kannst mich nicht runterziehen. Wir verschwinden bald von dieser Insel. Wir haben überlebt. Was auch immer du sagst, Mädchen, nichts davon kann meine Stimmung ändern. Überhaupt nichts.«

»Was bedeutet die Kralle, Baudin?«

Sein Gesicht wurde zu einer ausdruckslosen Maske.

»Du weißt schon – die, die du bei all deinem Diebeswerkzeug versteckt hast.«

Der Blick des Schlägers huschte seitlich an ihr vorbei. Sie drehte sich um und sah sich Heboric gegenüber, der ein paar Schritte entfernt stand. Die Augen des Priesters waren unverwandt auf Baudin gerichtet, als er fragte: »Habe ich das gerade richtig verstanden?«

Der einohrige Mann sagte nichts.

Sie sah zu, wie ein Ausdruck auf Heborics Gesicht erschien, den sie nur als verständnisvoll deuten konnte; dann sah sie, wie er zu ihr herüberschaute und den Blick anschließend wieder auf Baudin richtete. Er lächelte. »Gut gemacht«, sagte er. »Bis jetzt.«

»Glaubst du das wirklich?«, fragte Baudin; dann drehte er sich um.

»Was geht hier vor, Heboric?«, wollte Felisin wissen.

»Du hättest besser zuhören sollen, als deine Geschichtslehrer dir etwas beibringen wollten, Schätzchen.«

»Erklär es mir.«

»Der Vermummte soll mich holen, wenn ich das tue.« Er schwankte davon.

Felisin schlang die Arme noch enger um sich, drehte sich um und starrte auf die Meerenge hinaus. *Wir sind noch am Leben. Ich kann mich wieder in Geduld üben. Ich kann den richtigen Augenblick abwarten.* Auf dem Festland tobte die Rebellion gegen das malazanische Imperium. Ein angenehmer Gedanke. Vielleicht würde sie alles vernichten – das Imperium, die Imperatrix ... die Mandata. Und wenn es das malazanische Imperium nicht mehr gab, würde eines Tages auch wieder Frieden einkehren. *Ein Ende der Unterdrückung, wenn ich mich bei meiner Rache nicht mehr zurückhalten muss. An dem Tag, an dem du deine Leibwächter verlierst, Schwester, werde ich da sein. Ich schwöre es, bei jedem Gott und jedem Dämonenlord, der jemals existiert hat.* In der Zwischenzeit würde sie die Menschen um sich herum benutzen müssen, würde sie daran arbeiten müssen, sie auf ihre Seite zu ziehen. Das galt nicht für Baudin oder Heboric –

für die beiden war es schon zu spät. Aber die anderen ... der Magier, die Soldaten.

Felisin stand auf.

Der Korporal sah sie aus schläfrigen Augen näher kommen.

»Wann hast du das letzte Mal bei einer Frau gelegen?«, fragte Felisin ihn.

Doch es war nicht Gesler, von dem die Antwort kam. Die Stimme des Armbrustschützen – Stürmisch – drang aus dem Schatten unter der Zeltplane. »Das müsste jetzt ein Jahr und einen Tag her sein – die Nacht, in der ich mich als kanesische Hure verkleidet hatte. Hab Gesler stundenlang an der Nase rumgeführt. Wohlgemerkt, er war ziemlich betrunken. Genau wie ich.«

Der Korporal grunzte. »So ist es, Soldat zu sein. Man ist zu blöd, den Unterschied zu erkennen ...«

»Und zu betrunken, um sich darum zu kümmern«, beendete der Armbrustschütze den Satz.

»Du sagst es, Stürmisch.« Unter schweren Lidern hervor schaute Gesler Felisin an. »Versuch's woanders, Schätzchen. Nichts für ungut, aber wir haben schon genug Brunftzeiten erlebt, um zu wissen, wann ein Angebot versteckte Haken enthält. Wie auch immer, was nicht zu verkaufen ist, kann man auch nicht kaufen.«

»Ich habe euch von Heboric erzählt«, versuchte Felisin es aufs Neue. »Das hätte ich nicht tun müssen.«

»Hast du das gehört, Stürmisch? Das Mädchen hat Mitleid mit uns gehabt.«

»Er wird euch verraten. Er verachtet euch jetzt schon.«

Bei diesen Worten setzte sich der Junge namens Wahr auf.

»Verschwinde«, sagte Gesler zu ihr. »Meine Männer versuchen ein bisschen zu schlafen.«

Felisin blickte in Wahrs erstaunlich blaue Augen und sah nichts als Unschuld in ihnen. Sie schürzte die Lippen, warf ihm einen Kuss zu und lächelte, als ihm das Blut in die Wangen schoss. »Vorsichtig, oder deine Ohren gehen noch in Flammen auf«, sagte sie.

»Beim Atem des Vermummten«, murmelte Stürmisch. »Na los,

Junge. Wenn sie es so dringend nötig hat, dann gib ihr doch eine Kostprobe.«

»Aber nicht doch«, sagte sie und drehte sich um. »Ich schlafe nur mit Männern.«

»Mit Narren, wolltest du wohl sagen«, korrigierte Gesler sie in scharfem Tonfall.

Felisin ging hinunter zum Strand und watete ins Wasser, bis die Wellen ihre Knie umspielten. Sie musterte die *Ripath.* Die magischen Blitze hatten wahllos auf dem ganzen Rumpf verteilt schwarze Streifen hinterlassen. Die vordere Reling des Vorderdecks glitzerte, als ob das Holz mit Hagelkörnern aus Quarz verziert wäre. Die Leinen waren ziemlich mitgenommen und an den abgeschnittenen Enden ausgefranst.

Das Wasser reflektierte das Sonnenlicht blendend hell. Sie schloss die Augen, schob alle Gedanken beiseite, bis es nichts mehr gab außer dem warmen Wasser, das um ihre Beine schwappte. Sie verspürte eine Erschöpfung, die nicht nur körperlich war. Sie konnte nicht damit aufhören, um sich zu schlagen, und jedes Gesicht, das sie dazu brachte, sich ihr zuzuwenden, wurde zu einem Spiegel. *Es muss eine Möglichkeit geben, etwas anderes als Hass und Verachtung zu spiegeln.*

Nein, nicht eine Möglichkeit.

Einen Grund.

»Ich hoffe, das Otataral, das mit Euch verwoben ist, reicht aus, den wahnsinnigen Magier zu vertreiben«, sagte Kulp. »Andernfalls steht uns eine ziemlich raue Seereise bevor.« Wahr hatte eine Laterne angezündet; jetzt hockte er auf dem dreieckigen Vorderdeck und wartete darauf, dass sie sich auf den Weg zum Riff machten. Das gelbe Licht ließ Heborics Tätowierungen schimmern, als er zur Antwort auf Kulps Worte eine Grimasse zog.

Gesler hockte über das Steuerruder gebeugt da. Genau wie alle anderen wartete er auf den ehemaligen Priester. Auf ein kleines bisschen Hoffnung.

Jenseits des Riffs tobte noch immer der magische Sturm; seine wahnsinnigen Blitze erleuchteten die Nacht und enthüllten hoch aufgetürmte schwarze Wolken über einem mit Schaumkronen bedeckten Meer.

»Wenn Ihr es sagt«, meinte Heboric schließlich.

»Das reicht nicht …«

»Mehr habe ich nicht zu bieten«, schnappte der alte Mann. Er hob einen Armstumpf, stieß ihn in Kulps Richtung. »Ihr seht etwas, das ich noch nicht einmal fühlen kann, Magier!«

Der Magier drehte sich zu Gesler um. »Nun, Korporal?«

Der Soldat zuckte die Schultern. »Haben wir denn eine andere Wahl?«

»So einfach ist es nicht«, sagte Kulp, der sich darum bemühte, ruhig zu bleiben. »Ich weiß noch nicht einmal, ob ich mein Gewirr öffnen kann, jetzt, wo Heboric an Bord ist – er hat einen verderblichen Einfluss an sich, von dem ich nicht will, dass er sich weiter verbreitet. Ohne mein Gewirr kann ich aber die Magie nicht ablenken. Was bedeutet …«

»Dass wir geröstet werden«, sagte Gesler nickend. »Pass auf da vorne, Wahr. Wir fahren los!«

»Dein Vertrauen ist unangebracht, Korporal«, sagte Heboric.

»Ich wusste, dass Ihr das sagen würdet. In Ordnung, zieht jetzt alle die Köpfe ein – ich und Stürmisch und der Junge haben zu tun.«

Obwohl er kaum eine Armeslänge von dem tätowierten alten Mann entfernt saß, konnte Kulp sein eigenes Gewirr spüren. Es fühlte sich an, als wäre es bereit – nein, fast schon begierig –, geöffnet zu werden. Der Magier fürchtete sich. Meannas war ein distanziertes Gewirr, und alle, die ebenfalls damit arbeiteten – und die Kulp kannte –, hatten es auf die gleiche Weise charakterisiert: als kühle, distanzierte, amüsierte Intelligenz. Das Spiel der Illusionen wurde mit Hell und Dunkel, mit Gewebe und Schatten gespielt, und das Gewirr triumphierte, wenn es ihm wieder einmal gelungen war, das Auge zu täuschen. Doch selbst dieser Triumph war bar jeglicher Gefühle, die Befriedigung nüchtern und kühl. Wenn Kulp sich Zugang zu seinem Gewirr verschafft hatte, so hatte er immer das Gefühl gehabt, er würde eine Macht stören, die eigentlich mit anderen Dingen beschäftigt war. Als wäre es eine Ablenkung, die kaum der Rede wert war, einen kleinen Teil dieser Macht zu formen.

Kulp traute der ganz und gar uncharakteristischen Aufmerksamkeit seines Gewirrs nicht. Es wollte bei diesem Spiel mitmachen. Er wusste, dass er in den Fehler verfiel, Meannas als eine Entität zu sehen, als einen gesichtslosen Gott, den er anbeten musste, um Gehör zu finden, und der ihn belohnen würde, wenn er sich als gläubig erwies. Doch so waren Gewirre nicht. Ein Magier war kein Priester, und Magie war keine göttliche Einmischung. Zauberei konnte die Leiter sein, mit deren Hilfe man aufsteigen konnte – ein Mittel zu einem Zweck, aber es hatte keinen Sinn, dieses Mittel anzubeten.

Stürmisch hatte ein kleines, rechteckiges Segel gesetzt; es reichte aus, um das Boot zu steuern, war jedoch nicht so groß, dass sie den angeschlagenen Mast riskiert hätten. Mit einer sanften Uferbrise im Rücken glitt die *Ripath* vorwärts. Wahr lag auf dem Bugspriet und beobachtete die Brecher vor ihnen. Die Lücke, durch die sie hereingekommen waren, ließ sich kaum ausmachen. Gesler bellte Befehle und drehte die *Ripath* bei, sodass sie sich jetzt parallel zum Riff bewegte.

Kulp warf einen Blick auf Heboric. Der Priester saß mit der linken Schulter an den Mast gelehnt und blinzelte in die Dunkelheit. Der Magier hätte am liebsten auf der Stelle sein Gewirr geöffnet – um die Geister-Hände des alten Mannes zu sehen, die Schlange aus Otataral abzuschätzen –, doch er beherrschte sich; seine eigene Neugier machte ihn misstrauisch.

»Da!«, schrie Wahr und deutete auf das Riff.

»Ich kann's sehen!«, bellte Gesler zurück. »Mach zu, Stürmisch!«

Die *Ripath* schwang herum, richtete den Bug auf die Brecher – und auf eine Lücke, die Kulp kaum erkennen konnte. Der Wind frischte auf, das Segel blähte sich.

Jenseits des Riffs wirbelten die aufgetürmten Wolken, formten einen umgedrehten Trichter. Blitze zuckten aus den Wogen in die

Höhe, rahmten ihn ein. Die *Ripath* schlüpfte durch die Lücke im Riff und tauchte direkt in den wirbelnden Strudel.

Kulp hatte nicht einmal Zeit zu schreien. Sein Gewirr öffnete sich, verbiss sich sofort in einen Kampf mit einer Macht von dämonischer Raserei. Wasserspeere prasselten von oben auf sie herab, zerfetzten binnen weniger Augenblicke das Segel. Sie prasselten wie die Bolzen einer Balliste auf das Deck, durchschlugen die Planken. Kulp sah, wie einer Stürmischs Oberschenkel durchbohrte, ihn schreiend an das Deck nagelte. Andere zerschellten an Heborics gekrümmtem Rücken – er hatte sich über das Mädchen geworfen, um sie zu schützen, als die Speere herabregneten. In seinen Tätowierungen glomm ein Feuer, das die Farbe von schlammverschmiertem Gold hatte.

Baudin lag lang ausgestreckt auf dem Vorderdeck, ein Arm hing über der Bordwand. Wahr war nirgends zu sehen.

Die Speere verschwanden. Stampfend, als wäre sie auf einer einzigen wogenden Welle, schoss die *Ripath* vorwärts, und ihr Heck hob sich dabei. Über ihren Köpfen wütete der Himmel, gefleckt und gefärbt von Blüten der Macht. Kulps Augen weiteten sich, als er nach oben starrte – eine winzige Gestalt ritt dort oben mit fuchtelnden Gliedmaßen auf dem Sturm, die Reste eines Umhangs flatterten um sie herum wie eine zerzauste Schwinge. Magische Energien schleuderten die Gestalt hin und her, als wäre sie eine Strohpuppe. Eine funkelnde Woge hüllte die unglückliche Kreatur ein, und Blut spritzte nach allen Seiten. Als die Woge weiterzog, rollte und taumelte die Gestalt hinter ihr her; Fäden aus Blut breiteten sich wie ein Fischernetz hinter ihr aus.

Dann stürzte sie in die Tiefe.

Gesler schob sich an Kulp vorbei. »Nehmt das Ruder!«, schrie er gegen den brüllenden Wind an.

Der Magier kroch nach achtern. *Steuern? Wo durchsteuern?* Er war sicher, dass das, was sie jetzt trug, kein Wasser war. Sie waren in das Gewirr eines Wahnsinnigen geraten. Während er die Hände um die Ruderpinne legte, spürte er, wie sein eigenes Gewirr in das Holz hinabfloss und sich dort festsetzte. Das Schlingern und Stampfen nahm ab. Kulp grunzte. Er hatte keine Zeit, sich Gedanken zu machen – entsetzt zu sein erforderte schon seine ganze Aufmerksamkeit.

Gesler kletterte nach vorn und packte Baudins Knöchel gerade noch rechtzeitig, bevor der große Mann über Bord gehen konnte. Als er zurückgezogen wurde, konnte man sehen, dass Baudin mit einer Hand Wahr festhielt – er hatte sich den Gürtel des Jungen um die Finger geschlungen. Die Hand war blutig, und Baudins Gesicht bleich vor Schmerzen.

Die unsichtbare Woge unter ihnen rollte aus. Die *Ripath* schoss vorwärts in eine windstille Zone. Schlagartig wurde es still.

Heboric kroch zu Stürmisch hinüber. Der Soldat lag reglos auf dem Deck, und erschreckend viel Blut strömte pulsierend aus seinem durchbohrten Schenkel. Noch während Kulp zusah, ebbte der Blutstrom ab.

Heboric tat das Einzige, was er tun konnte; zumindest würde Kulp sich im Nachhinein so daran erinnern. In diesem Augenblick schrie der Magier jedoch eine Warnung – für die es allerdings schon zu spät war –, als Heboric eine geisterhafte, lehmverschmierte Hand direkt in die Wunde stieß.

Stürmisch zuckte zusammen, gab einen bellenden Schmerzenslaut von sich. Die Tätowierungen flossen von Heborics Handgelenk und formten auf dem Schenkel des Soldaten ein glühendes Muster.

Als der alte Mann seinen Arm wegzog, schloss sich die Wunde, und die Tätowierungen verbanden sich miteinander, als hätte man sie vernäht. Heboric krabbelte rückwärts, die Augen vor Entsetzen weit aufgerissen.

Ein zischendes Seufzen drang über Stürmischs verzerrte Lippen. Zitternd und totenbleich setzte er sich auf. Kulp blinzelte. Er hatte gerade eben mehr gesehen als nur eine heilende Kraft, die Stürmisch von Heborics Arm zugeflossen war. Was immer es auch gewesen war, es war ansteckend und trug einen Anflug von Wahnsinn in sich. *Mach dir später darüber Sorgen – schließlich ist der Mann am Leben, oder?* Die Aufmerksamkeit des Magiers richtete sich auf Gesler und Baudin, die links und rechts neben dem lang ausgestreckt daliegenden, reglosen Wahr knieten. Der Korporal hatte den Jungen umgedreht, sodass er jetzt auf dem Bauch lag, und drückte rhythmisch mit beiden Händen, um das Wasser aus Wahrs Lungen zu bekommen. Nach wenigen Augenblicken fing der Junge an zu husten.

Die *Ripath* lag tief im Wasser und hatte Schlagseite. Der gleichmäßig graue Himmel hing tief und schwach leuchtend über ihnen. Sie waren in einer Flaute; das einzige Geräusch, das zu hören war, stammte von dem Wasser, das irgendwo unter ihnen in den Rumpf des Bootes drang.

Gesler half Wahr, sich aufzusetzen. Baudin, der noch immer auf den Knien hockte, hatte die rechte Hand in den Schoß gelegt. Kulp sah, dass sämtliche Finger aus den Gelenken gerissen worden waren; die Haut war aufgeplatzt und blutüberströmt.

»Heboric«, flüsterte der Magier.

Der Kopf des alten Mannes ruckte herum. Er atmete hastig.

»Wendet Eure heilende Berührung bei Baudin an«, sagte Kulp leise. *Wir wollen lieber nicht darüber nachdenken, was noch damit verbunden ist.* »Wenn Ihr könnt …«

»Nein«, sagte Baudin grollend, während er Heboric intensiv musterte. »Ich will nicht, dass dein Gott mich berührt, alter Mann.«

»Die Finger müssen wieder eingerenkt werden«, meinte Kulp.

»Das kann Gesler tun. Auf die harte Tour.«

Der Korporal blickte auf, dann nickte er und trat zu Baudin.

»Wo sind wir?«, meldete sich Felisin zu Wort.

Kulp zuckte die Schultern. »Ich bin mir nicht sicher. Aber wir sinken.«

»Das Boot ist leck«, sagte Stürmisch. »An vier, fünf Stellen.« Der Soldat starrte die Tätowierungen an, die jetzt seinen Oberschenkel bedeckten, und runzelte die Stirn.

Felisin mühte sich auf die Beine. Sie streckte eine Hand aus, um sich an dem verkohlten Mast festzuhalten. Die Neigung des Decks hatte zugenommen.

»Sie könnte jederzeit kentern«, meinte Stürmisch, der noch immer seine Tätowierungen musterte.

Kulps Gewirr schloss sich. Schlagartig erschöpft, sackte der Magier in sich zusammen. Er wusste, dass er sich nicht lange würde über Wasser halten können.

Baudin stieß ein Grunzen aus, als Gesler den ersten Finger seiner rechten Hand wieder einrenkte. Der Korporal redete, während er sich den nächsten vornahm. »Binde ein paar Fässer zusammen, Stürmisch. Das heißt, wenn du laufen kannst. Verteil das frische Wasser auf sie. Felisin, hol die Notrationen – das ist die Kiste auf dieser Seite vom Vorderdeck. Nimm das ganze Ding.« Baudin stöhnte auf, als der nächste Finger eingerenkt wurde. »Wahr, kannst du aufstehen und ein paar Bandagen holen?«

Wahr hatte erst wenige Augenblicke zuvor aufgehört zu würgen, doch jetzt stemmte er sich auf Hände und Knie hoch und begann, nach achtern zu kriechen.

Kulp warf Felisin einen Blick zu. Sie hatte sich nicht gerührt, als Gesler ihr seine Anweisung gegeben hatte, und schien sich gerade einige heftige Widerworte zu überlegen. »Komm, Mädchen«, sagte Kulp und stand auf. »Ich helfe dir.«

Stürmischs Befürchtungen, dass die *Ripath* kentern könnte, bewahrheiteten sich nicht; während sie sank, nahm die Schräglage allmählich sogar wieder ab. Der Rumpf war voll Wasser gelaufen, das jetzt aus der Bodenluke schwappte; es war dick wie Suppe und von blassblauer Farbe.

»Beim Atem des Vermummten«, sagte Stürmisch. »Wir sinken in Ziegenmilch.«

»Gewürzt mit Salzlake«, fügte Gesler hinzu. Er war mit Baudins Hand so gut wie fertig. Wahr gesellte sich zu ihnen, einen Kasten mit Verbänden in der Hand.

»Wir müssen nicht weit schwimmen«, sagte Felisin. Sie schaute nach steuerbord. Kulp stellte sich neben sie – und sah, was sie gesehen hatte. Keine fünfzig Armspannen entfernt trieb ein großes Schiff bewegungslos im dicken Wasser. Es hatte zwei Reihen Ruder, die jetzt reglos herunterhingen. Ein einzelnes Steuerruder war zu sehen. Es gab drei Masten. Der Hauptmast und der Vormast waren mit zerrissenen rechteckigen Segeln bestückt, während am Besanmast die zerfetzten Überreste eines Latein-Segels hingen. Es gab nicht das geringste Anzeichen von Leben.

Baudin, dessen rechte Hand jetzt ein unförmiger bandagierter Klumpen war, trat zu ihnen. Gesler war einen Schritt hinter ihm. Der einohrige Mann grunzte. »Das ist eine Dromone aus Quon. Noch aus vorimperialer Zeit.«

»Du kennst dich wirklich gut mit Schiffen aus«, sagte Gesler und warf Baudin einen scharfen Blick zu.

Baudin zuckte die Schultern. »Ich hab in einem Sträflingstrupp gearbeitet, und wir haben die Flotte der Republik im Hafen von Quon versenkt. Das war vor zwanzig Jahren – Dassem hat sie immer benutzt, um mit seinen Leuten zu üben …«

»Ich weiß«, sagte Gesler, und sein Tonfall machte klar, dass er sein Wissen aus erster Hand hatte.

»Für ein Mitglied eines Sträflingstrupps warst du aber ziemlich jung«, sagte Stürmisch. Er hockte noch immer zwischen den Wasserfässern. »Wie alt warst du damals? Zehn? Fünfzehn?«

»So ungefähr«, erwiderte Baudin. »Und wie es dazu gekommen ist, geht dich nichts an, Soldat!«

Diesen Worten folgte eine lange Stille, dann schüttelte sich Gesler. »Bist du so weit, Stürmisch?«

»Ja, alle zusammengebunden.«

»In Ordnung; dann wollen wir mal rüberschwimmen, bevor unser altes Mädchen ihre letzte Reise zum Meeresgrund antritt. Es ist nichts gewonnen, wenn wir am Ende alle von ihrem Sog mit runtergezogen werden.«

»Mich macht das ganz und gar nicht glücklich«, sagte Stürmisch, während er die Dromone musterte. »Das ist so 'ne richtige Saufgeschichte, wie man sie sich um Mitternacht erzählt. Das Schiff da drüben könnte der Herold des Vermummten sein, es könnte verflucht sein, oder verseucht …«

»Es könnte die einzige Möglichkeit sein, auf Dauer trockene Füße zu behalten«, sagte Gesler. »Und was das andere angeht – denk an die Geschichte, die du erzählen kannst, wenn du das nächste Mal in einer Schänke hockst, Stürmisch. Sie werden sich vor Angst in die Hosen machen und zum nächsten Tempel rennen, um sich göttlicher Gnade zu versichern. Du könntest einen guten Schnitt machen, wenn du dich mit den Priestern zusammentust.«

»Nun, vielleicht hast du einfach nicht genug Hirn, um vor irgendetwas Angst zu haben …«

Der Korporal grinste. »Ab ins Wasser, alle miteinander. Ich habe gehört, adlige Damen bezahlen für so ein Bad, wie wir es gleich nehmen werden, in Gold. Stimmt das, Schätzchen?«

Felisin antwortete nicht.

Kulp schüttelte den Kopf. »Du bist einfach nur froh, noch am Leben zu sein«, sagte er zu Gesler.

»Verdammt richtig.«

Das Wasser war kühl und merkwürdig glitschig, und es war gar nicht leicht, darin zu schwimmen. Hinter ihnen sackte die *Ripath* langsam ab; ihre Decks waren bereits überflutet. Dann neigte sich der Mast zu einer Seite, blieb einen Augenblick in der Schwebe, bis er schließlich ins Wasser tauchte. Innerhalb weniger Sekunden war er unter der Wasseroberfläche verschwunden.

Eine halbe Stunde später erreichten sie vor Erschöpfung keuchend die Dromone. Wahr erwies sich als der Einzige, der in der Lage war, am Steuerruder hochzuklettern. Er stieg über die hohe Reling des Achterdecks. Wenige Augenblicke später fiel eine dicke Strickleiter zu den anderen hinunter.

Es war nicht ganz einfach, doch schließlich waren alle an Bord; Gesler und Stürmisch zogen die Kiste mit den Nahrungsmitteln und die Wasserfässer hoch.

Vom Achterdeck aus ließ Kulp den Blick nach vorn über das Hauptdeck schweifen. Das Schiff war in größter Hast aufgegeben worden. Überall lagen Taurollen und in Seehundfelle eingewickelte Vorräte herum, genau wie Teile von Rüstungen, Schwerter und Gürtel. Alles war von einer dicken, blassen, schmierigen Staubschicht bedeckt.

Die anderen gesellten sich schweigend zu ihm.

»Hat jemand einen Namen auf dem Schiffsrumpf gesehen?«, fragte Gesler schließlich. »Ich hab geschaut, aber …«

»Es ist die *Silanda*«, sagte Baudin.

Stürmisch knurrte. »Bei Toggs Zitzen, Mann, da war kein …«

»Den brauche ich auch nicht, um dieses Schiff zu erkennen«, unterbrach ihn Baudin. »Die Fracht, die da unten liegt, ist auf Drift Avalii. Die *Silanda* war das einzige Schiff, das mit den Tiste Andii Handel treiben durfte. Sie war zu der Insel unterwegs, als die Trupps der Imperatrix Quon überrannt haben. Sie ist niemals zurückgekehrt.«

Auf seine Worte folgte Stille.

Sie wurde von einem leisen Lachen unterbrochen. Es stammte von Felisin. »Baudin der Schläger. Haben deine Sträflingstrupps auch in Bibliotheken gearbeitet?«

»Hat außer mir noch irgendjemand die Wasserlinie bemerkt?«, fragte Gesler. »Dieses Schiff hat sich seit Jahren nicht mehr bewegt.« Er warf Baudin einen letzten, durchdringenden Blick zu und stieg dann zum Hauptdeck hinab. »Es könnte genauso gut ein Haufen Felsen sein, auf dem knietief Guano liegt«, sagte er, als er bei einem der Seehundfell-Bündel stehen blieb. Er kauerte sich hin, um es auszuwickeln. Einen Augenblick später zischte er einen Fluch und zuckte zurück. Die Enden des Bündels fielen zur Seite, und der Inhalt wurde sichtbar: ein abgetrennter Kopf, der wild übers Deck rollte, bis er schließlich gegen den Rand der Luke zum Niedergang stieß.

Kulp schob sich an dem reglos dastehenden Heboric vorbei, kletterte hinunter zum Hauptdeck und näherte sich dem Schädel. Er öffnete sein Gewirr. Hielt inne.

»Was seht Ihr?«, fragte der Ex-Priester.

»Nichts, das mir gefällt«, erwiderte der Magier. Er trat noch näher zu dem Schädel, kauerte sich hin. »Ein Tiste Andii.« Er warf Gesler einen Blick zu. »Was ich jetzt gleich vorschlagen werde, ist nicht besonders angenehm, aber …«

Der Korporal, dessen Gesicht sehr blass war, nickte. »Hilf mir,

Stürmisch«, forderte er den Armbrustschützen auf, während er sich dem nächsten Bündel zuwandte.

»Wobei?«

»Beim Köpfezählen.«

»Fener, rette mich! Gesler ...«

»Du musst kühl und gelassen sein, um so eine Geschichte zu erzählen. Das erfordert Erfahrung. Also komm hier runter, und mach dir gefälligst die Hände schmutzig, Soldat!«

Es gab Dutzende von Bündeln. Jedes enthielt einen sauber abgetrennten Kopf. Die meisten stammten von Tiste Andii, doch es waren auch einige menschliche Schädel darunter. Gesler begann, sie um den Hauptmast herum zu einer grausigen Pyramide aufzuschichten. Der Korporal hatte sich rasch wieder von seinem ersten Schreck erholt; offensichtlich hatte er als Soldat des Imperiums schon mehr als genug schreckliche Dinge gesehen. Stürmisch gelang es fast genauso rasch, seinen Abscheu abzuschütteln; an dessen Stelle schien allerdings eine Art abergläubisches Entsetzen getreten zu sein – er arbeitete rasend schnell, und in kürzester Zeit waren sämtliche Köpfe der gespenstischen Pyramide hinzugefügt worden.

Kulp richtete seine Aufmerksamkeit jetzt auf die Luke, die hinunter in den Bauch des Schiffes – und damit zu den Ruderbänken – führte. Ein schwacher Nimbus von Zauberei ging von ihr aus, der für seine von seinem Gewirr geschärften Sinne als sich kräuselnde Wellen sichtbar war. Er zögerte lange, ehe er endlich an die Luke herantrat.

Abgesehen von dem Magier, Gesler und Stürmisch blieben alle anderen auf dem Achterdeck und beobachteten das Geschehen; sie befanden sich in einer Art Schockzustand, wirkten wie betäubt.

Der Korporal trat an Kulps Seite. »Seid Ihr bereit, da unten nachzusehen?«

»Ganz und gar nicht.«

»Nun, dann geht doch voran«, sagte Gesler mit einem angespannten Grinsen. Er zog sein Schwert aus der Scheide.

Kulp starrte die Klinge an.

Der Korporal zuckte die Schultern. »Ja, ja, ich weiß.«

Kulp murmelte im Flüsterton etwas vor sich hin, ging jedoch auf die Luke zu. Im Raum darunter war es dunkel, doch das hieß nicht, dass er nichts sehen konnte. Alles war von magischer Energie überzogen, die in einem krankhaften Gelb schimmerte und schwach pulsierte. Sich mit beiden Händen am Geländer festhaltend, stieg der Magier die überkrusteten Stufen hinunter; Gesler war dicht hinter ihm.

»Könnt Ihr irgendetwas erkennen?«, fragte der Korporal.

»Oh, ja.«

»Was ist das für ein Geruch?«

»Wenn Geduld einen bestimmten Geruch hat«, erwiderte Kulp, »dann riechst du ihn jetzt.« Er ließ eine Woge aus Licht den Laufsteg in der Mitte zwischen den Bankreihen entlangrollen; am hinteren Ende ließ er sie seitlich abdrehen und dort verharren.

»Nun«, sagte Gesler mit krächzender Stimme trocken, »das hat eine gewisse Logik, oder nicht?«

Die Ruder waren mit kopflosen Körpern bemannt, jeweils drei auf einer Bank. Noch mehr Bündel aus Seehundfell lagen überall dort herum, wo auch nur ein bisschen Platz war. Ein weiterer kopfloser Körper saß hinter einer fellbespannten Trommel, in beiden Händen seltsame, an Flaschenkürbisse erinnernde Schlägel. Die Gestalt war unglaublich muskulös. Keiner der Körper zeigte auch nur das geringste Anzeichen von Verwesung. In den Hälsen glitzerten weiße Knochen und rotes Fleisch.

Lange sagte keiner der beiden Männer ein Wort; dann räusperte sich Gesler. Es hatte nicht besonders viel Wirkung, denn als er sprach, klang seine Stimme, als hätte er Kieselsteine im Hals. »Habt Ihr vorhin von Geduld gesprochen, Kulp?«

»Ja.«

»Dann habe ich mich also nicht verhört.«

Kulp schüttelte den Kopf. »Irgendjemand hat das Schiff erobert, alle, die sich an Bord befanden, geköpft … und sie dann an die Arbeit geschickt.«

»In dieser Reihenfolge?«

»In dieser Reihenfolge.«

»Und wie lange ist das jetzt schon her?«

»Jahre. Jahrzehnte. Wir befinden uns in einem Gewirr, Korporal. Ich habe keine Ahnung, wie hier die Zeit vergeht.«

Gesler grunzte. »Was haltet Ihr davon, wenn wir uns die Kabine des Kapitäns ansehen? Vielleicht gibt es dort ein Logbuch.«

»Hm, und eine ›Alle-Mann-an-die-Ruder‹-Pfeife.«

»Na klar. Wenn wir den Trommler verstecken, könnte ich Stürmisch hier runterschicken, um die Zeit totzuschlagen.«

»Du hast einen boshaften Sinn für Humor, Gesler.«

»Stimmt. Die Sache ist die: Stürmisch erzählt die langweiligsten Seefahrergeschichten der Welt. Ich tue jedem, der ihm von heute an begegnen wird, einen Gefallen, indem ich den Dingen ein bisschen Würze verleihe.«

»Sag bloß nicht, dass du das ernst meinst.«

Der Korporal seufzte. »Nein«, sagte er nach einer kurzen Pause. »Ich würde niemanden dem Wahnsinn zum Fraß vorwerfen, Magier.«

Sie kehrten aufs Hauptdeck zurück. Die anderen starrten sie an. Gesler zuckte die Schultern. »Da unten ist genau das, was man erwarten würde«, sagte er. »Das heißt, wenn man völlig wahnsinnig wäre.«

»Nun«, erwiderte Felisin, »da sprichst du ja zum richtigen Publikum.«

Kulp marschierte auf die Tür zu, hinter der die Heckkabinen lagen. Der Korporal steckte sein Schwert ein und folgte ihm. Hinter der Tür ging es zwei Stufen nach unten und dann in eine Kombüse. Mitten im Raum stand ein großer Holztisch. Gegenüber gab es eine zweite Tür, die zu einem schmalen Laufgang mit Kojen auf beiden Seiten führte. Am hinteren Ende war die Tür zur Kabine des Kapitäns.

Die Kojen waren leer, aber überall lagen Habseligkeiten herum, die auf ihre Eigentümer warteten, die sie nun nicht mehr benötigten.

Die Tür zur Kapitänskabine schwang mit einem lauten Quietschen auf.

Trotz all dem, was sie bisher schon gesehen hatten, bot sich ihnen ein schrecklicher Anblick. Vier Leichen waren auf Anhieb zu sehen, drei davon in grotesk verkrümmten Stellungen, die auf einen plötzlichen Tod hindeuteten. Es gab keinerlei Anzeichen von Verwesung, doch es war auch kein Blut zu sehen. Was auch immer sie getötet hatte, hatte sie innerlich zermalmt, ohne ein einziges Mal die Haut zu verletzen. Die einzige Ausnahme saß am Ende des Kartentischs auf dem Stuhl des Kapitäns, als habe sie den Vorsitz über die Bühne des Vermummten höchstpersönlich. Ein Speer ragte aus der Brust der Leiche, und dieser Speer war auch durch den Stuhl gerammt worden. Die Vorderseite der Gestalt war blutverschmiert und glänzte, und das Blut hatte sich in ihrem Schoß gesammelt. Es hatte aufgehört zu fließen, sah jedoch noch immer nass aus.

»Sind das Tiste Andii?«, fragte Gesler flüsternd.

»Sie sehen beinahe so aus«, erwiderte Kulp leise, »aber nicht ganz.« Er trat in die Kabine. »Ihre Haut ist grau, nicht schwarz. Und außerdem sehen sie nicht besonders … kultiviert aus.«

»Die Tiste Andii von Drift Avalii sollen angeblich ziemlich barbarisch gewesen sein – wobei man natürlich sagen muss, dass niemand, der noch am Leben ist, jemals auf der Insel war.«

»Zumindest ist niemals jemand zurückgekehrt«, räumte Kulp ein. »Aber die hier tragen Felle, die kaum bearbeitet sind. Und schau dir ihren Schmuck an …« Die vier Leichen waren mit allerlei Knochen-Fetischen, Krallen, Reißzähnen von Tieren und polierten Muscheln geschmückt. Nicht ein einziger der eleganten Kunstgegenstände, für die die Tiste Andii bekannt waren und die Kulp früher gelegentlich zu Gesicht bekommen hatte, war zu sehen. Außerdem waren die Haare der vier Toten braun; sie hingen offen und ungekämmt herab, klebrig vor Fett. Tiste Andii hingegen hatten entweder nachtschwarzes oder silberweißes Haar.

»Im Namen des Vermummten – was für Leute sind das?«, fragte Gesler.

»Die Mörder der Seeleute aus Quon und der Tiste Andii, würde ich vermuten«, erwiderte Kulp. »Nach ihrer Tat sind sie in dieses Gewirr gesegelt – vielleicht mit Absicht, vielleicht auch zufällig – und sind jemandem über den Weg gelaufen, der noch schlimmer war als sie.«

»Glaubt Ihr, dass der Rest der Mannschaft geflohen ist?«

Kulp zuckte die Schultern. »Wenn man über die magischen Fähigkeiten verfügt, kopflosen Körpern zu befehlen, warum sollte man dann noch eine Mannschaft brauchen, die größer ist als die, die wir hier sehen?«

»Für mich sehen sie doch irgendwie wie Tiste Andii aus«, sagte Gesler, während er den Mann im Kapitänsstuhl noch einmal aus nächster Nähe genau betrachtete.

»Wir sollten Heboric holen«, sagte Kulp. »Vielleicht hat er irgendwo etwas gelesen, das Licht in diese Angelegenheit bringen könnte.«

»Wartet hier«, sagte Gesler.

Das Schiff knarrte, als die anderen begannen, auf dem Hauptdeck auf und ab zu gehen. Kulp lauschte auf die Schritte des Korporals, die sich den Laufgang hinunter entfernten. Der Magier stützte sich mit beiden Händen auf den Tisch und musterte die Blätter, die überall auf seiner Oberfläche verteilt waren. Eines davon war eine Karte, die ein Land zeigte, das er nicht erkannte: eine zerklüftete Küstenlinie mit unzähligen Fjorden, die mit oberflächlichen Zeichnungen von Pinien verziert war. Das Landesinnere war hell getüncht, als wäre es Eis oder Schnee. In die Karte war ein Kurs eingezeichnet, der von der zerklüfteten Küste zunächst nach Osten und dann südwärts über einen gewaltigen Ozean führte. Das malazanische Imperium behauptete, über Weltkarten zu verfügen, doch diese zeigten nichts von dem Land, das Kulp hier sah. Der Anspruch des Imperiums auf die Vorherrschaft wirkte auf einmal nur noch erbärmlich.

Hinter ihm betrat Heboric die Kabine. Kulp wandte den Blick nicht von der Karte auf dem Tisch. »Seht sie Euch genau an«, sagte der Magier.

Der alte Mann ging an Kulp vorbei, hockte sich hin, um dem Kapitän stirnrunzelnd ins Gesicht zu schauen. Die hohen Wangenknochen und die Stellung der Augen erinnerten tatsächlich an die Tiste Andii, wie auch die Größe des Mannes. Zögernd streckte Heboric einen Arm aus …

»Wartet«, knurrte Kulp. »Achtet darauf, was Ihr anfasst. Und welchen Arm Ihr benutzt.«

Heboric stieß ein wütendes Zischen aus und ließ den Arm sinken. Nach einem Augenblick richtete er sich wieder auf. »Ich kann es mir nur so erklären: Das hier sind Tiste Edur.«

»Was?«

»*Gothos' Narretei.* Dort werden drei Tiste-Völker erwähnt, die aus einer anderen Sphäre gekommen sein sollen. Wir kennen natürlich nur eines – die Tiste Andii –, und Gothos nennt nur noch ein weiteres Volk mit Namen: die Tiste Edur. Sie sind nicht schwarz, sondern grauhäutig, Kinder der unwillkommenen Vereinigung von Mutter Dunkel mit dem Licht.«

»Eine unwillkommene Vereinigung?«

Heboric schnitt eine Grimasse. »Die Tiste Andii haben diese Vereinigung für eine Schwächung des reinen Dunkels gehalten, und für die Quelle all des Übels, das sie in der Folge befallen hat. Wie auch immer, *Gothos' Narretei* ist das einzige Werk, in dem die Tiste Edur erwähnt werden. Es ist zufällig auch das älteste, das wir kennen.«

»Gothos war ein Jaghut, nicht wahr?«

»Ja, und der übellaunigste Schreiber, den zu lesen ich jemals das Missvergnügen hatte. Sagt mir, Kulp, was enthüllt Euch Euer Gewirr?«

»Nichts.«

Heboric warf ihm einen überraschten Blick zu. »Überhaupt nichts?«

»Nein.«

»Aber es sieht so aus, als ob sie sich in Stasis befinden würden – das Blut hier ist immer noch feucht.«

»Ich weiß.«

Heboric deutete auf etwas, das um den Hals des Kapitäns hing. »Da ist Eure Pfeife, falls wir etwas benutzen wollen, das sich unter Deck befindet.«

»Entweder das, oder wir hängen hier fest und verhungern.« Kulp trat näher an den Leichnam des Kapitäns heran. An einem Lederriemen hing eine lange Knochenflöte, direkt neben dem Speerschaft. »Ich spüre auch an diesem Knochenröhrchen nichts. Vielleicht funktioniert es gar nicht.«

Heboric zuckte die Schultern. »Ich gehe nach oben, um eine Nase voll von dem zu kriegen, was hier als frische Luft gilt. Nebenbei bemerkt ist das ein Barghast-Speer.«

»Dafür ist er viel zu groß«, widersprach Kulp.

»Ich weiß, aber für mich sieht er trotzdem wie einer aus.«

»Er ist zu groß.«

Heboric gab keine Antwort und verschwand durch den Laufgang. Kulp starrte den Speer finster an. *Er ist zu groß.* Einen Augenblick später streckte er die Hand aus und nahm der Leiche behutsam die Knochenflöte ab.

Als er auf das Hauptdeck hinaustrat, warf der Magier erneut einen Blick auf die Flöte. Er grunzte. Zauberei quoll jetzt förmlich aus ihr heraus. *In der Kabine ist der Atem von Otataral. Kein Wunder, dass ihre Zauberei sie nicht schützen konnte.* Er sah sich um. Stürmisch hatte sich am Bug aufgebaut; die allgegenwärtige Armbrust hing ihm über den Rücken. Baudin stand neben ihm und hielt seine bandagierte Hand umklammert. Felisin lehnte in der Nähe des Hauptmasts an der Reling. Sie hatte die Arme verschränkt und wirkte beängstigend kühl angesichts der Schädelpyramide, die sich fast zu ihren Füßen befand. Heboric war nirgends zu sehen.

Gesler trat zu ihm. »Wahr klettert rauf ins Krähennest«, sagte er. »Habt Ihr die Pfeife gefunden?«

Kulp warf sie ihm zu. »Haben wir uns schon für einen Kurs entschieden?«

»Wahr wird sehen, was es zu sehen gibt, und dann werden wir uns entscheiden.«

Der Magier legte den Kopf in den Nacken und beobachtete aus zusammengekniffenen Augen den Jungen, der geschmeidig die Takelage hinaufkletterte. Fünf Atemzüge später schwang sich Wahr ins Krähennest und verschwand aus Kulps Blickfeld.

»Bei Feners Huf!« Der Fluch kam von oben, aus dem Krähennest, und alle, die sich auf Deck befanden, blickten erschrocken auf.

»Wahr!«

»Drei Strich Steuerbord voraus! Sturmsegel!«

Gesler und Kulp rannten zur Steuerbordreling. Ein von Blitzen durchzuckter Fleck verunzierte den formlosen Horizont. Kulp zischte: »Dieser verdammte Magier ist uns gefolgt, der Vermummte soll ihn holen.«

Der Korporal wirbelte herum. »Stürmisch! Schau nach, was noch von den Segeln übrig ist.« Ohne zu zögern, setzte er die Flöte an die Lippen und blies hinein. Es klang wie ein Chor von Stimmen, die ein tonloses Wehklagen ausstießen. Der Ton ließ die Luft kälter werden: das Jammern von Seelen, die weit über jede normale Folter hinaus gequält wurden, die Umwandlung von Schmerz in Geräusch. Es erstarb nur widerwillig, als Gesler die Flöte absetzte.

An den Seiten des Rumpfs dröhnte Holz auf Holz, als die Ruder bereitgemacht wurden. Heboric stolperte aus der Ladeluke, seine Tätowierungen phosphoreszierten, und seine Augen waren weit aufgerissen, als er sich zu Gesler umdrehte. »Da habt Ihr Eure Mannschaft, Korporal.«

»Sie sind aufgewacht«, murmelte Felisin und trat ein paar Schritte vom Hauptmast weg.

Kulp sah, was sie gesehen hatte. Die abgetrennten Köpfe hatten die Augen geöffnet. Jetzt verdrehten sie sie, folgten Gesler mit ihren Blicken, als würden sie von einem einzigen grässlichen Mechanismus angetrieben.

Der Korporal zuckte kurz zusammen, dann schüttelte er sich. »Ich hätte einen von denen gebrauchen können, als ich noch Sergeant auf dem Exerzierplatz war«, sagte er mit einem Grinsen, das seine Anspannung verriet.

»Euer Trommler da unten ist bereit«, sagte Heboric, der unweit der Luke stand und zu den Ruderern hinabspähte.

»Die Segel kannst du vergessen«, sagte Stürmisch. »Die sind völlig verrottet.«

»Geh ans Steuerruder«, wies Gesler ihn an. »Uns bleibt nichts anderes übrig, als abzuhauen.« Er hob die Flöte erneut an die Lippen und blies eine schnelle Tonfolge. Die Trommel begann im Takt zu dröhnen. Die Ruder schwangen aus, die Blätter kippten von horizontal nach vertikal, tauchten dann ins träge Wasser und zogen durch.

Das Schiff ächzte, knirschte durch die Kruste, die sich um den Rumpf gebildet hatte. Die *Silanda* setzte sich in Bewegung und drehte sich langsam, bis die sich schnell nähernde Sturmwolke genau achtern lag. Die Ruder wühlten sich mit unbarmherziger Präzision durch das schleimige Wasser.

Gesler hängte sich den Lederriemen, an dem die Flöte befestigt war, um den Hals. »Na, was meint Ihr, Kulp – hätte der alte Imperator diese alte Lady nicht geliebt?«

»Deine Begeisterung ist widerlich, Korporal.«

Gesler stieß ein bellendes Lachen aus.

Die beiden Ruderreihen brachten die *Silanda* auf Ramm-Geschwindigkeit und behielten das Tempo dann bei. Das Dröhnen der Trommel war wie ein sanfter Herzschlag. Es hallte in Kulps Knochen nach, erzeugte eine Resonanz, die schmerzhaft an seinen Nerven kratzte. Er brauchte nicht in den Raum mit den Ruderern hinabzusteigen, um in der düsteren Atmosphäre mit eigenen Augen zu sehen, was als Vision in seinem Inneren aufstieg – den muskulösen, kopflosen Körper, der seine Flaschenkürbisse auf das Trommelfell schlug, die sich unbarmherzig in die Riemen legenden Ruderer, die ganze grauenhafte, dem Vermummten verpflichtete Zauberei. Seine Blicke wanderten auf der Suche nach Gesler hierhin und dorthin, und er entdeckte ihn schließlich neben Stürmisch auf dem Achterdeck. Dies waren hart gesottene Männer, härter noch, als er begreifen konnte. Sie hatten den grimmigen schwarzen Humor, der Soldaten zu Eigen war, zum Äußersten getrieben, viel weiter, als er es jemals für möglich gehalten hätte, und dieser Humor war so kalt wie der sonnenlose Kern eines Gletschers. *Blindes Vertrauen … oder Fatalismus? Ich hätte nie gedacht, dass Feners Borsten so schwarz sein können.*

Der Sturm des wahnsinnigen Magiers holte immer noch auf, langsamer zwar als zuvor, doch er stellte ganz eindeutig eine nicht zu leugnende Bedrohung dar. Der Magier ging zu Heboric hinüber.

»Ist dies das Gewirr Eures Gottes?«

Der alte Mann machte ein finsteres Gesicht. »Nein, und das alles hier hat mit meinem Gott nicht das Geringste zu tun. Der Verdammte allein mag wissen, wo in den tiefsten Abgründen wir uns befinden, und es scheint so, als wäre es nicht ganz einfach, aus diesem Albtraum aufzuwachen.«

»Ihr habt die Hand, die Euer Gott berührt hat, in Stürmischs Wunde geschoben.«

»Ja. Das war reiner Zufall. Es hätte genauso gut auch die andere sein können.«

»Was habt Ihr gespürt?«

Heboric zuckte die Schultern. »Irgendetwas ist von mir auf ihn übergegangen. Das habt Ihr doch ohnehin schon vermutet, stimmt's?«

Kulp nickte.

»War es Fener selbst?«

»Ich weiß es nicht. Ich glaube es eigentlich nicht. Ich bin kein Fachmann in religiösen Fragen. Aber es scheint sich nicht weiter auf Stürmisch ausgewirkt zu haben – wenn man mal davon absieht, dass die Berührung ihn geheilt hat. Ich habe nicht gewusst, dass Fener solche Wohltaten gewährt.«

»Das tut er auch nicht«, murmelte der ehemalige Priester, während er aus verschleierten Augen einen Blick auf die beiden Soldaten auf dem Achterdeck warf. »Zumindest nicht, ohne einen Preis dafür zu verlangen.«

Felisin saß ein Stück von den anderen entfernt, sodass ihr nur die Schädelpyramide Gesellschaft leistete. Sie machte sich nicht allzu viele Gedanken über die Köpfe, denn deren Aufmerksamkeit war ausschließlich auf Gesler gerichtet – den Mann, der die Flöte um den Hals trug, die die Sirenenklänge von sich gab. Sie erinnerte sich an den Ring in Unta, an den Priester der Fliegen. Das war das erste Mal gewesen, dass sie mit Magie zu tun gehabt hatte. Sicher, es hatte unzählige Geschichten von Zauberei und wilden Magiern gegeben, von zauberischen Feuersbrünsten, die in den Kriegen an den Grenzen des Imperiums ganze Städte verschlangen – doch Felisin hatte nie zuvor solche Kräfte tatsächlich am Werk gesehen. So etwas war längst nicht so alltäglich, wie die Geschichten immer behaupteten. Und es blieben Narben zurück, wenn man wirklich einmal miterlebte, wie Magie zum Einsatz kam. Man fühlte sich plötzlich schrecklich verwundbar, denn man war mit etwas konfrontiert worden, das weit jenseits der eigenen Kontrolle lag. Die Welt wurde schlagartig übersinnlich, tödlich, erschreckend und freudlos. Jener Tag in Unta hatte ihren Platz in der Welt für immer verändert, oder zumindest ihr Gefühl für ihren Platz in der Welt. Er hatte sie aus dem Gleichgewicht gebracht, und sie hatte es seither nie wieder zurückerlangt.

Aber vielleicht war es das auch gar nicht. Oder zumindest nicht das allein. Vielleicht war es das, was ich auf dem Marsch zu den Galeeren erlebt habe, vielleicht war es das Meer der Gesichter, der Sturm aus Hass und sinnloser Wut, die Freimütigkeit und Begierde, Schmerzen zuzufügen, die Gefühle, die so offen in all den eigentlich so normalen Gesichtern geschrieben standen. Vielleicht waren es die Menschen, die mich ins Straucheln gebracht haben.

Sie schaute hinüber zu den abgetrennten Köpfen. Die Augen blinzelten nicht. Sie trockneten allmählich aus, knisterten wie Eiweiß, das auf heiße Pflastersteine spritzt. *Wie meine eigenen Augen. Sie haben schon zu viel gesehen. Viel zu viel.* Wären genau in diesem Augenblick Dämonen rings um sie her aus dem Wasser aufgestiegen, sie wäre nicht schockiert gewesen; sie hätte sich nur gewundert, dass sie so lange gebraucht hatten, um zu erscheinen – *und könntet ihr das Ganze bitte rasch zu Ende bringen? Oh, bitte!*

Wahr kam wie ein langgliedriger Affe die Takelage heruntergeklettert und landete leichtfüßig auf dem Deck. Er blieb ganz in ihrer Nähe stehen und fing an, seine Kleidung abzuklopfen, die voller staubiger Seilfasern war. Er war einige Jahre älter als sie, doch in ihren Augen wirkte er viel jünger. *Glatte Haut ohne irgendwelche Narben. Die ersten Anzeichen eines Bartes, viel zu klare Augen. Da ist nichts, was an Gallonen Wein erinnert, an Wolken aus Durhang-Rauch, an schwere Leiber, die einander darin ablösten, in mich hineinzustoßen – in etwas, das anfangs verletzlich gewesen war, das aber schon bald Mauern erschaffen hatte, die es von allem Wirklichen, von allem, was zählte, abgrenzten. Es war nur eine Illusion. Ich habe ihnen allen nur die Illusion gegeben, dass sie in mich eindringen könnten. Verstehst du, wovon ich spreche, Wahr?*

Er bemerkte ihre Aufmerksamkeit und schenkte ihr ein scheues Lächeln. »Er ist in den Wolken«, sagte er; seine Stimme hatte den typischen, heiseren Klang eines Heranwachsenden.

»Wer …?«

»Der Zauberer. Wie ein Drachen, der nicht an einer Schnur festgemacht ist, fliegt er hierhin und dorthin und zieht dabei Fahnen aus Blut hinter sich her.«

»Wirklich sehr poetisch, Wahr. Aber du solltest doch lieber Soldat bleiben.«

Er wurde rot und wandte sich ab.

Hinter ihr erklang Baudins Stimme. »Der Bursche ist zu gut für dich, und deshalb fängst du an, gemein zu werden.«

»Was weißt du denn schon?«, schnaubte sie, ohne sich umzudrehen.

»Viel kann ich dir nicht weissagen, Schätzchen«, gab er zu. »Aber ein bisschen was schon …«

»Das hättest du wohl gerne. Sag mir Bescheid, wenn deine Hand zu verfaulen beginnt – ich möchte dabei sein, wenn sie dir abgeschnitten wird.«

Die Ruder klackten kontrapunktisch zum Dröhnen der Trommel. Eine Windböe strich wie ein keuchendes Ausatmen über das Deck, und dann war der Sturm des Zauberers über ihnen.

Etwas Raues kratzte über Fiedlers Stirn und weckte ihn. Er öffnete die Augen und sah sich einem Wald aus Borsten gegenüber, der sich plötzlich ein Stück entfernte und ein dunkelhäutiges, rundliches Gesicht enthüllte, das kritisch auf ihn herabblickte. Das Gesicht beendete die Untersuchung mit einem Ausdruck des Missfallens.

»Da sind Spinnen in deinem Bart … oder Schlimmeres. Kann sie nicht sehen, aber ich weiß, dass sie da sind.«

Der Sappeur holte tief Luft und zuckte stöhnend zusammen, als seine gebrochenen Rippen einen dumpfen Schmerz durch seinen Körper schickten. »Geht weg!«, knurrte er. Stechende Schmerzen in seinen Beinen erinnerten ihn an die Klauen, die seine Oberschenkel zerfleischt hatten. Sein linker Knöchel war dick bandagiert – und das taube Gefühl in seinem Fuß machte ihm Sorgen.

»Das kann ich nicht«, erwiderte der alte Mann. »Eine Flucht ist nicht möglich. Es wurden Abkommen unterzeichnet und Abmachungen getroffen. Dies sagen die Karten ganz deutlich. Ein Leben gegeben für eines, das genommen, und darüber hinaus gibt es noch mehr.«

»Ihr seid aus Dal Hon«, sagte Fiedler. »Wo bin ich?«

Das Gesicht verzog sich zu einem breiten Grinsen. »Im Schatten. Hahaha.«

Hinter dem merkwürdigen alten Mann erklang eine andere Stimme. »Kaum ist er wach, schon quält Ihr ihn, Hohepriester. Geht zur Seite, der Soldat braucht Luft, kein Getue.«

»Es ist eine Frage der Gerechtigkeit«, erwiderte der Hohepriester, doch er zog sich bei diesen Worten zurück. »Das ist doch der Altar, vor dem Euer launischer Gefährte kniet, oder nicht? Es ist lebenswichtig, diese Einzelheiten zu verstehen.« Er trat einen weiteren Schritt zurück, und die massige Gestalt des anderen Sprechers erschien in Fiedlers Blickfeld.

»Ah«, seufzte Fiedler. »Der Trell. Meine Erinnerung kehrt zurück. Und wo ist Euer Gefährte … der Jhag?«

»Er unterhält deine Gefährten«, sagte der Trell. »Kläglich, wie ich zugeben muss. So alt er auch schon ist, hat Icarium doch niemals die feine Lebensart gelernt, die notwendig ist, damit andere sich entspannen können.«

»Icarium. Der Jhag, der Maschinen erfindet und erbaut. Der der Zeit nachjagt.«

Der Trell verzog das Gesicht zu einem breiten gequälten Lächeln, das seine Eckzähne sehen ließ. »Ja, der Lord der Sandkörner – obwohl die meisten mit dieser poetischen Anspielung nichts anfangen können, die außerdem noch peinlich ist.«

»Mappo.«

»Noch einmal ja. Und deine Freunde nennen dich Fiedler, und sie haben dir auch die Verkleidung eines Gral-Kriegers abgenommen.«

»Dann macht es wohl nichts, dass ich ziemlich von der Rolle war, als ich aufgewacht bin.«

»Nein, dieser Fehler zieht keine Bestrafung nach sich, Soldat. Hunger? Durst?«

»Ja und noch mal ja. Aber als Erstes – wo sind wir?«

»In einem Tempel, der in eine Klippe gehauen worden ist. Raus aus dem Wirbelwind. Gäste eines Hohepriesters des Schattens – den du bereits getroffen hast. Iskaral Pustl.«

»Pustl?«

»Genau!«

Der dal-honesische Hohepriester schob sich wieder ins Blickfeld. Er machte ein finsteres Gesicht. »Du machst dich über meinen Namen lustig, Soldat?«

»Ich doch nicht, Hohepriester.«

Der alte Mann stieß ein Brummen aus, packte seinen Besen fester und machte sich davon.

Fiedler setzte sich behutsam auf, bewegte sich dabei wie ein alter Mann. Er war drauf und dran, Mappo danach zu fragen, wie er die Schwere seiner Verletzungen, ganz besonders des Knöchels, einschätzte, entschloss sich dann jedoch, lieber noch ein bisschen länger auf die – höchstwahrscheinlich – schlechten Neuigkeiten zu warten. »Was hat dieser Mann für eine Geschichte?«

»Ich bezweifle, dass er das selbst weiß.«

»Ich bin aufgewacht, als er meinen Kopf gefegt hat.«

»Das ist keine besondere Überraschung.«

Der Trell hatte etwas Ungezwungenes an sich, sodass Fiedler sich unwillkürlich entspannte. Bis er sich an den Namen des Kriegers erinnerte. *Mappo, ein Name, der immer im Zusammenhang mit einem anderen fällt. Und genügend Gerüchte, um ein ganzes Buch zu füllen. Wenn auch nur ein paar davon wahr sind …* »Icarium hat den Vielwandler verjagt.«

»Er besitzt einen ganz besonderen Ruf.«

»Ist der denn berechtigt, Mappo?« Noch während er die Frage stellte, wusste Fiedler, dass er besser den Mund gehalten hätte.

Der Trell zuckte zusammen, zog sich ein wenig zurück. »Ich werde dir etwas zu essen und zu trinken besorgen.«

Mit diesen Worten verließ Mappo das kleine Zimmer. Er bewegte sich trotz seiner massigen Statur sehr leise, und das erinnerte Fiedler an Kalam. *Hast du dem Sturm entwischen können, alter Freund?*

Iskaral Pustl kehrte vorsichtig ins Zimmer zurück. »Warum bist du hier?«, flüsterte er. »Weißt du, warum? Du weißt es nicht, aber ich werde es dir sagen. Dir und niemand anderem.« Er beugte sich ganz nah an Fiedler heran, zerrte mit beiden Händen an seinen kreuz und quer abstehenden Haarbüscheln. *»Tremorlor!«*

Er lachte, als er Fiedlers Gesichtsausdruck sah, und begann mit großen, grotesken Sätzen herumzuhüpfen. Dann setzte er sich erneut vor Fiedler hin; ihre Gesichter waren nur wenige Zoll voneinander entfernt. »Das Gerücht von einem Pfad, einem Weg nach Hause. Ein kleines, sich windendes Würmchen von einem Gerücht, oder noch weniger, eine Larve, kleiner als ein abgeschnittener Fingernagel, das gedrängte, verknotete Durcheinander, das um etwas herumgewickelt ist, das die Wahrheit sein mag. Oder auch nicht. Haha!«

Fiedler hatte genug. Das Gesicht zu einer schmerzerfüllten Grimasse verzogen, packte er den Mann am Kragen und schüttelte ihn. Speicheltröpfchen sprühten auf sein Gesicht, und die Augen des Hohepriesters rollten hin und her wie Murmeln in einer Tasse.

»Was, schon wieder?«, brachte Iskaral Pustl heraus.

Fiedler stieß ihn weg.

Der alte Mann taumelte, richtete sich auf und machte dann eine Schau daraus, seine Würde zurückzuerlangen. »Ein Zusammentreffen von Reaktionen. Zu lange abwesend von allen sozialen Kontakten und so. Ich muss meine Manieren überprüfen, mehr noch, meine Persönlichkeit.« Er neigte den Kopf. »Rechtschaffen. Geradeheraus. Unterhaltsam. Freundlich und von eindrucksvoller Integrität. Sehr gut! Also, wo ist dann das Problem? Soldaten sind ungehobelt. Unreif und dumm. Übellaunig. Kennst du die Kette der Hunde?«

Fiedler zuckte zusammen. Er blinzelte, als ob er gerade aus einer Art Trancezustand aufgewacht wäre. »Was?«

»Es hat angefangen, wenn's auch noch nicht bekannt ist. Anabar Thy'lend. Kette der Hunde auf malazanisch. Soldaten haben keine Fantasie, was bedeutet, dass sie zu großen Überraschungen fähig sind. Es gibt ein paar Dinge, die nicht einmal der Wirbelwind beiseite fegen kann.«

Mappo Trell kehrte mit einem Tablett in den Händen zurück. »Schikaniert Ihr unseren Gast schon wieder, Iskaral Pustl?«

»In den Schatten geborene Prophezeiungen«, murmelte der Hohepriester. Er beäugte Fiedler kühl und abschätzend. »Die Gosse unter der Flut, die Wellen auf der dahinstürzenden Oberfläche erzeugt. Ein Fluss aus Blut, Worte eines verborgenen Herzens. Alle Dinge zerfallen. Spinnen in jedem Winkel, jeder Ecke.« Er wirbelte herum und stapfte aus dem Zimmer.

Mappo starrte hinter ihm her.

»Ich sollte ihn einfach nicht beachten, was?«

Der Trell wirbelte herum, die dichten Augenbrauen hochgezogen. »Beim Vermummten, nein! Du solltest diesen Mann sogar überaus sorgfältig beachten, Fiedler!«

»Ich habe befürchtet, dass Ihr das sagen würdet. Er hat Tremorlor erwähnt. Er weiß Bescheid.«

»Er weiß, was noch nicht einmal deine Gefährten wissen«, sagte Mappo, während er das Tablett neben Fiedler abstellte. »Du suchst das sagenhafte Azath-Haus, das irgendwo dort draußen in der Wüste sein soll.«

Ja, und das Tor, das es darin geben soll, wie der Schnelle Ben schwört … »Und Ihr?«, fragte Fiedler. »Was hat Euch in die Raraku geführt?«

»Ich folge Icarium«, antwortete der Trell. »Auf einer Suche ohne Ende.«

»Und Ihr habt Euer Leben der Aufgabe gewidmet, ihm bei seiner Suche zu helfen?«

»Nein.« Das Wort war eher ein Seufzen. Dann flüsterte Mappo, wobei er Fiedlers Blick auswich: »Ich versuche, dafür zu sorgen, dass sie niemals endet. Hier, frühstücke erst mal. Du warst zwei Tage lang bewusstlos. Deine Freunde stellen unzählige Fragen, die sind schon ganz wild darauf, mit dir zu sprechen.«

»Ich nehme an, ich habe keine andere Wahl – ich werde wohl ein paar von diesen Fragen beantworten müssen.«

»Stimmt, und wenn es dir dann wieder besser geht, können wir unsere Reise beginnen …« Er lächelte vorsichtig. »Und uns auf die Suche nach Tremorlor begeben.«

Fiedler runzelte die Stirn. »Wenn es mir wieder besser geht, habt Ihr gesagt. Mein Knöchel war zerschmettert, und ich kann unterhalb meines Knies kaum etwas spüren. Scheint so, als müsstet Ihr mir den Fuß abnehmen.«

»Ich habe ein bisschen Erfahrung, was das Heilen angeht«, erwiderte Mappo. »Dieser Tempel war einst auf diese Art von Alchemie spezialisiert, und die Nonnen haben vieles zurückgelassen. Und, merkwürdig genug, auch Iskaral Pustl scheint über ein gewisses Talent zu verfügen, obwohl man ihn ständig im Auge behalten muss. Seine Sinne verwirren sich manchmal, und dann verwechselt er Elixiere mit Giften.«

»Er ist eine Verkörperung von Schattenthron«, sagte der Sappeur mit zusammengekniffenen Augen. »Oder aber von Cotillion, dem Seil, dem Patron der Assassinen – der Unterschied zwischen den beiden ist nicht besonders groß.«

Der Trell zuckte die Schultern. »Die Kunst des Mordens erfordert ein ergänzendes Wissen über die Kunst des Heilens. Es sind zwei Seiten der gleichen alchemistischen Münze. Wie auch immer, er hat deinen Knöchel operiert – mach dir keine Sorgen, ich habe aufgepasst. Und, wie ich zugeben muss, auch viel dabei gelernt. Genau betrachtet, hat der Hohepriester deinen Knöchel wieder zusammengebaut. Er hat eine Salbe benutzt und damit die Teile versiegelt – ich habe so etwas noch nie zuvor gesehen. Aber dein Fuß wird heilen, und zwar schnell.«

»Zwei Hände, die dem Schatten geweiht sind, haben unter meiner Haut herumgestochert? Beim Atem des Vermummten!«

»Hätte er das nicht getan, hättest du den Fuß verloren. Außerdem war auch noch deine Lunge durchstochen. Das hätte ich niemals heilen können – aber der Hohepriester hat es geschafft, eine Drainage einzulegen und das Blut aus deiner Lunge zu entfernen, und dann hat er dich einen heiltätigen Dampf einatmen lassen. Du verdankst Iskaral Pustl dein Leben.«

»Das ist genau das Problem«, murmelte Fiedler.

Von draußen erklangen Stimmen, und einen Augenblick später tauchte Apsalar im Türrahmen auf, dicht gefolgt von Crokus. Die zwei Tage, die sie nun schon aus dem mörderischen Sturm heraus waren, hatten den beiden gut getan. Sie traten ins Zimmer, und Crokus schob sich nach vorn, um sich neben Fiedlers Bett zu kauern.

»Wir müssen hier weg!«, zischte er.

Der Sappeur warf einen Blick auf Mappo, registrierte das gequälte Lächeln im Gesicht des Trells, der sich langsam zurückzog. »Beruhige dich, mein Junge. Was ist denn los?«

»Der Hohepriester – er gehört zum Schattenkult, Fiedler. Verstehst du denn nicht – Apsalar …«

Eine kalte Hand schien über den Rücken des Sappeurs zu gleiten. »Oh, verdammt«, flüsterte er. »Ich verstehe, was du meinst.« Er schaute auf, als die junge Frau ans Fußende seines Betts trat, und fragte mit leiser Stimme: »Gehört dein Verstand immer noch dir, Mädchen?«

»Der kleine Mann behandelt mich gut«, sagte sie achselzuckend.

»Gut?«, zischte Crokus. »Wie die verlorene Tochter, die endlich heimgekehrt ist, wolltest du wohl sagen! Was sollte Cotillion daran hindern, wieder von dir Besitz zu ergreifen?«

»Da braucht ihr nur seinen Diener zu fragen«, erklang eine neue Stimme von der Tür her, wo Icarium mit verschränkten Armen seitlich am Türrahmen lehnte. Seine zu schmalen Schlitzen zusammengekniffenen grauen Augen waren auf die hinterste Ecke des Raumes gerichtet.

Aus dem dort herrschenden Zwielicht und den Schatten schälte sich eine Gestalt heraus – Iskaral Pustl, der auf einem merkwürdig gearbeiteten Stuhl saß. Er krümmte sich und warf dem Jhag einen finsteren Blick zu. »Ich wollte ungesehen bleiben, Narr! Was für ein Geschenk sind die Schatten, wenn Ihr so klar erahnen könnt, was sich in ihnen verbirgt? Pah! Ich bin erledigt!«

Icariums schmale Lippen kräuselten sich leicht. »Warum gebt Ihr ihnen nicht die Antwort, die sie suchen, Iskaral Pustl? Beruhigt sie doch einfach.«

»Sie beruhigen?« Der Hohepriester schien diese Worte als unangenehm zu empfinden. »Was hätte das für einen Wert? Ich muss nachdenken. Beruhigt. Entspannt. Kein Gedanke an Zwang. Sorglos. Ja, natürlich! Eine hervorragende Idee.« Er verstummte, drehte den Kopf zur Seite und schaute Fiedler an.

Der Sappeur beobachtete, wie ein Lächeln über die verschrumpelten Züge Pustls glitt, ölig und aalglatt und jämmerlich unaufrichtig.

»Es ist alles in Ordnung, meine Freunde«, schnurrte er. »Bleibt ganz ruhig. Cotillion hat kein Interesse mehr daran, von dem Mädchen Besitz zu ergreifen. Der Fluch von Anomander Rakes Drohung hat weiterhin Bestand. Wer will schon, dass dieser ungehobelte Verursacher unzivilisierten Gemetzels die Tempeltore zerschmettert und hier eindringt? Schattenthron nicht. Der Patron der Assassinen nicht. Sie ist immer noch geschützt. Davon einmal abgesehen, sieht Cotillion keinen Sinn mehr darin, sich ihrer zu bedienen, und tatsächlich gibt es sogar Anlass für geheime Bedenken, da sie immer noch über einen Rest seiner Fähigkeiten verfügt …«

Er verzog das Gesicht. »Nein, dieser Gedanke sollte besser unausgesprochen bleiben!« Er lächelte erneut. »Kultivierte Gespräche sind wieder entdeckt und mit List und Anstand eingesetzt worden. Schau sie dir an, Iskaral Pustl, du hast sie alle für dich gewonnen.«

Es blieb lange Zeit still.

Mappo räusperte sich. »Der Hohepriester hat nur höchst selten Gesellschaft«, sagte er.

Fiedler seufzte; er fühlte sich plötzlich erschöpft. Er lehnte sich zurück, schloss die Augen. »Was ist mit meinem Pferd? Lebt es noch?«

»Ja«, erwiderte Crokus. »Mappo hat sich um das Tier gekümmert, genau wie um die anderen – das heißt, soweit er Zeit hatte, sich um sie zu kümmern. Außerdem gibt es hier noch irgendwo einen Diener. Wir haben ihn noch nicht gesehen, aber er macht seine Arbeit gut.«

Apsalar meldete sich zu Wort. »Fiedler, erzähl uns von Tremorlor.«

Eine neue Spannung lag in der Luft. Der Sappeur spürte sie, obwohl er müde war und sich gerne für eine Weile in den Schlaf geflüchtet hätte. Doch nach einem Augenblick schob er sein Schlafbedürfnis zur Seite und öffnete die Augen. »Der Schnelle Ben weiß … sehr viel über die Heilige Wüste. Als wir das letzte Mal durch die Raraku geritten sind – als wir sie verließen, genauer gesagt –, hat er von den Verschwundenen Straßen erzählt. Solche wie die, die wir gefunden haben: alte Straßen, die verborgen unter dem Sand schlafen und nur gelegentlich zum Vorschein kommen – das heißt, wenn der Wind aus der richtigen Richtung weht. Nun, eine dieser Straßen führt zu Tremorlor …«

»Und was ist das?«, unterbrach ihn Crokus.

»Ein Azath-Haus.«

»So eines wie das, das in Darujhistan … entstanden ist?«

»Ja. Solche Bauwerke existieren – oder es geht zumindest das Gerücht, dass sie existieren – auf praktisch jedem Kontinent. Niemand kennt ihre Absichten, obwohl es scheint, als wären sie Wegweiser zur Macht. Es gibt da eine alte Geschichte, dass der Imperator und Tanzer …« *Oh, beim Vermummten, Kellanved und Tanzer, Ammanas und Cotillion, die mögliche Verbindung mit den Schatten … dieser Tempel …* Fiedler warf Iskaral Pustl einen scharfen Blick zu. Der Hohepriester trug ein begeistertes Grinsen zur Schau, seine Augen glitzerten. »Äh, es geht die Legende, dass Kellanved und Tanzer einst in Malaz ein solches Haus besetzt haben …«

»Das Totenhaus«, murmelte Icarium, der noch immer am Türrahmen lehnte. »Die Legende ist wahr.«

»Hm«, murmelte Fiedler, dann schüttelte er sich. »Sei's drum. Wie auch immer, der Schnelle Ben ist davon überzeugt, dass alle diese Häuser miteinander in Verbindung stehen, dass sie über eine Art Tore verfügen. Und dass es möglich ist, von einem zum anderen zu reisen – wobei auf diesen Reisen praktisch keine Zeit verstreichen soll …«

»Entschuldige«, sagte Icarium und trat in den Raum. Seine Haltung verriet gespannte Aufmerksamkeit. »Ich habe den Namen ›Schneller Ben‹ noch nie gehört. Wer ist dieser Mann, der behauptet, solch ein Wissen über die Azath-Häuser zu besitzen?«

Der Sappeur wurde unter dem intensiven Blick des Jhag ganz zappelig, dann verfinsterte sich sein Gesicht, und er richtete sich etwas auf. »Der Magier unseres Trupps«, sagte er, und sein Tonfall machte deutlich, dass er nicht mehr dazu sagen wollte.

Icariums Augen wurden merkwürdig finster. »Du gibst viel auf die Meinung eines Truppmagiers.«

»Stimmt, das tue ich.«

Crokus mischte sich ein. »Du willst Tremorlor finden und das Tor benutzen, um uns nach Malaz – in die Stadt – zu bringen. Zu diesem Totenhaus. Was bedeuten würde, dass wir noch …«

»… eine halbe Tagesreise per Schiff von der Küste von Itko Kan entfernt wären«, sagte Fiedler und sah Apsalar in die Augen. »Und vom Haus deines Vaters.«

»Vater?«, fragte Mappo stirnrunzelnd. »Jetzt verwirrt ihr mich aber.«

»Wir bringen Apsalar zurück nach Hause«, erklärte Crokus. »Zu ihrer Familie. Sie war von Cotillion besessen, wurde ihrem Vater gestohlen, aus ihrem Leben herausgerissen …«

»Aus was für einem Leben?«, fragte Mappo.

»Sie war ein Fischermädchen.«

Der Trell schwieg, doch Fiedler war sich ziemlich sicher, dass er Mappos unausgesprochene Gedanken kannte. *Nach all dem, was sie durchgemacht hat, geht sie jetzt zurück, um wieder Netze auszuwerfen und einzuholen?*

Apsalar sagte nichts.

»Ein Leben gegeben für eines, das genommen!«, rief Iskaral Pustl. Er sprang von seinem Stuhl auf und drehte sich auf der Stelle, raufte sich dabei mit beiden Händen die Haare. »Solch eine Geduld kann einen zum Wahnsinn treiben! Aber mich nicht! Verankert in den Strömen verwitterten Gesteins, dem Davonrieseln von Sand im Schein der Sonne! Die Zeit gedehnt, sich dehnend, unsterbliche Spieler in einem zeitlosen Spiel. Es liegt Poesie in der Anziehungskraft der Elemente, müsst ihr wissen. Der Jhag versteht das. Der Jhag sucht die Geheimnisse – er ist der Stein, und der Stein vergisst, der Stein ist immer jetzt, und darin liegt die Wahrheit über den Azath – aber halt! Ich bin mehr und mehr abgeschweift mit solcherart verborgenen Gedanken und habe nichts von dem gehört, was gesagt wurde!« Er verstummte abrupt und ließ sich wieder auf seinen Stuhl sinken.

Icarium musterte den Hohepriester eingehend; wie er so dastand, hätte er eine aus Stein gehauene Statue sein können. Fiedler wusste nicht mehr, auf wen er sich konzentrieren sollte. Jeder Gedanke an Schlaf war längst verschwunden. »Was die Einzelheiten angeht, bin ich mir nicht ganz sicher«, sagte er langsam und zog damit die Aufmerksamkeit aller Anwesenden auf sich, »aber ich habe das deutliche Gefühl, eine Marionette zu sein, die an einem gewaltigen, komplizierten Tanz teilnimmt. Wie sind die Tanzschritte? Wer hält die Fäden in der Hand?«

Alle Augen richteten sich auf Iskaral Pustl. Der Hohepriester behielt seine gebannte Aufmerksamkeit noch einen Moment bei, dann blinzelte er. »Eine Frage an mich, den ach so Bescheidenen? Entschuldigungen und Rechtfertigungen sind zugegebenermaßen unaufrichtig. Der gewaltige, komplizierte Geist wandert gelegentlich. Wie war noch mal die Frage?« Er neigte den Kopf, lächelte in die Schatten. »Sind sie getäuscht? Spitzfindige Wahrheiten, vage Hinweise, zufällig gewählte Worte, die geistlose Echos erzeugen? Sie wissen es nicht. Aalen sich mit den weit aufgerissenen Augen der Unschuld in ihrer Ehrfurcht – oh, das ist ausgezeichnet!«

»Ihr habt uns ausführlich geantwortet«, sagte Mappo zu dem Hohepriester.

»Habe ich? Das ist nicht gut. Ja freilich, wie freundlich von mir. Nichts zu danken. Ich werde Diener anweisen, alles für euren Aufbruch vorzubereiten. Eine Reise zum fabelhaften Tremorlor, wo alle Wahrheiten mit der Klarheit von blanken Klingen und unverhüllten Fängen zusammenlaufen, wo Icarium seine verlorene Vergangenheit finden wird, wo das einst besessene Fischermädchen das finden wird, von dem sie im Moment noch gar nicht weiß, dass sie es sucht – wo der junge Bursche den Preis erkennen wird, den es zu zahlen gilt, wenn man ein Mann sein will, oder vielleicht auch nicht; wo der unglückliche Trell tun wird, was immer er tun muss, und wo ein erschöpfter Sappeur wenigstens den Segen seines Imperators erhalten wird, oh, ja! Außer, natürlich«, fügte er, einen Finger an die Lippen gelegt, nach einer winzigen Pause hinzu, »Tremorlor ist nichts als ein Mythos, und all dieses Suchen ist nichts als hohle Kunstfertigkeit.«

Der Hohepriester lehnte sich in dem merkwürdigen Stuhl zurück, den Finger noch immer an die Lippen gelegt. Um ihn herum bildeten sich Schatten. Einen Augenblick später war er mitsamt dem Stuhl verschwunden.

Fiedler stellte fest, dass er aus einer Art verschwommener, schwebender Trance aufschreckte. Er schüttelte den Kopf, rieb sich das Gesicht und blickte die anderen an, nur um festzustellen, dass sie in ganz ähnlicher Weise reagierten – als wären sie alle zusammen in ein fein gesponnenes, verführerisch magisches Netz gezogen worden. Fiedler holte zittrig Luft. »Kann einfachen Worten Magie innewohnen?«, fragte er niemand Bestimmten.

Icarium gab die Antwort. »Eine Magie, die mächtig genug ist, sogar Götter auf die Knie zu zwingen, Soldat.«

»Wir müssen hier weg«, murmelte Crokus.

Diesmal erntete er von allen Anwesenden ein zustimmendes Nicken.

Kapitel Neun

Die malazanischen Pioniere sind ein außergewöhnlicher Menschenschlag – streitsüchtig, unflätig, jede Autorität verspottend, geheimnistuerisch und dickköpfig. Sie sind das Herz der malazanischen Armee …

Das Militär des Imperiums
Senjalle

Als Kalam sich an den Abstieg in die Orbala-Odhan machte, stieß er auf die ersten Anzeichen der Rebellion. Ein Treck malazanischer Flüchtlinge war in einen Hinterhalt gelockt worden, während er an einem ausgetrockneten Flussbett entlanggezogen war. Die Angreifer hatten sich wahrscheinlich in dem hohen Gras verborgen, das entlang der Ufer wuchs; sie hatten die Flüchtlinge zuerst mit Pfeilen beschossen und waren dann zum Nahkampf übergegangen.

Drei Wagen waren in Brand gesteckt worden. Reglos saß der Assassine auf seinem Pferd, musterte die rauchgeschwärzten Haufen aus versengtem Holz, Asche und Knochen. Ein kleines Bündel mit Kinderkleidung war alles, was von den Besitztümern der Opfer übrig geblieben war, ein kleiner Farbklecks, zehn Schritte von den schwelenden Überresten der Wagen entfernt.

Nach einem letzten Rundblick, der nicht zuletzt Apt galt – der Dämon war zwar nirgends zu sehen, musste jedoch eigentlich in der Nähe sein –, stieg Kalam ab. Die Spuren verrieten, dass das im Tross mitgeführte Vieh von den Angreifern weggetrieben worden war. Die einzigen Leichen waren die, die in den Wagen verbrannt waren. Er stellte fest, dass es Überlebende gegeben hatte, eine kleine Gruppe, die in Richtung Süden geflohen war, hinaus in die Odhan. Es sah nicht so aus, als wären sie verfolgt worden, doch Kalam wusste nur zu gut, dass es da draußen in der Ebene so gut wie keine Chance auf Rettung gab. Die Stadt Orbal war fünf, vielleicht sechs Tagesmärsche entfernt, und es war anzunehmen, dass auch sie sich in der Hand der Rebellen befand, da die dortige malazanische Abteilung immer unterbemannt gewesen war.

Er fragte sich, wo die Flüchtlinge wohl hergekommen sein mochten. In jeder Richtung gab es meilenweit keinerlei menschliche Behausungen.

Apt kam flussaufwärts auf ihn zugeschlendert; seine trippelnden Schritte klangen auf dem Sand fast wie ein Trommelwirbel. Die Wunden der Kreatur waren mehr oder weniger verheilt, zierten jetzt als runzlige Narben die schwarze Haut. Fünf Tage waren seit dem Angriff des Vielwandlers vergangen. Es hatte keine Anzeichen gegeben, dass der Gestaltwandler sie noch immer verfolgte, und Kalam hoffte, dass er genug abbekommen hatte, um jede Lust verloren zu haben, die Jagd noch weiter fortzusetzen.

Nichtsdestotrotz wurden sie verfolgt. Von *irgendjemandem.* Der Assassine spürte es in den Knochen. Er hätte sich am liebsten selbst in einen Hinterhalt gelegt, doch er war allein, und seine Verfolger mochten zu mehreren sein. Hinzu kam, dass er keine Ahnung hatte, inwieweit Apt ihn unterstützen würde – er vermutete, eher nicht. Sein einziger Vorteil war die Schnelligkeit, mit der er vorankam. Er hatte sein Pferd nach dem Kampf ohne große Schwierigkeiten wieder gefunden, und das Tier zeigte sich den Strapazen der Reise erstaunlich gut gewachsen. Kalam vermutete mittlerweile, dass sich zwischen dem Dämon und seinem Hengst eine Art Wettstreit abspielte, der viel mit Stolz zu tun hatte: Zweifellos war das Pferd beschämt, dass es während des Kampfes davongelaufen war, und es schien, als wäre es entschlossen, die Überlegenheit zurückzugewinnen, die es sich zumindest immer eingebildet hatte.

Kalam stieg wieder in den Sattel. Apt hatte die Spur gefunden, die

die geflohenen Überlebenden hinterlassen hatten; er schnüffelte in der Luft und schwang seinen langen, stumpfen Kopf hin und her.

»Das ist nicht unser Problem«, sagte Kalam und lockerte das letzte ihm noch verbliebene Langmesser im Gürtel. »Wir haben auch so schon genug, worum wir uns Sorgen machen sollten, Apt.« Er trieb sein Pferd an und lenkte es in eine Richtung, die ihn um die Spur herumführen würde.

Er ritt über die Ebene, während allmählich der Abend hereinbrach. Trotz seiner Größe schien der Dämon im düsteren Zwielicht zu verschwinden. *Das sollte mich nicht überraschen – schließlich entstammt er dem Reich der Schatten.*

Ein Stück voraus senkte sich das Grasland leicht ab – dort lag ein weiteres Flussbett. Als er näher heranritt, erhoben sich Gestalten aus der Deckung der diesseitigen Uferböschung. Kalam fluchte lautlos, zügelte seinen Hengst und hob beide Hände, die offenen Handflächen nach vorne gewandt.

»Mekral, Obarii«, sagte er. »Ich reite mit dem Wirbelwind!«

»Komm näher«, entgegnete eine Stimme.

Die Hände immer noch erhoben, lenkte Kalam sein Pferd mit Knien und Fersen vorwärts.

»Mekral«, bestätigte die gleiche Stimme. Ein Mann trat aus dem hohen Gras, einen Tulwar in der Hand. »Komm, nimm an unserem Fest teil, Reiter. Hast du Neuigkeiten aus dem Norden?«

Kalam entspannte sich etwas und stieg ab. »Nur solche, die schon Monate alt sind, Obarii. Ich habe schon seit Wochen nicht mehr laut gesprochen. Was für Geschichten könnt ihr mir erzählen?«

Der Sprecher war lediglich ein weiterer Bandit, der unter der noblen Maske des Rebellen plündernd durchs Land zog. Er schenkte dem Assassinen ein Grinsen voller Zahnlücken. »Rache an den Mezla, Mekral. Solch eine Rache ist süß wie Quellwasser.«

»Dann ist der Wirbelwind nicht besiegt worden? Haben die Armeen der Mezla nichts unternommen?«

Sein Pferd am Zügel führend, begleitete Kalam die Plünderer in ihr Lager. Es war sorglos errichtet worden, was auf einen nachlässigen

Anführer hindeutete. Ein großer Holzhaufen lag bereit, der, sollte er entzündet werden, ein Lagerfeuer versprach, das in der halben Odhan zu sehen sein würde. Auf der windabgewandten Seite des Lagers befand sich ein behelfsmäßig zusammengebautes Gatter, in dem eine kleine Herde Ochsen eingesperrt war.

»Die Armeen der Mezla haben nichts anderes getan, als zu sterben«, sagte der Anführer grinsend. »Wir haben gehört, dass nur eine einzige übrig geblieben ist, weit unten im Südosten. Unter der Führung eines Wickaners, dessen Herz ein schwarzer, blutleerer Stein ist.«

Kalam grunzte. Ein Mann reichte ihm einen Weinschlauch, und nachdem der Assassine dankend genickt hatte, nahm er einen kräftigen Schluck. Saltoanischer Wein, Kriegsbeute von den Mezla – *wahrscheinlich von den Wagen, deren Reste ich vorhin gesehen habe. Genau wie die Ochsen.* »Im Südosten? In einer der Küstenstädte?«

»Ja, Hissar. Aber Hissar ist jetzt in den Händen von Kamist Reloe. Genau wie alle anderen Städte, außer Aren, aber in Aren ist der Jhistal. Der Wickaner flieht quer durch das Land, an Tausende von Flüchtlingen gekettet – sie betteln um seinen Schutz, während sie gleichzeitig sein Blut auflecken.«

»Dann ist sein Herz nicht schwarz genug«, murmelte Kalam.

»Stimmt. Er hätte sie Kamist Reloes Armeen überlassen sollen, aber er fürchtet den Zorn der verhätschelten Narren, die in Aren das Kommando haben – dabei werden die ohnehin nicht mehr lange am Leben sein.«

»Wie heißt dieser Wickaner?«

»Coltaine. Man erzählt sich, dass er Flügel hat wie eine Krähe und dass er selbst inmitten eines Gemetzels noch viele Dinge findet, über die er lachen kann. Kamist Reloe hat ihm einen langen, langsamen Tod versprochen.«

»Möge der Wirbelwind jede Belohnung ernten, die er verdient«, sagte der Assassine und trank einen weiteren Schluck.

»Du hast ein schönes Pferd, Mekral.«

»Und ein treues dazu. Der Fremde, der versucht, es zu reiten, sollte sich vorsehen.« Kalam hoffte, dass der Mann die Warnung verstanden hatte.

Der Anführer der Banditen zuckte die Schultern. »Alles kann gezähmt werden.«

Der Assassine seufzte, legte den Weinschlauch neben sich auf den Boden. »Wollt ihr den Wirbelwind verraten?«, fragte er.

Jede Bewegung um ihn herum erstarb. Zu seiner Linken knackte das knochentrockene Holz Funken sprühend in der Glut.

Der Anführer breitete die Arme aus und machte ein beleidigtes Gesicht. »Das war bloß ein einfaches Kompliment, Mekral! Womit haben wir es verdient, dass du solch einen Verdacht hegst? Wir sind weder Diebe noch Mörder, mein Freund. Wir sind Gläubige! Dein schönes Pferd gehört natürlich dir, obwohl ich Gold habe, um ...«

»Es ist nicht zu verkaufen, Obarii.«

»Du hast mein Angebot doch noch gar nicht gehört.«

»Die Schätze aller Sieben Heiligen Städte werden mich nicht umstimmen«, knurrte Kalam.

»Dann wollen wir nicht weiter darüber sprechen.« Der Mann griff nach dem Weinschlauch und bot ihn Kalam erneut an.

Der Assassine nahm ihn, benetzte sich diesmal allerdings nur die Lippen.

»Dies sind traurige Zeiten«, fuhr der Anführer der Banditen fort, »wenn Vertrauen unter Soldaten, die eigentlich Kameraden sind, zu einer Seltenheit wird. Schließlich reiten wir alle im Namen Sha'iks. Wir haben alle einen einzigen verhassten Feind. Nächte wie diese, die inmitten des Heiligen Krieges unter den Sternen Frieden gewähren, sind ein Grund, zu feiern und sich zu verbrüdern, mein Freund.«

»In deinen Worten hast du die ganze Schönheit unseres Kreuzzugs eingefangen«, sagte Kalam. *Worte können so leicht über Chaos und Schrecken und Entsetzen hinweggleiten, dass es ein Wunder ist, dass es überhaupt noch so etwas wie Vertrauen gibt.*

»Und jetzt gibst du mir dein Pferd und die wunderbare Waffe an deinem Gürtel.«

Das Lachen des Assassinen war ein leises Grollen. »Ihr seid zu sechst, drei sind hier vor mir, drei drücken sich hinter mir herum.« Er machte eine Pause, lächelte, als er dem Anführer in die Augen blickte, die im Feuerschein glitzerten. »Es wird ziemlich knapp werden, aber ich werde darauf achten, dich als Ersten zu töten, *mein Freund.*«

Der Mann zögerte, lächelte schließlich seinerseits. »Du hast keinen Sinn für Humor. Vielleicht liegt es daran, dass du so lange allein unterwegs warst, dass du die Spiele vergessen hast, die Soldaten spielen. Hast du schon etwas gegessen? Wir sind heute Morgen auf eine Gruppe Mezla gestoßen; sie waren überaus großzügig mit ihren Nahrungsmitteln und Besitztümern. In der Morgendämmerung werden wir sie noch einmal besuchen. Es sind Frauen bei ihnen.«

Kalam starrte ihn finster an. »Sieht so euer Krieg gegen die Mezla aus? Ihr seid bewaffnet, ihr seid beritten – warum habt ihr euch noch nicht den Armeen der Apokalypse angeschlossen? Kamist Reloe braucht Krieger wie euch. Ich reite nach Süden, um an der Belagerung von Aren teilzunehmen, zu der es sicher kommen wird.«

»Genau das, was wir auch tun – um durch Arens weit offen stehende Tore zu schreiten!«, erwiderte der Mann voller Inbrunst. »Und zusätzlich bringen wir noch Vieh mit, um unsere Brüder in der Armee zu ernähren! Willst du etwa vorschlagen, wir sollten die reichen Mezla, auf die wir gestoßen sind, einfach links liegen lassen?«

»Die Odhan wird sie auch ohne unsere Hilfe töten«, sagte der Assassine. »Ihr habt ihre Ochsen.« *Arens weit offen stehende Tore … in Aren ist der Jhistal. Was bedeutet das? Jhistal – das ist kein vertrautes Wort, es stammt nicht aus dem Reich der Sieben Städte. Ist das falarisch?*

Der Gesichtsausdruck des Anführers war als Antwort auf Kalams Worte kühl geworden. »Wir werden sie in der Morgendämmerung angreifen. Reitest du mit uns, Mekral?«

»Sind sie südlich von hier?«

»Das sind sie. Nicht einmal einen Ritt von einer Stunde entfernt.«

»Dann ist es die Richtung, in die ich sowieso unterwegs bin. Also werde ich euch begleiten.«

»Hervorragend!«

»Dennoch. Vergewaltigung ist nichts Heiliges«, knurrte Kalam.

»Nein, das nicht.« Der Mann grinste. »Aber es macht Spaß.«

Sie ritten in der Nacht los, unter einem klaren Sternenhimmel. Einer der Banditen war bei den Ochsen und der übrigen Beute zurückgeblieben, daher hatte Kalam fünf Begleiter. Alle trugen kurze, doppelt gekrümmte Bogen, wobei ihre Pfeilvorräte sehr gering waren; in keinem Köcher waren mehr als drei Pfeile, und bei allen war die Befiederung zerzaust. Die Waffen würden nur auf kurze Distanz wirksam sein.

Bordu, der Anführer der Banditen, erzählte dem Assassinen, dass es sich bei den malazanischen Flüchtlingen um zwei Männer – von denen einer ein Soldat war –, ihre Frauen und zwei Jungen handelte. Er war ziemlich sicher, dass der Soldat beim ersten Überfall verwundet worden war. Bordu glaubte nicht, dass es zu einem großen Kampf kommen würde. Sie würden zuerst die Männer niedermachen. »Dann können wir mit den Frauen und den Jungen spielen – vielleicht änderst du deine Meinung ja noch, Mekral.«

Kalams einzige Antwort war ein Grunzen. Er kannte Männer wie diese hier. Sie waren mutig, solange sie ihren Opfern zahlenmäßig überlegen waren, und sie überwältigten und terrorisierten die Hilflosen, um den leeren Ruhm zu erlangen, nach dem sie dürsteten. Solche Kreaturen gab es überall auf der Welt, und ein Land, das sich im Krieg befand, ließ sie frei herumlaufen; das war eine der brutalen Wahrheiten hinter jeder als gerecht empfundenen Sache. In der Sprache der Ehrlii hatten solche Männer einen Namen: E'ptarh le'gebran, die Geier der Gewalt.

Ein Stück voraus brach die vertrocknete Kruste der Steppe auf. Höckrige Granitbuckel ragten aus dem Gras; die Hänge einer niedrigen Hügelkette waren mit ihnen übersät. Ein schwacher Feuerschein färbte den Himmel über einem der größeren Buckel rötlich. Kalam schüttelte den Kopf. Das war viel zu sorglos in einem feindlich gesinnten Land – der Soldat, der sich bei den Flüchtlingen befand, hätte es eigentlich besser wissen müssen.

Bordu hob eine Hand, hieß sie etwa fünfzig Schritt vor dem Monolithen anhalten. »Vermeidet es, ins Feuer zu schauen«, flüsterte er. »Wenn diese Narren mit Blindheit geschlagen sind – wir sollten es nicht sein. Und jetzt verteilt euch. Der Mekral und ich werden das Lager umgehen und uns von der anderen Seite nähern. Lasst uns fünfzig Atemzüge Zeit, dann greift an.«

Kalam sah den Anführer der Banditen aus zusammengekniffenen Augen an. Wenn er sich dem Lager von der entgegengesetzten Seite näherte, ging er das ganz offensichtliche Risiko ein, im Schlachtgetümmel einen oder auch mehrere Pfeile der Angreifer abzubekommen. *Das ist wahrscheinlich auch wieder Soldaten-Humor.* Er sagte nichts, sondern schloss sich Bordu stumm an und ritt Seite an Seite mit ihm auf einer Route, die sie in einem ausreichend großen Bogen um das Lager der Flüchtlinge herumführen würde.

»Können deine Männer gut mit ihren Bogen umgehen?«, fragte der Assassine ein paar Minuten später.

»Sie sind damit so gefährlich wie Vipern, Mekral.«

»Und haben ungefähr die gleiche Reichweite«, murmelte Kalam.

»Sie werden nicht danebenschießen.«

»Daran habe ich keinen Zweifel.«

»Fürchtest du dich, Mekral? Du – ein so großer, gefährlich aussehender Mann? Du bist ein Krieger, ohne jeden Zweifel. Ich bin überrascht.«

»Ich habe noch eine größere Überraschung für dich«, sagte Kalam, beugte sich zu Bordu hinüber und schlitzte ihm mit einer einzigen blitzschnellen Bewegung die Kehle auf.

Blut spritzte. Gurgelnd zuckte der Anführer der Banditen in seinem Sattel zurück. Sein Kopf schwankte entsetzlich hin und her.

Der Assassine schob sein Messer wieder zurück in die Scheide. Er ritt gerade noch rechtzeitig näher heran, um den Mann im Sattel wieder aufzurichten; mit einer Hand in seinem Rücken hielt er ihn in dieser Stellung fest. »Reite noch ein Weilchen mit mir«, sagte Kalam, »und mögen die Sieben Heiligen deine verräterische Seele in Stücke reißen.« *So, wie sie es mit meiner tun werden, wenn die Zeit kommt.*

Ein Stück voraus war der Feuerschein zu sehen. In der Ferne ertönten Schreie, kündeten vom Angriff der Banditen. Hufe trommelten über den harten Boden. Kalam gab seinem Pferd die Fersen und ließ es in leichten Galopp fallen, Bordus Pferd passte sich dem neuen Tempo an. Die Leiche des Anführers schwankte hin und her, sein Kopf hing nun fast völlig auf der Seite, das Ohr lag auf der Schulter.

Sie erreichten den Hügelhang, der auf dieser Seite sanfter war und kaum Hindernisse aufwies. Jetzt waren auch die Angreifer zu sehen; sie ritten in die Kuppel aus Feuerschein. Pfeile schwirrten durch die Luft, schlugen in die in Decken gehüllten Gestalten, die um das Feuer lagen.

Das Geräusch, das das Auftreffen der Pfeile verursachte, machte Kalam sofort klar, dass sich in den Decken keine menschlichen Leiber befanden. Der Soldat hatte gezeigt, was er wert war, und hatte eine Falle gestellt. Der Assassine grinste. Er stieß Bordu vorwärts aus dem Sattel und gab dem Pferd des Anführers einen Klaps auf das Hinterteil. Es stürmte ins Licht.

Schnell zügelte der Assassine sein eigenes Reittier; noch in der Dunkelheit außerhalb des Lichtkreises ließ er sich zu Boden gleiten und schlich sich lautlos vorwärts.

Das scharfe Schnalzen einer Armbrust ertönte. Einer der Banditen wurde im Sattel nach hinten geschleudert und stürzte zu Boden. Die drei anderen hatten ihre Pferde gezügelt, sie waren eindeutig verwirrt. Etwas, das aussah wie ein kleiner Beutel, flog in die Feuerstelle, landete Funken sprühend in der Glut. Einen Augenblick später wurde die Nacht von einer hell aufflammenden Lohe erleuchtet, und die vier Banditen waren deutlich auszumachen. Die Armbrust surrte erneut. Ein weiterer Bandit schrie auf; er krümmte sich und versuchte, einen Bolzen zu erreichen, der sich in seinen Rücken gebohrt hatte. Einen Augenblick später stöhnte er auf und sackte im Sattel zusammen, während sich sein Pferd verwirrt im Kreis drehte.

Kalam hatte es geschafft, nicht gesehen zu werden, als das helle Licht aufgeflammt war, doch seine Fähigkeit, in der Dunkelheit etwas erkennen zu können, war zunächst einmal dahin. Lautlos fluchend schob er sich langsam vorwärts, in seiner rechten Hand das Langmesser, in der linken einen zweischneidigen Dolch.

Er hörte einen anderen Reiter von der Seite heranpreschen. Die beiden Banditen, die noch übrig waren, wirbelten herum, um dem Angriff zu begegnen. Das Pferd tauchte im Lichtkreis auf, wurde langsamer. Der Sattel war leer.

Der helle Lichtschein von der Feuerstelle wurde schwächer.

Kalams Nerven schienen plötzlich zu prickeln. Er verharrte und duckte sich ganz tief hin. Er sah zu, wie das reiterlose Pferd ziellos auf die rechte Seite der Banditen zutrottete; es kam dabei ziemlich nahe an einen der Angreifer heran. Mit einer fließenden, anmutigen Bewegung erschien der Reiter im Blickfeld – eine Frau, die sich außer Sicht über einen der Steigbügel gekauert hatte –, drehte sich zur Seite und schlug mit einem Metzgerbeil auf den nächsten Banditen ein. Die schwere Klinge traf den Mann im Nacken; sie grub sich tief hinein, blieb dann in seiner Wirbelsäule stecken.

Dann schwang die Frau beide Beine auf den Sattel. Noch während der Bandit zur Seite kippte, trat sie auf sein Pferd hinüber, griff nach der Lanze, die an seinem Sattel festgemacht war, und stieß mit ihr nach dem zweiten Banditen.

Fluchend reagierte der Mann, und die Art, wie er es tat, bewies, dass er als Soldat ausgebildet worden war. Anstatt sich im Sattel nach hinten zu beugen und so zu versuchen, der Lanzenspitze auszuweichen, die auf seine Brust gerichtet war, gab er seinem Pferd die Fersen und neigte sich zur Seite, sodass der Lanzenstoß vorbeiging. Sein Reittier rammte das andere Pferd mit der Brust in die Flanke. Mit einem überraschten Aufschrei verlor die Frau das Gleichgewicht und stürzte schwer zu Boden.

Der Bandit sprang aus dem Sattel, zog dabei seinen Tulwar. Kalams Dolch traf ihn in die Kehle, als er noch drei Schritte von der betäubten Frau entfernt war. Wild spuckend, die Hände an den Hals gelegt, fiel der Bandit auf die Knie. Kalam setzte sich in Bewegung, um dem Mann den Todesstoß zu versetzen.

»Bleib stehen!«, schnappte eine Stimme hinter ihm. »Ich hab einen Bolzen auf dich gerichtet. Lass den Eidechsen-Schlächter da fallen. Sofort!«

Schulterzuckend ließ der Assassine die Waffe zu Boden fallen. »Ich bin ein Mitglied der Zweiten Armee«, sagte er. »Ich gehöre zu Einarms Heer ...«

»Das ist fünfzehnhundert Längen von hier entfernt.«

Die Frau hatte es mittlerweile geschafft, wieder zu Atem zu kommen. Sie richtete sich auf Hände und Knie auf; langes schwarzes Haar fiel ihr übers Gesicht.

Der letzte Bandit starb mit einem schwachen, nassen Gurgeln.

»Du stammst von hier, aus dem Reich der Sieben Städte«, sagte die Stimme hinter Kalam.

»Stimmt, und doch bin ich ein Soldat des Imperiums. Hör zu – und denk nach. Ich bin von der anderen Seite gekommen, zusammen mit dem Anführer der Banditen. Er war tot, bevor sein Pferd ihn in euer Lager getragen hat.«

»Und warum trägt ein Soldat des Imperiums eine Telaba ohne irgendein Abzeichen, und warum reitet er allein? Weil er desertiert ist – und das wird mit dem Tode bestraft.«

Kalam zischte wütend. »Und du hast dich ganz eindeutig entschlossen, deine Familie zu beschützen, anstatt bei der Kompanie zu bleiben, zu der du gehörst – welche auch immer das sein mag. Nach den Militärgesetzen des Imperiums gilt *das* als Desertion, Soldat.« Während er noch sprach, kam der Malazaner um ihn herum; seine Armbrust war noch immer auf den Assassinen gerichtet.

Kalam sah einen Mann vor sich, der eigentlich halb tot war und sich kaum noch auf den Beinen halten konnte. Er war klein und gedrungen und trug die zerfetzten Überreste der Uniform eines Außenpostens, ein hellgraues Lederwams und einen dunkelgrauen Wappenrock. Sein Gesicht war, ebenso wie seine Hände und Unterarme, von einem Netzwerk von Kratzern bedeckt. Eine tiefe Wunde verunzierte sein stoppeliges Kinn, und der Helm, der seine Augen beschattete, war verbeult. Die Spange an seinem Wappenrock zeigte, dass er den Rang eines Hauptmanns bekleidete.

Die Augen des Assassinen weiteten sich, als er das sah. »Es kommt nicht oft vor, dass ein Hauptmann desertiert ...«

»Er ist nicht desertiert«, sagte die Frau, die sich jetzt wieder vollständig erholt hatte und die Waffen der toten Banditen begutachtete. Sie fand einen leichten Tulwar und erprobte seine Balance mit ein paar Hieben. Im Schein des Feuers konnte Kalam sehen, dass sie durchaus hübsch war, von mittlerer Statur, mit grauen Strähnen im Haar. Ihre Augen waren von einem erstaunlich hellen Grau. Sie hob einen Schwertgürtel auf und legte ihn sich um.

»Wir kommen aus Orbal«, sagte der Hauptmann. Seine Stimme ließ erkennen, dass er Schmerzen hatte. »Ursprünglich waren wir eine ganze Kompanie. Wir haben Flüchtlinge – unsere Familien – eskortiert. Dann sind wir direkt in eine Armee hineingelaufen – der Vermummte soll sie holen –, die auf dem Marsch nach Süden war.«

»Wir sind die Einzigen, die noch übrig sind«, fügte die Frau hinzu. Sie drehte sich um und deutete in die Dunkelheit. Eine zweite Frau – ein jüngeres, schlankeres Ebenbild der ersten – und zwei Kinder traten vorsichtig ins Licht; die Frau zögerte einen Augenblick und rannte dann zu dem Hauptmann hinüber.

Der Mann hielt noch immer seine Armbrust auf Kalam gerichtet; sie schwankte. »Meine Frau, Selv«, sagte er und wies auf die Frau, die jetzt an seiner Seite war. »Und das sind unsere Kinder. Und Selvs Schwester Minala. Das sind wir. Und jetzt lass uns deine Geschichte hören.«

»Ich bin Korporal Kalam, vom Neunten Trupp ... ein Brückenverbrenner. Jetzt wisst Ihr, warum ich keine Uniform trage, Hauptmann.«

Der Mann grinste. »Ihr seid zu Gesetzlosen erklärt worden. Aber warum marschierst du nicht mit Dujek? Oder bist du doch nur in dein Heimatland zurückgekehrt, um dich dem Wirbelwind anzuschließen?«

»Ist das da dein Pferd?«, fragte Minala.

Der Assassine drehte sich um und sah, dass sein Reittier gelassen ins Lager getrottet kam. »Ja.«

»Du kennst dich mit Pferden aus«, sagte sie.

»Es hat mich eine Riesensumme gekostet, und was teuer ist, ist wahrscheinlich auch gut. Das habe ich zumindest angenommen. Und danach habe ich mir mein Pferd ausgesucht.«

»Du hast uns noch immer nicht erklärt, warum du hier bist«, murmelte der Hauptmann, doch Kalam konnte sehen, dass er sich ein wenig entspannt hatte.

»Ich habe gerochen, dass es zum Aufstand kommen würde«, sagte der Assassine. »Das Imperium hat dem Reich der Sieben Städte den Frieden gebracht. Sha'ik will die Rückkehr zu den alten Zeiten – zu Tyrannen, Grenzkriegen und Gemetzel. Ich reite nach Aren. Dort werden die Truppen landen, die die Vergeltung bringen – und wenn ich Glück habe, kann ich mich unter sie mischen, vielleicht sogar als Führer.«

»Dann wirst du mit uns reiten, Korporal«, sagte der Hauptmann. »Wenn du tatsächlich ein Brückenverbrenner bist, weißt du, was es heißt, Soldat zu sein, und wenn du mir das auf dem Weg nach Aren beweist, werde ich dafür sorgen, dass du ohne großes Aufsehen in die Armee des Imperiums zurückkehren kannst.«

Kalam nickte. »Kann ich jetzt meine Waffen aufheben, Hauptmann?«

»Nur zu.«

Der Assassine kauerte sich hin, griff nach seinem Langmesser, zögerte. »Oh, eines noch, Hauptmann ...«

Der Mann war zusammengesackt und lehnte sich gegen seine Frau. Er blickte Kalam aus trüben Augen an. »Was denn?«

»Es wäre besser, wenn sich mein Name ändern würde ... ich meine, offiziell. Ich möchte nicht am Galgen baumeln, nur weil in Aren jemand aufgepasst hat. Zugegeben, Kalam ist ein weit verbreiteter Name, aber es besteht immerhin die Gefahr, dass mich jemand erkennen könnte ...«

»*Der* Kalam bist du also? Du hast was vom Neunten Trupp gesagt, stimmt's? Beim Atem des Vermummten!« Falls der Hauptmann noch mehr hatte sagen wollen, so kam es nicht dazu, denn seine Knie gaben plötzlich nach. Mit einem leisen Wimmern ließ seine Frau ihn zu Boden gleiten, dann sah sie erst ihre Schwester und dann Kalam mit furchtsam geweiteten Augen an.

»Beruhige dich, Frau«, sagte der Assassine, während er sich langsam aufrichtete. Er grinste. »Ich bin jetzt wieder in der Armee.«

Die beiden Jungen – der eine mochte ungefähr sieben Jahre alt sein, der andere vielleicht vier – gingen mit übertriebener Vorsicht auf den bewusstlosen Mann und die Frau zu. Als die Frau sie sah, breitete sie die Arme aus. Die Jungen stürzten sich in ihre Umarmung.

»Er wurde niedergetrampelt«, sagte Minala. »Einer der Banditen hat ihn hinter seinem Pferd hergezogen. Nach sechzig Schritt konnte er das Seil durchschneiden.«

Frauen, die in Garnisonen lebten, waren entweder Huren oder Ehefrauen; es gab keinen Zweifel daran, was Minala gewesen war. »Dein Mann war auch in der Kompanie?«

»Er hat sie kommandiert, aber jetzt ist er tot.«

Es hätte auch eine Bemerkung über das Wetter sein können, so wenig Gefühl hatte in den Worten mitgeschwungen; Kalam konnte spüren, dass diese Frau sich eisern beherrschte. »Und der Hauptmann ist dein Schwager?«

»Er heißt Keneb. Meine Schwester Selv hat er dir schon vorgestellt. Der ältere der beiden Jungen heißt Kesen, der jüngere Vaneb.«

»Ihr stammt aus Quon?«

»Das ist schon lange her.«

Nicht gerade der gesprächige Typ. Der Assassine warf einen Blick auf Keneb. »Wird er durchhalten?«

»Ich weiß es nicht. Er hat Schwindelanfälle und verliert immer wieder das Bewusstsein.«

»Verzerrt sich dabei sein Gesicht? Verschluckt er Silben?«

»Nein.«

Kalam ging zu seinem Pferd und griff nach den Zügeln.

»Wo gehst du hin?«, wollte Minala wissen.

»Da hinten gibt es noch einen Banditen, der Lebensmittel, Wasser und Pferde bewacht – alles Dinge, die wir brauchen können.«

»Dann gehen wir alle.«

Kalam wollte ihr widersprechen, doch Minala hob die Hand. »Denk nach, Korporal. Wir haben die Pferde der Banditen. Wir alle können reiten. Die Jungen haben schon im Sattel gesessen, noch bevor sie laufen konnten. Außerdem – wer soll uns beschützen, wenn du fort bist? Was passiert, wenn du im Kampf mit diesem letzten Banditen verwundet wirst?« Sie drehte sich zu ihrer Schwester um. »Wir werden Keneb über einen Sattel legen, Selv. Einverstanden?«

Die junge Frau nickte.

Der Assassine seufzte. »Aber überlasst den Wachposten mir.«

»Das werden wir tun. So, wie Keneb reagiert hat, scheinst du einen besonderen Ruf zu haben.«

»Bin ich berühmt – oder berüchtigt?«

»Ich gehe davon aus, dass er mehr erzählen wird, wenn er wieder zu sich kommt.«

Das will ich nicht hoffen. Je weniger sie über mich wissen, desto besser.

Ungefähr eine Stunde vor Sonnenaufgang und tausend Schritt vom Lagerplatz der Banditen entfernt hob Kalam eine Hand und ließ die Gruppe anhalten. »Das alte Flussbett«, zischte er und deutete nach vorn. »Ihr wartet hier. Alle. Ich gehe zu Fuß weiter. Es wird nicht lange dauern.«

Kalam zog den besten Bogen der Banditen aus der Scheide am Sattel und suchte die beiden Pfeile aus, deren Befiederung am wenigsten zerzaust war. »Lade die Armbrust«, sagte er zu Minala. »Falls irgendetwas schief gehen sollte.«

»Und woher werde ich das wissen?«

Der Assassine zuckte die Schultern. »Vertrau auf dein Gefühl.« Er warf einen Blick auf Keneb. Der Hauptmann hing quer über seinem Sattel. Er war noch immer bewusstlos. Das sah nicht gut aus. Bei Kopfverletzungen ließ sich nie abschätzen, wie sie sich entwickelten.

»Er atmet noch«, sagte Minala leise.

Kalam grunzte, dann machte er sich auf den Weg. Nach wenigen Schritten verfiel er in einen leichten Trab.

Lange bevor er das hohe Gras erreichte, das die Uferböschung säumte, konnte er bereits den Schein des Lagerfeuers sehen. Sie waren immer noch sorglos. Ein gutes Zeichen. Im Gegensatz zu den Stimmen, die er hören konnte. Er ließ sich zu Boden sinken und glitt auf dem Bauch durch das taufeuchte Gras.

Eine weitere Banditenbande war angekommen. Und hatte Geschenke mitgebracht. Kalam konnte die reglosen, lang ausgestreckten Körper von fünf Frauen sehen, die mitten im Lager auf dem Boden lagen. Sie waren vergewaltigt und anschließend getötet worden. Zusätzlich zu Bordus Wachposten waren es jetzt noch sieben weitere Männer, die gemeinsam ums Feuer herumsaßen. Alle gut bewaffnet und in ledernen Rüstungen.

Bordus Wachposten sprudelte mit jedem Atemzug ein Dutzend Worte heraus. »… will bestimmt nicht, dass die Pferde müde werden. Also werden die Gefangenen laufen müssen. Zwei Frauen. Zwei Jungen. Wie ich gesagt habe. Bordu hat alles geplant. Und ein Pferd, das eines Fürsten würdig wäre. Ihr werdet schon sehen …«

»Bordu wird uns das Pferd schenken«, sagte einer der Neuankömmlinge mit grollender Stimme. Es war eine Feststellung, keine Frage.

»Natürlich wird er das tun. Und einen der Jungen dazu. Bordu ist ein großzügiger Kommandeur, Herr, sehr großzügig …«

Herr. Anscheinend waren dies echte Soldaten des Wirbelwinds.

Kalam zog sich ein Stück zurück, zögerte kurz. Einen Augenblick später, nachdem sein Blick erneut auf die ermordeten Frauen gefallen war, fluchte er lautlos vor sich hin.

Ein leises Klacken ertönte ganz dicht neben seiner Schulter. Der Assassine erstarrte, dann wandte er langsam den Kopf. Neben ihm hockte Apt, tief auf den Boden geduckt; ein langer Speichelfaden hing ihm aus dem Maul. Der Dämon blinzelte wissend.

»Dann bist du also diesmal dabei?«, flüsterte Kalam. »Oder bist du nur gekommen, um zuzusehen?«

Natürlich gab der Dämon keine Antwort.

Der Assassine legte den besseren der beiden Pfeile auf die Sehne, leckte sich die Finger und strich mit ihnen über die Befiederung. Es hatte wenig Sinn, sorgfältig zu planen – er musste einfach acht Männer töten.

Noch immer im hohen Gras verborgen, erhob er sich in eine Kauerstellung. Er holte tief Luft, spannte gleichzeitig den Bogen. Einen langen Augenblick rührte er sich nicht, atmete weder aus, noch schoss er den Pfeil ab. Doch dann …

Es war der Schuss, den er gebraucht hatte. Der Pfeil drang dem Anführer des Trupps ins linke Auge und ging bis zur Rückseite des Schädels durch; es gab ein deutlich hörbares knirschendes Geräusch, als die eiserne Spitze sich in den Knochen bohrte. Der Kopf des Mannes ruckte zurück, sein Helm fiel zu Boden.

Während der Leichnam noch schwankte und schließlich in der Hüfte nach vorn knickte, hatte Kalam bereits den zweiten Pfeil auf der Sehne. Er suchte sich den Mann aus, der am schnellsten zu reagieren schien, einen großen Krieger, der mit dem Rücken zu ihm saß.

Der Pfeil flog zu hoch – daran war der verbogene Schaft schuld. Er traf die rechte Schulter des Kriegers, wurde vom Schulterblatt abgelenkt und bohrte sich unter den Helmrand. Doch das Glück blieb Kalam treu, denn der Mann fiel vornüber ins Feuer; er war auf der Stelle tot. Funken stoben auf, als der Leichnam die Flammen erstickte. Als hätte jemand einen riesigen Mantel über die Szene geworfen, wurde es dunkel.

Der Assassine ließ den Bogen fallen und schlich sich näher an die brüllenden, erschrockenen Männer heran. Er hatte zwei Messer in der rechten Hand, wählte sorgfältig seine Ziele aus. Seine linke Hand war kaum mehr als ein verschwommenes Zucken, als er mit einer blitzschnellen Bewegung das erste Messer warf. Ein Krieger schrie auf. Ein anderer entdeckte den Assassinen. Er starb, kaum dass er seine Entdeckung herausgebrüllt hatte.

Kalam zog sein Langmesser und den Dolch. Ein Tulwar zischte an seinem Kopf vorbei. Er duckte sich, drängte sich ganz nah an den

Angreifer und rammte ihm den Dolch unters Kinn. Da er keinen Knochen getroffen hatte, konnte er die Klinge ohne Probleme wieder zurückziehen, gerade noch rechtzeitig, um einen Lanzenstoß zu parieren, einen großen Schritt zu machen, und einem weiteren Mann die Kehle aufzuschlitzen.

Die Klinge eines Tulwar streifte seine Schulter. Der Hieb war zu wild und ungestüm, um durch das Kettenhemd unter Kalams Telaba zu dringen. Der Assassine wirbelte herum, ein Rückhand-Hieb zerfetzte dem Angreifer Wange und Nase. Der Mann taumelte zurück.

Der Assassine beförderte ihn mit einem Fußtritt zur Seite. Die drei letzten Krieger und Bordus Wachposten zogen sich ein Stück zurück, um sich neu zu formieren. Die Reaktion der Banditen machte Kalam klar, dass sie geglaubt hatten, ein ganzer Trupp hätte sie angegriffen. Während sie verzweifelt in den Schatten nach ihren Gegnern suchten, nutzte er die Zeit, um den Mann, dem er das Gesicht zerschnitten hatte, endgültig zu erledigen.

»Verteilt euch!«, zischte einer der Krieger. »Jelem, Hanor, holt die Armbrüste!«

Darauf zu warten wäre Selbstmord gewesen. Kalam griff an, stürzte sich auf den Mann, der das Kommando übernommen hatte. Dieser wich verzweifelt zurück, der Tulwar in seiner Hand zuckte hierhin und dorthin, als er versuchte, auf die komplizierten Finten des Assassinen zu reagieren, in der Hoffnung, dass er auch die Finte abblocken würde, die der echte Angriff war. Doch dann ließ sich der Mann von seinen Instinkten dazu hinreißen, diese Taktik aufzugeben und einen Gegenangriff zu wagen.

Worauf der Assassine nur gewartet hatte. Er fing den abwärts gerichteten Hieb des Banditen an dessen Handgelenk ab – mit der Spitze seines Dolches. Der Krieger schrie voller Schmerz auf, als er sich den Arm auf der Klinge aufspießte und ihm seine Waffe in hohem Bogen aus der zuckenden Hand flog.

Kalam rammte dem Mann das Langmesser in die Brust, duckte sich und wirbelte herum, um der überhasteten Attacke von Bordus

Wachposten auszuweichen. Er hatte nicht damit gerechnet, dass der Mann den Mut zu einem Angriff aufbringen würde, und entging nur haarscharf dem Tod. Seine Rettung war, dass er sich innerhalb der Reichweite des Wachpostens aufrichtete. Kalam stach mit dem Dolch zu, traf den Mann noch unterhalb der Gürtelschnalle. Heiße Flüssigkeit spritzte über den Unterarm des Assassinen. Der Wachposten kreischte auf, knickte ein und begrub sowohl den Dolch als auch die Hand, die die Waffe hielt, unter sich.

Der Assassine ließ den Dolch los und trat um den Mann herum.

Die beiden Krieger, die noch übrig waren, kauerten zwanzig Schritt entfernt am Boden und luden ihre Armbrüste. Es waren malazanische Waffen, und Kalam sah sofort, dass die beiden Männer mit dem Lademechanismus nicht vertraut waren. Ein tödlicher Fehler. Er selbst konnte eine solche Armbrust in vier Sekunden schussbereit machen.

Der Assassine gewährte den Kriegern nicht einmal diese vier Sekunden, sondern stürzte sich blitzschnell auf sie. Einer der beiden versuchte immer noch, die Kurbel festzustellen; doch er war so verängstigt, dass er viel zu hektisch herumhantierte, bis der Bolzen aus der Nut sprang und zu Boden fiel. Der andere Mann warf seine Armbrust mit einem Knurren beiseite und zog seinen Tulwar gerade noch rechtzeitig, um Kalams Angriff zu parieren. Seine Waffe hatte die größere Reichweite und war schwerer, doch das nützte ihm nichts, als ihn plötzlich der Mut verließ und er wie erstarrt stehen blieb.

»Bitte …«

Das Wort begleitete seinen letzten Atemzug, als Kalam den Tulwar beiseite schlug, die rasiermesserscharfe Klinge seines Langmessers in einer blitzschnellen Bewegung herumschwang und dem Mann die Kehle aufschlitzte. Er zog den Hieb durch, verwandelte ihn in einen seitwärts geführten Stoß, der die Brust des anderen Mannes durchbohrte, durch Leder, Haut und zwischen den Rippen hindurchglitt und die Lunge traf. Würgend brach der Krieger zusammen. Der Assassine beendete sein Leiden mit einem weiteren Stoß.

Es war still; nur Bordus Wachposten gab noch ein leises Stöhnen von sich. Aus einem Gehölz aus niedrigen Bäumen, das dreißig Schritt flussabwärts lag, drang leises Gezwitscher; die ersten Vögel waren in der Morgendämmerung erwacht. Kalam ließ sich auf ein Knie sinken, füllte seine Lungen in tiefen Atemzügen mit kühler, süßer Luft.

Er hörte, wie ein Pferd die südliche Uferböschung herunterkam, und drehte sich um. Es war Minala. Die Armbrust in ihren Händen richtete sich von einer Leiche auf die nächste, während ihre Blicke die Lichtung absuchten; dann entspannte sie sich sichtlich, starrte Kalam aus weit aufgerissenen Augen an. »Ich zähle acht.«

Der Assassine nickte; er rang noch immer nach Luft. Langsam streckte er den Arm aus und reinigte Klinge und Heft seines Langmessers an der Telaba seines letzten Opfers. Schließlich betrachtete er noch einmal prüfend die Schneide der Waffe, bevor er sie wieder in die Scheide an seinem Gürtel schob.

Bordus Wachposten hatte endlich aufgehört zu stöhnen.

»Acht ...«

»Wie geht es dem Hauptmann?«

»Er ist wach. Er ist erschöpft, hat vielleicht auch Fieber.«

»Ungefähr vierzig Schritt von hier in Richtung Osten ist eine andere Lichtung«, sagte Kalam. »Ich würde vorschlagen, dass wir heute dort lagern. Ich brauche ein bisschen Schlaf.«

»Ja.«

»Wir müssen die Überreste dieses Lagers entfernen ... die Leichen ...«

»Überlass das Selv und mir. Uns kann so leicht nichts schockieren. Nicht mehr ...«

Ächzend streckte sich der Assassine und schickte sich an, sich seine anderen Waffen zurückzuholen. Minala beobachtete ihn.

»Da waren noch zwei«, sagte sie.

Kalam verharrte mitten in der Bewegung, über eine Leiche gebeugt. Dann blickte er auf. »Was?«

»Sie haben die Pferde bewacht. Sie sehen aus ...« Sie zögerte, fuhr dann jedoch grimmig fort: »Sie wurden in Stücke gerissen. Es ... es fehlen große Stücke. Und man kann die Spuren von Zähnen erkennen.«

Der Assassine grunzte ein zweites Mal und richtete sich langsam auf. »Ich hatte in letzter Zeit nicht allzu viel zu essen«, murmelte er.

»Vielleicht ein Bär, einer von den großen braunen, die gelegentlich die Ebene unsicher machen. Er hat das Durcheinander zu seinem Vorteil genutzt, um die beiden Wachen zu überfallen. Hast du die Pferde wiehern gehört?«

»Vielleicht.« Er musterte ihr Gesicht, fragte sich, was hinter diesen beinahe silbernen Augen wohl vorgehen mochte.

»Ich habe sie nicht gehört, aber es gab ziemlich viel Geschrei, und in solchen Flussbetten scheinen Geräusche mal von hier und mal von dort zu kommen. Wie auch immer, es wäre zumindest eine mögliche Erklärung, findest du nicht auch?«

»Hm, könnte sein.«

»Gut. Ich werde jetzt zu den anderen zurückreiten. Es wird nicht lange dauern.«

Sie wendete ihr Pferd, ohne die Zügel zu benutzen, da sie immer noch die Armbrust in Händen hielt. Kalam war sich nicht ganz sicher, wie sie das machte. Er erinnerte sich daran, wie sie einige Stunden zuvor auf einem Steigbügel gekauert hatte, wie sie über die Sättel getanzt war. *Diese Frau kann mit Pferden umgehen.*

Während sie ihr Reittier die Uferböschung hinauflenkte, ließ der Assassine seine Blicke über die grässliche Szenerie schweifen. »Beim Vermummten«, murmelte er schwer atmend, »ich brauche verdammt noch mal ein bisschen Ruhe.«

»Kalam, der mit Elster die Raraku durchquert hat ...« – Hauptmann Keneb schüttelte den Kopf und stocherte erneut im Feuer herum.

Die Abenddämmerung brach gerade herein. Der Assassine hatte lange und tief geschlafen und war eben erst aufgewacht. Die erste Stunde nach dem Wachwerden war nie besonders angenehm für ihn. Schmerzende Gelenke, alte Wunden – immer, wenn er schlief, holten ihn die Jahre ein. Selv hatte starken Tee gebraut. Sie schenkte Kalam einen Becher ein. Er starrte in die ersterbenden Flammen.

»Ich hätte niemals geglaubt, dass ein einziger Mann innerhalb weniger Minuten acht Gegner töten könnte«, sagte Minala.

»Kalam wurde in die Klaue rekrutiert«, sagte Keneb. »Das geschieht höchst selten. Normalerweise holen sie sich Kinder, bilden sie aus …«

»Sie bilden sie aus?«, unterbrach ihn der Assassine. »Sie drillen und indoktrinieren sie.« Er schaute auf und sah Minala an. »Eine Gruppe von Kriegern anzugreifen ist nicht so unmöglich, wie du glaubst. Der einzelne Angreifer ist auf sich allein gestellt, niemand macht den ersten Schritt für ihn. Acht oder zehn Mann … nun, die denken, sie sollten sich alle auf mich stürzen und mich niedermachen. Nur – wer geht als Erster? Also zögern alle, warten darauf, dass ich mir eine Blöße gebe. Meine Aufgabe ist es, in Bewegung zu bleiben, dafür zu sorgen, dass jede Blöße schon wieder geschlossen ist, ehe sie reagieren können. Wohlgemerkt, ein Trupp von Veteranen weiß, wie man zusammenarbeitet …«

»Dann hattest du Glück, dass sie es nicht gewusst haben.«

»Ich hatte Glück.«

Kesen, der ältere der beiden Jungen, meldete sich zu Wort. »Könnt Ihr mir beibringen, so zu kämpfen, Herr?«

Kalam grunzte. »Ich nehme an, dein Vater hat sich ein besseres Leben für dich vorgestellt, mein Junge. Kämpfen ist nur etwas für Leute, die in allen anderen Bereichen gescheitert sind.«

»Aber Kämpfer sind nicht unbedingt Soldaten«, sagte Keneb.

»Das ist richtig«, stimmte der Assassine zu, der spürte, dass er irgendwie den Stolz des Hauptmanns verletzt hatte. »Soldaten verdienen Respekt, und es stimmt, dass es manchmal notwendig ist, zu kämpfen. Soldat zu sein bedeutet, fest zu stehen, wenn diese Zeit kommt. Wenn du immer noch lernen willst, wie man kämpft, mein Junge, dann lerne zuerst, ein Soldat zu sein.«

»Mit andern Worten: Hör auf deinen Vater«, sagte Minala und schenkte Kalam ein kurzes gequältes Lächeln.

Schließlich – auf Grund einer Geste oder eines Blicks, den der Assassine nicht mitbekommen hatte – erhob sich Selv und ging mit den Jungen davon, um das Lager vollends abzubrechen. Sobald sie außer Hörweite waren, sagte Keneb: »Aren ist … wie weit entfernt? Drei Monate? Beim Atem des Vermummten, es muss doch irgendwo eine von den Malazanern gehaltene Stadt oder eine Festung geben, die ein bisschen näher liegt, Korporal.«

»Ich habe immer nur schlechte Neuigkeiten gehört«, sagte Kalam. »Im Süden von hier liegt das Land der Stammeskrieger; es erstreckt sich bis zum Vathar. Ubaryd liegt nicht weit vom Vathar entfernt, aber ich vermute, dass die Stadt mittlerweile von Sha'iks Apokalypse eingenommen wurde – sie ist als Hafen einfach zu wichtig, um sie sich nicht zu sichern. Zweitens nehme ich an, dass die meisten Stämme zwischen hier und Aren ihre Gebiete verlassen und sich Kamist Reloe angeschlossen haben.«

Keneb machte ein überraschtes Gesicht. »Reloe?«

Kalam runzelte die Stirn. »Die Banditen haben davon gesprochen, dass er sich südöstlich von hier befinden soll …«

»Eher östlich als südlich. Reloe jagt Faust Coltaine und die Siebte Armee. Er hat sie wahrscheinlich inzwischen schon ausgelöscht, doch wie auch immer – seine Streitkräfte sind östlich des Sekala, in jenem Gebiet, das er im Auftrag Sha'iks halten soll.«

»Ihr wisst sehr viel mehr von diesen Dingen als ich«, meinte der Assassine.

»Wir hatten Tithandi-Bedienstete«, sagte Minala. »Sie waren loyal.«

»Sie haben mit ihrem Leben dafür bezahlt«, fügte der Hauptmann hinzu.

»Dann befindet sich südlich von hier eine Armee der Apokalypse?

Keneb nickte. »Ja. Und sie bereitet sich darauf vor, nach Aren zu marschieren.«

Der Assassine runzelte die Stirn. »Sagt mir eins, Hauptmann … habt Ihr jemals den Begriff ›Jhistal‹ gehört?«

»Nein … nicht im Reich der Sieben Städte. Warum?«

»Die Banditen haben davon gesprochen, dass sich ›ein Jhistal in Aren‹ befinden soll. Als wäre es ein rasierter Knöchel.« Er schwieg einen Moment, seufzte dann. »Wer kommandiert diese Armee?«

»Korbolo Dom, dieser verdammte Bastard.«

Kalam kniff die Augen zu schmalen Schlitzen zusammen. »Aber Dom ist eine Faust …«

»Das war er, bis er eine Einheimische geheiratet hat, die zufällig die Tochter des letzten Heiligen Beschützers von Halaf war. Er wurde zum Abtrünnigen und musste die Hälfte seiner Soldaten hinrichten, weil sie sich weigerten, ihm weiterhin zu folgen. Die andere Hälfte hat die Uniform des Imperiums abgelegt, sich zu einer Söldner-Kompanie erklärt und ist in Korbolo Doms Dienste getreten. Diese Kompanie hat uns in Orbal angegriffen. Sie nennen sich die Wirbelwind-Legion oder so ähnlich.« Keneb stand auf und trat die letzten noch glimmenden Reste des Lagerfeuers aus. »Sie kamen wie Verbündete in die Stadt geritten. Wir hatten nicht den leisesten Verdacht.«

Das war noch nicht die ganze Geschichte, wie der Assassine deutlich spürte. »Ich erinnere mich an Korbolo«, murmelte er.

»Das hab ich mir gedacht. Er war Elsters Nachfolger, oder?«

»Eine Zeit lang. Nach der Raraku. Ein hervorragender Stratege, aber für meinen Geschmack ein bisschen zu blutrünstig. Auch für Laseen, deshalb hat sie ihn in Halaf versauern lassen.«

»Und stattdessen Dujek befördert.« Der Hauptmann lachte. »Der jetzt zum Ausgestoßenen erklärt wurde.«

»Nun, es gibt da eine Ungerechtigkeit, von der ich Euch eines Tages einmal erzählen werde«, sagte Kalam, während er aufstand. »Wir sollten sehen, dass wir wegkommen. Es könnte sein, dass diese Banditen noch mehr Freunde haben, die sich hier irgendwo in der Nähe rumtreiben.«

Als er sein Pferd zum Aufbruch bereitmachte, spürte er, dass Minala ihn beobachtete, was ihn etwas beunruhigte. Erst vor vierundzwanzig Stunden war ihr Mann gestorben, hatte sie ihren Halt verloren. Kalam war ein Fremder, der praktisch die Führung übernommen hatte, obwohl ihr Schwager einen höheren Dienstgrad besaß. Zum ersten Mal seit langer Zeit musste ihr klar geworden sein, dass sie durchaus eine Chance hatten, das hier zu überleben, wenn er dabei war. Das war jedoch genau die Art von Verantwortung, auf die er lieber verzichtet hätte. *Andererseits haben mir tüchtige Frauen immer gefallen. Doch dass sie sich so kurz nach dem Tod ihres Ehemannes schon wieder für jemanden interessiert – das ist wie eine Blüte auf einem toten Stängel. Reizvoll, aber nicht von langer Dauer.* Sie war tüchtig, doch wenn er es zuließ, würden ihre eigenen Bedürfnisse diese Tüchtigkeit beeinträchtigen. *Das wäre nicht gut für sie. Und außerdem, wenn ich sie hinters Licht führe, würde sie genau das verlieren, was sie besonders reizvoll für mich macht. Am besten, ich lasse die Finger von ihr und gebe mich weiterhin unnahbar.*

»Korporal Kalam«, sagte Minala. Sie stand direkt hinter ihm.

Er drehte sich um. »Was ist?«

»Die Frauen da. Ich finde, wir sollten sie begraben.«

Der Assassine zögerte, dann wandte er sich wieder dem Sattelgurt seines Pferdes zu. »Keine Zeit«, brummte er. »Mach dir lieber Sorgen um die Lebenden, nicht um die Toten.«

»Das tue ich. Aber wir haben zwei kleine Jungen bei uns, die man daran erinnern sollte, was Respekt bedeutet.« Ihr Tonfall war schärfer geworden.

»Aber nicht jetzt.« Er schaute sie wieder an. »Respekt wird ihnen nicht helfen, wenn sie tot sind oder ein noch schlimmeres Schicksal erleiden. Wenn du dich davon überzeugt hast, dass alle anderen zum Aufbruch bereit sind, geh zu deinem Pferd.«

Sie wurde blass. »Der Hauptmann gibt hier die Befehle.«

»Der Hauptmann hat einen zermatschten Schädel und glaubt immer noch, das hier wäre ein Familienausflug. Schau ihn dir doch an – wenn er seine klaren Momente hat, kannst du die Furcht in seinen Augen erkennen. Und jetzt willst du dem Mann noch eine weitere Last aufbürden. Schon der kleinste Anstoß könnte dafür sorgen, dass er sich ganz in sein Inneres verkriecht, und welchen Nutzen hätte er dann noch? Und für wen?«

»Na gut!«, schnappte sie und wirbelte herum.

Er blickte ihr nach, als sie davonstapfte. Selv und Keneb standen bei ihren Pferden; sie waren zu weit weg, um irgendetwas von dem Wortwechsel verstanden zu haben, jedoch nahe genug, um mitbekommen zu haben, dass zwischen dem Assassinen und Minala dunkle Wolken aufgezogen waren. Einen Augenblick später kamen die Kinder in Sicht. Sie ritten gemeinsam auf einem Pferd; der Siebenjährige saß vorn, stolz und hoch aufgerichtet, und sein jüngerer Bruder hielt sich an ihm fest. Beide wirkten älter, als sie waren.

Respekt vor dem Leben. Oh, ja, sicher. Die andere Lektion ist die, wie billig ein Menschenleben werden kann. Vielleicht hängt das Erstere vom Letzteren ab; in diesem Fall wären sie auf dem richtigen Weg.

»Fertig«, sagte Minala mit kalter Stimme.

Kalam schwang sich in den Sattel. Er ließ seine Blicke durch die zunehmende Dunkelheit schweifen. *Bleib in der Nähe, Apt. Aber komm uns nicht zu nahe.*

Sie verließen das Flussbett und ritten in die grasbewachsene Odhan hinaus, Kalam an der Spitze. Zum Glück war der Dämon scheu.

Die plötzliche Welle erwischte sie von backbord, eine gewaltige, schmutzig trübe Wand, die über die Reling sprang und auf das Deck krachte wie ein Erdrutsch aus Schlamm. Das Wasser floss innerhalb von Sekunden ab, ließ Felisin und die anderen auf dem Hauptdeck knietief in faulig riechendem Schlick zurück. Die Pyramide aus Köpfen war nur noch ein formloser Hügel.

Heboric kam zu ihr gekrochen, sein Gesicht war schlammverschmiert. »Dieser Schlamm!«, keuchte er, machte dann eine Pause, um etwas davon auszuspucken. »Schau doch, was da drin ist!«

Sie fühlte sich fast zu elend, um zu antworten, nahm sich aber trotzdem eine Hand voll Schlamm und betrachtete sie. »Er ist voller Samen«, sagte sie. »Und halb verfaulter Pflanzenstücke …«

»Ja! Grassamen und verfaulte Gräser – begreifst du denn nicht, Mädchen? Da unten ist kein Meeresgrund. Da ist eine grasbewachsene Steppe. Eine überschwemmte Steppe. Dieses Gewirr ist überflutet worden. Erst vor kurzem.«

Sie gab ein unwilliges Geräusch von sich; sie hatte keine Lust, sich von seiner Aufregung anstecken zu lassen. »Und – ist das eine Überraschung? Man kann nicht mit dem Schiff über eine Grassteppe segeln, oder kannst du das?«

Er kniff die Augen zusammen. »Da ist was dran, Felisin.«

Der Schlamm um ihre Schienbeine fühlte sich merkwürdig an – krabbelnd, ruhelos. Sie achtete nicht weiter auf den ehemaligen Priester, sondern watete zum Achterdeck. So hoch war die Woge nicht gekommen. Gesler und Stürmisch waren beide am Steuerruder; sie brauchten alle vier Hände, um den Kurs zu halten. Kulp stand bei ihnen. Er wartete darauf, den Mann abzulösen, den zuerst die Kräfte verließen. Mittlerweile hatte er allerdings schon sehr lange gewartet. Offensichtlich trugen Gesler und Stürmisch eine Art Wettstreit aus; es war jetzt eine Frage des Stolzes – keiner wollte vor dem anderen aufgeben. Die Art und Weise, wie sie sich angrinsten, bestärkte Felisin in ihrer Überzeugung. *Diese Idioten! Sie werden gleichzeitig zusammenbrechen, und dann muss der Magier ganz allein das Ruder halten.*

Der Himmel über ihnen befand sich noch immer in Aufruhr. Blitze zuckten in alle Richtungen. Die Oberfläche des Meeres widersetzte sich dem kreischenden Wind; das schlammige Wasser hob und senkte sich in einer trägen, ziellosen Dünung. Obwohl ein Dutzend Ruder abgebrochen waren, ruderten die kopflosen Ruderer unaufhörlich weiter; die zersplitterten Schäfte bewegten sich im Gleichklang mit jenen, die noch immer das Wasser durchpflügten. Die Trommel dröhnte ohne Pause, antwortete dem Donnergrollen am Himmel mit ihrer genau bemessenen, unerschütterlichen Geduld.

Sie erreichte die Stufen, die zum Achterdeck hinaufführten, kletterte aus dem Schlamm heraus und blieb einen Augenblick später überrascht stehen. Der Schlamm floh von ihrer Haut, als wäre er lebendig; er glitt von ihren Beinen, um sich wieder mit dem wabbelnden Teich zu vereinen, der das Hauptdeck bedeckte.

Heboric, der in der Nähe des Hauptmasts kauerte, schrie plötzlich auf. Seine Blicke waren auf den Schlamm um ihn herum gerichtet, dessen Zittern und Beben immer stärker wurde. »Da ist irgendwas drin!«

»Kommt hierher!«, rief Wahr, der auf den Stufen zum Vorderdeck stand, und streckte einen Arm aus. Baudin hatte den anderen Arm des jungen Burschen gepackt und gab ihm auf diese Weise Halt. »Schnell! Da kommt was raus!«

Felisin stieg eine Stufe höher.

Der Schlamm verwandelte sich, schob sich zu Formen zusammen, die an menschliche Gestalten erinnerten. Feuersteinklingen erschienen, einige grau, die anderen von tiefem Chalcedon-Rot. Langsam schälten sich verdreckte, durchnässte Felle heraus, die auf breiten, knochigen Schultern lagen. Polierte Knochenhelme schimmerten golden und braun – die Schädel von Tieren, von denen Felisin sich nicht vorstellen konnte, dass sie irgendwo existierten. Jetzt waren lange Strähnen verfilzter Haare zu sehen, meist schwarz oder braun. Der Schlamm schien sich eher zu *verändern*, als von den Gestalten abzufallen. Diese Wesen waren eins mit ihm.

»T'lan Imass!«, schrie Kulp vom Achterdeck her. Er klammerte sich an den Besanmast. Die *Silanda* wurde von wilder Energie hin und her geschleudert. »Logros T'lan!«

Sie waren zu sechst. Alle trugen Felle, außer einem, der kleiner als die anderen war und zuletzt erschien. Er war mit den öligen, zerzausten Federn farbenprächtiger Vögel geschmückt, und sein langes Haar war eisengrau mit roten Strähnen. Muschelschalen, Geweihteile und Knochenschmuck hingen über seinem verrotteten Lederhemd, doch er schien keine Waffen zu tragen.

Ihre Gesichter waren verwelkt, die kräftigen Knochen lagen direkt unter der Haut. Ihre Augenhöhlen waren schwarze Abgründe. Die Wesen besaßen borstige Überreste von Bärten, außer dem silberhaarigen Geschöpf, das sich jetzt gerade aufrichtete und Kulp anblickte.

»Tritt beiseite, Diener des Angeketteten; wir sind wegen der Angehörigen unseres Volkes gekommen, und wegen der Tiste Edur.« Die Stimme gehörte einer Frau, und sie sprach malazanisch.

Ein anderer T'lan Imass wandte sich der Silberhaarigen zu. Er war bei weitem der größte von ihnen. Das Fell, das er sich um die Schultern gelegt hatte, stammte von irgendeiner Art von Bär, die Haare hatten silberne Spitzen. »Sterbliche Verehrer sind eine Plage«, sagte er in beinahe gelangweiltem Tonfall. »Wir sollten sie ebenfalls töten.«

»Das werden wir auch tun«, erwiderte die Angesprochene, »aber zunächst geht es um unsere Beute.«

»Hier sind keine Angehörigen eures Volkes«, sagte Kulp mit zittriger Stimme. »Und die Tiste Edur sind tot. Schaut selbst nach. Sie sind in der Kajüte des Kapitäns.«

Die weibliche T'lan Imass hob den Kopf. Zwei ihrer Gefährten marschierten zur Ladeluke. Dann drehte sie sich um und starrte Heboric an, der an der Reling des Vorderdecks stand. »Ruf den Magier herunter, der mit dir verbunden ist. Er ist eine Wunde. Und er breitet sich aus. Das muss ein Ende haben. Mehr noch, sag deinem Gott, dass solche Spiele ihn in große Gefahr bringen. Wir werden es nicht dulden, dass die Gewirre solche Schäden erleiden.«

Felisin lachte. Es klang ein bisschen hysterisch.

Als wären sie ein einziges Wesen, drehten sich alle T'lan Imass gleichzeitig um und starrten sie an.

Sie zuckte angesichts der leblosen Blicke zusammen, holte dann jedoch tief Atem, um sich zu sammeln. »Ihr mögt unsterblich sein, und auch mächtig genug, um den Ebergott herauszufordern«, sagte sie, »aber begriffen habt ihr bisher noch nichts.«

»Erkläre dich«, sagte die T'lan Imass.

»Fragt jemanden, der sich etwas daraus macht«, antwortete Felisin und erwiderte den Blick aus den schwarzen Augenhöhlen; sie war selbst überrascht, dass sie weder zusammenzuckte noch den Blick abwandte.

»Ich bin kein Priester von Fener mehr«, sagte Heboric und hob die handlosen Arme. »Wenn der Ebergott hier unter uns ist, so habe ich das noch nicht bemerkt, und es kümmert mich auch nicht besonders.

Der Zauberer, der diesen Sturm reitet, verfolgt uns und versucht uns zu vernichten. Ich weiß nicht, warum.«

»Er ist vom Wahnsinn des Otataral befallen«, sagte die T'lan Imass.

Die beiden Imass, die zur Kapitänskajüte geschickt worden waren, kehrten zurück. Obwohl keine lauten Worte gewechselt wurden, nickte die Frau. »Dann sind sie also tot. Und die von unserem Volk sind fort. Wir müssen die Jagd fortsetzen.« Sie richtete ihren Blick wieder auf Heboric. »Ich würde gern Hand an dich legen.«

Felisin stieß erneut ein raues Lachen aus. »Das würde ihn wieder vollständig machen.«

»Sei still, Mädchen«, knurrte Kulp. Er schob sich an ihr vorbei, um zum Hauptdeck hinunterzusteigen. »Wir sind keine Diener des Angeketteten«, sagte er. »Beim Atem des Vermummten, wer *ist* dieser Angekettete überhaupt? Ach was, ich will es gar nicht wissen. Wir sind nur durch Zufall an Bord dieses Schiffes, hatten es nicht etwa geplant ...«

»Wir haben nicht vorausgeahnt, dass dieses Gewirr überflutet sein könnte«, sagte die T'lan Imass.

»Man erzählt sich, dass ihr Ozeane überqueren könnt«, murmelte der Magier stirnrunzelnd. Felisin konnte sehen, dass er Schwierigkeiten hatte, den Worten der T'lan Imass zu folgen. Genau wie sie.

»Wir können Wasserflächen überqueren«, bestätigte die Frau. »Aber wir können nur an Land unsere Gestalt annehmen.«

»Also seid ihr nur deshalb an Bord dieses Schiffes gekommen, weil ihr trockene Füße behalten wolltet, genau wie wir ...«

»Und weil wir unsere Aufgabe zu Ende führen wollten. Wir verfolgen Abtrünnige unseres Volkes.«

»Wenn sie hier waren, dann sind sie schon wieder fort gewesen, bevor wir hierher gekommen sind«, sagte Kulp. »Ihr seid eine Knochenwerferin.«

Die Frau neigte den Kopf. »Hentos Ilm, von den Logros T'lan Imass.«

»Und die Logros dienen dem malazanischen Imperium nicht mehr. Es ist gut zu sehen, dass ihr immer noch rührig seid.«

»Warum?«

»Ach, ist nicht so wichtig.« Kulp schaute zum Himmel hinauf. »Er hat sich ein bisschen beruhigt.«

»Er spürt unsere Anwesenheit«, sagte Hentos Ilm. Sie sah erneut Heboric an. »Deine linke Hand ist im Gleichgewicht, das ist wahr. Otataral und eine Kraft, die ich nicht kenne. Wenn die Macht des Magiers im Sturm weiterhin zunimmt, wird das Otataral die Oberhand gewinnen, und dann wirst auch du den Wahnsinn kennen lernen, den dieses Erz bringt.«

»Ich will, dass es wieder verschwindet«, knurrte Heboric. »Bitte!«

Hentos Ilm zuckte die Schultern und näherte sich dem ehemaligen Priester. »Erst müssen wir den da oben vernichten. Dann müssen wir die Wunde dieses Gewirrs schließen.«

»Mit anderen Worten«, mischte Felisin sich ein, »du bist den ganzen Aufwand wahrscheinlich gar nicht wert, alter Mann.«

»Knochenwerferin«, sagte Kulp, »was ist das hier für ein Gewirr?«

Hentos Ilm zögerte. Ihre Aufmerksamkeit war noch immer auf Heboric gerichtet. »Ein Älteres Gewirr. Kurald Emurlahn.«

»Ich habe schon von Kurald Galain gehört, dem Gewirr der Tiste Andii.«

»Dies ist das Gewirr der Tiste Edur. Du überraschst mich, Magier. Du benutzt Meanas Rashan, und das ist der Zweig von Kurald Emurlahn, der sterblichen Menschen zugänglich ist. Das Gewirr, das du benutzt, ist ein Kind dieses Ortes.«

Kulp starrte die Knochenwerferin, die ihm noch immer den Rücken zudrehte, finster an. »Das ergibt keinen Sinn. Meanas Rashan ist das Gewirr des Schattens, das Gewirr von Ammanas und Cotillion und den Hunden.«

»Bevor es Schattenthron und Cotillion gegeben hat«, sagte Hentos Ilm, »gab es die Tiste Edur.« Die Knochenwerferin streckte die Arme nach Heboric aus. »Ich würde dich gern berühren.«

»Nur zu!«, erwiderte er.

Felisin sah zu, wie sie dem alten Mann eine ihrer vertrockneten

Hände auf die Brust legte. Einen Augenblick später trat sie zurück und drehte sich weg, als würde sie ihn entlassen. Sie wande sich an den T'lan Imass in dem Bärenfell, der vorhin gesprochen hatte. »Du bist ohne Clan, Legana Breed.«

»Ich bin ohne Clan«, stimmte er zu.

Sie deutete auf Kulp. »Magier. Du darfst nichts unternehmen!«

»Wartet!«, sagte Heboric. »Was habt Ihr in mir gespürt?«

»Du bist deines Gottes beraubt, auch wenn er dich weiterhin benutzt. Einen anderen Sinn kann ich in deiner Existenz nicht erkennen.«

Felisin schluckte einen bösen Kommentar hinunter. *Jetzt nicht.* Sie konnte sehen, wie Heborics Schultern langsam herabsanken, als wäre ein Lebenselixier aus seiner Brust gerissen worden. Er hatte sich mit aller Kraft an etwas geklammert, von dem die Knochenwerferin gerade eben gesagt hatte, dass es nicht mehr da war. *Mir bleibt nicht mehr viel, womit ich ihn noch verletzen könnte. Vielleicht hindert mich das in Zukunft daran, es zu versuchen.*

Hentos Ilm neigte den Kopf nach hinten und begann sich aufzulösen; der Staub, der sie gerade noch gewesen war, wirbelte an jener Stelle durch die Luft, an der sie eben noch gestanden hatte. Einen Augenblick später schraubte er sich in Spiralen nach oben und verschwand in den tief hängenden Wolken, die über ihren Köpfen wogten.

Ein Blitzschlag krachte, der Felisin in den Ohren schmerzte. Mit einem Aufschrei fiel sie auf die Knie. Die anderen litten ähnlich, mit Ausnahme der zurückgebliebenen T'lan Imass, die in bewegungsloser Gleichgültigkeit dastanden. Die *Silanda* bockte und stampfte. Die schlammverschmierte Pyramide aus abgetrennten Köpfen, die um den Hauptmast herum aufgeschichtet war, fiel in sich zusammen. Köpfe rollten und hüpften über das Deck.

Bei dem Geräusch wirbelten die T'lan Imass herum; schlagartig hatten sie ihre Waffen in den Händen.

Donner grollte in den aufgewühlten Sturmwolken. Die Luft erzitterte erneut.

Der Krieger namens Legana Breed griff nach unten und hob einen der Köpfe an den langen schwarzen Haaren hoch. Es war der Kopf einer Tiste Andii. »Sie lebt immer noch«, sagte der untote Krieger, und in seinen Worten schwang gedämpfte Überraschung mit. »Kurald Emurlahn. Zauberei hat ihre Seelen an ihre Körper gebunden.«

Ein schwacher Schrei drang aus den Wolken herab, ein Laut, in dem Verzweiflung und – erschütternd – auch Erlösung mitschwangen. Die Wolken verstreuten sich in alle Richtungen, zerfaserten zu feinen Schleiern. Ein blasser, bernsteinfarbener Himmel schimmerte jetzt durch die Wolken. Der Sturm war fort, und mit ihm auch der wahnsinnige Magier.

Felisin duckte sich, als etwas über sie hinwegrauschte, das einen muffigen, toten Geruch hinter sich herzog. Als sie aufschaute, stand Hentos Ilm wieder auf dem Hauptdeck und starrte Legana Breed an. Beide standen völlig reglos da, was wohl bedeutete, dass sie sich ohne Worte verständigten.

»Beim Atem des Vermummten«, keuchte Kulp, der neben Felisin aufgetaucht war. Sie schaute zu ihm hinüber. Er starrte mit leichenblassem Gesicht zum Himmel hinauf. Sie folgte seinem Blick.

Eine große schwarze Wunde, von bösartigem Rot eingefasst und so groß wie ein Vollmond, verunzierte den bernsteinfarbenen Himmel. Was auch immer die Wunde verströmte, schien sich durch ihre Augen in Felisin hineinzustehlen, als reiche die Tatsache, dass sie sie erblickte, aus, eine Infektion zu übertragen, eine Krankheit, die sich in ihrem Körper ausbreiten würde. *Wie das Gift einer Blutfliege.* Ein leises Wimmern drang aus ihrer Kehle, dann wandte sie verzweifelt den Blick ab.

Kulp starrte noch immer zum Himmel, sein Gesicht wurde blasser, seine Mundwinkel hingen teilnahmslos herab. Felisin gab ihm einen leichten Stoß. »Kulp!« Er antwortete nicht. Sie schlug ihn.

Plötzlich war Gesler neben ihnen, legte einen Arm über Kulps Augen. »Verdammt, Magier, lass das!«

Kulp wehrte sich kurz, dann entspannte er sich. Sie sah ihn nicken. »Lass ihn los«, sagte sie zu dem Korporal.

Sobald Gesler ihn losgelassen hatte, drehte der Magier sich zu

Hentos Ilm um. Seine Stimme war kaum mehr als ein Krächzen. »Das ist die Wunde, die Ihr erwähnt habt, nicht wahr? Sie breitet sich aus ... ich kann es fühlen ... wie ein Krebsgeschwür ...«

»Eine Seele muss sie überbrücken«, sagte die Knochenwerferin.

Legana Breed hatte sich in Bewegung gesetzt. Alle Blicke folgten ihm, als er zu den Stufen ging, die zum Achterdeck führten, hinaufstieg und sich vor Stürmisch aufbaute. Der narbenbedeckte Veteran wich nicht zurück.

»Nun«, murmelte er, »so nahe bin ich ihm noch nie gewesen.« Sein Grinsen hatte etwas Krankhaftes. »Und einmal ist auch genug.«

Der T'lan Imass hob sein graues Feuersteinschwert.

»Halt!«, knurrte Gesler. »Wenn ihr eine Seele braucht, um diese Wunde zu verstopfen ... dann nehmt meine.«

Legana Breed drehte den Kopf.

Gesler biss die Zähne zusammen. Er nickte.

»Ungenügend«, verkündete Hentos Ilm.

Legana Breed sah erneut Stürmisch an. »Ich bin der Letzte meines Clans«, sagte er mit polternder Stimme. »L'echae Shayn wird enden. Diese Waffe ist unsere Erinnerung. Trage sie, Sterblicher. Gewöhne dich an ihr Gewicht. Stein dürstet immer nach Blut.« Er hielt dem Soldaten das vier Fuß lange Schwert hin.

Mit ausdruckslosem Gesicht nahm Stürmisch die Waffe entgegen. Felisin sah, wie sich die Muskeln seines Unterarms anspannten, als sie das Gewicht der Waffe abfingen.

»Jetzt«, sagte Hentos Ilm.

Legana Breed trat einen Schritt zurück und fiel zu einer Säule aus Staub zusammen. Die Säule begann sich zu bewegen, sich um sich selbst zu drehen. Auf allen Seiten bewegte sich die Luft, schoss vorwärts, hingezogen zu der wirbelnden Erscheinung. Einen Augenblick später erstarb der Wind, und Legana Breed war fort. Die übrig gebliebenen T'lan Imass drehten sich um und richteten ihre Blicke himmelwärts.

Felisin war sich niemals sicher, ob sie sich nur eingebildet hatte, dass der T'lan Imass seine Gestalt wieder angenommen hatte, als er in das Herz der Wunde einschlug – eine winzige anscheinend unbedeutende Gestalt, die schnell von der tintigen Dunkelheit verschlungen wurde. Einen Augenblick später schienen die Ränder der Wunde zu zucken, schwache Wellen kräuselten sich nach außen. Dann begann sie sich zu schließen.

Hentos Ilm starrte noch immer nach oben. Schließlich nickte sie. »Es genügt. Die Wunde ist überbrückt.«

Stürmisch senkte langsam das Schwert, bis die Spitze das Deck berührte.

Ein mitgenommener Veteran, zynisch zu Boden geschlagen, nur einer mehr von denen, die das Imperium weggeworfen hat. Er war ganz eindeutig überwältigt. *Ungenügend hat sie gesagt. In der Tat.*

»Wir werden jetzt gehen«, sagte Hentos Ilm.

Stürmisch schüttelte sich. »Knochenwerferin!«

Die Verachtung in ihrer Stimme war nicht zu überhören, als sie sagte: »Legana Breed hat sein Recht beansprucht.«

Der Soldat gab nicht nach. »Dieses ›Überbrücken‹ … sagt mir, ist das mit Schmerzen verbunden?«

Hentos Ilms einzige Antwort war ein Schulterzucken, das ihre Knochen hörbar knirschen ließ.

»Stürmisch«, warnte Gesler, doch sein Gefährte schüttelte den Kopf und stieg zum Hauptdeck hinab. Als er sich der Knochenwerferin näherte, trat ein anderer T'lan Imass vor, um sich ihm in den Weg zu stellen.

»Soldat!«, schnappte Gesler. »Bleib stehen!«

Doch Stürmisch trat nur zurück, um genügend Platz zu haben, das Feuerstein-Schwert zu heben.

Der T'lan Imass, der ihm gegenüberstand, trat in einer einzigen Bewegung, die so schnell war, dass menschliche Augen ihr nicht zu folgen vermochten, wieder an den Soldaten heran, ein Arm schoss vor, eine Hand legte sich um Stürmischs Hals.

Fluchend schob sich Gesler an Felisin vorbei; er hatte die Hand auf den Schwertgriff an seiner Seite gelegt. Der Korporal wurde langsamer, als deutlich wurde, dass der T'lan Imass Stürmisch nur festhielt.

Der Soldat verharrte jetzt vollkommen reglos. Leise Worte wurden zwischen ihnen ausgetauscht. Dann ließ der untote Krieger Stürmisch los und trat zurück. Die Wut des Soldaten war verraucht. Etwas an der Art, wie er die Schultern hängen ließ, erinnerte Felisin an Heboric.

»Knochenwerferin!«, schrie Kulp.

Alle fünf T'lan Imass hatten begonnen, sich aufzulösen.

»Wartet!«, rief der Magier und stürzte vor. »Im Namen des Vermummten – wie kommen wir hier weg?«

Es war zu spät. Die Kreaturen waren verschwunden.

Gesler fuhr auf Stürmisch los. »Was hat dieser Bastard dir erzählt?«, wollte er wissen.

Als der Soldat sich zu seinem Korporal umdrehte, stellte Felisin schockiert fest, dass seine Augen feucht waren.

»Stürmisch …«, flüsterte Gesler.

»Er hat gesagt, dass es mit großen Schmerzen verbunden ist«, murmelte der Veteran. »Ich habe gefragt: *Wie lange?* Und er hat gesagt: *Für immer.* Die Wunde heilt um ihn herum, versteht ihr? Sie konnte das nicht befehlen, versteht ihr? Nicht so etwas. Er hat sich freiwillig gemeldet …« Dem Soldaten versagte die Stimme. Er wirbelte herum und stapfte über das Hauptdeck davon.

»Er war ohne Clan«, sagte Heboric; er war noch immer auf dem Vorderdeck. »Also so gut wie nutzlos. Ein Dasein ohne Bedeutung …«

Gesler kickte einen der abgeschlagenen Köpfe übers Deck. Das Geräusch, mit dem er über die Planken hüpfte, hallte laut durch die stille Luft. »Wer will jetzt immer noch ewig leben?«, knurrte er und spuckte aus.

Wahr meldete sich zu Wort. Seine Stimme zitterte. »Hat es denn sonst niemand gesehen?«, fragte er. »Die Knochenwerferin hat es nicht gesehen, da bin ich mir ganz sicher …«

»Was redest du da, Junge?«, wollte Gesler wissen.

»Dieser T'lan Imass. Er hat ihn sich an den Gürtel gebunden. Mit den Haaren. Unter seinem Bärenfell versteckt.«

»Was denn?«

»Er hat einen der Köpfe mitgenommen. Hat es denn sonst niemand gesehen?«

Heboric reagierte als Erster. Mit einem wilden Grinsen sprang er aufs Hauptdeck, marschierte auf die Heckkabinen zu. Noch während er sich durch die Tür schob, kletterte Kulp zum Ruder-Deck hinunter. Er verschwand aus dem Blickfeld.

Minuten vergingen.

Gesler ging stirnrunzelnd zu Stürmisch hinüber.

Kulp tauchte wieder auf. »Einer von denen ist so tot wie ein Holzpflock«, sagte er.

Felisin dachte kurz daran, ihn zu fragen, was das alles zu bedeuten hatte, doch eine Woge der Erschöpfung schwemmte den Gedanken davon. Sie schaute sich um, bis sie Baudin erblickte. Er stand am Bug, hatte allem – und allen – den Rücken zugekehrt. Sie wunderte sich über seine Gleichgültigkeit.

»Das ist wohl alles zu viel für dich, was, Baudin?«, fragte sie, während sie sich neben ihm an die Reling lehnte.

»T'lan Imass haben schon immer nichts als Ärger bedeutet«, sagte er. »Alles, was sie getan haben, hatte zwei Seiten, oder vielleicht auch mehr als zwei. Vielleicht Hunderte.«

»Ein Schläger mit einer Meinung!«

»Du dagegen meißelst alle deine Gedanken in Stein, Schätzchen. Kein Wunder, dass dich die Menschen immer wieder überraschen.«

»Überraschen? Mich kann nichts mehr überraschen, Schläger. Wir stecken irgendwo drin, wir alle. Es wird noch mehr geschehen, also brauchen wir auch nicht über einen Weg nachzudenken, wie wir hier wegkommen. Es gibt keinen.«

Er grunzte. »Zur Abwechslung mal weise Worte.«

»Werde mir gegenüber bloß nicht schwach«, sagte Felisin. »Ich bin einfach nur zu erschöpft, um grausam zu sein. Lass mich ein paar Stunden schlafen, und ich bin wieder ganz die Alte.«

»Und überlegst dir, wie du mich umbringen könntest, willst du wohl sagen.«

»Es erheitert mich.«

Er schwieg einen langen Augenblick, den Blick auf den bedeutungslosen Horizont voraus gerichtet, dann drehte er sich zu ihr um. »Ist dir schon einmal der Gedanke gekommen, dass es an dir selbst liegen könnte, dass du dort gefangen bist, wo du dich gefangen wähnst?«

Sie blinzelte. In seinen kleinen, animalischen Augen war der Hauch eines boshaften Urteils. »Ich kann dir nicht recht folgen, Baudin.«

Er lächelte. »Oh, doch, Schätzchen, das kannst du.«

Kapitel Zehn

Es ist eine Sache, mit gutem Beispiel voranzugehen, wenn dir ein halbes Dutzend Soldaten folgt. Wenn es zehntausend sind, ist es etwas ganz anderes.

Das Leben Dassem Ultors
Duiker

Es war nun eine Woche her, seit Duiker auf die Spur gestoßen war, die die Flüchtlinge aus Caron Tepasi zurückgelassen hatten. Sie waren ganz offensichtlich Richtung Süden getrieben worden, um Coltaines dahinstolpernde Stadt noch weiter anschwellen zu lassen; zumindest nahm der Historiker das an. Es gab nichts anderes in diesem verwüsteten Land. Die Trockenzeit hatte begonnen, und die Sonne brannte von einem wolkenlosen Himmel auf die Gräser herab, bis sie so spröde aussahen wie Drähte und sich auch so anfühlten.

Tag um Tag war vergangen, und noch immer hatte Duiker die Faust und den Flüchtlingstreck nicht einholen können. Die wenigen Male, da er in Sichtweite der gewaltigen Staubwolke gekommen war, hatten Reloes Tithansi-Vorreiter den Historiker daran gehindert, noch näher heranzukommen.

Irgendwie schaffte es Coltaine, seine Leute unaufhörlich in Bewegung zu halten und immer weiter auf den Sekala zuzumarschieren. *Und was macht er, wenn er dort angekommen ist? Wird er mit der alten Furt im Rücken eine Verteidigungsstellung aufbauen?*

So ritt Duiker dem Treck hinterher. Das, was die Flüchtlinge zurückließen, wurde weniger, doch es wurde zugleich auch ergreifender. Kleine Gräber säumten die aufgegebenen Lagerstellen, und die Knochen von Pferden und Vieh lagen herum; genau wie die häufig reparierte Achse eines Wagens, die letztlich doch aufgegeben worden war, wobei der Rest des Wagens auseinander genommen und die Einzelteile mitgenommen worden waren. Die von Fliegenschwärmen umschwirrten Abtritt-Gräben stanken erbärmlich.

Eine andere Geschichte erzählten die Orte, an denen es zu kleineren Scharmützeln gekommen war. Zwischen den nackten, zurückgelassenen Leichen der Tithansi-Stammeskrieger lagen zerschmetterte wickanische Lanzen ohne Spitzen. Man hatte die Leichen der Tithansi all dessen beraubt, was vielleicht noch einmal benutzt werden konnte: Ledergurte und -riemen, Hosen und Gürtel, Waffen, sogar der Zöpfe. Tote Pferde wurden als Ganzes fortgeschleift, sodass nichts weiter als ein Stück blutverschmierter Grasnarbe übrig blieb.

Duiker hatte den Punkt, an dem ihn das, was er sah, noch hätte in Erstaunen versetzen können, längst überschritten. Wie die Tithansi-Stammeskrieger, mit denen er gelegentlich ein paar Worte wechselte, hatte auch er angefangen zu glauben, dass Coltaine kein Mensch, sondern irgendetwas anderes war, dass er seine Soldaten und die Flüchtlinge in unbeugsame Werkzeuge des Unmöglichen verwandelt hatte. Trotzdem gab es keine Hoffnung auf einen Sieg. Kamist Reloes Apokalypse bestand aus den Armeen vier großer und eines Dutzends kleinerer Städte, aus unzähligen Stämmen und einer Horde von Bauern, die so groß war wie ein Binnenmeer. Und sie rückte immer näher heran, im Augenblick damit zufrieden, Coltaine zum Sekala zu eskortieren. Es lief alles auf eines hinaus: Eine Schlacht stand bevor. Die Vernichtung.

Duiker ritt während des Tages, durstig, hungrig, vom heißen Wind ausgetrocknet, die Kleider nur noch Fetzen. Ein Versprengter aus der Armee der Bauern, ein alter Mann, der fest entschlossen war, am letzten Gefecht teilzunehmen. Die Tithansi-Reiter, die ihn sahen, wussten, wer er war, und schenkten ihm – abgesehen von einem Winken aus der Ferne – keine weitere Beachtung. Alle zwei, drei Tage gesellte sich eine Gruppe zu ihm, gab ihm etwas zu essen, zu trinken und Futter für das Pferd. In gewisser Weise war er für sie zu einer Art Ikone geworden; seine Reise hatte etwas Symbolisches bekommen, war mit ungebetener Bedeutung aufgeladen worden. Der Historiker hatte deswegen Schuldgefühle, doch er nahm die Geschenke mit aufrichtiger Dankbarkeit entgegen – schließlich sorgten sie dafür, dass er und sein Pferd am Leben blieben.

Dennoch wurde sein treues Reittier schwächer. Von Tag zu Tag wurden die Zeitabschnitte länger, in denen Duiker abstieg und es am Zügel führte.

Die Abenddämmerung brach herein. Die in einiger Entfernung zu erkennende Staubwolke zog immer noch weiter, und schließlich war sich Duiker sicher, dass Coltaines Vorhut den Fluss erreicht hatte. Die Faust würde darauf bestehen, dass der gesamte Treck die ganze Nacht weiterziehen würde, um das Lager zu erreichen, das die Vorhut gerade jetzt anlegte. Wenn Duiker irgendeine Chance hatte, jemals wieder zu ihnen zu stoßen, dann war es in dieser Nacht.

Er kannte die Furt nur von den Karten, und seine Erinnerungen waren frustrierend ungenau. Der Sekala war im Schnitt fünfhundert Schritt breit und floss Richtung Norden zur Karas-See. Ein paar Hundert Schritt südlich der Furt kauerte ein kleines Dorf in einer Biegung zwischen zwei Hügeln. Er glaubte sich auch an einen Hinweis auf einen alten, toten Flussarm erinnern zu können.

Das letzte Licht des sterbenden Tages warf lange Schatten über das Land. Der hellste Stern glänzte bereits am immer dunkler werdenden Blau des Himmels. Wie schwarze Ascheflocken erhoben sich auch die Kapmotten mit der Hitze, die vom ausgedörrten Boden aufstieg.

Duiker schwang sich wieder in den Sattel. Eine kleine Gruppe von Tithansi-Vorreitern ritt eine halbe Meile im Norden über einen Hügelkamm. Duiker schätzte, dass er noch mindestens eine Länge vom Fluss entfernt war. Die Patrouillen der Stammeskrieger würden zahlreicher werden, je näher er ihm kam. Er hatte keine Ahnung, wie er sich ihnen gegenüber verhalten sollte.

Der Historiker hatte sein Pferd den größten Teil des Tages am Zügel geführt und sich so auf einen anstrengenden Nachtritt vorbereitet. Er würde alles brauchen, was das Tier ihm geben konnte, er fürchtete, dass es vielleicht doch nicht genug sein könnte. Er trieb die Stute an, und sie verfiel in einen leichten Trab.

Die weit entfernten Tithansi schenkten ihm nicht die geringste Aufmerksamkeit und gerieten schon bald außer Sicht. Mit klopfendem Herzen ließ Duiker sein Pferd in leichten Galopp fallen.

Ein Windstoß strich über sein Gesicht. Welcher Gott auch immer dafür verantwortlich sein mochte – der Historiker zischte ihm seinen Dank zu. Die Staubwolke voraus begann allmählich näher zu rücken.

Der Himmel wurde noch dunkler.

Ein Schrei erklang ein paar Hundert Schritt zu seiner Linken. Ein Dutzend Reiter, die Fellstreifen an ihren Lanzen befestigt hatten. Tithansi. Duiker salutierte ihnen mit hochgereckter Faust.

»Im Morgengrauen, alter Mann!«, brüllte einer von ihnen. »Es ist Selbstmord, jetzt anzugreifen!«

»Reite zu Reloes Lager!«, schrie ein anderer. »Nach Nordwesten, alter Mann – du hältst genau auf die feindlichen Linien zu!«

Duiker winkte ihre Worte beiseite, er gestikulierte wie ein Wahnsinniger. Er hob sich leicht in den Steigbügeln, wisperte der Stute etwas ins Ohr, drückte sanft mit den Knien. Das Tier streckte den Kopf ein bisschen weiter nach vorn, senkte ihn leicht, und seine Schritte wurden länger.

Als er die Kuppe eines niedrigen Hügels erreichte, sah der Historiker schließlich den Ort der Entscheidung vor sich liegen. Voraus und zu seiner Rechten lag das Lager der Tithansi-Lanzenreiter, tausend oder noch mehr Fellzelte, zwischen denen Kochfeuer flackerten. Berittene Patrouillen bildeten eine ruhelose Linie hinter den Zelten, schützten das Lager vor den Trupps des Feindes, die sich an der Furt eingegraben hatten. Links vom Lager der Tithansi breiteten sich hunderttausend Behelfszelte aus – die Armee der Bauern. Rauch hing wie ein aschebefleckter Mantel über der zerlumpten Siedlung.

An den Feuern wurden Mahlzeiten zubereitet. Am hinteren Rand des Lagers, dem Fluss zugewandt, konnte er eine Reihe vorgeschobene Außenposten erkennen. Zwischen den beiden Lagern verlief ein Korridor, der nicht mehr als zwei Wagenlängen breit war und sich bis zu der leicht abschüssigen Schwemmlandebene hinabzog, wo sich näher am Flussufer Coltaines aus Erde aufgeschüttete Befestigungen befanden.

Duiker lenkte sein Pferd den Korridor hinunter; er ritt im vollen Galopp. Die Tithansi-Vorreiter hinter ihm waren ihm nicht gefolgt, doch jetzt beobachteten ihn die Krieger, die die Lager bewachten – allerdings noch ohne offensichtliches Interesse.

Als er durch den Korridor ritt und am Lager der Stammeskrieger zu seiner Rechten vorbeikam, sowie an dem Meer aus Zelten der Bauern zu seiner Linken, sah er aufgeschüttete Schanzen, in ordentlichen Reihen aufgestellte Zelte, gut bemannte Außenposten – die Horde hatte noch zusätzlichen Schutz. Der Historiker sah zwei Banner aus Sialk und Hissar, reguläre Infanterie. Behelmte Köpfe drehten sich in seine Richtung; das Trommeln der Hufe seines Pferdes zog Blicke auf sich – genau wie die Warnschreie der Tithansi-Krieger.

Die Stute mühte sich ab. Coltaines Außenposten waren fünfhundert Schritt voraus, und sie schienen nicht näher zu rücken. Er hörte das Hufgetrappel der Verfolger. Es wurde lauter. Auf dem malazanischen Bollwerk erschienen Gestalten, machten Bogen schussbereit. Der Historiker betete, dass sich ein paar gewitzte Köpfe unter den Soldaten befanden, auf die er zuritt. Er fluchte, als er sah, wie die Bogen gehoben und gespannt wurden.

»Mich doch nicht, ihr Bastarde!«, brüllte er auf Malazanisch.

Bogensehnen sangen. Pfeile sirrten ungesehen durch die Nacht.

Hinter ihm wieherten die Pferde, als seine Verfolger die Zügel anzogen. Noch mehr Pfeile flogen durch die Luft. Duiker riskierte einen kurzen Blick zurück über die Schulter und sah, dass die Tithansi sich bemühten, außer Bogenschussweite zu kommen. Zappelnde Pferde und Leichen lagen am Boden.

Er ließ die Stute in leichten Galopp fallen, dann in Trab, als er sich den Erdwällen näherte. Sie war schweißgebadet, und ihr Kopf hing tief herab.

Duiker ritt mitten in eine Gruppe blauhäutiger Wickaner vom Wiesel-Clan hinein, die ihn schweigend anstarrten. Als er sich umblickte, fühlte sich der Historiker in guter Gesellschaft – die Krieger aus den Steppen des nordöstlichen Quon Tali sahen aus wie Gespenster, ihre Gesichter waren von einer Erschöpfung gezeichnet, die seiner eigenen gleichkam.

Hinter dem Lager des Wiesel-Clans waren Zelte in militärischer Ordnung aufgeschlagen und zwei Flaggen gehisst – die der Hissari-Garde, die loyal geblieben war, und die einer Kompanie, deren Banner Duiker nicht erkannte, abgesehen von einer stilisierten Armbrust im Zentrum des Wappens, die die malazanischen Seesoldaten symbolisierte.

Hände reckten sich ihm entgegen, um ihm aus dem Sattel zu helfen. Junge und alte Wickaner versammelten sich um ihn, ein leises Murmeln stieg von ihnen auf. Ihre Sorge galt der Stute. Ein alter Mann packte den Historiker am Arm. »Wir werden uns um dieses tapfere Pferd kümmern, Fremder.«

»Ich glaube, sie ist erledigt«, sagte Duiker. Eine Woge der Trauer stieg in ihm auf. *Bei den Göttern, bin ich müde.* Die untergehende Sonne brach durch die Wolken knapp über dem Horizont, badete alles in goldenem Licht.

Der alte Mann schüttelte den Kopf. »Unsere Pferdefrauen kennen sich mit so etwas aus. Sie wird bald wieder in Ordnung sein. Da kommt ein Offizier – geh also.«

Ein Hauptmann der unbekannten Kompanie von Seesoldaten erschien. Er stammte aus Falar, sein Bart und sein langes, welliges Haar waren feuerrot. »Ihr habt wie ein Malazaner im Sattel gesessen«, sagte er, »aber Ihr seid gekleidet wie ein verdammter Dosii. Erklärt Euch, und zwar schnell.«

»Ich bin Duiker, Historiker des Imperiums. Seit dieser Treck Hissar verlassen hat, habe ich versucht, ihn einzuholen.«

Die Augen des Hauptmanns weiteten sich. »Das sind einhundertundsechzig Längen – Ihr erwartet von mir, dass ich das glaube? Coltaine hat Hissar vor beinahe drei Monaten verlassen.«

»Ich weiß. Wo ist Bult? Ist Kulp zur Siebten zurückgekehrt? Und wer im Namen des Vermummten seid Ihr?«

»Lull, Hauptmann der Seesoldaten von Sialk, vom Cartheron-Flügel der Sahul-Flotte. Coltaine hat uns zu einer Besprechung zusammengerufen – Ihr solltet besser mitkommen, Historiker.«

Sie machten sich auf den Weg durch das Lager. Duiker war entsetzt über das, was er erblickte. Hinter den groben Schützengräben der Seesoldaten war ein breites, leicht abschüssiges Feld, durch das ein einziger von Seilen abgegrenzter Weg führte. Zur Rechten standen Hunderte von Wagen, deren Ladeflächen mit Verwundeten überfüllt waren. Die Wagenräder waren tief im blutgetränkten Schlamm eingesunken. Vögel flatterten durch die von Fackeln erhellte Nachtluft und schrien aufgeregt durcheinander – es schien, als hätten sie Gefallen an dem Geschmack von Blut gefunden. Das sich unruhig bewegende Feld zur Linken war Vieh; es stand Schulter an Schulter und wogte in einer brodelnden Flut unter einer in der Luft schwebenden Wolke aus Rhizan; die geflügelten Echsen feierten inmitten der Fliegenschwärme ein wahres Festmahl.

Ein Stück voraus senkte sich das Feld zu einem Stück Marschland ab, das von Holzstämmen überbrückt wurde. Die schlammigen Wasserflächen schimmerten rot. Dahinter wiederum lag eine breite, bucklige Insel in einem toten Flussarm, auf der in chaotischem Gedränge die Flüchtlinge lagerten. Es mussten Zehntausende sein.

»Beim Atem des Vermummten«, murmelte der Historiker. »Müssen wir etwa da mittendurch?«

Der Hauptmann schüttelte den Kopf und deutete auf ein großes Bauernhaus, das sich auf der gleichen Seite der Straße zur Furt befand wie das Vieh. »Da! Coltaines Krähen-Clan bewacht die Südseite entlang der Hügel, um sicherzustellen, dass sich kein Stück Vieh verirrt oder von den Einheimischen geschnappt wird – hinter dem Hügel, auf der anderen Seite, ist ein Dorf.«

»Habt Ihr vorhin Sahul-Flotte gesagt? Wenn das stimmt – warum seid Ihr dann nicht bei Admiral Nok in Aren, Hauptmann?«

Der rothaarige Soldat zog eine Grimasse. »Ich wünschte, wir wären dort. Wir haben uns von der Flotte getrennt und in Sialk angelegt, um ein paar Reparaturen durchzuführen – unser Transportschiff war siebzig Jahre alt, und es hat angefangen leckzuschlagen, kaum dass wir zwei Stunden von Hissar entfernt waren. Der Aufstand hat in der gleichen Nacht begonnen, also haben wir das Schiff verlassen, haben zusammengesucht, was noch von der dortigen Kompanie Seesoldaten übrig war, und haben dann den Flüchtlingstreck der malazanischen Bürger aus Sialk eskortiert.«

Das Bauernhaus, dem sie sich jetzt näherten, war ein robustes, imposantes Bauwerk; seine Bewohner waren kurz vor der Ankunft des Trecks geflohen. Das Fundament war aus behauenen Steinen, und die Wände bestanden aus gespaltenen Stämmen, deren Ritzen mit in der Sonne gebranntem Lehm abgedichtet worden waren. Vor der schweren Eingangstür aus Eichenholz hielt ein Soldat der Siebten Wache. Er nickte Hauptmann Lull zu und blickte Duiker aus zusammengekniffenen Augen an.

»Kümmere dich nicht um die Stammeskleidung«, sagte Lull zu ihm, »er ist einer von uns. Wer ist schon da?«

»Alle, außer der Faust, den Waerlogas und dem Hauptmann der Sappeure, Hauptmann.«

»Vergiss den Hauptmann der Sappeure«, sagte Lull. »Er hat sich noch nie auf einer dieser Besprechungen blicken lassen.«

»Jawohl, Hauptmann.« Der Soldat klopfte mit der behandschuhten Hand gegen die Tür und stieß sie auf.

Rauchschwaden trieben heraus. Duiker und der Hauptmann traten ins Innere des Bauernhauses. Bult und zwei Offiziere der Siebten hockten um die mächtige, mit Steinen eingefasste Feuerstelle am hinteren Ende des Raums und stritten sich, wobei es ganz offensichtlich um den verstopften Kamin ging.

Lull nahm seinen Schwertgürtel ab und hängte die Waffe an einen Haken neben der Tür. »Wofür im Namen des Vermummten braucht ihr hier drin ein Feuer?«, wollte er wissen. »Es ist doch auch so schon heiß genug und stinkt.« Er wedelte mit der Hand den Rauch beiseite.

Einer der Offiziere der Siebten drehte sich um, und Duiker erkannte in ihm den Soldaten, der neben ihm gestanden hatte, als Coltaine und seine Wickaner in Hissar gelandet waren. Ihre Blicke trafen sich.

»Bei Toggs Füßen, es ist der Historiker!«

Bult richtete sich auf und drehte sich um. Sein Mund und die Narbe verzogen sich zu dem bekannten doppelten Grinsen. »Sormo hatte also Recht – er hat schon vor Wochen gerochen, dass Ihr auf unserer Spur seid. Willkommen, Duiker!«

Da Duiker befürchtete, dass seine Beine jeden Moment nachgeben würden, setzte er sich auf einen der Stühle, die an die Wand geschoben worden waren. »Es tut gut, Euch zu sehen, Onkel«, sagte er und lehnte sich zurück; seine schmerzenden Muskeln ließen ihn zusammenzucken.

»Wir wollten gerade einen Kräutertee kochen«, sagte der Wickaner. Seine Augen waren rot und tränten. Der alte Veteran war abgemagert, und sein Gesicht wirkte grau vor Erschöpfung.

»Um unserer guten Lungen willen – hört auf damit«, sagte Lull. »Was hält die Faust denn so lange auf? Ich kann es kaum erwarten, zu hören, was für einen wahnsinnigen Plan Coltaine diesmal ausgeheckt hat, um uns hier rauszubringen.«

»Er hat es bis hierher geschafft«, sagte Duiker.

»Stimmt, mit einer Armee im Nacken«, entgegnete Lull, »aber jetzt stehen uns zwei gegenüber ...«

Der Historiker hob den Kopf. »Zwei?«

»Die Befreier von Guran«, mischte sich der Hauptmann ein, den Duiker kannte. »Ich kann mich leider nicht erinnern, ob wir einander jemals vorgestellt wurden. Ich bin Chenned. Das da ist Hauptmann Sulmar.«

»Und Ihr seid die einzigen ranghöheren Offiziere, die noch von der Siebten übrig geblieben sind?«

Chenned grinste. »Ich fürchte, so ist es.«

Sulmar gab ein Grunzen von sich. »Nicht ganz. da wäre noch der Mann, der den Befehl über die Sappeure der Siebten hat.«

»Der, der nie an diesen Besprechungen teilnimmt.«

»Stimmt.« Sulmar wirkte mürrisch, doch Duiker hatte den Verdacht, dass dies einfach der bevorzugte Gesichtsausdruck des Hauptmanns war. Er war klein und dunkel und machte den Eindruck, als hätte er sowohl kanesisches als auch dal-honesisches Blut in den Adern. Seine Schultern hingen herab, als hätte er sein Leben lang eine schwere Bürde getragen. »Ich weiß auch nicht, warum der Bastard glaubt, dass er was Besonderes ist. Dabei haben die verdammten Sappeure die ganze Zeit nur Wagen repariert, große Steinbrocken gesammelt und sind den Feldschern im Weg rumgelaufen.«

»Bult kommandiert uns im Feld«, sagte Hauptmann Chenned.

»Ich bin der Wille der Faust«, knurrte der wickanische Veteran.

Von draußen erklangen Geräusche: Pferde wurden gezügelt, Waffen und Rüstungen klirrten, dann dröhnte es einmal an der Tür, und einen Augenblick später schwang sie auf.

In Duikers Augen schien Coltaine völlig unverändert; er hielt sich noch immer gerade wie ein Speer, und sein schmales, von Wind und Wetter gegerbtes Gesicht sah aus wie Leder. Sein schwarzer Federumhang blähte sich, als er in die Mitte des großen Raums marschierte. In seinem Gefolge kamen Sormo E'nath und ein halbes Dutzend wickanischer Jugendlicher herein, die sich im Raum verteilten und sich willkürlich an Wände und Möbelstücke lehnten. Sie erinnerten den Historiker an eine Meute Dockratten in Malaz – Herren über jedes noch so kleine Fleckchen, das ihnen gehörte.

Sormo trat auf Duiker zu, streckte beide Arme aus und packte den Historiker an den Handgelenken. »Unsere Geduld ist belohnt worden. Gut gemacht, Duiker!«

Der Junge wirkte unendlich viel älter; um seine verschleierten Augen herum zeigten sich Spuren, die von mehr als einem Leben zu künden schienen.

»Ihr könnt Euch später ausruhen, Historiker«, sagte Coltaine, während er jede Person im Zimmer mit einem langen, abwägenden

Blick musterte. »Ich habe eindeutige Befehle erteilt«, wandte er sich schließlich an Bult. »Wo ist also dieser Hauptmann der Pioniere?«

Bult zuckte die Schultern. »Er wurde benachrichtigt. Aber er ist ein Mann, der nicht leicht zu finden ist.«

Coltaine machte ein finsteres Gesicht. »Hauptmann Chenned, Euer Bericht.«

»Die Dritte und die Fünfte Kompanie sind auf der anderen Seite der Furt und graben sich ein. Der Fluss ist ungefähr vierhundertzwanzig Schritt breit, ohne die seichten Stellen auf beiden Seiten, die auch noch einmal etwa zwanzig Schritt ergeben. Die mittlere Wassertiefe beträgt eineinhalb Armspannen. Auf dem größten Teil des Weges misst die Furt zwischen vier und fünf Armspannen, an ein paar Stellen ist sie etwas schmaler, an ein paar anderen etwas breiter. Der Boden besteht aus einer knapp zwei Fingerlängen tiefen Schlammschicht, und darunter ist Felsgestein.«

»Der Tollhund-Clan wird Eure Kompanien auf der anderen Seite verstärken«, sagte Coltaine. »Wenn die Truppen aus Guran versuchen sollten, das jenseitige Ufer einzunehmen, während wir noch dabei sind, den Fluss zu überqueren, werdet Ihr sie aufhalten.« Die Faust wirbelte herum und starrte Lull an. »Ihr und der Wiesel-Clan werdet diese Seite bewachen, während die Verwundeten und die Flüchtlinge den Fluss überqueren. Ich werde im Süden Position beziehen, um die Straße zum Dorf zu blockieren, und sie halten, bis der Weg frei ist.«

Hauptmann Sulmar räusperte sich. »Da wäre noch etwas, Faust … Es betrifft die Reihenfolge, in der wir den Fluss überqueren. Der Rat der Adligen wird aufschreien …«

»Das ist mir egal. Als Erstes überqueren die Wagen mit den Verwundeten den Fluss. Dann das Vieh, und dann die Flüchtlinge.«

»Vielleicht könnten wir die Reihenfolge ja ein bisschen auflockern«, versuchte Sulmar es noch einmal. Schweiß glänzte auf seiner niedrigen Stirn. »Hundert Stück Vieh, und dann hundert Adlige …«

»Adlige?«, fragte Bult. »Ihr habt doch sicher Flüchtlinge gemeint …«

»Natürlich.«

Hauptmann Lull grinste Sulmar höhnisch an. »Ihr versucht, auf beiden Schultern zu tragen, nicht wahr? Und ich habe immer gedacht, Ihr wärt ein Soldat der Siebten.«

Sulmars Gesicht verdüsterte sich.

»Es wäre Selbstmord, die Überquerung in zu kleinen Gruppen durchzuführen«, sagte Chenned.

»Stimmt«, meinte Bult. Er betrachtete Sulmar, als wäre der Hauptmann ein Stück verdorbenes Fleisch.

»Wir tragen Verantwortung …«, schnappte Hauptmann Sulmar, doch Coltaine brachte ihn mit einem gezischten Fluch sofort zum Schweigen.

Das reichte. Stille senkte sich auf den Raum herab. Von draußen erklang das Quietschen von Wagenrädern.

Bult seufzte. »Das Sprachrohr allein reicht anscheinend nicht.«

Einen Augenblick später öffnete sich die Tür, und zwei Männer betraten den Raum. Der, der voranging, trug einen fleckenlosen Umhang aus hellblauem Brokat. Was für Muskeln er auch immer in seiner Jugend gehabt haben mochte, sie hatten sich in Fett verwandelt, und dieses Fett war in drei Monaten verzweifelter Flucht dahingewelkt. Sein Gesicht erinnerte an eine zerknautschte Ledertasche; nichtsdestotrotz strahlte er eine fast spürbare Kühle aus, in die sich zusätzlich noch ein Hauch empörter Entrüstung mischte. Der Mann, der ihm folgte, trug ebenfalls feine Gewänder, die allerdings von Staub und Schweiß in mehr oder weniger formlose Säcke verwandelt worden waren und um seine dürre Gestalt schlotterten. Er war kahl, und seine fleckige Kopfhaut zeugte von mehr als einem Sonnenbrand. Er schaute die Anwesenden aus tränenden Augen an, die fast unaufhörlich blinzelten.

Der erste Adlige ergriff das Wort. »Der Rat hat erst verspätet von dieser Versammlung erfahren …«

»Und außerdem inoffiziell«, murmelte Bult trocken.

Der Adlige fuhr nach einer winzigen, kaum merklichen Pause fort. »Bei solchen Besprechungen geht es zum größten Teil um militärische Fragen, und der Rat hat keineswegs die Absicht, sich in derartige Angelegenheiten einzumischen – die Himmel mögen uns behüten! Andererseits sind wir die Repräsentanten der beinahe dreißigtausend Flüchtlinge, die mittlerweile hier versammelt sind, und wir haben eine Liste von … Anliegen zusammengestellt, die wir Euch gerne übergeben würden.«

»Ihr repräsentiert ein paar Tausend Adlige«, sagte Hauptmann Lull, »und somit vor allem Eure eigenen Interessen – die der Vermummte holen soll! Die anderen sind Euch doch völlig gleichgültig, Nethpara. Spart Euch also Euer frommes Gebaren für die Latrinen.«

Nethpara ließ sich nicht dazu herab, auf den Kommentar des Hauptmanns zu reagieren. Er hielt den Blick fest auf Coltaine gerichtet, wartete auf eine Antwort.

Die Faust ließ nicht das geringste Anzeichen erkennen, dass sie vorhatte, eine zu geben. »Such die Sappeure, Onkel«, sagte er zu Bult. »Die Wagen werden in einer Stunde mit der Überquerung beginnen.«

Der wickanische Veteran nickte bedächtig.

»Wir haben erwartet, uns in dieser Nacht ausruhen zu können«, sagte Sulmar stirnrunzelnd. »Wir sind alle völlig am Ende …«

»In einer Stunde«, knurrte Coltaine. »Als Erstes die Wagen mit den Verwundeten. Ich will, dass mindestens vierhundert drüben sind, wenn der Morgen anbricht.«

Noch einmal meldete sich Nethpara zu Wort. »Bitte, Faust, überdenkt die Reihenfolge bei der Überquerung noch einmal. Wenn auch der Gedanke an die verwundeten Soldaten mir beinahe das Herz bricht, ist es doch Eure Pflicht, die Flüchtlinge zu schützen. Mehr noch, es wird von vielen im Rat als Affront angesehen werden, dass das Vieh den Fluss noch vor den unbewaffneten Zivilisten aus dem Imperium überqueren wird.«

»Und was ist, wenn wir das Vieh verlieren?«, fragte Lull den Adligen. »Ich nehme an, ihr würdet dann die Kinder, die ihre Eltern verloren haben, am Spieß rösten.«

Nethpara lächelte resignierend. »Ah, ja, die Sache mit den verringerten Rationen ist ebenfalls ein Punkt auf unserer Liste. Wir wissen aus sicherer Quelle, dass die Rationen für die Soldaten der Siebten keinen derartigen Einschränkungen unterliegen. Vielleicht könnte man über eine etwas ausgewogenere Verteilungsmethode nachdenken? Es ist sehr schwierig, zuzusehen, wie die Kinder darben.«

»Sie haben alle etwas weniger Fleisch auf den Knochen, was?« Lulls Gesicht war rot vor kaum noch gezügelter Wut. »Ohne vernünftig genährte Soldaten zwischen Euch und den Tithansi werden Euch Eure Mägen in kürzester Zeit um die Knie baumeln.«

»Schafft sie hier raus«, sagte Coltaine.

Der zweite Adlige räusperte sich. »Wenn Nethpara auch für die Mehrheit des Rates spricht, so wird seine Sicht der Dinge doch nicht von allen mitgetragen.« Der alte Mann ignorierte den düsteren Blick, den sein Begleiter ihm zuwarf, und fuhr fort: »Ich bin nur aus Neugier hier. Da sind zum Beispiel die Wagen mit den Verwundeten – mir scheint, es sind viel mehr Verwundete, als ich bisher geglaubt hatte: Die Wagen sind wirklich überfüllt, und es sind insgesamt fast dreihundertfünfzig. Vor zwei Tagen hatten wir noch siebenhundert verwundete Soldaten, und dafür haben wir etwa hundertfünfundsiebzig Wagen gebraucht. Seither hat es zwei kleinere Scharmützel gegeben, doch wir benötigen jetzt doppelt so viele Wagen, um die Verwundeten zu transportieren. Außerdem sind auf sämtlichen Wagen die Sappeure herumgekrochen, haben alle anderen fern gehalten – das ist so weit gegangen, dass selbst die Feldscher ihre Arbeit nicht mehr ungehindert verrichten konnten. Was genau wird hier eigentlich gespielt?«

Schweigen herrschte im Raum. Duiker sah, dass die beiden Hauptmänner der Siebten verdutzte Blicke wechselten. Sulmars verwirrter Gesichtsausdruck war fast schon komisch, während er in Gedanken noch einmal die Einzelheiten durchging, die der alte Mann aufgezählt hatte. Nur die Wickaner schienen ungerührt.

»Wir haben die Verwundeten besser verteilt«, sagte Bult. »Und die Seitenwände verstärkt …«

»Ah, ja«, sagte der Adlige und machte eine Pause, um seine wässrigen Augen mit einem grauen Taschentuch abzutupfen. »Das habe ich zuerst auch gedacht. Aber warum sinken die Wagen jetzt auf einmal so tief im Schlamm ein?«

»Ist das wirklich nötig, Tumlit?«, fragte Nethpara wütend. »Ihr mögt von solchen technischen Feinheiten fasziniert sein, aber der Vermummte weiß, dass Ihr mit dieser Neigung allein dasteht. Wir haben die Position des Rates in einigen lebenswichtigen Fragen diskutiert. Solche Abschweifungen kann ich nun wirklich nicht dulden …«

»Onkel«, sagte Coltaine.

Grinsend packte Bult beide Adligen an den Armen und führte sie mit festem Griff zur Tür. »Wir müssen die Überquerung eines Flusses planen«, sagte er. »Da sind solche Abschweifungen nicht willkommen.«

»Aber was ist mit den Steinmetzen und …«, versuchte Tumlit es ein letztes Mal.

»Raus mit euch, alle beide!« Bult stieß sie vorwärts. Nethpara war klug genug, die Tür gerade noch rechtzeitig zu öffnen, als der Kommandeur ihnen einen letzten Stoß gab. Die beiden Adligen stolperten hinaus.

Auf ein Nicken von Bult hin zog der Wachposten die Tür von außen wieder zu.

Lull rollte die Schultern unter dem Gewicht seines Kettenhemds. »Gibt es irgendetwas, das wir wissen sollten, Faust?«

»Ich mache mir Sorgen über die Tiefe dieser Furt«, sagte Chenned, nachdem klar war, dass Coltaine nicht auf Lulls Frage antworten würde. »Die Überquerung wird sich ziemlich lang hinziehen; es gibt zwar keine starke Strömung, aber mit Schlamm unter den Füßen und bei viereinhalb Fuß Wassertiefe wird sich niemand besonders schnell bewegen können. Nicht einmal auf einem Pferd.« Er warf Lull einen Blick zu. »Es wird nicht besonders angenehm werden, während des Rückzugs kämpfen zu müssen.«

»Ihr kennt eure Positionen und eure Aufgaben«, sagte Coltaine.

Er drehte sich zu Sormo um, musterte zunächst den Waerloga und dann die Kinder, die hinter ihm aufgereiht waren, aus zusammengekniffenen Augen. »Jeder von euch wird einen Waerloga haben«, sagte er zu seinen Offizieren. »Alle Nachrichten werden durch sie übermittelt. Das war's. Die Besprechung ist beendet.«

Duiker schaute zu, wie die Offiziere und die Kinder hinausgingen, bis nur noch Bult, Sormo und Coltaine übrig waren.

Der Waerloga zauberte anscheinend aus dem Nichts einen Krug herbei, den er der Faust reichte. Coltaine nahm einen Schluck und reichte den Krug dann an Duiker weiter. Die Augen der Faust glitzerten. »Historiker, Ihr habt uns allerhand zu erzählen. Ihr wart mit Kulp, dem Magier der Siebten, unterwegs. Ihr seid nur wenige Stunden, bevor der Aufstand losgebrochen ist, mit ihm davongeritten. Sormo kann den Mann jedoch nicht finden – nirgends. Ist er tot?«

»Ich weiß es nicht«, antwortete Duiker wahrheitsgetreu. »Wir wurden getrennt.« Er nahm ebenfalls einen Schluck aus dem Krug, dann starrte er überrascht in das Gefäß. *Gekühltes Bier – wo hat Sormo das herbekommen?* Er warf dem Waerloga einen Blick zu. »Habt Ihr mit Hilfe Eures Gewirrs nach Kulp gesucht?«

Der junge Mann verschränkte die Arme. »Ein paar Mal«, antwortete er. »In letzter Zeit allerdings nicht mehr. Die Gewirre sind ... schwierig geworden.«

»Welch ein Glück für uns«, sagte Bult.

»Ich verstehe nicht recht.«

Sormo seufzte. »Erinnert Ihr Euch an das Ritual, das wir abgehalten haben, Historiker? Die Heimsuchung durch die Vielwandler und Wechselgänger? Sie machen mittlerweile jedes Gewirr unsicher – zumindest auf diesem Kontinent. Sie alle suchen den sagenhaften Pfad der Hände. Ich war gezwungen, mich bei meinen Bemühungen den Wegen der Ahnen zuzuwenden und auf den Zauber des Landes, auf Lebensgeister und Totemtiere zurückzugreifen. Unser Feind, der Hohemagier Kamist Reloe, verfügt nicht über das Wissen der Alten. Daher wagt er es nicht, seine Magie gegen uns einzusetzen. Schon seit Wochen nicht mehr.«

»Und ohne seine Magie«, fügte Coltaine hinzu, »ist Reloe nichts weiter als ein guter Kommandeur. Kein Genius. Seine Strategien sind einfach. Er sieht nur seine gewaltige Armee, und sein Selbstvertrauen sorgt dafür, dass er die Kraft und den Willen seiner Gegner unterschätzt.«

»Und er lernt auch nicht aus seinen Niederlagen«, ergänzte Bult.

Duiker wandte den Blick nicht von Coltaine. »Wohin führt Ihr diesen Treck, Faust?«

»Nach Ubaryd.«

Der Historiker blinzelte. *Das dauert mindestens zwei Monate.* »Dann halten wir die Stadt also noch?«

Es wurde still im Raum.

»Ihr wisst es nicht«, sagte Duiker.

»Nein«, erwiderte Bult; er nahm dem Historiker den Krug aus der Hand und genehmigte sich einen großen Schluck.

»Und jetzt, Duiker«, sagte Coltaine, »erzählt uns von Eurer Reise.«

Der Historiker hatte nicht die Absicht, seine Anstrengungen in Bezug auf Heboric Leichte Hand zu erklären. Also skizzierte er eine Geschichte, die nahe genug an der Wahrheit blieb, um überzeugend zu klingen. Er und Kulp waren zu einer Küstenstadt geritten, um ein paar alte Freunde in einem Posten des Küstentrupps zu treffen. Es war Pech, dass dies ausgerechnet in der Nacht des Aufstands geschehen war. Als Duiker eine Chance gesehen hatte, sich in seiner Verkleidung durch die Reihen der Feinde zu schleichen und bei dieser Gelegenheit auch noch Informationen zu sammeln, hatte er sie genutzt. Kulp hatte sich den Seesoldaten angeschlossen, in der Absicht, mit ihnen zum Hafen von Hissar zu segeln. Während er seine Geschichte erzählte, konnte man von draußen die gedämpften Geräusche von Wagen hören, die sich auf der Insel in Bewegung setzten.

Sie waren laut genug, dass Kamist Reloes Soldaten sie hören und zu dem richtigen Schluss kommen konnten. Duiker fragte sich, wie der Kommandeur des Wirbelwindes wohl darauf reagieren würde, dass die Überquerung begonnen hatte.

Als der Historiker ausführlich zu schildern begann, was er bei den Feinden beobachtet hatte, schnitt Coltaine ihm mit einer Handbewegung das Wort ab. »Wenn alle Eure Erzählungen so langweilig sind, ist es ein Wunder, dass überhaupt irgendjemand sie liest«, brummte er.

Lächelnd lehnte Duiker sich zurück und schloss die Augen. »Ach, Faust, es ist der Fluch der Geschichtsschreibung, dass diejenigen, die sie lesen sollten, es niemals tun. Und außerdem bin ich müde.«

»Onkel, such für diesen Mann ein Zelt und eine Schlafdecke«, sagte Coltaine. »Lass ihn zwei Stunden schlafen. Ich möchte, dass er dann aufsteht, um so viel wie möglich von der Überquerung mitzubekommen. Die Ereignisse des kommenden Tages sollen niedergeschrieben werden, damit jene, die nach uns kommen, ihre Lehren daraus ziehen können.«

»Zwei Stunden?«, murmelte Duiker. »Ich kann nicht garantieren, dass ich nach so kurzer Zeit über ein brillantes Erinnerungsvermögen verfügen werde – vorausgesetzt, ich werde überhaupt überleben, um die Geschichte erzählen zu können.«

Eine Hand rüttelte ihn an der Schulter. Der Historiker öffnete die Augen. Er war auf dem Stuhl eingeschlafen. Jemand hatte ihn mit einer Decke zugedeckt. Die wickanische Wolle roch widerlich und war mit zweifelhaften Flecken übersät. Ein junger Korporal beugte sich über ihn.

»Herr? Ihr müsst jetzt aufstehen.«

Duiker machte ein finsteres Gesicht. Jeder Knochen seines Körpers schmerzte. »Wie heißt du, Korporal?«

»List, Herr. Von der Fünften Kompanie.«

Oh! Das war doch der, der in diesen Scheingefechten andauernd gestorben ist.

Erst jetzt nahm der Historiker das vielstimmige Geschrei wahr, das von draußen hereindrang. Er setzte sich aufrecht hin. »Beim Atem des Vermummten! Wird da draußen schon gekämpft?«

Korporal List zuckte die Schultern. »Noch nicht. Das sind nur die

Treiber und das Vieh. Sie überqueren den Fluss. Auf der anderen Seite hat es ein paar Zusammenstöße gegeben – die Armee aus Guran ist angekommen. Aber wir halten die Stellung.«

Duiker schlug die Decke beiseite und stand auf. List reichte ihm einen verbeulten Zinnbecher.

»Vorsichtig, Herr, es ist heiß.«

Der Historiker starrte die dunkelbraune Flüssigkeit an. »Was ist das?«

»Ich weiß es nicht, Herr. Irgendwas Wickanisches.«

Duiker nahm einen Schluck und zuckte zusammen. Das Gebräu war kochend heiß und schmeckte bitter. »Wo ist Coltaine? Ich muss ihm noch etwas erzählen, das ich vorhin vergessen habe.«

»Er reitet mit den Kriegern seines Krähen-Clans.«

»Wie spät ist es?«

»Die Morgendämmerung wird gleich anbrechen.«

Es ist schon fast Morgen, und das Vieh fängt gerade erst an, den Fluss zu überqueren? Er spürte, wie er allmählich munter wurde, warf einen weiteren Blick in den Becher und trank noch einen Schluck. »Ist das hier eins von Sormos Gebräuen? Es lässt meine Nerven vibrieren.«

»Eine alte Frau hat es mir gegeben, Herr. Seid Ihr fertig?«

»Bist du mir zugeteilt worden, List?«

»Ja, Herr.«

»Dann wird es deine erste Aufgabe sein, mich zur Latrine zu geleiten, Korporal.«

Sie traten nach draußen und mitten hinein ins Chaos. Auf der Insel in dem toten Flussarm wimmelte es von Vieh; eine ungeheure Masse von buckligen Rücken, die sich unter den Schreien der Treiber langsam voranbewegte. Das andere Ufer des Sekala lag hinter Staubwolken verborgen, die begonnen hatten, auf den Fluss hinauszutreiben.

»Hier entlang, Herr.« List deutete auf einen Graben hinter dem Bauernhaus.

»Lass das mit dem dauernden ›Herr‹«, sagte Duiker, während sie auf die Latrine zumarschierten. »Besorg mir einen Meldereiter. Die Soldaten am anderen Ufer werden demnächst ernste Schwierigkeiten bekommen.«

»Herr?«

Duiker stand am Rand des Grabens. Er schlug seine Telaba zurück, zögerte dann. »In diesem Graben ist Blut.«

»Ja, Herr. Was habt Ihr gerade mit dem anderen Ufer des Flusses gemeint, Herr?«

»Hab etwas von ein paar Tithansi-Vorreitern gehört«, sagte der Historiker, während er sich erleichterte. »Die Semk sind nach Süden gekommen. Ich vermute, dass sie auf der Guran-Seite sein werden. Die Semk verfügen über Zauberer, und die Tithansi fürchten ihre Krieger, daher ist zu erwarten, dass sie ein ziemlich übler Haufen sind. Ich wollte es vorhin in der Besprechung eigentlich noch erwähnen, hab es dann aber vergessen.«

In diesem Augenblick ritt ein Reitertrupp vor dem Bauernhaus vorbei. Korporal List rannte los, um sie abzufangen.

Duiker beendete sein Geschäft und ging zu seinem Adjutanten zurück. Er verlangsamte seine Schritte. Die Standarte der Gruppe war unverkennbar. List überbrachte dem Befehlshaber atemlos die Neuigkeit. Der Historiker holte tief Luft und trat zu den Männern.

»Baria Setral.«

Der Kommandeur der Roten Klingen warf Duiker einen raschen Blick zu. Seine Augen waren kalt. Neben ihm brummte sein Bruder Mesker wortlos vor sich hin.

»Es scheint, als wäre Euch das Glück treu geblieben«, sagte der Historiker.

»Genau wie Euch«, erwiderte Baria polternd. »Was den weißhaarigen Magier angeht … bei ihm scheint es nicht so gut gelaufen zu sein. Zu schade. Ich hatte mich schon darauf gefreut, seine Haut an mein Banner zu heften. Was die Sache mit den Semk betrifft – stammt die Nachricht von Euch?«

»Von den Tithansi.«

Mesker stieß ein bellendes Lachen aus und grinste dann. »Ihr habt unterwegs mit ihnen das Zelt geteilt, nicht wahr?« Er wandte sich an seinen Bruder. »Es ist eine Lüge.«

Duiker seufzte. »Und was hätte diese Lüge für einen Sinn?«

»Wir sind unterwegs, um den Vorposten der Siebten zu verstärken«, sagte Baria. »Wir werden Eure Warnung weitergeben.«

»Es ist eine Falle ...«

»Halt's Maul, Bruder«, sagte Baria, den Blick noch immer auf Duiker gerichtet. »Eine Warnung ist zunächst einmal genau das – eine Warnung. Keine Lüge, keine Falle. Wenn die Semk kommen, werden wir bereit sein. Wenn nicht, dann war die Geschichte eben falsch. Aber sonst ist nichts Schlimmes passiert.«

»Ich danke Euch, Kommandant«, sagte Duiker. »Schließlich stehen wir auf der gleichen Seite.«

»Lieber spät als nie«, knurrte Baria. Die Andeutung eines Lächelns verzog seinen eingeölten Bart. »Historiker!« Er hob eine behandschuhte Faust, öffnete sie. Die Geste ließ den Trupp der Roten Klingen ihren leichten Galopp zur Furt wieder aufnehmen. Mesker war der Einzige, der Duiker einen düsteren Blick zuwarf, als er an ihm vorbeiritt.

Das blasse Licht der Morgendämmerung sickerte allmählich in das Tal. Über dem Sekala wallte eine undurchdringliche Staubwolke sachte quer zur sanften Morgenbrise, sank schließlich auf die Furt herab und blieb dort hängen. Der Blick auf das, was in der Furt gerade geschah, war versperrt. Duiker grunzte. »Das ist 'ne nette Idee.«

»Dafür ist Sormo verantwortlich«, sagte Korporal List. »Man erzählt sich, dass er die Geister des Landes und der Luft aufgeweckt hat. Aus einem Jahrhunderte währenden Schlaf, denn auch die Stämme kümmern sich schon lange nicht mehr um sie. Manchmal kann man sie ... riechen.«

Der Historiker warf dem jungen Mann einen Blick zu. »Man kann sie riechen?«

»Es riecht, als ob man einen Stein umdreht. Irgendwie kühl, modrig.« Er zuckte die Schultern. »Ungefähr so riecht es.«

Vor Duikers geistigem Auge entstand plötzlich das Bild von List als Knabe. Wie er Steine umdrehte. Eine Welt eroberte, in einem Kokon aus Frieden. Der Historiker lächelte. »Ich kenne den Geruch, List. Sag mir, diese Geister – wie stark sind sie?«

»Sormo sagt, sie freuen sich. Und sie wären wild darauf, zu spielen.«

»Das Spiel eines Geistes ist der Albtraum eines Menschen. Nun, wollen wir hoffen, dass sie das Spielen ernst nehmen.«

Die überwiegende Anzahl der Flüchtlinge war von der Insel im Altwasser heruntergetrieben worden – wie Duiker sehen konnte, als er sein Augenmerk wieder auf die weitere Umgebung richtete –, und dann über die Straße zur Furt, zum südlichen Hang und zum schlammigen Bett des alten Altwasser-Kanals gedrängt worden. Es waren zu viele für den zur Verfügung stehenden Platz, und er sah den weit entfernten Rand der Menge auf die Hügel dahinter krabbeln. Ein paar waren zum Fluss gegangen, südlich der Furt, und wateten jetzt langsam in die Strömung hinein.

»Wer ist für die Flüchtlinge verantwortlich?«

»Teile des Krähen-Clans. Coltaine lässt sie von seinen Wickanern beaufsichtigen – die Flüchtlinge fürchten sich vor ihnen ebenso sehr wie vor der Apokalypse.«

Und außerdem kann man die Wickaner nicht kaufen.

»Da, Herr!« List deutete nach Osten.

Die feindlichen Truppen, durch die Duiker vergangene Nacht hindurchgeritten war, hatten begonnen, sich in Bewegung zu setzen. Die Infanterie aus Sialk und Hissar war auf der rechten Seite, auf der linken waren Hissari-Lanzenreiter, und die berittenen Tithansi-Krieger bildeten das Zentrum. Die zwei Kavallerie-Streitkräfte jagten auf die Verteidigungsstellungen des Wiesel-Clans zu. Berittene wickanische Bogenschützen, die von Lanzenreitern begleitet wurden, ritten ihnen entgegen. Doch die Attacke war eine Finte, die Hissari und Tithansi drehten nach Westen ab, ehe sie die Verteidiger erreicht hatten. Ihre Kommandeure hatten es allerdings zu gut gemeint, denn die wickanischen Bogenschützen waren auf Schussweite herangekommen. Pferde und Reiter stürzten.

Dann waren die wickanischen Lanzenreiter an der Reihe, in einem plötzlichen Sturmangriff nach vorn zu preschen, woraufhin die Feinde sich blitzschnell in die ursprünglichen Positionen zurückzogen. Duiker beobachtete überrascht, wie die Lanzenreiter ihre Pferde zügelten und etliche von ihnen absaßen, während die Bogenschützen ihnen Deckung gaben. Verwundete Feinde wurden samt und sonders getötet, sie wurden skalpiert und ihrer Ausrüstung beraubt. Seile kamen zum Einsatz. Minuten später ritten die Wickaner zurück zu ihren Verteidigungsstellungen und zogen dabei die Kadaver der getöteten Pferde hinter sich her, genauso wie die Hand voll verwundeter Reittiere, die sie hatten einfangen können.

»Die Wickaner versorgen sich selbst«, sagte List. »Sie verwenden auch die Häute. Und die Knochen, die Schweife und Mähnen, die Zähne, die …«

»Ich hab's verstanden«, schnitt Duiker ihm das Wort ab.

Die Infanterie des Feindes setzte ihren langsamen Vormarsch fort. Die berittenen Hissari und Tithansi hatten sich wieder neu formiert und näherten sich erneut, diesmal jedoch langsamer und vorsichtiger.

»Auf der Insel gibt es eine alte Mauer«, sagte List. »Wir könnten hinaufklettern; von dort hätten wir einen besseren Überblick nach allen Seiten hin. Das heißt, wenn es Euch nichts ausmacht, über die Rücken des Viehs zu laufen, um dort hinzukommen. Es ist nicht so schwierig, wie es sich anhört – Ihr müsst einfach immer in Bewegung bleiben.«

Duiker zog eine Augenbraue hoch.

»Wirklich, Herr.«

»In Ordnung, Korporal. Dann zeig mir den Weg.«

Sie nahmen die von Seilen abgetrennte Straße westwärts in Richtung der Furt. Der alte Kanal des Altwassers wurde von hölzernen Planken überbrückt, die von neuen Stützpfosten verstärkt wurden, welche die Sappeure der Siebten gesetzt hatten. Dieser Weg wurde freigehalten, damit die berittenen Boten hin und her reiten konnten, doch wie überall sonst regierte auch hier das Chaos. Duiker blieb dicht hinter List, der sich gestikulierend und hin und her tänzelnd einen Weg zur Brücke suchte. Dahinter erhoben sich der Buckel der Insel und Tausende Stück Vieh.

»Woher kommt diese Herde?«, frage der Historiker, als sie den hölzernen Übergang erreichten.

»Sie ist zum größten Teil gekauft«, erwiderte List. »Coltaine und seine Clans haben außerhalb von Hissar Land in Beschlag genommen, und dann haben sie angefangen, Vieh zu kaufen, und Pferde, Ochsen, Maultiere, Ziegen – so ziemlich alles, was vier Beine hat.«

»Wann ist das alles geschehen?«

»Praktisch am gleichen Tag, als sie angekommen sind«, entgegnete der Korporal. »Als der Aufstand angefangen hat, waren die meisten Mitglieder des Tollhund-Clans bei den Herden. Die Tithansi haben versucht, das Vieh zu stehlen, und sich dabei blutige Nasen geholt.«

Als sie sich dem dahinziehenden Ende der Herde näherten, wurde der Lärm allmählich ohrenbetäubend: das Geschrei der Treiber, das Gebell der Hirtenhunde – kräftige, halb wilde Tiere von den wickanischen Ebenen –, das Muhen des Viehs und das unaufhörliche Donnern ihrer Hufe. Die Staubwolke, die den Fluss einhüllte, war undurchdringlich.

Duiker starrte die wimmelnde Menge vor ihnen an. »Ich bin mir nicht mehr so sicher, ob deine Idee wirklich so gut ist, Korporal – diese Tiere wirken ziemlich nervös. Wir werden wahrscheinlich binnen weniger Sekunden zertrampelt.«

Hinter ihnen erklang ein Ruf. Ein junges wickanisches Mädchen kam auf sie zugeritten.

»Das ist Neder«, sagte List.

Etwas in seinem Tonfall brachte Duiker dazu, sich umzudrehen. Das Gesicht des jungen Burschen war bleich.

Das Mädchen, das nicht älter als neun oder zehn sein konnte, hielt ihr Pferd bei ihnen an. Ihre Haut war dunkel, ihre Augen wirkten wie eine schwarze Flüssigkeit, ihr Haar war struppig und kurz geschnitten.

Der Historiker erinnerte sich daran, sie in der Nacht zuvor unter

Sormos Schützlingen gesehen zu haben. »Ihr wollt zur Mauer, um einen guten Aussichtspunkt zu haben«, sagte sie. »Ich werde euch einen Weg bahnen.«

List nickte.

»Am anderen Ufer ist Magie am Werk«, fuhr sie, die Augen auf Duiker gerichtet, fort. »Das Gewirr eines einsamen Gottes. Kein Vielwandler oder Wechselgänger. Der Gott eines Stammes.«

»Die Semk«, sagte der Historiker. »Die Roten Klingen werden die Nachricht weitergeben.« Er verstummte, als ihm die Tragweite von Neders Worten bewusst wurde, die Bedeutung ihrer Anwesenheit bei der Besprechung letzte Nacht. *Sie ist eine der wieder geborenen Waerlogas. Sormo führt einen Clan von Kindern an, die über die Fähigkeiten uralter Magier verfügen.*

»Ich werde mich ihnen entgegenstellen. Der Geist dieses Landes ist älter als jeder Gott.« Sie lenkte ihr Pferd um die beiden Männer herum, stieß dann einen durchdringenden Schrei aus. Eine Gasse bildete sich; Tiere drängten sich ängstlich muhend nach beiden Seiten.

Neder ritt durch den Durchgang. Nach einem Augenblick folgten ihr List und Duiker. Sie mussten rennen, um zu ihr aufzuschließen. Sobald sie den Pfad betreten hatten, konnten sie spüren, wie die Erde unter ihren Füßen zitterte. Doch es war nicht der dumpfe Nachhall zahlloser Hufe, sondern etwas Intensiveres, Stärkeres. *Als würden wir die Wirbelsäule einer gigantischen Schlange entlangwandern ... das Land ist erwacht, das Land ist begierig darauf, seine Macht zu zeigen.*

Fünfzig Schritt voraus erschien die Krone einer verwitterten, mit Weinreben bewachsenen Mauer. Sie war gedrungen und breit, ganz offensichtlich das Überbleibsel einer alten Befestigungsanlage; doch da sie etwas mehr als mannshoch war, ragte sie aus der Viehherde heraus. Der Pfad, den Neder geschaffen hatte, streifte eine Ecke der Mauer und führte dann weiter zum Fluss hinunter.

Das Mädchen ritt weiter, ohne sich noch einmal umzudrehen. Wenige Augenblicke später erreichten List und Duiker das steinerne Bauwerk und kletterten auf die zerklüftete, breite Krone.

»Seht nach Süden«, sagte List und deutete in die entsprechende Richtung.

Ein goldener Staubschleier stieg von den Hügeln hinter der wogenden Masse der Flüchtlinge auf.

»Coltaine und seine Krähen sind in einen Kampf verwickelt«, sagte List.

Duiker nickte. »Jenseits dieser Hügel liegt ein Dorf, stimmt's?«

»Ja, Herr. Es heißt L'enbarl. Sieht so aus, als würde die Auseinandersetzung auf der Straße stattfinden, die vom Dorf zur Furt führt. Wir haben bis jetzt noch keine Kavallerie aus Sialk gesehen – daher ist es ziemlich wahrscheinlich, dass Reloe ihnen befohlen hat, einen großen Bogen zu schlagen und uns von der Flanke her anzugreifen. Wie Coltaine immer sagt, der Mann ist berechenbar.«

Duiker blickte nach Norden. Die andere Seite der Insel bestand aus Marschgräsern, die den alten Altwasser-Kanal überwucherten. Am weiter entfernt liegenden Ufer erhob sich eine eng beieinander stehende Gruppe von abgestorbenen Bleiholz-Bäumen, von denen ein breiter Hang zu einem steilen Hügel führte. Die Regelmäßigkeit dieses Hügels legte die Vermutung nahe, dass es sich bei ihm um einen künstlich aufgeschütteten Tel handelte. Auf seinem flachen Plateau lagerte eine Armee, deren Waffen und Rüstungen in der Morgensonne glänzten. Schwere Infanterie. Dunkle Flaggen wehten hinter zwei Reihen Tithansi-Bogenschützen zwischen großen Zelten. Die Bogenschützen hatten begonnen, den Hang herunterzumarschieren.

»Das sind Kamist Reloe und seine handverlesenen Elitetrupps«, sagte List. »Er hat sie bisher noch nie eingesetzt.«

Im Osten waren die Krieger des Wiesel-Clans und ihre Tithansi- und Hissari-Gegner immer noch mit Scheinangriffen und Täuschungsmanövern beschäftigt, während die Infanterie aus Hissar und Sialk beständig näher an die wickanischen Verteidigungslinien heranrückte. Hinter diesen Legionen wogte die Armee der Bauern ruhelos hin und her.

»Wenn diese Horde sich zum Angriff entschließen sollte«, sagte Duiker, »werden unsere Linien nicht halten.«

»Sie werden angreifen«, erklärte List mit grimmiger Miene. »Wenn wir Glück haben, warten sie zu lange, und wir haben die Möglichkeit, uns zurückzuziehen.«

»Das ist genau die Art von Risiko, die der Vermummte liebt«, murmelte der Historiker.

»Der Boden unter ihren Füßen raunt ihnen Furcht erregende Dinge zu. Sie werden sich noch ein bisschen Zeit lassen.«

»Sieht es tatsächlich so aus, als ob wir das Geschehen an allen Seiten kontrollieren – oder ist das nur eine Illusion?«

List verzog das Gesicht. »Manchmal ist da kaum ein Unterschied. Das heißt, im Hinblick auf die Auswirkungen. Coltaine sagt, der einzige Unterschied besteht darin, dass die Wirklichkeit den Schaden absorbiert, wenn denn tatsächlich welcher entsteht, während die Illusion zusammenbricht.«

Duiker schüttelte den Kopf. »Wer hätte gedacht, dass ein wickanischer Kriegshäuptling in solch ... alchemistischen Begriffen über den Krieg denkt? Und du, Korporal, hat er dich zu seinem Schützling erkoren?«

Der junge Mann machte ein mürrisches Gesicht. »Ich bin in den Kriegsspielen wieder und wieder gestorben. Dadurch habe ich viel Zeit in seiner Nähe verbracht und so manches gehört ...«

Das Vieh bewegte sich jetzt etwas schneller, tauchte in die noch immer unbeweglich über der Furt schwebenden Staubwolken ein. Für Duiker ging das alles jetzt ein bisschen zu schnell. »Viereinhalb Fuß Wassertiefe, über vierhundert Schritt weit ... die Tiere müssten die Furt im Schneckentempo durchqueren. Außerdem, wie sorgt man dafür, dass sie den seichten Streifen nicht verlassen? Die Hunde werden schwimmen müssen, die Treiber werden in die tieferen Bereiche abgedrängt werden – und wer kann bei dem verdammten Staub da unten überhaupt noch irgendwas erkennen?«

List sagte nichts.

Donner grollte auf der anderen Seite der Furt, gefolgt von schnellen, knatternden Geräuschen. Rauchsäulen stiegen in die Höhe, und die Luft schien plötzlich merkwürdig zu prickeln. *Zauberei. Die*

Zauberpriester der Semk. Und auf unserer Seite stellt sich ihnen nur ein Kind entgegen – ganz allein. »Das alles dauert viel zu lange«, schnappte Duiker. »Warum im Namen des Vermummten hat es die ganze Nacht gedauert, nur die Wagen rüberzubringen? Es wird dunkel sein, bevor die Flüchtlinge auch nur mit der Überquerung anfangen können.«

»Sie kommen näher«, sagte List. Sein Gesicht war mit Staub und Schweiß verschmiert.

Im Osten waren die Infanterie-Einheiten aus Hissar und Sialk bei den äußeren Verteidigungsstellungen angekommen. Pfeile schwirrten durch die Luft. Die Reiter des Wiesel-Clans kämpften an zwei Fronten; direkt vor ihnen waren die Tithansi-Lanzenreiter, während Piken schwingende Infanteristen gegen ihre rechte Flanke drängten. Sie versuchten, sich vom Gegner zu lösen und ein Stück zurückzuweichen. Die aus Erde aufgeschütteten Verteidigungswälle wurden von Hauptmann Lulls Seesoldaten gehalten, bei denen sich zudem wickanische Bogenschützen und ein paar Hilfstrupps befanden. Die ersten Barrikaden hatten sie der kampferprobten Infanterie überlassen. Auf den Hängen weiter hinten hatte es in der Bauern-Horde angefangen zu brodeln.

Im Norden stürmten die beiden Legionen Tithansi-Bogenschützen vor, um sich in die Deckung der Bleiholzbäume zu begeben. Von dort aus würden sie anfangen, auf das Vieh zu schießen. Und es gab niemanden, der sie daran hindern konnte.

»Und so bricht alles zusammen«, sagte Duiker.

»Ihr seid genauso schlimm wie Reloe, Herr.«

»Was meinst du damit?«

»Zu schnell damit bei der Hand, uns auszuzählen. Dies ist nicht unser erstes Gefecht.«

Schwache Schreie drangen von den Bleiholzbäumen herüber. Duiker versuchte, durch die Staubschwaden hindurch etwas zu erkennen. Die Tithansi-Bogenschützen schrien, schlugen um sich und verschwanden schließlich in den hohen Marschgräsern jenseits der Bäume. »Im Namen des Vermummten, was ist den Männern zugestoßen?«

»Sie sind einem Geist begegnet, Herr, einem alten, durstigen Geist. Sormo hat ihm einen Tag mit viel warmem Blut versprochen. Einen letzten Tag. Bevor er stirbt oder aufhört zu sein, oder was auch immer Geister tun, wenn sie gehen.«

Ihre panikerfüllte, wilde Flucht hatte die Bogenschützen mittlerweile zurück zum Hang unterhalb des Tels geführt.

»Da verschwinden die Letzten«, sagte List.

Einen Moment lang dachte Duiker, Lists Äußerung hätte den Tithansi-Bogenschützen gegolten, doch dann stellte er erschrocken fest, dass das Vieh verschwunden war. Er wirbelte herum, um einen Blick auf die Furt zu werfen, und fluchte angesichts der immer noch über dem Wasser hängenden Staubwolken. »Das ist viel zu schnell gegangen«, murmelte er.

Die Flüchtlinge hatten sich in Bewegung gesetzt, Menschenströme ergossen sich über den alten Altwasser-Kanal und auf die Insel. Das Ganze hatte noch nicht einmal den Anschein, als würde es geordnet ablaufen; es gab keine Möglichkeit, beinahe dreißigtausend erschöpfte, entsetzte Menschen wirklich unter Kontrolle zu halten. Und sie waren kurz davor, über die Mauer hinwegzuwogen, auf der Duiker und der Korporal standen.

»Wir sollten von hier verschwinden«, sagte List.

Der Historiker nickte. »Wohin?«

»Äh … nach Osten?«

Dorthin, wo der Wiesel-Clan jetzt den Seesoldaten und anderen Fußsoldaten Deckung gab, während sie einen Erdwall nach dem anderen preisgaben; die Soldaten wichen so schnell zurück, dass sie schon in wenigen Minuten die Holzplankenbrücke erreicht haben würden. *Und was dann? Mitten hinein in diesen Mob aus schreienden Flüchtlingen? Beim Vermummten, was jetzt?*

List schien seine Gedanken zu erraten. »Sie werden an der Brücke Stellung beziehen und sie halten«, versicherte er seinem Gegenüber. »Sie *müssen*. Und nun kommt!«

Ihre Flucht führte sie kurz vor der vordersten Reihe der Flüchtlinge vorbei. Unter ihren Füßen erzitterte das erwachende Land,

Dampfsäulen stiegen auf, die einen Geruch wie nach schmutzigem Schweiß verströmten. Hier und da wölbte sich am östlichen Rand der Insel die Erde nach oben und barst auf. Duikers ungestümer Spurt kam zu einem jähen Ende. Gestalten kletterten aus der aufgebrochenen Erde, Skelette in geheimnisvollen, löchrigen, verkrusteten Bronze-Rüstungen, zerbeulte Helme mit Geweihsprossen auf den Köpfen und mit langem, rotfleckigem Haaar, das in stumpfen Strähnen über ihre Schultern hing. Das Geräusch, das sie von sich gaben, ließ Duikers Seele frösteln. *Lachen. Freudiges Lachen. Windest du dich gerade jetzt in beleidigter Wut, Vermummter?*

»Da ist Nil«, keuchte List. »Neders Zwillingsbruder – der Junge da drüben. Sormo hat gesagt, dass dieser Ort schon einmal als Schlachtfeld gedient hat – dass diese Insel in der Flussschleife nicht natürlichen Ursprungs ist … oh, Königin der Träume, schon wieder so ein wickanischer Albtraum!«

Die uralten Krieger, die auf eine Weise frohlockten, die einem das Blut in den Adern stocken ließ, brachen nun überall an der Ostseite der Insel aus der Erde. Rechts von Duiker und hinter ihm schrien Flüchtlinge entsetzt auf; ihre unbesonnene Flucht kam zum Stillstand, als die schrecklichen Kreaturen sich zwischen ihnen erhoben.

Der Wiesel-Clan und die Fußsoldaten hatten sich auf dieser Seite der Brücke und des Kanals zu einer kompakten Linie zusammengezogen. Die Linie zuckte hin und her, als sich die auferstandenen Krieger durch ihre Reihen schoben; sie hoben einschneidige Schwerter – mineralische Ablagerungen hatten die Waffen beinahe formlos werden lassen – und marschierten auf die wogende Menge der Infanterie aus Hissar und Sialk zu. Aus dem Lachen war mittlerweile Gesang geworden, ein kehliges Schlachtlied.

Duiker und List befanden sich auf einer freien Fläche, die mit dampfenden, aufgebrochenen Erdhügeln übersät war; hinter ihnen waren die Flüchtlinge, die sich zurückzogen und sich zur Furt drängten, während die Nachhut vor ihnen endlich in der Lage war durchzuatmen, als die untoten Krieger auf ihre Feinde losgingen.

Nil, Neders Zwillingsbruder, ritt einen großen Rotschimmel; er hetzte entlang der Linie hin und her, in einer Hand irgendeinen federverzierten knorrigen Knüppel, den er über dem Kopf schwenkte. Die untoten Krieger, die nah an ihm vorbeizogen, brüllten laut und schüttelten ihre Waffen zum Gruß – oder aus Dankbarkeit. Sie lachten, und der Junge stimmte in ihr Lachen ein.

Reloes aus Veteranen bestehende Infanterie brach unter dem heftigen Ansturm zusammen und wich zurück, wodurch sie mit der Horde zusammenstieß, die jetzt ihren Vormarsch verlangsamte.

»Wie kann das sein?«, fragte Duiker. »Beim Gewirr des Vermummten – das ist Nekromantie, und …«

»Vielleicht sind sie nicht wirklich untot«, schlug List vor. »Vielleicht werden sie einfach nur vom Geist der Insel benutzt.«

Der Historiker schüttelte den Kopf. »Nein, zumindest nicht ausschließlich. Hör dir das Lachen an – und dieses Lied –, hörst du die Sprache? Die Seelen dieser Krieger sind erweckt worden. Diese Seelen müssen einst hier zurückgeblieben sein. Der Geist muss sie festgehalten haben, und er hat sie niemals freigelassen, dass sie zum Vermummten hätten gehen können. Wir werden für das hier bezahlen, Korporal. Jeder Einzelne von uns.«

Weitere Gestalten erhoben sich auf allen Seiten aus der Erde: Frauen, Kinder, Hunde. Viele Hunde trugen noch immer lederne Geschirre, zogen noch immer die Reste primitiver Schlitten hinter sich her. Die Frauen hielten die Kinder an die Brust gepresst, umklammerten die knöchernen Griffe breitklingiger Bronzemesser, die sie in die Kinder gestoßen hatten. Was hier wieder ans Licht kam, war das erstarrte Bild einer alten, unwiderruflichen Tragödie, als ein ganzer Stamm von den Händen unbekannter Feinde niedergemetzelt worden war – *vor wie vielen Tausend Jahren ist das passiert, wie lange sind diese gefangenen Seelen in diesem entsetzlichen, herzzerreißenden Augenblick festgehalten worden? Und was jetzt? Sind sie dazu verdammt, diese ewige Qual noch einmal aufs Neue zu durchleben?* »Der Vermummte möge ihnen Gnade schenken«, flüsterte Duiker tonlos. »Bitte, nimm sie zu dir. Nimm sie jetzt zu dir!«

Die Frauen waren in dem tödlichen Muster gefangen. Er sah, wie sie mit den Dolchen zustießen, sah die Kinder zucken und sich winden, hörte ihr kurzes Weinen. Er sah, wie danach die Frauen fielen, die Schädel von unsichtbaren Waffen zertrümmert – von Erinnerungen, die nur sie sehen … und fühlen konnten. Die unbarmherzigen Hinrichtungen gingen weiter und immer weiter.

Nil hatte aufgehört, wie wild auf und ab zu reiten; er lenkte seinen Rotschimmel jetzt im Schritt auf die entsetzliche Szene zu. Unter seiner gebräunten Haut war der Junge krankhaft blass. Eine Stimme in Duikers Hinterkopf flüsterte ihm zu, dass der junge Waerloga mehr sehen konnte als alle anderen – oder genauer, als alle anderen, die noch am Leben waren. Der Kopf des Jungen wandte sich einmal in diese, dann in jene Richtung. Er verfolgte geisterhafte Mörder mit den Blicken und zuckte unter jedem tödlichen Hieb zusammen.

Der Historiker stolperte zu dem Jungen hinüber. Seine Beine fühlten sich so unbeholfen an wie hölzerne Krücken. Er griff nach oben und nahm dem Waerloga die Zügel aus den reglosen Händen. »Nil«, sagte er leise, »was siehst du?«

Der Junge blinzelte; dann senkte er langsam den Kopf und schaute Duiker in die Augen. »Was ist?«

»Du kannst es sehen. Wer tötet sie?«

»Wer?« Der Junge strich sich mit einer zitternden Hand über die Stirn. »Mitglieder ihres eigenen Volkes. Der Clan hatte sich gespalten, es gab zwei Rivalen um den Geweih-Thron. Es waren Verwandte, Historiker. Vettern, Brüder, Onkel …«

Duiker hatte das Gefühl, dass bei Nils Worten etwas in seinem Innern zerbrach. Aus einem verzweifelten Bedürfnis heraus hatte er gehofft, nein, hatte er sich gewünscht, dass die Mörder andere wären … Jaghut, Forkrul Assail, K'Chain Che'Malle … *irgendwelche anderen.* »Nein«, sagte er tonlos.

Nils Augen waren jung und doch alt, und ihr Blick ließ den Historiker nicht los, als der Waerloga nickte. »Verwandte. So etwas ist auch anderswo geschehen. Auch bei den Wickanern. Vor einer Generation. Es hat sich alles wiederholt.«

»Aber jetzt geschieht es nicht mehr.« *Oh, bitte!*

»Nein, jetzt nicht mehr.« Nil brachte ein gequältes Lächeln zu Stande. »Der Imperator hat uns geeint. Als unser gemeinsamer Feind. Indem er über unsere kleinen Kriege, unsere sinnlosen Fehden gelacht hat. Gelacht, und, mehr noch, indem er uns verhöhnt hat. Er hat uns seine Verachtung spüren lassen, und das hat uns beschämt, Historiker. Als er Coltaine entgegengetreten ist, hatte unser Bündnis bereits begonnen, auseinander zu brechen. Kellanved hat sich über uns lustig gemacht. Er hat gesagt, er bräuchte sich nur zurückzulehnen und zu warten, um das Ende unserer Rebellion zu erleben. Mit diesen Worten hat er unsere Seelen gebrandmarkt. Mit diesen Worten und seinem Angebot von Einigkeit hat er uns Weisheit geschenkt. Auf Grund dieser Worte haben wir in ehrlicher Dankbarkeit vor ihm gekniet, haben akzeptiert, was er uns angeboten hat, und ihm unsere Loyalität geschenkt. Ihr habt Euch einst gefragt, wie der Imperator unsere Herzen gewonnen hat. Jetzt wisst Ihr es.«

Die Entschlossenheit der Angreifer kehrte wieder zurück, als die verrosteten Waffen der alten Krieger an modernem Eisen zerbrachen. Auch die zu Skeletten gewordenen ausgetrockneten Körper erwiesen sich als ungeeignet für die Aufgabe, noch einmal zu kämpfen. Einzelne Teile fielen von ihnen ab, Gestalten stolperten, stürzten zu Boden und blieben liegen. Sie waren zu sehr zerbrochen, um sich noch einmal zu erheben.

»Müssen sie ihre Niederlage wirklich noch ein zweites Mal durchleben?«, fragte Duiker.

Nil zuckte die Schultern. »Sie haben uns etwas Zeit zum Atemholen verschafft, damit wir unsere Kräfte sammeln können. Und bedenkt, Historiker: Wenn diese Krieger beim ersten Mal gewonnen hätten, hätten sie ihren Opfern das Gleiche angetan, was ihren eigenen Familien angetan wurde.« Der Waerloga, der eigentlich noch ein Kind war, schüttelte den Kopf. »Es gibt nur wenig Gutes in den Menschen. Nur wenig Gutes.«

Es schmerzte, diese Worte aus dem Mund eines so jungen Menschen zu hören. *Erinnere dich daran, dass aus diesem Jungen die Stimme eines alten Mannes spricht.* »Aber man kann es dennoch finden«, konterte Duiker. »Und es ist umso kostbarer, da es so selten ist.«

Nil griff wieder nach seinen Zügeln. »Hier werdet Ihr nichts davon finden, Historiker«, sagte er, und seine Stimme klang so hart wie seine Worte. »Wir sind für unseren Wahnsinn bekannt, das zeigt uns der Geist dieser Insel. Die Erinnerungen, die wirklich übrig bleiben, sind allesamt entsetzlich, und unsere Taten sind so finster, als wollten wir das Land selbst versengen. Haltet die Augen offen«, fügte er hinzu, während er sein Pferd herumzog, um einen Blick auf die Schlacht zu werfen, die an der hölzernen Brücke wieder aufgeflammt war. »Es ist noch nicht zu Ende.«

Duiker sagte nichts; er blickte dem kindlichen Waerloga nach, der auf die Reihen der Soldaten zuritt.

So unmöglich es dem Historiker auch schien, plötzlich wurde der Pfad vor den Flüchtlingen frei, und sie begannen den Fluss zu überqueren. Duiker schaute zum Himmel hinauf. Die Sonne strebte dem Zenit entgegen. Irgendwie hatte er das Gefühl gehabt, es wäre schon viel später. Er warf einen Blick zu der von Staubwolken verhüllten Furt hinüber. Die Überquerung würde schrecklich werden; zu beiden Seiten des schmalen Übergangs drohte tiefes Wasser, und er stellte sich die Schreie der Kinder vor, der alten Männer und Frauen, die zu schwach waren, um es zu schaffen – die von der Strömung mitgerissen wurden und unter der Wasseroberfläche verschwanden. Doch so, wie der Staub den Blick versperrte, verschluckte das wirbelnde Wasser jedes andere Geräusch.

Am Rand der wogenden, ängstlichen Menge patrouillierten Krieger des Krähen-Clans, als hüteten sie eine Herde geistloser Tiere. Mit langen stumpfen Stangen sorgten sie dafür, dass die Menschenmenge sich nicht zu sehr auseinander zog oder zu den Seiten hin ausfranste; sie schlugen auf Schienbeine und Knie ein, stießen in Gesichter. Die Flüchtlinge zuckten zurück, wo immer die Reiter auftauchten.

»Historiker«, sagte List neben ihm. »Wir sollten uns Pferde besorgen.«

Duiker schüttelte den Kopf. »Noch nicht. Das Zentrum der Schlacht ist jetzt hier, bei der Verteidigungsstellung der Nachhut. Ich kann noch nicht gehen. Ich muss zusehen …«

»Das verstehe ich, Herr. Aber wenn sie sich zurückziehen, werden die Wickaner sie einsammeln; jeder Reiter wird einen Soldaten mitnehmen. Coltaine und der Rest seines Clans sollten bald zu ihnen stoßen. Sie werden diese Seite der Furt halten, um der Nachhut die Möglichkeit zu geben, den Fluss zu überqueren. Wenn wir nicht wollen, dass unsere Köpfe auf Speeren enden, Herr, dann sollten wir uns lieber Pferde besorgen.«

Nach einem Augenblick nickte Duiker. »Dann kümmere dich darum.«

»Ja, Herr.« Der junge Soldat eilte davon.

Die Verteidigungslinie entlang des alten Kanals wand sich wie eine Schlange. Die reguläre Infanterie des Feindes, die inzwischen die letzten Skelett-Krieger vernichtet hatte, übte mächtig Druck aus. Doch die Hilfstrupps nahmen sich ein Beispiel an der Ruhe und der unglaublichen Kampfkraft der Seesoldaten an ihrer Seite und schafften es immer wieder, die erfahrenen, besser ausgerüsteten Angreifer zurückzudrängen. Die Reiter des Wiesel-Clans hatten sich in kleine, gemischte Einheiten aus Bogenschützen und Lanzenreitern aufgeteilt. Wo immer die Verteidigungslinie nachzugeben drohte, waren sie blitzschnell zur Stelle, um die Bedrängten zu unterstützen.

Nil, der Waerloga, befehligte sie, und seine mit lauter Stimme erteilten Befehle waren selbst mitten im Schlachtgetümmel klar und deutlich zu verstehen. Er schien in der Lage zu sein, Schwachstellen zu spüren, noch ehe sie sichtbar wurden und sich auswirken konnten. Dieses magisch gesteigerte Gespür für den richtigen Zeitpunkt war der Hauptgrund dafür, dass die Verteidigungslinie noch immer standhielt.

Nördlich des eigentlichen Schlachtfelds hatte Kamist Reloe schließlich seine Elitetrupps in Bewegung gesetzt. Hinter einer Vorausabteilung aus Bogenschützen marschierte die schwere Infanterie in Reihen heran, geschützt von den sie umschwirrenden Tithansi. Sie hatten anscheinend nicht vor, den Geist herauszufordern, der die Bleibäume und die Marschgräser beherrschte, sondern schlugen einen leichten Bogen in östlicher Richtung, um das tödliche Gelände zu umgehen.

Hinter der Infanterie aus Hissar und Sialk drängte sich die Armee der Bauern, und der Druck von Zehntausenden baute sich allmählich zu einer unaufhaltsamen Flutwelle auf.

Duiker schaute ängstlich nach Süden. Wo blieb Coltaine? Staub – inzwischen auch mit Rauch vermischt – stieg von den Hügeln auf. Das Dorf L'enbarl brannte, und noch immer tobte die Schlacht. Wenn es Coltaine und dem Großteil seiner Krähen-Krieger nicht bald gelang, sich abzusetzen, würden sie auf dieser Seite des Flusses in der Falle sitzen. Der Historiker stellte fest, dass nicht nur er sich Sorgen machte. Nils Kopf wandte sich wieder und wieder in die gleiche Richtung. Es dauerte einige Zeit, bis Duiker klar wurde, dass der junge Magier mit den anderen Waerlogas in Verbindung stand – mit denen, die mit Coltaine unterwegs waren. *Kontrolle … und die Illusion von Kontrolle.*

List kam herangeritten; er führte Duikers Stute am Zügel. Der Korporal stieg nicht ab, als er Duiker die Zügel reichte. Der Historiker schwang sich in den vertrauten, abgenutzten Sattel und dankte im Stillen den alten Wickanern, die sich so liebevoll um sein Pferd gekümmert hatten. Das Tier war frisch und sprühte vor Leben. *Wenn sie jetzt noch das Gleiche mit mir tun könnten …*

Die Nachhut begann wieder ein Stück Gelände preiszugeben, gab den alten Kanal auf, als die Feinde unbarmherzig vordrängten. Kamist Reloes schwere Infanterie würde in höchstens fünf Minuten die nördliche Flanke angreifen.

»Das sieht nicht gut aus«, sagte Duiker.

Korporal List zog den Riemen seines Helms fest; er sagte kein Wort, doch der Historiker sah, dass die Hand des jungen Burschen zitterte.

Reiter des Wiesel-Clans lösten sich jetzt aus der Verteidigungslinie, beladen mit verwundeten Soldaten. Sie ritten an Duikers Standort vorbei – blutverschmierte, staubbedeckte Gespenster, denen ihre tätowierten Gesichter und Körper etwas Dämonisches verliehen. Der Blick des Historikers folgte ihnen, während sie auf die durcheinander wimmelnden Flüchtlinge zuhielten. Seit er das letzte Mal hingesehen hatte, hatte sich die Menge der Zivilisten auf dieser Seite des Flusses merklich verringert. *Das geht viel zu schnell. Sie müssen an der Furt in Panik geraten sein und sind vermutlich zu Tausenden im tiefen Wasser ertrunken. Das Ganze ist eine einzige Katastrophe.*

»Wir sollten uns jetzt zurückziehen, Herr«, sagte List.

Die Nachhut würde jeden Augenblick zusammenbrechen, der Strom der Verwundeten wuchs, die Pferde, die vorbeidonnerten, trugen jeweils zwei, manchmal sogar drei Kämpfer. Die Linie zog sich zusammen, die Flanken wichen in Richtung des Zentrums zurück. In wenigen Minuten würden die letzten Verteidiger umzingelt sein. *Und dann werden sie abgeschlachtet.* Duiker konnte Hauptmann Lull erkennen, der Befehle brüllte, um ein Karree zu formieren. Es waren nur noch erschreckend wenige Soldaten auf den Beinen.

Und dann trat eines dieser wundersamen Ereignisse ein, die in Schlachten – warum auch immer – gelegentlich vorzukommen pflegten: Praktisch an der Schwelle zum endgültigen Sieg stoppte die Infanterie aus Sialk und Hissar ihren Vormarsch und verharrte, wo sie war. An der Flanke tauchte jetzt Kamist Reloes schwere Infanterie auf, zwei rechteckige Blöcke, jeweils fünfzig Soldaten breit und zwanzig tief. Zwischen den beiden Blöcken und an ihren Seiten befanden sich kleine Gruppen von Bogenschützen. Einen Augenblick lang schien alles wie erstarrt, und Stille senkte sich herab, bildete gleichsam eine Art Barriere auf der freien Fläche zwischen den beiden Streitmächten.

Der Wiesel-Clan war noch immer damit beschäftigt, Fußsoldaten aufzulesen. Lulls Karree wurde von der Rückseite her aufgelöst, wurde zu einem dreiseitigen, im Innern hohlen Ring.

»Die letzten Flüchtlinge sind im Wasser«, sagte List; sein Atem ging schneller als zuvor, seine Hände zuckten, als sie die Zügel fester fassten. »Wir müssen reiten …«

»Wo im Namen des Vermummten bleibt Coltaine?«, wollte Duiker wissen.

Ein Dutzend Schritte entfernt zügelte Nil sein Pferd in einer wirbelnden Staubwolke. »Wir warten nicht länger! So lautet der Befehl der Faust! Reitet, Historiker!«

Reiter sammelten die letzten Mitglieder von Lulls Truppen im gleichen Augenblick ein, als die Reihen der Feinde mit einem Gebrüll, das die Luft erzittern ließ, vorwärts stürmten. Gassen öffneten sich in den Infanterie-Abteilungen, die nun schließlich der Raserei der Bauern-Horde freien Lauf ließen.

»Herr!« Lists Schrei war eine verzweifelte Bitte.

Fluchend riss Duiker sein Reittier herum und gab der Stute die Fersen. Sie rasten hinter den wickanischen Reitern her.

Förmlich entfesselt strömte die Horde in wilder Verfolgung heran, begierig darauf, diese Seite der Furt zu besetzen. Die Infanterie aus Sialk und Hissar sowie Kamist Reloes schwere Infanterie schlossen sich den vorwärts stürmenden Bauern nicht an, sondern behielten ihre disziplinierte Aufstellung bei.

Wickanische Reiter tauchten in vollem Galopp in die vor ihnen wogenden Staubwolken. Bei dieser Geschwindigkeit würden sie mit den letzten Reihen der Flüchtlinge zusammenstoßen, die sich noch immer mitten in der Furt befinden mussten. Dann würde die Bauern-Armee zuschlagen, und der Fluss würde sich rot färben. Duiker zügelte sein Pferd, schrie List hinterher. Der Korporal schaute zurück; sein Gesichtsausdruck verriet sein Entsetzen. Er riss an den Zügeln, und sein Pferd rutschte und schlitterte über den schlammigen Hang.

»Historiker!«

»Wir reiten nach Süden, am Ufer entlang!«, schrie Duiker gellend. »Wir schwimmen mit den Pferden rüber! Da vorne erwartet uns nichts als Chaos und Tod!«

List schien gänzlich anderer Meinung und schüttelte heftig den Kopf.

Ohne eine Antwort abzuwarten, lenkte der Historiker sein Pferd nach links. Wenn sie schnell genug ritten, würden sie genügend Abstand von der Insel gewinnen, bevor die Horde das Ufer der Furt erreichte. Er trieb seinem Pferd die Hacken in die Flanken. Das Tier preschte vorwärts.

»Historiker!«

»Reite oder stirb, verdammt noch mal!«

Hundert Schritt weiter am Ufer befand sich die etwas tiefer gelegene Mündung des alten Flussarms, ein dichtes grünes Gebüsch aus Rohrkolben, das wunderbarerweise von den Ereignissen des Tages unberührt geblieben war. Dahinter erhoben sich die Hügel, die L'enbarl schützten. *Wenn Coltaine sich aus dem Kampf lösen kann, wird er das einzig Sinnvolle tun – geradewegs rein in den Fluss. Selbst wenn die Strömung sie zur Furt hinuntertreibt, werden sie dort eine bessere Ausgangsposition haben. Es ist immer noch besser, auf diese Weise ein paar Hundert Ertrunkene in Kauf zu nehmen, als bei dem Versuch, diese Seite der Furt zurückzuerobern, dreitausend Mann zu verlieren.*

Als würden sie sich all seinen Wünschen widersetzen, erschienen wickanische Reiter, kamen den ein Stück vor ihnen liegenden Hang heruntergeprescht. Coltaine ritt an der Spitze, sein schwarzer Feder-Umhang wehte wie ein einzelner ausgebreiteter Flügel hinter ihm her. Lanzen senkten sich, die an den Flanken reitenden Bogenschützen legten Pfeile an die Sehnen, ohne auch nur ein bisschen langsamer zu werden. Der Angriff kam genau auf Duiker zu.

Der Historiker, der noch immer nicht recht glauben konnte, was er da sah, riss sein Pferd in einer so heftigen Kehrtwendung herum, dass es beinah ins Stolpern gekommen wäre. »Beim Vermummten, da kann ich mich diesem zum Untergang verurteilten Angriff auch gleich anschließen!« Er sah, dass List das Gleiche tat; das Gesicht des jungen Burschen war unter dem Helm totenbleich.

Sie würden in die Flanke der Bauern-Armee stoßen wie eine Messerklinge in die Seite eines Wals. *Und ungefähr genauso wirkungsvoll. Das ist Selbstmord! Selbst wenn wir es bis zur Furt schaffen sollten, werden wir gewaltige Probleme bekommen. Pferde werden stürzen, Männer werden ertrinken, und die Bauern werden über uns herfallen und alles niedermetzeln. Es wird ein Blutbad geben.* Sie ritte immer noch weiter. Kurz bevor sie den Feind erreichten, sah Duiker Krieger des Wiesel-Clans wieder aus der Staubwolke über der Furt auftauchen. *Ein Gegenangriff. Noch mehr Wahnsinn!*

Reiter des Krähen-Clans schossen links und rechts an dem Historiker vorbei, der Schwung ihres Sturmangriffs hatte seinen Höhepunkt erreicht. Bei Coltaines wildem, freudigem Schrei drehte der Historiker den Kopf.

Pfeile schwirrten vorbei. Die Flanke der Bauern-Armee zog sich zusammen, wich zurück. Der Sturmangriff würde die Wickaner in eine dicht gedrängte Masse aus Menschenleibern tragen. Doch im letzten Moment drehten die Krähen-Krieger in Richtung auf den Fluss ab und ritten an der Flanke entlang. *Kein Messerstoß. Ein Säbelhieb.*

Bauern starben. Andere versuchten verzweifelt zurückzuweichen, stürzten dabei und wurden von den rasenden Pferden totgetrampelt. Unter der Attacke der Wickaner fielen die Bauern wie reifes Korn unter einem Sensenhieb, und entlang der gesamten Flanke der Bauern-Armee erblühten unzählige blutrote Blumen des Todes.

Die Bauern, die den Ausgangspunkt der Furt gehalten hatten, waren vom Gegenangriff des Wiesel-Clans in alle Richtungen zerstreut worden. Jene, die nach Süden flohen, wurden von den vordersten Reitern des Krähen-Clans niedergetrampelt.

Die Reihe der Bauern schien vor Duikers Augen dahinzuschmelzen. Er ritt jetzt inmitten des Krähen-Clans, Pferdeschultern krachten von beiden Seiten gegen seine Beine. Blut tropfte von hoch erhobenen Waffen, bespritzte sein Gesicht und seine Hände. Ein Stück voraus öffneten die Reiter des Wiesel-Clans eine Gasse, deckten den Sturmlauf ihrer Verwandten, die geradewegs in die Staubwolken hineinpreschten.

Und jetzt geht das Chaos erst richtig los. Bei all der Herrlichkeit von Coltaines Sturmangriff – vor ihnen lag der Fluss. *Und der ist voller verwundeter Soldaten, Flüchtlinge und was-weiß-ich-sonst-noch, beim Vermummten!*

Der Historiker nahm einen tiefen Atemzug – er hatte das Gefühl, es wäre sein letzter –, bevor er in den von der Sonne angestrahlten Staub tauchte.

Unter den Hufen seiner Stute spritzte das Wasser auf, doch sie wurde kaum langsamer. Vor ihm erstreckte sich der Weg – er war frei, eine wirbelnde, merkwürdig kabbelige Strecke aus schlammigem Wasser. Weit voraus und kaum noch zu sehen waren ein paar andere Reiter, die in vollem Galopp dahinjagten. Während sie weiterritten, konnte Duiker spüren, dass die Hufe seiner Stute auf festen, unnachgiebigen Boden trafen. Das Wasser war keine viereinhalb Fuß tief, sondern gerade mal die Hälfte. Und die Hufe trafen auf Stein, nicht auf Schlamm. Er verstand überhaupt nichts mehr.

Korporal List tauchte an der Seite des Historikers auf, genauso wie ein versprengter Trupp aus Kriegern des Krähen-Clans. Einer der Wickaner grinste. »Coltaines Straße – seine Krieger fliegen wie Geister über den Fluss!«

Plötzlich erinnerte Duiker sich an einige Bemerkungen, die letzte Nacht gefallen waren. *Die Beobachtungen dieses alten Adligen, Tumlit. Verstärkte Wagen, die anscheinend mit Verwundeten überfüllt waren. Steinmetze und Pioniere. Die Wagen mussten den Fluss unbedingt zuerst überqueren – und haben dazu den größten Teil der Nacht gebraucht. Kein Wunder, denn sie waren nicht nur voller Verwundeter, sondern vor allem voller Steine. Die verdammten Pioniere haben eine Straße gebaut!*

Es erschien ihm immer noch unmöglich, doch der Beweis war da, unter den Hufen seines Pferdes. Zu beiden Seiten der Furt waren Stangen in das Flussbett gerammt und mit Seilen, die aus den Haaren der Tithansi gemacht worden waren, miteinander verbunden worden, um die Ränder zu markieren. Etwas mehr als zehn Fuß breit – was an Breite fehlte, wurde dadurch wettgemacht, dass die gut vierhundert Schritt bis zum anderen Ufer relativ schnell überbrückt werden konnten. Die Wassertiefe betrug nur noch zweieindrittel Fuß und hatte sich für das Vieh und die Flüchtlinge als problemlos erwiesen.

Vor ihm wurde die Staubwolke dünner, und der Historiker bemerkte, dass sie sich der Westseite der Furt näherten. Donner drang an sein Ohr – weiter vorn waren magische Energien im Einsatz. *Diese Schlacht ist noch lange nicht vorbei. Wir sind – zumindest für eine gewisse Zeit – einer Armee entkommen und dabei blindlings auf die nächste zugerannt. Sollten wir all das überstanden haben, nur um zwischen zwei Felsen zerrieben zu werden?*

Sie erreichten das Flussufer, und einen Augenblick später befanden sie sich bereits gut zwanzig Schritt hangauf, tauchten aus den letzten dahintreibenden Staubschleiern auf.

Duiker schrie erschrocken auf, und er und sein Begleiter rissen wie wild an den Zügeln. Genau vor ihnen war ein Trupp Soldaten – Pioniere, die, so schnell sie konnten, dem Ende der Furt entgegenrannten. Die Sappeure teilten sich jetzt wild fluchend auf, duckten und wanden sich um die stolpernden, schlitternden Pferde herum. Einer von ihnen, ein kräftiger, riesiger Mann mit einem sonnenverbrannten, glatt rasierten Gesicht, nahm seinen zerbeulten Helm ab – was eine Glatze zum Vorschein brachte – und warf die eiserne Kappe nach dem nächsten wickanischen Reiter. Sie verfehlte den Kopf des Kriegers nur um wenige Zoll. »Macht Platz, ihr fliegendrecknübersäter Haufen Schweinemägen! Wir haben hier zu tun!«

»Ja!«, knurrte ein anderer, der im Kreis herumhüpfte, nachdem ein Huf auf seinem Fuß gelandet war. »Zieht los und kämpft oder so was! Wir müssen den Stöpsel rausziehen!«

Duiker ignorierte ihre Aufforderungen und wendete sein Pferd, um einen Blick auf die Furt zu werfen. Welche Zauberei auch immer die Staubwolken über dem Wasser gehalten hatte, sie war nun dahin. Die Wolken waren bereits fünfzig Schritt flussabwärts getrieben. Und auf Coltaines Straße tobte eine Meute aus bewaffneten, schreienden Bauern heran.

Der zweite Sappeur, der vorhin gesprochen hatte, kroch nun zu einer schmalen Grube ein Stück oberhalb der schlammigen Stelle, wo die Furt ans Ufer stieß.

»Warte noch ein bisschen, Krake!«, kommandierte der große Mann, dessen Blick unverwandt auf die heranstürmenden Massen gerichtet war – die Vordersten hatten jetzt ungefähr die Mitte der Furt erreicht. Der Mann stemmte die riesigen Hände in die Hüften; er blickte finster drein und schien die gespannte Aufmerksamkeit überhaupt nicht zu bemerken, mit der die Männer seines Trupps, aber auch Duiker, List und ein halbes Dutzend wickanische Reiter ihn beobachteten. »Wir wollen die größtmögliche Wirkung erzielen«, sagte er mit grollender Stimme. »Diese wickanischen Bastarde sind nicht die Einzigen, die wissen, wie wichtig es ist, den richtigen Zeitpunkt zu wählen.«

Die Vorhut der Horde, die mit ihren glänzenden Waffen wie das mit eisernen Fängen versehene Maul einer riesigen Schlange wirkte, hatte jetzt drei Viertel der Strecke zurückgelegt. Der Historiker konnte bereits einzelne Gesichter ausmachen, konnte die Mischung aus Furcht und Mordlust in ihnen erkennen – eine typische Mischung für die Gesichter des Krieges. Ein kurzer Blick über die Schulter nach hinten zeigte ihm aufsteigende Rauchsäulen und magische Blitze, die sich auf die rechte Flanke der Verteidigungsstellung der Siebten konzentrierten. Schwach drangen die kreischenden Kriegsschreie der Semk von jener Flanke her an sein Ohr, ein Geräusch, als würden Klauen straff gespannte Haut zerreißen. An den äußersten Erdwällen war ein wilder Kampf im Gange.

»In Ordnung, Krake«, sagte der große Mann schleppend, »zieh das Haar raus!«

Duiker drehte sich wieder um und sah, dass der Sappeur in der Grube beide Hände hob und ein langes, schwarzes Seil packte, das hinunter ins Wasser führte. Krakes dreckverschmiertes Gesicht verzog sich zu einer wilden Grimasse, seine Augen waren fest zusammengekniffen. Dann zog er. Das Seil wurde schlaff.

Nichts geschah.

Der Historiker warf einen schnellen Blick auf den großen Mann. Der hatte sich jeweils einen Finger ins Ohr gesteckt, doch seine Augen waren geöffnet und fest auf den Fluss gerichtet. List brüllte in voller Lautstärke: *»Vorsicht, Herr!«*, – und im gleichen Augenblick begriff Duiker.

Die Erde schien einen Zoll unter ihnen wegzusacken. Das Wasser in der Furt stieg in die Höhe, bildete einen Buckel, verschwamm; der Buckel schien schnell wie der Blitz die ganze Länge der unter Wasser liegenden Straße entlangzulaufen. Die Bauern im Fluss verschwanden einfach. Und tauchten einen Herzschlag später – zum gleichen Zeitpunkt, da alle am Ufer sich unter der Erschütterung und der ihr folgenden Druckwelle duckten, die wie die Faust eines Gottes über sie hinwegfegte – als Flecken von Rot und Rosa und Gelb, als Fleischfetzen und Knochensplitter, Gliedmaßen, Haarbüschel und Kleiderfetzen wieder auf, die sich höher und höher hoben, als das Wasser explodierte und sich in eine Fontäne aus schlammigem, schrecklichem Nebel verwandelte.

Duikers Pferd machte ein paar Schritte rückwärts, warf den Kopf zurück. Das Geräusch war ohrenbetäubend gewesen. Die Welt erzitterte ringsumher. Ein wickanischer Reiter war aus dem Sattel gestürzt und wand sich nun am Boden, die Hände auf die Ohren gepresst.

Der Fluss begann sich wieder zu senken, er schäumte entsetzlich vor Leichen und Leichenteilen; Dampf wurde von plötzlichen Windböen davongewirbelt. Der Kopf der riesigen Schlange war verschwunden. Ausgelöscht. Genau wie ein Drittel ihrer gesamten Länge – alle, die im Wasser gewesen waren, waren tot.

Obwohl der große Mann nun ganz nah bei Duiker stand, klangen seine Worte in Duikers dröhnenden Ohren dünn und wie aus weiter Ferne, als er sagte: »Fünfundfünfzig Sprengladungen – die hat die Siebte über Jahre hinweg gehortet. Diese Furt ist jetzt ein Graben. Ha!« Dann verflüchtigte sich sein zufriedener Gesichtsausdruck. »Bei den Zehen des Vermummten, jetzt müssen wir wieder mit Schaufeln graben.«

Eine Hand packte den Historiker am Ärmel. List beugte sich nahe zu ihm heran und flüsterte: »Und wohin jetzt, Herr?«

Der Historiker warf einen Blick flussabwärts, auf die wirbelnden Strudel, rot gefärbt und voller menschlichem Treibgut. Einen Augenblick lang konnte er die Frage des Korporals nicht verstehen. *Wohin? Nirgendwohin, wo es schön ist, wo eine Unterbrechung dieses Gemetzels sofort das Gefühl von Verzweiflung in einem aufsteigen lässt.*

»Herr?«

»So nah wie möglich ans Gewühl, Korporal. Wir müssen jetzt bis zum Ende durchhalten.«

Durch die schnelle Ankunft von Coltaine und seinen Krähen-Kriegern, die unverzüglich die westliche Flanke der Tithansi-Lanzenreiter auf dieser Seite des Flusses angegriffen hatten, hatte sich das Kriegsglück gewendet. Während sie auf den Kampf zuritten, der um die Erdwälle tobte, konnten Duiker und List sehen, wie die Reihen der Tithansi einbrachen und damit den berittenen wickanischen Bogenschützen den Weg zu den Fußsoldaten der Semk freimachten. Pfeilsalven beharkten die zerzausten Semk-Kämpfer.

Im Zentrum des Kampfes stand der größte Teil der Infanterie der Siebten, die die rasenden Angriffe der Semk abwehrte, während hundert Schritt weiter im Norden die schwere Infanterie aus Guran noch immer darauf wartete, endlich mit den verhassten Malazanern ins Handgemenge zu kommen. Ihr Kommandant hatte anscheinend diesbezüglich seine Zweifel. Kamist Reloe und seine Armee saßen – zumindest für die Dauer dieser Schlacht – auf der anderen Seite des Flusses fest. Einmal abgesehen von den schwer mitgenommenen Seesoldaten, die die Nachhut gebildet hatten, und dem Wiesel-Clan, war Coltaines Streitmacht hingegen größtenteils noch intakt.

Fünfhundert Schritt weiter westlich, auf einer weiten, steinigen Ebene, verfolgte der Wiesel-Clan ein paar versprengte Überreste der Kavallerie aus Guran.

Duiker entdeckte einen rotgoldenen Farbklecks inmitten der Siebten – Baria Setral und seine Roten Klingen, die sich dort befanden, wo der Kampf am heftigsten tobte. Die Semk schienen ganz wild darauf zu sein, sich mit den malazanischen Schoßhunden zu schlagen, und sie zahlten einen hohen Blutzoll für ihren Wunsch. Nichtsdestotrotz war Setrals Trupp nur noch halb so stark wie zuvor – weniger als zwanzig Mann.

»Ich will noch etwas näher ran«, verkündete Duiker.

»Ja, Herr«, erwiderte List. Er deutete nach vorn. »Dort, die Anhöhe – wir werden dann aber in Bogenschussweite der Feinde sein, Herr.«

»Das Risiko gehe ich ein.«

Sie ritten auf die Siebte zu. Die Standarte der Kompanie stand allein und staubbedeckt auf einem niedrigen Hügel direkt hinter der Frontlinie. Drei grauhaarige Veteranen bewachten sie. Der Hang war mit den Leichen von Semk-Kriegern übersät – ein Beweis dafür, dass der Hügel früher am Tag heiß umkämpft gewesen sein musste. Die Veteranen hatten mitgekämpft, und alle drei hatten leichte Verwundungen davongetragen.

Als der Historiker und Korporal List sich den Männern näherten, sah Duiker, dass die drei um einen gefallenen Kameraden herumhockten. Auf ihren staubigen Wangen konnte man Tränenspuren erkennen. Der Historiker ritt zu den Männern und stieg langsam vom Pferd.

»Ihr habt eine Geschichte zu erzählen, Soldaten«, sagte er mit fester, kräftiger Stimme; er versuchte, das Waffengeklirr und die Rufe zu übertönen, die von dem Kampf herrührten, der nur dreißig Schritt nördlich von ihnen tobte.

Einer der Veteranen blickte auf, kniff die Augen zusammen. »Der Historiker des alten Imperators, beim Grinsen des Vermummten! Ich hab Euch in Falar gesehen, oder vielleicht war's auch auf den wickanischen Ebenen …«

»Ich war an beiden Orten. Die Standarte ist bedroht worden, wie ich sehe. Und ihr habt einen Freund verloren, als ihr sie verteidigt habt.«

Der Mann blinzelte. Dann ließ er den Blick schweifen, bis er schließlich an der Standarte hängen blieb. Der Pikenschaft stand ein wenig zu einer Seite geneigt, die Farben des zerfetzten Banners waren von der Sonne geisterhaft ausgebleicht. »Beim Atem des Vermummten«, grollte der Mann. »Denkt Ihr etwa, wir hätten gekämpft, um ein Stück Stoff an einer Stange zu retten?« Er deutete auf den Leichnam, neben dem seine Kameraden knieten. »Nordo hatte zwei Pfeile abbekommen. Wir haben einen Trupp Semk aufgehalten, damit er in Ruhe sterben konnte. Diese elenden Bastarde greifen sich verwundete Feinde und päppeln sie wieder auf, damit sie sie anschließend foltern können. Das wollten wir Nordo ersparen.«

Duiker schwieg geraume Zeit. »Soll die Geschichte so erzählt werden, Soldat?«, fragte er schließlich.

Der Mann kniff erneut die Augen zusammen, dann nickte er. »Genau so, Historiker. Wir sind nicht mehr einfach nur eine malazanische Armee. Wir sind Coltaines Männer.«

»Aber er ist eine Faust.«

»Er ist eine kaltblütige Eidechse.« Der Mann grinste. »Aber er ist einer von uns.«

Lächelnd drehte Duiker sich um und musterte den Verlauf der Kampflinie. Eine Schwelle war überschritten worden. Die Semk waren gebrochen. Sie waren zu Dutzenden gestorben, während drei Legionen vorgeblicher Verbündeter reglos auf den Hängen hinter ihnen gehockt hatten; kein Wunder, dass ihnen der allerletzte Eifer für die heilige Sache abhanden gekommen war – zumindest, was dieses Gefecht anbelangte. In der kommenden Nacht würde es im Lager der Feinde eine Menge Flüche und hitzige Anklagen geben, das wusste Duiker. *Gut. Soll ihr Bündnis doch aus eigenem Antrieb zerbrechen.*

Einmal mehr war es nicht der Tag des Wirbelwindes gewesen.

Coltaine gewährte seiner siegreichen Armee keine Zeit zum Ausruhen. Im Licht des Nachmittags wurden neue Befestigungen erstellt, andere wurden ausgebessert. Gräben wurden ausgehoben und Vorposten eingerichtet. Die Flüchtlinge wurden auf die steinige Ebene im Westen der Furt geführt, wo blockweise ihre Zelte aufgeschlagen wurden, mit breiten Gassen dazwischen. Wagen voller verwundeter Soldaten wurden in diese Gassen gebracht, und die Feldscher und Heiler begannen mit ihrer Arbeit.

Das Vieh wurde in Richtung Süden getrieben, zu den grasbewachsenen Hängen der Barl-Hügel, einem verwitterten, buckligen Höhenzug aus bleichen Felsen, der mit krummen, verkrüppelten Strauchkiefern bewachsen war. Viehtreiber, unterstützt von Reitern des Tollhund-Clans, bewachten die Herden.

Während die Sonne hinter dem Horizont versank, versammelte Coltaine seine Offiziere in seinem Kommandozelt zu einer kurzen Abschlussbesprechung.

Duiker saß müde in einem Feldstuhl, schräg hinter ihm stand der jetzt immer gegenwärtige Korporal List. Der Historiker fühlte sich von den Ereignissen des Tages noch immer wie betäubt und hörte zu, wie die einzelnen Kommandeure Bericht erstatteten. Lull hatte die Hälfte seiner Seesoldaten verloren, und den Hilfstrupps, die ihn unterstützt hatten, war es noch schlechter ergangen. Der Wiesel-Clan war während des Rückzugs übel zugerichtet worden, doch ihre größte Sorge galt mittlerweile dem Mangel an Pferden. Was die Siebte anging, so leierten die Hauptleute Chenned und Sulmar eine anscheinend endlose Litanei von Namen herunter – die Verwundeten und die Gefallenen. Es schien, dass vor allem ihre Offiziere und Trupp-Sergeanten schwere Verluste erlitten hatten. Der Druck gegen die Verteidigungslinien war gewaltig gewesen, vor allem früh am Morgen, bevor die Roten Klingen und die Reiter des Tollhund-Clans eingetroffen waren, um sie zu unterstützen. Immer und immer wieder wurde die Geschichte von Baria Setral und seiner Kompanie erzählt – die Geschichte ihres Untergangs. Sie hatten mit dämonischer Wildheit in vorderster Front gekämpft, und als der Kampf auf Messers Schneide gestanden hatte, hatten sie ihr Leben in die Waagschale geworfen und so der Infanterie Zeit verschafft, sich neu zu formieren. Die Roten Klingen hatten genug Heldenmut bewiesen, dass selbst Coltaine eine Bemerkung dazu machte.

Sormo hatte zwei seiner Kinder-Waerlogas in dem Kampf gegen die Zauberpriester der Semk verloren; Nil und Neder hatten jedoch beide überlebt. »Wir hatten Glück«, sagte er, nachdem er in kühlem, leidenschaftslosem Tonfall von den Gefallenen berichtet hatte. »Der Gott der Semk ist ein bösartiger Aufgestiegener. Er benutzt die Magier, um seinen Zorn zu kanalisieren, ohne Rücksicht auf ihre sterblichen Leiber. Jene, die nicht in der Lage sind, die Macht ihres Gottes auszuhalten, lösen sich einfach in Nichts auf.«

»Das wird ihre Zahl verringern«, brummte Lull.

»Der Gott wird einfach mehr erwählen«, entgegnete Sormo. Mehr und mehr wirkte er wie ein alter Mann, selbst seine Gesten hatten etwas davon. Duiker beobachtete, wie der Junge die Augen schloss und die Knöchel dagegen presste. »Es müssen außergewöhnliche Maßnahmen ergriffen werden.«

Die anderen schwiegen, bis schließlich Chenned die Unsicherheit, die einige der Anwesenden verspürten, in Worte fasste. »Und was bedeutet das, Waerloga?«

»Worte, die laut ausgesprochen werden, können gehört werden ... vor allem von einem rachsüchtigen, paranoiden Gott«, sagte Bult. »Wenn es keine andere Möglichkeit gibt, Sormo, setze deine Arbeit fort.«

Der Waerloga nickte langsam.

Nach einem Augenblick seufzte Bult laut, genehmigte sich dann noch einen großen Schluck aus einem Trinkschlauch, ehe er weitersprach. »Kamist Reloe ist unterwegs nach Norden. Er wird den Fluss an der Mündung überqueren. In der Stadt Sekala gibt es eine Steinbrücke. Aber wie auch immer, er wird zehn, vielleicht auch elf Tage verlieren.«

»Die Infanterie aus Guran wird in der Nähe bleiben«, sagte Sulmar. »Genau wie die Semk. Sie brauchen nicht einmal nahe an uns heranzukommen, um uns Schaden zuzufügen. Die Erschöpfung wird uns auch so schon bald fertig machen.«

Bults breiter Mund wurde zu einem schmalen Strich. »Coltaine hat verkündet, dass morgen ein Ruhetag eingelegt wird. Wir werden

Vieh schlachten, und die toten Pferde der Feinde werden zerteilt und gebraten. Und die Waffen und die Rüstungen werden repariert.«

Duiker hob den Kopf. »Marschieren wir immer noch nach Ubaryd?«

Niemand antwortete ihm.

Der Historiker musterte die Kommandeure. Er sah keine Hoffnung in ihren Gesichtern. »Die Stadt ist gefallen.«

»Zumindest hat das ein Kriegshäuptling der Tithansi behauptet«, sagte Lull. »Er hatte nichts mehr zu verlieren, als er es uns gesagt hat, weil er sowieso schon im Sterben lag. Was nicht heißen muss, dass er die Wahrheit gesagt hat. Die malazanische Flotte ist aus Ubaryd geflohen. In eben diesem Augenblick werden Zehntausende von Flüchtlingen nordostwärts getrieben.«

»Noch mehr kreischende Adlige, die sich auf Coltaines Schoß setzen werden«, sagte Chenned höhnisch grinsend.

»Es ist unmöglich«, sagte Duiker. »Wenn wir nicht nach Ubaryd gehen können, welche andere Stadt steht uns dann überhaupt noch offen?«

»Es gibt nur eine einzige«, erwiderte Bult. »Aren.«

Duiker setzte sich kerzengerade auf. »Wahnsinn! Das sind zweihundert Längen!«

»Genau gesagt, zweihundertundeine«, sagte Lull und bleckte grinsend die Zähne.

»Führt Pormqual einen Gegenangriff? Marschiert er nach Norden, um uns auf halbem Weg entgegenzukommen? Weiß er überhaupt, dass es uns gibt?«

Bult wandte den Blick nicht von dem Historiker ab. »Ob er es weiß? Ich möchte es doch annehmen, Historiker. Wird er aus Aren herausmarschieren? Einen Gegenangriff beginnen?« Der Veteran zuckte die Achseln.

»Auf dem Weg hierher habe ich eine Kompanie Pioniere gesehen«, sagte Lull. »Sie haben geweint, alle miteinander.«

»Warum?«, fragte Chenned. »Liegt ihr unsichtbarer Kommandant auf dem Grund des Sekala, den Mund voller Schlamm?«

Lull schüttelte den Kopf. »Sie haben jetzt keine Sprengkörper mehr. Nur noch ein oder zwei Kisten Splitter- und Brandbomben. Man hätte meinen können, alle ihre Mütter wären gerade abgekratzt.«

Endlich meldete sich Coltaine zu Wort. »Sie haben ihre Sache gut gemacht.«

Bult nickte. »Stimmt. Ich wünschte, ich hätte dabei sein und zusehen können, als die Straße hochgegangen ist.«

»Wir waren da«, sagte Duiker. »Der Sieg schmeckt umso süßer, je weniger grässliche Erinnerungen mit ihm verbunden sind, Bult. Genieße ihn also.«

Duiker erwachte in seinem Zelt, als ihn eine weiche kleine Hand an der Schulter rüttelte. Er öffnete die Augen; um ihn herum war es dunkel.

»Historiker«, erklang eine Stimme.

»Neder? Wie spät ist es? Wie lange habe ich geschlafen?«

»Es ist etwa zwei«, antwortete sie. »Coltaine befiehlt Euch, mit mir zu kommen. Jetzt gleich.«

Duiker setzte sich auf. Er war viel zu müde gewesen, um etwas anderes zu tun, als einfach nur seine Decken auf dem Boden auszubreiten. Jetzt waren sie von Schweiß und Kondenswasser durchnässt. Er erschauerte angesichts der Kühle. »Was ist passiert?«, fragte er.

»Bis jetzt noch nichts. Ihr sollt Zeuge werden. Schnell jetzt, Historiker. Wir haben nicht viel Zeit.«

Er trat hinaus in ein Lager, das in der Stunde der tiefsten Finsternis, kurz vor dem Beginn der falschen Morgendämmerung, leise stöhnte. Es war ein schreckliches Geräusch aus Tausenden von Kehlen, das dem Historiker einen kalten Schauer über den Rücken jagte, eine Mischung aus dem Gemurmel der Verwundeten, die trotz ihrer Erschöpfung nur unruhig schliefen, den leisen Schreien der Soldaten, die von Feldschern und Heilern behandelt wurden, und dem Muhen des Viehs, das alles noch mit dem Getrappel seiner unruhigen Hufe unterlegte. Von irgendwo auf der Ebene nördlich von ihnen erklang schwaches Wehklagen – Witwen und Mütter, die die Toten betrauerten.

Während er der lebhaften, in einen Wollumhang gehüllten Gestalt der kindlichen Waerloga durch die gewundenen Gassen des wickanischen Lagers folgte, stiegen sorgenvolle Gedanken in dem Historiker auf. Die Toten waren durch das Tor des Vermummten gegangen. Die Lebenden waren mit ihrem Schmerz zurückgeblieben. Als Historiker hatte Duiker viele Völker kennen gelernt, und alle ohne Ausnahme hatten über ein Ritual der Trauer verfügt. *Wir mögen noch so viele eigene Götter anbeten – letztendlich umarmt uns alle doch allein der Vermummte, in tausend verschiedenen Gestalten. Wenn der Atem seines Tores nah an uns heranweht, erheben wir unsere Stimmen, um das ewige Schweigen zurückzudrängen. Heute Nacht hören wir die Semk. Und die Tithansi. Gute, geordnete Rituale. Wer braucht schon Tempel und Priester, um die Gefühle von Verlust und Entsetzen zum Ausdruck zu bringen und zu ordnen – wenn doch alles heilig ist?*

»Neder, warum trauern die Wickaner heute Nacht nicht?«

Sie drehte sich halb zu ihm um, ging dabei aber weiter. »Coltaine verbietet es.«

»Warum?«

»Ihr müsst ihn schon selbst fragen. Seit diese Reise begonnen hat, haben wir unsere Toten noch kein einziges Mal betrauert.«

Duiker schwieg eine Weile, dann sagte er: »Und wie fühlst du dich dabei, Neder? Und die anderen Mitglieder der drei Clans?«

»Coltaine befiehlt, wir gehorchen.«

Sie erreichten den Rand des wickanischen Lagers. Hinter dem letzten Zelt erstreckte sich ein eingeebneter Todesstreifen von vielleicht zwanzig Schritt Breite, dahinter erhoben sich die neu errichteten Barrikaden aus Weidengeflecht der Außenposten, durch die lange Bambusstangen gestoßen worden waren, deren Spitzen in der Höhe einer Pferdebrust nach außen wiesen. Berittene Krieger des Wiesel-Clans patrouillierten an ihnen entlang, die Augen auf die dunkle, von Steinen übersäte Ebene jenseits der Barrikaden gerichtet.

Auf dem Todesstreifen standen zwei Gestalten, die eine groß, die andere klein, beide so dürr wie Geister. Neder führte Duiker zu den beiden in Umhänge gehüllten Figuren.

Sormo. Und Nil. »Seid ihr drei die Einzigen, die noch übrig sind?«, fragte der Historiker den großen Waerloga. »Bei der Besprechung mit Coltaine habt Ihr gesagt, Ihr hättet nur zwei verloren.«

Sormo E'nath nickte. »Die anderen gönnen ihren jungen Körpern ein bisschen Ruhe. Ein Dutzend Pferdefrauen sorgt für die Pferde, und eine Hand voll Heiler kümmert sich um die verwundeten Soldaten. Wir drei sind die Stärksten, und darum sind wir hier.« Der Waerloga trat einen Schritt vor. Er wirkte irgendwie fiebrig, und in seinem Tonfall schwang eine unausgesprochene Frage mit, die der Historiker ihm nicht beantworten konnte. »Duiker, dessen Blick sich mit meinem gekreuzt hat, als der Geist des Wirbelwindes im Lager der Händler beschworen wurde, hört meine Worte! Ihr werdet die Furcht hören – jeden einzelnen ihrer düsteren Glockentöne. Dieser dunkle Chor ist Euch nicht fremd. So wisset denn, dass ich in dieser Nacht Zweifel hatte.«

»Waerloga«, sagte Duiker leise, als Neder vortrat, um sich zu Sormos Rechter aufzustellen – und sich dabei umdrehte, sodass jetzt alle drei Magier den Historiker ansahen –, »was geschieht hier?«

Als Antwort hob Sormo E'nath die Hände.

Um sie herum veränderte sich die Welt. Hinter den drei Waerlogas konnte Duiker Moränen und Geröllhalden ausmachen, und der dunkle Himmel schien in seiner Schwärze über ihren Köpfen zu pochen. Der Boden unter Duikers Mokassins fühlte sich nass und kalt an. Der Historiker schaute hinunter und sah glitzernde Streifen aus bröckeligem Eis auf schlammigen Teichen. Die wahnsinnigen Muster in dem Eis reflektierten in Myriaden von Farben ein Licht, das keine Quelle zu haben schien.

Eine kalte Windböe veranlasste ihn, sich umzudrehen – und ihm entschlüpfte ein kehliger Laut der Überraschung. Entsetzt und bis ins Mark erschüttert trat der Historiker unwillkürlich einen Schritt zurück. Direkt vor ihm ragte eine zerklüftete Klippe aus verrottetem, blutverschmiertem Eis in die Höhe, die umgestürzten, zerborstenen Brocken an ihrem Fuß waren kaum zehn Schritt von ihm entfernt. Seine Blicke wanderten entlang der leicht zurückweichenden Klippe nach oben, bis ihre gemaserte Oberfläche im Nebel verschwand.

In dem Eis befanden sich Leichen, unzählige menschlich erscheinende Gestalten, grotesk verrenkt und in Stücke gerissen. Organe und Eingeweide lagen am Fuß der Klippe, als wäre sie ein riesiges Schlachthaus. Langsam schmelzende, mit Blut vollgesogene Eisbrocken hatten einen See geschaffen, aus dem einzelne Körperteile herausragten oder glitschige kleine Inseln bildeten.

Das Fleisch, das der Luft ausgesetzt war, hatte längst zu verwesen begonnen und sich in missgestaltete gelatinöse Haufen verwandelt, durch die man schwach die Knochen hindurchschimmern sehen konnte.

Hinter Duiker ertönte Sormos Stimme. »Er ist da drin, aber sehr nah.«

»Wer?«

»Der Gott der Semk. Ein Aufgestiegener aus einer längst vergangenen Zeit. Unfähig, der Zauberei zu trotzen, wurde er verschlungen wie die anderen. Aber er ist nicht gestorben. Könnt Ihr seinen Zorn spüren, Historiker?«

»Ich glaube, ich kann überhaupt nichts mehr spüren. Welche Art von Zauberei hat das getan?«

»Die der Jaghut. Um sich den Flutwellen der Menschen entgegenzustellen, haben sie das Eis erschaffen. Manchmal kam es schnell, manchmal langsam, gerade so, wie es ihre Strategie erfordert hat. An einigen Orten hat es ganze Kontinente verschlungen und alles ausgelöscht, was es dort einst gegeben hatte. Die Zivilisationen der Forkrul Assail, die gewaltigen Mechanismen und Bauwerke der K'Chain Che'Malle und natürlich auch die verwahrlosten Hütten derjenigen, die eines Tages die Welt erben sollten. Diese Rituale gehören zu den höchsten von Omtose Phellack, und sie versiegen nie, Historiker. Sie erheben sich, versinken und erheben sich wieder. Gerade jetzt wird eines in einem fernen Land neu geboren, und die Flüsse aus Eis erfüllen meine Träume, denn sie sind dazu bestimmt, eine gewaltige Umwälzung herbeizuführen – und damit einhergehen wird eine unvorstellbar große Zahl von Toten.«

In Sormos Worten schwang der Klang einer Vorzeit mit, die unbarmherzige Kälte verschiedener Zeitalter, die sich übereinander falteten, wieder und wieder, bis es Duiker so erschien, als ob jeder Felsen, jede Klippe, jeder Berg, als ob sie alle sich in ewiger Bewegung befänden, wie geistlose Leviathane. Schauer rasten durch das Blut in seinen Adern, bis er unkontrolliert zu zittern begann.

»Denkt an all das, was sich in solchem Eis verbirgt«, fuhr Sormo fort. »Grabräuber finden Reichtümer, aber kluge Jäger auf der Jagd nach Macht suchen … Eis.«

Neder meldete sich zu Wort. »Sie haben angefangen, sich zu versammeln.«

Duiker wandte sich endlich von dem verwüsteten, von Fleisch besudelten Eis ab. Formlose, pulsierende Wirbel aus Energie umgaben jetzt die drei Waerlogas. Einige wurden immer heller und energischer, während andere nur schwach in einem unsteten Rhythmus pulsierten.

»Die Geister des Landes«, sagte Sormo.

Nil zappelte unter seinem Umhang, als hätte er den Wunsch zu tanzen und könnte ihm kaum noch widerstehen. Ein finsteres Lächeln erschien auf seinem Kindergesicht. »Das Fleisch eines Aufgestiegenen birgt viel Macht. Sie alle hungern nach einem Stückchen davon. Mit diesem Geschenk, das wir ihnen bringen, sind sie uns auch weiterhin verpflichtet.«

»Historiker!« Sormo trat näher an Duiker heran, streckte eine schmale Hand aus und legte sie ihm schließlich auf die Schulter. »Wie dünn ist dies Stück Barmherzigkeit? All dieser Wut … endlich ein Ende gemacht. In Stücke gerissen, und jedes kleine Stückchen verzehrt. Es ist nicht der Tod, aber eine Art von … Zerstreuung.«

»Und was ist mit den Zauberpriestern der Semk?«

Der Waerloga zuckte zusammen. »Sie werden es wissen, und großer Schmerz wird damit verbunden sein. Wir müssen dem Semk das Herz herausschneiden. Es benutzt Sterbliche auf eine Art und Weise ...« Er schüttelte den Kopf. »Coltaine befiehlt.«

»Und Ihr gehorcht.«

Sormo nickte.

Ein Dutzend Herzschläge lang sagte Duiker nichts, dann seufzte er. »Ich habe Eure Zweifel gehört, Waerloga.«

Sormos Gesichtsausdruck zeigte eine beinahe grimmige Erleichterung. »Und nun bedeckt Eure Augen, Historiker. Was jetzt kommt, wird ziemlich ... ekelhaft werden.«

Hinter Duiker zerbarst das Eis mit donnerndem Getöse. Kalter roter Regen rollte wie eine Woge über den Historiker hinweg, brachte ihn ins Wanken.

Ein wilder Schrei erklang hinter ihm.

Die Geister des Landes schossen vorwärts, wirbelten, hüpften und tanzten an Duiker vorbei. Er fuhr herum und sah eine Gestalt – das Fleisch schwärzlich verfault, die Arme so lang wie die eines Affen – sich einen Weg aus dem schmutzigen, dampfenden Matsch bahnen.

Die Geister erreichten die Gestalt, schwärmten über sie hinweg. Sie konnte noch einen einzigen, durchdringenden Schrei ausstoßen, dann wurde sie in Stücke gerissen.

Am östlichen Horizont zeigte sich ein erster rötlicher Schimmer, als sie auf den Todesstreifen zurückkehrten. Das Lager erwachte bereits, die Anforderungen des Daseins lasteten schon wieder schwer auf geschundenen, müden Seelen. Auf den Wagen errichtete Schmiedefeuer wurden geschürt, frische Felle geschabt, Leder aufgespannt und ausgestanzt oder in großen geschwärzten Töpfen gekocht. Die Malazaner hatten ihr ganzes bisheriges Leben in Städten verbracht – jetzt mussten sie lernen, ihre Stadt mitzunehmen; oder zumindest die mageren Überreste, die lebensnotwendig waren.

Duiker und die drei Waerlogas waren von altem Blut und klebrigen Fleischfetzen durchnässt. Ihr Erscheinen auf der Ebene war Beweis genug, dass sie Erfolg gehabt hatten, und die Wickaner stimmten ein Geheul an, das durch die Lager aller drei Clans lief; es klang gleichermaßen triumphierend wie klagend, die passende Totenklage, um den Sturz eines Gottes zu verkünden.

Die Trauergesänge, die von den im Norden gelegenen Lagerplätzen der Semk herübergeklungen waren, waren verstummt, hatten einer unheilvollen Stille Platz gemacht.

Tautropfen verdampften auf der Erde, und als der Historiker den Todesstreifen überquerte und zum Lager der Wickaner zurückkehrte, konnte er einen dunklen Nachhall zur Macht der Geister des Landes spüren. Am Rand des Lagers trennten sich die drei Waerlogas von ihm.

Nur wenige Augenblicke später fand die nachhallende Macht eine Stimme, denn sämtliche Hunde in dem großen Lager fingen an zu heulen. Das Geheul war merkwürdig leblos und so kalt wie Eis, und es erfüllte die Luft wie ein Versprechen.

Duiker verlangsamte seinen Schritt. *Ein Versprechen. Ein Zeitalter des alles verschlingenden Eises …*

»Historiker!«

Er schaute auf und sah drei Männer näher kommen. Zwei von ihnen kannte er: Nethpara und Tumlit. Der dritte Adlige, der sie begleitete, war klein und rund und versank beinahe in einem Umhang aus Goldbrokat; wäre der Mann doppelt so groß und halb so dick gewesen, hätte er in diesem Aufzug zweifellos imposant gewirkt. Unter den gegebenen Voraussetzungen war der Eindruck jedoch eher Mitleid erregend.

Nethpara war völlig außer Atem; seine schlaffen Speckschichten wabbelten und waren schlammverschmiert. »Duiker, Historiker des Imperiums, wir wünschen mit Euch zu sprechen.«

Der Schlafmangel – und eine ganze Menge anderer Dinge – hatten nicht mehr sehr viel von Duikers Duldsamkeit übrig gelassen, doch er schaffte es, in ruhigem Ton zu antworten. »Ich schlage vor, dass Ihr zu einem anderen Zeitpunkt …«

»Das ist völlig unmöglich!«, schnappte der dritte Adlige. »Der

Rat wird sich nicht noch einmal abweisen lassen. Coltaine schwingt das Schwert und mag so versuchen, uns mit seiner barbarischen Gleichgültigkeit auf Distanz zu halten – doch wir werden einen Weg finden, unsere Petition vorzutragen.«

Duiker sah den Mann blinzelnd an.

Tumlit räusperte sich entschuldigend und rieb sich die tränenden Augen. »Historiker, erlaubt mir, Euch den Hochgeborenen Lenestro vorzustellen, unlängst noch Resident von Sialk …«

»Nicht nur einfacher Resident!«, zeterte Lenestro. »Alleiniger Repräsentant der kanesischen Familie dieses Namens im gesamten Reich der Sieben Städte. Kommissionär des größten Handelsunternehmens, das die besten gegerbten Kamelhäute exportiert. Ich bin das Oberhaupt der Gilde, mir wurde der Ehrentitel des Ersten Potentaten von Sialk verliehen. Mehr als eine Faust hat vor mir das Knie gebeugt, und doch stehe ich hier und muss einen mit stinkendem Auswurf besudelten Gelehrten auffordern, mir eine Audienz zu gewähren …«

»Lenestro, bitte!«, sagte Tumlit wütend. »Ihr tut Eurer Sache damit wenig Gutes!«

»Geohrfeigt von einem mit Schweinefett beschmierten Wilden, den die Imperatrix schon vor Jahren an eine Mauer hätte nageln lassen sollen! Sie wird ihre Barmherzigkeit bedauern, mein Wort darauf, wenn ihr die Neuigkeiten von diesen entsetzlichen Vorkommnissen zu Ohren kommen!«

»Welche entsetzlichen Vorkommnisse sollten das denn sein, Lenestro?«, fragte Duiker leise.

Diese Frage ließ Lenestro mit weit aufgerissenen Augen ins Stottern geraten. Sein Gesicht rötete sich.

Nethpara entschloss sich zu antworten. »Historiker, Coltaine hat unsere Bediensteten eingezogen. Es war noch nicht einmal eine Bitte. Seine wickanischen Hunde haben sie einfach mitgenommen – tatsächlich sind unsere ehrenwerten Kollegen sogar gestoßen und zu Boden geschlagen worden, wenn sie protestiert haben. Sind unsere Bediensteten an uns zurückgegeben worden? Nein, das sind sie nicht. Sind sie überhaupt noch am Leben? Welche schreckliche, selbstmörderische Aufgabe hat man ihnen übertragen? Wir haben keine Antworten auf unsere Fragen erhalten, Historiker.«

»Eure Sorge gilt also dem Wohlergehen Eurer Bediensteten?«, fragte Duiker.

»Wer soll unser Essen zubereiten?«, wollte Lenestro wissen. »Wer unsere Kleider ausbessern, unsere Zelte errichten und das Wasser heiß machen, wenn wir ein Bad nehmen wollen? Das alles ist ungeheuerlich!«

»Für *mich* steht das Wohlergehen der Bediensteten an erster Stelle«, sagte Tumlit. Ein trauriges Lächeln huschte bei diesen Worten über sein Gesicht.

Duiker glaubte ihm. »Dann werde ich mich in Eurem Namen erkundigen.«

»Natürlich werdet Ihr das!«, schnappte Lenestro. »Und zwar unverzüglich!«

»Wenn es Euch möglich ist«, sagte Tumlit.

Duiker nickte und drehte sich um.

»Wir sind noch nicht fertig mit Euch!«, schrie Lenestro.

»Doch, das sind wir«, hörte Duiker Tumlit sagen.

»Irgendjemand soll diese Hunde zum Schweigen bringen! Ihr Geheul nimmt ja überhaupt kein Ende!«

Es ist immer noch besser, wenn sie heulen, als wenn sie nach uns schnappen. Er ging weiter, von dem verzweifelten Wunsch beherrscht, sich endlich waschen zu können. Die Blutspritzer und Fleischreste auf seiner Haut und seiner Kleidung begannen bereits zu trocknen. Er erregte Aufsehen, als er die Gänge zwischen den Zelten entlangschlurfte. Abwehrende Gesten begleiteten ihn, wo immer er vorbeikam. Duiker fürchtete, dass er unabsichtlich zum Vorboten geworden war und ein Schicksal versprach, das ein ebenso großes Frösteln hervorrief wie das seelenlose Geheul der Hunde.

Vor ihm färbte das Licht des frühen Morgens den Himmel blutig rot.

Dramatis Personae

Auf dem Pfad der Hände

Icarium – Wanderer und Jaghut-Halbblut
Mappo – sein Begleiter, ein Trell
Iskaral Pustl – Hohepriester des Schattens
Ryllandaras, der weiße Schakal – ein Vielwandler
Messremb – ein Wechselgänger
Gryllen – ein Vielwandler

Die Malazaner

Felisin – die jüngste Tochter des Hauses Paran
Heboric Leichte Hand – Historiker im Exil und ehemaliger Fener-Priester
Baudin – Gefährte von Felisin und Heboric
Fiedler – Soldat des Neunten Trupps, Brückenverbrenner
Crokus – Besucher aus Darujhistan
Apsalar – Rekrutin des Neunten Trupps, Brückenverbrenner
Kalam – Korporal des Neunten Trupps, Brückenverbrenner
Duiker – Historiker des Imperiums
Kulp – Kader-Magier, Siebte Armee
Mallick Rel – Oberster Ratgeber der Hohefaust im Reich der Sieben Städte
Sawark – Befehlshaber der Wache im Lager Schädelmulde in den Otataral-Minen
Pella – Soldat in Schädelmulde
Pormqual – Hohefaust im Reich der Sieben Städte, in Aren
Lull – Hauptmann der Seesoldaten von Sialk
Chenned – Hauptmann der Siebten Armee
Sulmar – Hauptmann der Siebten Armee

List – Korporal der Siebten Armee
Krake – ein Sappeur
Gesler – Korporal des Küstentrupps
Stürmisch – Soldat des Küstentrupps
Wahr – Rekrut des Küstentrupps
Hauptmann Keneb – ein Flüchtling
Selv – Kenebs Frau
Minala – Selvs Schwester
Kesen – Erstgeborener von Keneb und Selv
Vaneb – Zweitgeborener von Keneb und Selv

Wickaner

Coltaine – Faust der Siebten Armee
Sormo E'nath – ein Waerloga
Nil – ein Waerloga
Neder – eine Waerloga
Bult – ein erfahrener Befehlshaber, Coltaines Onkel

Die Roten Klingen

Baria Setral (Dosin Pali)
Mesker Setral, sein Bruder (Dosin Pali)
Tene Baralta (Ehrlitan)
Aralt Arpat (Ehrlitan)
Lostara Yl (Ehrlitan)

Adlige in der Kette der Hunde (Malazaner)

Nethpara
Lenestro
Tumlit

Gefolgsleute der Apokalypse

Sha'ik – Führerin der Rebellion
Leoman – Hauptmann in der Raraku-Apokalypse
Toblakai – Leibwächter und Krieger in der Raraku-Apokalypse

Korbolo Dom – abtrünnige Faust, Anführer der Odhan-Armee
Kamist Reloe – Hohemagier in der Odhan-Armee
Mebra – Spion in Ehrlitan

Andere

Moby – ein Hausdämon
Hentos Ilm – Knochenwerferin der T'lan Imass
Legana Breed – ein T'lan Imass
Kimloc – Geistergänger der Tanno
Beneth – Bandenboss in Schädelmulde
Apt – ein aptorianischer Dämon
Bula – Schänkenwirtin in Schädelmulde
Cotillion – Patron der Assassinen
Schattenthron – Herrscher des Hohen Hauses Schatten
Diener – ein Diener

Glossar

Stämme im Reich der Sieben Städte

Arak – in der Pan'potsun-Odhan
Bhilard – im Osten der Nenoth-Odhan
Can'eld – im Nordosten von Ubaryd
Debrahl – in den nördlichen Regionen
Dhis'bahl – in den Hügeln von Omari und Nahal
Gral – von den ehrlitanischen Vorbergen bis Pan'potsun
Kherahn Dhobri – in der Geleen-Steppe
Khundryl – im Westen der Nenoth-Odhan
Pardu – im Norden des Graslands von Geleen
Semk – in den Karas-Hügeln und -Steppen
Tithansi – im Süden von Sialk
Tregyn – im Westen von Sanimon

Ausgewählte Begriffe aus der Sprache im Reich der Sieben Städte (Bisbrha und Debrahl)

Bhok'arala – Felsklippen bewohnende, kreischende geflügelte Affen (häufig), Singular: Bhok'aral
Blutfliege – stechendes Insekt
Dhenrabi – großes Meeresraubtier
Durhang – Opiat
Emrag – essbarer Kaktus, beliebt bei den Trell
Emulor – Gift, das aus Blumen gewonnen wird
Enkar'al – geflügeltes Reptil von der Größe eines Pferdes (sehr selten)
Ensanthan'el – geflügeltes Reptil von der Größe eines Hundes
Guldindha – breitblättriger Baum
Jegura – Kaktus mit Heilwirkung
Kethra-Messer – Kampfwaffen
Marrok – Mittagsruhe während der Trockenzeit

Mezla – leicht abschätzige Bezeichnung für Malazaner
Odhan – Bezeichnung für Flach- oder Ödland
Rhizan – eichhörnchengroße geflügelte Eidechse (häufig)
Sandflöhe – im Wind treibende Flöhe aus der Wüste
Sawr'ak – dünnes, leichtes Bier, das kalt serviert wird
Sepah – ungesäuertes Brot
She'gai – heißer Wind während der Trockenzeit
Simharal – Kinderhändler
Tapu – Straßenhändler, der Lebensmittel verkauft
Tapuharal – Händler, der gekochtes Ziegenfleisch verkauft
Tapusepah – Händler, der Brot verkauft
Taputasr – Händler, der Gebäck verkauft
Tasr – Sepah mit Honig
Telaba – See-Umhang der Dosii (Dosin Pali)
Tralb – Gift, das aus Pilzen gewonnen wird
Weißes Paralt – Gift, das aus Spinnen gewonnen wird

Ortsnamen

Aren – Heilige Stadt, Sitz des Imperialen Hauptquartiers
Balahn (Schlacht von)
Bat'rol – kleines Dorf in der Nähe von Hissar
Caron Tepasi – Stadt im Landesinnern
Dojal-Quelle (Schlacht von)
Dosin Pali – Stadt an der Südküste der Insel Otataral
Ehrlitan – Heilige Stadt
G'danisban – Stadt in der Nähe von Pan'potsun
Geleen – Stadt an der Küste der Clatar-See
Gelor-Kamm (Schlacht von Gelor)
Guran – Stadt im Landesinnern
Heilige Wüste Raraku – Region im Westen der Pan'potsun-Odhan
Hissar – Stadt an der Ostküste
Karakarang – Heilige Stadt auf der Insel Otataral
Kette der Hunde (Die) – Coltaines Zug von Soldaten und Flüchtlingen von Hissar nach Aren

Nenoth (Schlacht von)
Pan'potsun – Heilige Stadt
Pfad der Hände – Weg, auf dem die Wechselgänger und Vielwandler aufsteigen wollen
Rutu Jelba – Hafenstadt im Norden der Insel Otataral
Sanimon (Schlacht von)
Sekala-Furt (Schlacht an der)
Sialk – Stadt an der Ostküste
Tremorlor (das Azath-Haus im Ödland, auch Odhanhaus)
Ubaryd – Heilige Stadt an der Südküste
Vathar-Furt (Coltaines Furt, das Vathar-Massaker) – der Tag des Reinen Blutes, Mesh'arn tho'ledann
Vin'til-Becken – südwestlich von Hissar

Die Welt der Magie

Die Gewirre (die Pfade – jene Gewirre, die den Menschen zugänglich sind)
Denul – Pfad des Heilens
Der Pfad des Vermummten – Pfad des Todes
D'riss – Pfad des Steins
Meanas – Pfad der Schatten und Illusionen
Rashan – Pfad der Dunkelheit
Ruse – Pfad des Meeres
Serc – Pfad des Himmels
Tennes – Pfad des Landes
Thyr – Pfad des Lichts

Die Älteren Gewirre
Kurald Emurlahn – Gewirr der Tiste Edur
Kurald Galain – Gewirr der Dunkelheit der Tiste Andii
Omtose Phellack – Gewirr der Jaghut
Starvald Demelain – Gewirr der Tiam, das Erste Gewirr
Tellann – Gewirr der T'lan Imass

Titel und Gruppen

Brückenverbrenner – legendäre Elitedivision in der Zweiten Armee des malazanischen Imperiums
Der Kriegsherr – Beiname von Caladan Bruth
Erstes Schwert des Imperiums – Titel eines imperialen Champions bei den Malazanern und T'lan Imass
Faust – Titel eines Militär-Gouverneurs im malazanischen Imperium
Hohefaust – Oberbefehlshaber der Armeen des malazanischen Imperiums während eines Feldzugs
Klaue – Geheimorganisation des malazanischen Imperiums
Kron T'lan Imass – Name des Clans unter dem Kommando von Kron
Logros T'lan Imass – Name des Clans unter dem Kommando von Logros
Pannionischer Seher – geheimnisvoller Prophet, der über die Lande südlich von Darujhistan herrscht

Völker (menschlich und nicht menschlich)

Barghast (nicht menschlich) – nomadisierende Hirten-Krieger-Kultur
Forkrul Assail (nicht menschlich) – ausgestorbenes mythologisches Volk, eine der Vier Gründerrassen
Jaghut (nicht menschlich) – ausgestorbenes mythologisches Volk, eine der Vier Gründerrassen
Moranth (nicht menschlich) – stark reglementierte Zivilisation, deren Zentrum im Wolkenwald liegt
T'lan Imass – eine der Vier Gründerrassen, jetzt unsterblich
Tiste Andii (nicht menschlich) – eine Ältere Rasse
Tiste Edur (nicht menschlich) – eine Ältere Rasse
Trell (nicht menschlich) – nomadisierende Hirten-Krieger-Kultur

Die Drachenkarten (Das Fatid) und die mit ihnen in Beziehung stehenden Aufgestiegenen

Hohes Haus Leben

König
Königin (Königin der Träume)
Champion
Priester
Herold
Soldat
Weber
Steinmetz
Jungfrau

Hohes Haus Tod

König (Der Vermummte)
Königin
Ritter (einst Dassem Ultor)
Magier
Herold
Soldat
Spinner
Steinmetz
Jungfrau

Hohes Haus Licht

König
Königin
Champion
Priester
Hauptmann
Soldat
Näherin

Baumeister
Mädchen

Hohes Haus Dunkel
König
Königin
Ritter (Sohn der Dunkelheit)
Magier
Hauptmann
Soldat
Weber
Steinmetz
Gemahlin

Hohes Haus Schatten
König (Schattenthron/Ammanas)
Königin
Assassine (Das Seil/Cotillion)
Magier
Hund

Neutrale Karten
Oponn (Die Narren des Zufalls)
Obelisk (Brand)
Krone
Zepter
Auge
Thron

Gewirre des Chaos – miasmatische Pfade zwischen den Gewirren
Knochenwerfer – Schamane der T'lan Imass
Otataral – Magie aufhebendes rötliches Erz der Tanno-Hügel
Vielwandler – Gestaltwandler höherer Ordnung
Wechselgänger – Gestaltwandler

Aufgestiegene

Anomander Rake/Die Mähne des Chaos/Der Sohn der Dunkelheit/Lord von Mondbrut – Ritter des Hohen Hauses Dunkel
Apsalar – Herrin der Diebe
Beru – Herr der Stürme
Brand – Herrin der Erde, die Schlafende Göttin
Caladan Bruth – Der Kriegsherr
Cotillion/Das Seil – Assassine des Hohen Hauses Schatten
Der Verkrüppelte Gott – König der Ketten
Der Vermummte – König des Hohen Hauses Tod
Dessembrae – Herr der Tragödie/des Unglücks
D'rek – Der Wurm des Herbstes, auch die Königin der Leiden
Fanderay – Die Wölfin des Winters
Fener – Der Eber der Fünf Hauer (*siehe auch* Tennerock)
Gedderone – Herrin des Frühlings und der Wiedergeburt
Große Raben
Jhess – Königin des Webens
Kallor – Der Hochkönig
Königin der Träume – Königin des Hohen Hauses Leben
K'rul – ein Älterer Gott
Mael – ein Älterer Gott
Mowri – Herrin der Bettler, Sklaven und Leibeigenen
Nerruse – Herrin der Ruhigen See und des Günstigen Windes
Oponn – Die Zwillingsnarren des Zufalls
Osserc – Herr des Himmels
Poliel – Meisterin der Pestilenz
Schattenhunde – Hunde des Hohen Hauses Schatten
Schattenthron/Ammanas – König des Hohen Hauses Schatten
Shedenul/Soliel – Herrin der Gesundheit
Soliel – Meisterin des Heilens
Tennerock/Fener – Der Eber der Fünf Hauer
Togg (*siehe auch* Fanderay) – Der Wolf des Winters
Trake/Treach – Der Tiger des Sommers und der Kämpfe
Treach – Der Erste Held

Danksagungen

Mein tiefster Dank für ihre Unterstützung gilt folgenden Personen: der Belegschaft des Café Rouge in Dorking (sorgt auch weiterhin dafür, dass immer genug Kaffee da ist …); den Leuten bei Psion, auf deren außergewöhnlicher *Serie 5* der erste Entwurf dieses Romans entstanden ist; Daryl und dem Personal des Café Hosete; und natürlich Simon Taylor und allen anderen bei Transworld.

Meiner Familie und meinen Freunden möchte ich für ihr Vertrauen und die Ermunterung danken – ohne sie hat alles, was ich erreiche, nur wenig Bedeutung.

Mein Dank geht auch an Stephen und Ross Donaldson für ihre freundlichen Worte, an James Barclay, Sean Russell und Ariel. Und schließlich noch ein großes Dankeschön an all die Leser und Leserinnen, die sich die Zeit genommen haben, ihre Meinung auf diversen Webseiten zu veröffentlichen – Schreiben ist eine einsame Tätigkeit, aber ihr habt dafür gesorgt, dass es nicht gar so schlimm ist.